KB054297

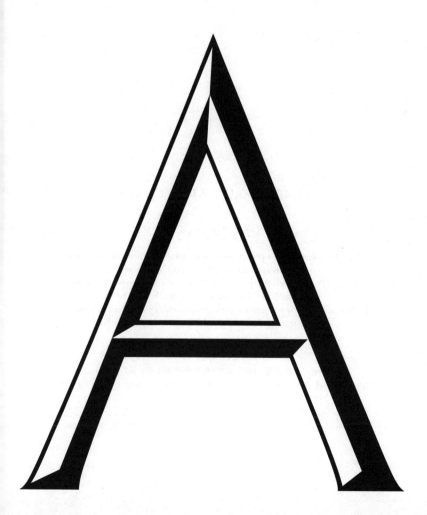

AENEAS by AUGUSTE LECHNER

AENEAS

로마 건국의 신화

베르길리우스 원작
아우구스테 레히너 풀어지음
김은애 옮김

문학과지성사

아
이
네
이
스

아이네이스
로마 건국의 신화

제1판 제1쇄   2017년 7월 15일
제1판 제2쇄   2022년 4월 5일

원작자   베르길리우스
풀어지은이   아우구스테 레히너
옮긴이   김은애
펴낸이   이광호
펴낸곳   ㈜**문학과지성사**
등록번호   제1993-000098호
주소   04034 서울 마포구 잔다리로7길 18 (서교동 377-20)
전화   02) 338-7224
팩스   02) 323-4180(편집)   02) 338-7221(영업)
전자우편   moonji@moonji.com
홈페이지   www.moonji.com

ISBN 978-89-320-3023-4 04850
ISBN 978-89-320-3020-3 04850 (세트)

이 도서의 국립중앙도서관 출판예정도서목록(CIP)은 서지정보유통지원시스템 홈페이지
(http://seoji.nl.go.kr)와 국가자료공동목록시스템(http://www.nl.go.kr/kolisnet)에서
이용하실 수 있습니다.(CIP제어번호: CIP2017017007)

차례

일러두기

1. 이 책은 로마의 시인 베르길리우스Vergilius의 서사시 『아이네이스Aeneis』를 저자가 산문 형식으로 평역한 것을 우리말로 옮긴 것이다.

2. 인명, 지명 등 라틴어 고유명사의 표기는 국립국어원 외래어 표기법에 따랐다. 단, 이미 우리말에서 널리 통용되어 관용적으로 쓰이는 용어들은 관행대로 표기하였다(예: 트로이야→트로이, 라티니족→라틴족, 그라이키아→그리스, 시킬리아→시칠리아). 원어 확인이 되지 않거나 용례를 확인하기 어려운 경우에는 천병희 교수가 번역한 『아이네이스』(숲, 2007)의 표기를 참고하였다.

3. 그리스어 표기법을 따르는 『일리아스』와 『오디세이아』에 등장하는 동일 인명, 동일 지명 등이 이 책에서 라틴어로 표기되어 다르게 변하는 경우가 있어(예: 아이네이아스→아이네아스, 아킬레우스→아킬레스, 오디세우스→울릭세스), 독자들이 알아보기 쉽도록 비교표(571쪽)를 만들어 제시하였다.

4. 이해를 돕기 위해 주요 인물 소개 및 인물 관계도 등을 이 책에 추가하였다.

5. 원서의 각주와 미주를 이 책에서는 별도의 구분 없이 일괄적으로 각주 처리하였으며, 옮긴이 주는 '(옮긴이)'로 표시하였다.

1

10년이 흘렀다. 포위당한 트로이로서는 길고도 끔찍한 10년이었다. 그러다 이 비운의 도시에 불시에 최후가 닥쳤다.

긴긴 세월 동안 트로이 사람들은 성문 바로 앞에 그리스 군대가 진을 치고 있고, 저 멀리 해변에서는 그리스 함선들이 돛을 접은 채로 하늘 높이 돛대를 올리고 바다 밑으로 닻을 내려 정박해 있는 것에 익숙해져 있었다. 가끔씩 그리스군이 어둠을 틈타 트로이 성으로 다가왔고, 새벽 여명이 밝아올 때면 성문 앞에서 거친 전투가 벌어지기도 했다. 하지만 성문을 부수려고 엄청난 무기들을 동원해 돌진해 와도 청동으로 장식한 성문은 끄떡없었고, 높이 솟은 튼튼한 성벽 위에서는 트로이 병사들이 언제나 망을 보고 있었다.

또 가끔씩 포위당한 트로이군이 분노에 찬 역습을 하기도 했다. 그러면 성문에서부터 해안까지 펼쳐진 넓은 들판 위에서 격렬한 전투가 벌어졌고, 양쪽 진영에서 속출한 수많은 사상자가 온 들판을 뒤덮었다.

그러나 그 오랜 세월 동안 아카이아인*들은 프리아무스 왕이 통치하는 트로이의 성문 안으로는 단 한 번도 들어가지 못했다.

그러는 와중에 프리아무스 왕은 점점 늙어갔고 머리카락은 백발이 되었다. 왕비 헤쿠바와의 사이에는 많은 아들들을 두었지만, 이제는 몇 남지 않았다. 전쟁이 그들을 데려갔기 때문이다.

맏아들이자 트로이에서 가장 용맹했던 영웅 헥토르도 죽었다. 그는 미르미돈의 장수 아킬레스와 둘만의 결투를 벌이다 그의 손에 죽임을 당했다.

그리스의 자랑이었던 아킬레스 역시 다시는 되돌아올 수 없는 어두운 죽음의 나라로 내려갈 수밖에 없었다. 파리스가 화살을 쏘아 아킬레스의 발뒤꿈치를 맞혔고, 화살은 발목의 힘줄을 두 동강 내며 그를 죽음으로 내몰았다. 파리스가 특별

* 그리스인.

히 솜씨 좋은 명사수여서가 아니었다. 아킬레스에게 화가 나 있던 아폴로 신이 직접 나서서 화살의 방향을 조종했기 때문에 가능했다.

파리스 역시 프리아무스 왕의 아들이었다. 그러나 영웅적인 면모에 있어서는 형 헥토르와 비교도 되지 않았다. 파리스는 전투와 같이 위험한 일들보다는 화려하고 안락한 삶을 더 좋아했다. 그런 그의 잘못으로 이 끔찍한 트로이 전쟁이 일어났다. 그는 스파르타의 왕 메넬라우스의 아름다운 부인 헬레나를 강탈해 트로이로 데려갔고, 뻔뻔스럽기 그지없는 이 행동은 용감한 아카이아의 장수들을 싸움터로 불러 모았다. 아트레우스의 아들들인 아가멤논과 메넬라우스, 이타카*의 유명한 왕인 울릭세스, 필로스의 네스토르, 아이약스, 파트로클루스, 디오메데스 그리고 그 외 많은 아카이아의 장수들이 전쟁에 참전했다. 그들은 배를 몰고 아카이아의 항구를 떠나 트로이로 출정했다.

그러나 10년이 지난 지금도, 전쟁에서 살아남은 자들에게 고향으로 돌아갈 수 있는 운명은 허락되지 않은 듯 보였다. 복수를 다짐했던 전쟁에서 승리하지도 못한 채, 어떻게 고향

---

* 이오니아 지방의 여러 섬들 중 하나.

으로 돌아갈 수 있겠는가? 시간이 흐를수록 그리스군을 이끄는 장수들은 과연 이 전쟁을 승리로 끝낼 수 있을지 회의가 들기 시작했다. 트로이는 정녕 난공불락의 도시인가? 정말 그런 것처럼 보였다.

그러나 그렇게 보일 뿐이었다. 실제로는 이미 오래전에 올림푸스의 여러 신들이 트로이의 멸망을 결정해두었다.

저 아래 땅 위에서 트로이 전쟁이 시작된 이래로 올림푸스 산 위의 신들 사이에는 불화가 끊이지 않았다. 신과 인간 들의 왕 유피테르는 침묵을 지키고 있었다. 아직은 그가 개입할 때가 아니었기 때문이다. 유피테르의 부인 유노는 날이면 날마다 저 오만불손한 트로이인들의 도시와 나라, 종족을 모두 말살하게 해달라고 졸라대며 유피테르를 귀찮게 했다. 자존심 강한 유노는 예전에 파리스가 유노와 미네르바와 베누스 셋 중에서 누가 가장 아름다우냐는 질문에 대해, 그녀가 아닌 베누스를 선택한 사실을 절대로 잊을 수 없었다. 미네르바 역시 자기가 무시당한 것을 용서할 수 없었다. 그래서 미네르바는 아무도 몰래 전장 여기저기서 끊임없이 인간들 사이에 끼어들어 그리스군을 도왔다. 유노의 오빠이자 유노와 똑같이 트로이인들을 미워했던 난폭한 바다의 신 넵투누스 또한 그리스군을 도왔다.

사랑과 아름다움의 여신 베누스의 얼굴은 평소에는 영원한 젊음과 우아함으로 빛났지만, 지금은 슬픔 때문에 어둡게 그늘져 있었다. 트로이를 둘러싼 불길한 전쟁이 그녀에게 엄청난 근심거리를 안겨주었기 때문이다.

거기에는 아주 특별한 이유가 있었다.

가끔 여신들 중에는 인간을 너무도 사랑한 나머지, 그 인간을 위해 신들만이 가지는 불사의 영광을 스스로 포기할 정도로 사랑에 빠지는 이들이 있었다.

아주 오래전 베누스는 지상의 여염집 여인의 모습을 하고 트로이의 장수 앙키세스를 만난 적이 있었다. 앙키세스는 그 여인이 여신이라는 사실을 전혀 눈치채지 못한 채 그녀와 사랑을 나누었다. 베누스는 앙키세스와의 사이에서 아들을 하나 낳았다. 이제 그만 올림푸스로 돌아오라는 유피테르의 명령에 따라 베누스가 인간 세상을 떠나야 했을 때, 비로소 앙키세스는 자기 아들의 어머니가 누구인지를 알게 되었다. 깜짝 놀란 앙키세스에게 베누스가 경고했다.

"아무도 이 일을 알아서는 안 된다! 네가 이 엄청난 비밀을 폭로하고 그걸 가지고 허풍이라도 떤다면, 유피테르께서 널

11

가만두지 않으실 거다!"

말을 마친 베누스는 이내 모습을 감추며 사라져버렸고, 그 이후로 앙키세스는 그녀를 두 번 다시 만나지 못했다. 슬픔에 가득 찬 앙키세스는 신들의 뜻에 따라 모든 사랑을 오로지 아들에게만 쏟아부었다. 앙키세스는 아들의 이름을 아이네아스라 지었다. 아이네아스는 커갈수록 용모가 수려해졌고, 곧 총명함과 힘에 있어서 또래의 아이들을 능가했다. 어쩌면 앙키세스는 아버지로서 자랑스러운 마음을 누르지 못해 완전히 입을 다물겠다는 약속을 지키지 못했는지도 몰랐다. 왜냐하면 트로이 사람들이 곧 젊은 아이네아스를 '여신의 아들'이라 부르기 시작했기 때문이다. 베누스는 그런 아들을 한시도 잊을 수가 없었다.

그런데 지금 베누스가 트로이 전쟁 때문에 커다란 근심 걱정에 싸여 있는 것이다. 베누스는 물론 자신의 능력이 엄청나고, 유피테르도 그녀의 간청이라면 무엇이든 들어준다는 것을 잘 알고 있었다. 그러나 유노가 그녀보다 더 많은 능력을 가졌으며, 신과 인간 들의 아버지인 유피테르가 결정하는 일에 대해서는 어느 누구도 맞설 수가 없다는 것 역시 잘 알고 있었다. 가혹한 운명의 여신인 파르카이*는 운명의 실을 도대체 얼마나 팽팽하게 잡아당길 것인가? 바로 그 파르카이의 냉정한 손에 인간의 운명이 매달린 실의 끄트머리가 잡혀 있었다.

오직 신들에게만 주어진, 미래를 내다보는 능력으로 베누스는 가까이 다가오는 트로이의 불행을 가슴속 깊이 예감하고 있었다.

그래서 베누스는 정신을 바짝 차리기로 결심했다.

어느 날 밤, 그리스 진영에서 모든 장수들이 한자리에 모이는 것으로 트로이의 불행한 운명은 시작되었다. 울릭세스가 그의 막사로 장수들을 불러 모아놓고 연설을 시작했다. "이제 이 전쟁을 끝낼 때가 되었소. 우리 모두 그 사실을 잘 알고 있소. 트로이가 멸망할 것이란 사실도 우리는 알고 있소. 아카이아의 명예를 걸고 반드시 그리되어야만 할 것이오. 그런데 우리는 아직까지도 저 도시를 정복하지 못하고 있소. 만약 여러분이 내 계획에 따라주기만 한다면, 단 며칠 안에 성벽이 무너지고 저 거만한 성곽이 자리 잡았던 도시는 연기가 피어오르는 폐허로 변해버릴 것이오. 내 말을 잘 들어보시오!" 울릭세스는 여러 장수들에게 아주 오랫동안 재치 있는 말솜씨

---

* (옮긴이) 운명의 여신 모이라의 라틴어 이름.

로 자신의 계획을 들려주었다.

다음 날 새벽 여명이 밝아올 무렵, 성벽과 망루 위에서 꾸벅꾸벅 졸고 있던 트로이의 보초병들은 깜짝 놀라 깨어났다. 지난 10년 동안 병사들은 선 채로, 심지어 걸으면서도 조금씩 잠을 자거나 혹은 적어도 조금씩 조는 법이라도 배워두었다. 그러다가 뭔가 아주 작게라도 이상한 소리가 귀에 들릴라치면 언제 그랬냐는 듯이 단숨에 정신을 바짝 차리곤 했다. 그런데 지금 그리스군의 진영에서 들려오는 소리는 정말로 이상한 소리였다. 그건 마치 도끼로 뭔가를 찍는 듯한 소리였는데, 도끼는 한두 개 정도가 아니라 수없이 많은 것 같았다. 그 사이사이로 무겁고 커다란 망치로 내리치는 것 같은 소리도 들렸고, 또 가끔은 힘들게 일하는 남자들이 거칠게 내지르는 고함 소리도 들렸다.

트로이의 보초병들은 적군의 진영 쪽을 조심스럽게 살펴보았다. 그러나 그곳은 여느 때와 달라진 점이 하나도 없어 보였다. 곧 보초병들은 그 이상한 소리가 적의 진영에서 나는 게 아니란 걸 알아차렸다. 그 소리는 바로 육지 안쪽의 키 큰 나무들로 빽빽하게 뒤덮인 숲 뒤편에 있는 낮은 언덕에서 들려왔다.

그 언덕 위로 이제 막 첫새벽을 밝히는 붉은 태양이 솟아오르는 참이었다. 따뜻하고 부드러운 아침 햇살에 전쟁도 죽음도 잠시 잊히는 듯했다.

왕이 거처하는 궁전의 제일 높은 망루에서 망을 보던 두 병사가 서로를 불안하게 쳐다보았다.

"저 소리가 무슨 소리인지 무척 궁금하군." 한 병사가 말했다. "여기서는 놈들이 저 건너편에서 뭘 하는지 도무지 보이지가 않는단 말이야." 그는 냉소를 지으며 격양된 말투로 말했다. "자네, 저 숲 뒤편은 놈들이 무슨 일을 도모하든 이 근방에서 우리 눈에 전혀 띄지 않는 유일한 장소라는 걸 아나? 세상에나, 저 아카이아 놈들은 여우보다도 더 교활하단 말이야!"

"그렇군." 다른 병사도 화가 나서 말했다. "저놈들이 무슨 짓을 하든 그건 보나 마나 우리를 못살게 괴롭히려는 흉계일 거야. 내가 보기에 저놈들은 나무를 베고 있는 것 같아." 그는 뭔가 골똘히 생각하면서 덧붙였다. "그런데 나무를 뭐에다 쓰려는 걸까? 이미 막사는 충분해서 분명 나무가 더 필요치는 않을 텐데 말일세."

"우리가 그것을 알아내도록 하세." 다른 병사가 단호하게 말했다. "당장 정찰병을 보내야 할 것 같네."

그러나 다른 병사가 고개를 가로저었다. "소용없는 일이야. 저쪽을 좀 자세히 보게나. 놈들은 이미 엄청난 수의 보초병들을 세워두었어. 쥐새끼 한 마리도 몰래 들어갈 틈 없이 망을 보고 있잖아."

그렇게 트로이의 병사들은 적군이 자신들을 해치려고 도대체 무슨 일을 꾸미는 것일까에 대해 생각하느라 머리가 터질 지경이었지만, 고민만 거듭하며 아무 소득도 없이 며칠을 보냈다.

그러나 곧 그들은 알게 되었다.

바람이 내륙에서 바다를 향해 거세게 불고 높은 파도가 거칠게 일던 어느 날 밤, 아카이아 진영에서 다시 뭔가 수상쩍은 동요가 일었다. 횃불을 든 병사들이 이리저리 바쁘게 뛰어다니고, 무기들이 쩔그럭거리는 소리와 함께 가끔씩 우왕좌왕하며 뭔가를 서두르는 병사들의 목소리가 바람에 실려 트로이 성까지 들려왔다.

그렇다. 아마도 그리스군이 또다시 새벽녘에 공격을 시작할 모양이었다. 성문을 부수는 충차衝車가 다시 천둥 치듯 쿵쾅거리며 트로이의 성문을 부수려 달려들 것이고, 온몸을 무장한 적군들이 수많은 개미떼처럼 성벽에 사다리를 대고 기어오를 것이다. 그러다가 트로이 병사들이 던진 창과 쏜 화살에 맞아, 몸은 성벽 아래로 떨어지고 혼백은 황천길로 가게 될 것이다.

지금까지 수도 없이 그래 왔다. 아, 몇 번이나 그랬던가! 이번에도 어김없이 똑같은 일이 반복될 것이다.

트로이 병사들은 정신을 바짝 차리고 보초를 서며 기다렸다. 그들은 완전 무장을 하고 성문에, 성벽에 그리고 망루 위에 각자 자리를 잡고 그리스군을 기다렸다.

그러나 밤은 그대로 지나갔고 아무 일도 일어나지 않았다. 멀리 바다 위로 첫새벽의 어스름한 빛이 서서히 떠올랐다. 그리스 진영이 훤하게 모습을 드러냈고, 막사들과 멀리 검은 숲으로 뒤덮인 언덕도 보였다. 그런데 해변에 정박해 있던 적의 함선들만은 흔적도 없이 사라졌다. 너무도 이상한 일이었다. 혹시 해변에 안개가 끼었나? 아니다. 안개는 없었다. 그리 멀지 않은 곳에 떠 있는 테네도스 섬까지 똑똑히 내다보였기 때문이다. 테네도스는 한때 보석이 많이 나기로 유명했던 섬이지만, 적군에게 약탈당하고 황폐해져서 지금은 그저 위급한 상황에 적군이 배를 대피시키는 장소로 전락해버렸다. 배를 정박시키는 항구는 섬 뒤편의 넓은 바다 쪽에 있어서 육지에서는 항구가 보이지 않았다. 그사이 성벽과 망루 위에 있던 트로이 병사들 사이에서 묘한 긴장감이 감돌기 시작했다. 앞줄에 선 병사들은 몸을 숙여 아래를 내려다봤고, 뒤에 있던 병사들은 앞에 서 있는 사람의 어깨 너머로 보기 위해 발뒤꿈치를 한껏 들어야 했다. 그들은 흐릿한 새벽 여명에도 더 자세히 보기 위해 눈을 가늘게 떴다. 뭔가가 보였다!

그리스군의 진영과 트로이 성 사이에 놓인 넓은 들판 한가운데에 뭔가가 있었다! 어제도 그 자리에 없었고 그전에도 단 한 번도 보지 못한 것이었다. 그것은 엄청나게 크고 형체가 불분명했으며, 마치 바닥에서 갑자기 불쑥 솟아오른 거대한 바위 같아 보였다. 자세히 들여다보니 그것은 말의 형상을 한 어마어마하게 큰 괴물의 모습이었다!

트로이 병사들은 그것을 뚫어져라 쳐다보다가, 다시 넋이 나간 표정으로 상대방의 얼굴을 번갈아 보며 고개를 절레절레 저었다.

저 이상한 괴물은 도대체 뭘까?

그럭저럭하는 사이에 날이 완전히 밝아, 병사들은 더 자세한 것까지 볼 수 있게 되었다. 말은 온통 정교하게 깎은 나무를 이어서 만든 것이었다. 어찌나 튼튼하게 짜 맞추었던지, 이어진 틈새가 하나도 보이지 않을 정도였다.

트로이 병사들이 그것을 보았을 때, 그들 중 머리가 똑똑한 몇 명은 순간적으로 그 말에 뭔가 계략이 숨어 있으리라고 짐작했다.

"저 목마는 아카이아 놈들이 만든 것이다!" 병사 중 하나가 소리쳤다. "왜일까?" 한동안 병사들은 웅성거리며 떠들어댔다. 그러다가 한순간에 다시 찬물을 끼얹은 듯 조용해졌다.

자신들이 던진 질문에 대한 답이 마치 그리스군의 진영에서 들려오기라도 할 듯, 병사들의 눈은 일제히 그곳을 향했다.

하지만 답이 들려올 리 만무했다. 왜냐하면 적의 진영은 이미 텅텅 비어 있었기 때문이다. 적군이 모두 떠난 진영에는 텅 빈 막사들만이 황량하게 서 있었다. 트로이 병사들은 너무도 놀라 어안이 벙벙해졌다.

"적들이…… 적들이 후퇴했다!" 여기저기서 병사들이 믿을 수 없다는 듯이 소리쳤다.

그러다가 갑자기 열 혹은 스무 명쯤의 병사가 화들짝 놀라며 해변 쪽을 가리켰다. "배가 없다! 아카이아 놈들의 배가 없어졌다!"

그렇다. 도대체 배들이 어디로 간 것일까?

바로 어제까지만 해도 새 부리 모양을 한 선체가 열을 지어 다닥다닥 붙어 서서 물결에 흔들리며 돛대들로 숲을 이루었건만, 배들은 온데간데없고 텅 빈 해변에는 파도가 넘실대는 넓디넓은 수면만 보일 뿐이었다.

그리스군이 후퇴를 한 것이다. 그들은 10년을 한결같이 그곳에 있었다. 트로이 병사들 대부분은 그들의 얼굴, 그들의 투구와 방패, 금과 은으로 장식된 갑옷, 말과 전차까지도 익히 잘 알고 있었다. 그런데 이제 그들이 갑자기 사라진 것이다.

신들이 마침내 자비를 베풀기로 마음을 바꾸었나? 하긴 그동안 희생당한 수많은 트로이인들을 생각하면, 자존심 강한 유노나 모욕을 참지 못했던 미네르바도 이쯤 하면 화를 풀 만했고, 포악한 넵투누스도 마음을 가라앉힐 법했다.

게다가 트로이 사람들은 그동안 자기들이 간절히 바라왔던 소망이 반드시 이루어질 거라고 굳게 믿고 있었던 까닭에, 성 안에서는 성급한 환호성이 터져 나왔다. 만약 간혹 가다 어느 누군가가 마음 한구석에 불안이나 의심 같은 감정을 느꼈다 하더라도, 모두가 그렇게 열광적으로 기뻐하는 모습 앞에서는 그런 말을 꺼낼 엄두조차 내지 못할 상황이었다.

성문이 열렸다. 걸을 수 있는 사람들은 너 나 할 것 없이 성 밖으로 뛰쳐나와 들판으로 달려 내려갔다. 처음에는 잠시 주춤거리는 듯하더니, 이내 용기백배해서 그들은 거대한 목마 주변으로 몰려들었다. 시간이 조금 지나자 목마의 다리를 만져보는 사람도 있었다. 목마의 다리는 마치 신전의 기둥만큼이나 크고 높았다. 사람들은 뛰어난 예술적 감각으로 만들어진 목마의 머리와 불룩하게 튀어나온 옆구리를 보고 감탄을 해댔다.

무리 중에서 키가 아주 큰 남자 하나가 나와서 몸을 길게 쭉 뻗더니, 주먹으로 목마를 두드려보았다. "굉장하군!" 그는 소리쳤다. "이 괴물의 배 속이라면 완전 무장을 한 병사들 한 부대쯤은 너끈히 들어가겠는걸!"

그 말을 들은 사람들 모두가 웃었다. 단지 아주 적은 수의 몇몇 트로이인들만이 아카이아인들이 만들어놓고 간 저 수수께끼 같은 괴물을 미심쩍다는 듯 겁먹은 눈으로 쳐다볼 뿐이었다. 트로이 성 안에서 점점 더 많은 사람들이 쏟아져 나와 텅 빈 적의 진영을 활보하며 돌아다녔고, 몇몇은 무리를 지어 해변을 걸어 다니기도 했다.

"여기가 그 화를 잘 내던 아킬레스의 막사였군!" 누군가가 소리쳤다. "저 건너편에 돌로페스족 군대가 진을 치고, 그 옆에는 아가멤논의 병사들이 있었지. 저기 언덕 아래 오른편에서는 스카이아 성문*을 공격하기 위해 스파르타의 병사들이 집합을 했었어. 바람이 지금 어느 쪽으로 불고 있는지 아나? 이 바람을 타고 아카이아 놈들은 분명 미케네에 있는 자기 고향을 향해 벌써 멀리까지 항해해 갔을 거야! 놈들이 우리에게 남겨놓은 이 목마는 어떻게 하지?" "아이, 그야 두말하면 잔소리지! 트로이 성 안으로 끌고 들어가서 신들께 감사드리는 뜻으로 뜰 한가운데 세워두어야겠지!" "하지만 저 목마를 들여놓을 수 있을 만큼 성문이 크지 않잖아!" "아니, 내가 보기엔 그건 위험한 생각인 것 같아!" "아카이아 놈들은 절대로 믿을 수가 없어! 내 생각에는 저 나무 괴물을 바다에 던져버리는 게 좋을 것 같아!" "저 괴물의 배 밑에 불을 지펴서 재가 될 때까지 태워버리자. 그러면 그리스 놈들의 모든 계략과 못된 책략이 끝장날 거 아닌가! 하지만 저 괴물이 신들께 바쳐진 제물이라면 어떻게 하지? 신들께 바쳐진 제물을 부숴버리면 우리는 또다시 신들의 저주를 한 몸에 받게 될 텐데!" "목마 옆구리에 구멍을 한번 뚫어보자! 그러면 그 안에 뭐가 숨

---

* 트로이 성을 둘러싼 성벽의 서쪽에 위치한 커다란 성문.

겨져 있는지 금방 알게 될 거 아냐!"

이런 말들이 여기저기서 정신없이 쏟아져 나왔다. 그때 갑자기 누군가가 소리쳤다. "왕이 행차하신다!"

프리아무스 왕이 신하들을 이끌고 성에서 내려오고 있었다. 군중들은 공손하게 양옆으로 물러나 길을 터주었다.

왕은 천천히 군중들이 양쪽으로 늘어선 길을 따라 걸어왔다. 왕은 지쳐 보였고, 백발로 뒤덮인 얼굴은 근엄하면서도 수심에 가득 차 있었다. 백성들은 그런 왕의 얼굴을 의아하게 쳐다보았다. 어째서 프리아무스 왕은 전쟁이 끝난 것을 자기들처럼 기뻐하지 않는 걸까?

왕이 걸음을 멈추었다. 불과 열 발자국 앞에 거대한 목마가 우뚝 서 있었다. 왕은 오랫동안 아무 말 없이 목마를 살펴보기만 했다. 그의 표정만 보아서는 마음속으로 무슨 생각을 하는지 도무지 알 길이 없었다.

신하들은 왕이 무슨 말을 할지 그저 초조한 마음으로 기다렸다. 이윽고 왕이 사람들을 향해 몸을 돌렸다. 그런데 바로 그 순간 열려 있던 성문 쪽에서 누군가가 화가 난 듯 커다란 목소리로 소리를 질러대기 시작했다. 군중들의 시선이 일제히 소리 나는 쪽을 향했다.

23

성문에서 한 남자가 두 아들과 함께 뛰어 내려오고 있었다. 그 뒤로 호기심에 찬 사람들 한 무리가 뒤따랐다.

남자는 오른손에 끝이 청동으로 된 엄청나게 큰 창을 들고 있었다.

"라오콘이다!" 왕을 둘러싸고 서 있던 신하들 중 한 사람이 낮은 목소리로 말했다. "넵투누스 신전의 사제인 라오콘이야! 도대체 뭘 하려고 저러는 걸까?"

라오콘의 성난 목소리가 다시 한 번 쩡쩡 울렸다. 그는 있는 힘을 다해 달려왔는데, 옷은 바람에 휘날렸으며 이마에 둘러맨 하얀 띠 아래로는 얼굴이 온통 벌겋게 달아올라 있었다.

"이 바보 같은 놈들아, 도대체 너희들이 제정신이냐?" 라오콘은 왕이 거기 있는 것도 무시한 채 소리를 질렀다. "내 아들들의 목숨을 걸고 충고하건대, 그 목마에 손끝 하나도 갖다 대지 마라. 너희들은 정말로 그리스 놈들이 아무런 계략도 없이 우리에게 선물을 남기고 갔을 거라고 생각하는 것이냐? 세상에 맙소사, 너희들은 울릭세스를 그렇게도 모르느냐! 절대로 저 목마가 위험하지 않을 거라고 믿지 마라! 저 목마는 배 속에 무장한 장수들을 감추고 있거나, 아니면 다른 방법으로 트로이의 멸망을 초래할 것이다! 어떤 것이 되었든, 난 그리스 놈들이라면 그들이 신들께 바친 제물이라 할지라도 두렵기만 하다!"

라오콘은 말을 마치더니 창을 든 손을 번쩍 들고 몸을 뒤로 홱 젖혔다가, 있는 힘껏 창을 던졌다. 라오콘은 힘이 센 사람이었다. 허공을 가르며 날아간 창은 목마 옆구리에 깊이 박히더니 나무판에 꽂힌 채 흔들거렸다.

목마의 배 속에서 덜그럭거리는 소리가 울려 나왔다.

그러나 어느 누구도 그것을 들은 사람이 없었다. 신들이 일단 누군가를 멸망시키기로 마음먹으면, 그는 장님이나 귀머거리와 마찬가지로 되어버리기 때문이다.

군중들은 라오콘의 경고에 깜짝 놀란 나머지 한동안 아무 말이 없었다.

그 순간 또다시 커다랗게 외치는 고함 소리가 정적을 깼다. 이번에는 저편에서 들판을 가로지르며 한 무리의 트로이 목동들이 달려오고 있었다. 그들은 기쁨에 넘쳐 환호성을 지르며 낯선 남자 하나를 끌고 왔는데, 그 남자는 양손이 뒤로 묶여 있었다.

낯선 남자는 젊은 그리스 사람이었다. 얼굴과 옷차림에서 분명히 알 수 있었다.

"이자가 늪지대의 갈대밭 사이에 숨어 있는 것을 잡아왔습니다." 목동들은 자랑스럽게 말하며, 잡아온 포로를 왕 앞에 내놓았다.

낯선 그리스 남자는 무리의 한가운데에 서 있었다. 사람들은 그를 적개심에 불타는 눈초리로 훑어보았다. 곧 젊은 사람들 사이에서 그를 욕하고 협박하는 소리들이 터져 나왔다.

낯선 남자는 너무나 겁이 난다는 시늉을 하며 여기저기로 고개를 돌려 사람들을 흘끗흘끗 쳐다봤다. 길고 짙은 눈썹 아래 두 눈이, 빙 둘러 서 있는 사람들의 얼굴을 하나하나 민첩하게 스쳐 지나갔다. 그는 왕의 얼굴을 살짝 훔쳐보고는 아무도 몰래 안도의 한숨을 내쉬었다. 프리아무스 왕은 마음이 넓고 근엄해 보였다. 만약 그가 큰 실수만 하지 않는다면 모든 일은 성공적으로 진행될 것 같았다. 어쩌면 살아서 돌아갈 수도 있을 것 같았다. 하지만 지금으로선 아무것도 장담할 수 없었다. 어쨌거나 그는 겁쟁이는 아니었다. 맡은 임무를 성공리에 잘 마치거나 아니면 죽임을 당하거나, 둘 중 어느 쪽이라도 받아들일 각오가 되어 있었다.

곧 그는 계획했던 간사한 계략을 실행에 옮겼다.

그는 두렵고 당혹스러운 표정을 짓기 위해 한껏 얼굴을 찌푸리고는 애원하는 듯한 눈길로 왕을 쳐다보며 말했다. "이 불쌍한 놈을 굽어살피소서!" 그는 주위에 둘러선 사람들이 모두 들을 수 있게 신경을 쓰며 소리 높여 말했다.

"이 땅 위 어느 곳에도 이놈에겐 평화도 안전도 없사옵니다! 아카이아인들은 제 목숨을 노리고 있고, 지금 전 또다시 제 피를 보고자 하는 트로이인들의 손에 붙들렸습니다. 이제 이승과 작별하고 저 무시무시한 황천길로 떠나는 것 말고는 제가 갈 수 있는 길이란 더 이상 없습니다. 제 인생은 아직 시작도 제대로 못 해봤는데 말입니다."

다시 한 번 그의 석탄같이 까만 눈동자가 주변에 서 있는 사람들의 얼굴을 빠른 속도로 훑고 지나갔다. 사람들이 자기 말을 귀 기울여 열심히 듣는 모습을 확인하자, 그는 내심 만족스러웠다.

왕은 한참 동안 그 남자를 주의 깊게 살펴보았다. 그리고 마침내 이렇게 말했다. "너는 지금 아카이아인들이 네 목숨을 노리고 있다고 했는데, 동족임에도 불구하고 그들이 네게 왜 그런단 말이냐? 우리가 널 믿어주길 원한다면, 좀더 자세하게 설명을 해야 할 것이다."

"오, 왕이시여. 모든 것을 있는 그대로, 진실만을 말씀드리겠나이다." 붙잡혀 온 남자는 다급한 목소리로 말했다. "제 이름은 시논이라고 하며, 제가 아카이아 사람이라는 것을 부정하지 않겠습니다. 변덕쟁이인 포르투나*께서 절 불행에 빠뜨리기로 작정하시긴 했지만, 그렇다고 절 거짓말쟁이로 만들지는 않으셨지요. 그러니 들어보십시오! 왕께서도 아마 그 유명한 팔라메데스의 이름을 들어보셨을 겁니다. 그는 제 친척으로, 이 전쟁에 참가한 장수였습니다. 아카이아 장수들 가운데 그의 명성은 대단했습니다. 저 역시 어느 정도는 그 덕을 보고 있었지요. 그런데 이타카의 왕인 울릭세스가 그를 시기한 나머지, 우리 둘을 없애버리기로 결심했던 것입니다. 울릭세스는 팔라메데스가 반란을 도모하고 있다는 소문을 퍼뜨리기 시작했습니다. 제 친척인 팔라메데스는 그저 트로이를 공격하는 전쟁에 반대했을 뿐인데 말입니다. 하지만 아카이아인들은 울릭세스의 말을 믿었고, 팔라메데스는 죽임을 당했습니다. 저는 그 일에 대해 가만히 입 다물고 있을 수가 없었습니다. 그래서 전쟁에 이기고 고향으로 돌아가게 되면 반드시 그의 원수를 갚겠다고 떠들고 다녔지요. 그 이후로 울릭세스는 마음을 놓을 수가 없었습니다. 그래서 결국은 예언자

---

* 행운과 불행을 가져다주는 운명의 여신.

칼카스의 도움으로……" 그는 갑자기 하던 말을 멈추고 슬픈 표정을 지으며 고개를 저었다. "그런데…… 내가 왜 이런 얘기들을 하고 있지?" 그는 짐짓 당황한 척 혼잣말을 하며 계속해서 말을 이었다. "저는 당신들 트로이인들이 아카이아인들을 절대로 믿지 못한다는 것을 잘 알고 있습니다. 자, 그러니 어서 절 죽여주십시오. 울릭세스와 아트레우스의 아들들은 여러분께 고마워할 것입니다!"

이렇게 말하며 처분을 기다리는 그의 얼굴에는 더 이상 목숨을 구할 희망이 없다는 듯한 표정이 떠올랐다. 그러나 그는 트로이인들이 그의 말에 더 큰 호기심이 생겨 이야기를 좀더 듣고 싶어 한다는 것을 알아챘다. 그래서 하마터면 이제 안심해도 되겠다는 자신의 심중을 들킬 뻔했다.

왕이 명령했다. "아카이아인이여, 계속해서 말을 하라!"

시논은 서둘러 왕의 명령을 따랐다. 아아, 약간만 머리를 써서 말을 솜씨 있게 잘하기만 하면 사람들을 속여 넘기기란 얼마나 쉬운 일인가! "폐하의 분부가 정 그러하시다면……여러분께서는 우리가 얼마나 오랜 세월을 여기 당신들의 성문 앞에 진을 치고 있었는지 잘 아실 겁니다. 우리는 전쟁이 지긋지긋해졌고, 고향으로 돌아갈 날만을 손꼽아 기다리고 있었습니다. 지도자 격인 장수들은 자주 그 일을 의논했지만 한 번도 성공하지 못했습니다. 때로는 거친 풍랑이 우리의 발목을 붙들고, 또 때로는 신들께서 우리 편에 서 있다는 예언이 우리를 꼼짝 못 하게 만들기도 했지요. 어느 날 끔찍한 광풍이 우리를 덮쳤고, 몇 날 며칠 밤낮을 가리지 않고 폭우가 쏟아져 마치 우리 모두를 땅 위에서 싹 쓸어내 버릴 것만 같았습니다. 어찌할 바를 모르던 우리는 포이부스 아폴로께 신탁을 듣기로 했습니다. 그런데 전령이 다녀와 우리에게 끔찍한 소식을 전해주었습니다. '너희들은 트로이로 원정을 떠날 당시, 한 소녀를 제물로 바쳤었다. 이제 너희들이 무사히 고향으로 돌아가기 위해서는 신들께서 다시 아카이아인의 피를 원하신다'고 말입니다.

그 소식을 듣는 순간 우리는 모두 공포에 질리고 말았습니다. 어느 누구도 다른 사람의 얼굴을 쳐다볼 용기가 나지 않았습니다. 누가 제물로 희생될 것인가? 바로 그 순간에 울릭세스가 끼어들었습니다. 그는 예언자 칼카스를 억지로 우리가 둘러서 있는 한가운데에 끌어다 앉혀놓고, 신들이 누구를 희생양으로 점찍었는지 말하라고 윽박질렀습니다. 칼카스는 완강히 거부했습니다. 그는 열흘 동안 버텼습니다. 그러나 모든 것은 그들의 못된 계략이었습니다. 칼카스는 이미 울릭세스와 몰래 약속이 돼 있던 터였습니다. 많은 사람들이 그 사실을 알고 있었지만, 제게는 그에 대해 얘기해주는 사람이 아무도 없었습니다. 열흘째 되던 날, 칼카스는 마치 울릭세스의 광포함을 못 이기겠다는 듯 희생자의 이름을 말했습니다. 그것은 바로 제 이름이었지요. 제가 더 이상 무슨 말을 할 수 있었겠습니까? 다른 모든 이들이 칼카스의 뜻에 따랐습니다. 불행이 자신들을 비껴 지나갔는데 뭐라 반대할 이유가 없지 않겠습니까! 다른 사람들은 그저 제게 닥친 불행을 태연히 지켜볼 뿐이었습니다. 사람들은 서둘러 제물을 바칠 준비를 시작했습니다. 제사 때 쓸 소금과 보릿가루를 날라다 놓았고, 제 이마에는 성스러움을 상징하는 띠를 둘렀습니다. 전 죽기 싫었습니다. 사람들은 그것을 눈치채곤 절 포박했습니다. 하지만 죽음의 공포는 제게 거인 같은 힘을 주었습니다. 전 포박을 풀고 도망쳤습니다. 칠흑같이 깜깜한 밤이라 막사에서 도망쳐 나오는 데 성공할 수 있었습니다. 멀리 늪지대에 도착했을 때 아침이 밝아오기 시작했고, 전 갈대밭에 몸을 숨겼습니다. 거기서 나중에 목동들에게 붙들린 것입니다! 여기까지가 제 이야기입니다, 폐하. 성은을 베풀어주신다면 감사하겠지만, 당신께서 바라시는 대로 처분하소서."

아아, 이 그리스 사람 시논은 연극을 참 잘도 해냈다. 말을 모두 마쳤을 때 그의 두 눈에는 눈물마저 글썽거렸다.

왕은 아주 잠깐 동안 머뭇거렸다. 바로 그 짧은 순간에 시논의 운명과 트로이의 운명이 결정되었다.

깊은 한숨을 내쉬면서 마침내 프리아무스 왕이 명령했다. "이자의 결박을 풀어주어라!"

그리스인 시논의 두 눈은 승리의 기쁨으로 반짝였다. 그러나 이내 그는 기쁨의 빛을 속눈썹 아래로 감춰버렸다.

시논은 자신의 계략이 성공했고, 트로이는 곧 멸망할 것이란 것을 알았다. 왕이 시논에게 다시 말을 건넸을 때, 시논은 흠칫 놀라 몸을 움츠렸다.

"이제 너는 네게 그렇게 몹쓸 짓을 한 너의 조국과 아카이아인들을 잊도록 하라. 넌 앞으로 우리 트로이 백성들과 함께 지낼 수 있을 것이다. 하지만 한 가지만 더 솔직하게 말해다오. 저 목마의 정체가 도대체 무엇이냐? 아카이아인들이 발명한 전쟁 무기냐? 아니면 신들께 바치는 제물이냐? 이도 저도 아니라면, 왜 그리스 사람들이 저렇게 엄청나게 큰 목마를 만들어 여기 남겨두고 간 것이냐?"

시논의 머리는 입안의 혀만큼이나 빠르게 돌아갔다. "왕이시여, 제 입술을 통해 나오는 그 어떤 말도 거짓이 아니란 것을 우선 믿어주십시오. 당신은 제 생명의 은인이시기 때문입니다." 시논은 울먹이는 목소리로 왕의 다짐부터 받아냈다. "폐하께서는 이곳 사람들이 팔라디움*이라고 불리는 미네르바 여신의 신상神像이 어느 날 밤 신전에서 사라진 일을 기억하실 겁니다. 하지만 그 신상을 울릭세스와 디오메데스가 훔쳐간 사실은 모르셨겠지요. 그자들이 어떻게 이 도시로 숨어들어 이곳에서 제일 높은 성에 있는 신전까지 갈 수 있었는지 아무도 모릅니다. 더군다나 그 신상을 들고 어떻게 이 도시를 다시 무사히 빠져나갔는지는 더더욱 알 수가 없습니다.

어쨌든, 그자들은 그 일을 해냈습니다. 그러고는 그 신상을 그리스 진영 한가운데에 세워두었습니다. 그런데 신상을 세우자마자 이상한 일이 벌어졌습니다. 신상의 두 눈이 번쩍 떠지더니 불꽃과도 같은 번갯불이 그 눈에서 뿜어져 나오고, 창

---

* 창을 든 미네르바 여신의 입상. 전해지는 바에 따르면 트로이에 그 기원을 두고 후에 로마 베스타 신전에 보관되었다고 한다. (옮긴이) 아테나(미네르바) 여신이 직접 만든 것을 제우스(유피테르)가 지상으로 던졌는데, 당시 한창 건설 중이던 트로이 성에 떨어졌다고 한다. 신상이 모셔진 도시를 지켜주는 주술적인 힘이 있다고 알려져, 트로이 전쟁 중 이것이 사라진 것이 트로이가 패배한 원인 중 하나로 얘기되기도 한다.

과 방패를 들고 있던 두 팔은 위협적으로 위로 번쩍 들려졌습니다. 우리는 깜짝 놀라 그 광경을 바라보고 있었지요. 우리는 여신께서 화를 내고 있다는 것을 알았습니다. 두려움에 덜덜 떨고 있던 우리 중 용기 있는 자 몇 명이 그 신상을 배에다싣고 미케네를 향해 떠났습니다. 그 일이 있은 다음 날부터 행운의 여신은 우리에게서 등을 돌리고 말았습니다. 우리가 무슨 일을 하든지 실패만을 거듭할 뿐이었지요. 그러자 칼카스가 우리더러 고향으로 돌아갈 것을 충고했습니다. 하지만 그 전에 여신을 모욕한 죄과에 대한 벌로 제물을 바쳐야 한다고 했습니다. 그는 우리에게 엄청나게 큰 목마를 만들라고 명령했습니다. '목마는 트로이인들이 성안으로 끌고 들어갈 수 없을 정도로 커야 한다'고 말했지요. '만약 그들이 목마를 성안으로 끌고 들어가면, 그 순간부터 미네르바 여신은 트로이를 보호하게 될 것이다. 반면 성문 앞에서 목마를 부숴버리면 여신의 분노는 트로이인들을 향할 것이고, 그러면 트로이는 멸망할 것이다.' 칼카스는 이렇게 예언했습니다. 우리는 그의 명령에 따랐습니다. 그다음 일이 어떻게 되었는지는 폐하께서 직접 보신 대로입니다. 제가 도망쳤음에도 불구하고, 그리스 병사들은 밤사이에 배를 타고 떠나버렸습니다. 여신의 분노가 고향으로 돌아가는 길에 만나게 될 풍랑보다 더 무서웠기 때문입니다."

시논이 이렇게 청산유수로 말을 쏟아놓으니, 어떻게 그를 의심할 수 있겠는가? 이제까지 일어난 모든 일들이 그가 한 말을 증명해주는 것만 같았다.

그러나 그 자리에는 라오콘이 있었고, 라오콘은 다르게 경고했다! 넵투누스 신전의 사제인 라오콘은 절대로 틀린 예언을 하는 법이 없었다. 그는 단 한 번의 실수도 하지 않았다. 아니면 어떤 음험한 목적에서 자기가 알고 있는 것과는 다른 예언을 한 것인지도 몰랐다. 그는 심지어 미네르바 여신에게 바쳐진 제물인 목마 옆구리에 창을 던지기까지 했다. 트로이인들은 그들의 기쁨을 방해한 라오콘의 기분 나쁜 경고에 조금은 마음이 상한 터라, 라오콘이 지금 화를 자초하고 있다고 생각했다.

그리고 잠시 후에 그들의 생각이 옳았다고 여길 만한 일이 벌어졌다.

프리아무스 왕은 그리스인들이 떠나버린 막사 앞에 즉시 제단을 쌓고, 신들께 트로이 전쟁이 끝난 것에 대해 감사를 표할 제물을 가져오라고 명령했다. 모든 트로이 사람들이 성

35

밖으로 나와 제물을 풍성하게 쌓아 올린 제단을 둘러싸고 모여들었다. 황금으로 뿔을 장식한 황소가 제물로 끌려 나왔고, 제사를 주관할 사제로는 라오콘이 뽑혔다. 라오콘은 두 아들의 시중을 받으며 부지런히 제물을 바칠 준비를 했다.

모든 사람의 눈길이 라오콘에게 쏠려 있던 터라, 어느 누구도 지는 해의 황금빛을 받아 순금처럼 반짝이는 바다 쪽을 바라보지 않았다.

바다 위에는 바람 한 점 일지 않았다.

그러다 갑자기 저 멀리 테네도스 섬 근처의 바다에서 무엇인가 꿈틀거렸다. 흰 거품이 바닷속 깊은 곳에서부터 소용돌이치듯 치솟아 올랐다. 그리고 그 거품으로부터 머리 두 개가 불쑥 튀어나왔다…… 아아, 얼마나 끔찍한 모양의 머리인가! 물 위로 높이 솟은 머리는 징그럽게 부풀어 오른 목 위에 꼿꼿하게 붙어 있었으며, 두 눈은 오래 굶주린 듯 번득거렸고, 핏빛처럼 붉은 돌기 같은 것이 머리 위에 달려 있었다. 아래로는 엄청나게 덩치가 크고, 그야말로 끝이 없어 보이는 길고 긴 뱀의 형상이 육중하고 둔한 몸놀림으로 이리저리 비비 꼬며 매달려 있었다.

바다는 큰 소리를 내며 파도치기 시작했다. 두 마리의 뱀은 이제 빠른 속도로 해안을 향해 달려들고 있었다.

트로이 사람들은 깜짝 놀라서 귀를 기울였다. 갑자기 폭풍우가 몰려오려나? 하지만 하늘은 맑기만 하고, 바다 역시 조금 전까지만 해도 잔잔하지 않았던가……

그러나 바로 다음 순간, 수천 명이 일제히 내지르는 비명 소리가 바닷가를 울렸다. 사람들은 도망치기 시작했다. 그들은 너무도 놀란 나머지 들판으로, 성벽 위로, 성문 안으로 무조건 달렸다. 달리면서 발을 헛디뎌 넘어지기도 하고 구르기도 했지만, 다시 숨을 헐떡거리며 일어나서 사력을 다해 달렸다. 계속 달리면서 혹시 그들 뒤로 뱀이 혀를 널름거리며 입을 쩍 벌리고 잡아먹을 듯이 달려들지나 않을까 하는 두려움에 사방을 둘러보았다.

그러나 두 마리의 괴물은 도망치는 사람들 쪽으로 고개조차 돌리지 않았다. 괴물들은 마침내 해변에 당도했고, 그 길로 엄청난 속도로 제단을 향해 똑바로 달려들었다. 혀는 계속 쉭쉭거리는 소리를 내며 널름거렸고, 눈에서는 피가 뚝뚝 흘렀다.

모두가 도망가 버린 제단에는 라오콘과 그의 두 아들만이 남아 있었다. 그들은 성심껏 제사를 올릴 준비에만 열중한 데다 사람들이 주위에 빽빽하게 둘러서 있던 탓에 괴물에 대해서는 아무것도 눈치채지 못하고 있었다. 사람들이 소리를 지르며 도망치고 난 뒤에야 깜짝 놀라 주위를 둘러보았다.

그들이 서 있는 들판은 눈 깜짝할 사이에 텅텅 비어 있었다. 아니, 완전히 텅 빈 것은 아니었다. 저 건너 해변에서 뭔가가 그들을 향해 쏜살같이 달려오고 있었다. 이루 말할 수 없이 끔찍하고 무시무시한 괴물이었다. 도망갈 겨를이 없었다……

라오콘의 아들들은 너무 놀란 나머지, 두 눈을 크게 뜨고 온몸이 마비된 것처럼 굳어서 괴물을 쳐다보기만 했다. 그러다가 소리를 지르면서 아버지의 품으로 뛰어들었다. 그러나 안타깝게도 그들은 아버지 품에 안기지 못했다. 괴물이 더 빠른 속도로 두 아들을 붙잡았기 때문이다.

라오콘은 몸을 굽혀 누군가가 바닥에 떨어뜨리고 간 칼을 집어 들었다. 창도 하나 있었다. 어쩌면 이 무기들로 저 괴물을 무찌를 수 있으리라…… 그러나 다시 몸을 일으켰을 때, 괴물은 이미 징그럽게 꿈틀거리며 라오콘의 몸을 칭칭 휘감고 있었다. 괴물은 라오콘의 몸을 타고 점점 더 높이 오르더니 숨을 못 쉴 정도로 가슴을 조이고 어깨와 팔을 휘감았다…… 내 아들들아, 너희들은 어디 있느냐? 너희들에게 무슨 일이 생긴 것이냐?

라오콘은 두 아들이 소리치는 것을 들었다. 순간 라오콘은 그들이 괴물의 엄청난 힘에 짓눌려 위험에 처했다는 것을 직감했다. 아직은 두 팔을 휘저을 수 있었다. 그러나 이번에는 괴물이 날카로운 이빨로 라오콘의 옆구리를 물어뜯었다. 라오콘은 너무나 고통스러워 소리를 지르며 몸부림쳤다. 비늘이 달린 차가운 괴물의 몸뚱이가 그의 목을 휘감으며 조여왔다…… 내 아이들…… 라오콘의 아들들은 이제 아무런 소리도 내지 않았다. 완전히 조용해졌다.

라오콘은 고통에 못 이겨 고개를 뒤로 젖혔다. 뱀은 라오콘의 목을 점점 더 세게 조였다.

그의 얼굴 위로 갑자기 뱀의 벌어진 입이 침을 질질 흘리며 불쑥 나타났다. 그 입을 보자마자 라오콘은 소리를 지르기 시작했다. 그러나 라오콘은 자신이 소리를 지르고 있다는 사실조차 느끼지 못했다. 그리고……

트로이인들은 안전한 거리를 두고 멀리 떨어져서, 이 모든 광경을 놀라움에 몸이 굳은 채로 아무 말 없이 바라보고 있었다.

그런데 그 순간…… 다시 한 번 놀라운 일이 벌어졌다! 그

두 괴물이 이제 바닥을 기어서 트로이 성을 향해 올라오기 시작했다. 사람들은 또 한 번 놀라며 골목으로, 집 안으로, 성벽과 탑 위로 흩어져 몸을 숨기기에 바빴다. 그러나 이번에도 그 끔찍한 괴물들은 트로이 백성들 중 어느 누구에게도 관심을 보이지 않았다.

두 마리의 뱀은 트로이 성문을 기어서 넘어가더니, 골목을 쏜살같이 통과해 성의 제일 높은 곳에 있는 미네르바 신전으로 들어가 버렸다. 그들은 목적지를 정확하게 알고 있는 듯했다. 신전에 들어간 괴물들은 제단 앞에 납작 엎드렸다.

그러고는 그 자리에서 자취를 감췄는데, 괴물들이 어디로 사라졌는지 본 사람은 아무도 없었다.

그날 트로이는 무너진 개미굴 같은 형상이었다. 골목이고 성벽 앞이고 사람들의 무리로 바글거렸다. 사람들은 온통 방금 일어난 기이하고도 끔찍한 일에 대해서 수군거렸다. 라오콘은 정말로 신들의 저주를 받은 것이라고 했다. 그리고 목마를 서둘러 성안으로 끌고 들어와 화가 난 미네르바 여신께 용서를 빌고, 트로이가 여신의 보호를 받게 해야 한다고 했다.

그런데 그 거대한 목마는 덩치가 너무 커서 성문을 통과하지 못할 텐데 어떻게 해야 할까? 그렇다면 당연히 성문을 부쉬야지. 그리고 성벽도 조금 무너뜨려야지. 필요하다면 좁은 골목길 옆으로 늘어선 집들도 부숴야겠지. 목마를 성의 제일 높은 곳에 있는 미네르바 신전 앞뜰에 세워놓기 전까지는 절대로 마음을 놓을 수가 없어. 그렇게 해야만 트로이는 미네르바 여신의 보호를 받아 황금시대를 맞이할 수 있을 거야!

사람들은 계획대로 즉시 실행에 옮겼다. 수천 명의 사람들이 서둘러 일을 시작했다. 날이 완전히 어두워지기 전에 성벽에는 벌써 커다란 구멍이 뚫려 있었다. 다른 한편에서는 커다란 바퀴를 만들고 튼튼한 밧줄로 목마의 목 부분과 다리 부분을 묶어 고정시켰다. 그리고 수백 개의 횃불도 준비했다. 남자아이들과 여자아이들이 머리에 화관을 쓰고 여신을 찬양하는 노래를 불렀다.

모든 준비가 끝나자 사람들은 횃불에 불을 붙이고 장엄한 행렬을 시작했다. 행렬의 한가운데에 목마가 있었다. 목마를 끄는 밧줄에 손 하나라도 얹게 된 사람들은 자신들이 엄청난 행운을 얻었다고 믿으며 기뻐했다.

행렬이 성문 앞에 당도했을 때, 목마를 싣고 가던 나무 바퀴가 뭔가에 걸렸다. 아마도 돌부리거나 그 비슷한 것이었을 것이다. 목마는 갑자기 우뚝 멈춰 섰고 목마 안에서 쨍그랑거리는 소리가 들렸다. 그러나 그 소리를 들은 사람은 아무도 없었다. 목마를 둘러싼 사람들이 그렇게 날뛰면서 소란스럽게 구는데, 어찌 그 소리를 들을 수 있었겠는가?

남자들은 다시 한 번 밧줄을 당겼고 이내 목마는 또다시 성문 문턱에 걸려 멈춰 섰다. 이번에도 목마의 배 속에서 무기들이 덜그럭거리는 소리가 났지만, 역시 아무도 그 소리를 듣지 못했다. 그런 일이 세 번, 네 번 일어났다.

그러나 트로이인들은 그저 기쁨에 도취되어 여러 번 들려오는 경고의 소리에 귀를 기울이지 않았다. 기쁨의 환호성 속에 목마는 드디어 성 꼭대기의 뜰에 당도했다.

갑자기 사방이 조용해진 가운데 신전의 문을 통해 한 여자가 나타났다. 그녀는 흰옷을 입고 이마에는 사제들이 두르는 띠를 매고 있었다.

"카산드라다!" 여기저기서 웅성거리는 소리가 들렸다. 카산드라는 프리아무스 왕의 딸이자 아폴로 신을 모시는 여사제였다. 아직 어린 나이였지만 얼굴에는 깊은 고통의 흔적이 있었고, 사방으로 빛을 발하는 그녀의 아름다움은 바라보는 모든 이들의 마음을 감동시켰다.

카산드라에게는 미래를 내다보는 능력이 있었다. 그러나

언젠가 포이부스 아폴로 신을 화나게 했다는 이유로 그 신으로부터 끔찍한 형벌을 받고 있었다. 그것은 바로 그녀가 어떤 예언을 하든 어느 누구도 믿지 않으리라는 것이었다!

그래서 지금 이 순간 그녀의 커다란 두 눈에 절망적인 슬픔이 가득했던 것이다. 그럼에도 그녀는 손을 높이 들고 예언을 시작했다. "트로이의 백성들이여!" 목소리는 크지 않았지만, 그곳에 모인 사람들 모두가 다 들을 수 있었다. "트로이의 백성들이여, 나는 당신들이 내가 하는 예언을 믿지 않으리란 것을 잘 알고 있습니다. 그럼에도 불구하고 여러분께 간청하건대, 제발 이 목마를 다시 트로이 성 밖으로 끌어내십시오! 그렇지 않으면 여러분의 두 눈이 태양 빛을 보는 것은 오늘이 마지막일 겁니다! 더 이상은 드릴 말씀이 없습니다."

카산드라는 더 이상 아무 말도 하지 않고 그저 가녀린 두 손을 모아 쥘 뿐이었다. 그러고는 횃불에 비친 주변 사람들의 표정을 하나하나 살펴보았다. 아무도 크게 웃지 않았다. 그저 여기저기서 옅은 웃음을 내보이거나 간혹 동정 어린 눈빛으로 고개를 설레설레 저을 뿐이었다. 그렇다. 언제나 그랬듯이 그녀의 말을 믿는 사람은 아무도 없었다.

카산드라는 지친 표정으로 천천히 몸을 돌려 다시 신전 안으로 들어가 버렸다. 바깥에 서 있던 사람들은 이내 다시 기쁨에 젖어들었다. 그들은 이제까지 힘들었던 그 모든 일을 뒤로하고 그저 행복하기만을 간절히 바랐던 것이다! 카산드라? 트로이 사람이면 누구나 그녀를 좋아했다. 하지만 그녀의 예언을 믿는 것만은……

트로이 전체가 잠잠해지기까지는 한참이 걸렸다. 별들의 움직임이 한밤중이 되었음을 알리자, 비로소 모든 골목과 광장이 텅텅 비고 조용해졌다.

트로이인들은 이제 모두 잠이 들었다. 지난 10년 이래 처음으로 아무런 걱정 없이 편안하게 든 잠이었다. 성벽과 성문이 크게 뚫려 있다고 한들 무슨 상관이란 말인가?

성문과 탑 위에서 망을 보던 보초병들조차도 잠이 들었다.

단 한 사람, 왕이 거하는 궁전의 제일 높은 탑 위에 잠들지 못하고 서 있는 남자가 있었다. 그는 바로 아이네아스, '여신의 아들'이라 불리는 사람이었다. 그만은 잠들지 못했다. 왜 그런지 자신도 몰랐다. 아이네아스는 달빛 아래 평화롭게 보이는 트로이 땅을 굽어보았다. 저 멀리 바다는 은빛으로 빛나고, 그 위로 테네도스 섬이 마치 괴물이 엎드려 잠든 형상으로 물결 위에 솟아 있었다. 사방의 적막함을 깨뜨릴 돛단배

한 척 보이지 않았으며, 침묵을 가르는 그 어떤 소리도 들려오지 않았다. 황량한 해변만이 끝도 없이 펼쳐져 있었고, 적의 진영은 텅 비어 있었다.

아이네아스는 불안을 떨치려 고개를 저었다. 아니다, 도대체 어디에서 위험이 닥칠 수 있단 말이냐! 그런데 어째서 나를 잠 못 들게 하는 이 알 수 없는 불안함은 수그러들 기미가 보이지 않는 것일까? 한참을 그렇게 서 있던 아이네아스는 떨어지지 않는 발걸음을 옮겨 탑에서 내려와 어두운 골목을 돌아 앙키세스의 집으로 갔다. 그의 집은 시내에서 멀리 떨어진 곳에 높은 나무들로 둘러싸여 있었다.

아이네아스가 문을 열고 들어갔을 때, 집 안 역시도 깊은 침묵에 싸여 있었다. 한순간 아이네아스의 근심 어린 얼굴 위로 엷은 미소가 번졌다. 여기도 잠자는 사람들뿐이로구나. 아버지 앙키세스, 아내 크레우사, 어린 아들 아스카니우스 율루스까지도. '아마도 내가 이 트로이 땅에서 깨어 있는 유일한 사람인 모양이다.' 아이네아스는 생각했다. '하지만 이제 나도 잠을 청해야겠다.'

그러나 그것은 아이네아스의 착각이었다. 트로이 성 안에서 잠들지 못하고 깨어 있는 사람은 아이네아스 한 사람만이 아니었다.

한 시간쯤 흘렀을까. 성의 제일 높은 곳에 위치한 뜰 안 기둥 뒤 으슥한 곳에서 한 남자가 튀어나왔다. 그 남자는 고양이처럼 발소리를 죽여 재빨리 목마 쪽으로 몸을 옮겼다. 그 순간 달빛이 남자의 얼굴을 비췄다. 트로이 사람이라면 누구나 다 알고 있는 얼굴이었다. 그 남자는 바로 그리스 사람 시논이었다. 그는 날렵한 손놀림으로 목마 어딘가에 감춰져 있던 빗장을 한 치의 실수도 없이 정확하게 찾아내 풀었다. 백 번도 더 미리 연습한 것 같은 동작이었다.

아무도 발견하지 못했던 목마 옆구리에 달린 문이 열릴 때, 삐걱거리는 소리가 아주 조그맣게 들릴 뿐이었다. 그 문은 그렇게 정교하게 만들어져 있었다.

다시 한 번 무기와 갑옷 들이 부딪혀 덜그럭거리는 소리가 났다. 하지만 트로이인들은 잠에서 깨어나지 않았다.

시논은 그 자리에 서서 시커멓게 입을 벌리고 있는 목마의 문을 올려다봤다. 그는 숨을 쉴 엄두도 내지 못했다. 아직은 자기 목숨이 위험천만한 처지에 놓여 있다는 것을 잘 알고 있었기 때문이다.

시논은 목마가 있는 곳으로 오기 전, 자신의 잠자리에서 몰래 빠져나와 먼저 탑 위로 올라갔다. 거기서 그는 테네도스 섬 가까이에 있는 바다에서 횃불의 불빛이 세 번 반짝이길 기다렸다. 그것은 테네도스 섬 뒤쪽의 숨겨진 포구에 닻을 내리고 정박해 있던 그리스 함대가 다시 트로이를 향해 되돌아오겠다는 신호로 미리 정해둔 것이었다. 동시에 그것은 목마의 배 속에 숨어 있던 그리스 장수들을 위해 목마의 문을 열어달라는 신호이기도 했다. 그들은 배가 다시 해안에 닿게 될 시간을 정확하게 계산해두었다. 배가 해안에 도착하면, 병사들은 해변으로 뛰어올라 트로이 성을 향해 진격할 것이다……

'신들이시여, 병사들과 저를 도와 그들이 제시간에 이곳에 당도할 수 있게 해주소서!' 시논은 마음속으로 간절히 기도하며 이마에 맺힌 땀방울을 닦았다.

저기! 이제 막 목마 위에서 밧줄이 내려오고, 목마의 열린 문으로 커다란 몸집의 장수가 모습을 드러냈다. 달빛을 받아 번쩍이는 금빛 투구를 쓰고 갑옷으로 무장한 그는 밧줄을 타고 재빨리 내려왔다. 아아, 당연하지. 그는 바로 메넬라우스였다. 메넬라우스야말로 분명 트로이 성 안의 땅을 첫번째로 밟고 싶은 사람이었을 것이다. 그는 자신의 아름다운 부인을 도둑맞은 데 대한 복수심으로 가득 차 있었다.

울릭세스와 그의 뒤를 따라 아킬레스의 아들인 피루스도 내려왔다. 피루스는 아버지를 닮아 강하고 용맹하긴 했지만, 고귀함이 결여된 잔인한 사람이었다.

목마 제작을 지휘한 에페오스를 비롯해 토아스도 내려왔다. 그 뒤로 아가멤논과 디오메데스 그리고 다른 많은 장수들이 뒤따랐다. 시논은 그들 모두를 잘 알고 있었다. 그들은 하나같이 아카이아 최고의 장수들이었다.

마지막 장수가 땅으로 내려와 시논 옆에 서자, 그는 안도의 한숨을 내쉬며 곧장 가장 바깥쪽 성벽이 있는 곳까지 골목을 달려 내려갔다. 그는 다음 단계로 자신이 해야 할 일을 잊지 않고 있었다.

그는 성벽을 따라 달리면서 목마를 성안으로 끌고 들어가려고 성벽을 허문 곳까지 갔다. 달리는 동안 끊임없이 주변을 둘러보았다. 그러다가 하마터면 기쁨의 환호성을 크게 내지를 뻔했다. 저 건너편 해안에 배들이 도착해 있었고, 해변과 성문 사이에 펼쳐진 넓은 들판에는 수많은 그리스 병사들이 정렬해 있었던 것이다.

"이제 살았다!" 시논은 탄성을 지르며 잠든 트로이 사람에게서 훔친 칼을 꺼내 들었다. 그날 밤에는 트로이인들에게서 뭐든 다 훔쳐낼 수 있었다. 그들은 술과 기쁨에 취해서 마치 시신처럼 잠들어 있었기 때문이다.

시논이 그곳에서 가장 가까운 성문으로 갔을 때, 그 성문을 지키는 보초병 역시 기둥에 몸을 기대고 잠들어 있었다. 시논 의 칼이 보초병의 등에 꽂혔고, 그는 외마디 비명조차 지르지 못하고 쓰러졌다.

시논은 재빨리 청동으로 된 빗장을 풀고 성문을 활짝 열어 젖혔다!

엎어지면 코 닿을 거리에 정렬해 있던 아카이아군의 맨 앞 줄 병사들이 성문으로 돌격해 들어왔다. 계속 가라! 다음 성 문으로!

이번에는 시논도 잘 알고 있는 유명한 스카이아 성문이었 다. 성문은 이미 활짝 열려 있었다. 이타카의 왕인 울릭세스 와 다른 몇몇 장수들이 벌써 도착해 성문을 열어놓은 것이다. 성문 바깥쪽에서 아카이아 병사들이 떼를 지어 안으로 들어 왔다.

모든 성문을 통해 아카이아 병사들이 동시에 밀려들어, 전 혀 무장되어 있지 않은 도시의 골목골목을 마치 성난 늑대들 처럼 헤집고 다녔다. 무방비 상태로 열린 집 안에서 세상모르고 잠들어 있던 사람들은 갑자기 들이닥친 병사들로 인해 화들짝 놀라 잠깐 잠에서 깼었다가, 곧 끔찍한 최후를 맞았다.

트로이에 잔인한 살육이 시작된 것이다……

같은 시각, 불안함 속에 잠에 어렵게 빠져들었던 아이네아스는 아주 기이한 꿈을 꿨다. 어쩌면 꿈이 아닐지도?

아이네아스의 잠자리 앞에 이미 전사한 헥토르가 서서 그를 불렀다. "일어나게, 여신의 아들이여! 트로이가 멸망하고 있네! 어서 자네 가족들을 이끌고 도망쳐야 하네! 우리 트로이를 수호하는 신들과 성물들을 가지고 함께 떠나게. 자네가 우리 수호신들께 새로운 거처를 마련해드리고, 이곳에서 멀리 떨어진 곳에 또 다른 트로이를 건설할 사람으로 선택되었기 때문일세. 여기를 보게! 내가 이미 성물들을 자네의 집 앞에 가져다 놓았네. 자네가 직접 신전에 가서 이 성물들을 가져올 시간이 없기 때문일세!"

아이네아스는 깜짝 놀라 잠에서 깨어났다. 그는 헥토르에게 말을 걸고 싶었다. 그러나 꿈속에서의 모습은 이미 사라져버리고 없었다!

어안이 벙벙해진 아이네아스는 멍하니 어둠 속을 응시했다. 그런데…… 아니었다, 사방이 완전히 어두운 것은 아니었

다! 희미하고 붉은빛이 방 안을 비추었고, 그 불빛 아래 뭔가
굉장한 물건들이 놓여 있었다. 신상들이 벽에 기대어 세워져
있고 신전에 있던 제기들, 그리고 꺼지지 않는 불이 이글거리
며 타오르는 베스타 여신의 돌로 된 화로도 거기 있었다. 어
떻게 이 성물들이 이곳에 있을까? 그럼 조금 전에 보았던 모
든 것은 결코 꿈이 아니었단 말인가? 그렇다면……

아이네아스는 귀를 기울였다. 멀리서부터 무슨 소리가 들
려왔다. 불길이 타오르는 소리, 무기들이 쨍그랑거리는 소리,
비명 소리, 거칠게 불어대는 진군나팔 소리! 방 안으로 비쳐
들던 붉은빛이 한층 더 밝아졌다. 그 붉은빛은 마치 이글거리
며 타오르는 거센 불길에서 나오는 것 같았다…… 오, 신들이
시여!

아이네아스는 방에서 뛰쳐나와 재빨리 지붕으로 올라갔다.
거기서 그는 보았다. 트로이가 불타고 있었다. 어느 곳을 쳐
다보든 사방에서 불길이 치솟았다. 저 건너편 데이포부스의
집이 활활 타오르더니, 커다란 굉음과 함께 폭삭 무너져 내
렸다. 무섭게 치솟아 오르는 불길이 밤하늘을 환하게 밝혔다.
다음으로 우칼레곤의 집이 불길에 휩싸였다. 불이 붙은 대들
보가 천장에서 떨어져 나와 골목길 위로 떨어졌다. 다시 지붕

으로 불이 옮겨붙더니 집 전체가 무너져 내리는 담장 안으로 주저앉아 버렸다. 사방에서 격렬하게 싸우는 소리가 들렸다. 아이네아스는 탄식했다. 꿈이 아니었구나. 이건 끔찍한 현실이야. 아카이아인들이 다시 돌아왔구나. 아이네아스가 염려하며 예상했던 바였다. 그리고 그것은 곧 트로이의 종말을 의미했다!

이제 어떻게 해야 할까? 도망쳐야 하나? 물론이다. 너무나 기이한 방식으로 그의 손에 맡겨진 성물들이 저기 있지 않은가! 성물들은 안전하게 보존되어야 한다! 하지만…… 아니다, 그는 도망갈 수 없었다. 트로이에 남아 싸워야 하고, 그리고 만약 꼭 그래야 한다면 다른 트로이 병사들과 함께 죽어야 한다!

그러나 그에게는 늙은 아버지 앙키세스가, 사랑하는 부인 크레우사가, 그리고 어린 아들 아스카니우스가 있다…… 만약 아이네아스가 전쟁에서 목숨을 잃는다면 그들은 어떻게 될 것인가?

그렇더라도…… 그는 떠날 수가 없었다! 아이네아스는 지붕에서 내려와 집 안으로 들어갔다. 잠시 그는 주변을 살폈다. 바깥의 소란에도 아직 잠에서 깬 사람은 아무도 없어 보였다. 그의 집은 시내에서 멀리 떨어진 곳에 자리 잡고 있었기 때문이다.

이 집 안 사람들은 아직 한동안은 안전할 것이다! 아이네아스는 재빨리 무장을 하고 집을 나섰다. 집 밖으로 나오자마자 그는 달리기 시작했다. 곧장 성 한가운데 다른 모든 집들 위로 우뚝 솟은 프리아무스 왕의 궁전으로 갔다. 그곳에서 가장 격렬한 전투가 벌어지고 있었다.

한 남자가 아이네아스 쪽으로 다가왔는데, 그 남자는 아폴로 신전에서 꺼내온 값진 그릇들을 등에 지고 한 손으로는 어린 남자아이를 붙들고 있었다. 아이네아스는 그 남자를 잘 알고 있었다. 사제 판투스였다. 그의 얼굴은 연기에 시커멓게 그을었고 백발은 불에 타 있었다.

"아이네아스, 그대는 아이네아스가 맞지요?" 판투스는 지친 목소리로 물었다. "오, 제발 이 길로 되돌아가서 그대와 그대의 가족들을 구하시오! 이제 트로이를 구할 수 있는 사람은 아무도 없소!"

그러나 아이네아스는 그의 말을 듣지 않았다. 그는 불타오르는 집들을 지나, 길목마다 쓰러져 나뒹구는 시신들을 넘어 계속 달렸다. 그러다가 어느 작은 광장에서 갑자기 무장한 병사들 무리와 맞닥뜨렸다.

아이네아스는 옆구리에 차고 있던 칼을 뽑아 들었다. "멈추시오, 아이네아스!" 바로 그 순간 그의 귀에 낯익은 목소리가 들렸다. 아이네아스는 깜짝 놀라 그 자리에 멈춰 섰다. 세상에, 코로이부스였다!

카산드라를 연모하는 코로이부스는 아카이아군에 맞서 프리아무스 왕을 돕고자 군대를 이끌고 트로이 전쟁에 출전했다. 카산드라는 그에게도 트로이의 멸망을 예언했으나 소용없었다.

"자, 우리 함께 왕궁으로 갑시다!" 아이네아스가 코로이부스에게 서둘러 말했다. "지금 우리에게 가장 시급한 일은 바로 왕궁을 지키는 일인 것 같소!" 코로이부스와 함께 온 젊은 병사들은 곧 아이네아스의 명령을 따랐다. 왕궁으로 가는 길목 곳곳에 흩어져 있던 트로이 병사들도 그들을 따라나섰다. 그들은 점차 왕궁으로 가까이 다가갔다. 이미 왕궁에서는 격렬한 전투가 벌어지고 있었고, 멀리서부터 그 모습을 본 아이네아스 일행은 경악을 금치 못했다. 그들은 부지런히 달렸다.

갑자기 어느 골목에선가 한 무리의 병사들이 튀어나와 아이네아스 일행을 가로막아 섰다. 횃불에 비친 그들의 투구와 방패는 그리스 병사들 것이었다. 아이네아스는 건물의 그림자가 짙게 드리워진 어두운 곳에 서 있었다. 그런 까닭에 그리스군을 이끌던 장수는, 바로 앞에 서 있는 사람들이 트로이인들이라는 것을 알아채지 못했다. "아니, 이 사람들아, 함선에서 이제야 이곳에 도착한 건가? 전투가 거의 끝나가는 것이 안 보이나?"

"너희들에게는 전투가 거의 끝나가는 것처럼 보일지 몰라도 우리에게는 아직 멀었다! 이제 곧 그 사실을 뼈저리게 느끼게 해주마!" 코로이부스는 분노에 가득 찬 목소리로 이렇게 외치며 아카이아 병사들을 향해 돌진했다.

아카이아 병사들은 자기들이 마주친 병사들이 같은 편이 아니라는 것을 너무 늦게 깨달았다. 그래서 그들 중 어느 누구도 목숨을 건진 이가 없었다.

"행운의 여신이 우리에게 은총을 베풀어주시는 것 같소!" 가벼운 승리로 용기백배한 코로이부스가 말했다. 그는 허리를 숙여 발밑에서 뒹구는 그리스군의 투구를 집어 들었다. 깊은 생각에 잠긴 듯 투구를 찬찬히 살펴보던 젊은 코로이부스의 얼굴에 뭔가 심상치 않은 표정이 떠올랐다. 그는 갑자기 고개를 뒤로 젖히며 크게 웃었다. "동지들이여!" 코로이부스는 곧 진지한 얼굴로 돌아와 말했다. "이길 수 있는 방법이 있다면, 그것이 간계든 용기든 간에 우린 모든 술수를 동원해야 하네! 이렇게 다급한 상황에 우리가 어떤 방법을 써서 이 싸움에서 이겼는지 물을 자가 어디 있단 말인가? 우리 이 아카이아 병사들의 투구와 방패, 칼을 모두 거둬 가기로 하세!"

병사들은 코로이부스의 말이 무엇을 뜻하는지 곧 알아들었다. 물론 그들이 하려고 하는 행동이 그다지 명예로운 방법은 아니란 것을 그들 모두가 잘 알고 있었다. 그러나 지금은 그런 것을 따질 때가 아니었다. 코로이부스의 병사들은 죽은 아카이아 병사들의 시신에서 갑옷을 벗겨내 각자의 몸에 맞는 것으로 갈아입었다. 코로이부스의 계략이 그 순간만큼은 더없이 적절한 것처럼 느껴졌다.

그들이 왕궁 앞 광장에 도착했을 때, 그곳에서는 트로이 성 안에서 가장 치열한 전투가 벌어지고 있었다. 야밤에 벌어진 갑작스러운 습격에서 다행히 목숨을 건진 많은 트로이 병사들이 사방에서 모여들었다. 왕궁과 신전을 지키기 위해 그들 모두 곧장 그곳으로 달려온 것이다.

아카이아 병사들의 수가 월등히 많았다. 트로이 병사들은 더 이상 희망이 없다는 것을 잘 알고 있으면서도 성난 사자처럼 사력을 다해 싸웠다.

양쪽 병사들이 뒤섞여 정신없이 싸우는 격렬한 전장에서 적군과 아군을 구별하기란 그리 쉬운 일이 아니었다. 그러니 아카이아 병사들의 갑옷을 입고 그들의 무기로 무장한 소수의 트로이 병사들이 그들 사이에 슬그머니 끼어든 것을 그 누가 알아챌 수 있었겠는가?

수많은 아카이아 병사들이 영문도 모른 채 아군의 칼에 목숨을 잃었다. 그들 대다수는 칼을 맞고 쓰러져가는 마지막 순간에 이르러서야 그들을 향해 칼을 휘두른 자가 아군의 투구를 쓴 적군이라는 사실을 깨달을 수 있었다.

타오르는 집들 위로 붉은 혀가 널름거리듯 불길이 솟구쳐 오르고, 지붕이 무너져 내리며 불똥들이 비처럼 쏟아지는가 하면, 왕궁의 성벽 위에서는 화살들이 우박 쏟아지듯 내리치는 사이에서 전투는 끔찍하고도 처절하게 계속되었다.

그런 와중에 아이네아스와 코로이부스 그리고 그의 병사들은 사방으로 흩어져 한동안 서로를 만나지 못한 채 각각 싸움을 하다가, 또 어느 순간에는 우연찮게 가까이 모여들어 어깨를 마주 대고 함께 적에 대항해 싸우기도 했다. 그러면서 그들의 수는 점점 줄어들었다.

그들이 미네르바 신전 앞까지 밀려났을 때, 사건은 벌어지고 말았다.

신전 문 앞에서 아카이아 병사들이 한 여자를 끌어내는 모습이 보였다. 여자는 흰옷을 입었고 이마에는 사제들이 두르는 띠를 매고 있었다. 양손은 밧줄에 묶인 채 긴 머리채는 어지럽게 헝클어져 얼굴과 어깨를 뒤덮고 있었다.

그녀가 카산드라라는 것을 알아차린 코로이부스는 그만 이성을 잃고 말았다. 그는 분노에 찬 고함을 지르며 앞으로 뛰쳐나갔고, 무슨 영문인지 몰라 어리둥절해 있는 그리스 병사들을 하나씩 차례로 쓰러뜨렸다. 코로이부스의 칼에 맞아 쓰러진 그리스 병사들은 아군 중 하나가 갑자기 미쳐 날뛰는 것이라 생각했다. 그를 말리려고 앞을 막아선 그리스 병사들은 모두 그의 칼에 맞아 죽었다.

드디어 코로이부스는 카산드라 앞으로 다가갈 수 있었다. "오, 신들이시여, 정말 감사합니다. 위험천만한 순간에 제가 카산드라를 구할 수 있게 해주시다니!" 코로이부스는 숨을 가쁘게 몰아쉬며 이렇게 말하고는, 서둘러 들고 있던 칼로 카산드라의 손에 묶인 밧줄을 끊었다. "어서 이곳을 빠져나갑시다. 내가 당신을 안전한 곳으로 데려다주리다!"

카산드라는 슬픈 표정으로 코로이부스를 안쓰럽다는 듯이 쳐다봤다. 그녀는 이제 곧 무슨 일이 벌어질지 이미 오래전부터 잘 알고 있었기 때문이다. 카산드라는 아주 잠깐 동안 그의 가슴에 이마를 대고 그의 품에 살며시 안겼다. 그것은 영원한 이별을 의미했다.

"뒤를 돌아보세요!" 카산드라는 낮은 목소리로 말했다. 그녀의 두 눈에 눈물이 가득 고였다. "우리는 이곳을 벗어날 수 없어요!"

그렇다. 그들은 그곳을 벗어날 수 없었다. 그사이 몇몇 그리스 장수들이 뭔가 잘못되었다는 것을 눈치챘다. 지금까지 아카이아 병사인 줄로만 알았던 한 사내가 애써 잡은 귀중한 포로를 놓아주려고 하는 광경을 어이없이 지켜보던 그들은, 뒤늦게야 상황을 파악하고는 다급하게 병사들을 불러 모았다. 눈 깜짝할 사이에 그리스 병사들은 당황해서 어쩔 줄 몰라 하는 몇몇 트로이 병사들과 프리아무스 왕의 딸 카산드라를 튼튼한 벽처럼 둘러쌌다.

그러고는 모든 것이 순식간에 끝나버리고 말았다.

한꺼번에 수많은 칼에 찔린 코로이부스는 그 자리에서 쓰러졌다. 카산드라는 다시 밧줄에 묶여 끌려갔다.

그들은 카산드라를 아카이아로 데리고 갈 것이다. 그녀를 비롯해 수많은 트로이의 부녀자들이 아카이아로 끌려가, 난폭한 피루스가 살고 있는 왕궁에서 노예로 일하거나 또는 디오메데스나 다른 장수들의 노예가 될 것이다. 카산드라는 어쩌면 스파르타의 왕비 헬레나의 시녀로 팔려가 그녀의 시중을 들게 될지도 모르는 일이었다……

한편 아이네아스는 어떻게 해서 그 북새통을 벗어날 수 있었는지 설명할 수는 없었지만, 어쨌든 몇몇 트로이 병사들과 함께 그 자리를 벗어났다. 그는 아카이아인들의 칼에 죽임을 당할 운명은 아닌 게 분명했다.

그러나 그곳에는 적군인 그리스 병사들만 있는 것이 아니었다! 성벽 위에서 트로이 병사들이 아카이아 병사들을 향해 활을 쏘아대고 있었다. 그들은 자기들이 활로 쏘아 맞히는 그리스 병사들 가운데 적군의 투구를 쓴 트로이 병사들이 섞여 있다는 사실을 알 턱이 없었다.

아이네아스는 트로이 병사가 쏜 화살에 목을 맞은 히파니스가 쓰러지는 광경을 바로 옆에서 보았다. 조금 뒤에는 깃털이 달린 화살 하나가 다시 날아와 디마스를 맞혀 넘어뜨렸다. 또 다른 트로이 병사 하나가 어깨에 박힌 화살을 손으로 뽑아내고는, 고통에 찬 신음 소리를 내며 다른 병사들과 함께 비틀비틀 앞으로 걸어 나갔다.

그러더니 갑자기 한순간에 사방이 조용해졌다. 무언가가 아이네아스 일행을 향해 화살을 쏘아대는 트로이 병사들의 주의를 잠시 딴 곳으로 돌린 듯했다. 그 틈을 타 아이네아스는 바로 몇 걸음 앞에 우뚝 선 성벽을 향해 전력을 다해 달려갔다. 빗발치듯 쏟아지는 화살이 그가 쓰고 있는 그리스 병사의 투구 위로, 방패로 날아들었다. "아, 그리스 병사들의 갑옷을 입고 싸우겠다는 이 망할 놈의 계략에 오히려 우리가 화를 당하게 생겼구나!" 아이네아스는 몸을 한껏 숙이고는 성벽에 바짝 붙어서 계속 달렸다. 바로 뒤에서 그를 따라오는 병사들의 발소리가 들렸다. 아이네아스는 도대체 몇 명이나 무사히 따라오고 있는지 가늠할 수 없었다. 그렇다고 뒤를 돌아볼 여유도 없었다.

성벽을 따라 달릴수록 전투의 북새통에서 점점 멀어져갔다. 이제 더 이상 그들을 향해 화살을 쏘아대는 트로이 병사들도 없는 것 같았다. 사방에서 거세게 타오르던 불빛도 더 이상 보이지 않았다. 아이네아스는 그때부터 성벽 아래 무성하게 자란 풀숲 사이에서 뭔가를 주의 깊게 찾기 시작했다.

여기 어딘가에 있을 텐데……

아이네아스가 갑자기 그 자리에 우뚝 멈춰 섰다. 어찌나 갑작스럽던지 바로 뒤에서 따라오던 병사가 그의 등에 부딪혀 넘어질 정도였다. 드디어 아이네아스가 열심히 찾던 무언가를 발견한 것이다.

이리저리 얽혀 자라고 있는 월계수나무 뒤로 사람이 겨우 드나들 수 있을 정도의 구멍이 엄청나게 크고 네모난 성벽의 돌 사이에 시커멓게 입을 벌리고 있었다.

적들은 절대로 찾을 수 없지만, 트로이 병사라면 잘 알고 있는 비밀 통로의 입구였다. 그 안으로 들어가면 두터운 왕궁의 벽을 통해 안뜰 밑을 지나, 왕궁으로 곧바로 이어지는 여러 갈래의 길이 나왔다. 한 치 앞도 보이지 않는 어둠 속을 헤매지 않고 제대로 길을 찾기만 한다면, 땅 밑으로 이어진 그 통로를 통해 왕궁의 가장 깊숙한 곳까지 다다를 수 있었다.

"나를 따르라!" 아이네아스가 목소리를 낮춰 말하며, 수풀을 헤치고 기어 들어갔다. "우리는 왕궁으로 가야만 한다! 트로이 시내에서 우리는 더 이상 아무도 도울 수 없다. 하지만 그곳에 가면 어쩌면 왕을 구할 수 있을지도 모른다!"

아이네아스는 몸을 한껏 구부렸다. 손으로 더듬어가며 앞으로 나아가야 하는 비밀 통로 안이 매우 비좁았기 때문이다. 그를 따르는 병사들은 뭔가에 걸려 이리저리 비틀거리면서도 열심히 따라갔다. 숨을 헐떡이며 뒤따르는 병사들의 거친 숨소리가 동굴 안에 낮게 울려 퍼졌다. 아이네아스는 가끔은 벽에 튀어나온 돌에 몸을 부딪치기도 하고, 가끔은 양손으로 다른 방향으로 난 옆길의 입구를 더듬기도 했다. 그러나 그는 어느 쪽 길을 택해야 왕궁으로 곧장 들어갈 수 있는지 잘 알고 있었다. 왕과 가까이 지냈던 사람들은 그 길을 자주 드나들었기 때문이다. "어쩌면 우리가 이 길을 알고 있는 데 대해 감사해야 할 날이 올지도 모른다." 그들은 농담 반 진담 반으로 그런 얘기를 한 적도 있었다. 트로이 성은 그 명성만큼이나 튼튼하게 지어진 성이었다. 도대체 누가 그 성을 무너뜨릴 수 있단 말인가?

"횃불이라도 하나 있으면 좋을 텐데." 누군가가 이렇게 말했다. 지칠 대로 지친 목소리는 무겁게 가라앉아 있었다.

"우린 곧 바깥으로 나가게 될 것이다." 아이네아스가 대답했다. "그건 그렇고, 이제 그만 그리스군의 투구와 방패를 벗어버리자꾸나. 계속 이렇게 그리스 병사들의 무기를 들고 있다간 동지들의 눈에 띄는 즉시 그 자리에서 죽임을 당할 게

뻔하다. 저길 보아라, 저기가 비밀 통로의 끝이다!"

아이네아스 일행이 땅 밑의 미로를 벗어나자 곧바로 왕궁의 제일 높은 곳에 위치한 안뜰이 나왔다. 바로 맞은편에 왕이 거처하는 내실로 이어지는 황금 문들이 있었다. 문들은 모두 굳게 닫혀 있었고, 무장한 병사들이 안뜰 도처에서 보초를 서고 있었다.

보초병들을 인솔하는 지휘관이 곧 아이네아스를 알아보고 인사했다. 아이네아스는 피곤에 지친 손을 들어 답례했다. 그의 얼굴은 땀과 먼지로 뒤범벅되어 있었고, 그는 투구도 없이 피투성이가 된 갑옷을 입은 채 아무런 무기도 들고 있지 않은 상태였다.

그러나 이제 그런 것은 문제 되지 않았다. 뭐든 손에 잡히는 대로 들고 무기로 사용해야 할 판이었다. 이미 적군이 왕궁 쪽으로 몰려와 저 아래 뜰 안으로 들어오려는 참이었다. 그들을 저지하기 위해서라면, 무엇이든 닥치는 대로 그들을 향해 내던져야 했다.

아이네아스는 난간 쪽으로 가서 아래를 내려다봤다. 저 아래 왕궁 문 앞에서는 적군들이 문을 부수려고 충차를 동원해 달려들고 있었고, 다른 쪽에서는 벽에 사다리를 놓고 기어오르는 중이었다. 그러다가 트로이 병사들이 던지는 돌이나 화살에 맞아 사다리와 함께 뒤로 넘어가기도 했다. 곧 왕궁 문이 부서졌고, 엄청난 수의 아카이아 병사들이 그 문을 통해 밀려들었다. 여기저기서 문들이 도끼에 맞아 부서져 나갔고, 초토화된 방에서 아카이아 병사들이 값진 물건들을 들어내는 모습이 보였다.

그러나 다행히도 왕궁의 제일 높은 곳의 담 위에서는 아직도 트로이의 궁수들이 아래를 향해 끊임없이 화살을 쏘아대고 있었다.

또 다른 트로이 병사들은 이미 오래전부터 쓸모가 없어진 칼을 던져버리고, 왕궁 지붕 위에 웅크리고 앉아 도금된 나무판을 뜯어냈다. 오래전 그들의 조상들이 화려한 왕궁을 짓기 위해 공들여 만든 것들이었다. 트로이 병사들은 그 나무판을 점점 밀려드는 아카이아 병사들을 향해 힘껏 던졌다. 수백 년에 걸쳐 만들어진 유구한 문화유산이 전쟁으로 인해 단 하룻밤 사이에 모두 파괴되는 순간이었다.

왕궁 벽에서 뜯어낸 돌덩이들이 흙벽 아래로 내던져졌고, 신전을 부순 대리석들이 저 아래 왕궁 안뜰 위로 어지럽게 날아들었다. 고통스러운 신음 소리와 분노에 찬 고함 소리가 사방에 울려 퍼졌다.

왕궁의 지붕 위에는 육지와 바다를 아주 멀리까지 내다볼 수 있는 높은 망루가 솟아 있었는데, 그곳에서 몇몇 트로이 병사들이 쇠지레를 가지고서 열심히 뭔가를 하고 있었다.

아이네아스는 그들이 뭘 하려는지 단번에 눈치챘다. 그들은 망루 밑부분을 지붕에서 뜯어내 적들을 향해 쓰러뜨리려 하고 있었다. 그러나 그 일은 그다지 만만해 보이지 않았다.

"자, 어서 저들을 도우러 가자!" 아이네아스는 목청껏 외치며 그를 따르던 병사들 쪽을 돌아봤다.

그런데…… 병사들은 다 어디로 사라진 것일까?

그의 뒤에는 이피투스가 벽에 기대서 있었다. 그는 나이가 많은 데다 전투로 인해 지칠 대로 지쳐 있었다. 펠리아스는 계단참의 제일 위에 걸터앉아 있었는데, 한쪽 팔이 마비된 듯 피가 뚝뚝 떨어지는 팔을 축 늘어뜨리고 있었다.

그 외에는 아무도 없었다.

자신을 따르던 용감한 병사들을 모두 잃었다는 사실을 깨달은 순간, 아이네아스는 뭐라 형용할 수 없는 슬픔이 가슴 가득 북받쳐 오르는 것을 느꼈다. 트로이는 멸망하고 있었다. 더 이상 싸움을 하는 것이 도대체 무슨 의미가 있을까?

그러나 아이네아스는 곧 마음을 추슬렀다. "자네들은 여기 있게. 그게 안전할 거야! 난 망루 쪽으로 올라가 봐야겠네."

망루에 있던 병사들이 피곤에 지쳐 빨갛게 충혈된 눈으로 그를 쳐다보았다. "잘 오셨습니다, 아이네아스 님!" 누군가가 웅얼거렸다. 다른 병사들은 아무 말도 하지 않았다. 그들은 모두 심한 절망감에 빠져 있었고, 그 누구도 힘이 되어주지 못한다고 생각했다. 그러나 여신의 아들은 달랐다.

아이네아스는 병사들 중 가장 기운이 없어 보이는 병사의 손에 들려 있는 쇠지레를 달라고 해서 받아 들었다. "모두들 이리로 와봐라! 바로 여기 있는 이 이음매에서 시작을 해야 하는 것이다! 나는 망루가 어떻게 바닥에 고정되어 있는지 잘 알고 있다!" 아이네아스가 말했다. 그의 목소리에 거부할 수 없는 힘이 실려 있었다. 병사들은 신속하게 그가 시키는 대로 따랐다. 지붕과 망루 사이를 연결해놓은 좁은 나무 이음매 사이에 쇠지레를 끼우고 조금씩 틈을 벌려 나가자, 곧 망루는 삐거덕거리며 흔들리기 시작했다.

거대한 망루는 처음에 미동도 거의 없었다. 그러나 병사들은 계속해서 있는 힘을 다해 쇠지레를 잡고 망루를 흔들었다. 거친 연장을 잡은 손에서 살점이 찢겨져 나갔다.

병사들은 망루에 어깨와 등을 대고 온몸으로 밀어냈다. 그러다가 망루 밑에 튼튼하게 연결해놓은 나무판 사이로 다시 쇠지레를 밀어 넣고 틈을 벌리길 반복했다. 마침내 우지끈하는 소리가 커다랗게 들려왔다.

병사들은 일제히 뒤로 물러났다.

망루가 천천히 앞으로 기울기 시작했다. 그러더니 어느 순간 갑자기 저 아래 왕궁 문 앞 아카이아 병사들이 떼 지어 몰려 있는 위로 떨어졌다.

귀를 찢을 듯한 엄청난 굉음이 들리더니, 이내 조용해졌다.

그 순간, 어두운 죽음의 나라로 들어가는 문이 활짝 열렸다. 수백 명의 아카이아 병사들이 망루에 깔려 목숨을 잃은 것이다……

뭔가가 부서지고 깨지는 소리가 귓전을 때렸다. 아이네아스는 깜짝 놀라 사방을 둘러보았다. 이번에는 아주 가까이에서 들려오는 소리라는 것을 알아챘다.

아이네아스는 서둘러 자기가 선 곳 바로 아래에 있는 왕궁의 안뜰을 죽 훑어보았다. 그곳에는 트로이의 재앙인 목마가 있었고, 금으로 화려하게 장식된 기둥들과 또 그 옆에는……

아이네아스는 입술을 깨물었다. 아래 뜰에서 위의 안채로 이어지는 여러 문들 중 하나가 부서져서 활짝 열린 채 대롱대롱 매달려 있었다. 그리고…… 문지방에는 피루스가 서 있었다. 황금 갑옷을 입은 피루스는 용모는 수려하나 비단뱀처럼 위험하고 무자비한 사람이었다. 그의 뒤로 스키로스 출신 병사들이 안뜰로 몰려들었는데, 그들은 아카이아인들 중에서도 가장 난폭하기로 이름난 전사들이었다.

아이네아스는 한숨을 내쉬었다. 피루스보다 더 잔인한 적은 없었다! 그의 손아귀에 잡힌 사람은 왕이고 누구고 간에 목숨을 부지하기 힘들었다! 그런데 그가…… 그런 그가 왕궁 안뜰 깊숙이까지 쳐들어왔고, 이제 그가 저지를 포악한 행동을 맥없이 지켜볼 수밖에 없는 상황이 된 것이다!

저 아래 안뜰에서는 곧 격렬한 전투가 시작되었다. 왕궁을 지키는 보초병들이 아무리 용감하게 싸운다고 한들, 성난 파도처럼 밀려드는 수많은 아카이아 병사들을 도대체 무슨 수로 이긴단 말인가!

안뜰에서의 전투는 그리 오래 걸리지 않았다.

보초병들 중 더 이상 숨이 붙어 있는 이가 없게 되자, 피루스는 서두르는 기색 없이 황금 문 앞으로 걸어갔다.

그의 손에는 이제 큰 칼 대신 묵직한 도끼가 들려 있었다.

피루스는 아버지 아킬레스의 강인함과 야생 황소 같은 분노와 돌로 된 심장을 가진 사내였다.

첫번째 황금 문이 그의 도끼질에 산산이 부서져 나가자 왕궁 내부에서 공포에 떠는 비명 소리, 울며 통곡하는 소리가 들려왔다.

문 안쪽에는 기둥으로 둘러싸인 작은 뜰이 있었다. 그리고 그 한가운데에 오래된 월계수나무의 무성한 가지가 위를 뒤덮은, 가정의 수호신 페나테스의 제단이 있었다. 왕비 헤쿠바는 딸과 며느리 들을 데리고 그곳으로 갔다. "신들의 뜻이라면 우리를 보호해주실 것이다." 헤쿠바는 차분한 목소리로 말했다.

왕비는 나이가 지긋했고, 지난 몇 해 동안 많은 고통을 겪었다. 그러나 그녀는 그 어떤 고난에도 품위를 잃지 않았다.

옆에 있던 프리아무스 왕이 근심에 가득 찬 표정으로 아무 말 없이 그녀의 곁을 떠나자, 헤쿠바는 걱정스러운 눈빛으로 남편의 뒷모습을 바라보았다. 그가 무엇을 하려고 하는지 알 길이 없었다.

프리아무스 왕은 무기고로 가서 오랫동안 한 번도 손대지 않았던 갑옷과 무기들을 꺼내 들었다. 그러고는 떨리는 손으로 그것들을 몸에 걸쳤다. 머리에 황금 투구를 쓰고 육중한 칼을 찼지만, 그의 손에는 더 이상 그것을 휘두를 만한 기력이 남아 있지 않았다. 그다음으로 청동 촉을 박아 넣은 창을 집어 들었다. 예전에 그는 그 창으로 어떤 목표물도 빗나가는 법 없이 단번에 맞혀 쓰러뜨렸었다. 완벽하게 무장을 끝낸 프리아무스 왕은 무기고를 떠났다. 이제 그는 적과 맞서 싸우다가 장렬하게 죽을 채비를 모두 끝낸 것이다.

프리아무스 왕이 다시 여자들이 있는 곳에 나타나자, 그의 모습을 본 왕비는 깜짝 놀라 고개를 가로저었다. 가까스로 정신을 차린 그녀는 자리에서 일어나 재빨리 왕에게 다가갔다. "남편이시여, 대체 무엇을 하려고 이러십니까?" 그녀는 부드러운 목소리로 왕을 달래며 그의 손을 잡았다. "헥토르조차도 트로이를 구하지 못했습니다. 제발 우리와 함께 이 제단 앞에 앉아 계시지요. 이렇게 함께 있어야 죽든 살든 운명을 같이할 수 있지 않겠습니까?"

프리아무스 왕은 그녀의 간청을 듣고 그렇게 하기로 마음먹었다. 그녀는 왕을 이끌어 제단 앞 자기 옆자리에 앉혔다.

바로 그 순간, 외부와 이어진 황금 문이 부서졌다. 그 문에서 기둥으로 둘러싸인 작은 뜰 사이에는 불과 몇 걸음 안 되는 짧은 복도만이 있을 뿐이었다. 피루스가 복도를 향해 발걸음을 떼어놓은 순간, 그 앞에 젊은 트로이 병사 하나가 나타나 그를 막아섰다. 그는 분노를 이기지 못하고 피루스를 향해 달려들었다. 그는 프리아무스 왕의 아들들 중 하나인 폴리테스였다. 아직 소년티가 나는 어린 폴리테스는 피루스가 휘두르는 주먹과 도끼질을 그다지 오래 버텨내지 못했다. 곧 폴리테스는 온몸에 상처를 입고 피를 철철 쏟아내기 시작했다. 잔인하기 이를 데 없는 피루스는 거기서 그치지 않고, 상처 입은 그를 끝까지 뒤쫓아 기둥이 있는 뜰 안까지 들어와 그를 공격했다. 마침내 어린 폴리테스는 기력을 잃고 말았다. 그는 피루스를 피해 비틀거리며 어머니와 아버지가 있는 쪽으로 두세 걸음 내디뎠다.

그 순간 그의 뒤에서 피루스가 창을 던졌다.

등에 창이 꽂힌 폴리테스는 결국 프리아무스 왕의 발 앞에 쓰러지고 말았다.

얼굴이 하얗게 질린 헤쿠바가 아들 옆으로 가서 무릎을 꿇고 앉아 두 손으로 그의 머리를 가슴에 안아 올렸다.

프리아무스가 자리에서 벌떡 일어났다. 엄청난 고통과 분노가 그를 사로잡았다.

피루스는 기둥들 중 하나에 몸을 기대고 서서 싸늘한 표정으로 구슬피 울고 있는 여자들을 죽 둘러본 다음, 마지막으로 자리에서 일어선 왕을 쳐다보았다. 그는 신기하다는 듯한 표정으로 프리아무스 왕을 아래위로 훑어보았다. 부유하고 막강한 트로이를 다스려왔지만, 이제는 다 늙은 노인이 도대체 뭘 하려고 저러는 걸까? 설마 무시무시한 그를 상대로 감히 결투를 하겠다고 나서는 것은 아니겠지?

마침내 프리아무스 왕이 말문을 열었다. 그 목소리가 어찌나 비통했던지, 듣는 이의 마음을 찢어질 듯 아프게 했다.

"신들께서 당신이 저지른 이 끔찍한 만행을 갚아주실 날이 반드시 올 것이오." 프리아무스 왕이 말했다. "아킬레스가 당신의 아버지라고 했소? 당신은 거짓말을 하고 있소, 피루스. 당신이 아버지라고 한, 저 위대한 펠레우스의 아들이라면 절대 당신이 저지른 것과 같은 비열한 짓은 하지 않았을 거요. 아킬레스는 내가 헥토르의 시신을 넘겨달라고 간청했을 때, 내 아들의 시신을 고스란히 넘겨주었소. 우리가 예를 갖추어 정성껏 그의 장례를 치를 수 있게 말이오. 게다가 적군의 왕인 나 역시 후하게 대접을 한 후에 무사히 이 성으로 되돌려 보내주었소. 그런데 당신은 내가 보는 바로 앞에서 내 아들을 죽였소."

프리아무스는 말없이 손에 들고 있던 창을 높이 들었다. 그러나 그의 팔에는 더 이상 창을 제대로 던질 기운이 남아 있지 않았다. 창은 어렵게 날아가 피루스의 방패에 가서 맞기는 했으나, 흠집 하나 내지 못하고 가장자리에 대롱대롱 매달려 있었다.

피루스는 눈썹 하나 까딱하지 않았다. 그는 천천히 왕을 향해 걸음을 옮겼다. "당신은 이제 곧 내 아버지를 만나게 될 것이오." 피루스는 잔인하게 비웃으며 말했다. "아버지를 만나거든 이 못난 아들이 얼마나 파렴치한 짓을 저질렀는지 일러 드리는 것을 절대로 잊지 마시오!"

피루스는 칼을 들어 프리아무스 왕을 찔렀다. 칼의 손잡이가 왕의 옆구리에 가서 닿을 때까지 깊숙이……

한편 아이네아스는 피루스가 황금 문을 부수고 손에는 번쩍이는 칼을 들고 뻔뻔하고 거만하게 왕궁 안으로 들어오는 모습을, 망루가 있던 지붕 위에서 내려다보았다. 그 광경을 본 그는 분노를 주체할 수 없었다.

그는 주변에 놓여 있는 무기 중에서 아무것이나 손에 닿치는 대로 집어 들고는 서둘러 지붕에서 내려왔다. 그가 내려선

곳은 헥토르의 거처였다. 다행히 아직 그곳까지는 아카이아 병사들이 들이닥치지 않았다.

헥토르의 거처에서 프리아무스의 왕과 왕비가 사는 내실까지는 사람들에게 알려지지 않은 통로로 연결되어 있었다. 그 통로는 헥토르의 가여운 아내 안드로마케가 어린 아스티아낙스를 데리고 그의 할머니, 할아버지에게 가기 위해 자주 이용하던 길이었다.

아이네아스도 그 통로로 왕에게 가기로 결심했다. 뜰을 가로질러 가는 것은 너무나 위험했다. 그곳에는 이미 수많은 아카이아 병사들이 진을 치고 있었고, 그들 눈에 띄기라도 하면 그 자리에서 목숨을 잃을 것이 뻔했기 때문이다.

통로를 통해 가던 아이네아스는 어느 문 앞에 다다랐다. 작지만 화려하게 장식한 불의 여신 베스타의 신전으로 이어지는 문이었다. 베스타의 신전에서는 영원히 꺼지지 않는 불이 타오르고 있었다. 아이네아스는 문 안쪽으로 재빨리 시선을 돌렸다. 위가 뚫린 둥근 천장을 통해 활활 타오르는 불길에서 뻗어 나온 불빛이 어른거렸다. 그 순간 갑자기 제단 옆 어두운 구석에서 무언가가 움직이는 것이 보였다.

아이네아스는 이맛살을 찌푸렸다. 지금 트로이 전체가 죽음과 멸망의 기로에 서 있는데, 도대체 누가 저 안에 숨어 있는 걸까?

어쩌면 적의 첩자가 들어와 있거나, 아니면 왕궁의 하인들 중 배반자가 있는 것일지도?

'누군지 알아봐야겠다'고 생각한 아이네아스는 신전으로 들어가는 문지방을 넘어섰다. 다시 한 번 어둠 속에서 뭔가 움직이는 것이 보였다.

아이네아스는 천천히 손에 칼을 들고 움직이는 물체 쪽으로 조심스럽게 다가갔다. 그는 제단 바로 옆에 멈춰 서서 바닥에 웅크리고 있는 시커먼 물체 위로 고개를 숙여 들여다봤다. 깜짝 놀란 아이네아스는 낮게 비명을 질렀다. 발밑에 한 여자가 몸을 잔뜩 웅크리고 엎드려서는 겁에 질린 큰 눈으로 아이네아스를 올려다보고 있었다. 제단에서 타오르고 있는 불빛이 순간 그녀의 얼굴 위를 비췄다. 아이네아스는 곧 그녀를 알아보았다. 그녀라면 어디에서고, 언제든지 알아볼 수 있었다! 그 여자는 스파르타에서 온 헬레나였다.

한동안 아이네아스는 묵묵히 헬레나를 내려다보았다. 헬레나 역시 아무 말이 없었다. 잔뜩 공포에 질린 그녀의 눈동자는 끊임없이 흔들렸고, 그런 두 눈으로 아이네아스를 빤히 처다보고 있었다. 갑자기 엄청난 분노가 아이네아스를 엄습했다. 그는 분노가 치밀어 거의 이성을 잃을 지경이었다.

"당신이었소?" 마침내 아이네아스가 낮게 깔린 단호한 목소리로 말했다. "바깥에선 우리 병사들이 다 죽어가고 트로이는 온통 불타고 있는데, 당신은 여기 이렇게 숨어 있단 말이오? 파리스와 당신, 두 사람이 얼마나 엄청난 재앙을 불러일으켰는지 밖으로 나가서 보고 싶지 않으시오? 물론 아니겠지요, 당신은 그저 이 모든 것이 빨리 지나가고 다시 왕비의 신분으로 미케네로 돌아갈 수 있기만을 기다리고 있는 것이겠지요! 혹시 트로이의 여인들을 노예로 데려다가 몸종으로 부려먹을 계획을 세우고 있는 것은 아니시오? 하지만 내 당신에게 분명히 말하리다. 당신이 바라는 그 모든 것들 중 단한 가지도 이루어질 수 없을 것이오! 여인의 피를 보는 것이장수에게는 그다지 명예로운 일이 아니라는 걸 모르지는 않소만, 당신의 경우는 다를 것이오. 당신을 죽여 병사들의 죽음과 트로이의 멸망에 대한 복수를 하게 된다면, 그것은 정녕내게 명예로운 일이 될 것이오!"

분노와 고통에 휩싸인 아이네아스는 이렇게 말하며 헬레나를 향해 달려들었다. 그러나 바로 그 순간, 기이한 일이 벌어졌다……

갑자기 그와 헬레나 사이를 누군가가 가로막아 선 것이다.

역시 여자였다. 아이네아스는 바로 앞에 서 있는 여자의 얼굴을 똑똑히 볼 수 있었다. 달빛처럼 은은히 반짝이는 그녀의 얼굴은 뭐라 형용할 수 없는 아름다움 그 자체였다.

아이네아스는 어머니를 단 한 번도 직접 만나본 적이 없었다. 그저 가끔 꿈속에서나 아니면 연기처럼 금방 사라져버려 언뜻 보았을 뿐이었다. 그런데 지금 그는 똑똑히 알아볼 수가 있었다. 어머니였다!

아이네아스는 숨도 제대로 쉴 수 없었다. 그저 그녀를 바라보고만 있었다. 그는 언제나 그랬듯, 그녀가 또다시 연기처럼 곧 사라지지는 않을까 두려워하며 쳐다보았다.

그러나 베누스는 매우 진지한 눈빛으로 그를 쳐다보며 말했다. "아들아, 지금 도대체 뭘 하려는 것이냐? 네가 가진 슬픔과 분노가 얼마나 크기에 이다지도 잔인해졌단 말이냐? 너는 지금 스파르타의 왕비와 프리아무스 왕의 아들 파리스에게 심한 모욕을 주었다! 이 모든 것은 신들의 뜻에 따라 일어난 일이니라. 프리아무스 왕은 이미 죽었고, 트로이는 이제 곧 멸망할 것이다. 넌 모욕당한 신들에게 대항해 아무것도 할 수 없다! 너의 그 죽을 수밖에 없는 인간의 눈으로는 신들이 하는 일을 볼 수가 없겠지. 저기 연기와 먼지가 구름처럼 일어나 하늘로 올라가고, 성벽의 돌들이 무너져 산더미처럼 쌓여가는 저곳에선 넵투누스가 성벽을 무너뜨리고 온 도시를 초토화시키고 있는 것이다. 또한 스카이아 성문 앞에서는 그 누구와도 화해하지 못하는 유노가 트로이에 대한 분노에 휩싸여, 아카이아 병사들에게 엄청난 용기를 불어넣으며 가장 맹렬하게 싸우도록 부추기고 있다. 돌로페스인들이 쏜 불화살들이 대들보에 잔뜩 꽂힌 트로이 성의 가장 높은 꼭대기에는 미네르바가 무시무시한 얼굴을 하고 서 있다. 그녀의 방패에 새겨진 끔찍한 메두사*의 머리는 보는 사람에게 위협을 느끼게 하지. 게다가 유피테르마저도 너희의 적군인 아카이아인들에게 승리를 안겨주겠다고 약속하셨다. 아들아, 그러니 이제 되도록 서둘러 이곳을 빠져나가도록 해라. 어서 집으로 돌아가란 말이다! 아카이아 병사들이 너보다 먼저 네 집에 들어가길 원하느냐? 네 아버지와 크레우사 그리고 어린 아스카니우스를 잊었느냐? 아직도 네가 해야 할 일들을 더 말해주

---

* (옮긴이) 고르고네스 세 자매 중 하나. '고르고'라고도 불린다. 머리털이 뱀으로 된 무시무시한 괴물로, 누구든 그녀의 얼굴을 쳐다보면 돌로 변한다고 한다.

어야 한단 말이냐? 너는 먼 곳으로 가서 새로운 트로이를 건설할 임무를 맡은 자이니라. 바로 네 후손들이 그곳을 대대손손 지배하며 살게 될 것이다!"

아이네아스는 깜짝 놀라 몸을 움츠렸다. 지난밤 꿈속에 헥토르가 나타나 그에게 해준 것과 똑같은 불가사의한 말을 어머니도 지금 하고 있기 때문이다! 마치 거대한 산과 같은 중압감이 아이네아스의 가슴을 짓눌렀다. 도대체 어떤 운명이 그 앞에 놓여 있는 것일까?

아이네아스는 어머니에게 그의 앞날에 대해서 좀더 물어보고 싶었다. 그러나 그럴 수 없었다. 어머니의 빛나던 모습이 이미 온데간데없이 사라진 뒤였기 때문이다.

아이네아스는 정신을 가다듬었다. 이제 그는 헬레나를 쳐다보지도 않았다. 헬레나에 대한 생각은 까맣게 잊어버렸다. 그는 아주 잠깐, 이미 목숨을 잃었다는 프리아무스 왕을 생각했다. 아이네아스가 왕궁으로 온 것은 왕을 구하기 위해서였다. 그러나 그러기에는 너무 늦어버리고 말았다.

그렇다면…… 그의 가족을 구하기에도 이미 늦어버린 것일까?

아이네아스는 순간 이루 말할 수 없는 두려움에 휩싸였다.

그는 서둘러 베스타 신전을 빠져나와 왔던 길을 되돌아 달려가기 시작했다. 수많은 화려한 방들을 지나 다시 한 번 비밀 통로를 지났다. 왕궁의 앞쪽 방들에서 무기가 서로 부딪히는 소리, 어지러운 발자국 소리, 고함 소리가 들려왔다. 아카이아 병사들이 아이네아스를 발견한다면, 그들은 성난 맹수처럼 달려들 것이다. 다행히 바로 앞에 밖으로 나가는 작은 문이 있었다! 아이네아스는 몰래 그 문으로 빠져나갔다. 그러자 이번에는 왕궁의 담이 그 앞을 가로막아 섰다. 아이네아스는 도움닫기를 몇 걸음 한 뒤, 양손으로 담의 맨 윗부분을 움켜잡고 뛰어올랐다. 다행히 담 위로 올라서는 데 성공했다. 그 위에서 잠깐 숨을 몰아쉰 뒤, 다시 왕궁 바깥쪽으로 뛰어내렸다.

그곳은 어둡고 조용했다. 사방에 수풀이 우거져 있어서 몸을 숨기기에는 안성맞춤이었다. 아이네아스는 계속해서 달렸다. 잠시 후에 올리브나무가 있는 작은 정원이 나왔다. 그 정원은 아이네아스가 잘 알고 있는 곳이었다. 그 앞에 크고 검은 나뭇가지들이 하늘을 향해 우뚝 솟아 있었고, 그 가지들 사이로 검붉은 불빛들이 무시무시하게 어른거렸다.

그곳은 그의 집이었다. 아직 조용하고 평화로웠다. 아카이아 병사들이 들이닥치지 않은 것 같았고, 지붕 위로 불길이 너울거리지도 않았다.

아이네아스는 너무도 기쁘고 다행스러웠다. 그가 서둘러 들어가려는데, 문이 잠겨 있었다. 아주 작은 소리로 사람을 불렀는데도, 누군가가 듣고 얼른 나와 빗장을 열었다.

영웅에게 눈물이란 어울리지 않는 것이다. 그러나 아이네아스는 아내와 어린 아들을 다시 품에 안았을 때 눈물을 쏟았고, 그것이 하나도 부끄럽지 않았다. 그들은 함께 아버지의 침실로 들어갔다.

"우리 가족이 이렇게 무사히 다시 만나게 된 것은 모두 어머니의 보살핌 덕분입니다. 항상 우리에게 눈을 떼지 않고 보호해주셔서 감사드립니다." 아이네아스가 진지한 목소리로 말했다. "이제 우린 되도록 빨리 이곳을 빠져나가야 합니다. 아카이아 병사들이 곧 이곳에 들이닥칠 테고, 그것은 우리 모두의 죽음을 의미합니다."

아이네아스는 이번에는 크레우사에게 말했다. "하인들과 하녀들에게 이 집 안에 있는 값진 물건들을 맘껏 가져가라고 이르시오. 값진 귀중품들이 적군의 손아귀에 전리품으로 들어가거나 불에 타 없어지는 것을 막기 위해서요. 그리고 아버지를 포함해 우리 가족들은 신상을 안전한 곳으로 옮겨야 하오." 아이네아스는 잠시 목이 메는 듯, 하던 말을 멈추고 발아래를 물끄러미 쳐다보았다. "신상들을 가지고 새로운 땅으로 가서 새로운 나라를 세우는 것이 내게 주어진 운명이오." 아이네아스는 마지막으로 이렇게 덧붙였다. 다시 한 번 그는 앞으로 해야 할 일들에 대한 두려움에 몸을 떨었다.

앙키세스가 자리에서 힘겹게 일어섰다. "안 된다, 아들아." 그는 조용히 말했다. "나는 절대로 트로이를 떠나지 않을 것이다. 나는 나이도 많거니와, 유피테르가 내린 번개에 다리를 다친 이후로는 걷는 것도 쉽지가 않구나. 너희들은 나를 여기 두고 먼 곳으로 가서 새 삶을 시작하도록 해라. 시간이 없다, 어서 서둘러라. 그렇지 않으면 그마저도 너무 늦어버릴 것이다! 내 걱정은 전혀 하지 마라. 아카이아인들이 내 고통에 종지부를 찍어줄 것이다!"

"무슨 말씀이십니까, 아버지?" 아이네아스는 깜짝 놀라 물었다. "제가 아버지를 여기 혼자 남겨두고 떠날 수 있으리라고 생각하십니까? 절대로 그럴 수 없습니다. 아버지를 등에 업고서라도 함께 이 도시를 떠날 것입니다!"

그러나 앙키세스는 고개를 가로저을 뿐이었다. 아이네아

스, 크레우사, 심지어 집안의 하인들까지 매달려 앙키세스에게 간청했지만 아무 소용이 없었다.

"아버지께서 정 이렇게 고집을 꺾지 않으시겠다면 하는 수 없습니다!" 아이네아스는 너무도 안타까운 나머지 격양된 목소리로 말했다. "여기서 죽임을 당하는 편을 택하신다면, 저 역시 아버지와 똑같은 운명을 택하겠습니다! 이 길로 다시 전투가 벌어지고 있는 곳으로 나가겠습니다. 그리고 그것은 제 마지막 전투가 될 것입니다! 어서 내 무기들을 이리로 가져오너라!"

이번에는 크레우사가 아이네아스를 끌어안으며 울부짖었다. 어린 아스카니우스도 아이네아스의 무릎에 매달려 울기 시작했다. 제아무리 돌로 된 심장을 가진 자라 하더라도, 그 모습을 보고는 마음이 움직이지 않을 수 없었다.

앙키세스는 가족들의 비탄에 찬 울부짖음을 더 이상 견딜 수가 없었다.

"신들께서 우리에게 무슨 신호라도 보내주신다면 좋으련만!" 앙키세스는 슬프게 말했다. "내가 여기 머물러야 하나? 아니면 함께 떠나야 하나? 그리고 만약 우리가 이곳을 떠난다면, 도대체 어디로 가야 한단 말인가?"

바로 그 순간 갑자기 바깥에서 엄청나게 큰 소리로 우르릉 꽝꽝 하는 천둥소리가 들렸다. 모두들 깜짝 놀라 하늘을 쳐다봤다. 밝은 빛을 뿜어내는 큰 별 하나가 밤하늘을 가로지르며 날아가는 것이 보였다. 날아가는 혜성 뒤로 불이 붙은 꼬리가 길게 이어졌다. 별은 앙키세스의 집 위를 지나 멀리 이다 산이 있는 곳으로 날아갔다. 별이 지나간 길을 따라 어둠을 가르며 한 줄기 빛이 선명하게 모습을 드러냈다. 그것은 마치 아이네아스 일행이 가야 할 길을 알려주는 것 같았고, 한동안 그렇게 어둠 속에서 사라지지 않고 빛났다. 마침내 별은 바다를 마주하고 펼쳐져 있는 이다 산 계곡의 깊은 숲속으로 모습을 감추었고, 그 자리에서 유황에서 나는 연기 같은 것이 공기 중으로 자욱하게 피어올랐다.

한동안 어느 누구도 말이 없었다. "저것은 신들께서 보내주신 표적이다!" 마침내 앙키세스가 떨리는 목소리로 말했다. "신들께서 우리를 어디로 인도하시든지, 앞으로 나는 그분들이 이끄는 대로 따를 것이다!"

잠시 후 아이네아스 가족은 집을 나와 조상 대대로 살아왔던 정든 도시를 떠났다. 집안의 모든 하인과 하녀 들도 사방으로 뿔뿔이 흩어졌다. 아이네아스는 집을 나서는 하인들에게 말했다. "각자 흩어져서 한 사람씩 길을 가도록 해라. 혼자서는 몸을 숨기기가 쉽기 때문이다. 너희들은 저 동쪽 숲이 무성하게 우거진 언덕에 위치한 오래된 케레스* 신전을 잘 알고 있을 것이다. 모두들 그곳으로 가거라. 거기서 다시 만나기로 하자."

곧 하인들은 짐을 잔뜩 꾸려 하나둘씩 집을 떠났다. 아이네아스는 무거운 짐을 등에 지고 어둠 속으로 사라져가는 그들의 뒷모습을 계속해서 쳐다보았다. 그들 모두 충직한 하인들이었으므로, 나중에 도시와 멀리 떨어진 케레스 신전에서 한 사람도 빠짐없이 무사히 만나게 되리라는 것을 아이네아스는 믿어 의심치 않았다.

그러나 그의 기대와는 달리 단 한 사람만은 신전까지 가는 데 성공하지 못했다. 그래도 그때만큼은 아이네아스가 그에 대해 아무것도 모르고 있는 것이 오히려 다행이었다……

아이네아스 가족은 맨 마지막으로 집을 나섰다. 아이네아스는 늙은 아버지를 등에 업고 한 손으로 어린 아스카니우스의 손을 잡았다. 아스카니우스는 아이네아스 옆에 바짝 붙어

---

* (옮긴이) 대지와 농사를 관장하고 곡물과 땅의 생산에 관여하는 여신. 밀 이삭으로 만든 관을 쓰고 손에 횃불이나 곡물을 든 모습으로 표현된다.

서서 불안한 마음으로 걸음을 옮겨놓았다. 신상과 제사에 쓰이는 귀중한 물품들은 커다란 가죽 자루에 담아 앙키세스의 등에 단단히 매달았다.

그들 뒤를 크레우사가 따랐다. 문지방을 넘어서며 집 안을 다시 한 번 돌아보는 그녀의 두 눈에는 눈물이 가득 고여 있었다. 따뜻하고 안전한 집을 떠나 도처에 위험이 도사리고 있는 미지의 땅으로 떠나야 한다는 사실이, 크레우사에게는 견디기 힘든 어려움으로 다가왔다.

그러나 그녀는 아무 말 없이 묵묵히 아이네아스의 뒤를 따랐다. 그것이 아내로서의 의무라는 것을 잘 알고 있었기 때문이다.

바깥 공기는 시꺼먼 연기로 가득 차 숨을 쉬기 힘들 정도였다.

가끔씩 그들 뒤편으로 타오르는 불길에서 뿜어져 나오는 뜨거운 열기가 바람을 타고 후끈 전해져왔다. 활활 불타고 있는 트로이의 불빛이 그들이 가는 길을 환하게 비춰주었다. 아이네아스 일행이 도시에서 멀어질수록 주변은 점점 더 어둡고 조용해졌다. 전투의 소란스러움에서도 점점 더 멀어지더니, 이제 거의 들리지 않을 정도가 되었다. 어쩌면 싸움을 할 수 있는 트로이 병사들이 더 이상 남아 있지 않아, 전투가 완전히 끝난 것인지도 몰랐다.

아이네아스는 부지런히 길을 걸었다. 잘 아는 길이어서인지 어둠 속에서도 큰 어려움은 없었다. 등에 남들보다 두세 배나 무거운 짐을 지고 있었지만, 체격이 건장한 아이네아스에게는 전혀 힘들지 않았다.

"우린 곧 안전한 곳에 도착하게 될 겁니다." 아이네아스가 말했다. "저 숲에 이르면 아카이아인들이 더 이상 우리를 찾지 못할 거예요."

"그렇겠구나." 앙키세스가 머뭇거리며 대답했다. 그는 걱정을 버리지 못해 자꾸만 뒤를 돌아다보았다. "하지만 내 귀에는 아까부터 무장한 병사들이 점점 더 가까이 다가오는 소리가 들린다! 나무들 사이로 횃불이 어른거리는 것 같기도 하구나! 아들아, 좀더 서둘러 가자. 적들이 우리 뒤를 바짝 따라올까 봐 두렵구나!"

앙키세스의 말을 들은 아이네아스는 순간 정신이 번쩍 들었다. 그렇다, 아이네아스는 자신이 목숨을 잃는 것은 전혀 두렵지 않았다. 그러나 아버지와 아스카니우스, 크레우사만큼은 절대로 아카이아인들의 수중으로 넘어가서는 안 되었다!

이렇게 생각한 아이네아스는 서둘러 가던 길에서 벗어나 숲으로 난 샛길로 접어들었다. 그는 어린 아들의 손을 좀더 단단히 쥐었다. 어둠 속에서 아들을 잃을까 봐 두려웠기 때문이다. 아스카니우스는 겁에 질린 데다 피곤이 겹쳐 울음을 터뜨렸다. 그러면서도 계속해서 아버지의 손에 이끌려 힘든 발걸음을 옮겼다. 그들은 나무뿌리에 걸려 비틀거리기도 하고, 나무줄기에 부딪히기도 했으며, 아래로 늘어진 나뭇가지에 수도 없이 얼굴을 맞기도 했다. 아이네아스는 자신도 점차 피곤해지는 것을 느꼈다. 귀에서는 맥박이 뛰는 소리가 들렸고, 심장은 방망이질하듯 두근거렸다.

그렇게 한참 동안 그들은 숲속을 종횡무진 누비고 다녔다. 가끔은 빽빽이 자란 나무들 사이로 멀리 이다 산의 산줄기가 언뜻언뜻 보였고, 하늘에 높이 뜬 별은 동쪽으로 향하는 길을 알려주었다. 이제는 더 이상 누군가가 쫓아오는 소리가 들리지 않았고, 사방은 고요하기만 했다.

오르막길이 나오더니, 마침내 어둠 속에서 신전의 회색 담이 눈앞에 펼쳐졌다.

하인들이 아이네아스에게 다가와 등에서 앙키세스를 내려 신전의 돌계단 위에 앉혔다. 하녀들은 아이네아스의 손에 매달려 있던 어린 아스카니우스를 데려갔다. 그제야 아이네아스는 서 있던 자리에 그대로 드러누웠다. 숨이 차고 어지러워 잠시 눈을 감았다.

바로 그때 옆에 있던 하인의 말소리가 들렸다. "크레우사 님은 도대체 어디에 계신 걸까?"

그 소리를 들은 아이네아스가 마치 뱀에게 물리기라도 한 것처럼 깜짝 놀라 자리에서 벌떡 일어섰다.

당황한 아이네아스는 사방을 휘휘 둘러보았다. 크레우사는 어디 있지? 그녀는 어디에도 보이지 않았다! 지금까지 계속 뒤따라오지 않았던가? 그렇다, 숲길로 접어들었을 때 아이네아스는 더 이상 그녀를 신경 쓸 틈이 없었다. 그리고 마지막 순간에는 너무 힘이 든 나머지, 아무 생각도 할 수가 없었다. 그저 빨리 신전에 도착해야 한다는 생각 외에는……

크레우사는 여전히 나타나지 않았다.

어쩌면 조금 뒤떨어져서 걸어오고 있는지도 몰랐다. 곧 나무들 사이로 모습을 나타낼 것만 같았다.

아니면 어딘가에 걸려 넘어져 상처를 입었는지도 모른다. 혹은 숲에서 길을 잃고 어디로 가야 할지 몰라, 아직도 숲속을 이리저리 헤매 다니고 있는지도 모른다.

"크레우사를 찾아봐야겠다." 아이네아스는 잠긴 목소리로 말하고는 언덕을 내려가기 시작했다. 여러 명의 하인들이 그의 뒤를 따랐다. 그러나…… 도대체 어디에서 그녀를 찾아야 한단 말인가? 이 칠흑 같은 어둠 속에서 어느 쪽으로 가야, 그녀가 있는 곳으로 갈 수 있을까? 아이네아스와 하인들은 다시 한 번 숲속으로 들어가 사방으로 흩어져 크레우사를 찾았다. 그러나 그 어디에서도 그녀의 흔적은 찾아볼 수 없었다.

한참이 지난 뒤에 아이네아스는 숲길로 접어들기 전에 걸었던 오솔길에 도착했다. 그는 조금의 망설임도 없이 트로이 시내를 향해 성큼성큼 걸어갔다. 어쩌면 길을 잃고 헤매던 크레우사가 다시 집으로 돌아갔을지도 모른다!

그러나 아이네아스가 집 가까이로 다가갔을 때, 높이 솟은 나무들 사이로 불길이 치솟는 것이 보였다. 집이 불타고 있었다! 순간 그는 온몸이 돌로 변한 듯, 그 자리에서 꼼짝하지 못했다. 가슴 깊은 곳에서 한탄의 신음 소리가 새어 나왔다. 지붕 위로 불길이 치솟는 가운데, 시커먼 형상을 한 아카이아 병사들이 온갖 전리품을 챙겨 정문으로 잽싸게 빠져나가는 모습이 보였다.

아이네아스는 가까스로 정신을 차리고 다시 달리기 시작했다. 트로이의 모든 집들이 화염에 휩싸였는데, 그의 집이라고 무사할 리가 있겠는가?

아이네아스는 도시로 들어가는 성문 앞에 도착했다. 성문을 지키는 사람은 아무도 없었다. 이제는 더 이상 지킬 것이 남아 있지 않았기 때문이다.

그는 서둘러 골목길로 접어들었다. 연기에 검게 그을린 성벽을 지나 까맣게 숯으로 변해버린 폐허 더미 위에 올라선 그는 두 눈을 크게 뜨고 도시 구석구석을 살폈다. 심지어 큰 소리로 크레우사의 이름을 불러보기도 했다. 여러 번 계속해서 소리쳤다. 그렇게 하는 것이 어쩌면 그의 목숨을 위태롭게 할지도 모른다는 사실을 알고 있었지만, 다른 방도가 없었다. 그러나 어디에서도 대답은 들려오지 않았다.

아이네아스는 왕궁으로 달려갔다. 정문 아래 어둡게 그늘진 곳에 기대서서 잠시 지친 몸을 쉬었다. 이제는 더 이상 크레우사를 찾을 수 있으리라는 희망을 갖기가 힘들었다. 왕궁의 지하실로 들어가는 아치형 문 앞에서 포이닉스와 울릭세스가 직접 보초를 서고 있는 것이 보였다. 아카이아 병사들은 끊임없이 사방에서 전리품들을 날라 오고 있었다. 신전에서 들고 나온 금과 은으로 된 제기들, 값비싼 가재도구들, 의

복과 무기 들을 열심히 들고 왔다. 트로이의 귀중한 보물들이 속속 거대한 지하 창고 안에 쌓였다. 그것들은 나중에 한꺼번에 배에 실어 아카이아로 가져갈 것들이었다.

왕궁 뜰에는 여자들과 아이들이 길게 줄지어 서 있었는데, 장차 자신들에게 무슨 일이 닥쳐올지 몰라 두려움에 가득 찬 표정이었다.

잠시 후 아이네아스는 몸을 숨기고 있던 곳을 떠나 어두운 골목길을 통해 몰래 그곳을 빠져나갔다. '케레스 신전으로 다시 돌아가야겠다.' 그는 생각했다. '어쩌면 그사이에 크레우사가 도착해 있을지도 모른다.' 그러나 그는 스스로도 확신할 수 없었다.

몇 번이나 아카이아 병사들이 그를 향해 다가왔기 때문에, 그는 다 타버린 집에 몸을 숨겨야 했다. 마침내 아이네아스는 도시를 둘러싼 성벽에 도달했다.

그는 조심스럽게 주변을 둘러보았다. 그곳에도 보초는 없었다! 아이네아스가 성문을 통해 도시 밖으로 빠져나가려고 할 때, 누군가가 그 앞에 나타났다. 아이네아스는 움찔하며 뒤로 물러섰다. 저 사람은 도대체 어디서 갑자기 나타난 것일까? 아이네아스는 그를 쳐다보다가 낮은 목소리로 소리를 질렀다. "크레우사!"

그러나…… 저 사람이 정말 크레우사일까? 그런 것 같아 보였다. 그러나 그것은 아이네아스가 알고 있는 크레우사와는 달랐다. 이상할 정도로 형체가 불분명하다 못해 거의 투명해 보일 정도였다.

그는 갑자기 살아 있는 사람들 앞에 지하 세계가 펼쳐질 때 느껴지는 그런 유의 공포감에 휩싸였다.

아이네아스는 곧 정신을 차렸다. 그것은 크레우사의 영혼이고 그녀는 죽은 것이 분명했다!

마침내 크레우사가 말을 하기 시작했다. "사랑하는 남편이시여, 너무 많이 괴로워하거나 슬퍼하지 마세요! 신들께서는 제게 당신과 함께 낯선 땅으로 가는 것을 허락하지 않으셨답니다. 당신은 서쪽의 헤스페리아*에 도착하기까지, 오랜 세월 동안 여러 나라들과 바다를 헤매야만 할 거예요. 그러나 목적지에 도착하게 되면, 그곳에는 강력한 왕국과 왕족 출신의 새 배우자가 당신을 기다리고 있을 겁니다. 늘 평안하시길 빌겠어요. 그리고 우리 아들에게 좋은 아버지가 되어주세요!"

말을 마친 크레우사는 아이네아스가 말도 꺼내기 전에 사

---

* (옮긴이) '서쪽에 있는 땅'이라는 뜻으로, 그리스인들이 이탈리아를 일컫던 말이다.

라져버렸다. 아이네아스는 그녀를 향해 손을 뻗으며 이름을 불렀지만, 허사였다. 두 팔은 허공을 휘저을 뿐이었고, 그의 간절한 외침에는 아무런 대답도 돌아오지 않았다.

아이네아스는 걷잡을 수 없는 슬픔에 휩싸여 어찌할 바를 몰랐다. 그는 천천히 피곤한 걸음을 옮겨 케레스 신전으로 향하는 오솔길에 접어들었다. 살아 있는 동안에는 두 번 다시 크레우사를 만날 수 없으리라.

아이네아스가 다시 신전에 도착했을 때, 이다 산 뒤편에서 아침 해가 솟아올랐다.

사방을 둘러보던 아이네아스는 깜짝 놀랐다. 언덕과 숲에 수많은 사람들이 모여 있었기 때문이다. 나이 든 남자들, 어린아이들을 데리고 온 여인네들, 젊은 청년들, 처녀들…… 그들은 거대한 무리를 이루고 있었다.

멸망해가는 트로이를 가까스로 벗어나 구사일생으로 살아남은 사람들은 아이네아스를 따라 기꺼이 낯선 땅으로 함께 가기 위해 그곳에 모여 있었던 것이다. 그 사실을 깨달은 아이네아스는 그동안의 모든 고통에도 불구하고 마음 한가득 큰 기쁨이 이는 것을 느꼈다.

아이네아스는 마지막으로 다시 한 번 트로이 쪽을 쳐다봤다. 그곳에서는 거대하게 솟구치는 검은 연기 외에는 아무것도 보이지 않았다.

바야흐로 한 시대가 지나가고, 새로운 시대가 시작되고 있었다.

아이네아스는 갑자기 모든 피로가 사라지는 것을 느끼며 힘을 내어 자리에서 일어섰다. 그리고 아버지에게로 다가가 그를 다시 등에 업었다. 하인들이 그 위에 신상과 제기들을 얹어주었다.

모든 준비가 끝나자 아이네아스는 아들의 손을 붙잡고, 이다 산이 솟아 있는 동쪽을 향해 걸어가기 시작했다.

다른 모든 트로이인들도 각자 들고 나온 짐들을 짊어지고 아이네아스의 뒤를 따랐다.

2

트로이인들이 안탄드로스* 근처에 있는 산기슭에 거처를 정하고 지낸 지도 몇 달이 지났다. 그러나 그들은 그곳이 오래도록 머물 곳은 아니라는 것을 잘 알고 있었다. 아이네아스가 이렇게 말했기 때문이다. "아주 먼 나라로 가서 그곳에 새로운 트로이를 건설하는 것이 신들의 뜻이오! 그러나 나는 그 낯선 땅이 어디쯤에 있는지도 모르고, 우리가 그곳에 도착할 때까지 앞으로 얼마나 더 세월이 걸릴는지도 모르오. 그러니 한 치 앞도 내다볼 수 없는 운명이 두려운 사람들은 여기 남아도 좋소!"

그러나 아무도 그곳에 남아 있고 싶어 하지 않았다.

---

* 트로이 근방의 이다 산 기슭에 위치한 도시.

저 멀리 넓은 바다에서 폭풍이 몰아치는 동안, 그들은 배를 만드는 데 열중했다. 그리고 여름이 오자 마침내 조국을 떠나 미지의 땅으로 향했다.

맨 먼저 그들은 레스보스 섬을 지나 바람을 타고 북쪽으로 항해했다. "어느 곳이 우리의 새 고향이 될지 모르기 때문에 북쪽으로 가든 남쪽으로 가든 아무 상관이 없을 것이다." 앙키세스가 말했다. "다만 동쪽에는 트로이가 있고, 서쪽에는 아카이아인들이 있으니 그 방향은 피하는 것이 좋을 거다."

"여기서 북쪽으로 가면 트라키아족이 살고 있는 나라가 있다고 들었습니다." 아이네아스가 곰곰이 생각하며 말했다. "프리아무스 왕과 트라키아의 왕은 친구 사이였습니다. 트로이에서 전쟁이 시작되자, 프리아무스 왕은 폴리도루스라는 젊은 친척*을 시종 여럿과 함께 값비싼 보물들을 들려 트라키아로 보냈습니다. 프리아무스 왕께서는 그 당시에 이미 트로이가 전쟁에서 질지도 모른다는 것을 예감했기 때문입니다. 우리가 트라키아로 간다면 그곳에서 폴리도루스를 만날지도 모르겠습니다."

---

* (옮긴이) 『일리아스』에서는 폴리도루스(폴리도로스)가 프리아무스(프리아모스) 왕의 막내아들로 나오는데, 여기서는 '젊은 친척'으로 묘사되어 있다.

그 말을 들은 앙키세스는 고개를 끄덕였다. "내 생각에도 그것은 좋은 조짐 같다! 어쩌면 트라키아가 우리에게 정해진 땅일는지도 모르겠구나."

그들은 하루 밤낮을 꼬박 항해하고도 또 하루 밤낮을 더 항해해 갔다. 바다는 잔잔했고, 남쪽에서 바람이 쉬지 않고 불어와 노를 저을 필요도 없었다. 또한 배에는 먹을 것과 마실 것이 풍족해서 무엇 하나 아쉬울 것 없이 기분 좋은 항해를 할 수 있었다. 그러던 어느 날 아침, 그들은 어느 해안에 무사히 다다랐는데, 그 해안에서 내륙 쪽으로는 푸른 들판이 넓게 펼쳐져 있었다. 완만한 언덕 사이로 강이 흐르고 있고, 그 강은 다시 바다로 흘러들었다. 경사를 이루며 위로 뻗은 강의 양쪽 기슭은 울창한 숲으로 뒤덮여 있었다.

"마음씨 좋은 사람들이 살고 있을 것 같다." 트로이인들은 이렇게 말을 하며 닻을 내렸고, 호기심에 가득 차서 낯선 해안으로 조심스레 발을 들여놓았다.

그런데 그 땅은 사람이 살지 않는 곳처럼 보였다. 마을이나 집들이 보이지 않았고, 풀이 무성하게 우거진 들판에는 가축 한 마리 볼 수 없었으며, 어디에서도 연기가 하늘로 올라가지 않았고, 사람의 목소리도 들을 수 없었다.

트로이인들은 주변을 둘러보며 그곳이 새로운 도시를 건설하기에 좋은 장소일 것이라고 말했다.

"맨 먼저 신들께 제물을 바친 다음, 막사를 지을 것이오. 그 후에 주변을 정찰하러 나가도록 합시다." 아이네아스가 말했다. 그러고는 말채나무와 도금양나무 덤불이 자라고 있는 작은 언덕으로 갔다.

'여기에 제단을 세워야겠다.' 아이네아스는 생각했다. '제단은 초록색 나뭇잎으로 장식을 해야겠군.' 그는 몸을 굽혀 도금양나무 가지를 꺾었다. 그러나 그와 동시에 깜짝 놀라 크게 소리를 지르며 꺾은 가지를 땅에 떨어뜨렸다. 부러진 가지에서 시커먼 핏방울이 솟아오르더니, 땅바닥으로 뚝뚝 떨어졌기 때문이다.

아이네아스는 아래를 내려다보았다. 이 무슨 끔찍하고도 기이한 일이란 말인가? 잠시 후 그는 믿을 수 없다는 듯 고개를 갸우뚱거리며 다른 덤불로 갔다. 잠시 머뭇거리다가 다시 한 번 가지를 꺾었다. 이번에도 나뭇가지에서 피가 솟구쳤다.

순간 아이네아스는 오기가 생겼다. 그래서 이를 악물고 막 움터 올라오는 어린 나뭇가지를 움켜쥐고 아예 뿌리째 뽑아 보았다. 곧 그는 다시 한 번 깜짝 놀라 움찔하며 뒤로 물러서야만 했다. 어디선가 고통스러운 신음 소리가 너무나도 분명하게 들려왔기 때문이다. 가만히 들어보니 그 신음 소리는 언덕 아래에서 울려 나오고 있었다. "어째서 당신은 내가 편히 쉬는 것을 방해하는 것이오, 아이네아스? 이곳에 제단을 세울 생각일랑 말고 일행들과 서둘러 이 잔혹한 땅을 떠나도록 하시오. 이 땅은 파렴치한 탐욕으로 가득해 그 어떤 못된 짓도 두려워하지 않는 곳이오. 나는 폴리도루스요! 트로이의 운명이 마지막에 이르렀을 때 트라키아인들이 나를 때려죽였소. 그들은 내 보물을 모두 빼앗고는 나를 이곳에 파묻었소."

그러고 나서 그 목소리는 침묵했다.

아이네아스는 언덕을 내려가 다른 사람들에게로 갔다. 이마에서 식은땀이 흘렀다.

그는 목이 메어 말을 더듬으며 그사이에 일어났던 일을 이야기했다.

순간 일행들은 두려움에 아무 말도 하지 못했다. 잠시 후 그들은 한목소리로 말했다. "어서 빨리 이곳을 떠나도록 합시다. 이건 끔찍한 징조요!"

그들은 서둘러 배가 있는 곳으로 갔다. 그렇다, 트라키아는 약속의 땅이 아니었다!

다시 그들은 바람을 타고 항해했다. 이번에는 바람의 방향이 바뀌어 배는 남쪽을 향해 갔다.

바람은 그들을 아주 작은 어느 섬으로 몰고 갔다. 그 섬은 태곳적부터 한곳에 자리 잡지 못하고 이리저리 바다 위를 떠돌아다니던 것을, 아폴로 신이 거대한 기아로스 섬의 바위에 고정해놓은 섬이었다.

그 섬에는 작은 도시와 항구가 있었고, 언덕 위에는 매우 오래된 아폴로 신전이 월계수 숲에 둘러싸여 있었다.

배가 항구에 이르렀을 때 아이네아스가 사람들에게 말했다. "이곳도 분명 우리가 새로운 트로이를 세워야 할 땅은 아닐 것이오. 그러나 지금 우리는 여러 날을 정처 없이 헤매 다니기만 했을 뿐, 여전히 가야 할 목적지가 어디인지도 모르오. 그러니 저 신전으로 가서 신들께 우리의 목적지를 알려달라고 빕시다."

곧 배에 있던 열두 명의 남자들이 아이네아스와 함께 신전으로 갔다.

신전은 참으로 기이했다. 트로이 남자들은 불안한 심정으로 주위를 둘러보았다. 신전의 벽은 구멍이 숭숭 뚫린 돌덩이를 쌓아 만든 것으로, 그 돌덩이는 오래전에 한번 녹았다가 다시 굳은 것처럼 보였다. 바닥은 온통 사방이 여러 갈래로 갈라져 있었고, 그 틈으로 여기저기서 옅은 연기가 솟아나고 있었다.

남자들은 그 자리에 무릎을 꿇었고, 아이네아스가 기도를 하기 시작했다. "자비로우신 포이부스 아폴로 신이시여, 부디 계시를 내려주소서! 저희는 목적지도 없이 끝없는 바다를 떠다니고 있으며, 미래가 어둡기만 합니다. 신들께서는 어느 땅을 우리의 정착지로 정하셨나이까? 어느 방향으로 항해를 해야 할는지요? 대체 어느 곳에 우리와 우리 자손들을 위한 도시를 건설해야 하는 것입니까?"

아이네아스가 이렇게 기도하자, 갑자기 발아래의 땅이 진동하고 벽이 흔들리며 온 섬이 떨리기 시작했다. 월계수 숲이 소란스럽게 소리를 냈는데, 마치 폭풍에 흔들리는 것 같았다.

남자들은 두려움에 사로잡혀 바닥에 머리를 조아렸다.

바로 그때 목소리가 들려왔다. "너희 조상들이 아주 오래전에 떠나왔던 트로이인들의 고향을 찾아라! 그곳이 아이네아스 일족이 다스리게 될 땅이다. 아이네아스의 아들과 손자 들, 또 그들의 아들과 손자 들이 대대로 다스리게 될 것이다. 그리고 그들의 권세는 온 사방으로 뻗어나가게 될 것이다."

남자들은 숨을 죽이며 계시를 들었다. 더 이상 아무 소리도 들려오지 않았지만, 계속해서 기다렸다. 아직 들어야 할 말이 더 남아 있었고, 그것이 가장 중요한 대목이기도 했다.

그러나 아무리 기다려도 소용이 없었다. 목소리는 더 이상 들려오지 않았고, 신전은 다시 이전처럼 적막에 휩싸였다.

남자들은 머뭇거리며 신전을 떠나야 했다. 항구를 향해 내려가는 동안 그들은 방금 전에 들은, 그들 종족에게 약속된 찬란한 미래에 대해 이야기를 나누었다.

그러다 갑자기 냉철한 머리를 가진 누군가가 희망에 찬 대화 중간에 끼어들었다. "그래, 그래, 맞소…… 하지만 한 가지, 우리가 아직 알지 못하는 것이 있소. 우리 조상들이 아주 오래전에 떠났던, 이제는 우리가 다시 돌아가야 한다는 그 땅은 대체 어디에 있단 말이오?" 남자들은 당황해서 입을 다물었다. 그들 모두 마음속으로는 남몰래 같은 생각을 하고 있었던 것이다.

그러나 아이네아스만은 어떻게 해야 할지 알고 있었다. "내 아버지께 물어봅시다! 아버지는 어느 누구보다도 우리 종족의 역사를 잘 알고 계시오."

그들이 앙키세스에게 신탁의 내용을 전했을 때, 앙키세스는 그저 아무 말 없이 고개를 끄덕이기만 했다. "그렇다. 이전에도 늘 그래 왔고, 또 앞으로도 항상 지금과 같을 것이다. 예언에는 언제나 우리가 알지 못하는 부분이 숨겨져 있는 법이지. 신들께서는 인간이 미래를 내다보는 것을 원치 않으시기 때문이야! 그렇더라도 난 곰곰이 생각을 좀 해봐야겠다! 만약 우리 조상들로부터 대대로 전해 내려온 전설이 거짓이 아니라면, 우리 시조인 테우케르는 거대한 섬 크레타에서 많은 사람들과 함께 우리 땅으로 왔다. 당시 그 땅에는 도시도 성도 없었지. 우리 조상들은 여러 계곡에 흩어져 정착한 뒤, 그곳에서 땅을 갈고 가축떼를 기르며 부락을 이루기 시작했다. 세월이 흘러 나라 전체가 부강해지자, 우리 조상들은 마침내 트로이 성을 건설했지. 지금은 모두 잿더미로 변하고 말았지만……" 앙키세스는 분노와 슬픔을 이기지 못해 그만 입을 다물고 말았다. 그러다 곧 자리에서 벌떡 일어났다. "동지들이여, 크레타로 가자!" 앙키세스가 결심한 듯 말했다. "크레타는 여기서 그다지 멀지 않은 곳에 있다. 만약 바람이 적당하게 불어주기만 한다면, 우리는 사흘 안에 그 섬에 도착할 수 있을 것이다. 넵투누스 신께 황소 한 마리를 제물로 바치고, 포이부스 아폴로 신께도 황소 한 마리를 제물로 올리도록 하라. 끔찍한 폭풍의 신에게는 검은 양을, 부드러운 미풍의 신에게는 하얀 양을 바치도록 하라. 그러면 우리는 안심하고 다시 바다로 나갈 수 있다!" 앙키세스는 하던 말을 멈추고 잠시 생각에 잠기더니, 다시 말을 이었다. "내가 어디선가 들은 바가 있는데, 만약 그것이 사실이라면 우리에게 어쩌면 큰 행운이 함께할지도 모른다. 즉, 크레타에서 왕이 쫓겨난 뒤로 무서운 전쟁이 일어났고, 그 전쟁으로 인해 많은 사람들이 죽어 지금은 도시와 해안가의 풍요로운 지역이 텅 비어 있다는 소문이다. 그러니 우리가 두려워해야 할 적도 없을 것이다!"

"크레타로 가자!" 곧 모든 배에서 이렇게 외치는 소리가 들려왔다. 여자들은 기쁨에 넘쳐 눈물을 흘렸다. 마침내 새로운 터전에서 자신들만의 부엌을 다시 갖게 될 것이기 때문이었다! 남자들은 어떻게 하면 근사한 도시와 성을 지을 수 있을까에 대해 서로서로 열심히 이야기를 나누기도 했다.

사흘 후 그들은 크노소스* 근처의 어느 항구에 닻을 내리고 뭍으로 올라섰다.

소문은 사실인 듯 보였다. 집들은 텅 비고 신전은 약탈당한 상태였으며, 궁전에도 더 이상 아무도 살고 있지 않았다. 그

---

* (옮긴이) 크레타 섬에 있는 청동기 시대 최대의 유적지로, 크레타 문명의 중심지이다.

들이 해안의 땅을 정찰하는 길목에서 만난 사람들 모두 뭔가를 두려워하는 눈빛으로 길을 비켜주었다. 그들은 낯선 사람들을 별로 달가워하지 않는 눈치였다.

곧 트로이인들은 찾아 헤매던 곳을 발견했다. 바로 넓고 평평한 해변으로, 넓은 평지는 내륙 쪽으로 완만한 언덕을 이루며 이어져 있었고 그 주변으로 울창한 수풀이 우거져 있었다.

아이네아스는 언덕에 올라 주위를 둘러보았다. "이곳에 새로운 트로이를 건설합시다!" 그는 자신을 둘러싸고 선 남자들을 향해 말했다. 그들은 기쁨의 환호성을 지르며 화답했다.

다음 날이 되자, 날이 채 밝기도 전에 트로이인들은 남녀노소 할 것 없이 모두가 열심히 일을 하기 시작했다. 항구에 정박해둔 배를 해변 위로 끌어다 놓고, 배에서 연장과 비상식량을 내리고 함께 싣고 온 동물들도 뭍으로 내렸다. 남자들은 숲으로 가서 나무를 벴고, 여자들과 아이들은 쉴 새 없이 성벽을 쌓아 올리기 위한 돌들을 주워 왔다.

아이네아스가 말했다. "언덕 위에 성을 짓고 그 주변에 도시를 건설하도록 합시다! 그리하여 언젠가는 우리가 건설한 도시가 프리아무스 왕 시절의 트로이처럼 크고 강력해지도록 만듭시다."

그러나 그것은 아무래도 신들의 뜻이 아닌 것 같았다.

여러 날이 지나갔다. 하루 종일 일해야 했지만, 그만큼 성과는 눈에 띄게 커져갔고 트로이인들은 마냥 기쁘기만 했다.

가을이 되자 폭풍이 바다 건너 트로이인들이 있는 해변으로 불어닥쳤다. 하지만 무슨 걱정인가? 사람들은 다시 튼튼한 집을 짓고 살게 되었고, 화덕의 불도 더 이상 꺼질 염려가 없었으니 말이다.

언덕 위에는 벌써 성을 에워쌀 성벽의 주춧돌이 세워졌다. 사람들은 밭을 갈고 나무에서 풍성한 열매를 수확했다. 가축 떼도 불어났다. 그랬다. 이 축복받은 땅에서 다시는 고난을 겪지 않을 것 같았다.

그러나 겨울이 지나고 봄이 되자, 무슨 까닭에선지 날이 환하게 밝아오지 않았다. 언제나 공기 중에는 안개같이 축축한 기운이 스며 있었고, 흐린 하늘 위에 뜬 태양은 희미하게 빛날 뿐이었다. 하루하루가 그랬다.

어느 날 아침, 성의 외벽을 쌓는 일을 하던 트로이 남자들 중 하나가 옆에 있는 사람에게 말을 걸었다. "내 아내와 자식들이 다 병들었다네. 이상도 하지. 어제까지만 해도 모두 멀쩡했는데 말일세."

그 말을 들은 옆 사람이 놀라서 말했다. "우리 아버지와 어머니도 갑자기 편찮아지셨네!"

"부디 신들께서 나쁜 전염병이 돌지 않게 우릴 보호해주시기를!" 맨 처음 말을 꺼낸 사람이 바닥에 놓인 돌을 힘겹게 들어 올리며 이렇게 중얼거렸다. 그런데 왜 이렇게 피곤한 거지? 게다가 부지런히 일을 하고 있는데도 온몸에 한기가 느껴져 이를 덜덜 떨어야 했다.

다음 날 그는 일터에 나타나지 않았다. 다른 사람들 역시 마찬가지였다. 전염병이 퍼지기 시작한 것이다.

전염병에 걸리지 않은 사람은 거의 없었다. 많은 사람들이 죽었다. 살아남은 사람들도 몸이 쇠약해져 자리에 드러누워 있을 수밖에 없었다.

여름이 되자 다행히 전염병은 사라졌다.

그러나 이제는 극심한 가뭄이 닥쳤다. 비 한 방울 내리지 않았고, 곡식은 줄기 위에서 여물기도 전에 말라비틀어졌으며, 초원의 풀들도 말라 죽었다. 큰 강은 작은 도랑으로 변했고, 소들은 목이 마르다고 밤마다 울부짖었다. 소, 양, 염소 들 모두 죽은 새끼를 낳았다.

트로이인들은 굶주림에 시달리기 시작했다.

다시 가을이 된 어느 날, 아이네아스는 아버지 앙키세스에게 말했다. "제가 한 번 더 우리가 떠나왔던 섬으로 돌아가 신탁을 들어보겠습니다. 아무래도 우리가 그것을 잘못 해석했었나 봅니다. 제가 보기에 신들께선 우리를 이곳에서 쫓아내시려는 것 같습니다. 그 때문에 계속해서 우리에게 큰 재앙을 보내시는 게 틀림없습니다."

바로 그날 밤 아이네아스는 깜짝 놀라 잠에서 깨어났다. 보름달이 창문을 통해 방 안으로 비쳐들고 있었고, 그 환한 달빛 속에 집안의 수호신들이 서 있는 모습이 보였다. 아이네아스는 숨이 멎을 듯 깜짝 놀라 바로 앞에 서 있는 수호신들을 바라보았다. 트로이가 불길에 휩싸였을 때, 아이네아스가 구해낸 바로 그 신상의 수호신들이었다.

아이네아스는 그들을 알아보고 두려움과 놀라움에 사로잡혔다. 그렇지 않아도 그를 따르는 트로이인들이 이미 너무 많은 고통을 당해 마음이 한없이 무겁기만 한데, 이제 또 그의 어깨 위에 새로운 짐을 지우러 온 것일까?

그러나 그들이 말을 시작하자, 아이네아스의 두려움은 사라졌다.

"우리는 너와 함께 트로이를 떠나, 바다를 건너 이 해변에 이르기까지 계속 동행했다. 앞으로도 우리는 언제나 네 곁에 있을 것이다. 네게 충고하건대, 이곳에 우리를 위한 신전을 짓고 새로운 도시를 건설하는 일은 그만두어라. 크레타는 너희가 살 곳으로 정해진 땅이 아니니라. 이곳에서 서쪽으로 가면 헤스페리아라고 불리는 땅이 나온다. 오래전 그곳에는 오이노트리아인*들이 살았는데, 그들의 후손이 그 땅을 이탈리아라고 불렀다. 바로 그 이탈리아라는 곳에서 너희 시조인 다르다누스가 태어났다. 포이부스 아폴로 신의 신탁은 그 땅을 말한 것이다. 그런데 앙키세스가 그만 그것을 크레타 출신인 테우케르에 대한 것이라고 착각하고 말았다. 프리기아**인들이 예전에 다르다니아인이라고도 불리고 테우크로이인이라고도 불린 것은 두 시조에게서 유래했기 때문이다."

말을 마친 그들은 곧 사라졌고, 방 안은 다시 조용해졌다. 조금 전까지만 해도 여러 신들이 있었던 방에는 하얀 달빛만 남아 있었다.

아이네아스는 자리에서 벌떡 일어났다. 이루 말할 수 없는 기쁨이 가슴속에 가득 퍼져갔다. 마침내, 마침내 그는 가야

* 전설 속에 등장하는 옛 이탈리아 원주민.
** (옮긴이) 트로이의 다른 이름. 트로이인은 그들이 살았던 땅의 이름을 따서 '프리기아인'이라고도 불렸다.

할 목적지가 어디인지 확실히 알게 되었다. 그 땅은 바로 헤스페리아였다! 순간 번개처럼 그 이름이 아이네아스의 머릿속에 떠올랐다! 크레우사의 영혼을 만났을 때, 그녀는 아이네아스에게 언젠가 그 땅으로 가게 될 것이라고 예언했었다. 그리고 카산드라 역시 여러 번 그 땅에 대해 말했다. 트로이인들은 언젠가 그곳으로 가게 되리라고. 그러나 그 당시 카산드라의 말을 믿은 사람이 단 한 명이라도 있었던가? 트로이인들이 그들이 이룩한 훌륭한 도시와 풍요로운 땅을 떠나 먼 곳으로 가게 되리라고, 그 누가 짐작이나 했겠는가?

아이네아스는 수호신들에게 감사의 제물을 바치기 위해 서둘러 제단으로 갔다. 제물을 올린 뒤 그는 곧장 아버지를 찾았다. 한밤중임에도 앙키세스는 아직 잠들지 못하고 있었다. 트로이인들에게 내려진 재앙으로 인해 마음이 몹시 괴로웠기 때문이다.

앙키세스는 곧 자신이 잘못 생각했었다는 것을 깨달았다. "그런 것이었구나!" 앙키세스가 침통하게 말했다. "내가 신탁을 제대로 해석했다고 믿었는데, 그만 틀리고 말았어. 그것이 우리에게 엄청난 재앙을 가져다주었구나. 자, 그럼 당장 이곳을 떠나 헤스페리아를 찾아보도록 하자!"

그렇게 해서 트로이인들은 서둘러 배를 바다에 띄우고, 다시 항해할 준비를 했다.

그러나 여자들은 애써 마련한 보금자리를 떠나는 것이 달갑지 않았다. 몇몇 남자들도 또다시 저 먼 미지의 땅을 향해 항해하길 거부했다. 그들은 어두운 낯빛으로 아이네아스 앞에 섰다.

"우리는 아내와 아이들과 함께 이곳에 남겠습니다. 그 낯선 땅 헤스페리아가 도대체 우리와 무슨 상관입니까? 게다가 과연 그곳에 도착할 수 있을지조차 모르는 일 아닙니까!"

"그렇다면 이곳에 남도록 하시오!" 아이네아스가 소리쳤다. 그렇다, 그는 어느 누구에게도 그를 따르라고 강요하고 싶지 않았다!

트로이인들이 항해를 시작한 지 이틀째가 되자, 달리는 배주위로 넓디넓은 망망대해가 펼쳐졌고 그 어떤 섬도 해변도 눈에 띄지 않았다. 바로 그때 엄청난 폭풍이 일었다. 우르릉거리며 요동치는 밤의 어둠 속으로 하늘도 바다도 모두 모습을 감추었고, 다만 가끔씩 내리치는 번개만이 번쩍거릴 뿐이었다.

칠흑 같은 어둠 속에서 폭풍과 파도가 배를 이리저리 내동댕이쳤고, 그 와중에 배가 어디로 향하고 있는지 아무도 알 수 없었다.

키잡이 팔리누루스가 끙끙거리며 노에 매달려 있었다. "도대체 지금이 밤인지 낮인지도 모르겠구나." 그가 신음하며 말했다. "게다가 배는 더 이상 키로 조종되지도 않고. 아마도 지금 우린 스트로파데스의 섬들을 향해 곧장 돌진해 가고 있는 것 같은데. 오, 제발 신들께서 우리에게 자비를 베푸시길! 그곳에는 하르피이아들이 살고 있다."

나흘째가 되자 구름이 걷히고 폭풍이 잠잠해졌다. 그러자 그들 앞으로 그리 멀리 떨어지지 않은 곳에 섬 하나가 바다 위에 불쑥 솟아 있는 것이 보였다. 바위 사이로 만이 나타났고, 내륙 쪽으로 펼쳐진 푸른 들판 위에는 가축떼가 풀을 뜯고 있는 모습이 보였다.

폭풍우로 인해 흩어졌던 배들이 하나둘씩 다시 모습을 드러냈고, 단 한 척의 배도 없어지지 않은 것을 확인한 아이네아스는 깊은 안도감을 느꼈다.

"저 육지로 올라갑시다." 아이네아스가 말했다. "우리는 휴식을 취하는 게 좋을 것 같소. 이곳 주민들에게 금을 주면, 그들은 분명 소와 양 몇 마리를 우리에게 내어줄 것이오."

그러나 섬에는 사람이 살고 있지 않은 것 같았다. 트로이인들은 해안을 따라 수없이 많은 바위가 어지럽게 솟아 있는 섬 안쪽을 향해 걸어 들어갔다. 이따금 그들은 깜짝 놀라 그 자리에 멈춰 선 채로 귀를 기울여야 했다. 어디선가 불쾌하게 깍깍거리는 소리가 들려왔기 때문이다. 마치 큰 새가 울부짖는 것 같았다. "저렇게 끔찍한 새 울음소리는 일찍이 들어본 적이 없네." 누군가가 한마디 했고, 트로이인들은 모두 불쾌한 심정으로 고개를 절레절레 가로저었다.

"만약 이곳에 가축 몇 마리를 도살하는 것을 허락해줄 이가 아무도 없다면, 어쩔 수 없이 우리는 누구의 허락도 받지 않고 가축을 잡을 수밖에 없다. 우린 지금 뭔가를 먹어야 하기 때문이다." 결국 트로이인들은 이렇게 결정을 내리고, 어린 소 몇 마리를 잡기 시작했다.

해변에는 파도에 밀려 떠내려온, 땔감으로 쓸 만한 온갖 종류의 나뭇조각들이 충분히 많았다. 그것들은 난파된 배에서 부서져 나온 것들이었다.

곧 해안가 바위 사이에서 탁탁 소리를 내며 불꽃이 타올랐고, 고기 굽는 냄새가 주변으로 번져갔다. 굶주림에 지친 트로이인들은 모래 위에 길게 줄지어 앉아, 고기가 익기를 기다리며 콧속으로 스며드는 구수한 냄새를 만끽했다. 아, 마침내 또다시 발밑으로 단단한 육지를 느끼며 맛좋은 송아지 고기를 즐길 수 있게 된 것이 더없이 행복했다.

트로이인들이 송아지 고기를 한 조각씩 나누어 들고, 그것을 허겁지겁 입으로 채 가져가기도 전이었다. 갑작스레 공중에서 큰 새가 날갯짓을 하는 듯한 소리가 나더니, 곧이어 갖가지 흉측한 울음소리가 들려왔고 거대한 새처럼 보이는 것이 나타나 돌진해 오기 시작했다······

"하르피이아들이다!" 팔리누루스가 소리를 지르며 손에 들고 있던 고깃덩이를 멀리 던졌다. 곧 어떤 일이 벌어질지 잘 알고 있었기 때문이다.

신들께서 하르피이아를 만들어낼 때 뭔가에 굉장히 화가 나 있었음이 분명했다. 그렇지 않고서야 하늘 아래 그 어디에도 그렇게 역겨운 괴물이 있을 수 없었다! 하르피이아는 처녀의 얼굴을 하고 있었지만, 그 낯빛은 마치 끝없는 탐욕으로 굶주림에 시달리다 죽은 시신처럼 창백했다. 엉망으로 헝클어진 깃털이 온몸을 덮고 있었고, 양손에는 무시무시한 손톱이 달려 있었다.

트로이인들 중 누구도 하르피이아를 직접 본 사람은 없었지만, 모두가 하르피이아에 대한 소문은 익히 들어 잘 알고 있었다.

그런 까닭에 트로이인들은 두려움에 떨며 소리쳤다. 그러나 하르피이아들은 조금도 신경 쓰지 않았다. 그들은 거칠게 날갯짓을 해대며, 놀라서 허둥대는 사람들의 머리 위로 이리저리 날아다녔다. 그러면서 시커먼 손톱으로 사람들의 손과 입에서 고기를 빼앗아갔다. 빼앗은 고기는 순식간에 게걸스럽게 삼켜버렸고, 미처 다 먹지 못한 고기는 모래사장으로 내던졌다.

공포에 질린 트로이인들은 사방으로 흩어져 나무와 바위 밑에 몸을 숨겼다.

더 이상 빼앗을 고기가 없자 하르피이아들은 괴성을 지르고 사납게 날갯짓을 하며 어지러이 날아다니다, 이내 어디론가 사라졌다. 트로이인들은 아까와 마찬가지로 굶주리고 배고픈 상태였다.

다행히 아직 날고기가 많이 남아 있었다. 트로이인들은 한숨을 내쉬며, 다시 한 번 고기를 꼬챙이에 꿰어 불 위에 얹고 돌리기 시작했다.

"소용없을 거요." 팔리누루스가 말했다. "우리가 고기를 입에 갖다 대자마자 하르피이아들이 또 이리로 올 것이오. 저들은 어느 누구에게도 먹을 것을 단 한 입도 허락하지 않기 때문이오!"

"각자 칼을 뽑아 바로 옆에 있는 풀숲에 숨겨놓으시오." 아이네아스가 제안했다. "그렇게 해서 우리가 저 기이한 짐승을 쫓아낼 수 있는지 한번 보도록 합시다!"

트로이인들은 아이네아스가 말한 대로 실행에 옮겼다. 잠시 후 하르피이아들이 다가오자, 화가 난 트로이인들은 숨겨두었던 칼을 꺼내 하르피이아에게 덤벼들었다. 그러나 그들은 곧 청동 칼날도 하르피이아의 두터운 깃털을 뚫지 못한다는 사실을 깨달았다. 그럼에도 불구하고 하르피이아들은 달아나기 시작했다.

단지 한 마리의 하르피이아만이 트로이인들의 머리 위로 높이 솟은 바위 위에 앉아 증오에 차서 그들을 쏘아보며 깍깍거리는 끔찍한 목소리로 소리쳤다. "잘 들어라, 트로이인들아! 너희는 우리 소를 도살했다. 그럼에도 우리에게 살코기를 나눠줄 생각을 하기는커녕, 오히려 그 조잡한 무기로 우리를 쫓아내려 하다니! 나는 복수의 여신들 중 가장 위대한 켈라이노다. 지금부터 내가 하는 말을 명심해라! 너희는 지금 헤스페리아로 가는 길이지. 너희들이 그곳을 찾아가는 것을 방해할 힘이 내게는 없다. 그러나 그곳에 도착해서 도시를 건설하는 일을 미처 다 이루기 전에, 너희는 배고픔에 못 이겨 빈 밥상이라도 먹어치우려고 하게 될 것이다. 이것이 바로 나의 복수다!"

이 말을 들은 트로이인들은 깜짝 놀라 신들께 끔찍한 저주를 풀어달라고 서둘러 기도했다. 그런 다음 배로 달려가 닻줄을 풀고 돛대를 세워 남풍을 타고 먼바다로 항해해 나갔다. 그리고 마침내 그 끔찍한 장소를 벗어나게 된 것을 기뻐했다.

트로이인들은 숲이 울창한 자킨토스 섬과 바위가 많은 사모스 섬과 네리토스 섬을 지났다. 또한 바다 건너 아주 먼 곳에서 이타카 섬의 해안이 모습을 드러내는 것을 보고는 폭군 올릭세스에 대한 저주의 말을 중얼거렸다.

어느새 매서운 겨울바람이 몰아치는 계절이 다시 시작되었다. 얼음장같이 차가운 북풍이 바다를 채찍질해대자, 트로이인들은 어쩔 수 없이 에피루스* 해안가의 작은 도시에 배를 정박했다.

그러자 곧 바람은 잠잠해졌고, 트로이인들은 다시 서둘러

---

* 그리스 북서부에 위치한 지방.

항해를 시작했다. 그 후로 며칠을 계속 항해했다. 그즈음 앙키세스에게 기이한 불안감이 엄습했다. "아무래도 나는 헤스페리아를 보지 못할 것 같구나!" 때때로 그는 아들인 아이네아스에게 이렇게 말했다.

"아버지는 그 땅을 보시게 될 겁니다!" 아이네아스가 아버지를 위로하며 말했다. 그러나 그는 앙키세스의 나이가 많다는 사실도 잘 알고 있었다.

트로이인들이 북쪽을 향해 계속 항해하던 어느 날, 그들은 카오니아의 항구에 정박하게 되었다. 배에서 내린 아이네아스는 트로이인들을 여러 명 데리고 부트로툼을 향해 길을 떠났다. 이전에 아이네아스는 그 도시에 관한 기이한 소문을 들은 적이 있었기 때문이다. 그것은 바로 아카이아인들에게 잡혀 어디론가 끌려갔던 프리아무스의 아들 헬레누스가 그곳에서 왕이 되어 넓은 땅과 여러 도시를 다스리고 있다는 소문이었다.

"내가 들은 것이 사실인지 알고 싶소." 아이네아스는 이렇게 말하며, 일행들에게 트로이의 갑옷을 입고 무장할 것을 명령했다.

도시의 성벽에 다다라 작은 숲을 지나가는데, 그 숲 한가운데에 봉분이 하나 솟아 있었다. 양옆으로는 제단이 세워져 있고 그 앞에는 한 여자가 서 있었다. 그녀는 신분이 높은 사람임이 분명했다. 그녀가 입은 옷은 왕족들이나 입을 법한 귀한 것이었고, 옆에 늘어선 나무 아래에선 여러 명의 시녀들이 그녀를 기다리고 있었다.

아이네아스는 이마에 주름이 잡히도록 골똘히 생각에 잠겼다. 그녀의 모습이 어딘가 낯익었기 때문이다. 바로 그 순간 여자는 무덤 쪽으로 몸을 굽히며 어떤 이름을 세 번 연달아 불렀다.

그 이름을 들은 순간 아이네아스는 저도 모르게 소리를 질렀고, 이내 그런 자신이 부끄러웠다.

여자는 아이네아스의 목소리를 듣고는 몸을 일으켜 소리가 난 쪽을 돌아보았다.

여자의 두 눈이 휘둥그레지면서 금세 얼굴이 창백해졌다. 그러더니 갑자기 아무 말 없이 땅바닥으로 쓰러졌다.

아이네아스가 뛰어가 그녀를 바닥에서 일으켰고, 깜짝 놀란 시녀들도 급히 달려왔다.

여자가 눈을 떠 아이네아스를 봤다. 그녀의 얼굴에는 두려움과 혼란스러운 기색이 역력하게 나타났다. "당신은 여신의 아들이 맞나요?" 여자는 믿을 수 없다는 듯이 낮은 목소리로 물었다. "내가 헥토르의 이름을 부르자 당신이 왔어요! 말해 주세요, 당신은 지금 살아 있는 건가요, 아니면 내게 헥토르의 소식을 전해주려고 저승에서부터 날 찾아온 영혼인가요?"

"나는 살아 있소, 안드로마케!" 아이네아스가 안쓰러운 마음으로 대답했다. "그러니 날 두려워하지 마시오. 그런데 당신은 어떻게 이곳으로 오게 된 것이오? 트로이가 멸망한 날 이후로 대체 무슨 일이 있었던 거요?"

안드로마케는 슬픈 눈으로 아이네아스를 바라보았다. "피루스가 저를 노예로 만들어 자기 배에 태웠답니다. 배에는 헬레누스도 타고 있었고, 다른 트로이의 왕족들과 그들의 부인들도 있었어요. 교만하기 짝이 없던 피루스는 트로이의 포로들 중에서 신분이 높은 사람들만 뽑아서 자기 배에 태웠던 것이지요. 우리는 이곳으로 오게 되었고, 그는 멋대로 저를 헬레누스의 아내로 만들어버렸어요. 후에 오레스테스가 나타나 피루스를 죽였고, 그가 죽고 나자 헬레누스가 왕국의 일부를 손에 넣게 되었지요. 그래서 헬레누스는 이 도시를 트로이와 비슷하게 만든 거예요."

아이네아스는 도시로 눈길을 돌렸다. 그것을 바라보는 그의 두 눈에서 눈물이 솟구쳤다. 그렇다, 그것은 트로이였다! 물론 프리기아인들이 세운 왕국이자 이제는 몰락해버린 트로이처럼 크고 훌륭하지는 않았다. 그러나 그곳에는 트로이와 똑같은 성벽과 탑 그리고 스카이아 성문이 있었고, 그 너머에는 미네르바 신전이 있었으며, 도시의 가장 높은 곳에는 황금 지붕으로 장식된 성도 있었다.

아이네아스가 도시를 바라보고 있는 사이, 건너편 성벽에 난 성문 하나가 열렸다. 한 남자가 긴 행렬로 늘어선 위풍당당한 수행원들과 함께 성문 밖으로 모습을 드러냈다.

아이네아스는 그를 바라보았다. "맙소사, 저 사람은 헬레누스가 아닌가!" 아이네아스는 서둘러 남자에게로 달려갔다.

트로이군의 갑옷을 입은 낯선 사람들을 본 헬레누스는 깜짝 놀라 두 눈을 크게 떴다.

곧 그는 아이네아스를 알아보았다.

아이네아스와 헬레누스는 마주 서서 한동안 서로 아무 말도 하지 못했다. "자네를 이렇게 다시 만나게 되다니, 참으로 기쁘구먼!" 헬레누스가 감격에 겨운 듯 목이 멘 채로 겨우 말문을 열었다.

트로이인들은 여러 날을 부트로툼의 왕궁에서 손님으로 머물렀다. 드디어 작별을 해야 할 시간이 왔을 때, 헬레누스가 아이네아스에게 말했다. "자네가 내 충고를 받아들일 수 있다면, 잘 들어보게! 자네도 알다시피 내 누이 카산드라처럼 신들께서 내게도 미래를 내다볼 수 있는 능력을 주셨네. 내가 지금부터 하는 말이 자네에게 재앙일 수도, 축복일 수도 있네. 내게는 그것이 재앙인지, 축복인지 구별할 수 있는 능력까진 주어지지 않았다네. 어쨌든 자네에게게만은 신들께서 내게 예언하도록 허락하신 바를 모두 말해주겠네. 자네는 자네가 바라는 것처럼 그렇게 빠른 시일 안에 헤스페리아에 도착하지는 못할 걸세. 티베리스* 강이 흐르는 라티움** 지역에 도달하여 그곳에 도시를 건설하게 되기까지는, 앞으로 많은 일들이 자네 앞에 놓여 있다네. 내 자네에게 징표를 하나 알려주겠네. 만약 어느 곳에 이르러 흰 돼지 한 마리가 서른 마리의 새끼를 거느리고 있는 모습을 보게 되면, 바로 그곳이 자네들이 미래에 터를 닦고 살게 될 장소라네. 그리고 얼마 전 분노에 찬 켈라이노가 한 예언에 대해선 아무런 염려도 하지 말게. 그들의 힘은 그다지 크지 않다네!" 헬레누스는 갑자기

---

* (옮긴이) 이탈리아 중부를 흐르는 강.
** (옮긴이) 오늘날의 로마가 있는 지방.

하던 말을 멈추고는 재미있다는 듯 웃기 시작했다. "트로이
인들이 빈 밥상을 집어삼키거나 배고픔에 시달리다 굶어 죽
기 전에 분명 해결책이 생길 걸세. 굶어 죽는 것이 자네들에
게 정해진 운명은 아니기 때문이지. 그러나 이 바다의 북쪽과
서쪽에 맞닿아 있는 해안은 피하도록 하게. 그곳에는 도처에
아카이아인들이 살고 있네. 바람이 자네를 트리나크리아 혹
은 시칠리아라고 불리는 섬으로 몰고 가면, 그때는 정말 조심
해야 하네! 헤스페리아와 시칠리아 사이에는 바위투성이인
좁은 해협이 있다네. 아주 오래전에 두 섬은 하나의 땅덩어리
였는데, 무시무시한 힘이 그 땅을 조각내서 대륙과 떨어져 나
온 섬 사이로 바다가 흘러들었다고 하네. 그런데 그 양쪽 편
바위에는 끔찍한 두 괴물이 살고 있다네. 오른편 바위의 어두
컴컴한 동굴 안에는 무시무시한 괴물인 스킬라가 숨어서 기
다리고 있네. 바위에 가까이 다가가 협곡 주변에 살고 있는
푸르스름한 개들이 짖어대는 소리가 들릴 정도가 되면, 자네
들은 이미 끝장난 것이나 다름없네. 바위에 다가가기가 무섭
게 스킬라의 끔찍한 아가리 여섯 개가 동굴 속에서 번개처럼
빠른 속도로 튀어나와, 자네들이 타고 있는 배를 물어 암벽으
로 내던져 산산조각 내고 말 것이네.

협곡의 왼편 바위 아래, 바다 깊은 곳에 살고 있는 카립디스 또한 스킬라 못지않게 위험한 괴물이라네. 놈은 하루에 세 번씩 거대한 목구멍을 열고 엄청난 양의 바닷물을 들이마시는데, 그로 인해 생겨난 소용돌이가 주변에 있는 모든 것을 심연 속으로 끌어들인다네. 또한 하루에 세 번 물을 뱉어 내는데, 위로 솟구치는 하얀 물거품은 거의 하늘에까지 다다를 정도라네. 그래서 누군가가 깊은 물속에서 운 좋게 살아 떠오를지언정, 까마득한 높이에서 아래에 있는 바위 위로 떨어져 온몸이 갈기갈기 찢겨 죽음을 면치 못하게 될 걸세. 그러니 먼 길을 돌아가는 것을 마다하지 말고, 시칠리아 해변을 크게 돌아 항해하도록 하게. 그렇지 않으면 자네들 중 어느 누구도 라티움 해변에 발을 들여놓지 못할 걸세. 마지막으로 한 가지만 더 말하겠네." 헬레누스는 매우 진지하게 말을 이었다. "모든 여신들 중 가장 막강한 권력을 가진 유노께서 자비로운 마음을 갖도록 온갖 노력을 기울이게. 여신께선 여전히 트로이인들에게 화가 나 계시기 때문이네. 유노께 제물을 바치고 그분을 위해 신전을 짓겠다고 맹세하게. 그러면 여신께서는 자네가 헤스페리아에 들어가는 것을 허락하실 거야. 자, 그럼 이제 서둘러 쿠마이*라는 도시로 가게. 그곳에서 깊은 숲속에 있는 아베르누스 호수**를 찾게. 그러면 그곳 바위 산 위에 사는 시빌라라는 예언자를 만나게 될 걸세. 그녀는 자네에게 앞으로 겪게 될 운명을 알려줄 걸세. 내게는 더 이상의 예언을 하는 것이 허락되지 않았네. 이제부터는 남풍을 유용하게 이용해야 하네. 배를 내려다보게. 자네 배들이 돛을 이미 활짝 펼치고 있구먼."

"분명 제 아버지께서 명령하셨을 겁니다!" 아이네아스가 진지한 웃음을 지으며 말했다. "아마도 아버지께선 이곳에 너무 오래 머물렀다는 것을 제게 상기시키려 하신 것 같은데, 저 또한 아버지가 옳다고 생각합니다. 자, 그러면 행복하십시오! 당신들은 이미 이곳에 정착했지만, 저는 약속의 땅이 우리를 받아들일 때까지 동료들과 함께 앞으로도 오랫동안 바다를 헤매 다녀야 합니다. 그러나 언젠가 우리가 우리의 도시를 건설하게 되면, 이곳과 그곳의 경계는 없어질 것입니다! 또한 우리 후손들 모두가 한 종족이 되어 살아갈 겁니다!"

곧 헬레누스는 황금 술잔, 상아로 된 정교한 공예품, 코린투스산 청동, 말들과 무기 등 많은 선물을 배로 보냈다.

---

* 나폴리 근처에 위치한 아폴로 신의 신탁이 내리던 장소.
** 나폴리 근처의 둥근 원 모양의 화구호(분화구에 만들어진 호수). 이곳을 지하 세계로 들어가는 입구라고 믿었다.

안드로마케가 이별을 슬퍼하며 앙키세스에게 촘촘하게 짠 털옷을, 아이네아스와 아스카니우스에게는 금으로 수놓은 옷을 선물했는데, 아스카니우스의 옷은 트로이의 아이들이 즐겨 입는 것과 똑같이 만든 것이었다.

"모두 제가 직접 만든 거랍니다." 안드로마케가 말했다. "낯선 땅에서 이 옷들을 입으며 이곳에 당신들의 친구가 살고 있다는 것을 기억해주세요." 그녀는 울먹이며 아스카니우스를 끌어안았다. "네게 항상 행운이 함께하기를 비마, 귀여운 내 조카야! 넌 네 사촌이자 내 아들인 아스티아낙스와 너무 닮았구나! 너를 본 순간 내 아들이 찾아온 줄 알았단다……"

아이네아스 일행은 다시 바다를 항해하기 시작했다. 그러던 어느 날, 그들은 케라우니아의 해변에 닻을 내리고 인적 드문 바닷가에서 밤을 보내게 되었다.

그러나 키잡이 팔리누루스는 잠을 잘 수가 없었다. 한밤중이 되기가 무섭게 그는 잠자리를 박차고 일어났다. 별과 구름, 바람을 관찰하기 위해서였다. 이제 어느 날엔가 아침이 되어 그들 앞에 바다를 가르고 육지가 나타나면, 그들은 그곳을 향해 가기만 하면 될 것이다. 그러면 그것으로 여행은 끝이 난다. 적어도 팔리누루스는 그렇게 생각했다. 그러나 신들의 결정은 그의 생각과는 사뭇 달랐다.

별들이 점차 희미하게 빛을 잃어가자마자 팔리누루스는 출발을 알리기 위해, 배의 뒤쪽에 걸려 있는 둥근 청동 방패를 두드려댔다.

그와 동시에 한 남자가 갑판 위를 가로질러 달려가더니, 마치 고양이처럼 돛대 위로 기어 올라가기 시작했다.

그 모습을 본 팔리누루스는 혼자 껄껄대며 웃었다. 그는 젊은 병사 아카테스였다. 그는 아이네아스를 잠시도 혼자 내버려두지 않고 그 뒤를 졸졸 쫓아다녔고, 아이네아스의 눈빛만 봐도 그가 무엇을 원하는지 알고 있었다. 그는 분명 자신이 꿈에도 그리던 땅을 첫번째로 보게 되길 바라는 것이 틀림없었다!

잠시 후 배들은 차례차례 줄을 지어 잿빛으로 물든 새벽 공기를 가르며 천천히 움직였다.

아이네아스는 뱃머리에 서서 주의 깊게 앞을 내다보았다. 갑자기 누군가가 그의 옆으로 다가오는 것이 느껴졌다. 바로 그의 아들 아스카니우스였다. 그런데……

아이네아스는 아들을 마치 처음 보듯 쳐다보았다. 아스카니우스는 안드로마케로부터 선물 받은 옷을 입고 있었다. 아버지를 쳐다보는 아스카니우스의 얼굴은 사뭇 진지했고, 아버지에 대한 존경심으로 가득 차 있었다. 짙은 색깔의 곱슬머리를 한 그는 프리아무스 왕의 후손이라면 누구나 가지고 있는, 당당하면서도 거리낌 없는 태도를 지니고 있었다. 그것은 트로이 왕의 딸이었던 어머니 크레우사에게서 물려받은 것이었다.

그런 아들의 모습을 바라보던 아이네아스는 갑자기 아들이 더 이상 어린아이가 아니라는 것을 깨달았다. 아이네아스에게는 이루 말할 수 없이 감격적인 순간이었다. 그는 머뭇거리며 떨리는 손을 아스카니우스의 어깨 위에 올려놓았다. 아스카니우스의 가녀린 몸이 긴장하는 것이 느껴졌다. "왜 벌써 일어났느냐?" 아이네아스가 다정하게 물었다. "아직 날이 밝지도 않았고, 헤스페리아의 해안을 보게 되기까진 한참을 더 있어야 하는데." 아이네아스는 웃으며 말했다. "너, 여자들이 있는 곳에서 나오고 싶었던 거로구나……"

그 말을 들은 아스카니우스는 깜짝 놀라 몸을 움찔했다. 갑자기 그의 낯빛이 어두워졌다. "아버지, 저는 이제 더 이상 여자들의 보살핌을 받고 싶지 않아요. 여자들에게 그러지 말라고 명령해주세요!" 아스카니우스가 큰 소리로 외쳤다. "여자들은 저를 백일도 안 된 갓난아기처럼 대하면서 한시도 가만 두지 않아요. 저는 이제 그런 것이 싫어요! 제발 이제부터는 아버지 곁에 있게 해주세요!" 말을 마친 아스카니우스는 할 수 있는 한 몸을 꼿꼿하게 세워 보였다. "이것 보세요. 제 키 가 벌써 아버지 가슴 높이까지 자랐어요. 여기에다 갑옷을 입 고 긴 깃털 장식이 달린 투구를 쓰면, 다른 병사들하고 구별 할 수 없을 거예요. 그렇게 생각하지 않으세요? 팔과 다리 힘 도 충분히 세졌고, 아카테스만큼 빨리 달릴 수도 있어요. 물 론 원반은 아직 그렇게 멀리까지 던지진 못하지만요." 아스 카니우스는 약간 기가 꺾여서 말을 이었다. "하지만 그것도 곧 배울 거예요!"

열심히 설명하는 아들의 얼굴을 물끄러미 바라보던 아이네 아스는 아들을 두 팔로 꽉 잡아 가까이로 끌어당겼다.

"이제부터 항상 내 곁에 있도록 하거라, 내 아들 아스카니 우스야!" 아이네아스는 엄숙하게 말했다. "내 너에게 훌륭한 전사가 되기 위해 필요한 모든 것을 가르쳐주마! 너나 나나 전쟁을 피할 수 없는 운명이기에, 그런 것들을 반드시 배워두 어야 한다. 그러나 우리 가문이 저 멀리 있는 헤스페리아에 거대한 제국을 세우고 다스리게 되는 날이 오면, 우리에게 전쟁은 단 하나의 목적만을 가질 것이다. 그것은 바로 우리 종족의 평화와 안녕이다. 넌 아직 내가 지금 하는 말이 무엇을 뜻하는지 이해하지 못할 것이다. 다만 네 마음속에 잘 간직해 두어라. 언젠가 네가 그것을 기억해야만 할 날이 올 것이다."

아직 정오가 되지 않은 시각이었다. 끝없이 펼쳐진 반짝이는 서쪽 수면 위로 무언가가 어둡게 떠 있는 모습이 보였다……

"육지다! 육지다!" 아카테스는 커다란 목소리로 목청껏 부르짖으며, 감격에 겨운 나머지 허둥대다 하마터면 돛대에서 떨어질 뻔했다. "동지들이여! 육지가 보입니다! 드디어 헤스페리아를 발견했습니다!"

그들은 소리 지르며 서로를 얼싸안았고, 마치 제정신이 아닌 것처럼 두 팔을 휘저으며 갑판 위를 이리저리 뛰어다녔다.

아아, 그들은 너무나 기뻐서 마음을 가라앉힐 수 없었다.

시간이 지나자 맨 앞에서 항해하던 배가 조용해졌다. 그 배에 타고 있던 앙키세스가 힘든 발걸음을 옮겨 갑판 위로 올라왔다. 몸은 무척 허약해졌지만, 여전히 근엄한 자태를 잃지 않고 있었다. 그래서 그가 사람들 곁을 걸어 지나갈 때면, 사람들은 그에게 말없이 고개를 숙여 예를 표했다.

아이네아스는 뱃머리에 서서 아버지에게 꽃으로 장식된 황금 잔과 포도주가 든 항아리를 건넸다. 노인은 떨리는 손으로 값진 잔에 포도주를 가득 따른 다음, 머리 위로 높이 들었다. "불사의 신들이시여, 우리의 감사를 기쁘게 받아주시고 앞으로도 우리에게 자비를 베풀어주소서!" 기도를 마친 앙키세스는 잔을 바다로 던졌다.

순간 그의 기도는 이루어지는 것처럼 보였다.

잠시 후 아이네아스 일행이 탄 배들이 아카이아인들의 도시에서 멀리 떨어진 어느 평평한 해변에 무사히 정박했기 때문이다.

그러나 그곳에는 숲이 우거진 낮은 언덕 위에 하얀 신전 하나만이 외롭게 서 있을 뿐이었다.

헬레누스가 해준 조언에 따라, 아이네아스는 곧바로 유노 여신에게 제물을 바쳤다. 그런 후 다시 뱃머리를 바다 쪽으로 돌렸다. 왜냐하면 자신들이 아직 목적지에 도착하지 못했다는 것을 깨달았기 때문이다.

아이네아스 일행은 헤르쿨레스의 도시인 타렌툼*의 거대한 만을 가로질러 대륙의 남쪽 끝을 빙 돌아 항해를 계속했

---

* 이탈리아 반도의 소위 '장화의 굽'이 시작되는 아폴리아 지방에 위치한 도시.

다. 갑자기 멀리서부터 거친 파도가 암벽에 부딪혀 부서지는 듯한 소리가 들려오기 시작했다. 완만했던 해변은 바위투성이로 변해갔으며, 곧 바다 위로 깎아지른 듯한 절벽이 위협하듯 솟아 있는 것이 보였다. 바로 오른편에서 거대한 파도가 일더니 까마득히 높은 절벽에 우르릉 쾅쾅 소리를 내며 부딪쳤다…… 그러다 갑자기 어디선가 기분 나쁜 울음소리가 들려와 허공을 가득 메웠다. 그 울음소리가 어찌나 끔찍하던지, 트로이인들은 순간 숨이 멎을 지경이었다.

잠시 후 그들로부터 그리 멀리 떨어지지 않은 곳에서 엄청나게 큰 물기둥이 하늘 높이 솟아올랐다. 물기둥에서 피어오른 흰 거품이 빗방울처럼 배 위로 흩날리더니, 높이 솟았던 물기둥은 다시 그 자리에 무너져 내렸다.

"저건 카립디스다." 조금 전부터 주의 깊게 사방을 둘러보던 앙키세스가 외쳤다. "팔리누루스, 뱃머리를 가능한 한 빨리 왼쪽으로 돌리게. 그렇지 않으면 놈이 우릴 삼켜버릴 걸세! 저 소리를 들어보게. 벌써 녀석이 두번째로 포효하고 있네!"

팔리누루스가 배의 옆면이 삐걱거릴 정도로 키를 휙 돌렸다. 다른 배들도 곧 뒤따랐다. 그런데 이게 무슨 일인가? 배들이 갑자기 한 치도 나아가지 못하고, 그 자리에 못 박힌 듯 꼼짝하지 않았다. 돛이 느슨하게 늘어져 있었다. 그렇다, 배는 더 이상 바람을 타고 움직일 수가 없었다!

"모두 노를 잡아라!" 다급하게 명령을 내리는 아이네아스의 목소리는 청동과도 같이 강하고 단호했다.

바로 그 순간 카립디스가 세번째로 울부짖었다.

트로이인들은 절망적인 심정으로 황급히 노를 저었다. 괴물의 목구멍이 곧 다시 열려 근처에 있는 것들을 전부 바다 깊은 곳으로 삼켜버릴 것을 알고 있었기 때문이다. 배는 점점 더 괴물 가까이로 끌려가고 있었다……

그러다 갑자기 소용돌이치던 바닷물이 잠잠하게 가라앉았다. 마치 괴물이 바다 깊은 곳에서 잠시 한숨이라도 돌리고 있는 것 같았다.

등줄기에 땀이 줄줄 흘러내릴 정도로 이를 악물고 위아래로 힘차게 노를 젓던 트로이인들은 고개를 들어 앞을 힐끔 내다보았다.

저 건너 오른편 바닷속에서 갑자기 작은 소용돌이가 이는 것이 보였다. 얼핏 봐서는 그다지 위험해 보이지 않았다. 그러나 그 소용돌이는 점점 더 빠른 속도로 커지기 시작하더니,

잠시 후 거대한 분화구만큼이나 커졌다! 엄청나게 큰 소용돌이는 기분 나쁜 소리를 내며 돌고 또 돌았는데, 그 소리는 돌 때마다 점점 더 날카로워졌다.

곧 노를 젓던 트로이인들은 어떤 무시무시한 힘이 배를 잡아당기는 것을 느꼈다.

그들은 두려움에 사로잡혔다. 누군가가 비명을 질렀다. 아니, 어쩌면 그들 모두 비명을 질렀는지도 모른다. 다만 다른 이의 목소리가 들리지 않았을 뿐이다. 그들은 팔에 힘줄이 시퍼렇게 드러날 정도로 열심히 노를 저었다. 땀이 눈으로 따갑게 흘러들어 아무것도 보이지 않았다. 단지 이 죽음의 소용돌이를 벗어나야 한다는 생각뿐이었다. 그렇지 않으면……

어느 순간 그들은 소용돌이를 벗어나 있었다. 그럼에도 배는 계속해서 나아갔다. 트로이인들이 노 젓기를 멈추지 않았기 때문이다. 배는 계속해서 가고, 또 나아갔다……

카립디스의 울음소리가 점점 약하게 들려왔다……

그제야 비로소 트로이인들은 서로를 바라볼 엄두를 냈다. 눈에는 여전히 당황한 빛이 역력했고, 초인적인 힘으로 노 젓기를 한 탓에 계속해서 숨을 헐떡이고 있었다.

그러나 고생은 아직 끝난 것이 아니었다. 이제는 바람이 더 이상 불어오지 않아 끊임없이 노를 저어야 했다. 피로에 지친 트로이인들은 앉은자리에서 그대로 쓰러질 지경이었다.

"육지를 향해 배를 돌리자." 아이네아스가 말했다. "저 앞 바위 사이에 만이 하나 있고, 내륙 쪽으로 무성한 숲이 이어 져 있는 게 보이는구나. 저곳에 가면 분명 안전한 정박지를 찾을 수 있을 테고, 나무 아래서 편히 잠을 청할 수 있을 것이 다."

그러나 그날 밤 트로이인들은 잠을 이룰 수 없었다. 잠자리 를 택해 보초를 세우고 휴식을 취하기가 무섭게 어딘가에서 지축을 뒤흔드는 듯한 소리가 들려왔기 때문이다. 그 소리에 보초들은 놀라 달아났다. 그것은 천둥소리와도 비슷했는데, 사이사이마다 쿵 하는 소리와 후두두 하는 소리가 들려왔다. 마치 산에서 바위와 돌덩이들이 굴러떨어지는 소리 같았다.

무언가 요동치는 듯한 소리가 땅속 깊은 곳에서부터 희미 하게 들리는가 싶더니, 발아래 땅이 흔들리는 것을 느낀 트로 이인들은 깜짝 놀라 자리에서 일어났다.

바로 그때 숲 뒤의 하늘 위로 거대한 불길이라도 솟은 듯 붉은빛이 떠올랐다.

"오, 신들이시여, 저희에게 무슨 끔찍한 일이 또다시 닥치는 것입니까!" 여자들이 탄식했고, 남자들조차도 두려움에 떨었다. 도대체 그것이 무슨 소리인지 모두가 궁금했지만, 아무도 아는 사람이 없었다.

"저것은 천둥소리가 아니다. 그렇지만 아무리 큰불이 나도 저런 소리는 내지 못할 것이다." 앙키세스는 골똘히 생각에 잠겨 말했다. "트리나크리아 섬에 산이 하나 있는데, 가끔씩 그 산이 불을 내뿜는다는 얘기를 들은 적이 있다. 저렇게 큰 소리를 내는 것을 보니 그 산이 아닌가 싶다!" 사람들은 앙키세스의 말에 귀를 기울였다. 그들은 너무 피곤해서 이제껏 잠을 자기만을 간절히 원하고 있었다는 사실도 잊어버렸다.

"우리가 그것을 알아보러 갑시다!" 흥분한 사람들은 아이네아스 주위로 몰려들었다. 정찰하러 가는데, 아이네아스가 함께 가지 않을 리가 없었기 때문이다!

그들은 곧 길을 떠났다. 숲을 벗어나 사방이 트인 곳으로 나가기까지 한참을 걸어야 했다. 마침내 숲을 벗어나자 그곳에는 자그맣고 헐벗은 언덕이 하나 있었다. 그 언덕 위에 오르면 사방을 둘러볼 수 있을 것 같았다. 어느새 언덕 꼭대기에 도달한 아이네아스 일행은 너무 놀라 온몸이 돌처럼 굳어버렸다. 저 멀리 눈앞에 우뚝 솟은 높은 산의 산봉우리에서 불꽃이 하늘 위로 치솟고 있었다. 시커먼 연기가 거대한 구름을 만들며 붉은 하늘을 향해 뭉게뭉게 피어올랐고, 바위의 갈라진 틈새마다 불길이 터져 나왔다. 가끔씩 무시무시한 굉음이 트로이인들이 서 있는 곳까지 들려왔고, 곧이어 산봉우리에서 이글거리는 불덩이가 튀어나왔다. 그 불덩이들은 마치 불꽃이 터지듯 하늘 위에서 산산조각으로 부서져 비처럼 아래로 떨어져 내렸다. 불이 강을 이룬 듯 완전히 녹아내린 암석은 산비탈을 타고 천천히, 끊임없이 아래로 흘러내리고 있었다……

아이네아스 일행은 갔던 길을 되돌아오는 동안 서로 아무 말도 하지 않았다. 그저 가끔씩 두려운 마음으로 주변을 둘러보며 혼자 생각에 잠겼을 뿐이다. '아니다, 이곳 역시 정착할 곳이 아니다.' 그들은 다음 날 해가 밝는 대로 그곳을 떠나, 항해를 계속해야겠다고 마음먹었다.

아침이 되자 밤사이의 두려움이 조금은 누그러졌다. 그럼에도 그곳에 더 오래 머물기를 바라는 사람은 아무도 없었다.

아이네아스는 바닷가에 서서 모두가 배에 오르기를 기다렸다. 혹시 늑장을 부리다가 뒤늦게 허겁지겁 달려오는 사람이 있지는 않은지 살피기 위해 사방을 둘러보았다.

그러던 중 아이네아스는 갑자기 이맛살을 찌푸리며 날카로운 시선으로 어딘가를 응시했다. 저 건너에 한 남자가 있었다! 남자는 아이네아스가 서 있는 곳에서 그다지 멀지 않은 숲속에 몸을 숨기고 있었다. 그는 배 쪽으로 뛰어오기는커녕 오히려 몸을 숨기려는 듯 계속 나무에서 나무로 살금살금 걸음을 옮겼다. 그의 행색은 또 어떠한가? 옷은 갈기갈기 찢어져 야윈 몸 위에 간신히 걸치고 있었는데, 그나마도 벌거벗은 몸을 감추기에 그리 넉넉해 보이지 않았다. 수염과 머리카락은 엉망으로 엉클어져 있었고 지저분한 얼룩과 피가 여기저기 말라붙어 있었다. 그는 트로이인이 아닌 게 분명했다! 그렇다면 그는 어떻게 이곳으로 온 것일까? 사람 사는 흔적이라곤 어디서도 찾아볼 수 없었는데 말이다.

수상쩍은 마음이 든 아이네아스는 정체를 알 수 없는 낯선 남자에게로 천천히 다가갔다. 순간 그는 도망을 치려다가, 이내 상황을 파악하고는 제자리에 멈춰 섰다. 이제는 더 이상 아무 가망이 없다는 듯한 몸짓으로 어깨를 한번 으쓱하고는, 그대로 나무에 기대서서 아이네아스가 자기 앞으로 다가오길 얌전히 기다렸다.

두 사람은 한동안 말없이 서로를 유심히 쳐다보았다. 낯선 남자의 두 눈에는 쫓기는 짐승처럼 두려운 기색이 가득했다.

"너는 누구냐?" 아이네아스가 이방인에게 말을 걸었다.

그러자 남자가 고개를 가로저으며 대답했다. "내가 누구인지는 더 이상 중요하지 않습니다. 그동안 내게 일어났던 일들을 돌이켜보면, 나는 이미 오래전에 죽은 자들이 사는 지하 세계로 내려갔어야 하기 때문입니다. 나는 이타카에서 온 아카이메니데스라고 합니다. 울릭세스 님을 따르던 병사들 중 하나였지요! 당신들이 트로이인들이라는 것을 잘 알면서도 감히 내 신분을 밝히고 싶습니다! 내 신분을 알게 되면 분명 나를 죽이려고 하겠지만, 그럴수록 나는 당신에게 고마워할 겁니다! 이 땅에 살고 있는 끔찍한 괴물에게 목이 졸려 비참하게 잡아먹히는 것보다는 사람 손에 죽는 편이 훨씬 더 행복할 테니까요!"

아이네아스는 낯선 이방인의 말을 들으면 들을수록 이해가 가지 않았다. 이 무슨 기이한 이야기란 말인가? 신들께서 이 낯선 남자를 미치게 만드신 걸까? 분명히 그런 것 같았다. 어째서 그는 죽음의 공포가 서린 두 눈으로 끊임없이 사방을 두리번거리며 안절부절못하는 것일까?

그러더니 이제는 빠른 걸음으로 아이네아스에게 다가서서

애원하기 시작했다. "제발 나를 데려가 주십시오!" 그는 필사적으로 매달렸다. "당신들 배 한 척에 몸을 싣도록 허락해주십시오. 어쨌든 이곳을 벗어나게만 해주십시오. 그다음엔 당신들 마음대로 해도 좋습니다! 나를 바다에 던져도 좋고 칼로 가슴을 찔러도 괜찮습니다. 이곳에서 벗어날 수만 있다면, 내게 무슨 일이 벌어져도 상관없습니다!"

아이네아스는 가만히 고개를 끄덕이며 친절하게 말했다. "날 따라오도록 하라! 널 내 아버지께로 데려다주겠다. 그분은 현명하신 데다 경험이 많으신 분이다. 아버지께서 너를 도울 방법을 찾아주실 것이다!"

"신들께서 당신에게 큰 상을 내리실 것입니다!" 한결 마음이 가벼워진 이방인은 이렇게 중얼거리며, 빠른 걸음으로 아이네아스의 뒤를 따라 배가 있는 곳으로 갔다.

앙키세스는 배의 난간에 기대어 놓은 작은 의자 위에 앉아 있었다. 점점 기력이 떨어져 이제는 오랜 시간 서 있거나 걸어 다니기 힘들었다.

"거기 누구를 데려온 거냐, 아들아?" 앙키세스는 약간 놀란 듯 동정 어린 시선으로 누더기 입은 이방인을 찬찬히 뜯어보며 물었다.

"숲에서 만난 사람입니다." 아이네아스는 어떻게 말문을 열어야 할지 몰라 당황하며 대답했다. "이 사람은 자기가 이타카 출신의 아카이아인이라고 합니다. 그리고 또…… 조금 전에 이 사람이 아주 이상한 말을 했습니다! 자세한 내용은 직접 들으시는 것이 나을 것 같습니다!"

　"예, 그렇게 하지요. 제가 직접 말씀드리겠습니다!" 이방인은 이렇게 말하곤 다시 한 번 두려움에 가득 찬 시선으로 등 뒤에 있는 바닷가 쪽을 바라보았다. "그런데 당신들께 한 가지만 간청드리겠습니다. 더 이상 머뭇거리지 말고 가능한 한 빨리 닻을 올려 이곳을 떠나도록 하십시오! 이곳에는 키클롭스*들이 살고 있습니다! 만약 그 괴물이 우릴 발견하는 날에는 우린 모두 끝장입니다! 자, 들어보십시오! 제가 울릭세스 님을 따라 다른 병사들과 함께 이 해안에 다다르게 된 후로 지금껏 초승달이 보름달로 바뀐 게 세 번입니다. 저 건너 숲 뒤쪽에 있는 산과 그 산 끝자락에 펼쳐진 목초지가 보이십니까? 바로 저 목초지 위에 있는 바위틈에 키클롭스들이 살고 있습니다. 당신들은 앞으로 우연이라도 저놈들 중 단 한

---

* 외눈박이 거인 종족. (옮긴이) 키클롭스들은 불카누스 신의 일을 돕는 시종 대장장이로 그려지기도 한다. 시칠리아 섬의 아이트나 산에 살았던 것으로 여겨진다.

놈이라도 만나는 일이 없기를 바랄 뿐입니다! 그 당시 우리는 이곳을 정찰하기 위해 배에서 내렸는데, 하필이면 폴리페무스의 동굴로 가게 되었지요. 폴리페무스는 키클롭스들 중에서도 제일 덩치가 크고 잔인하기가 이를 데 없는 놈입니다. 놈은 이마 한가운데 눈이 하나만 박혀 있습지요. 우리가 놈의 동굴로 들어갔을 때는 마침 그곳에 없었습니다. 잠시 후 놈은 자기가 기르는 가축떼를 몰고 동굴로 돌아왔는데, 그 모습을 보고 우린 모두 얼굴이 창백해지도록 놀랐습니다. 울릭세스님만큼은 겁을 먹지 않고 놈에게 우리를 손님으로 환대해줄 것을 요청했지요. 그러나 놈은 그에 대한 대답으로 동료들 중 둘을 동굴 벽에 던져 죽인 뒤 먹어치우더군요. 그런 다음 우리가 가죽 부대에 담아온 포도주를 실컷 마시고는 곧 잠이 들어버렸습니다. 우리는 밤새 한숨도 자지 못하고 죽음의 공포에 떨어야 했지요. 도망치는 것은 불가능했습니다. 왜냐하면 그 괴물이 동굴 입구를 거대한 돌로 막아놓았기 때문이지요.

아침에 잠에서 깨어난 괴물은 또다시 동료 병사 두 명을 먹어치웠습니다. 그러고는 가축떼를 몰고 목초지로 가기 위해 동굴 밖으로 나간 후, 다시 큰 바윗덩이로 입구를 꽉 막아놓더군요. 우리는 머리가 터지도록 고민했지만, 아무 소용이 없

144

었습니다. 그곳을 빠져나올 방도가 도저히 없는 것 같았지요. 그러나 궁지에 몰릴 때면 언제나 그랬듯, 이번에도 울릭세스 님이 해결책을 생각해냈습니다. 폴리페무스를 죽일 수는 없었습니다. 그렇게 되면 누가 그 입구의 바윗덩이를 치울 수 있겠습니까? 그래서 우리는 말뚝을 뾰족하게 깎아 짚더미 아래 몰래 숨겨두었습니다.

저녁에 괴물이 돌아왔을 때, 다시 한 번 더 우리 동료들 중 두 사람이 잡아먹혀야 했습니다. 그 끔찍한 괴물이 부른 배를 안고 술에 취해 가축들 틈에 누워 잠이 들자, 비로소 우린 괴물의 눈에 말뚝을 박을 수 있었습니다. 엄청난 괴성을 지르며 이리저리 날뛰던 괴물은 한 손으로 말뚝을 뽑아내면서, 다른 한 손으로는 허공을 휘저었습니다. 그때 나는 놈의 손에 잡히고 말았습니다. 재빨리 뒤로 물러서지 못했기 때문이지요. 이제 모든 것이 끝났다고 생각한 순간 동굴 벽으로 내동댕이쳐 졌고, 그대로 정신을 잃고 말았습니다. 다시 깨어나 정신을 차렸을 땐 동굴은 텅 비어 있었습니다. 폴리페무스도 사라졌지만, 동료들 또한 사라지고 없었어요. 어떻게 나를 혼자 남겨두고 떠날 수 있었는지 이해가 가지 않습니다만, 아마도 동료들은 내가 죽었다고 생각한 모양입니다. 어쨌든 그렇게 해서 나는 이곳에 혼자 남게 되었지요.

밖은 이미 날이 환하게 밝아 있었고, 멀리서 키클롭스들이 서로를 향해 질러대는 끔찍한 고함 소리와 양과 염소 들이 울어대는 소리가 뒤섞여 들려왔습니다. 두려운 마음에 나는 동굴을 나와 달리기 시작했습니다. 반드시, 반드시 동료들을 따라잡아야 한다고 생각했습니다. 동료들을 만나지 못하면, 그들은 나를 두고 항해를 시작할 게 분명했으니까요! 미친 듯이 해안으로 달려 내려갔지만, 그곳에는 배가 한 척도 없었습니다.

그 이후로 지금까지 나는 숲속을 헤매며 약초와 산딸기, 나무 열매 등을 따 먹으면서 살았고, 밤이 되면 빛을 싫어하는 동물들이나 들어가 살 법한 좁은 동굴에서 잠을 잤습니다. 키클롭스들이 걸음을 옮길 때마다 땅바닥이 흔들리는 것을 느끼곤 두려움에 온몸을 떨어야 했지요. 날이면 날마다 돛을 단 배가 나타나진 않을까 바다 위를 내다보았지만, 아무 소용이 없었습니다.

그러다 어제 당신들의 배를 보게 된 것입니다. 처음에는 동료들이 다시 돌아온 것이라 생각했습니다. 물론 그것이 착각이었다는 것을 깨닫는 데는 그리 오랜 시간이 걸리지 않았습니다. 그러나 당신들이 트로이인이라는 사실이 내게는 아무런 문제도 되지 않았습니다. 당신들도 인간이고, 그것만으로도 내게 이루 말로 표현할 수 없는 행운이기 때문입니다."

말을 마친 이방인은 물끄러미 바닥을 응시했다. 잠시 후 그는 수염을 타고 흘러내리는 눈물을 손으로 급히 훔쳐냈다.

앙키세스는 이방인 쪽으로 몸을 돌려 그의 어깨 위에 살며시 손을 올려놓았다.

"가끔은 지난 일들을 잊어버리는 편이 현명할 때가 있네." 앙키세스가 말했다. "자네만 괜찮다면, 우리와 함께 머물러도 좋네. 만약 자네 나름대로 갈 길을 가고 싶다면, 다음번에 육지에 정박하게 되었을 때 자유롭게 자네의 길을 가도록 하게. 여자들이 자네에게 새 옷을 가져다줄 걸세……"

갑자기 어디선가 흉측한 고함 소리가 들려와 앙키세스는 하던 말을 멈췄다. 깜짝 놀란 그는 불안한 마음으로 이방인을 쳐다보았다. 이방인은 화들짝 놀란 눈으로 숲 쪽을 돌아다보았다.

앙키세스도 몸을 돌려 숲 쪽을 바라보았다. 긴 세월 동안 평생 수많은 일들을 겪은 앙키세스였지만, 이번만큼은 그 역시도 놀라지 않을 수 없었다. 나무 사이로 어떤 형체가 하나 나타났는데, 머리는 우듬지 위로 불쑥 솟아 있었고 거대한 몸뚱이는 마치 덤불로 온통 뒤덮인 움직이는 바위 같았다. 예전에 눈이 있었던 자리로 보이는 이마 한가운데에는 피딱지가 앉은 상처가 깊이 파여 있었다.

조금 전만 해도 이방인이 하는 이야기를 못 믿겠다는 듯 고개를 가로저으며 웃기까지 했던 트로이인들과 아이네아스는 그 순간 깨달았다. 저것이 바로 키클롭스들 중에서도 가장 난폭하고 포악한 폴리페무스라는 것을!

폴리페무스는 손에 든 가문비나무 줄기로 앞을 더듬으며 해변으로 내려와 바닷속으로 걸어 들어가서는 상처를 씻기 시작했다. 트로이인들은 괴물이 고통에 신음하며 이를 가는 소리를 들었다. 그들은 아무 말도 하지 못하고 온몸이 마비된 듯 괴물의 모습을 그저 바라만 볼 뿐이었다. 자식을 둔 여자들은 아이들이 소리를 지르지 못하게 서둘러 그들의 입을 손으로 막았다. 괴물이 자신들을 볼 수는 없지만, 소리를 듣게 되면 그것으로 끝장이라는 것을 잘 알고 있었기 때문이다!

서둘러 갑판 위로 달려간 아이네아스는 팔을 들어 다른 배들에게 신호를 보낸 뒤, 칼을 꺼내 닻줄을 내리쳤다. 그는 다른 배에서도 그와 똑같이 하는 것을 보고 안도의 한숨을 내쉬었다. 남자들은 노를 젓기 위해 재빨리 자리를 잡고 앉았다.

노가 물속에서 철썩거리는 소리를 내자, 폴리페무스는 깜짝 놀라 거대한 머리를 치켜들었다. 눈 깜짝할 사이에 그는 힘찬 걸음으로 노 젓는 소리가 들리는 쪽을 향해 걸음을 옮겼다. 해변에서 멀리 떨어진 곳까지 걸어 나왔지만, 물은 괴물의 허리에도 차지 않았다. 폴리페무스는 상당히 예민한 귀를 가지고 있는지, 정확하게 배를 겨냥해 점점 더 가까이 다가왔다. 그렇다, 이제 트로이인들은 또다시 있는 힘껏 목숨을 걸고 노를 저어야만 했다! 바람조차도 도와주지 않으려는 듯 돛은 아래로 축 늘어져 있었다. 트로이인들은 엄청난 속도로 쉴 새 없이 노를 저었다. "세상에 맙소사, 저 흉측한 괴물에게 잡아먹히느니, 차라리 카립디스의 아가리 속으로 빨려 들어가는 편이 나을 것 같구나!" 누군가가 소리쳤다. 어차피 그들은 자신들이 가까스로 벗어났던 곳으로 되돌아가고 있는 중이었다. 즉, 다시 카립디스가 있는 곳을 향해 가고 있었던 것이다. 다른 길은 없었다. 해안의 오른쪽과 왼쪽에는 절벽이 높게 솟아 있었고, 남쪽에서는 폴리페무스가 쫓아오고 있었다. 괴물은 배를 향해 두 팔을 길게 뻗어 미친 듯이 휘저으며 계속해서 쫓아오고 있었다.

만약 괴물이 배보다 더 빠르기라도 하는 날에는……

바로 그 순간 바람이 불어오기 시작했다. 바람은 북쪽에서 불어와 순식간에 돛을 부풀렸다. 그 바람에 갑자기 방향이 바뀐 배들은 옆으로 기울었고, 배 위로 바닷물이 들이닥쳐 노를 젓던 남자들은 거의 익사할 뻔했다.

다음 순간 또다시 불어온 강한 바람에 배는 폴리페무스의 옆을 빠른 속도로 스쳐 지나, 순식간에 넓은 바다로 밀려 나갔다. 폴리페무스는 자기 옆을 재빠르게 빠져나가는 배들을 잡으려고 괴성을 지르며 온몸을 허우적댔지만, 아무 소용이 없었다.

폴리페무스가 질러대는 고함 소리가 어찌나 컸던지, 산 위 곳곳에 흩어져 있는 동굴 속에서 키클롭스들이 모두 뛰쳐나와 무슨 일인지 궁금해하며 아래를 내려다보았다. 폴리페무스의 괴성은 온 산과 숲을 쩡쩡 울리며 메아리쳤고, 멀리 아이트나족이 사는 계곡에까지 둔중한 메아리가 울려 퍼졌다.

그 모든 위험에도 불구하고 트로이인들은 또다시 목숨을 건졌다.

운명의 여신들은 앞으로도 얼마나 더 트로이인들의 목숨을 놓고 잔인한 놀이를 계속하며, 그들을 멸망의 구렁텅이 직전까지 내몰 작정인가?

그러나 그렇게 짓궂은 운명의 여신들도 가끔은 트로이인들에게 평화와 안정을 허락하기로 결심한 듯 보였다.

트로이인들은 트리나크리아의 해변을 따라 한동안 남쪽으로 항해하다가 계속해서 서쪽을 향해 나아갔다.

얼마 후 오르티기아* 섬이 바다 위에 모습을 드러냈다. 트로이인들은 큰 도시인 겔라**를 거쳐 종려나무가 무성한 셀리누스의 해변을 지나갔다. 다음으로 릴리바이움***의 암초와 모래톱 사이를 무사히 통과하여, 어느 날 저녁 무렵 트리나크리아의 서쪽 끝에 위치한 드레파눔****의 항구에 정박했다. 당시 그곳은 이방인에게 친절한 왕인 아케스테스가 다스리고 있었다.

"이제 라티움의 해변까지는 티레니아 해海만 건너면 됩니다." 아이네아스는 실로 오랜만에 한결 가벼워진 마음으로 아버지 앙키세스에게 말을 건넸다.

앙키세스는 아들 아이네아스를 올려다봤다. 그는 침상에서 몸을 일으키기에도 무진 애를 써야 할 만큼 많이 쇠약해져

---

* 시칠리아 근방의 섬들 중 하나. 오늘날 시라쿠사의 한 지역이다.
** 시칠리아 남부에 위치한 항구 도시.
*** 시칠리아의 서쪽 끝에 위치한 항구 도시로, 오늘날 마르살라.
**** 시칠리아의 가장 서쪽 끝자락에 위치한 도시로, 오늘날 트라파니.

있었다. "그렇구나." 앙키세스는 한참을 머뭇거리다가 말문을 열었다. "이제 목적지에 거의 다 온 것처럼 보이기는 한다만, 누가 그걸 확신할 수 있겠느냐?"

아버지의 처소에서 나오면서 아이네아스는 왠지 불안한 느낌이 들었다. 아버지의 말에 뭔가 석연치 않은 구석이 있었기 때문이다. 마침내 그들이 헤스페리아에 당도하게 되더라도 아버지 앙키세스는 그 자리에 함께 있을 수 없다는 것을 확실히 알고 있기라도 한 듯한 말투였다……

바로 그날 밤, 앙키세스는 세상을 떠났다.

앙키세스는 그 어떤 고통이나 탄식도 없이 조용히 죽은 자들이 있는 지하 세계로 내려갔다. 죽음이 인간에게 지워진 피할 수 없는 운명이라는 것을 그는 잘 알고 있었다. 게다가 신들께서는 앙키세스에게 헤스페리아의 땅을 밟을 운명을 허락하지 않았는데, 앙키세스와 같은 노인이 어떻게 그것에 대항할 수 있었겠는가?

3

　한편 신들의 거처인 높은 올림푸스에서는 유노 여신이 바다 위를 내려다보고 있었다. 그녀의 거만한 얼굴은 분노로 일그러졌다. 이제 막 드레파눔의 항구를 출발해 잔잔한 수면 위를 달려 드넓은 바다로 나아가고 있는 트로이인들의 배를 계속 지켜보고 있었다.

　"저 트로이인들이 또 내 속을 썩이는구나!" 유노는 불쾌함을 억누르지 못하고 혼잣말을 했다. "그러니까 지금 저 인간들은 몇몇 불사의 신들이 약속한 바에 따라, 새로운 도시와 강력한 제국을 건설하기 위해 라티움을 향해 가고 있는 거로구나. 그런데도 유피테르의 아내이자 신들의 여주인인 내가 그렇게도 미워하는 종족이 곧 크나큰 명예를 얻게 되는 꼴을 속수무책으로 보고만 있어야 한단 말인가? 머지않아 인간들은 분명 나를 하찮은 여신이라고 비웃게 되겠지. 앞으로는 어느 누구도 나를 위해 신전을 세우거나 제물을 바치지 않을 거야! 그걸 가만히 두고 볼 수야 없지!"

유노는 올림푸스 산에서 훌쩍 뛰어내려 급히 폭풍의 왕국인 아이올리아 섬으로 날아갔다.

아이올루스는 바람을 다스리는 신으로, 예전에 유노의 부탁을 받은 유피테르가 그를 신들 중에서도 높은 자리에 앉힌 바 있었다.

아이올루스는 바람들을 자신이 살고 있는 바위섬 안에 가둬두고 있었다. 갇힌 바람들은 윙윙 소리를 내며, 사방을 둘러싼 벽에 이리저리 부딪치고 미친 듯이 날뛰며 빠져나갈 출구를 찾았다. 그래서 아이올루스는 바위섬의 모든 틈을 단단히 막아두었다. 바람들이 전부 한꺼번에 풀려나게 되는 날에는 땅과 바다가 모두 광풍에 휩쓸려 어디론가 사라져버릴 터였다. 물론 아이올루스는 바람을 잠재우거나 거칠게 휘몰아치게 만들 수 있었다. 또한 잡아둔 바람들 중 하나만 바깥으로 내보내고 나머지는 계속 가둬둘 수도 있었다. 즉, 그에게는 다른 신들이 그에게 주문하는 대로 바람을 다스리는 능력이 있었던 것이다.

그 무렵 아이올루스는 섬의 가장 높은 산꼭대기에 앉아 산허리에서 울려 나오는 윙윙거리는 소리와 쿵쿵거리는 소리에 귀를 기울이면서, 자신의 엄청난 능력이 몹시 만족스러워 얼굴에 떠오른 미소를 감추지 못하고 있었다.

바로 그 순간 유노가 찾아와 옆에 자리를 잡고 앉았고, 아이올루스는 몹시 놀랐다. "내 말을 좀 들어보거라, 아이올루스!" 유노가 다급하게 말했다. "날 위해 해줘야 할 일이 있다! 이곳에서 멀지 않은 곳에서 트로이인들이 지금 티레니아 해를 지나 라티움을 향해 항해하고 있는 중이다! 그런데 그들은 절대로 그 땅에 도착해서는 안 된다! 그러니 네가 사나운 바람들을 풀어놓았으면 좋겠다. 폭풍이 불어 배가 바다 깊이 가라앉아도 좋고, 산산조각으로 부서져도 좋고, 혹은 파도에 실려 둥둥 떠내려가도 괜찮다. 네가 내 청을 들어주기만 하면, 그 보답으로 내가 데리고 있는 요정들 중에서 제일 예쁜 아이를 아내로 주마!"

"고귀하신 여신이여, 당신이 명령하시니 저는 그저 복종할 따름입니다." 아이올루스는 재빨리 대답했다. 유노의 성난 얼굴을 보니, 무엇보다 두려운 마음이 앞섰기 때문이다.

아이올루스는 창을 하나 들어서는 산 옆구리를 찔렀다. 그러자 곧 문 하나가 왹 하고 열렸다.

그와 동시에 유노는 이미 사라지고 없었다.

이윽고 산 내부에서 바람들이 솟구쳐 나오기 시작했다. 아직 어느 누구의 명령도 받아본 적 없는 바람들이 광분하여 동시에 바다를 향해 돌진했다. 바람에 의해 거세게 일어난 파도는 우레와 같은 소리를 내며 섬에 부딪혔고, 이내 거대한 탑처럼 솟아오르더니 어마어마한 높이에서 다시 아래로 무너져 내렸다. 바람이 둥근 원을 그리며 휘몰아치자, 바닷물이 거대한 소용돌이를 일으키며 바람을 따라 공중으로 솟아올랐다. 소용돌이 한가운데로 바다 밑바닥이 드러났다. 단 한 번도 모습을 내보인 적 없는 신기한 생김새의 갖가지 바다 생물들이 자신들이 살고 있는 어두운 세상까지 뚫고 들어온 햇빛을 피해 이리저리 비틀거리며 정신없이 기어 다녔다.

한편 가까운 바다에서는 트로이인들의 배가 여전히 항해를 계속하고 있었다. 날렵한 부리 모양을 한 스무 척의 튼실한 배들이었다.

갑자기 트로이인들의 머리 위로 하늘이 어두컴컴하게 변하더니, 잠잠하던 하늘에서 윙윙 소리가 들려오고 바닷물이 난

폭하게 출렁이기 시작했다.

맨 먼저 사납게 불어닥친 바람은 서풍 노투스였다. 노투스
는 트로이인들의 배 세 척을 공격해 원을 그리며 돌게 만들
더니, 바닷물 아래 음흉하게 숨어 있던 암초에 내던져버렸다.
부러진 노, 부서져 나간 선체, 파도에 휩쓸려 배 바깥으로 쏟
아져 나온 잡다한 물건들이 곧 근방의 바다를 가득 뒤덮었다.

여기저기서 사람들이 하나둘씩 수면 위로 떠올라 배에서
떨어져 나온 판자를 붙잡고는 가까스로 목숨을 부지했다.

또 다른 세 척의 배는 얼음장처럼 차가운 북풍인 에우루스
의 공격을 받았다. 에우루스는 배들을 거칠게 밀어붙여 얕은
바다 쪽으로 내몰더니, 결국 배 밑바닥을 모래톱에 깊숙이 처
박아버렸다. 배들은 모래사장에 딱 붙어버린 듯 꼼짝도 하지
않았다.

아프리쿠스는 날카로운 휘파람 소리를 내며 바다 깊은 곳
에서부터 일으킨 거대한 파도를 몰고 남쪽에서 불어왔다. 아
프리쿠스는 배 한 척의 후미를 후려치며 달려들어서는 키잡
이를 바닷속에 거꾸로 빠뜨려버렸다. 조종할 사람을 잃은 배
는 그 자리에서 빙글빙글 세 바퀴를 돌더니 옆에 있던 다른
배의 측면에 가서 부딪혔다. 그러자 선체의 옆구리에 구멍이

뻥 뚫리면서 바닷물이 스며들기 시작했다.

그사이 몇 척의 배는 폭풍에 휩쓸려 빠른 속도로 먼먼 남쪽으로 떠내려갔다. 그 배들이 어느 해안에 가서 멈추게 될지, 혹은 어느 절벽에 부딪혀 박살이 날지는 오직 신들만이 알 수 있었다.

한편 바다 깊은 곳의 궁전에 있던 넵투누스는 그 모든 끔찍한 소동을 알아채고는, 오른손에 삼지창을 들고 재빨리 바다 위로 올라왔다. 넵투누스는 파도 위로 머리를 내밀고 자신의 왕국에서 벌어지고 있는 일들을 둘러보았다. 눈앞에 펼쳐진 광경을 바라보던 그의 얼굴이 불쾌함으로 찌푸려졌다. "유노의 짓이군." 그는 단번에 알아챘다. 여동생 유노의 성격을 누구보다도 잘 알고 있었기 때문이다. "언젠가 트로이인들 중 하나가 자신의 아름다움을 무시한 것을 아직도 잊어버리지 못하다니. 그러나 이제 복수는 이것으로 충분하다!" 넵투누스는 능숙한 동작으로 삼지창을 든 손을 바다 위로 쭉 뻗고는 크게 한 번 고함을 질렀다.

그러자 미쳐 날뛰던 바람이 순식간에 잦아들고 파도가 잔잔해지더니, 곧 사방이 쥐죽은 듯 고요해졌다.

한결 온순해진 바람들은 가끔씩 그저 부드러운 입김만을

불어대며 머뭇머뭇 바다의 지배자에게로 다가갔다. 그동안 바람이 저지른 행동은 지상에 있는 모든 것들이 복종해야 하는 규칙에 위배되는 것이었기 때문이다.

"어찌 감히 내 명령도 없이 바다를 이렇게 소란스럽게 뒤집어놓을 엄두를 냈단 말이냐?" 넵투누스가 엄하게 꾸짖었다. "여긴 내 왕국이고, 너희들의 허영심 많은 왕 아이올루스는 앞으로도 그 사실을 똑똑히 알아두어야 할 것이다. 이 길로 곧장 너희들이 원래 있던 바위섬으로 돌아가, 두 번 다시는 내 명령 없이 내 눈에 띄지 마라. 또다시 이런 일이 생긴다면, 지금처럼 관대하게 너희들을 놓아주지 않을 것이다!"

바람들은 서둘러 그 자리를 떠났고, 잔잔한 파도조차 일지 않게 조심조심했다.

넵투누스는 곧 아들 트리톤*과 발 빠른 바다의 요정 키모토에를 불렀다. 그들은 힘을 합해 암벽 사이에 끼거나 모래톱에 처박힌 배들을 끌어내어 수심이 깊은 바다 위에 자유롭게 놓아주었다.

여기저기가 찌그러지고 부서지긴 했지만, 그래도 배들은

---

* 넵투누스를 수행하는 바다의 신들 중 하나. (옮긴이) 넵투누스의 아들로 반은 사람, 반은 물고기 모습을 하고 있으며 소라를 불고 다닌다.

안전하게 파도를 타고 흔들거리며 다시 항해를 할 수 있게 되었다. 그 모습을 본 넵투누스는 흡족한 마음으로 궁전으로 되돌아갔다. 가는 동안 그는 자존심 센 한 여자가 모욕을 당했을 때 어떤 일까지 저지를 수 있는지 곰곰이 생각해보았다. 비록 그 여자가 여신이라 해도 마찬가지였다. 그는 유노를 비난하듯 털북숭이 머리를 절레절레 흔들었다.

이제 일곱 척의 배만이 바다 위를 항해하게 되었다.

아이네아스는 갑판 위에 서서 끝없이 펼쳐진 바다를 물끄러미 응시했다. 잔잔해진 수면은 햇빛을 받아 금빛으로 반짝였다.

끔찍한 폭풍이 그들의 배를 먼먼 남쪽으로 내몰아버렸고, 트리나크리아는 그들이 지나쳐온 뒤편 어딘가 아주 먼 곳에 떨어져 있었다.

결국 트로이인들은 그들이 있는 곳에서 가장 가까운 리비아의 해안을 향해 가기로 결정했다. 부러진 노와 갈기갈기 찢긴 돛, 부서진 선체로 높은 파도와 힘겨운 싸움을 하고 있는 이 배들을 이끌고, 어떻게 멀고 먼 라티움까지 항해할 수 있단 말인가?

그런데 다른 트로이인들은 대체 어디로 간 것일까?

배 열세 척과 그 배에 타고 있던 많고 많은 동료들이 사라지고 없었다.

아이네아스는 뜨거워진 눈시울을 손으로 닦아냈다. 가슴 깊은 곳에서 탄식이 흘러나왔다. 정말로 그 많던 동료들을 다 잃어버린 것일까? 아이네아스는 다시 한 번 바다 위를 응시했다. 눈앞이 자꾸만 흐려졌다. 남아 있는 배들이 황량하기 그지없는 망망대해의 적막감을 없애주진 못했다. 아이네아스는 평생에 그 순간만큼 그렇게 비참한 심정인 적이 없었다.

"차라리 헥토르나 다른 장수들처럼 트로이 성문 앞에서 장렬하게 죽었더라면 더 좋았을 것을! 아니면 크레타에 머물면서 전염병에 걸려 죽었더라면! 그도 아니면 카립디스의 아가리 속으로 먹혀버렸더라면, 그편이 오히려 더 나았을 것이다. 그런데 이렇게 살아서 결국 동료들을 파멸로 이끌다니. 정말이지, 신들의 분노가 계속 우릴 따라다닌다는 게 사실이로구나!" 아이네아스는 갑판 위를 이리저리 거닐며 자포자기한 심정으로 이렇게 혼잣말을 했다.

바로 그 순간 누군가가 그의 옆으로 다가왔다.

키가 아이네아스의 어깨에도 미치지 못하는 아담한 몸집의 청년이었다.

'아스카니우스로구나!' 아이네아스는 속으로 아들의 이름을 외쳤다. 그리고 곧 다시 비통한 심정에 빠져들었다.

아스카니우스 역시 아무 말도 하지 않았다. 그는 그저 아버지 옆에 조용히 있을 뿐이었다. 시간이 한참 흐른 뒤에야 아이네아스는 그런 아들이 자신에게 큰 위로가 되었다는 것을 깨달았다……

불확실한 미래에 대한 불안감으로 근심에 휩싸인 트로이인들은 지칠 대로 지친 몸을 이끌고, 마침내 리비아의 해안에 당도했다.

그들이 도착한 해안은 그리 나빠 보이지 않았다.

배들은 사람들의 눈에 잘 띄지 않는 높은 암벽 사이의 작은 포구에 정박했다. 또한 바위 위에 보초를 세워두면, 바다 쪽이든 육지 쪽이든 적군이 어느 방향에서 다가오더라도 어디든 빠짐없이 한눈에 내려다볼 수 있었다. 그것은 참으로 다행스러운 일이었다. 이 거칠고 낯선 땅에서 어떤 사람들을 만나게 될지 그 누가 알 수 있단 말인가?

배에서 내린 트로이인들은 모래사장 위에 앉거나 누워서 한동안 꼼짝도 하지 않았다. 어느 누구도 마음속에 기쁨이 일지 않았고, 딱히 무언가를 할 기분도 아니었다.

마침내 아카테스가 자리에서 벌떡 일어섰다. 그는 잽싸게 마른 나뭇잎과 덤불들을 긁어모은 후 바닥에 쪼그리고 앉아 불을 피우기 시작했다. 마른 잎사귀마다 불똥이 붙어 잘 퍼져나갈 수 있게 조심조심 불을 피웠다. 한참을 참을성 있게 불을 피우자 이윽고 미세한 불꽃이 타오르기 시작했다. 불꽃이 활활 타올랐을 때, 아카테스는 자리에서 일어나 주변을 둘러보았다. "친구들, 나는 무척 배가 고프다네." 그는 처량 하게 말했다. "자, 지금부터 난 배로 가서 바닷물에 축축하게 젖은 곡식 한 자루를 가져와 이 불에다 말릴 작정이네. 곡식이 다 마르면 그것을 빻은 가루를 가지고 빵을 구울 걸세. 하지만 그 모든 일을 나 혼자서 해야 한다면, 빵이 구워지기도 전에 굶어 죽을지도 모르네!"

누군가가 웃음을 터뜨렸다. 아카테스가 너무도 엄살을 떨며 말했기 때문이다. 곧 남자들이 여기저기서 자리를 털고 일어나 배로 달려가 젖은 곡식이 들어 있는 자루들과 맷돌, 그밖의 부엌살림을 들고 나왔다. 잠시 후 서너 개의 모닥불이 더 지펴졌고, 그 옆에 여인네들이 둘러서서 젖은 곡식들을 말리기 시작했다. 적당히 마른 곡식은 맷돌에 넣어 가루로 곱게 빻은 다음, 물을 넣어 차지게 반죽한 뒤 얇게 빚어 빵으로 구워냈다.

아이네아스는 그런 사람들의 모습을 보고 안도의 한숨을 내쉬었다. 일을 하기 시작한다는 것은, 그들이 조금씩 용기를 되찾기 시작했다는 표시였다.

그사이 아이네아스는 혼자 해안을 벗어나 높은 산꼭대기로 올라갔다. 그곳에선 바다 멀리까지 내다볼 수 있었다. 혹시나, 혹시나…… 하는 마음에서 바다를 살펴보았지만 트로이인들의 배는 단 한 척도 보이지 않았다.

아이네아스는 울적한 마음으로 다시 산을 내려가려고 몸을 돌렸다. 바로 그 순간, 그가 서 있던 오른편 언덕 아래로 초록빛 목초지가 펼쳐졌고, 그곳에서 한 떼의 수사슴들이 풀을 뜯고 있었다.

"저 정도면 우린 곧 성대한 만찬을 즐길 수 있을 것입니다." 갑자기 등 뒤에서 숨을 헐떡이는 목소리가 들려왔다. 아이네아스는 뒤를 돌아보았다. 그곳에 아카테스가 서 있었다. 아카테스는 어서 받아달라는 듯한 표정으로 손에 든 자신의 활과 화살통을 아이네아스의 얼굴 앞으로 쑥 내밀었다. "맛있게 구운 고기는 슬픔을 이겨낼 수 있는 훌륭한 치료 약이지요. 절 믿어보세요!" 아카테스는 계속해서 그를 열심히 설득했다. "저 수사슴들 중 뿔이 크고 멋지게 자란 놈들로 일곱 마리만 쓰러뜨리시면 됩니다. 그러면 우리 모두 배불리 먹을 수 있어요. 배 한 척당 한 마리씩 나눠 먹으면 될 테니까요."

아이네아스는 웃지 않을 수가 없었다. 마음이 조금 가벼워지는 것 같았다.

"네 말이 맞다!" 아이네아스가 말했다. "자, 그럼 내 눈이 아직도 정확히 겨냥을 하고, 이 두 팔이 아직도 튼튼한지 어디 한번 시험해볼까!"

아이네아스는 활을 팽팽히 당긴 다음, 시위에 화살을 얹었다. 저 아래 풀밭 위에서 사슴들이 평화롭게 풀을 뜯으며 계곡을 가로질러 천천히 나아가고 있었다. 몸집이 제일 큰 우두머리 사슴이 맨 앞에서 무리를 이끌었다.

이윽고 화살 하나가 낮게 윙윙거리는 소리를 내며 날아갔다……

순간 우두머리 사슴의 몸이 갑자기 공중으로 높게 튀어 오르더니 곧 바닥으로 쓰러졌다……

나머지 사슴들이 우왕좌왕하며 도망가기 시작했다. 몇몇 사슴들은 고개를 꼿꼿이 위로 쳐들고, 무슨 일이 생긴 것인지 궁금한 듯 킁킁거리며 냄새를 맡기도 했다.

다시 한 번 화살이 윙윙 소리를 내며 활시위를 떠났다……

잠시 후 트로이인들은 남녀노소 할 것 없이 모두가 분주히 일을 해야만 했다.

화살에 맞아 쓰러진 사슴들을 끌어다 가죽을 벗기고 살을 발라냈다. 발라낸 고기의 일부는 솥에 넣어 끓였고, 일부는 꼬챙이에 끼운 후 불 위에 얹고 돌려가며 구웠다. 곧 트로이인들 모두가 모래사장에 둘러앉아 그것들을 맛있게 먹기 시작했다.

또한 포도주가 담긴 가죽 부대도 배에서 가져와 조금씩 나눠 마셨다.

"친구들이여, 배불리 먹고 마시도록 하시오!" 아이네아스는 얼굴에 애써 미소를 지으며 말했다. "우리는 지금껏 너무도 끔찍한 많은 일들을 다행스럽게도 무사히 이겨냈소! 크레타 섬과 카립디스, 키클롭스들의 섬을 한 번 생각해보시오! 앞으로 그보다 더 끔찍한 일은 두 번 다시 생기지 않을 것이오. 그러니 용기를 잃지 말고 항상 우리에게 약속된 미래를 기억하도록 합시다!" 그는 이렇게 말하며 마음속의 근심을 동료들 앞에서 숨겼다.

아이네아스는 기분이 점점 나아진 사람들이 즐겁게 웃고

큰소리로 떠드는 모습을 바라보았다. '아, 정말로 맛있게 구운 고기와 거기에 곁들여 마시는 포도주는 슬픈 마음을 가시게 하는 데 더없이 훌륭한 치료제로구나! 아카테스의 말이 옳다.' 그는 마음속으로 생각했다. '저렇게 행복해하는 모습을 보니 기쁘기 그지없구나! 오늘 밤 저들이 흥겨운 시간을 보내고 편안히 잠들 수 있다면 좋으련만. 물론 나는 분명 이런저런 걱정에 한잠도 못 이루겠지만, 그게 뭐 그리 대수인가? 내일 아침 날이 밝는 대로 이 땅을 정찰하기 위해 서둘러 길을 떠나야겠다……'

한편 그 시각, 신과 인간 들의 지배자인 유피테르는 높은 올림푸스 산 위에서 육지와 바다를 내려다보고 있었다. 그의 시선은 리비아의 해안에 정박해 밤을 보내고 있는 트로이인들의 막사에 가서 멈추었다. 그러다 잠시 트로이인들의 먼 훗날의 운명에 대해 생각해보았다.

바로 그때 베누스가 유피테르 가까이로 다가왔다. 유피테르는 그녀가 지금 무척 슬퍼하고 있다는 것을 한눈에 알아보았다. "아버지." 베누스가 곧 말을 꺼냈다. "어째서 아버지는 아직도 내 아들과 그의 종족을 따라다니며 못살게 구시는 건가요? 분명 내 아들과 그의 후손들에게 권력과 명예를 주겠노라고 제게 약속하지 않으셨던가요? 아버지께서는 아이네 아스가 트로이에서 살아남은 자들과 함께 라티움으로 가서, 그곳에 새로운 도시와 거대한 제국을 세우도록 허락하지 않으셨던가요? 그런데 저 아래를 내려다보세요. 지금 아이네아스는 다 부서져가는 일곱 척의 배를 가지고 리비아의 해안에 정박해 꼼짝도 못 하고 있어요. 게다가 리비아는 목적지에서 그 어느 곳보다도 가장 멀리 떨어진 곳이에요! 어찌하여 아버지는 그렇게 마음을 바꾸게 되셨나요?" 유피테르는 얼굴에 미소를 띤 채, 불만에 가득 찬 눈을 하고 선 딸의 아름다운 얼굴을 찬찬히 바라보았다.

"나는 마음을 바꾸지 않았단다." 유피테르가 대답했다. "진정해라, 네 아들은 언젠가는 반드시 라티움으로 가게 될 것이다. 네 걱정을 덜어주려 좀더 많은 것을 얘기해주마. 아이네아스는 앞으로 그 땅에 살고 있는 원주민들과 수많은 전투를 벌일 것이다. 그러나 결국 그 미개한 종족들을 정복하고 도시에 정착시켜서, 그들로 하여금 점차 원시적인 풍습을 버리고 법과 규칙을 존중하게 만들 것이다.

아이네아스는 그렇게 정복한 땅을 3년 동안 다스리게 될 것이다. 그리고 아들인 아스카니우스 율루스가 그의 뒤를 잇게 된다. 아스카니우스는 30년 동안 통치할 것이고, 그의 세력은 막강해질 것이다. 그 뒤를 잇는 다른 많은 왕들이 그의 후손들 중에서 나올 것이다. 그렇게 그들의 왕국은 300년 동안 지속될 것이다.

그런 다음, 왕의 딸이자 여사제인 레아 실비아가 쌍둥이 형제인 로물루스와 레무스를 낳을 것이다. 두 쌍둥이 형제는 암늑대에 의해 키워질 텐데, 두 형제 중 하나인 로물루스는 힘이 세고 호전적인 성격을 지닌 청년으로 성장하게 된다. 로물루스는 새로운 도시를 건설하여 전쟁의 신 마르스에게 봉헌하고, 자신의 이름을 따서 그 도시에 로마라고 이름 붙일 것이다. 로마는 막강한 제국의 수도가 되어 그 세력을 세상 끝까지 넓히게 된다. 그로써 모든 전쟁의 빗장은 잠기고, 끔찍한 전쟁의 광기는 종지부를 찍게 되며, 마침내 질서와 법, 평화가 지배하는 세상이 오게 될 것이다." 유피테르가 말을 마쳤다.

유피테르의 예언을 들은 베누스는 조금은 안심이 되어 그 자리를 떠났다. 그러나 곧 다시 의심스러운 마음이 들기 시작했다.

베누스는 생각했다. '그 모든 것이 먼 미래에 벌어질 일들

169

이다. 하지만 바로 지금, 이곳에서 아이네아스를 기다리고 있는 운명은 도대체 어떤 것일까? 트로이인들은 지금 카르타고에서 멀지 않은 해안에 정박해 있다. 그런데 카르타고는 유노가 사랑하는 도시다. 그곳에는 유노를 위한 화려한 신전이 있고, 그녀는 자주 그곳에서 오랫동안 시간을 보내곤 하지. 분명 유노는 아이네아스를 해치기 위해 새로운 음모를 꾸밀 거야. 나는 내 아들을 보호할 방법을 찾아내야 한다!'

한편 그날 밤 모두가 잠든 시각, 아이네아스는 몇 시간이고 트로이인들의 막사 주변을 서성이며 돌아다녔고 보초병들은 그 모습을 보고 무슨 일일까 의아해했다.

동쪽 하늘에 희미한 빛이 떠오르기 무섭게 아이네아스는 아카테스를 깨워 내륙 쪽을 정탐하기 위해 서둘러 길을 떠났다. 손에는 창을 들고 어깨에는 간단히 먹을 양식을 넣은 가죽 자루를 멨다.

그들 앞으로 한참 떨어진 곳에 큰 숲이 펼쳐졌고, 서쪽으로 뻗은 길은 점차 바위투성이로 변하더니 오르막길로 이어졌다.

천천히 날이 밝아오기 시작했다. 가는 길 내내, 살아 움직이는 것이라고는 아무것도 눈에 띄지 않았다. 한참을 그렇게 걸어가다가 아카테스가 마침내 말문을 열었다. "이곳은 황폐

한 땅인 것 같군요! 차라리 동쪽으로 방향을 틀어 해안을 따라 계속 가는 게 낫지 않겠습니까? 이렇게 깊은 숲길로만 가다가는 도대체가 사람을 만나볼 수 없을 것 같습니다."

어느새 아이네아스와 아카테스는 나무가 무성하게 우거지고, 그 사이사이로 덤불이 빽빽이 자란 울창한 숲에 다다랐다.

"이 숲을 걸어서 통과하기는 정말 어려울 것 같습니다." 아카테스는 이렇게 말하며, 어둡게 그늘진 나뭇가지 사이를 기웃기웃 살폈다. 그러다 갑자기 덤불 속으로 번개처럼 빠르게 몸을 숙이더니, 아이네아스를 자기 쪽으로 홱 잡아끌었다.

"저쪽에서 웬 여자가 이리로 오고 있어요." 아카테스가 낮은 목소리로 속삭였다. "혼자인 것 같아요. 누군가를 닮은 것 같기도 한데……"

순간 아카테스는 더 이상 말을 이을 수가 없었다. 바로 머리 위의 수풀이 둘로 갈라지더니, 그 사이로 여자 얼굴이 불쑥 나타났기 때문이다. 그렇다, 그 얼굴은 저 건너편 숲에서 걸어오던 여자의 얼굴이었다. 그런데 어떻게 이토록 빠르게 여기까지 올 수 있었을까? 아이네아스와 아카테스는 너무 놀라서 자리에서 일어날 생각도 못 하고, 바닥에 쪼그리고 앉은 채 위를 올려다보았다. 낯선 여자는 무척이나 젊어 보였다.

거의 소녀라고 할 수 있을 정도였다. 게다가 너무나 아름다웠다. 마치 뭐랄까…… 아, 그저 아름답단 말밖에는 달리 표현할 방법이 없었다!

아름다운 여인이 말을 걸자, 아이네아스와 아카테스는 움찔하며 놀랐다. "어머나, 낯선 분들이 여기 계셨군요." 여자의 목소리는 어딘가 모르게 웃음을 참고 있는 것처럼 들렸다. "마치 제가 불러서 온 것 같네요! 혹시 여기서 제 친구들을 못 보셨나요? 저와 같은 옷차림을 하고 활과 화살통을 들고 있을 텐데요."

아이네아스는 재빨리 정신을 가다듬고 자리에서 벌떡 일어섰다. "아니오." 그는 이렇게 대답하며 호기심 어린 눈으로 여자를 찬찬히 훑어보았다. 여자는 치맛자락을 위로 올려 허리춤에 묶고 어깨에는 멋지게 장식된 활을 메고 있었다. 그녀의 곱슬머리가 바람에 나부꼈다. "아니오." 아이네아스는 다시 한 번 같은 대답을 반복했다. "우리는 여기서 아무도 보지 못했소. 하지만 당신을 만나게 되어 무척 기쁩니다! 당신이라면 분명 우리가 알고 싶어 하는 것을 말해줄 수 있을 거요. 그러니까……" 그러다 갑자기 아이네아스는 하던 말을 멈추고 미간을 찌푸렸다. 아름다운 여자의 모습에서 뭔가 매우 기이한 느낌을 받았기 때문이다. 아이네아스는 무엇 때문에 그런 느낌이 드는지 도무지 알 길이 없었다. "그런데 당신……당신은 대체 누구요?" 그는 불안한 목소리로 물었다. "아무래도 당신은 평범한 처녀가 아닌 것 같소! 내 느낌으로는 불사의 신들 중 한 분이거나 요정임에 틀림없소. 혹시 포이부스 아폴로 신의 여동생 디아나 여신이 아닙니까? 당신이 누구든 간에 우리는 당신의 도움이 필요합니다! 우리는 폭풍에 휩쓸려 이 해안까지 오게 되었소. 이곳이 어디인지, 어떤 사람들이 살고 있는지도 모른 채 이렇게 헤매 다니고 있는 중이라오. 이제 우리가 무엇을 어떻게 해야 할지, 또 이곳에선 어떤 운명이 우리를 기다리고 있는지 말씀해주시오! 그렇게만 해준다면 당신께 풍성한 제물을 바치리다."

아이네아스는 다시 한 번 하던 말을 멈췄다. 여자가 또다시 비밀스럽게 웃고 있는 것 같은 느낌이 들었기 때문이다. 살며시 내리뜬 속눈썹 아래로 여자의 두 눈이 보석처럼 반짝이며 빛을 발했다. "전 그렇게 높은 신분이 아니랍니다." 여자가 매우 겸손하게 말했다. "그러나 당신들에게 도움이 될 만한 이야기라면 무엇이든 기꺼이 해드리겠어요. 당신들이 지금 있는 곳은 디도 여왕이 다스리는 카르타고라는 곳이랍니다. 잔인하기 이를 데 없는 디도 여왕의 오빠 피그말리온이 여왕의 남편 시카이우스를 죽이자, 그길로 여왕은 티루스*에서 도망쳤지요. 당시 여왕은 수많은 하인들을 데리고 어마어마한 재물을 챙겨 나왔답니다. 시카이우스는 포이니키아인들 중 가장 부유했기 때문이지요. 여왕이 이끄는 배가 이곳 항구에 닿았을 때, 여기 살고 있던 원주민들은 여왕 일행을 의심에 가득 찬 눈초리로 쳐다봤어요. 그러자 여왕이 원주민들에게 '나는 그저 한 마리의 수소 가죽으로 둘러쌀 수 있을 만큼의 땅을 당신들에게서 사들이고 싶소'라고 말했어요. 원주민들은 아무런 의심 없이 그것을 허락했고, 곧 여왕은 수소 가죽을 아주 가느다란 끈으로 잘라 땅을 둘러싸게 했지요. 그렇게 해서 그녀는 큰 도시를 세울 만큼 넓은 땅을 손에 넣을 수 있었답니다. 이곳에서 동쪽을 향해 계속 가다 보면, 곧장 디도 여왕이 세운 도시인 카르타고에 다다를 거예요. 도시가 아직 다 완성된 건 아니지만 유노 여신을 모시는 신전과 왕궁, 많은 집들 그리고 그것들을 둘러싼 성벽이 세워져 있답니다. 그건 그렇고, 전 당신들에게 이렇게 많은 걸 얘기해주었는데

---

* 레바논의 도시. 오늘날의 티레. 페니키아인(지중해 연안에 수많은 식민지를 세운 고대 종족)들이 세운 주요 도시 중 하나. 그 도시들 중 하나에 카르타고가 식민지로 세워졌다.

당신들은 제게 당신들이 누구이며, 어디에서 왔고, 또 어디로 가는 길인지 아무것도 말해주지 않는군요!"

"우리가 이 해안에 당도하기까지 그동안 겪은 일들을 전부 말한다면, 밤을 꼬박 새워도 모자랄 거요." 아이네아스가 침통하게 말했다. "우리는 트로이 성이 무너지던 날, 그곳을 도망쳐 나온 사람들이오. 그날 이후 이 해안에서 저 해안으로 바다 위를 헤매 다니고 있는 중이오. 신탁에 따르면 라티움이란 곳이 우리의 새로운 정착지가 될 거라고 했소. 그러나 그곳에 도착은커녕 우린 아시아와 에우로파*에서까지 쫓겨나 버렸소. 내가 누구인지 알고 싶다고 했소? 트로이인들은 나를 아이네아스라 부른다오. 또 여신의 아들이라 부르기도 하오. 어머니가 베누스 여신이기 때문이오. 내 아버지는 트로이의 왕족인 앙키세스였소. 아버지는 바로 며칠 전, 드레파눔이란 곳에서 돌아가셨다오. 그곳의 항구를 떠날 때까지만 해도 우리에겐 스무 척의 훌륭한 배들이 있었소. 그러나 지금은 일곱 척만이 남아 있을 뿐이오. 그것도 모두 노가 부러지고, 돛은 갈기갈기 찢기고, 선체는 부서진 채로 말이오. 그 배들은 이곳에서 북쪽에 위치한 작은 포구에 정박해 있소. 나머지

---

* (옮긴이) 유럽.

175

배들은 분명 다른 동료들과 함께 바다 밑으로 가라앉았을 거요."

놀랍게도 낯선 여인의 눈동자에 잠시 눈물이 맺힌 것 같았다. 그녀는 아이네아스에게 얼른 손을 내밀려고 하는 것처럼 보이기도 했다. 그러나 어쩌면 아이네아스가 착각한 것인지도 몰랐다.

"용기를 잃어서는 안 돼요." 그녀가 다정한 목소리로 말했다. "지금부터 제가 하는 말을 잘 듣고 그대로 따라야 해요! 지금 이 길로 곧장 카르타고로 가서 아무 염려 말고 성문을 통해 도시 안으로 들어가세요. 어느 누구도 당신들을 막지도, 당신들에게 말을 걸어오지도 않을 거예요. 아니, 더 정확히 말해 아무도 당신들의 모습을 보지 못할 거예요!" 낯선 여인은 잠시 말을 멈췄고, 그녀의 마지막 말을 이해하지 못해 어리둥절해진 아카테스는 혼란스러움에 고개를 갸우뚱거렸다.

"어떻게 남의 눈에 띄지 않고 도시 안으로 들어갈 수 있다는 건지 정말 궁금하군." 아카테스는 낮은 목소리로 혼잣말을 하며, 도저히 못 믿겠다는 눈초리로 낯선 여인을 쳐다봤다. 그녀는 아무런 대답도 하지 않았다. 대신 아카테스를 향해 미소를 지어 보였는데, 어찌나 매혹적이던지 아카테스는 곧 그녀가 무슨 말을 하든 전부 다 믿고 싶은 심정이었다!

"도시로 들어가면 곧장 유노의 신전으로 가세요." 그녀는
계속해서 말을 이었다. "거기서 여왕님이 오실 때까지 기다
리세요. 여왕님이 나타나면 두려워하지 말고 앞으로 나가, 당
신들을 손님으로 후하게 대접해달라고 부탁하세요."

낯선 여자는 마지막으로 아이네아스를 쳐다보며 말했다.
"당신 동료들 걱정을 조금이나마 덜어드리지요! 그들은 모두
구조되었고, 그들이 탄 배는 이미 안전한 해안에 당도했거나
해안가를 향해 지금 막 항해하고 있을 거예요."

그녀는 곧 수풀 속으로 사라졌다.

아이네아스는 단숨에 덤불을 헤치고 앞으로 달려 나갔다.
"기다리시오!" 그는 숨을 헐떡이며 소리쳤다. "방금 내 동료
들에 대해서 뭐라고 하셨소?" 그러나 낯선 여자는 뒤도 안 돌
아보고 이미 저만치 앞서가고 있었다. 순간 아이네아스는 낯
선 여자가 조금 전과는 완전히 다르게 보인다는 것을 깨달았
다. 사냥을 위해 위로 걷어 올린 치맛자락은 온데간데없었고,
활과 화살통도 보이지 않았으며, 끈을 높게 올려 묶은 자주색
신발도 더 이상 신고 있지 않았다. 대신 반짝이는 은실로 짠
듯한 긴 옷자락이 발목을 덮었으며, 머리에는 투명하게 빛나

는 레이스가 씌워져 있었다. 길을 걷는 여자의 두 발은 거의 바닥에 닿지 않았다. 그 모습을 본 아이네아스는 곧바로 그녀가 누구인지 알아챘다.

"어머니." 아이네아스가 슬픈 목소리로 말했다. "어째서 당신은 한 번도 제게 곁을 주시지 않나요?"

아이네아스는 어머니를 더 이상 뒤쫓지 않기로 했다. 자신과 어머니 사이에는 인간이 넘을 수 없는 경계가 있다는 것을 잘 알고 있었기 때문이다.

어찌 되었건 아이네아스는 어머니를 만난 것이 진심으로 기뻤다. '내게 충고와 도움이 간절할 때마다 어머닌 항상 나를 찾아주실 것이다.' 아이네아스는 생각했다. '이제 우리가 할 수 있는 일이란, 어머니께서 말씀해주신 바를 그대로 전부 행동으로 옮기는 것뿐이다.'

아이네아스는 아카테스를 돌아보았다. 아카테스는 그 자리에 선 채로 뒷머리를 긁적거리며 여전히 숲 쪽을 쳐다보고 있었다. "전 그저 우리가 정말로 사람들 눈에 띄지 않게 되었는지 그게 몹시 궁금합니다." 아카테스가 당황한 목소리로 중얼거렸다. "물론 가끔씩 신들께서 누군가를 숨기기 위해 그 주변에 안개를 덮어씌운다는 얘기를 들은 적이 있지만요……"

"이제 곧 알게 되겠지." 아이네아스가 말했다. "자, 어서 서둘러 카르타고로 가서 디도 여왕을 찾아보기로 하자. 여왕의 허락 없이는 이 도시에 머무를 수도, 이곳에서 야영을 하거나 배를 수리할 수도 없을 게 아니냐. 여왕의 허락을 받지 않고 이곳에 머물렀다간 곧 그녀의 병사들이 우리 모두를 죽이고 배도 불태워버릴 것이 분명하다."

그들은 동쪽 방향으로 계속해서 걸어갔다. 그러자 곧 황소가 끄는 수레바퀴 자국이 깊게 파여 있는 길에 다다르게 되었다.

길은 언덕 아래까지 이어져 있었고, 그 언덕은 반원형으로 그들 앞을 가로막고 우뚝 솟아 있었다.

아카테스는 한참 전부터 고개를 갸우뚱거리고 있었는데, 뭔가 몹시 불안한 기색이었다. 그도 그럴 것이 언덕 뒤편에서 온갖 시끌벅적한 소리가 들려왔기 때문이다.

아이네아스는 그런 아카테스를 쳐다보며 미소 지었다. "너도 뭔가를 들은 모양이로구나!" 아이네아스가 말했다. "우린 카르타고 근처까지 와 있는 것 같다. 이 소리는 큰 도시에서 들려오는 소음임이 틀림없다."

그들은 곧 가던 길을 벗어나 산등성이를 타고 언덕 꼭대기로 올라갔다.

정상에 올라 언덕 뒤편을 내려다본 아이네아스와 아카테스는 놀라움에 아무 말도 나오지 않았다. 그곳에는 성벽으로 둘러싸인 도시가 우뚝 서 있었다. 성벽 위의 톱니 모양 탑들과 대리석으로 된 아치형 성문을 다듬기 위해 석공들이 부지런히 일을 하는 모습이 보였다. 그 맞은편으로 언덕이 하나 있었고, 그 위에 성이 우뚝 서 있었다. 성은 거의 다 지어진 상태였는데, 엄청나게 화려했다. 바다 쪽 항구를 둘러싸고 쌓아 올린 거대한 성벽에서는 한 무리의 일꾼들이 개미마냥 부지런히 일을 하고 있었다. 설계를 담당한 건축가들이 곳곳에서 새로 지을 집들과 궁전의 설계도를 바닥에 그려 일꾼들에게 보여주었다.

도시 중앙에는 울창하게 우거진 수풀이 있었고, 그 한복판에 유노 여신을 모시는 하얀 신전이 자리 잡고 있었다.

"축복받은 종족에, 축복받은 여왕이로구나!" 도시를 모두 둘러본 후 의기소침해진 아이네아스가 말했다.

"저들은 저렇게 화려한 도시를 짓고 있건만, 나는 한 종족을 이끌면서도 땅도 없이 아직도 낯선 곳을 떠돌아다니며 간신히 살아남은 불쌍한 백성들에게 살 곳조차 마련해주지 못하고 있다니!"

이렇게 한탄하던 아이네아스는 순간 멈칫했다. 어디선가 사람들의 목소리와 함께 무기들이 쩔그렁거리며 맞부딪히는 소리가 들려왔기 때문이다. 바로 그때, 불과 오십 걸음도 떨어지지 않은 곳에서 수풀을 헤치고 한 떼의 병사들이 모습을 드러냈다. 그들은 갈색 피부에 생전 처음 보는 신기한 무기들로 무장하고 있었다.

"카르타고인들이에요!" 아카테스가 속삭였다. "우린 이제 죽은 목숨입니다! 여긴 몸을 숨길 만한 곳이 아무 데도 없어요!"

의미심장한 눈빛으로 아카테스를 쳐다보던 아이네아스는 그의 팔을 붙잡고 옆으로 홱 잡아당겼다. "저 병사들이 가는 길이나 가로막지 말자꾸나." 아이네아스가 목소리를 낮춰 말했다. "그러고 나서 무슨 일이 벌어지는지 한번 두고 보도록 하자!"

병사들은 언덕 꼭대기를 향해 이어진 길 위를 나란히 줄지어 걸으며, 점점 그들 가까이로 다가왔다.

병사들은 사방을 둘러보면서 평소처럼 아무렇지도 않은 듯 서로에게 말을 걸기도 했다.

이제…… 이제…… 그들은 바로 앞까지 와 있었다. 그러더니 겨우 팔만 뻗으면 닿을 만한 거리를 두고 아이네아스와 아카테스를 지나쳐갔다. 마치 아무도 보지 못했다는 듯이……

아카테스는 어안이 벙벙해서 아이네아스를 쳐다보았다. "저들이…… 저 병사들이 우릴 보지 못했어요!" 아카테스는 말을 더듬었다. "그러니까…… 아까 숲에서 만난 여자가 한 말이 모두 사실이었군요!"

"그렇구나." 아이네아스가 말했다. "자, 어서 도시로 내려가자."

그 순간부터 모든 일이 마치 기이한 꿈처럼 느껴졌다. 아이네아스와 아카테스는 맨 먼저 도시를 둘러싼 성벽 앞으로 갔다. 그곳에는 커다란 광장이 있었는데, 석공들이 거대한 바윗덩이를 쪼아 궁전이나 신전을 장식할 기둥을 만들고 있었다. 아이네아스와 아카테스는 그 한가운데를 가로질러 걸어갔으나 어느 누구도 그들에게 눈길 한 번 주지 않았다. 성벽에 난 성문들 중 하나를 통과해 도시 안으로 들어갈 때도, 바로 앞에서 보초를 서던 병사는 아무것도 보지 못한 듯했다.

도시로 들어간 아이네아스와 아카테스는 수많은 사람들이 몰려드는 골목길로 접어들었다. 골목에 있던 사람들 역시 그

둘이 마치 눈에 보이지 않는 공기라도 되는 양 아무런 반응도 보이지 않았다. 단지 가끔씩 한두 사람이 깜짝 놀라 고개를 돌려 뒤를 쳐다볼 뿐이었다. 누군가가 자신과 거칠게 부딪힌 것 같긴 한데, 그게 누군지 알 수가 없었기 때문이다.

그렇게 해서 그들은 마침내 유노 신전에 도착했다.

아담한 숲으로 둘러싸인 신전 주변에 많은 사람들이 모여 있었다. 이번에도 그들은 사람들 사이를 살며시 통과해, 신전 문 앞으로 이어지는 청동 계단을 밟고 올라섰다. 쇠로 만들어진 신전의 문은 활짝 열려 있었는데, 화려한 장식품들로 치장된 넓은 홀 안에는 아직 아무도 없었다. 아이네아스와 아카테스는 값비싼 제기들, 주렁주렁 매달린 황금 등잔들, 사방 벽에 그려진 예술적인 벽화들을 둘러보았다. 이 그림들은…… 아이네아스는 천천히 벽을 따라 걷기 시작했다. 벽화 하나하나를 지나칠 때마다 그 앞에 멈춰 서서 오래도록 들여다보았다.

"아카테스." 마침내 아이네아스가 말문을 열었다. 목소리가 잠겨 갈라졌다. "여기를 보거라, 아카테스! 이 벽화에 트로이 멸망의 역사가 처음부터 끝까지 모두 그려져 있구나. 어쩌면 이것들이 우리에게 도움이 될지도 모르겠다. 여왕께서 그동안 우리가 받은 고통을 동정하며 친절을 베풀지도 모르는 일 아니냐."

아이네아스가 이렇게 말하는 사이, 신전 앞에서 시끄러운 소리가 들리기 시작했다. 사람들의 환호성, 무장한 병사들의 장비가 서로 부딪히는 소리, 빠른 걸음을 내딛는 발자국 소리 등이 뒤섞인 소음이었다.

아이네아스가 뒤를 돌아보았을 때, 여왕은 이미 신전의 문턱을 넘어서고 있었다.

아이네아스는 화들짝 놀랐다. 잠깐이긴 했지만, 여왕이 자신을 볼 수 없다는 사실을 깜빡 잊고 있었기 때문이다.

오, 정말이지, 여왕이 그를 볼 수 없다는 사실은 너무도 다행스러운 일이었다! 아이네아스는 마치 마법에라도 걸린 듯 그 자리에 꼼짝 않고 서서 여왕을 계속 쳐다보았기 때문이다. 그런 자신에게 화가 났지만 어쩔 수가 없었다. 아이네아스는 여왕에게서 한순간도 눈길을 뗄 수가 없었다. 여왕이 아름다운지 어떤지 생각할 겨를도 없었다. 그가 원하든 원하지 않든, 그저 계속해서 그녀를 바라보게 될 뿐이었다.

하인들이 황금 옥좌를 들어다 신전 문 앞에 놓았다. 여왕이 옥좌에 앉자 곧 높은 지위로 보이는 신하들이 여왕을 에워쌌다. 그들은 모두 자신의 자리를 찾아가느라 바삐 움직였다.

신하들은 서로 우왕좌왕하지 않도록 각자 정해진 자리가 있는 것 같았다. 그러나 그날은 그렇게 신경 써서 정해놓은 자리도 딱 들어맞지 않을 터였다. 이미 평소보다 둘이나 더 많은 사람이 그곳에 있었기 때문이다.

한편 아카테스는 두려움에 식은땀을 흘렸다. 조금 전부터 그는 매우 곤란한 상황에 놓여 있었다. 즉, 호기심이 많은 아카테스는 저도 모르게 자꾸만 앞으로 갔고, 결국 화려한 옷을 입은 뚱뚱한 남자 바로 뒤에 서게 되었다. '이 사람은 분명 궁전에서도 가장 높은 지위에 있는 신하일 것이다.' 아카테스는 생각했다. 그는 한 손에 황금 지팡이를 들고서, 가끔씩 그 지팡이로 청동 계단을 내리쳐 큰 소리가 나게 했다. 그런데 문제는 그가 몸을 움직일 때마다 바로 뒤에 서 있는 아카테스와 부딪힐 것만 같았고, 불쌍한 아카테스는 다시 또 자기 뒤에 있는 다른 사람과 부딪히지 않기 위해 비쩍 마른 고양이처럼 최대한 가느다랗게 몸을 놀려야 했다. 그에 비해 아이네아스는 훨씬 더 나은 자리에 있었다. 그가 선 곳에서는 여왕의 얼굴이 곧장 마주 보였다.

여왕은 뭔가 비밀을 감추고 있는 듯한 표정을 짓고 있었다. 아이네아스는 앞으로 자신과 동료들의 운명이 이 낯선 여인에게 달려 있다는 생각이 들자, 불안한 마음을 떨칠 수 없었다.

잠시 후 뚱뚱하게 살이 오른 신하가 사람들의 이름이 적힌 두루마리 문서를 가져오라고 명했다. 그러고는 다시 한 번 지팡이로 계단을 내리쳐 큰 소리를 냈다. 곧 주변이 조용해지자 그는 두루마리에서 어떤 이름 하나를 불렀다. 그러자 기다리고 있던 사람들 무리 중에서 한 남자가 앞으로 나왔다. 그는 신전 앞 계단에 두 줄로 길게 늘어선 병사들 사이를 기품 있게 걸어 여왕 앞으로 나아갔다.

여왕은 남자에게 그가 하고 있는 일의 진행 상황을 보고하라고 명했고, 그 내용으로 보아 남자는 성의 건축을 담당하고 있는 사람이라는 것을 알 수 있었다.

디도 여왕은 남자가 보고하는 것을 주의 깊게 경청한 뒤, 그에게 몇 가지 지시를 내렸다.

그때까지만 해도 여왕은 매우 자비로워 보였다. 그러나 건축을 담당하는 남자가 여왕이 말한 방식대로 일을 진행하는 것은 불가능해 보인다는 의견을 조심스레 피력하자, 여왕은 크게 노하며 버럭 화를 냈다.

아이네아스는 여왕의 짙은 눈동자에서 갑작스레 활활 타오르는 난폭함을 보고 적잖이 놀랐다.

여왕은 곧 침착함을 되찾으려 애쓰며, 냉정하면서도 차분한 목소리로 말했다. "내가 명령한 그대로 일을 진행시키도록 하시오."

그러자 건축가는 더 이상 아무 말도 못 하고 허리를 굽혀 인사를 한 뒤 자리에서 물러났다.

건축가의 뒤를 이어 분쟁 중인 상인 두 명이 여왕 앞으로 나왔다. 여왕은 그들의 다툼을 매우 빠르게 종결시키고는, 두 사람 모두에게 그에 대한 벌로 궁전 금고에 금 한 자루씩을 바치라고 명령했다.

여왕의 결정이 부당하다고 느낀 상인 한 사람이 뭔가 항변하기 위해 입을 열려는 순간, 여왕이 또 한 번 분노의 불꽃이 이글거리는 매서운 눈길로 그를 쏘아보았고 깜짝 놀란 그는 그만 입을 다물고 말았다.

이 모든 광경을 빠짐없이 지켜보고 있던 아이네아스는 갈수록 근심이 커져갔다. '디도 여왕의 분노를 사는 자는 화를 면할 길이 없겠구나!'

다음으로 항구를 건설하는 일에 지원한 몇몇 기술자들이 여왕 앞으로 나왔다. 여왕은 그들을 매우 다정하게 대하며 추첨을 통해 지원자를 결정하겠노라고 말했다.

이번에는 금을 세공하는 사람이 하얗게 질린 얼굴로 덜덜 떨면서 앞으로 나왔다. 그는 신전의 기둥과 성물을 담는 상자에 금을 입히는 일을 도맡았는데, 원래 계획보다 얇게 도금하고 남은 금을 빼돌린 혐의로 고발당한 것이었다.

금 세공업자는 곧장 감옥으로 가게 되리라는 것을 잘 알고 있었다.

그다음으로 피부가 거무스름한 병사들 한 무리가 여왕 앞에 나와 섰다. 그들은 전쟁터에서 특출 나게 용감히 싸운 모양이었다. 디도 여왕은 그들의 충성에 감사를 표했다. 여왕의 미소가 어찌나 밝고 다정다감하던지, 병사들은 당장이라도 망설임 없이 여왕을 위해 다시 한 번 목숨을 내어놓을 기세였다.

아이네아스는 한숨을 내쉬며 머리를 가로저었다. 트로이인들 중에서 어느 누가 저 여왕이 하는 것처럼 할 수 있겠는가?

바로 그 순간 군중들 사이에서 소동이 일었다. 사람들이 소란스러운 소리가 나는 쪽으로 일제히 고개를 돌렸다. 웅성거림 속에서 간간이 누군가가 큰 목소리로 외치는 소리가 들렸다.

아이네아스는 그 목소리를 듣는 순간 숨이 멎는 듯했다.

"앞으로 나가게 해주시오! 우리는 여왕에게로 가야만 하오!" 명령에 익숙한 듯한 남자의 목소리가 크게 들려왔다.

"일리오네우스!" 깜짝 놀란 아이네아스는 자신도 모르게 큰 소리로 외쳤다. 옆에 서 있던 아카테스가 그의 팔을 잡으며 말했다. "저기, 저 사람들은 모두 우리 동료들입니다!" 아카테스는 흥분해서 낮은 소리로 외쳤다. "보이십니까? 저기 안테우스, 세르게스투스, 클로안투스, 기아스, 그들을 이끄는 일리오네우스 그리고 다른 동료들도 있군요. 열세 척의 배에 나누어 탔던 동료들이 전부 다 저기 있어요! 정말 모두 다 구조되었군요. 그러니까…… 그 낯선 여자가 해준 말이 또다시 사실로 입증된 셈입니다!"

다행히 아이네아스와 아카테스에게 주의를 기울이는 사람은 아무도 없었다. 사람들의 시선은 전부 부름을 받지 않았음에도 감히 여왕 앞으로 나오려고 애쓰는 이방인들에게로 쏠려 있었다.

디도 여왕의 병사들은 이방인들 앞을 창으로 가로막으며 신전 쪽으로 가지 못하게 막았으나, 여왕은 총사령관에게 신호를 보내 길을 열어주라고 명령했다.

여왕은 아주 조금 놀란 기색을 내비치긴 했지만, 이내 평정을 되찾고는 다가오는 이방인들을 침착하게 쳐다보았다.

이방인들이 저 아래 계단 앞에 와 멈춰 섰다.

"여신의 아들이여, 이제 우린 어떻게 해야 할까요?" 아카테스가 낙담하여 속삭였다. "저기 우리 동료들이 팔만 뻗으면 닿을 수 있을 정도로 가까이에 와 있습니다! 그런데 우리는 저들의 눈에 보이지도 않으니, 대체 이게 무슨 불행이란 말입니까! 우리가 사람들 눈에 보이지 않게 된 것이 결코 잘된 일이 아니었군요!"

"참아라!" 아이네아스가 낮은 목소리로 대답했다. "일단은 무슨 일이 벌어질지 가만히 두고 보자. 때가 되면 좋은 생각이 떠오를 것이다!"

일리오네우스는 여왕을 올려다봤다. 그의 인사는 나무랄 데 없었고 비굴해 보이지도 않았다.

디도 여왕은 양 관자놀이를 향해 제비 꼬리같이 날렵하게 뻗은 눈썹을 아무도 몰래 치켜세웠다.

"이방인들이여." 여왕이 차갑게 말했다. "그대들을 이곳에서 보게 된 것이 조금은 놀랍소. 난 당신들을 전혀 알지 못하며, 어느 누구도 당신들이 이곳에 나타나리라고 알려주지 않았기 때문이오. 하지만 일단 이곳에 왔으니 당신들이 어디에서 왔고, 내 나라에서 얻고자 하는 것이 무엇인지 솔직하게 말하는 게 좋을 것이오!"

"여왕이시여." 일리오네우스가 진지하게 말했다. "우리는 당신의 나라에 오고 싶어 온 것이 아닙니다. 우리는 멸망한 트로이를 빠져나와, 신들께서 우리에게 명하신 땅인 라티움을 찾기 위해 항해를 시작했습니다. 그러다 사나운 폭풍이 휘몰아쳐 망망대해를 정처 없이 떠돌아다니다가, 이 해안까지 떠밀려 오게 된 것이지요. 우리를 이끌던 지도자는 왕족 출신인 그 유명한 앙키세스의 아들 아이네아스입니다. 하지만 우리는 그만 그를 잃고 말았습니다. 아이네아스와 그의 아들 아스카니우스 율루스 그리고 그를 따르던 많은 동료들과 헤어지게 된 것이지요. 끔찍한 폭풍이 몰아쳤을 당시, 일곱 척의 배가 사라졌습니다. 우리는 그중 단 한 척이라도 어느 해안에 무사히 당도했는지, 아니면 저 넓은 바다가 일곱 척 모두를 삼켜버렸는지조차 모르고 있습니다. 이제 우리가 할 수 있는 일이라고는 우리를 손님으로 환대해달라고 여왕님께 간청드리는 것밖엔 없습니다. 우리가 타고 온 배는 부서져 물이 새고, 노는 부러졌으며, 돛은 갈기갈기 찢겼습니다. 우리가 함선을 복구할 때까지만 이곳에서 평화롭게 지낼 수 있도록 허락해주십시오! 모든 준비가 끝나면 곧 이 나라를 떠나 다시 바다 위를 항해할 것입니다. 라티움을 찾을 때까지, 혹은 우리 모두가 단 한 사람도 남김없이 죽음의 나라에 다다를 때까지 말입니다."

"그러니까 당신들이 트로이인들이란 말이오?" 일리오네우스가 말을 마치자마자 여왕이 기쁨에 겨워 물었다. "그렇다면 당신들을 환영하오! 언제든 당신들이 원하는 만큼 여기 머물러도 좋아요! 오래전부터 음유시인들이 내게 당신들의 도시가 어떻게 멸망했는지 이야기를 들려주었고, 당신 나라의 영웅들을 칭송했지요. 나는 프리아무스 왕이 어떻게 세상을 떴는지, 용감한 헥토르가 어떻게 아킬레스에게 죽임을 당했는지 모두 들어서 알고 있어요. 그러나 아이네아스가 죽었다는 사실만큼은 믿을 수가 없군요! 분명 아이네아스도 당신들처럼 폭풍에 밀려 남쪽으로 항해했을 테고, 어쩌면……"

여왕은 무슨 기이한 생각이 떠오르기라도 한 것처럼 갑자기 자리에서 벌떡 일어났다. "어쩌면 아이네아스도 당신들처럼 이 나라의 해안에 이미 당도해 있을지도 모르는 일이죠! 오, 그것이 사실이라면 얼마나 좋을까! 지금 당장 병사들을 풀어 아이네아스와 그의 동료들을 찾아보라고 시키겠어요!"

이 말을 들은 아이네아스는 지금이야말로 자기가 여왕 앞에 모습을 드러내야 할 때라고 생각했다.

"이제 그만 우리가 남의 눈에 보이지 않는 것이 거둬지면 좋으련만!" 아이네아스 옆에서 아카테스가 한숨을 쉬며 말했다. "그래야 모든 일이 잘될 텐데!"

아이네아스는 아무 말 없이 아카테스의 손을 잡고 일리오네우스와 다른 동료들이 서 있는 곳으로 걸어갔다. 그들은 동료들 사이를 이리저리 헤치고, 그들이 모여 있는 한가운데까지 나아갔다. 트로이인들은 이맛살을 찌푸리며 주변을 둘러보았지만, 아무도 보이지 않았다. 아무래도 흥분한 한두 사람이 그 자리에 가만히 서 있지 못하나 보다, 하고 생각할 따름이었다.

"여왕이시여, 정말 감사드립니다." 일리오네우스가 말했다. "우리는 당신의 친절을 절대 잊지 않을 것입니다. 이러한 호의는 우리에게 실로 엄청난 행운이 아닐 수 없습니다. 만약…… 아니, 그런데 이게 뭐야?"

바로 그 순간, 베누스가 아이네아스와 아카테스에게 씌워 놓은 마법의 베일을 확 벗겨낸 것이다.

트로이인들은 방금 하늘에서 뚝 떨어지기라도 한 것처럼, 느닷없이 자기들 앞에 서 있는 아이네아스를 쳐다보았다.

"아이네아스! 여신의 아들이여! 아카테스! 당신들, 살아 있었군요!" 여기저기서 큰 소리로 외치는 소리가 들렸다. 사방에서 사람들이 아이네아스와 아카테스를 만져보기 위해 팔을 뻗었다. 아이네아스는 재빠르게 그들의 손을 잡은 뒤, 단숨에 계단을 뛰어올라 여왕 앞으로 나아갔다. 어느 누구도 그를 말릴 겨를이 없었다. 궁전의 신하들은 모두 어안이 벙벙해져 제대로 정신을 차리기까지 한참이 걸렸다. 방금 무슨 일이 벌어진 것인지 도무지 이해할 수가 없었다. 저 두 명의 남자들은 처음부터 다른 사람들 틈에 뒤섞여 있어 눈에 띄지 않았던 걸까, 아니면 어딘가에서 지금 막 도착한 걸까? 그렇지만 도대체 어디에서 왔기에 저렇게 누구의 눈에도 띄지 않고 여기까지 올 수 있었을까?

한편 아이네아스는 그에게 주어진 소중한 기회를 헛되이 보내고 싶지 않았다.

"여왕이시여." 그는 여왕에게 깊이 머리 숙여 인사한 뒤, 곧바로 말을 하기 시작했다. "당신께서는 너무도 현명하게 모든 것을 정확히 알아맞혔습니다! 제가 바로 그 아이네아스이고, 폭풍이 제 동료들을 이 나라로 몰고 온 것처럼 저 또한 이곳에 데려다주었습니다. 당신은 제 동료들을 친절히 맞아

주셨지요. 간청드리건대, 저 또한 친절히 맞아주시기를 부탁드립니다!"

아이네아스는 더 이상 아무 말도 하지 않았다. 디도 여왕이 그들에게 호의를 베풀기로 마음먹기만 하면, 그것으로 충분했기 때문이다. 만약 그렇지 않다면, 아이네아스가 아무리 간절히 애원한다고 한들 아무 소용이 없을 터였다.

아이네아스는 조용히 처분을 기다렸다. 심장이 터질 듯 빠르게 뛰었다.

디도는 가만히 바닥을 응시했고, 두 눈동자는 긴 속눈썹 아래 감춰져 보이지 않았다.

한참이 지난 뒤 여왕은 고개를 들어 아이네아스를 바라보았다. 그런 그녀의 얼굴에 기품 있는 미소가 가득 번졌다.

"내가 당신의 조국 트로이의 슬픈 운명과 영웅들이 벌인 전쟁에 대한 노래를 들은 것이 이미 여러 해 전이었어요." 여왕이 말했다. "그 후로 내 머릿속에서 그 노래가 떠난 적이 없었지요. 그래서 유노 여신의 신전을 지을 무렵, 유명한 화가를 불러 신전 벽에 당신들이 벌인 전쟁에 대한 그림을 그리라고 주문했어요. 그러고는 자주 그 그림들을 들여다봤지요. 난 트로이의 영웅들과 그리스의 영웅들을 잘 알고 있고, 그들 중 누가 죽임을 당했는지도 잘 알고 있었어요. 당신 역시 오래 전부터 잘 알고 있었고, 당신이 살아 있다는 것도 알고 있었지요. 언젠가 당신을 만나볼 수 있길 늘 바라왔는데, 마침 당신이 날 찾아오셨군요. 여신의 아들이여, 잘 오셨어요!" 말을 마친 여왕의 얼굴에는 기뻐하는 기색이 역력했다.

아이네아스는 안도의 한숨을 내쉬었다. 드디어 그들 모두 무사히 목숨을 건진 것이다! 그로써 다시 한 번 위험천만한 순간이 그들을 비껴갔다.

그럼에도 불구하고 아이네아스의 마음속에서는 뭔가 알 수 없는 불안감이 가시지 않았다.

"당신들은 이제 내 손님이에요." 그사이 디도 여왕이 다시 말을 이었다. "아직 배에 머물러 있는 당신 동료들을 위해 소와 양 그리고 돼지를 잡으라고 하겠어요. 또한 포도주도 넉넉히 보내드리지요. 당신들이 내 나라에 머무는 동안에는 어느 누구도 먹고 마시는 데 부족함이 없게 해드리고 싶어요. 그리고 오늘 밤 궁전에서 큰 향연을 열겠어요!"

4

한편 베누스는 카르타고에서 벌어진 모든 일을 주의 깊게 관찰하고 있었는데, 그중 몇 가지는 그녀의 마음에 들지 않았다.

우선 아이네아스가 티루스 출신 여왕 디도에게서 한시도 눈을 떼지 못하는 것과, 그런 그의 눈길에 감탄의 기색이 역력한 것이 영 못마땅했다.

"난 아이네아스가 저 여자를 사랑하게 되는 것을 원치 않아." 베누스는 불쾌한 듯 혼잣말을 했다. "디도는 변덕스러운 여자야. 어린 양처럼 온순할 때도 있지만, 어느 순간 몸집이 큰 야생 고양이처럼 사납게 돌변하기도 한단 말이야. 만약 아이네아스가 디도를 사랑하게 된다면, 그녀 곁에 머무르려고 할 거야. 인간들은 언제나 그렇게 나약한 존재라니까. 하지만 아이네아스에게는 이미 다른 운명이 정해져 있어."

베누스는 오랫동안 신중히 생각하고 또 생각했다. 유노가 또다시 카르타고에 있는 그녀의 신전에 머물고 있다는 사실도 이미 알고 있었다. 그것 역시 그녀를 근심하게 만들었다. 게다가 교활한 티루스인들은 겉과 속이 다른 종족이라는 것도 잘 알고 있었다. 그들은 디도 여왕이 아이네아스를 비롯한 트로이인들에게 은총을 베푸는 것을 시기할 테고, 겉으로는 웃으면서 속으로는 칼을 갈 게 분명했다.

그 모든 것을 염두에 두고 곰곰이 생각하던 베누스는 아주 기발한 계략을 꾸미고, 그녀의 또 다른 아들이자 어린아이의 모습을 한 신 아모르를 불러들였다. 아모르는 즉시 베누스에게로 왔다. 아모르는 날개가 있어서 어디든 빨리 날아갈 수 있었다. 아모르는 체격과 얼굴이 어린 남자아이 같았지만, 그의 책략과 기술은 인간의 역사만큼이나 오래된 것이었다.

"아들아, 잘 들어보아라." 베누스가 말했다. "유노가 네 형제이자 인간의 몸으로 태어난 아이네아스와 다른 트로이인들을 아직까지 집요하게 따라다니며 못살게 구는 걸 잘 알고 있을 것이다. 게다가 지금 유노가 카르타고에 머물고 있다는 사실도 날 몹시 걱정스럽게 만드는구나. 유노는 분명 지금도 새로운 음모를 꾸미고 있을 거야. 어쩌면 디도의 정신을 혼미하게 만들어 아이네아스를 사랑하게 만든 다음, 다시 그를 절망의 구렁텅이로 몰아넣게 할지도 모르겠다. 그렇지 않을 거라고 누가 장담할 수 있겠느냐? 그러니 너는 디도가 네 형제를 사랑하여 그를 위해 모든 것을 다 바칠지언정, 사랑한다는 이유로 네 형제의 머리털 하나라도 다치게 하지 않게 미리 손을 써야 한다. 그래야 디도가 아이네아스에게 어떤 위험이 닥치더라도 구해주려는 마음을 먹게 될 테니 말이야. 물론……"

베누스는 하던 말을 멈추었다. 그녀의 아름다운 얼굴 위로 어두운 그림자가 드리웠다. "물론 그렇게 되면 디도는 아이네아스를 영원히 자기 곁에 두고 싶어 할 테지만, 그것만은 절대 안 될 일이야!"

베누스는 이런 영악한 계획이 언젠가 나쁜 결과를 초래하리라는 것을 잘 알고 있었다. 그러나 지금은 그런 생각을 할 겨를이 없었다.

베누스의 말을 귀담아듣던 아모르는 얼굴에 미소를 띠었다. 이런 일이야말로 그가 가장 잘할 수 있는 일이었기 때문이다.

"우선 아이네아스를 디도 곁으로 다가가게 하는 것이 관건이겠군요. 어떻게 하면 좋을까요?" 아모르는 무척 구미가 당긴다는 듯 물었다.

"내 생각에는 아이네아스를 디도 곁으로 다가가게 하는 데 그다지 큰 힘을 들이지 않아도 될 것 같구나." 베누스는 그런 상황이 별로 유쾌하지 않다는 듯 대답했다. "어찌 되었건 모든 일이 쉬울 거다. 디도가 네 형제와 신분이 높은 그의 몇몇 동료들을 향연에 초대했기 때문이지. 아이네아스는 이미 아카테스에게 배로 가서 아들인 아스카니우스 율루스를 성으로 데려오라고 시켰다. 또한 여왕에게 줄 선물로 불타는 트로이에서 건져낸 값비싼 물건들을 가져오라고 명했지. 수많은 금과 보석들로 화려하게 장식한 외투 한 벌, 금으로 아칸서스* 잎사귀 모양을 수놓은 면사포, 트로이의 왕비들이 대대로 물려받은 이중으로 된 왕관, 왕홀과 여러 겹으로 된 진주 목걸이 등이지." 베누스는 이해할 수 없다는 듯 머리를 가로저었다. 그렇게 값비싼 물건들을 디도에게 선물로 주려고 하다니, 정말이지 아이네아스는 제정신이 아닌 게 분명했다!

"자, 이제부터 내 말을 잘 새겨들거라!" 베누스가 계속해

---

* 잎에 가시가 달린 엉겅퀴과의 식물. 예술품에 자주 활용되는 잎사귀 모양의 문양.

서 말했다. "아스카니우스는 저 멀리 포구에서 아카테스가 돌아오기만을 기다리고 있을 것이다. 아카테스는 우선 열세 척의 배를 지금 정박해 있는 곳에서 항구로 끌어다 놓아야 한다. 바로 그 틈을 타서 우린 아스카니우스에게 갈 거야. 나는 아스카니우스를 깊은 잠에 빠지게 만들 것이다. 그런 다음 그 아이가 적절치 않은 순간에 나타나 모든 일을 망쳐버리지 않게끔 외딴곳에 데려다 놓을 작정이다. 너는 아스카니우스의 모습으로 변장하고, 아카테스와 함께 트로이에서 가져온 보물들을 가지고 왕궁으로 가거라. 그다음 네가 해야 할 일들은 굳이 말하지 않아도 알겠지."

아모르는 낮은 소리로 킥킥거리며 웃었다. "그럼요, 어머니! 그런데 이제는 정말 우리가 출발해야 할 시간이에요. 저 아래를 보세요. 벌써 땅거미가 내려앉고 있어요."

한편 아스카니우스는 갑판 위에 앉아서 아카테스를 기다리고 있었다. 옆에는 낯선 여왕에게 가져다줄 선물이 가득 담긴 궤짝이 놓여 있었다.

아카테스는 어디쯤 오고 있을까? 그는 좀 전에 돌아와 그동안의 일들을 황급히 설명하곤, 열세 척의 배들을 항구에 끌어다 놓으러 다시 길을 떠났다.

날은 점점 어두워졌고, 아스카니우스는 갑자기 엄청난 피로가 엄습하는 것을 느꼈다. '아카테스가 빨리 돌아오지 않으면, 이대로 잠들어버리고 말 거야'라고 생각한 순간, 그의 두 눈은 이미 감겨 있었다.

"잠들었구나." 베누스는 아스카니우스의 눈꺼풀을 다시 한 번 부드럽게 쓰다듬었다. "난 이 아이가 꿈을 꾸게 만들 것이다. 네가 이 아이 대신 현실에서 경험하는 모든 것들을, 이 아이는 꿈에서 보게 될 거야."

말을 마친 베누스는 잠든 아스카니우스를 안고 공중을 날아 자신의 신전이 있는 이달리움 산으로 갔다.

그 자리에 홀로 남은 소년의 모습을 한 신 아모르는 진지한 얼굴을 하고 갑판 위에 앉아서 아카테스를 기다렸다.

"하마터면 잠들 뻔했잖아." 마침내 아카테스가 돌아오자, 아모르는 그를 나무라듯 투덜댔다. "여왕이 베푸는 향연에 늦지 않게 도착하려면 서둘러야 해."

아모르는 궤짝을 어깨에 지고는 능숙하게 사다리를 타고 내려와 땅 위로 뛰어내렸다.

아카테스는 그런 그를 깜짝 놀라며 쳐다보았다. "이야, 너

제법 힘이 세지고 능숙해졌구나! 이제 곧 어른이 되겠는걸."
아카테스가 말했다. 그들은 빠른 걸음으로 해안을 따라 도시를 향해 걷기 시작했다.

어디선가 낮은 웃음소리가 들려오자 아카테스는 주위를 둘러보았다.

"너 왜 웃어?"

"응? 난 웃지 않았는걸." 소년의 모습을 한 신은 다시 진지한 표정을 지었다.

한참을 걸어가다, 아카테스가 이것저것 설명했다.

"여왕은 네 아버지와 우리 모두를 굉장히 자비롭게 대해줘." 아카테스는 잠시 생각에 잠긴 뒤 말을 이었다. "그런데 내 눈에는 여왕이 변덕스럽고 화를 잘 내는 사람처럼 보여. 여왕의 호의가 얼마나 오래갈지 잘 모르겠어!"

"그건 내가 알아서 할 테니 걱정하지 마!" 아모르가 자신만만하게 말했다.

아카테스는 고개를 갸우뚱하며 그를 쳐다보았다. "네가? 네가 뭘 어떻게 할 수 있는데?" 아카테스가 어리둥절해서 물었다.

"응, 난 그보다 더 큰일도 해결해봤는걸!" 아모르는 아무렇지도 않게 말했고, 아카테스는 다시 어디선가 억지로 참는 듯한 웃음소리가 들려오는 듯했다.

저렇게 이상한 소리만 늘어놓다니, 도대체 그동안 어린 아스카니우스에게 무슨 일이 있었던 것일까? 아카테스는 그런 그가 별로 마음에 들지 않았고, 기분이 상한 나머지 길을 가는 동안 더 이상 아무 말도 하지 않았다.

왕궁에 도착하자 한 무리의 하인들이 그들을 반갑게 맞아들였다. 하인들은 그들을 방으로 안내했고, 그 방에는 호화로운 의복이 미리 준비되어 있었다. 하인들은 눈 깜짝할 사이에 아모르와 아카테스의 옷을 갈아입히고는 연회장으로 데려갔다. 선물이 든 궤짝은 하인들이 들고 그들의 뒤를 따랐다.

연회장은 매우 화려하게 꾸며져 있었다. 천장에는 황금 등잔이 걸려 있었고, 사방의 벽은 아름다운 양탄자와 그림으로 장식되어 있었다. 식탁 위에는 금과 은으로 된 그릇들이 반짝였다. 여왕과 궁전의 고위 관료들 그리고 트로이에서 온 손님들이 자줏빛 천을 두른 의자에 빙 둘러앉아 있었다.

아카테스와 소년이 연회장으로 들어오는 모습을 보고, 디도 여왕 바로 옆에 앉아 있던 아이네아스가 자리에서 일어났다. 그는 하인들에게 궤짝을 여왕 옆에 두라고 명령하고는 가짜 아들에게 몸을 돌렸다.

바로 그 순간 아모르는 교활한 장난을 시작했다.

아모르는 아이네아스에게 와락 달려들어 그를 끌어안고는 환희에 넘쳐 폭풍처럼 온갖 기쁨의 표현을 해댔다. 아이네아스는 그런 아들의 태도가 평소와 달라 약간 놀라면서도, 그러려니 하고 지나쳤다.

소년의 모습을 한 꾀 많은 신 아모르는 곧 자신의 형제에게 무슨 일이 벌어질지 잘 알고 있었다. 즉, 그 순간 아이네아스는 저항 한번 못 해보고 디도 여왕을 사랑하게 되었다! 그다음으로 아모르는 여왕 쪽으로 몸을 돌렸다.

아모르는 아이네아스로부터 떨어져 소년에게 어울리는 공손한 태도로 디도에게 다가가서는 한껏 예의를 갖추고 몸을 굽혀 인사했다. 그런 다음 환한 웃음을 지으며 그녀에게 다가가 두 뺨에 부드럽게 키스했다.

바로 그 순간, 어린아이의 모습을 하고 있지만 강력한 힘을 가진 신이 아무도 몰래 그녀의 심장에 거부할 수 없는 명령을 내렸고, 그로 인해 엄청난 마음의 고통을 겪게 되리라는 것을 이 가엾은 여왕이 어떻게 예감할 수 있었겠는가?

디도 여왕은 그저 잘생기고 다정한 이 소년이 썩 마음에 들었을 뿐이다.

여왕의 두 뺨에 옅은 홍조가 떠올랐다. 그녀는 아이네아스를 쳐다보며 말했다.

"당신은 정말 행복한 아버지로군요. 내게도 이런 아들이 있다면 얼마나 좋을까요!"

아모르는 재빨리 몸을 돌려 궤짝 위로 고개를 숙이곤 남몰래 혼자 웃었다. 어머니가 이 모습을 봤다면 크게 만족하실 것이다. 모든 것이 어머니가 바란 대로 되었기 때문이다.

아모르는 이제 가지고 온 선물들을 여왕 앞에 열심히 늘어놓기 시작했다.

여왕은 값비싼 선물들을 황홀하게 쳐다보았다. 값진 물건들에 익숙해져 있던 카르타고인들마저도 그 선물들이 여왕에게 잘 어울린다는 것을 마지못해 인정해야 했다. 그러면서도 계속 못마땅한 눈빛으로 아이네아스를 바라보았다. 저렇게 값비싼 선물을 하는 사람은 언제나 그에 상응하는 대가를 바라기 마련이라고 생각하고 있었기 때문이다!

"당신에게 감사드려요, 여신의 아들이여!" 디도 여왕은 다정한 목소리로 말했다. "당신은 내게 큰 기쁨을 주시는군요. 절대 잊지 않겠어요. 언젠가 당신이 다시 바다 건너 저 멀리로 떠나가게 되는 날, 이 모든 것들이 당신을 기억하게 만들 거예요." 그러다 갑자기 디도는 말을 멈추었다. 순간 그녀의 얼굴이 기묘하게 일그러졌다. "하지만 난 당신이 떠나는 것을 절대로 바라지 않아요!" 여왕은 이렇게 소리쳤고, 아이네아스는 다시 한 번 여왕의 두 눈에서 뿜어져 나오는 포악함을 보고 깜짝 놀랐다.

그러나 디도는 재빨리 고개를 뒤로 돌리며 표정을 감췄고, 그 바람에 그녀의 머리띠에 박힌 보석들이 번쩍이며 빛을 발했다.

여왕은 손뼉을 치며 말했다. "자, 지금부터 이 왕궁에서 이제껏 단 한 번도 열린 적 없는 성대한 향연을 벌이겠어요! 나의 아버지 벨루스 왕께서 쓰시던 황금 잔을 가져와 포도주를 가득 채워라! 바로 오늘이 우리 티루스인들과 트로이인들의 영광스러운 시대가 시작되는 날이 될 것이다!"

여왕은 하인들이 건네준 빛나고 묵직한 잔을 들어, 먼저 신들에게 올리는 제주의 의미로 약간의 포도주를 식탁 너머로 뿌렸다. 그러고는 자신이 먼저 그 잔에 든 포도주를 마신 다음, 연회장에 있는 모든 사람들에게 잔을 돌려 마시게 했다.

그사이 하인들은 금그릇과 은실을 꼬아서 만든 바구니에

진수성찬을 담아 연회장 안으로 속속 들고 들어왔다. 엄청나게 큰 포도주 항아리와 식사 전에 손을 씻을 물이 담긴 수반도 함께 들여왔다.

바야흐로 성대한 연회가 시작되었다. 포도주가 마르지 않는 샘물처럼 내어져 왔고 남자들의 목소리도 점점 커졌다. 이따금 그들은 갑자기 하던 말을 멈추고 불쾌해진 서로의 얼굴을 아무 말 없이 바라보았다. 포도주에 취해 정신이 몽롱해진 카르타고인들의 가슴속에 낯선 이방인들에 대한 적개심이 희미하게 피어올랐다.

카르타고인들은 남몰래 고개를 돌려 아이네아스 옆의 자줏빛 천으로 장식된 긴 의자 위에 몸을 기대고 있는 디도를 흘깃흘깃 훔쳐보았다.

여러 부족을 다스리는 왕들 중에는 가이툴리족*을 이끄는 이아르바스라는 사람이 있었다. 그는 예전에 디도에게 구혼을 한 적이 있었는데, 디도는 그의 청혼을 받아들이지 않고 물리쳤었다. 그런데 밝은 피부색과 윤기가 흐르는 곱슬머리를 한 낯선 이방인이 다가오자, 여왕은 오로지 그에게만 눈길을 주는 게 아닌가!

---

* 북아프리카에서 유목 생활을 하는 종족.

이아르바스는 계속해서 포도주를 들이켰고, 마시는 포도주의 양만큼이나 그에 대한 증오도 커져갔다.

어느새 자정이 되어 대지 위에 칠흑 같은 밤이 내려앉자, 베누스가 이달리움 산에서 돌아왔다. 그녀의 팔에는 여전히 깊은 잠에 빠진 아스카니우스가 안겨 있었다. 아스카니우스는 신기할 정도로 생생한 꿈에 사로잡혀 있었다. 베누스는 잠든 그를 안고 왕궁의 어느 방으로 갔다. 그곳은 좀 전에 하인들이 가짜 아스카니우스를 너무 늦지 않게 재우기 위해 데리고 간 방이었다. 아이네아스가 그렇게 하라고 시켰기 때문이다.

베누스 여신은 잠든 아스카니우스를 조심스레 침대에 눕혔다. 그러고는 소년의 모습을 한 아모르 신과 함께 왕궁을 떠나 도시의 하늘 위를 날아서 불사의 신들이 머무는 거처로 올라갔다.

"이것으로 우리는 아이네아스를 위한 모든 준비를 마쳤다." 베누스가 만족하여 말했다. "어느 누구도 우리가 아스카니우스를 바꿔치기했다는 사실을 모를 것이다. 디도는 네 형제를 진심으로 사랑하게 되었고, 앞으로 그에게 어떤 나쁜 일도 일어나지 않게 마음 쓸 거야."

한편 유노는 자신의 새하얀 신전에서 베누스가 하는 말을 들었고, 그런 그녀의 얼굴에 냉소가 떠올랐다. 유노도 그녀 나름대로의 계획을 가지고 있었다! 물론 그 계획은 베누스의 마음에 들지 않을 게 분명했다……

한편 아이네아스와 그 일행들은 카르타고의 왕궁에서 호화로운 생활을 누리고 있었다. 그들은 왕궁에서도 가장 좋은 방에서 지냈고, 미세한 신호에도 하인들이 단숨에 달려왔으며, 매일 저녁 흥겨운 연회가 벌어졌다. 밤마다 잘생긴 소년들과 어여쁜 소녀들이 그들 앞에 나와 춤을 췄고, 트로이인들은 비단 방석 위에 앉아 황금 잔에 포도주를 따라 마시며 그들의 춤을 감상했다. 때때로 그들은 사냥을 하기 위해 숲으로 말을 타고 가거나 혹은 항구에 거대한 축대를 쌓는 일, 대리석으로 된 신전이나 궁전을 짓는 모습 등을 구경하기 위해 도시 여기저기를 한가롭게 거닐기도 했다.

또 가끔은 그들의 배가 정박해 있는 항구에 나가보기도 했다. 그곳에서는 일꾼들이 노와 돛을 수리하느라 부지런히 일을 하고 있었다. 깔끔하게 다듬은 널빤지와 각목들이 준비되어 바닷가에 가지런히 놓여 있었다. 돛대는 새로 세워졌고, 선체의 부서진 부분에는 튼튼한 판자가 덧대어졌다. 사방에서 도끼질하는 소리와 망치 소리가 울려 퍼졌다.

"우리는 곧 다시 떠날 수 있을 겁니다." 아이네아스가 항구에 모습을 드러낼 때마다, 트로이인들은 자신 있게 말하며 그동안 진행된 작업 상황을 설명하곤 했다.

"여신의 아들이여, 언제쯤 라티움을 향해 떠날 예정인가요?" 트로이인들은 점점 더 자주 묻기 시작했다. 그러면서 다음과 같이 덧붙이는 것도 잊지 않았다. "여기서 지내는 것이 좋기는 하지만, 언젠가는 우리의 도시를 건설해야 할 것 아닙니까! 이젠 여자들까지 매일 탄식을 늘어놓고 점점 더 불평을 하고 있습니다!"

"곧 그렇게 될 것이다!" 아이네아스는 대답은 그렇게 했지만, 어느 누구의 얼굴도 똑바로 쳐다볼 수가 없었다. 그는 자신이 거짓말을 하고 있다는 것을 잘 알고 있었기 때문이다. 그는 카르타고를 떠나고 싶지 않았다.

그는 디도가 있는 곳에 머물고 싶었다!

아이네아스와 디도는 연회장에 있을 때도 언제나 나란히 앉았고, 사냥을 갈 때도 함께 말을 타고 나갔으며, 단둘이 도시 외곽에 있는 언덕에 올라 바다 위를 함께 내려다보기도 했다.

그러다 종종 디도는 느닷없이 아이네아스에게 몸을 돌려 격정을 이기지 못하겠다는 듯한 눈빛으로 그의 얼굴을 뚫어져라 쳐다보곤 했다.

"난 당신이 다시 떠나지 않았으면 좋겠어요!"

"물론이오, 난 결코 떠나지 않을 거요!" 아이네아스는 줄 곧 이렇게 대답했고, 그런 스스로가 너무도 가증스러웠다. 그 것은 명백한 거짓말이었기 때문이다. 아이네아스는 그곳에 계속 머물 수 없다는 것을 잘 알고 있었다.

디도는 두려웠다. 아무리 아이네아스가 떠나지 않겠다고 말해도, 언젠가는 그가 그렇게도 자주 말해온 먼 나라 라티움 으로 항해해 갈 것이 틀림없었기 때문이다. 그러나 그래서는 안 된다! '그렇게 되면 난 견딜 수 없을 거야. 그래, 난 분명 견 딜 수 없어! 도대체 어떻게 해야 그를 붙잡을 수 있을까? 도대 체 어떻게!'

그러던 어느 날, 아이네아스와 디도는 100개의 대리석 기 둥으로 화려하게 장식되어 있는 왕궁 앞 광장에 서 있었다. 아이네아스는 왕궁의 웅장함에 완전히 넋을 잃은 것처럼 보 였다. 바로 그 순간, 디도에게 갑자기 어떤 생각이 떠올랐다. 오, 그것은 매우 훌륭한 생각인 듯했다! 디도는 재빨리 아이 네아스의 팔을 붙잡았다. "이곳에 당신의 왕국을 건설하는 게 어때요?" 디도는 흥분해서 숨도 쉬지 않고 말했다. "당신의 왕국을 건설하는 데 필요한 것은 무엇이든 구해다 드리겠어요. 대리석, 나무, 청동, 금이나 은…… 뭐든지요! 내가 거느리고 있는 건축가, 예술가, 수공업자들이 당신을 위해 일하도록 해드릴게요! 당신은 세상에서 가장 훌륭한 도시를 건설하게 될 거예요. 그러면 이곳에 영원히 머물 수 있잖아요." 디도는 기대에 가득 찬 눈으로 아이네아스를 쳐다보았다. 그러나 아이네아스는 아무런 대답도 하지 않았다. 다만 수심이 가득한 얼굴로 아무 말 없이 몸을 돌려 왕궁의 가장 높은 곳까지 이어진 수많은 계단을 힘없이 걸어 올라갈 뿐이었다.

순간 디도는 돌처럼 굳어 한동안 그 자리에 그대로 서 있었다. 한참을 그렇게 서 있던 디도는 천천히 아이네아스를 따라 계단을 올라가기 시작했다. 가끔씩 발을 헛디뎌 계단 위에서 비틀거렸다. 두 눈에 눈물이 고여 눈앞이 부옇게 흐려졌기 때문이다.

그날 저녁 디도는 언니인 안나*를 불러들였다.

안나는 디도보다 훨씬 나이가 많았다. 질투가 심한 운명의 여신이 안나에게서 단 한 치의 아름다움도 남김없이 모두 거

---

* (옮긴이) 이 책에서 레히너는 '안나'를 디도의 언니로 묘사했지만, 다른 자료에서는 디도의 여동생으로 그려지기도 한다.

뒤가 버렸다. 그럼에도 안나는 동생 디도를 친딸처럼 돌보고 사랑했다.

안나는 울어서 빨갛게 된 눈으로 창백한 얼굴을 하고서 방 안에 웅크리고 있는 디도를 보고 깜짝 놀랐다.

"어서 오세요, 안나 언니. 언니가 날 좀 도와주어야겠어요. 내가 도대체 뭘 어떻게 해야 할지 모르겠어요!" 디도는 이렇게 말하고는 안나의 목에 팔을 감으며 그녀의 품에 안겼다. "오늘 처음으로 아이네아스가 날 떠나게 되리라는 확신이 들었어요. 그에게 내 영토에다 세상에서 가장 화려한 도시를 건설하는 것이 어떻겠느냐고 제안했어요! 그런데 그 사람은…… 그 사람은 내게 어떤 대답도 하지 않더군요!" 디도는 절망적으로 흐느끼며 말했다.

안나는 동생이 가여워서 어쩔 줄 몰라 하며 디도를 위로했다. "진정해라, 이 불쌍하고도 바보 같은 동생아!" 안나는 이렇게 말하며, 디도의 이마 위에 제멋대로 엉클어진 머리카락을 쓸어 넘겨주었다. "네가 그렇게도 트로이의 장수 아이네아스를 곁에 두고 싶다면…… 어째서 그에게 네 남편으로 맞이하겠다는 제안을 하지 않는 거니?"

그 말을 들은 디도는 깜짝 놀랐다. "언니, 설마 진심으로 하

214

는 말은 아니겠지요!" 디도는 거의 화를 내며 말했다. "그건 우리 풍습에 완전히 어긋나는 일이잖아요. 아이네아스도 나를 경멸하게 될 거예요! 게다가 남편이 죽은 후로 내가 절대 다른 남자와 재혼하지 않기로 맹세했다는 사실을 알고 계시잖아요?"

"동생아, 넌 정말 현명하지 못하구나." 안나는 답답하다는 듯 말했다. "너는 카르타고의 여왕이 아니더냐? 그리고 아이네아스는 나라도 없이 떠돌아다니는 신세고! 내 생각에, 아이네아스가 네게 구혼할 엄두를 내지 못하고 있는 건 바로 그 때문인 것 같다. 그가 널 사랑하고 있다는 사실은 장님까지도 알아볼 수 있을 정도로 확실하지. 그리고 네가 했던 맹세에 관해 말하자면," 안나는 냉정하게 덧붙였다. "난 네가 더 이상 맹세를 지키지 않는다 하더라도, 죽은 네 남편 시카이우스의 영혼뿐 아니라 여러 신들께서도 분명 너를 용서하시리라 생각한다. 네 나라의 국경을 한번 둘러보거라! 온 사방에서 적들이 너와 네 나라를 해치려고 위협하고 있지 않느냐. 그런데 넌 한갓 여자의 몸에 불과해! 신들께서 너를 보호하기 위해 아이네아스와, 싸움에 능한 트로이인들을 네게 보낸 것이라고 생각하지 않니?"

디도는 깊은 생각에 잠겨 바닥을 물끄러미 응시했다. 그녀의 두 눈에 고여 있던 눈물이 점차 말라갔다. 그러더니 갑자기 자리에서 벌떡 일어났다. 마치 날렵한 한 마리의 고양이와 같았다. "어쩌면 언니 말이 옳을지도 몰라요!" 디도는 소리쳤다. "그래요, 그렇게 하겠어요! 하지만 만약 이 시도마저 실패로 돌아간다면, 그때는 정말 모든 게 끝장이에요. 언니, 이제 나가서 하녀들을 이리로 보내주세요. 자줏빛 새 옷으로 갈아입어야겠어요. 그리고 값비싼 장신구들로 치장할 거예요. 이제부터는 그 어느 때보다도 훨씬 아름답게 보여야 하니까요."

바로 그 시각, 유노는 자신의 신전을 떠나 올림푸스 산 위로 올라갔다. 베누스가 근심에 가득 찬 얼굴로 카르타고를 내려다보고 있는 모습을 보자 더없이 만족스러웠다. 유노는 베누스 옆에 자리를 잡고 앉았다.

"너도 분명 디도가 무슨 일을 하려는지 보아서 잘 알고 있겠구나." 짐짓 친절을 가장한 목소리로 신들의 여주인인 유노가 베누스에게 말을 걸었다. "내가 보기에 이보다 더 좋은 일은 없을 것 같다! 디도 여왕이 아이네아스를 남편으로 맞는

다면, 그들은 함께 힘을 모아 저 리비아 땅에 강력한 왕국을 건설하게 될 거야. 그곳에 티루스인들과 트로이인들이 한데 어울려 살게 될 테고!"

베누스는 유노를 쳐다보며 차갑게 웃었다. 그녀는 유노의 간계를 이미 오래전부터 훤히 꿰뚫고 있었다. 그런 방식으로 아이네아스를 리비아에 잡아둠으로써, 결국 라티움에 도달하지 못하게 만들려는 속셈이었던 것이다.

"우린 아직 유피테르께서 어떤 결정을 내리실지 모르잖아요." 베누스가 침착하게 말했다. "당신은 그의 부인이시니 한번 여쭤보는 게 어떠신지요?"

"싫다." 유노가 재빨리 대답했다. "난 이 모든 일을 유피테르와 상관없이 내 맘이 내키는 대로 할 거다. 내일 디도는 아이네아스와 함께 모든 신하들을 이끌고 대대적인 사냥을 하기 위해 말을 타고 숲으로 갈 것이다. 그들이 도시를 벗어나 멀리 인적이 드문 곳에 다다르면, 난 번개와 우박이 빗발치는 사나운 폭풍우가 일게 만들 거야. 그렇게 되면 함께 사냥을 나간 일행들은 눈 깜짝할 사이에 사방으로 흩어지겠지. 각자 비를 피해 몸을 숨길 장소를 찾으려고 말이야. 그리고 사나운 폭풍이 몰아치는 바로 그 순간, 아이네아스와 디도는 마침 어느 동굴 근처에 있게끔 손쓸 참이야. 그러면 그들은 폭풍우를 피해 곧바로 동굴로 들어가겠지. 디도는 분명 그런 절호의 기회를 놓치지 않을 거야. 그렇게도 간절하게 아이네아스에게 청혼할 기회만을 호시탐탐 엿보고 있었으니 말이야."

"당신은 정말 머리가 좋군요!" 베누스는 단지 이 말 한마디만 했다.

그 말에 유노는 이맛살이 찌푸려졌다. 베누스의 말이 거의 조롱처럼 들렸기 때문이다.

5

대규모의 사냥이 치러진 날 이후, 못된 소문의 여신 파마는
온 나라를 구석구석 정신없이 바쁘게 돌아다녔다.

파마는 천 개의 눈과 천 개의 귀 그리고 천 개의 혀를 가진
괴물이었다.

파마는 모든 것을 보고 모든 것을 듣되, 자신이 보고 들은
것보다 훨씬 더 많은 것을 말하고 돌아다녔다. 그런 파마가
이제 카르타고의 골목골목을 두루 휩쓸고 다니면서 집들과
궁전을 들락날락했고, 바람처럼 빠른 속도로 온 사방을 날아
다녔다. 곧 도처에서 다음과 같은 소문이 들려왔다. "여왕이
트로이에서 온 이방인을 남편으로 맞을 것이다! 대대적인 사
냥이 치러진 날, 여왕과 아이네아스가 폭풍우를 피해 동굴에

서 단둘이 시간을 보냈고, 바로 그곳에서 두 사람이 모든 것을 약속했다!"

이 말을 처음으로 한 사람이 누구인지는 어느 누구도 알지 못했다. 모두가 다른 사람에게서 들은 얘기라고 했다. 그러나 그것이 사실이 아닐 거라고 의심하는 사람은 아무도 없었다.

그러던 어느 날, 소문은 가이툴리족의 왕 이아르바스의 귀에까지 들어가게 되었다. 그는 분노를 이기지 못해 씩씩거리며 말 위에 올라타서, 바로 얼마 전에 완성한 유피테르 신의 황금 신전이 있는 언덕으로 질주했다.

이아르바스는 신과 인간 들의 지배자인 유피테르와 자신을 따르는 백성들을 위해 수많은 신전과 제단을 지었다.

그리고 그날까지만 해도 이아르바스는 유피테르 신이 언젠가 그에 대한 보답으로 카르타고 왕국과 디도 여왕을 자신의 손안에 넣게 해주길 바라고 있었다.

그런데 이제 모든 희망이 사라져버렸다.

수염을 휘날리며 노여움에 불타는 눈으로 신전 문 앞에 도착한 이아르바스는 말에서 뛰어내려 곧장 안으로 달려 들어갔다. 그는 큰 걸음으로 쿵쾅거리며 걸어 나가 제단 앞에 바짝 다가섰다.

"제가 이 일을 어떻게 생각해야 합니까, 신들의 아버지시여?" 이아르바스가 소리쳤다. "땅에서 무슨 일이 벌어지고 있는지 보이지 않으십니까? 우리가 이제껏 쓸데없이 당신의 번개를 두려워한 것인가요? 당신의 천둥은 그저 사소한 소음에 지나지 않았습니까? 저같이 처량하고 신앙심 깊은 바보들만이 당신께 신전을 지어 바치고 제물을 올리면서 그에 대한 보상을 받길 바라고 있습니다. 예전에 피난민 신세로 우리를 찾아온 저 여왕에게 친절을 베풀어 이곳에 작은 도시를 건설하고 약간의 농지를 경작하도록 허락해주었건만, 여왕은 제 청혼은 야박하게 거절하더니, 한갓 이방인에게 왕홀과 왕관을 넘겨주겠다는 약속까지 했다더군요. 당신 같으면 이 모든 일을 참으실 수 있겠습니까?"

유피테르는 이아르바스의 분노에 찬 기도를 들었다.

그는 이아르바스가 그동안 세운 신전과 제단 그리고 지금껏 바친 풍성한 제물들을 생각했다. 그뿐 아니라 아이네아스에게 지워진, 앞으로 그가 해내야 하는 임무에 대해서도 생각했다.

그러고는 곧 올림푸스의 전령인 메르쿠리우스를 불렀다.

"카르타고에 있는 트로이인 아이네아스에게 가서 내 명령

221

을 전하라! 그에게 즉시 닻을 올리고 라티움을 향해 항해하라고 일러라! 거기서 무위도식하며 여흥으로 시간을 허비하라고 멸망에서 구해준 것이 아니다! 만약 권력과 명예가 더 이상 매혹적으로 보이지 않을 만큼 아이네아스가 약해져 있다면, 그에게 아스카니우스 율루스를 비롯한 후손들을 생각하라고 말해라. 그것이 바로 아버지로서 가져야 할 책임이라고 말이다!"

메르쿠리우스는 서둘러 날개 달린 금빛 샌들을 신고 지팡이를 들고는, 구름 사이를 뚫고 하늘을 날아 땅 위로 내려갔다. 그는 아틀라스 산 위로 우뚝 솟은 바위들을 높이 날아서 리비아의 해안으로 내려가, 유노 신전이 있는 카르타고 땅에 마침내 발을 내디뎠다.

메르쿠리우스는 이미 하늘 위에서부터 아이네아스를 지켜보고 있었다. 그는 금으로 수를 놓은 티루스의 자줏빛 옷을 입고 이리저리 돌아다니며, 건축가들과 수공업자들에게 명령을 내리고 있었다. 옆구리에는 디도가 선물한 벽옥으로 된 손잡이가 달린 칼을 차고 있었다.

아이네아스는 마침 성으로 연결된 계단을 오르는 중이었다. 바로 그때 메르쿠리우스가 그 앞에 모습을 드러냈다. 아이네아스는 깜짝 놀라 뒷걸음질 쳤다. 신들의 전령인 메르쿠리우스의 얼굴에 엄하고 언짢은 기색이 보여, 뭔가 좋지 않은 예감을 주었기 때문이다.

"여신의 아들이 여자의 치마폭에 싸인 어린아이라도 된 것이냐?" 메르쿠리우스가 경멸하는 듯한 어조로 말했다. "아이네아스, 지금 대체 뭘 하고 있는 거냐? 네게 정해진 운명대로 라티움에 도시를 건설할 생각은 않고, 이곳에 도시를 건설할 셈이냐? 유피테르께서 나를 보내셨느니라." 그는 진지하게 말을 이었다. "유피테르께서 네게 명하시길, 당장 카르타고를 떠나라고 하셨다. 네 배들은 이미 오래전에 항구를 떠날 준비를 마쳤고, 네 부하들은 널 기다리고 있다. 그런데도 넌 여자 하나 때문에 여기 남아 네 아들과 네 후손들에게 약속된 미래를 그들에게서 빼앗을 작정이냐?"

아이네아스는 아무런 대답도 하지 못했다. 도대체 무슨 말을 할 수 있겠는가? 언젠가 이런 날이 오고야 말리라는 것을 그는 잘 알고 있었다. 바로 지금 그날이 온 것뿐이다.

아이네아스는 메르쿠리우스가 다시 연기처럼 사라진 사실을 알아채지 못했다. 잠깐 동안 온몸이 마비된 것처럼 그 자리에 가만히 서 있었다. 그리고 극심한 고통이 맹수처럼 달려

들어 그를 집어삼켰다.

아이네아스는 정녕 카르타고를 떠나야 했다. 그리고 디도에게 그 사실을 알려야 했다. 그것이 가장 힘든 일이었다! 아이네아스는 디도의 격정적인 성격을 잘 알고 있었다. 그녀는 울며불며 날뛸 것이고, 가지 말라고 애원하며 그에게 매달릴 것이다……

그렇다, 아이네아스는 디도에게 떠나겠다는 말을 할 수가 없었다! 몰래 떠나는 수밖에 없었다. 그게 훨씬 더 쉬웠다! 배로 가서 동료들에게 항해를 시작할 준비를 하라고 명령을 내리기만 하면 될 터였다.

아이네아스는 다시 정신을 차리고는 성으로 올라갔다. 궁전에서 므네스테우스와 세르게스투스를 만났다. 그들은 깜짝 놀라 아이네아스를 바라보았다.

"도대체 무슨 일입니까?" 세르게스투스가 물었다. "지금 막 무덤에서 나온 사람처럼 보이니 말입니다!"

"우린 이제 떠나야 하네!" 아이네아스가 잠긴 목소리로 말했다. "유피테르의 명령일세."

바로 그 순간 아이네아스는 동료들의 눈에 기쁨이 넘치는 것을 보았다. 그런 동료들의 모습에 그는 분노를 느꼈다. 그들은 아이네아스가 얼마나 힘든지 알기나 할까!

"신들이시여, 감사합니다!" 므네스테우스가 진지하게 말했다. "사실 우린 당신이 앞으로 이루어야 할 과업을 까맣게 잊은 줄 알고 걱정을 많이 했습니다."

"하지만 배들이 바다 멀리로 나가 안전하게 항해를 하기 전까지는 여왕이 이 사실을 알아서는 안 되네." 아이네아스가 서둘러 말을 계속했다. "만약 그렇게 되면 여왕은……" 그러다 갑자기 아이네아스는 하던 말을 멈추었다. 창백한 그의 두 뺨에 돌연 홍조가 번졌다. 그렇다, 도둑처럼 몰래 떠나는 것은 비겁한 일일뿐더러 남자로서의 체면이 깎이는 짓이다! 깊게 숨을 한 번 들이쉰 아이네아스는 다시 용기를 얻었다.

"잘 듣게! 자네들도 여왕이 내가 떠나는 것을 절대로 두고 보지만은 않으리라는 것을 잘 알고 있을 걸세. 그렇다고 몰래 도망치듯 가버릴 수도 없다네! 그러니 나는 디도에게 가서 이 소식을 전할 테니, 그사이 자네들은 배가 있는 곳으로 가서 출항 준비를 하게나. 나는 여왕과 이야기를 마치는 즉시, 곧 뒤따라가겠네!"

그러다 갑자기 아이네아스에게 무슨 생각이 떠오른 듯했다. "한데 아스카니우스는 어디 있나? 난…… 난 요즘 들어 그 아이를 통 보지 못한 것 같네!"

아이네아스는 그 말에 동료들이 서로 빠르게 눈빛을 교환하는 것을 눈치챘다. 곧 세르게스투스가 그의 눈을 똑바로 쳐다보며 말했다. "아스카니우스는 아카테스와 함께 배로 돌아갔습니다." 그는 담담하게 말했다. "그 아이는 당신의 허락 없이 그렇게 행동하고서, 당신에게 용서를 구하려 했습니다. 그러나 그에 대해 당신과 단둘이 얘기를 나눌 수 있는 상황도 아니었지요. 디도 여왕이 언제나 당신 옆에 있었으니까요. 그 아이는 여왕을 좋아하지 않습니다." 세르게스투스는 잠시 머뭇거리다 다시 말을 이었다. "그리고 왕궁에서의 생활도 그 아이의 맘에 들지 않았던 모양입니다. 그래서 차라리 배로 가서 당신을 기다리겠다고 했지요. 언젠가는 당신이 돌아올 거라며 말입니다."

그 말을 들은 아이네아스는 아무 말 없이 그 자리를 떠났다. 그는 마치 자신의 친아들로부터 선고라도 받은 기분이었다.

그날 아이네아스는 더 이상 디도를 만날 수 없었다. 여러 화물을 실은 상선이 항구에 정박했고, 디도가 상선을 타고 온 상인들을 성으로 불러들여 가져온 물건들을 보여달라고 했기 때문이다.

또한 저녁에는 법률학자들이 모여 여왕을 기다리고 있다가, 격렬하고 억지스러운 대화로 그녀를 밤늦게까지 꼭 붙들고 놓아주지 않았다.

그사이 천 개의 혀를 가진 괴물 파마는 또 한 번 분주하게 돌아다니기 시작했다.

파마는 맨 먼저 트로이인들의 배가 정박해 있는 항구 주변을 살금살금 돌아다니더니, 이내 민첩한 발걸음으로 해안을 따라 도시로 들어가 골목골목을 속삭이며 지나다녔다. 그러고는 마침내 성으로 올라가 하녀들의 방으로 몰래 들어갔다⋯⋯

"트로이인들이 떠날 준비를 하고 있다. 벌써 그들은 가지고 갈 물건들을 모두 배에 실었다! 그런데 여왕은 아무것도 모른다! 결혼 준비는 이미 끝났는데, 아이네아스가 떠나면 디도 여왕은 어쩌란 말인가?"

디도는 그날 밤 목욕을 돕는 하녀들에게서 그 소문을 전해 들었다. 마치 누군가로부터 된통 머리를 얻어맞은 양, 한참 동안 미동도 하지 않고 그 자리에 그대로 서 있었다. 잠시 후 그녀는 포악하게 날뛰기 시작했다. 깜짝 놀란 하녀들은 서둘러 안나를 데리고 왔다.

그러나 디도는 안나를 보고 싶어 하지 않았다. "나가세요!" 디도가 소리쳤다. "가서 아이네아스를 여기 데려다주세요. 아이네아스에게 직접 얘기를 들을 수 있게 말이에요! 그건 분명 사실이 아닐 거예요!"

당황한 안나는 아이네아스를 애타게 찾아다녔지만, 그의 모습은 어디에서도 보이지 않았다.

다음 날 아침 디도가 침실 밖으로 나왔을 때, 아이네아스는 맞은편 벽에 기대서 있었다. 그는 간밤에 한숨도 자지 못한 것처럼 보였다. "당신을 기다렸소." 아이네아스는 피곤한 목소리로 말했다. "당신에게 할 말이 있소이다."

디도는 아이네아스가 무슨 말을 하는지 모르겠다는 표정으로 그를 빤히 쳐다봤다. 그러다 갑자기 그의 손을 잡고 침실로 끌고 들어갔다. 침실 벽에는 붉은색 비단이 덮여 있었고, 천장에는 반짝이는 등불이 매달려 있었다. 바닥에는 발이 푹푹 빠질 정도로 값비싼 양탄자가 깔려 있었다.

디도는 방문을 잠근 뒤, 문 옆의 기둥으로 가서 몸을 기대고는 잠시 동안 아무 말 없이 서 있었다. 그녀의 얼굴에 평소와는 달리 혼란스럽고 당황한 표정이 역력했다.

그러다 마침내 말문을 열었다. 그 목소리가 어찌나 낮설고 단조롭던지, 아이네아스는 몸을 움찔했다. "지금 당장 말해주세요, 아이네아스. 그렇지 않으면…… 무슨 일이 벌어질지 나도 장담할 수 없어요! 당신이 이곳을 떠나려고 한다는 사람들의 말이 모두 거짓이라고 해주세요! 모두가 나를 미워하기 때문에 그런 말을 하는 거예요. 트로이인들은 내가 그렇게 극진하게 대접했는데도 처음부터 날 싫어했지요. 가이툴리족과 누미디아인들도 나에 대해 좋지 않게 생각하고, 심지어 카르타고의 백성들과 지위가 높은 이들까지도 당신과의 일 때문에 날 미워하기 시작했어요. 당신이 정말로 떠나기라도 한다면, 난 어찌해야 하나요? 포악한 오라버니 피그말리온이 그동안 내가 이룩한 모든 것을 파괴하고 내 나라와 내 재산의 새 주인이 되는 걸 그저 지켜봐야만 하나요? 아니면 내게 청혼했다가 거절당한 이아르바스가 날 노예로 끌고 갈 때까지 가만 앉아서 기다려야 하나요?"

디도는 고개를 가로저었다. 그러다 갑자기 입가를 일그러뜨리며 야릇한 웃음을 지었는데, 그 기이한 미소를 본 아이네아스는 소름이 끼쳤다.

"그러나 당신만은 그렇게 하지 못할 거예요. 그래요, 당신은 절대로 그렇게 잔인한 사람이 아닐 거예요!" 디도는 서둘러 말을 이었다. "그러니 어서 말해주세요. 그것은 사실이 아니라고. 그 말을 들어야 내가……"

그 순간 아이네아스는 더 이상 참을 수 없었다. "당신은 지금 나와 당신 스스로를 힘들게 만들고 있을 뿐이오. 그래 봐야 아무 소용 없소." 아이네아스가 절망적으로 말했다. "내가 이곳으로 온 게 내 뜻이 아니었다는 걸 당신도 잘 알고 있지 않소. 물론 내가 떠나려는 것도 내 뜻이 아니오. 우리는 둘 다 신들의 명령과 힘을 거스를 수 없는 인간들이오. 유피테르 신께서 내게 전령을 보내셨소. 우리에겐 복종하는 일만이 남아 있을 뿐이오."

그 말에 디도는 웃음을 터뜨렸는데, 그 웃음에는 분노가 가득 배어 있었다. 그녀는 아이네아스에게서 거칠게 등을 돌리더니, 침대 위에 있는 비단 베개 사이로 몸을 던졌다. 그러고는 양손으로 머리를 감싼 채, 한동안 그렇게 가만히 웅크리고 있었다.

그러다 갑자기 다시 고개를 들어 싸늘한 표정으로 아이네아스의 얼굴을 올려다보았다. "아유, 저런! 유피테르께서 당신에게 전령을 보내셨다고요? 신들께서 얼마나 할 일이 없으시면, 내게서 당신을 빼앗아가는 일에 열을 내실까요! 날더러 지금 당신 말을 믿으라는 건가요? 오, 이런 겁쟁이 같으니라고! 물론 그럴 수도 있겠죠. 난 당신과 당신 동료들을 친절히 받아준 데다가 왕권조차 당신에게 넘겨주려 했으니까요. 그에 대해 감사는커녕 몰래 도망이나 치려 하다니, 얼마나 부끄러웠겠어요. 그러니 유피테르의 명령이라는 핑계를 대며 거짓말을 하는 것이겠지요.

사람들이 당신을 여신의 아들이라고 부른다지요! 그러나 당신은 코카서스의 돌덩이에서 태어나 암호랑이의 젖을 먹고 자랐을 거예요. 그렇지 않고서야 당신 가슴속에 들어 있는 심장이 그렇게 차가울 수는 없을 테니까요.

자, 이제 가세요. 더 이상 당신을 붙잡지 않겠어요! 계속 바다 위를 헤매면서 라티움이란 곳을 찾아다니시라고요! 난 그저 당신의 배들이 절벽에 부딪혀 박살 나기만을 기도하겠어요. 얼음장같이 차가운 죽음의 손길이 당신을 바다 밑으로 끌어당기는 순간, 그때 가서 당신이 내 이름을 부르며 후회한다 한들 아무 소용이 없을 거예요!"

디도는 자리에서 벌떡 일어나 아이네아스에게 눈길 한 번 주지 않고 그의 옆을 지나쳐 문밖으로 나갔다. 그러나 문을 나서자마자 비틀거리더니, 마침 복도를 지나가던 하녀의 품으로 의식을 잃고 쓰러졌다.

　잠시 후 아이네아스는 왕궁을 나와 그길로 카르타고 시내를 벗어났다. 아무도 그를 배웅하지 않았고, 작별 인사를 하기 위해 나온 사람도 없었다. 아이네아스는 처음 그곳에 도착했을 때 입었던 옷으로 갈아입고, 그동안 디도에게서 받은 물건들 중 아무것도 가져가지 않았다.

　아이네아스는 해안을 향해 걷다가, 배들이 정박해 있는 항구로 이어지는 길로 접어들었다.

　사방에서 트로이인들이 달려 나와 아이네아스 주변으로 속속 모여들었다. 그들은 그동안 새 도시가 건설되는 공사장과 그 주변 경작지에 흩어져 일하며 지내왔다. 이제 그들은 일할 때 쓰던 연장을 어깨에 메고, 짐들은 보따리에 싸서 등에 짊어지고는 너 나 할 것 없이 모두 항구를 향해 걸어갔다. 곧 라티움을 향해 다시 항해를 시작할 것이라는 소문이 이미 들불처럼 온 사방에 퍼졌기 때문이다.

　도처에서 기쁨의 환호성이 울려 퍼졌고, 아이네아스를 따르는 무리는 점점 더 많아졌다. 가끔씩 그는 손을 들어 사람들에게 인사를 하거나, 바로 옆에 있는 사람과 몇 마디 이야기를 나누기도 했다. 그러나 정작 그의 얼굴에 드리워진 우울한 기색은 감출 수가 없었다. 이내 사람들은 아이네아스에게 말을 걸 엄두를 내지 못하고, 모두가 입을 굳게 다문 채 해변을 향해 묵묵히 걸어갔다.

막사는 철거된 후였다. 다음 날 첫새벽에 출발하기 위해 트로이인들 모두가 그날 밤은 배 위에서 잠을 자기로 한 것이다.

아이네아스는 사다리를 타고 배 위로 올라가 갑판 앞쪽으로 갔다. 그곳에 몇 장의 모피를 깔아놓은 널빤지가 있었는데, 그 위에 누운 그는 그길로 깊은 잠에 빠져들었다.

세르게스투스와 일리오네우스 그리고 아카테스가 아이네아스가 있는 배로 왔다가, 그가 잠든 모습을 보고 되돌아갔다. 하지만 아이네아스는 세상모르고 잠만 잤다.

또한 아스카니우스가 자정이 지나도록 오랜 시간 바닥에 앉아 그의 곁을 지키고 있다가, 바람이 차가워지자 모포를 가져다 덮어준 사실도 까맣게 몰랐다.

그 무렵 디도는 밤늦은 시각이 되어서야 침실을 나왔다. 외로움을 견딜 수 없었기 때문이다.

침실에 있는 동안 그녀는 뜬눈으로 어둠 속을 응시하며 누워 있었다. 조금이라도 잠이 들라치면, 이내 끔찍한 꿈이 그녀를 엄습했다. 혼자 버려진 채로 끝없는 황야를 헤매 다니며 신하들을 찾는 꿈이었다. 그러나 결국 아무도 찾지 못했다. 꿈에서 깨어난 그녀는 나이 든 예언자들의 끔찍한 예언이 떠올라 다시 한 번 소스라치게 놀랐다. 어느 집 지붕 위에서 부엉이 우는 소리가 길고도 구슬프게 들려왔다. 그녀는 또다시 꿈을 꾸었는데, 이번에는 아이네아스가 그녀 앞에 나타나 경멸에 찬 비난을 퍼부었다. 디도는 울면서 잠에서 깨어났다. 자리에서 일어난 그녀는 침대 옆에 놓인 등잔을 들고, 맨발로 조용히 침실을 벗어나 복도로 나갔다.

그런데 이제 어디로 가야 한단 말인가? 하녀들을 깨워야 하나? 아니다, 디도는 하녀들의 호기심 가득한 얼굴이 두려웠다!

그러다 갑자기 한 가지 생각이 떠올랐다. 디도는 빠른 걸음으로 긴 복도를 지나 그 끝에 있는 청동 문을 열고 밖으로 나갔다. 문밖에는 대리석으로 만들어진 작은 사원이 하나 있었다.

그 사원은 디도가 죽은 남편 시카이우스를 위해 세운 것이었다. 디도는 그 사원에서 남편의 제사를 지냈고, 또 가끔은 안에 들어가 그의 이름을 불러보기도 했다. 그러면 저 아래 지하 세계 깊숙한 곳에서 그녀의 부름에 답하는 남편의 목소리가 들려온다고 믿었다.

서둘러 사원 안으로 들어간 디도는 제단 앞에 고개 숙여 절한 다음, 죽은 남편의 이름을 세 번 불렀다.

간절한 마음으로 귀를 기울였지만, 시카이우스는 아무런 대답이 없었다.

'이제 다시는 내게 대답을 해주지 않겠지. 내가 먼저 맹세를 깨고 아이네아스를 남편으로 맞으려 했으니 말이야.' 디도는 두려움에 떨며 생각했다. 심신이 지칠 대로 지친 디도는 제단 앞 계단 위에 그대로 주저앉아, 또다시 깊이를 알 수 없는 슬픔의 심연 속으로 빠져들었다.

얼마나 시간이 흘렀을까, 디도는 다시 정신을 차렸다. 사원의 아치형 천장 한가운데 뻥 뚫린 구멍 사이로 하늘이 은빛으로 빛나고 있었다. 등잔불은 이미 다 타버린 뒤였다.

또다시 하루가 시작되었다.

디도는 고개를 들어 하늘을 올려다봤다. 아프도록 눈이 부셨다. 마치 청동 줄로 이마를 칭칭 동여맨 것처럼 머리가 지끈거렸다. 뭔가를 생각한다는 것이 너무도 힘겹게 느껴졌다.

오늘 하루…… 저렇게 밝아오는 오늘 하루 동안에 무슨 일인가가 벌어질 것만 같았다. 뭔가 아주 끔찍한 일이…… 그런 생각을 하자, 갑자기 온몸에 소름이 돋았다.

디도는 비틀거리며 일어났다. 순간 사방이 그녀를 축으로 빙글빙글 원을 그리며 도는 것만 같았다. 바로 옆에 있던 기둥을 잡고 간신히 몸을 지탱했다.

'지금 여기서 이렇게 약해지면 안 돼.' 디도는 생각했다. '빨리 무슨 조치를 취해야 해…… 아이네아스에게 가서 지금 바다로 나가는 것은 위험하다고 말해야 해…… 곧 폭풍이 불어닥칠 거야……'

디도는 눈먼 사람처럼 벽을 짚고 천천히 앞으로 걸음을 떼어놓기 시작했다. 사원을 나가 다시 긴 복도를 지나 그녀는 궁전 뜰로 나갔다. 첫새벽의 서늘한 바람이 불어왔다. 대리석 바닥은 차가웠고, 사방에는 무서울 정도로 정적만이 감돌았다. 마치 성안에 아무도 살고 있지 않는 것만 같았다. 모두가 깊이 잠든, 그토록 이른 시간에 깨어 있을 사람이 도대체 몇이나 되겠는가!

아이네아스도 분명 아직까지 자고 있을 것이다. 디도는 그를 깨워 경고의 말을 전해야 했다! 어쩌면…… 오, 어쩌면 그 역시 밤새 한숨도 못 자고 번민에 휩싸여 있을지도 모른 다……

아이네아스의 방문 앞에 다다른 디도는 문에 살며시 귀를 대고, 안에서 들려오는 소리에 귀를 기울였다.

그러나 안에서는 아무 소리도 나지 않았다. 마침내 디도는 방문을 열었다.

곧 아이네아스는 잠자리를 박차고 일어날 것이다. 많은 위험에 노출되어본 사람은 어떤 경우에도 자신을 보호하는 법을 알고 있어서, 아주 조그만 소리에도 민감하게 반응하기 때문이다.

그러나…… 침대는 텅 비어 있었고, 아이네아스는 온데간데없었다.

비단 금침 위에는 디도가 그를 위해 수놓아준 화려한 옷들과 황금 허리띠 그리고 벽옥으로 된 손잡이가 달린 칼이 놓여 있을 뿐이었다.

잠시 디도는 멍하니 그 옷가지들을 내려다보았다. 그러다 갑자기 비명을 지르며 몸을 홱 돌려 무엇엔가 쫓기듯 방을 뛰쳐나왔다……

디도는 숨을 헐떡이며 왕궁 맨 꼭대기에 있는 높은 탑으로 달려갔다. 그러고는 톱니 모양의 흉벽에 기대서서, 해안 너머 저 멀리 넓은 바다 위를 내려다보았다.

이미 해안에서 상당히 떨어진 곳에 여러 척의 배들이 반짝이는 수면 위를 항해해 나가고 있었다. 흰 돛을 한껏 부풀린 새 부리 모양의 배들은 모두 스무 척이었다.

디도는 탑 위에서 한참을 그렇게 서 있었다. 마치 돌처럼 굳은 모습으로 그 자리에 서서 미동도 하지 않았다. 때때로 거센 바람이 긴 머리카락을 흩뜨리며 얼굴을 뒤덮었지만, 디도는 손가락 하나 움직이지 않았다.

마음은 이루 말할 수 없이 쓸쓸하고 공허했으며, 가슴속 어딘가에서 끔찍한 고통이 소용돌이치기 시작했다. 어쩌면 그 고통은 이마에 두르고 있는 청동 머리띠에서 오는 것인지도 몰랐다. 머리띠가 이마를 점점 더 꽉 조여와 그녀는 거의 미쳐버릴 지경이었다. 아니면 고통은 심장에서 생겨나는 것 같기도 했다. 심장이 갈기갈기 찢기는 듯한 느낌이 들었기 때문이다…… 한참이 지나고 나서야 탑에서 내려온 디도는 다시 자신의 침실로 돌아와 침대 위에 웅크리고 앉았다.

문제는 바로 그 순간부터 시작되었다.

어떤 끔찍한 생각이 디도를 사로잡기 시작했다. 그 생각은 뭐라 말할 수 없는 두려움을 갖게 하는 한편, 불가항력적인 힘으로 그녀를 끌어당겼다.

한참을 침대에 앉아 생각에 빠져 있던 디도는 마침내 자리에서 일어났다. "살아생전 단 한 번도 운명의 여신으로부터 행운이란 걸 받아본 적 없는 이 불쌍한 여인을 저승의 신 오르쿠스*만큼은 기꺼이 잡아먹어 주겠지." 디도는 이렇게 중얼거리고는 망치로 금그릇을 두드려 하녀를 불렀다. 잠이 덜 깬 채로 급히 달려온 하녀에게 디도는 안나를 불러오라고 명했다.

안나는 디도의 모습을 보고 깜짝 놀라 소리를 질렀다. "아니, 세상에, 네 꼴이 이게 뭐냐! 몸이 아파 그런 거니, 아니면 무슨 나쁜 일이라도 생긴 거니?"

디도는 안나를 자기 쪽으로 바짝 끌어당겼다. 시커멓게 푹 꺼진 양 눈자위 속에서 눈동자가 번득이며 빛을 발했고, 이마에는 작은 땀방울들이 송골송골 맺혀 있었다.

"이리 와서 옆에 앉아보세요, 안나 언니. 언니에게 긴히 할 얘기가 있어요!" 디도는 언니에게 뭔가 무시무시한 비밀을 털어놓기라도 할 것처럼 숨을 거칠게 몰아쉬며, 한껏 목소리

---

* (옮긴이) 저승 그 자체를 가리키는 말로도 쓰인다. 지하 세계의 왕 플루토와 동일시되기도 한다.

를 낮춰 쉰 음성으로 속삭였다. "아이네아스가 날 떠났어요. 그래서 이제 그 사람을 잊어야 해요. 그런데 그게 쉽지가 않아요! 하지만 언니는 나 때문에 걱정하지 않아도 돼요. 그 사람을 기억 속에서 영원히 지워버릴 방법을 찾았거든요. 난 주술을 써서 문제를 해결하는 걸 그다지 좋아하지 않지만, 지금은 어쩔 수가 없네요. 지상에서 가장 변방에 있는 아이티오페스인의 나라에서도 멀리 떨어진 곳에 마실리족이 살고 있는데, 주술에 정통한 그 부족 출신 여자가 예전에 이런 말을 해준 적이 있어요. '만약 당신이 누군가를 단 한 번도 만난 적 없는 것처럼 깨끗이 잊고 싶다면, 그를 생각나게 하는 모든 물건을 가져다가 장작불 위에 얹어서 태워버리세요. 태울 때는 밤의 신 에레부스와 암흑의 신 카오스에게 맹세를 해야 해요. 또 다른 신들의 이름도 세 번을 불러야 하는데, 그 신들은 바로 세 개의 다른 모습을 가진 헤카테 여신과 세 개의 얼굴을 가진 디아나 여신이랍니다. 또한 저승 입구에서 솟아나는 샘에서 길어온 물을 뿌리고, 달밤에 청동 낫으로 벤 검은 독초를 불 속에 던져 넣어야 합니다. 거기에다가 제가 드리는 갓 태어난 망아지에게서 잘라낸 이마뼈를 넣으세요. 그 뼈 안에 마법의 힘이 특히 많이 들어 있답니다.'

그녀는 이렇게 말했고, 난 많은 금을 주고 마법의 힘이 있다고 하는 그 물건들을 받아왔어요."

디도가 하는 기이한 이야기를 들으며, 안나는 오싹 소름이 끼쳤다. 도대체 이게 무슨 소리란 말인가? 정신이 돌기라도 했단 말인가?

"그래, 뭐…… 그렇게 하는 것이 도움이 된다면야……" 안나는 조심스레 자기 생각을 말하기 시작했다.

그러나 디도가 곧 다시 그녀의 말을 가로챘다. "언니한테 한 가지만 부탁할게요. 궁전 안뜰에다가 관솔 개비와 참나무 가지들을 쌓아 장작더미를 하나 만들어주세요. 그사이 난 아이네아스의 물건을 모두 가지고 나올게요. 언니, 날 위해 마지막으로 수고 좀 해주세요……"

다시 한 번 얼음장처럼 차가운 전율이 안나를 엄습했다. "마지막으로 수고해달라니?" 안나는 목이 메어 말을 더듬으며 디도가 한 말을 되풀이했다. "왜 그런 말을 하는 거니?"

디도는 안나의 말을 못 들은 척했다. 다만 다급하게 언니의 등을 앞으로 떠밀 뿐이었다. "어서 가세요! 난 이 일을 빨리 끝내고 싶어요." 디도는 중얼거리듯 말을 하고는, 안나 쪽은 쳐다보지도 않고 서둘러 밖으로 나가버렸다.

당황한 안나는 디도의 뒷모습을 바라보았다. 사실 안나는 지난밤 아이네아스가 왕궁을 떠나는 모습을 지켜보았다. 또한 새벽에 트로이인들의 배가 항구를 빠져나가는 광경도 목격했다. 그러나 안나를 비롯해 다른 어떤 사람도 디도에게 그 사실을 말할 엄두를 내지 못했다.

그런데 어찌 된 영문인지는 몰라도 이제 디도 스스로가 그 사실을 알아냈고, 그것은 오히려 잘된 일이었다. '나쁜 소식을 디도에게 내 입으로 직접 전해야 하는 일만은 피할 수 있어서 다행이야.' 안나는 생각했다. '하지만 아무래도 이 희한한 소원만큼은 들어줘야 할 것 같구나. 비록 그것이 내 맘에 들지는 않지만. 어쩌면 그렇게 해서 디도가 마음의 안정을 되찾을지도 몰라.'

안나는 한숨을 내쉬며 밖으로 나가 일꾼을 불렀다. 그리고 관솔 개비와 참나무 가지들을 왕궁의 가장 안쪽에 있는 뜰로 가져오라고 명했다. 잠시 후 안나는 마지못해 장작더미를 쌓기 시작했다. "이거야 원, 꼭 화장火葬할 준비를 하는 것 같네." 그녀는 썩 내키지 않는다는 듯 고개를 가로저으며 혼잣말로 중얼거렸다. 갑자기 뒤에서 누군가가 대리석 바닥에 신발을 질질 끌며 빠른 걸음으로 달려오는 소리가 들렸다. 안나는 화들짝 놀라며 뒤를 돌아봤다.

나이 든 하녀가 그녀에게 다가왔다. "여왕님께서 말씀하시기를, 여기서 장작더미 쌓는 일을 마치는 대로 안으로 들어가 제사 지낼 때 입는 옷으로 갈아입으라고 하셨습니다. 그런 다음 강물을 몸에 뿌리고 이마에는 띠를 두르라고 하시면서, 모든 준비를 끝낸 후 다시 이곳으로 오라고 하셨습니다."

늙은 하녀는 고개를 숙여 인사를 한 뒤 그 자리를 벗어났다. 안나는 디도가 또 무슨 괴상한 일을 저지르려고 하는 건지 궁금하다 못해 가슴이 답답해져 왔다. '이건 완전히 바보 같은 짓이야!' 안나는 생각했다. '정말이지 신들께서 디도의 정신을 혼미하게 만드신 게 틀림없어.' 그럼에도 불구하고 그녀는 디도의 요구를 모두 들어주기로 결심했다.

안나가 안뜰을 떠나기가 무섭게, 그동안 어두운 복도에 몸을 숨기고 때를 기다리고 있던 디도가 뜰로 나왔다.

그녀는 안나와 마주치고 싶지 않았다. 안나뿐 아니라 어느 누구와도 맞닥뜨리고 싶지 않았다. 이제부터는 완전히 혼자여야 한다. 이 일이…… 이 일이 끝나고 난 다음에 언니가 와야 한다……

디도는 한 다발의 옷을 품에 안고, 한쪽 손에는 칼을 들고

243

있었다. 그 모습을 본 하녀 하나가 깜짝 놀라서 달려와 그녀가 들고 있는 짐을 대신 받아 들려고 했다. "아니다. 넌 그냥 가만 있거라. 그리고 내 허락이 있기 전까지 너희들 중 어느 누구도 이 뜰 안으로 들어와서는 안 된다. 나나 혹은 안나가 허락하기 전까지는……" 서둘러 말을 마친 디도의 목소리는 울먹이는 듯했다.

디도는 이제 하얀 기둥들로 둘러싸인 안뜰에 기괴하게 솟아 있는 시커먼 장작더미 가까이로 천천히 다가갔다.

디도의 얼굴은 납덩이처럼 창백했고, 한 걸음씩 내디딜 때마다 몸이 휘청거렸다. 마침내 장작더미 가까이로 다가간 디도는 옷 다발을 바닥에 내려놓았다. 마치 뭘 어떻게 해야 할지 모르는 사람처럼 움직임 하나하나가 자신 없고 불안해 보였다. 한참을 머뭇거리던 그녀는 옷 더미 위로 몸을 굽히고는 옷가지를 하나하나 들어 올리며 살피기 시작했다. 직접 수를 놓은 자줏빛 망토, 가장자리를 금으로 수놓은 외투, 보석을 박아 만든 허리띠…… 디도는 모든 옷가지들을 조심스레 펼쳐 장작더미에 골고루 흩어놓았다.

그리고 이제…… 마지막으로 칼이 남았다. 손잡이가 벽옥으로 만들어진 칼이었다. 칼을 들여다보는 것조차 두렵다는 듯, 디도는 이리저리 눈길을 피했다. 그러다 마침내 칼을 향해 손을 뻗었다. 칼을 집어 든 손이 부들부들 떨렸다. 칼도 역시 다른 옷가지들 위에 살며시 올려놓았다. 여전히 디도는 이 모든 것이 꿈인 듯, 혹은 거부할 수 없는 이상한 힘에 조종당하듯 아무 저항도 할 수 없었다.

그러다 드디어 굳은 결심을 한 듯 디도는 장작더미 위로 올라가 칼을 집어 들고, 칼끝이 정확히 심장을 향하게 겨냥했다. 행동은 거칠었지만, 엄청나게 밀려오는 죽음에 대한 공포는 어쩔 수 없었다. 곧 디도의 몸이 앞으로 푹 고꾸라졌다……

잠시 후 궁전 안뜰로 돌아온 안나는 그사이 벌어진 끔찍한 광경을 보고 경악을 금치 못했다. 그때까지만 해도 디도에게 아직 숨이 붙어 있었다. 안나는 대성통곡하며 장작더미 위로 뛰어 올라가 디도를 품에 안고, 입고 있던 옷으로 솟구치는 피를 멈춰보려 애썼다. "애야, 왜 나를 속였니!" 안나는 절망적으로 흐느꼈다. "멍청하기 짝이 없는 난 그것도 모르고 내 손으로 직접 장작더미를 쌓아놓고 자리를 비우고 말았구나! 다시 와서 이렇게 죽어가는 널 보려고 말이야! 아아, 난 죽음이 우리 둘에게 동시에 찾아오길 바랐는데, 이 일을 어쩌면 좋단 말이냐!" 그러나 디도는 안나가 통곡하는 소리를 더 이상 듣지 못했다.

다시 한 번 천 개의 혀를 가진 파마가 궁전과 도시 구석구석을 바삐 돌아다니기 시작했다. "여왕이 죽었다! 여왕이 스스로 목숨을 끊었다!"

한편 그 시각 트로이인들의 배는 리비아 해안을 멀리 떠나 넓은 바다 위를 항해하고 있었다. 카르타고는 수평선 너머로 사라지고, 높은 언덕 위의 하얀 성벽만이 하늘을 향해 우뚝 솟아 있었다.

문득 아이네아스가 뒤돌아보았을 때, 하얀 성벽 위로 검은 연기가 뭉게뭉게 피어오르는 것이 보였다.

갑자기 아이네아스는 뭔가 섬뜩한 느낌이 들었다……

6

키잡이 팔리누루스는 너무나 속이 상했다. 트로이인들은 지금 막 트리나크리아 섬의 해안 가까이를 크게 돌아 북쪽으로 항해하고 있는 중이었다. 그런데 도중에 서쪽에서 같은 세기의 바람이 끊임없이 불어왔다. 거세게 불어닥친 서풍은 곧장 돛 안에 꽂혔고, 그 바람에 돛대가 삐거덕거리며 배들이 여러 번 심하게 옆으로 기울었다.

어디를 쳐다봐도 하늘과 바다 외에는 아무것도 보이지 않았다. 게다가 이제는 안개까지 피어오르기 시작했다. 사방에서 스멀스멀 피어오른 안개가 서서히 모든 것을 잿빛 너울 속으로 삼켜버렸고, 그 안에 갇힌 배들은 거대하고 으스스한 유령처럼 이리저리 비틀거리며 바다 위를 둥둥 떠다녔다.

점점 짙어지던 안개가 마침내 두터운 성벽처럼 배들을 둘러싸자, 참다못한 팔리누루스가 바로 옆에 서 있던 아이네아스에게 말을 걸었다. "여신의 아들이여, 우리가 지금 어떻게 해야 하는지 제가 한 말씀 올려도 될까요? 저 같으면 이 상황에서 뱃머리를 바람이 불어가는 방향으로 돌려 드레파눔 항구로 가겠습니다. 제 판단이 틀리지 않는다면, 드레파눔 항은 여기에서부터 정확하게 동쪽에 위치하고 있을 겁니다. 한 가지 확실한 건, 이런 날씨에는 절대로 라티움 해안을 찾지 못할 거라는 겁니다. 제아무리 유피테르께서 직접 약속하신 곳이라 하더라도 말입니다요." 그는 투덜거리며 말했다.

"자네 말이 맞네!" 놀랍게도 아이네아스는 조금도 망설이지 않고 팔리누루스의 말에 맞장구를 쳤다.

"사실 나도 우리가 오늘 안에 트리나크리아 해안에 도착할 수만 있다면 더 바랄 게 없겠네. 내일이 바로 드레파눔에서 아버지의 장례를 치른 지 꼭 1년이 되는 날일세. 그러니 그곳에 가서 제사도 올리고 각종 경기를 열어 돌아가신 아버지를 기릴 수 있다면 정말 좋을 것 같네. 어차피 다른 곳을 헤매지 않고 곧장 목적지에 도달하는 건 우리에게 허락되지 않은 것 같으니 말일세."

"그렇다면 지금 이 상황은 오히려 운이 좋다고 할 수 있겠군요!" 팔리누루스는 한층 마음이 가벼워져서 소리쳤다. 그러고는 곧 뿔 나팔을 들어 힘차게 불었다. 길고 짧은 나팔 소리가 안개를 뚫고 둔중하게 울려 퍼졌고, 곧 다른 배들은 그 나팔 소리의 의미를 알아챘다.

그다음으로 팔리누루스는 동료들에게 돛을 바람이 부는 방향으로 돌리라고 명령했다.

곧 배들은 빠른 속도로 동쪽을 향해 항해하기 시작했다. 잠시 후 그들은 안개를 벗어났고, 그러자 저 멀리 시칠리아 섬의 해안이 눈앞에 펼쳐졌다. 저녁이 되기 전에 트로이인들은 무사히 드레파눔 항에 도착할 수 있었다.

아케스테스 왕은 다시 돌아온 트로이인들을 보고 깜짝 놀라면서도 반갑게 맞아주었다. 왕은 손님들을 위해 곧 각 배에 두 마리씩 모두 40마리의 황소와 충분한 양의 포도주 그리고 곡식을 보내주기로 약속했다. "더 바라는 것이 있으면 무엇이든 말하시오. 내 다 들어주리다!" 왕이 아이네아스에게 말했다. "왕이시여, 감사합니다! 그렇다면 내일 이곳 해변에서 모임을 열 수 있게 허락해주십시오. 그리고 그 모임에 부디 왕께서도 신하들과 함께 참석해주십시오."

다음 날 아침이 되자, 트로이인들과 시칠리아인들이 한데 어우러져 해변으로 몰려들었다. 그들은 모두 아이네아스가 도대체 무슨 말을 하려고 하는지 궁금해하며 기다렸다.

이윽고 아이네아스가 모든 사람들이 들을 수 있게 큰 바위 위로 올라가 연설을 시작했다. "동지들이여! 바로 1년 전 오늘, 내 아버지 앙키세스께서 이곳에서 돌아가셨소. 여러분은 모두 그분의 무덤을 잘 알 것이오. 때마침 거센 바람이 어제 우리를 이곳으로 이끌었소. 그러니 이제 제사를 올리고 경기를 열어 고인을 기리도록 합시다. 우선 오늘은 모두 무덤으로 가서 제단 앞에 제물을 올립시다. 그런 다음 아흐레 뒤에 해가 뜰 무렵 경기를 시작하겠소. 경기는 가장 뛰어난 네 척의 배들이 벌이는 노 젓기 경기와 달리기 경주 그리고 트로이인들 중 가장 힘센 사람과 시칠리아인들 중 가장 힘센 사람이 겨루는 권투 시합으로 이루어질 것이오. 나는 경기의 심판을 맡겠소. 여러분께 약속드리건대, 아주 즐거운 경기가 될 것이오. 자, 이제 머리를 화관으로 장식하고 나와 함께 제사를 올리러 무덤으로 갑시다!" 말을 마친 아이네아스는 제일 먼저 도금양나무 가지를 꺾어 머리에 얹고는 바위에서 내려왔다. 여기저기서 동조하는 환호성이 그를 반겨주었다. 고인을 기리는 제사와 경기는 언제나 사람들에게 근사한 볼거리를 제공해주었기 때문이다.

끝없이 긴 행렬을 이끌고 맨 앞에 선 아이네아스는 해안에서 육지 쪽으로 난 길을 걷기 시작했다. 육지 안쪽으로 완만하게 솟아 있는 땅 위에 작은 언덕이 하나 있었고, 바로 그 언덕 아래 앙키세스의 무덤이 있었다. 아이네아스의 왼쪽에 아스카니우스가 걸어갔다.

그사이 사람들은 제물로 쓸 짐승들을 무덤으로 데려왔다. 다섯 마리의 양과 다섯 마리의 돼지 그리고 다섯 마리의 검은 수소였다. 제단 위에는 금과 은으로 된 쟁반 위에 갖가지 음식들이 담겨 있었고, 아름답게 채색된 항아리에는 포도주가 가득 차 있었으며, 트로이인들과 시칠리아인들이 바친 수많은 제물들이 놓여 있었다.

아이네아스는 아스카니우스가 건네준 바구니에 들어 있던 붉은 꽃잎을 언덕 위에 뿌리고, 아버지의 이름을 부르면서 포도주와 우유 그리고 제물로 바쳐진 짐승의 따뜻한 피를 그 위에 두 번씩 뿌렸다.

바로 그 순간, 그 자리에 모여 있던 사람들 사이에서 마치 들판 위로 부는 바람에 여문 이삭이 춤을 추듯 술렁거림이 일었다. 소곤거리는 소리와 바스락거리는 소리가 동시에 들려왔고, 사람들의 얼굴이 일제히 무덤 쪽을 향했다.

무덤 끝자락에서 무언가 움직임이 느껴졌다. 그곳에 전에는 없던 작고 검은 구멍 하나가 뚫려 있었다. 그 안에서 조그마한 머리 하나가 삐죽이 고개를 내밀더니, 그 뒤로 번들거리는 몸뚱이가 모습을 드러냈다. 햇빛을 받아 불꽃이 이글거리듯 반짝이는 비늘로 온몸이 뒤덮인, 푸른빛과 금빛의 얼룩무늬 뱀이었다.

뱀은 태연히 제단 위로 올라가더니 우아한 곡선을 그리며 제기 사이를 기어 다녔다. 그러고는 민첩하게 혀를 놀려 여기 저기 놓인 제물을 맛본 다음, 곧 다시 조용히 땅속으로 사라졌다. "이건 좋은 징조야." 사람들은 안도의 한숨을 내쉬며 말했다. 그들은 도살한 짐승들을 부위별로 나누고, 불을 지피는 동안 느닷없이 나타났다가 사라진 뱀에 대해 열심히 대화를 나누었다. 뱀은 그 지역의 수호신이거나 혹은 앙키세스가 저승에서 보낸 사자일 거라면서……

그로부터 아흐레째 되는 날 새벽이 어스레하게 밝아올 무렵, 드레파눔의 넓은 해변은 다시 한 번 수많은 사람들로 북적거렸다. 그들은 기다란 탁자 주위로 빙 둘러섰는데, 탁자 위에는 경기의 우승자에게 돌아갈 상품들이 보기 좋게 진열되어 있었다. 또 항구에는 네 척의 배가 정박해 있었다. 배들은 모두 눈이 부실 정도로 깨끗하게 청소되어 있었고, 초록색 나뭇잎과 화환으로 장식되어 있었다. 사람들은 그 배들을 꼼꼼히 살펴보았다.

네 척의 배들 중 어느 배가 승리할지를 놓고 곳곳에서 언쟁이 붙었다. 노 젓기 경기에 대해 약간의 지식이라도 있는 사람들은 각 배의 장점을 칭찬하거나 혹은 단점들을 지적했다. 그러나 경기에 대해 아무것도 모르는 사람들도 그러기는 마찬가지였다.

기다리는 시간이 길어질수록 사람들이 웅성거리는 소리도 점점 더 커졌다. 흥분한 청년들은 누가 더 빨리 달릴 것인가를 두고, 경기를 치르게 될 경주로의 울타리 옆을 동갑내기들과 연습 삼아 달렸다.

권투 시합에 참가할 선수는 아직 정해지지 않았다. 물론 트로이인들 중에 적당한 사람이 하나 있기는 했다. '걸어 다니는 고깃덩이'라는 별명을 가진 사내였는데, 덩치는 컸지만 머리는 그다지 영리하지 않았다. 그의 이름은 다레스로, 자기 조상이 거인이라며 허풍을 떨고 다니는 사람이었다. 그는 분명 권투 시합에 참가하겠다고 나설 것이나, 어느 누가 그와 감히 맞설는지는 아무도 짐작할 수 없었다.

마지막으로 트로이의 소년들이 훌륭한 말타기 시범을 선보일 것이다. 그들은 지난 며칠 동안 남몰래 열심히 연습을 해 두었다.

드디어 태양이 바다 위로 불쑥 솟아오르자, 높이 솟은 여러 개의 망루 중 한 곳에서부터 큰 나팔 소리가 울려 퍼졌다.

그와 동시에 성문이 활짝 열리더니, 긴 행렬을 이룬 남자들이 문을 빠져나와 빠른 속도로 해변을 향해 내려왔다. 아이네아스와 아케스테스 왕이 선두에서 나란히 걸었고, 그들 바로 뒤를 황금으로 수놓은 자주색 망토를 입은 네 명의 남자들이 따랐다.

군중들은 행렬이 지나갈 자리를 마련해주기 위해 양쪽으로 물러서면서 목을 앞으로 길게 뺐다. 사람들은 트로이인들 중에서도 가장 유명한 네 명의 남자들을 예전부터 잘 알고 있었다. "바로 저들이 노 젓기 경기에서 배를 지휘하게 될 거야." 누군가가 말했다. "첫번째 남자가 프리스티스호를 타게 될 므네스테우스이고, 그 옆에 서서 가는 사람이 키마이라호를 지휘할 젊은 기아스야. 세번째는 세르게스투스가 틀림없는

데, 아마도 켄타우루스호를 지휘하겠지. 그리고 저 바깥쪽에 얼굴과 머리카락이 검은 남자가 클로안투스인데, 스킬라호를 타게 될 걸세. 자네들은 저 사내들 중에서 누가 이길 거라고 생각하나?" "나는 므네스테우스와 그가 모는 프리스티스호에 걸겠네!" "그럼 나는 키마이라호에 걸도록 하지! 자네들, 기아스 좀 보게! 저 친구는 성격이 급하고 야망이 커서 누가 자길 앞질러 가는 걸 참지 못할 거야! 게다가 키마이라호는 내가 이제껏 본 배들 중 제일 큰 배야! 노가 세 줄로 되어 있어! 저기 노 저을 사람들이 온다! 세상에, 기아스는 노를 저을 젊은이들을 제대로 골랐구먼!" "자네 말이 맞네. 하지만 내 생각에 키마이라호는 너무 무거운 것 같아! 나는 차라리 스킬라호에 걸겠어! 자네들 스킬라호의 선체가 얼마나 날렵한지 봤는가? 아마 바닷물을 화살로 가로지르듯 나아갈 걸세!" "자네들, 내 생각은 어떤지 아나? 최후의 승리는 바로 클로안투스에게 돌아갈 걸세! 그의 얼굴에 그렇게 써 있거든! 그래, 맘껏 비웃게! 마지막에는 내 말이 맞다는 걸 알게 될 테니 말이야!"

그렇게 남자들 사이에서 여러 가지 추측과 내기 들이 오갔다. 그들보다 좀더 젊은 청년들과 좀처럼 흥분을 자제하지 못하는 소년 무리에서는 벌써 오래전부터 훨씬 더 격렬하고 시끄러운 언쟁이 한창이었다.

그러다 갑자기 거의 한순간에 사방이 조용해졌다. 남자들의 행렬이 마침내 바닷가에 나란히 정박해 있던 배들 바로 앞에 도착한 것이다. 프리스티스호는 잔잔한 바닷물 위에 한 마리 백조처럼 우아하게 흔들거리며 떠 있었다. 바로 옆에는 키마이라호가 물 위에 지어진 거대한 성처럼 우뚝 서 있었다. 다음으로 어떤 폭풍우에도 끄떡하지 않을 것 같은 켄타우루스호가 있었고, 마지막으로 선체가 검고 뱃머리에 바다 요정 모양의 장식이 멋들어지게 조각된 스킬라호가 있었다.

노를 저을 젊은이들이 고양이처럼 날렵하고 능숙한 동작으로 배에 올라 자리를 잡고 앉았다. 그들은 모두 웃통을 벗고 있었다. 기름을 바른 피부는 태양 빛을 받아 반들반들하게 윤이 났고, 몸을 움직일 때마다 힘과 유연함이 동시에 느껴졌다.

각 배의 후미에 지휘자들이 서서 방향키 위에 손을 올려놓고 출발 신호를 기다리고 있었다.

단지 기아스만이 키마이라호를 직접 조종하지 않았다. 그는 훌륭한 키잡이가 아니었고, 스스로도 그 사실을 잘 알고 있었다. 그래서 솜씨 좋고 경험이 많은 메노이테스를 고용했는데, 기아스가 보기에 메노이테스는 너무 조심스럽게 배를 몰았다. 그러나 기아스는 그의 그런 습관을 당장에 고치도록 만들 것이다. 이제 아이네아스가 팔을 번쩍 들어 올렸다. 그러자 다시 한 번 망루 위에서 나팔 소리가 크게 울려 퍼졌다. 곧 노예들이 닻을 올렸다. 아이네아스는 마지막으로 다시 한 번 세심하게 배들을 둘러보았다.

그러고 나서 그는 단숨에 팔을 아래로 내렸다. 세번째 나팔 소리가 명령하듯 짧고 날카롭게 울려 퍼졌다! 그와 동시에 노들이 한꺼번에 바닷물을 세차게 내리쳤다.

마침내 경기가 시작된 것이다.

순식간에 네 척의 배가 일렬로 늘어섰다. 다음 순간, 키마이라호의 거대한 뱃머리가 다른 배들을 조금씩 앞지르기 시작했다. 세 줄로 늘어서서 아래위로 일사불란하게 저어대는 노가 일으키는 물거품이 쐐쐐 소리를 내며 선체의 측면에 부딪쳐 하얗게 부서졌다.

젊은이들의 유연한 어깨와 구릿빛으로 그을린 팔들이 굽혔다 펴기를 끊임없이 반복했다. 번들거리는 피부 아래로 근육들이 불끈불끈 솟아나고 힘줄이 툭툭 불거졌다. 그들은 모두 같은 힘으로 배를 움직였다. 거대한 배와 노 젓는 젊은이들은 한 몸이 된 것 같았다. 키마이라호는 그렇게 계속 전진했다. 마치 물 위를 날아가는 듯했고, 그럴수록 키마이라호와 다른 배들 사이의 간격은 점점 더 벌어졌다. 그러자 기아스가 뱃머리에 올라서서 해안을 향해 몸을 돌리고는 하늘을 향해 두 팔을 번쩍 추켜올렸다. 자주색 망토가 바람에 휘날렸다. 기아스는 그 자세로 승리를 확신하는 괴성을 질러댔고, 그의 외침은 거센 파도 소리조차 삼켜버렸다. 해변에 있던 구경꾼들이 열렬한 격려의 환호성을 지르며, 그의 외침에 화답했다.

그 소리에 다른 배의 젊은이들이 사력을 다해 노를 젓기 시작했다. 안 된다, 키마이라호가 그렇게 허무하게 승리를 빼앗아가는 것을 가만 앉아서 두고 볼 수는 없다!

"동지들이여, 날 실망시키지 마라!" 므네스테우스가 소리쳤다. "우리가 비록 일등은 하지 못한다 할지라도 그것을 수치스러워할 필요는 없다! 다만 꼴찌만은 하지 말아야 한다. 그런 불명예만큼은 피해야 한다!"

그 말을 들은 젊은이들은 숨을 헐떡이며 노를 저었고, 땀이 얼굴과 가슴과 등을 타고 비 오듯 줄줄 흘러내렸다. 그러자 프리스티스호가 마치 폭풍에 떠밀리기라도 한 듯 앞으로 쑥 나아갔다. 그러나 무슨 소용이란 말인가? 아무리 그래도 키마이라호를 앞지르지는 못했다.

　프리스티스호의 바로 뒤를 켄타우루스호가 바짝 뒤따르고 있었다. 배의 키를 움켜쥐고 있는 세르게스투스의 얼굴은 긴장으로 잔뜩 굳어 있었다. 그는 자신의 배가 키마이라호를 따라잡을 수 없다는 것을 잘 알고 있었다. 켄타우루스호는 너무 무겁게 만들어진 데다, 키마이라호보다 노의 숫자가 훨씬 적었다. 그렇긴 해도 어쩌면, 어쩌면……

　세르게스투스는 재빨리 멀리 앞쪽을 내다봤다. 저 앞 넓은 바다 쪽으로 조그마한 돌섬이 하나 있었다. 폭풍우가 몰아칠 땐 온통 파도에 휩싸이는 바윗덩이지만, 햇볕이 내리쬐는 좋은 날씨에는 잠수부들이 즐겨 휴식을 취하는 곳이기도 했다.

　그 돌섬 위에 아이네아스가 미리 잎이 무성한 어린 떡갈나무 한 그루를 세워놓았다. 그 떡갈나무는 멀리에서도 잘 보여 표식이 되었다. 경기를 하는 배들은 그 떡갈나무를 보고 방향을 틀어 돌섬을 한 바퀴 돌아, 다시 해안으로 돌아오도록 되어 있었다. 돌섬 뒤편은 언제나 바닷물이 고요해서 노를 젓기에 전혀 위험하지 않았고, 암초나 감춰진 모래톱도 없었다.

　그러나 돌섬 앞쪽은 사정이 달랐다. 세르게스투스는 그것을 잘 알고 있었다. '키마이라호의 키잡이 메노이테스도 그것

259

을 알고 있을 것이다.' 이렇게 생각하는 세르게스투스의 입가에 엷은 미소가 번졌다. '그래서 그는 가능한 한 오른쪽으로 멀리 배의 방향을 잡을 것이다. 그렇게 하면 훨씬 더 큰 원을 그리게 되어, 멀리 돌아가는 결과를 초래하는데도 말이야. 나한테는 오히려 잘된 일이지!'

세르게스투스는 순간 매우 대담하고 위험하기까지 한 계획을 세웠다. 돌섬 가까이로 최대한 바짝 접근하는 것에 성공한다면, 게다가 솜씨 좋게 배를 몰아 돌섬 앞에 놓인 암벽들 사이를 무사히 통과하기만 한다면, 뱃길은 훨씬 더 줄어들 테고, 그러면 키마이라호보다 먼저 돌섬을 돌아 나올 수 있을 것이다!

'나는 이 계획이 성공하는지 두고 볼 것이다! 켄타우루스호는 다른 어떤 배들보다 튼튼하게 지어졌기 때문에, 만약 암초에 부딪히게 되더라도 선체까지 부서지지는 않을 것이다!'

그는 곧 생각한 바를 그대로 실행에 옮겼다. 젊은이들이 온 힘을 다해 노를 젓는 동안, 세르게스투스는 조심스레 키의 방향을 돌렸다.

바로 그 순간, 나란히 가고 있던 스킬라호가 오른쪽으로 방향을 트는 모습이 보였다. 저것 좀 봐라, 클로안투스도 암초들이 두려운 것이다!

다시 한 번 세르게스투스는 회심의 미소를 지으며 조금 더 과감하게 키를 돌렸다. 켄타우루스호의 뱃머리는 이제 정확히 암벽을 향해 돌진했다.

갑자기 배의 맨 밑바닥에서 부서지는 듯한 소리가 날카롭게 들려왔으나, 그 소리는 곧 지나갔다. 아마도 별일 아닌 듯싶었다.

한편 승리를 확신하며 우쭐해서 키마이라호의 뱃머리에 서 있던 기아스는 키잡이를 보면 볼수록 기분이 점점 더 언짢아졌다. 도대체 무슨 생각에서 그는 이렇게 큰 원을 그리며 섬을 돌아가려는 것일까?

참다못한 기아스는 갑판 위를 달려 키잡이에게로 갔다. "이봐, 메노이테스!" 그는 고함을 질렀다. "지금 어느 방향으로 키를 돌리는 것이냐? 왼쪽으로 돌려라, 왼쪽으로! 내가 왼쪽으로 키를 돌려 돌섬을 향해 가라고 말하지 않았느냐! 설마 지금 저 넓은 바다 쪽으로 돌아 나가려는 것은 아니겠지?"

메노이테스는 완강한 표정으로 세차게 머리를 가로저었다. "저는 키마이라호가 암벽으로 돌진하다가 암초에 부딪혀 박살이 나고, 이 몸은 고기밥 신세가 되는 꼴을 가만 두고 보고 싶지는 않습니다요." 메노이테스는 불쾌하다는 듯 중얼거리며, 강철 같은 주먹으로 키를 단단히 움켜쥐었다.

"이렇게 하면 아까운 시간을 낭비할 뿐이야!" 기아스는 화가 나서 시뻘겋게 달아오른 얼굴로 소리쳤다.

"하지만 우리가 암초에 걸려 바위 위에 올라앉게 되면, 목적지에 도착조차 할 수 없을 것 아닙니까!" 메노이테스가 냉정하게 대답했다.

순간 기아스는 참을 수 없는 분노에 사로잡혔다.

그는 무방비 상태에 있던 메노이테스를 잡아 높이 들어 올리더니, 배 난간 위로 휙 내던져 바닷속에 빠뜨려버렸다.

이내 이성을 되찾은 기아스는 메노이테스를 얼른 다시 바닷물에서 꺼내주고 싶었다. 그러나 끊임없이 몰아치는 파도가 그를 이미 배에서 상당히 멀리 떨어진 곳까지 휩쓸고 간 데다, 메노이테스도 배로부터 등을 돌리고 돌섬을 향해 점점 더 가까이 헤엄쳐 가고 있었다. 차라리 돌섬에 가서 구조를 기다리는 것이 더 안전하리라고 생각했기 때문이다.

기아스는 욕설을 퍼부었다. 다른 배에서 그 광경을 보고 있던 사람들이 웃음을 터뜨렸다. 그렇다, 그렇게 웃는 데에는 다 이유가 있었다. 이제부터는 기아스가 직접 배를 운전해야 할 텐데, 그게 그렇게 간단할 것 같지 않았다.

기아스의 불길한 예감이 틀리지 않았음이 곧 현실로 드러났다. 키마이라호는 서툴기 짝이 없는 기아스의 조종 실력 때문에 좀처럼 말을 듣지 않고 제멋대로 흔들거렸다. 배가 왼쪽으로 기울라치면 깜짝 놀란 기아스는 키의 방향을 오른쪽으로 과도하게 홱 틀어버렸고, 그러면 배는 다시 오른쪽으로 기우뚱했다. 당황한 젊은이들은 일사불란하던 노 젓기의 리듬을 잃고 우왕좌왕하기 시작했다.

그러더니 눈 깜짝할 사이에…… 실로 순식간에 프리스티스호의 높고 날렵한 뱃머리가 아주 가까이까지 다가왔고, 저 멀리 암벽 근처에서는 켄타우루스호가 계속해서 앞으로 나아가고 있었다……

"노를 저어라! 있는 힘을 다해 노를 저으란 말이다!" 기아스가 소리쳤다. "그렇지 않으면 다른 배들이 모두 우리를 앞지를 것이다!"

바로 그 순간, 갑자기 뭔가 우지끈하는 소리가 들려오더니, 곧이어 여러 명의 남자들이 공포에 질려 내지르는 비명 소리가 들려왔다. 켄타우루스호의 뱃머리가 파도 위로 높이 솟구쳐 오르다가 다시 아래로 쿵 하고 떨어졌다. 배는 더 이상 움직이지 않고, 그 자리에 못 박힌 듯 그대로 멈춰 섰다. 날카로운 암초가 선체에 박히면서 뱃머리를 부숴버렸기 때문이다. 바다 밑에 있던 수많은 암초에 부딪힌 노들이 마치 썩은 나무 토막처럼 박살이 나서 배 주변을 둥둥 떠다녔다.

순식간에 닥친 불행에 남자들은 큰 소리로 한탄하며 얕은 물속으로 뛰어들어 부서진 노들을 주워 모았고, 지레와 막대를 이용하여 배를 암초에서 빼내려고 애썼다.

분노에 가득 찬 세르게스투스는 심술궂은 암초들로부터 안전한 거리를 두고 계속해서 전진하고 있는 프리스티스호를 무기력하게 바라보았다. 반면 자신은…… 자신은 마치 거대한 갈고리에 걸리기라도 한 양, 그렇게도 튼튼하고 멋진 켄타우루스호와 함께 그 자리에 꼼짝 못 하고 머물러 있어야 했다. 아아, 할 수만 있다면 세르게스투스는 스스로를 흠씬 두들겨 패주고 싶었다! 이 모든 불행의 원인은 자기 자신에게 있었고, 때늦은 후회를 해봐야 아무런 도움도 되지 않았다. 바로 그 사실이 그를 가장 비참하게 만들었다.

한편 세상사에는 누군가의 고통이 곧 다른 사람의 기쁨이 되는 경우가 종종 발생한다. 므네스테우스 또한 다른 배들을 보며 승리에 대한 희망이 커지는 것을 느꼈다. 저 앞에 있는 키마이라호는 파도에 이리저리 휩쓸리더니 속도가 매우 떨어져 있었다. 므네스테우스의 젊은이들도 모두 한참 전부터 그것을 깨달았고, 따라서 그는 노 젓는 젊은이들을 부추길 필요도 없었다. 그들은 자신들이 꼴찌가 되지 않기 위해 알아서 노를 저을 것이었다. 그런데 스킬라호는? 그렇다, 클로안투스는 므네스테우스에게 위협적인 경쟁자가 될 수 없는 인물이었다. 그는 성격이 온화한 데다 승리에 대한 야망도 그다지 크지 않은 사람이었다.

그러나 므네스테우스가 고개를 돌려 스킬라호를 바라보았을 때, 그는 적잖이 놀랐다. 그의 배 오른편 아주 가까이로 스킬라호가 다가오고 있었다. 바다 요정 모양으로 조각된 뱃머리는 허공을 향해 높이 솟아 있고 검은 선체는 어찌나 가볍게 물 위에 떠 있던지, 마치 배가 파도 위를 휙휙 날아가는 것처럼 보였다.

이제 두 척의 배가 나란히 일직선상에 놓였다. 한동안 두 배는 똑같은 속도로 달리는 것 같았다. 므네스테우스가 건너편 배의 클로안투스를 흘끗 쳐다보았다. 클로안투스는 마치 스킬라호가 그의 생각에 따라 저절로 움직이기라도 하듯, 배의 후미에서 아무것도 하지 않고 태평하게 서 있었다.

바로 그 순간, 검은색 스킬라호가 프리스티스호의 옆을 지나 천천히 앞으로 나아갔다. 오, 모든 것이 너무나 쉬워 보였다! 그러나 므네스테우스는 자기 배의 젊은이들은 물론이고 스킬라호의 젊은이들 역시 이 경기에 목숨이라도 건 양, 사력을 다해 노를 젓고 있다는 사실을 잘 알고 있었다. 므네스테우스는 한숨을 내쉬며 자신에게 주어진 운명을 받아들이기로 결심했다. 만약 신들이 클로안투스에게 승리를 안겨주기로 결정하셨다면, 그대로 받아들이는 수밖에 없었다.

이제 므네스테우스는 별 부러운 마음 없이 스킬라호가 키마이라호의 옆을 지나 맨 앞으로 나아가는 모습을 바라보았다. 잠시 후 자신이 모는 프리스티스호 역시 거대한 키마이라호 옆을 지나가게 되었다. 키마이라호의 갑판 위에서는 기아스가 여전히 말을 잘 듣지 않는 방향키와 씨름하며 수치스러움과 분노에 어쩔 줄 몰라 하고 있었다.

대략 배 세 척 길이에 달하는 거리를 두고, 이제 막 두 척의 배가 어린 떡갈나무가 서 있는 돌섬을 돌았다. 돌섬 위에는 키잡이 메노이테스도 있었다. 그는 젖은 옷을 벗어 햇볕에 말리고 있었다.

마침내 스킬라호가 해안에 도착하자 엄청난 환호성이 클

로안투스를 맞이했다. 아이네아스는 대대로 내려오는 풍습에 따라 전령을 시켜 우승자를 사방에 알리게 했고, 그에게 직접 상을 내렸다. 상품은 자주색으로 넓게 가장자리를 두르고 황금을 섞어서 짠 망토였는데, 그 위에는 여러 신들의 이야기와 옛 영웅들에 대한 찬가를 담은 내용이 빙 둘러 수놓아져 있었다. 므네스테우스는 세 겹의 금실로 된 사슬을 엮어 만든 갑옷을 받았다.

그보다 약간 뒤쳐져 목적지에 도착한 기아스는 부끄러움에 얼굴이 온통 시뻘게져서 배에서 내려왔다. 비록 그가 올린 성과가 스스로 생각하기에도 그다지 자랑할 만한 것이 못 된다고 여겨졌지만, 그 역시 빈손으로 돌아가지는 않았다. "오로지 한 명만이 일등을 할 수 있는 법일세, 기아스." 아이네아스는 웃으면서 말했다. 그러고는 그에게 정교하게 세공해 만든 아름다운 두 개의 은잔을 건넸다. "우리 모두 자네가 용감한 전사라는 것을 잘 알고 있네. 앞으로 자네는 칼로써 큰 영광과 명예를 얻을 걸세!"

"하지만 방향키는 아닐 겁니다!" 속이 상한 기아스는 이렇게 덧붙였고, 그 말에 주변에 있던 사람들 모두 웃음을 터뜨렸다. 그도 마침내 따라 웃었다.

켄타우루스호가 돌아오기까지는 한참이 걸렸다. 세르게스투스와 그의 동료들은 많은 수고를 들여 배를 암초에서 꺼낸 다음, 물이 새는 곳을 뱃밥과 송진으로 틀어막았다. 그러나 부서진 노로 바다 위를 저어 가자니 가엾은 배는 출렁이는 파도 위에서 이리저리 흔들거리기만 할 뿐, 서 있는 자리에서 조금도 나아가지 못했다.

간신히 돌섬을 돌아 나오자, 고맙게도 바람이 불어와 그들을 도왔다. 어차피 우승은 떠나갔으므로 그들은 노를 젓는 대신 돛을 올리고, 그때부터 빠른 속도로 달려 마침내 해안에 도착할 수 있었다. 사람들은 그들에게 비웃음과 조롱의 휘파람 그리고 야유를 퍼부었다. 그러나 그들은 그것을 너끈히 견뎌낼 수 있었다. 큰 곤경에 빠졌던 사람에게는 타인의 비웃음 따위는 아무것도 아니었다.

노 젓는 젊은이들과 훌륭하게 지어진 배가 무사히 돌아온 것을 보고 안심한 아이네아스는 침울한 표정으로 머뭇머뭇 그 앞으로 다가온 세르게스투스를 위로했다. "너무 마음 상해하지 말게! 이 세상에서 자네 혼자만 불행을 겪은 것은 아니지 않은가! 내 자네에게 크레타에서 데려온 노예 폴로에를 상으로 주겠네. 그녀는 근심과 슬픔을 쫓는 방법을 아주 잘 알고 있지. 게다가 경험이 많아 그 어떤 시중도 잘 든다네. 자, 이제 우리 모두 달리기 경주장으로 자리를 옮기도록 하세! 우리의 젊은이들이 누가 제일 빠른지 겨루고 싶어서 안달이 나 있다네!"

곧 많은 트로이의 젊은이들과 시칠리아의 젊은이들이 달리기 경주를 통해 서로의 실력을 겨루는 데 잔뜩 굶주려 있었다는 게 증명되었다.

달리기 경주가 시작되는 장소에 첫번째로 나온 선수는 서로에게서 절대 떨어지지 않는 절친한 친구 사이인 에우리알루스와 니수스였다. 사람들은 그들이 서로를 위해서라면 조금의 망설임도 없이 죽을 수도 있을 정도라고 했다. 에우리알루스는 트로이의 젊은이들 중에서 가장 잘생겼고, 그래서 누구나 그를 좋아했다. 트로이인들은 아름다움이라면 무엇이든 숭배하는 경향이 있었기 때문이다. 니수스는 누구보다 강하고 빨랐으며, 원반던지기에 있어서는 벌써 전문 선수의 수준에 이르고 있었다. 또한 프리아무스 왕의 손자인 디오레스도 달리기 선수로 나왔다. 발이 빠른 살리우스와 아카르나니아 출신의 파트론도 있었다. 두 명의 유명한 시칠리아 출신 달리기 선수인 엘리무스와 파노페스는 아케스테스 왕과 함께 왔

269

다. 그들은 아케스테스 왕의 궁전에서 살고 있었다. 그 밖에도 다른 많은 선수들이 왔지만, 그다지 유명한 사람들은 아니어서 사람들은 그들의 이름을 모두 알지는 못했다.

첫번째 나팔 소리가 울리자 아케스테스 왕 옆에 앉아 있던 아이네아스가 자리에서 일어났다. "젊은이들이여, 잘 들어라!" 아이네아스가 말했다. "이 경주에 참가하는 너희들은 한 사람도 빠짐없이 내가 주는 선물을 받게 될 것이다. 나는 너희들 모두가 승리에 관계없이 최선을 다할 것이라는 것을 잘 알기 때문이다. 그리고 그것은 포상을 받을 충분한 가치가 있다. 그래서 너희들 모두에게 철심을 박은 크노소스산 창두 자루씩과 양날이 달린 크레타산 도끼를 선사할 것이다. 일등으로 들어온 사람에게는 안장을 얹은 혈통 좋은 수말을 상으로 줄 것이고, 이등으로 들어온 사람에게는 트라키아산 화살을 가득 채운 아마존족의 화살통을 황금 띠에 매달아 주고, 거기에 보석으로 쬠쇠를 장식한 허리띠도 줄 것이다. 삼등으로 들어온 사람은 금으로 장식된 아르고스산 투구를 상으로 받게 될 것이다."

나팔 소리가 두번째로 울려 퍼졌다. 젊은이들은 일렬로 늘어서서 돌을 깎아 만든 석상처럼 꼼짝하지 않고 그 자리에 서

있었다. 구리빛으로 그을린 날렵한 온몸을 뒤덮은 힘줄들만
이 팽팽하게 긴장하는 것이 보였다.

출발! 세번째 나팔 소리가 울렸다! 젊은이들은 모두 동시
에 앞으로 뛰쳐나가 일렬로 달리기 시작했다. 그러나 잠시 후
나란하던 열은 곧 무너져 버렸다.

맨 앞에 니수스가 달렸다. 길고 날씬한 갈색 다리는 번개처
럼 빨랐고, 발은 거의 바닥에 닿지도 않는 것처럼 보였다. 그
렇게 니수스는 다른 사람들을 앞질러 날아가듯 달렸다.

그 뒤를 살리우스가 따랐다. 그러나 둘 사이의 간격은 이미
상당히 벌어져 있었다.

그다음으로 에우리알루스가 달렸다. 그의 몸놀림은 우아
하고 경쾌해서, 구경꾼들은 그 모습에 열광했다. 그럼에도 불
구하고 그가 등수 안에 들 수 있으리란 추측은 아무도 하지
않았다.

디오레스와 엘리무스가 그 뒤를 바짝 따랐다. 아니, 이제
그들은 에우리알루스와 어깨를 나란히 하며 달렸다!

그들은 모두 눈으로는 결승점을 바라보며, 서로 나란히 서
서 달려갔다.

그들 앞으로 꽤 멀리 떨어진 곳에 니수스가 달리고 있었다.

니수스의 승리는 거의 확실했다. 이등은 살리우스가 하게 될 것이다. 그런데 삼등은? 에우리알루스일까, 디오레스일까, 아니면 엘리무스?

어쨌든 그들을 제외한 나머지 선수들의 무리는 그들로부터 상당한 거리를 두고 멀리 뒤처져 있었다.

그런데 바로 그 순간…… 도대체 무엇 때문에 그랬을까? 니수스가 달리던 도중 갑자기 몸의 중심을 잃고 비틀거리더니, 앞으로 고꾸라져 잔디 위에 머리를 박고 엎어졌다.

물론 그는 민첩한 동작으로 다시 자리에서 일어났다. 자리에서 일어난 니수스는 살리우스가 점점 가까이 달려오는 것을 보았다. 바로 그 뒤로 에우리알루스가 디오레스와 엘리무스를 약간 앞지르며 달려오고 있었다. 그때 갑자기 어떤 생각이 그의 뇌리를 스치고 지나갔다.

니수스는 살리우스가 바로 자기 앞까지 달려왔을 때, 그를 향해 몸을 날렸다…… 순간 살리우스 역시 바닥으로 굴렀는데, 그는 자신에게 무슨 일이 벌어진 것인지 도무지 이해가 되지 않았다.

그사이 에우리알루스는 그들 옆을 지나 결승점을 통과해 달렸고, 그 바로 뒤를 엘리무스와 디오레스가 차례로 따라 들어왔다.

구경꾼들은 자신들이 좋아하는 에우리알루스가 우승을 거둔 것에 열광적으로 환호했고, 그사이 니수스와 살리우스는 당황한 얼굴로 서로를 쳐다보았다. 그도 그럴 것이, 그들 둘 다 아주 기이한 모습을 하고 있었다. 얼굴, 팔, 다리…… 한마디로 머리끝부터 발끝까지 온몸이 넘어질 때 심각한 부상이라도 입은 것처럼 온통 피범벅이 되어 있었던 것이다.

그들은 곧 그 모든 해괴망측한 사건의 원인이 무엇인지 알게 되었다. 하필이면 달리기 경주의 결승점 가까운 곳에 사람들이 제물로 쓸 짐승들을 도살하는 장소가 있었다. 짐승을 잡을 때 흘러나온 피가 사람들의 눈에 띄지 않게 잔디에 스며들어 있었고, 니수스와 살리우스가 바로 그 위에 미끄러졌던 것이다.

그렇다, 그것밖에는 다른 이유가 없었다……

그러나 살리우스는 그 이유만으로는 자신의 불행이 납득이 가지 않았다. 뭔가 그의 마음에 석연치 않은 구석이 있었다. 그리고 그게 무엇인지 알아냈다.

"너, 에우리알루스가 일등을 하도록 돕기 위해서 그랬던 거지?" 살리우스는 화가 나서 니수스에게 낮은 목소리로 말했다.

니수스는 그에 대해 아무런 대답도 하지 않았다. 그것을 부정할 방도가 어디 있겠는가? 모든 것이 친구를 위해 한 일이었다. 그들 둘이 서로를 얼마나 위하는지는 세상이 다 아는 사실이었다. 그렇다 하더라도 살리우스는 아무런 이의 없이 경주 결과에 승복할 수가 없었다.

달리기 경주를 마친 선수들이 모두 아이네아스와 심판들 앞에 섰다. 에우리알루스는 수말을 상으로 받고 엘리무스와 디오레스 역시 각자의 상을 받아 든 순간, 살리우스가 갑자기 주변 사람들이 모두 들을 수 있을 만큼 큰 목소리로 말하기 시작했다. "이 세 사람이 이렇게 값진 상품을 받는 걸 보니, 전 이보다 더 훌륭한 상을 받게 되리라는 희망을 가져도 되겠지요? 왜냐하면 니수스가 못된 속임수로 절 넘어뜨리지만 않았어도, 전 이 세 사람보다 훨씬 먼저 결승점에 도달했을 겁니다."

아이네아스는 이맛살을 찌푸렸다. "그게 도대체 무슨 소리냐?"

그러자 살리우스가 좀 전에 일어났던 일을 상세히 설명했다.

아이네아스는 한동안 아무 말도 하지 않았다. 그렇다, 이런 경우에 공평한 결정을 내리는 것은 결코 쉬운 일이 아니었다! 에우리알루스와 다른 두 명에게는 어떤 잘못도 없다. 그렇다면 니수스는? 그는 친구에 대한 우정에서 그렇게 한 것이지, 자신의 이익을 위해서 한 행동은 아니었다. 그렇지만 살리우스가 정말로 상을 받을 뻔했던 것도 사실이었다.

갑자기 아이네아스에게 좋은 생각이 떠올랐다. 그는 아케스테스 왕에게로 몸을 굽히고 몇 마디 말을 나지막이 속삭였다. 왕은 조금 놀랐다는 듯이 아이네아스를 쳐다보더니, 이내 고개를 끄덕였다.

마침내 아이네아스가 자리에서 일어섰다. 그가 앉았던 의자 위에 털이 무성한 가이툴리족의 사자 가죽이 있었다. 사자 가죽에 달린 발톱에는 황금을 입혀놓았다.

"어느 누구도 불공평한 대우를 받아서는 안 된다." 아이네아스는 이렇게 말하며, 모두가 잘 볼 수 있게 거대한 가죽을 높이 들었다. "우리는 살리우스가 진실을 말했다는 것을 안다. 또한 에우리알루스, 엘리무스 그리고 디오레스가 차례로 결승점에 도착했다는 사실도 잘 알고 있다. 그들은 정당하게 상을 받은 것이다! 그래서 살리우스가 진실을 말한 대가로이 가죽을 그에게 주려고 한다. 이 사자 가죽은 동료들의 부러움을 살 만큼 큰 값어치가 있는 것이다."

깜짝 놀란 살리우스는 한동안 멍하니 그 자리에 서 있었다. 그러더니 곧 기쁨의 환호성을 질러댔다. "여신의 아들이여, 정말 감사합니다!" 살리우스는 기뻐서 어쩔 줄 몰라 하며 가죽을 받아 어깨 위에 걸쳤다. 그러고는 자랑스러운 표정으로 주위를 죽 둘러보았다. 오, 그는 지금까지 단 한 번도 그렇게 스스로가 자랑스럽고 행복한 적이 없었다! 그래서 언젠가는 꼭 한 번, 아니 필요하다면 몇 번이라도 아이네아스를 위해 자신의 목숨을 바치겠노라고 맹세하고 또 맹세했다.

그사이 아이네아스는 니수스를 가까이 불렀다. 니수스의 문제 또한 해결해야 했기 때문이다.

"너에게는 내가 어떻게 해주길 바라느냐?" 아이네아스가 진지하게 물었다.

니수스는 아이네아스를 솔직한 눈빛으로 바라보았다. 그의 밝은 두 눈에는 두려운 기색이 없었다.

"당신께서 옳다고 생각하시는 바대로 해주시기 바랍니다." 니수스가 대답했다. "만약 제게 조금 전과 같은 불행이 없었더라면, 바로 제가 우승을 했을 거라는 것을 당신께서도 잘 알

276

고 계실 테니까요." 그것은 누구도 부인할 수 없는 진실이었기 때문에, 그는 허풍을 떨지 않고 담담하게 말했다.

아이네아스는 자신의 무기를 들고 있던 하인을 돌아보며 가까이 오라고 손짓했다. 그러고는 하인이 들고 있던 무기들 중 방패 하나를 건네받았다. "이 방패는," 아이네아스는 뭔가 의미심장한 말을 하려는 듯 천천히 입을 뗐다. "그리스인들이 예전에 트로이의 넵투누스 신전에서 훔쳐간 것이다. 나는 그 도둑놈들에게서 이것을 다시 빼앗아왔고, 그 이후로 수많은 전투에 이 방패를 들고 나가 싸웠다. 이제 이 방패를 너에게 주마. 이 방패는 머지않아 우리에게 정해진 나라를 얻기 위해 싸워야만 할 때 너를 보호해줄 것이다. 이제 가라! 들리느냐? 전령이 곧 개최될 권투 시합을 위해 벌써 우리를 부르고 있다!"

"신들께서 언제나 당신을 보호해주시기를 기원하나이다!" 니수스가 고개를 깊숙이 숙여 정중하게 감사를 표했다. 니수스의 진지한 태도에 감동을 받은 아이네아스는 다시 한 번 그를 돌아봤다. 니수스의 얼굴은 결의에 가득 차 있었다.

"예, 저는 이 방패가 반드시 필요하게 될 겁니다! 저를 비롯한 우리 모두가 말입니다!" 니수스는 스스로에게 다짐하듯

277

말했다.

전령이 벌써 두번째로 곧 권투 시합이 시작된다고 소리를 쳤을 때, 경기를 기다리고 있던 군중들 사이에서 누군가가 움직이기 시작했다.

"비켜라! 내가 좀 지나가야겠다!" 커다란 목소리가 사람들의 머리 위에서 쩌렁쩌렁하게 울렸고, 사람들은 누군가의 거친 손이 자신들을 무례하게 밀쳐내기 전에 알아서 미리미리 길을 터주었다.

"다레스다!" 사람들은 웅성거리며 목을 앞으로 쭉 내밀었다. 트로이인들 중에서 다레스를 모르는 사람은 아무도 없었다. '걸어 다니는 고깃덩이'라는 별명을 가진 그는 신들에게 엄청난 힘은 부여받았지만, 지능은 거의 받지 못한 사내였다. 어떤 트로이인도 다레스와 싸우고 싶어 하지 않았다. 그의 주먹은 단단하기가 쇠망치같아서, 한 대만 맞아도 누구든 성한 몸으로 달아날 수가 없었다.

다레스는 경기장 울타리에 기대어 떡 벌어진 어깨를 쭉 펴고, 팔다리에 붙은 우락부락한 근육을 뽐내며 서 있었다. 그 자세로 주위를 한 바퀴 빙 둘러보며 적수가 나타나기를 기다렸다. 그의 멍청한 얼굴에 야비한 웃음이 흘렀다.

하인들이 우승자에게 수여될 상품으로, 뿔에 금장식을 한 어린 수소를 데려와 다레스 옆에 묶어두었다.

세번째로 전령이 남자들에게 권투 시합에 참가할 것을 종용했다. 그러나 누구 하나 꿈쩍도 하지 않았다. "세상에 맙소사! 나는 만신창이가 되도록 두들겨 맞고 싶은 생각일랑 조금도 없네!" 트로이에서 가장 이름을 날리는 권투 선수들 중 한명이 투덜거리며 말했다. "나는 어느 누구와도 경기를 할 수 있지만, 단 한 사람, 다레스와는 절대로 싸우고 싶지 않아. 그는 어디든 자기가 때리고 싶은 곳을 마구잡이로 때리면서, 규칙이라고는 하나도 지키지 않는다네!"

그사이 거인 다레스는 점차 인내심을 잃어가고 있었다.

"여신의 아들이여, 내가 도대체 얼마나 오랫동안 여기 이렇게 서서 나를 상대로 싸울 사람을 기다려야 합니까?" 그는 짜증을 내며 물었다. "어떤 인간도 감히 나를 상대로 싸우려 들지 않으니, 내게 저 상을 그냥 주시는 것이 제일 좋을 것 같습니다요."

그러자 주변에 있던 사람들이 그의 의견에 찬성한다고 외쳤다. 그렇다, 그렇게 하는 것이 분명 다레스가 누구 하나를 불구로 만들거나, 심지어 황천길로 보낸 다음 수소를 받아가는 것보다 훨씬 더 나아 보였다.

한편 아케스테스 왕은 그 거만하기 짝이 없는 거인을 한참 전부터 혐오스럽게 쳐다보고 있었다. 그리고 그 시건방진 녀석을 바닥으로 때려눕힐 자가 하나도 없다는 사실에 너무나 화가 났다. 엔텔루스같이 힘세고 훈련을 많이 한 선수라면, 혹시 저 거인을 때려눕힐 수 있을지도 몰랐다…… 그래 맞다, 엔텔루스가 있었지! 어째서 좀더 일찍 엔텔루스 생각을 하지 못한 걸까?

왕은 재빨리 주위를 휘휘 둘러보았다. 엔텔루스는 마침 왕과 아주 가까운 곳에 앉아 있었다. 아케스테스 왕은 엔텔루스를 불렀다. 그러나 그 유명한 선수는 머리를 가로저었다. "헤르쿨레스를 두고 맹세컨대, 저 역시도 저 거만한 녀석을 때려 눕히고 싶은 생각이 간절합니다! 그러나 전 이제 더 이상 젊지 않습니다!"

그러자 곧 그 자리에 모인 사람들 모두가 그에게 매달려 공명심을 자극하기 시작했다. "자네 집은 시합에 이겨서 받은 상들로 꽉 차 있지 않나? 에릭스*가 직접 자네에게 권투를 가르쳐주었다는 사실을 잊었는가? 저 녀석이 불쌍하다는 듯 동

---

* (옮긴이) 베누스 여신의 아들로, 권투를 아주 잘했다고 한다.

정하는 눈길로 자네를 내려다보는 것을 어찌 참을 수 있단 말인가! 자네는 분명 저 녀석만큼 힘이 세고, 훨씬 더 재빠르지 않은가. 자네가 사방에서 유명해진 것은 자네의 민첩함 때문이란 사실을 잊지 말게."

사람들은 저마다 한마디씩 거들었다. 마침내 엔텔루스는 자리에서 일어났다. "정 그렇다면, 자네들을 위해서 시합에 나가도록 하지!" 엔텔루스는 거의 짜증이 난 듯 말하고는, 앞에 있던 의자들을 훌쩍 뛰어넘어 경기장 울타리에 서 있는 다레스 옆으로 가서 섰다.

엔텔루스가 시합을 위해 옷을 벗자, 다레스는 호기심 어린 눈으로 자신의 적을 쳐다보았다. 그는 마음이 약간 불안해졌다. 비록 엔텔루스의 관자놀이 밑 머리칼은 희끗희끗하게 세기 시작했지만, 여전히 잘 균형 잡힌 몸매에다 움직임 역시 유연하면서도 상당히 강한 인상을 풍겼다.

아이네아스가 다레스와 엔텔루스의 손에 여러 겹으로 꼰 가죽끈을 감는 동안, 다레스는 그 모든 것을 꼼꼼하게 관찰했다.

드디어 두 사람이 마주 섰다.

시합 초반에는 그것을 결투라고 부르기 어려울 정도였다.

엔텔루스는 제자리에 서서 조금도 움직이지 않고, 그저 다레스의 주먹을 빠르고 정확한 동작으로 피하기만 했다. 마치 다레스의 움직임을 미리 보아서 다 알고 있는 듯했다.

다레스는 잰걸음으로 엔텔루스의 주위를 끊임없이 맴돌며, 상대방의 약점이 노출되었다고 여겨지는 순간에 여기저기 일격을 시도해보았으나 허사였다.

곧이어 다레스는 조바심이 났고, 마침내 화가 났다.

엔텔루스는 트로이인들이 어째서 이 거인을 두려워하는지 알 것 같았다. 그렇다, 이제 결투는 매우 격렬해졌고 엔텔루스는 그가 가진 모든 기술과 힘을 동원해야 했다.

먼저 다레스의 주먹이 엔텔루스의 갈비뼈를 여러 번 내질렀다. 다음으로 주먹을 빙글빙글 돌리며 관자놀이 주변을 겨냥하더니 턱과 코 그리고 귀를 쳤다. 머리와 가슴에 일격이 가해질 때면 퍽퍽 소리가 났고, 그럴 때마다 허파에서 공기가 훅 하고 모두 빠져나가는 듯한 느낌이 들었다. 잠시 엔텔루스는 눈앞이 캄캄해지고 아무것도 들리지 않았다.

그러다 갑자기, 엔텔루스는 자신에게 유리한 기회가 왔다고 생각했다. 그러나 그것은 착각일 뿐이었다. 주먹을 휘두를 때의 힘과 손에 감겨 있던 묵직한 가죽끈의 무게까지 모두 실어 앞으로 힘껏 내뻗었으나, 그는 그만 허공에 헛손질을 하며 앞으로 고꾸라졌다. 관중들이 비명을 질렀다. 곧 다레스가 그에게 달려들 것이다. 그리고……

그러나 다레스가 미처 몸을 움직이기도 전에 엔텔루스가 먼저 성난 표범처럼 공중으로 몸을 날렸다. 좀 전에 쓰러지는 순간 치밀어 오른 엄청난 분노가 그를 곧 다시 일어서게 만든 것이다.

그제야 비로소 엔텔루스는 제대로 싸우기 시작했다.

엔텔루스는 당황한 다레스를 향해 우박이 쏟아지듯 주먹질을 퍼부었다. 다레스는 몸을 어떻게 피해야 하는지 모르는 사람처럼 무방비 상태로 계속 맞았다. 날아오는 주먹을 가까스로 피할라치면, 그사이 다른 주먹이 예상치 못한 곳을 파고들어 후려쳤다.

다레스의 힘이 아무리 세다 한들, 무섭도록 빠른 속력으로 공격을 퍼붓는 상대를 어떻게 당해낸단 말인가?

다레스는 갈수록 정신이 몽롱해졌고 방어할 힘도 점점 떨어져, 보기에도 불안할 정도였다.

마침내 그는 중심을 잃고 비틀거리기 시작했다.

경기가 진행될수록 염려스러운 마음이 점점 커져 한눈 한 번 팔지 못하고 둘의 시합을 열심히 지켜보던 아이네아스가, 보다 못해 경기장의 울타리를 훌쩍 뛰어넘어 두 선수 사이로 달려들었다.

아이네아스는 계속해서 난폭하게 주먹질을 해대는 엔텔루스의 팔을 있는 힘껏 꽉 붙잡았다. 하마터면 가죽끈을 동여맨 엔텔루스의 주먹이 아이네아스의 머리를 후려칠 뻔했다. 엔텔루스는 너무 흥분한 나머지, 누가 자기 앞에 서 있는지도 분간하지 못했다.

곧 하인들이 달려와 다레스를 부축해서 배가 있는 곳으로 데리고 갔다. 배에 있는 여자들의 도움을 받기 위해서였다. 다레스는 정말로 누군가의 도움이 필요한 것처럼 보였다! 부축을 받아 걸어가는 동안 그는 목도 제대로 가누지 못해 머리가 이쪽저쪽으로 맥없이 흔들렸으며, 입안에서 이리저리 굴러다니다 더 이상 아무런 쓸모도 없게 되어버린 이도 몇 개 뱉어냈다……

그러나 관중들은 다레스가 배가 있는 곳까지 미처 다 가기도 전에 그의 존재를 잊어버렸다.

그들은 승자인 엔텔루스에게 환호하는 것에만 몰두했다. 그러나 잠시 후 엔텔루스 역시 관중들의 기억 속에서 잊혔다.

근처 숲에서 낭랑하게 울리는 피리와 나팔 소리가 들려왔기 때문이다.

나무들 사이에서 말 탄 사람들의 행렬이 모습을 드러냈다. 화려하고 값비싼 재갈을 물린 말 위에 자랑스러운 표정으로 앉아 있는 이들은 어른이 아니라 어린 소년들이었다. 그들은 축제에 어울리는 옷을 입고, 머리에는 화관을 쓰고, 황금 사슬과 값진 보석들로 목과 가슴을 치장하고 있었다. 손에는 버찌나무로 만든 자루에 쇠로 된 촉이 박힌 창을 들고 있었다. 소년들은 하나같이 진지하고도 잔뜩 긴장한 얼굴이었다. 말을 탄 사람은 물론이고, 심지어 말들까지도 부주의한 행동으로 인해 질서를 깨뜨리지 않도록 애쓰며 행진했다.

"우리 아이들이야!" 트로이인들은 자랑스러워 어쩔 줄 모르겠다는 듯이 서로에게 속삭이며, 화려한 행렬에서 한시도 눈을 떼지 못했다. 행렬은 크게 반원을 그리며 넓은 들판을 지나 경기장 안으로 들어갔다. 경기장 양쪽에서 몰려든 트로이와 시칠리아의 소년들이, 말을 타는 행운을 얻은 동갑내기 친구들을 부러움에 가득 찬 눈으로 쳐다봤다. 너무도 화려하고 멋진 친구들의 모습을 바라보고 있자니, 감탄하는 동시에 부러움 섞인 한숨이 절로 나왔다.

드디어 말타기 시범이 시작되었다. 제일 먼저 말들과 젊은 기수들이 한 몸이 되어 펼치는 고난도의 현란한 윤무를 보여 주었다. 소년들은 둥그렇게 원을 그리고 선 다음, 마치 크레타 왕궁 지하에 있는 여러 갈래로 난 미로처럼 서로서로 뒤엉키기 시작했다. 지금까지의 모든 질서는 영영 사라지고 가냘픈 몸매에 진지한 얼굴을 한 소년들과 말들이 하나로 뒤엉킨 혼돈만이 남은 것처럼, 그렇게 어지럽게 원을 그리며 돌았다.

잠시 후, 혼란스럽게 한 덩어리로 뒤엉켜 있던 무리는 어느새 둘로 갈라지며 흩어졌다. 그들은 질서 정연하고 깔끔하게 두 무리로 나뉘어 서로 등을 돌리고 몇 걸음 걸어가다가, 그 자리에서 다시 말들을 급회전시켜 방향을 틀더니 창을 겨누며 서로를 향해 돌진했다. 마치 서로를 말에서 떨어뜨리려는 것처럼 보였다.

그것은 아스카니우스 율루스와 프리아무스 왕가 출신의 왕자가 각각 인솔하는 두 무리가 전투를 벌이는 장면을 재현해낸 것이었다. 공격과 방어 그리고 자주 뒤바뀌는 전세 등이 어찌나 생생하게 그려졌던지, 관객들은 숨 쉬는 것도 잊은 채 눈과 귀를 온통 멋진 말타기 시범에 빼앗겼다……

바로 그 시각, 배들은 사람들로부터 외면당한 채 해변에 쓸

쓸히 닻을 내리고 있었다. 보초병은 어딘가 그늘에 들어가 졸고 있었고, 다레스는 분노와 고통을 가라앉히려 숲으로 들어가 잠을 청하고 있었다. 여자들은 해변에서 약간 떨어진 곳에 있는 숲 가장자리에다 제단을 쌓고 제물에 불을 붙이고 있었다. 남자들과 떨어져 자기들끼리 따로 앙키세스를 기리기 위해서였다.

여자들의 얼굴에는 슬픈 기색이 가득했는데, 죽은 자에 대한 애도 때문은 아니었다. 사실, 그녀들은 자신들의 서글픈 운명을 한탄해서 그토록 슬퍼했던 것이다.

이미 오래전부터 여인네들은 매우 불안한 마음으로 살아왔다. 정처 없이 바다 위를 항해하며 낯선 해안을 떠돌아다닌 이후로, 벌써 일곱번째 맞는 여름이었다. 고향도 없이, 평화와 안락함도 없이, 지붕과 담도 없이 살아온 세월이었다. 오, 불멸의 신들이시여, 이러한 불행이 도대체 얼마나 더 계속되어야 합니까?

그리고 이제껏 자주 그래 왔던 것처럼 여자들은 또다시 한탄하며 울부짖기 시작했다⋯⋯

올림푸스 산 위에서 못마땅한 표정으로 트리나크리아 섬을 내려다보던 유노는 그 모든 것을 보고 들었다. 언젠가 트로이인들을 라티움으로 데려다줄 스무 척의 튼튼하고 멋진 배들이 트리나크리아 섬 해안에 정박해 있는 것이 보였다. "폭풍을 일으켜달라고 그 잘난 척만 하는 멍청이 아이올루스에게 뇌물까지 주었건만, 모든 게 허사로 돌아갔어." 여신들 중 가장 높은 신인 유노가 화를 내며 말했다. "넵투누스가 바람을 쫓아버린 탓에 트로이인들의 배가 모두 내 손아귀를 벗어나고 말았어. 하지만 나는 트로이인들에게 약속된 막강한 권세와 영광이 실현되는 것을 절대 원하지 않아." 말을 마친 유노는 소년들의 말타기 시범을 보느라 완전히 넋이 빠져 있는 무리들을 다시 한 번 쳐다보곤, 다음으로 여자들의 한탄을 한동안 경청했다.

그러다 갑자기 그녀에게 어떤 생각이 떠올랐다. "만약 트로이인들에게 배가 한 척도 없다면, 라티움에는 절대 가지 못하겠지." 유노는 의미심장하게 중얼거렸다. "그렇다면 저 여자들을 이용해보는 것이 어떨까……"

유노는 서둘러 심부름을 맡고 있는 여신 이리스*를 불러, 그녀에게 명령을 하나 내렸다.

이리스는 지체 없이 길 떠날 채비를 해서 무지개를 타고 땅

---

* 무지개의 여신이자, 신들의 소식을 전해주기도 한다.

으로 내려갔다. 자유자재로 모습을 바꿀 수 있는 변신의 귀재 이리스는 나이 든 귀부인의 모습으로 변장했다. 그러고는 트로이의 여인네들이 모여 있는 곳으로 가서 그들 틈에 끼어들었다. 여자들은 적잖이 놀란 눈으로 이리스를 쳐다봤다.

"베로에 님 아니세요?" 여자들 중 한 명이 말했다. "다시 건강해진 모습을 보니 참으로 다행스럽군요."

"아, 불쌍한 여인네들이여." 이리스는 동정심을 과장되게 내보이며 말을 꺼냈다. "나는 너희들에게 이런 얘기를 꼭 한 번은 하고 싶었다. 도대체 우린 앞으로 얼마나 더 불확실한 상황 속으로 질질 끌려다녀야 한단 말이냐? 우리에게서 도망만 치고 있는 라티움이란 땅을 찾아 얼마나 오랫동안 방황해야 하느냐고! 우리에게는 이미 새로운 트로이가 약속되어 있다! 어째서 우린 또다시 바다 위를 헤매 다니는 대신, 이곳에 새로운 트로이를 건설하면 안 된단 말인가? 어젯밤 카산드라의 영혼이 나를 찾아왔다! '여기가 바로 너희들의 고향이다. 너희들은 이곳에 트로이를 세워야만 한다!'라고 말해주었다. 하지만 남자들은 우리에게 또다시 배에 오르라고 강요할 것이다! 그러니 배는 모두 없어져야 한다! 가자! 배에 불을 질러버리자!" 말을 마친 이리스는 제단으로 달려가 불이 붙은 나무토

막 하나를 들더니, 맨 앞에 있던 배의 갑판 위로 던졌다.

트로이의 여인네들은 깜짝 놀라 이리스를 쳐다보았다. 아니, 어떻게 저런 일을…… 어떻게 감히 저런 일을 할 수 있단 말인가?

바로 그때, 여자들 중 가장 나이가 많고 프리아무스 왕의 아들들의 유모 노릇을 한 적이 있는 피르고라는 노파가 머리를 가로저으며 여인네들에게로 다가왔다. "저 여자는 베로에가 아니다." 피르고가 다급하게 말했다 "나는 지금 막 베로에를 만나고 돌아오는 길인데, 그녀는 자리에 누워 일어나 앉지도 못하고 있다!"

피르고가 말을 마치기가 무섭게 어디선가 낮은 웃음소리가 들려왔다. 깜짝 놀라 돌아보니 베로에라고 생각했던 사람의 형상은 눈 깜짝할 사이에 연기처럼 사라지고, 대신 낯선 여인 하나가 그 자리에 서 있었다. 여인은 어느새 그들 위를 높이 날아 구름 속으로 모습을 감춰버렸다.

다음 순간, 여자들은 극심한 혼란에 빠졌다. 물론 약속의 땅 라티움에 대한 열망은 강했다. 그러나 또다시 시작될 끔찍한 항해에 대한 두려움과, 자기만의 아늑한 부엌을 갖고 싶은 마음이 더 컸다. 게다가 신기한 재주를 가진 낯선 여자까지 그들 앞에 나타났다. 혹시 신들께서 그녀를 보내신 게 아닐까?

여자들은 두려운 눈빛으로 배들이 있는 곳을 쳐다보았다. 맨 앞에 있던 배의 갑판에서 옅은 연기가 모락모락 피어올랐다. 그러다 갑자기 작았던 불길이 돛에 옮겨붙으며 활활 타오르기 시작했다.

저것은 무슨 신호가 아닐까? 갑자기 주체할 수 없는 광기에 사로잡힌 여자들이 앞다퉈 모닥불을 피워둔 제단을 향해 달려 나갔다. 순식간에 여러 개의 횃불과 불이 붙은 통나무, 나뭇가지들이 배 위로 날아들었다. 연기가 하늘 위로 솟구쳤다. 널름거리는 불꽃은 선체의 바짝 마른 목재들을 순식간에 삼켜버렸고, 송진을 발라 틈을 메운 부분을 따라 번졌으며, 어디선가 흘러나온 기름이 불덩이로 변해 배 밑바닥으로 뚝뚝 떨어졌다. 배에 있던 널빤지들, 모직 이불들 그리고 다른 많은 물건들이 화염에 휩싸였다……

보초를 서던 에우멜루스는 깜짝 놀라 외마디 비명을 지르며 벌떡 일어났다. 여자들이 질러대는 비명 소리는 도대체 어디서 나는 것일까? 또한 그를 잠에서 깨울 정도로 심하게 풍기는 불에 타는 듯한 이 냄새는 대체 어디서 오는 거지?

잠시 후 그는 모든 것을 목격하곤 경악했다. 그와 동시에 혼자서는 아무것도 할 수 없다는 것을 깨달았다.

그래서 그는 달렸다. 평생 그렇게 빨리 달려본 적이 없었다. 그는 자기가 그렇게 빨리 달릴 수 있다는 사실도 난생처음 알게 되었다……

에우멜루스가 달려오는 모습을 제일 먼저 본 사람은 아스카니우스였다. 아스카니우스는 마침 무리를 이끌고 숲이 시작되는 방향으로 경기장 위를 달리는 중이었다. 에우멜루스를 발견한 아스카니우스는 두 눈을 가늘게 뜨고 그를 쳐다봤다. 순간 그의 앳된 얼굴에 결연한 빛이 떠올랐다. 아스카니우스는 날카로운 외침과 함께, 타고 있던 말 베르베르에게 박차를 가했다. 그러자 말이 쏜살처럼 앞으로 돌진했다. 그러나…… 저 앞에는 경기장의 울타리가 있었다! 아스카니우스의 뒤를 따라 달리던 소년들은 모두 그 자리에 멈춰 서며 말 고삐를 획 뒤로 잡아당겼다. 도대체 아스카니우스가 무슨 생각에서 저러는 걸까? 그는 이미 오래전에 방향을 틀어 상대편 무리를 향해 달려야 하지 않았던가! 이제 이것으로 화려했던 시범 경기는 엉망이 되고 말았다!

아스카니우스가 탄 말의 뒷발굽이 울타리에 부딪혔고, 그것을 본 소년들은 비명을 질렀다. 그러나 다행히 그는 울타리를 넘어서 있었다. 아스카니우스는 숲의 가장자리를 따라 계속해서 앞으로 달려, 곧장 에우멜루스에게 갔다. 에우멜루스는 땀에 흠뻑 젖어 숨을 헐떡이고 있었다. 에우멜루스의 바로 앞까지 달려간 아스카니우스는 말의 고삐를 세차게 잡아당겼다. 어찌나 갑작스럽게 말을 세웠던지, 앞다리가 번쩍 들리고 거의 뒷다리로만 서 있을 정도였다.

"무슨 일이 생긴 거냐?" 아스카니우스가 다급하게 물었다.

"배에 불이 났습니다!" 그는 이 한마디만을 내뱉고서 바닥에 온몸을 쭉 뻗으며 쓰러졌다. 기력이 다했던 것이다.

아스카니우스는 해변을 향해 계속해서 달렸다. 달리는 동안 말들을 데려오라고 큰 소리로 외치는 아버지의 목소리를 들었다. 이제 그들은 곧 그를 뒤따라올 것이고, 그는 더 이상 시간을 낭비할 필요가 없었다.

바람에 실려온 연기 냄새가 처음으로 느껴졌다. 아스카니우스는 이를 꽉 깨물었다. 더 빨리, 더 빨리! 배들이 불에 타선 안 된다! 그는 발뒤꿈치로 말의 옆구리를 세차게 걷어찼다. 말은 거칠게 숨을 헐떡이며 앞을 향해 내달렸다.

여전히 배들은 숲에 가려 보이지 않았다. 그러나 나무 위로 검은 연기가 뭉게뭉게 피어올랐고, 탁탁거리며 배들이 타들어 가는 소리를 분명히 들을 수 있었다.

여자들의 비명 소리도 들렸다. 그런데 뭔가 아주 이상하다는 생각이 들었다. '저 소리는 분명 기뻐서 지르는 소리인 것 같은데!' 아스카니우스는 어리둥절해했다. '내가 뭘 잘못 들은 걸 거야! 배가 불에 타고 있는데, 어떻게 기뻐하며 소리를 지를 수 있겠어!'

숲의 가장자리를 돌아 마침내 탁 트인 곳으로 나왔을 때, 아스카니우스는 급히 말을 세웠다. 눈앞에 펼쳐진 해변에 배들이 다닥다닥 붙어 일렬로 늘어서 있었다. 그런데 그 광경이란! 배들 중 네 척이 활활 타오르는 불길에 온통 휩싸여 있었고, 이미 다른 배들 여기저기서도 불꽃이 널름거렸다. 벌겋게 이글거리는 심술궂은 불꽃은 나란히 늘어서 있는 배들 위로 야금야금 번지고 있었다.

아니…… 세상에! 도대체 여자들이 지금 뭘 하고 있는 거지? 저 여자들이 제정신인가? 그녀들은 저마다 손에 든 횃불을 휘두르며 해안을 따라 달려가 배 위로 던지고는 기쁨의 환호성을 질러댔다.

경악과 절망, 분노를 이기지 못한 아스카니우스의 두 눈에서 눈물이 솟구쳤다. 안 된다, 이건 도저히 있을 수 없는 일이다! 그는 불을 보고 겁에 질린 말을 억지로 채근하여 나아갔다.

한 무리의 여자들이 모여 서서 무엇에라도 홀린 것처럼 불타는 배를 쳐다보고 있었다. 아스카니우스는 그쪽으로 말을 몰았다. 그때까지만 해도 도대체 뭘 어떻게 해야 할지, 자신이 무엇을 할 수 있을지 몰랐다.

그러나 곧 아스카니우스는 자신도 모르게 말을 하기 시작했다. 그의 목소리는 스스로에게조차 낯설고 엄중했다. "여자들이여, 도대체 무슨 짓을 하고 있는 것이오? 당신들은 정녕 우리의 유일한 희망이 파괴되길 원하시오? 당신들이 배를 불태운 것은 적을 무찌르기 위한 것이 아니라, 바로 당신 아들들의 미래를 망치는 행위란 말이오!"

여자들은 그 목소리를 듣고 깜짝 놀라 어찌할 바를 모르고 우왕좌왕하기 시작했다. 그들은 장수의 모습으로 치장한 아스카니우스를 알아보지 못했다.

그러나 곧 여기저기서 그를 알아채고는 그의 이름을 꺼내는 소리가 들려왔다.

여자들은 무시무시한 악몽에서 깨어나기라도 한 듯, 혹은 나쁜 마법에서 풀려나기라도 한 듯 잠시 멍하니 있었다. 열기에 벌겋게 달아오르고 연기에 검게 그을린 서로의 얼굴을 쳐다보았을 때에야 비로소 정신이 들기 시작했다. 여자들의 눈에 자신들이 한 짓에 대한 경악과 공포가 가득 서렸다.

수많은 말발굽들이 바닥을 울리며 점점 더 가까이 다가오는 소리가 들리자, 여자들은 앞다퉈 도망쳤다. 그런 끔찍한 일을 저지르고 어떻게 남자들의 얼굴을 제대로 쳐다볼 수 있겠는가? 엄청난 두려움과 수치심에 여자들은 숲으로 달려가 제각기 덤불 속에 몸을 숨겼다……

그러나 아무도 그녀들에게 신경 쓰지 않았다. 잘못을 한 사람들을 찾아내는 데 마음을 쓸 여유가 없었다. 뭔가 아직 구할 수 있는 것이 있다면, 구해내야만 했다.

남자들은 말에서 뛰어내렸다. 몇 마디 말을 서로 주고받은 다음, 해변으로 달려가서 얕은 바닷물로 뛰어들어 사다리를 타고 배 위로 기어 올라갔다.

맨 앞에 있는 네 척의 배는 더 이상 구할 수 없는 것이 확실했다. 검은 연기 위로 불꽃이 타닥거리며 솟아올랐고, 어느 누구도 가까이 다가갈 엄두를 내지 못했다.

다른 배들 역시 아무리 애를 쓴다 한들 구해내기에는 너무 늦은 것처럼 보였다. 양동이와 단지에 물을 퍼 담아 불이 붙은 널빤지 위에 쏟아부었지만, 모두가 허사였다. 갑판 위의 불을 간신히 껐다고 생각하면, 불꽃은 배 밑 어딘가에서 다시 솟구쳤다. 둘둘 말린 채로 불에 타고 있는 돛을 돛대에서 떼어내 바다로 던지고 나면, 불길은 어느새 선체의 떡갈나무 목재 위로 번져 목재의 이음매 사이마다 벌건 불꽃이 솟아올랐다. 송진과 뱃밥, 어딘가 뚫린 호스에서 흘러나온 기름에 불이 옮겨붙으면서 불길은 더욱더 세차게 타올랐다.

여러 명의 남자들과 함께 키마이라호의 갑판 위에 서 있던 아이네아스는 새카맣게 타서 거의 숯으로 변해버린 돛대가 마지막 불꽃을 내뿜으며 바로 옆으로 쓰러지자 황급히 몸을 피해야 했다.

아이네아스는 가쁜 숨을 몰아쉬며 한동안 난간에 기대서 있었다. 손에는 화상을 입었고, 머리카락은 불에 그슬렸으며, 어깨에는 상처가 깊이 파여 피가 흘렀다. 그러나 그 모든 것이 무슨 상관이란 말인가?

이루 말할 수 없는 슬픔과 절망감이 밀려왔다. 배가 불타버리고 그로 인해 약속된 땅에 이를 수 있는 유일한 희망을 잃게 되는 것이 그에게 주어진 운명이라면, 아무리 그것에 대항한다 한들 무슨 소용이 있단 말인가?

아아, 아이네아스는 이런 끔찍한 슬픔을 너무도 잘 알고 있었다! 이미 여러 번 그런 슬픔을 겪어보았기 때문이다. 트로이가 망했을 때, 후에 크레타와 카르타고에서, 그 밖에도 여러 번…… 그러나 이번 슬픔은 마치 산더미처럼 솟았다가 머리 위를 덮치는 시커먼 파도처럼, 그를 완전히 집어삼켜 버리려고 위협하는 것 같았다. 순간 아이네아스는 어깨에 걸치고 있던 망토를 벗어던지고 두 팔을 하늘로 번쩍 들어 올리며 외치기 시작했다. "전지전능하신 유피테르시여, 당신께서 인간에 대한 동정심을 조금이라도 갖고 계신다면, 우리의 유일한 희망인 저 배들이 화염의 희생물로 사라지는 것을 막아주소서! 그러나 만약 우리가 당신의 분노를 산 일이 있어 우리를 벌하시려거든 차라리 지금 당장 번개를 내리시어 우리 종족은 물론, 우리에게 남아 있는 모든 것들을 파괴해주십시오!"

아이네아스가 말을 모두 마치기도 전에 불현듯 폭풍이 일었다. 검은 구름이 몰려오고 천둥이 울리고 번개가 번쩍이더니, 곧 해변과 바다 위에 캄캄한 어둠이 뒤덮였다.

비가 내리기 시작했다.

회색 담이 눈앞을 가린 듯, 폭포수처럼 쏟아지는 빗방울에 가려 모든 것이 한동안 시야에서 사라졌다. 해변, 바다, 하늘,

불타는 배들과 그 위에 올라가 있던 남자들까지 하나도 보이지 않았다.

갑작스레 내리기 시작한 것처럼 그렇게 갑자기 비가 그쳤다. 배에 붙었던 불은 어느새 완전히 꺼져 있었고, 배는 모두 구조되었다. 불에 타 앙상하게 뼈대만 남은 네 척의 배를 제외하고……

그날 밤 아이네아스는 잠이 오지 않았다. 근심과 절망감에 너무도 괴로웠다. 어찌하여 이런 재앙이 일어나게 되었는지 곰곰이 따져보았다. "여자들에게 화를 낼 수는 없는 일이다." 아이네아스는 비통한 심정으로 혼잣말을 했다. "저들은 불안한 생활과 혹독한 고생을 더 이상 견뎌낼 수 없을 것이다. 그러니 이제 내가 무엇을 어떻게 해야 하나? 비록 운명이 우리에게 정해준 장소가 아니라고 할지라도, 이곳 트리나크리아에 정착을 해야 하나? 아니면 이 모든 어려움을 무릅쓰고 계속해서 라티움을 찾아다녀야 하나? 하지만 네 척이나 되는 배를 잃었고, 나머지 배에는 우리 모두가 다 탈 수 있는 공간이 충분치 않으니 어쩌면 좋단 말인가!"

다음 날 아침 일찍 아이네아스는 우연히 나우테스를 만났다. 나우테스는 트로이인들 중에서 가장 나이가 많고 현명한 사람이었다. 아이네아스는 그에게 고민을 털어놓았다.

"운명이 당신을 이끄는 대로 따르도록 하십시오." 나우테스는 진지하게 말했다. "겪어야 할 운명이라면 어떻게든 다가올 테니 말입니다. 어떤 운명이든 순순히 받아들임으로써 극복되는 법입니다! 당신께서 내 충고를 듣기 원하신다면, 말씀드리겠습니다! 노약자와 소심한 자들 그리고 항해에 지친 여자들은 이곳 트리나크리아 섬에 남겨두십시오. 아케스테스 왕은 그것을 기꺼이 허락할 것입니다. 왕은 분명 그들에게 담을 쌓고 집을 지을 땅을 줄 것이고, 그렇게 되면 그들은 그동안 그렇게도 갈망하던 안전한 삶을 갖게 될 것입니다."

그것은 아이네아스가 보기에도 좋은 생각인 것 같았다. 그럼에도 불구하고 불안한 마음이 가시지 않았다. 아, 어째서 아버지 앙키세스는 돌아가셔야 했단 말인가? '아버지께서 살아 계셨더라면 충고해주시는 대로 아무 걱정 없이 따를 수 있었을 텐데……' 아이네아스는 슬퍼하며 생각했다. '지금 나는 모든 결정에 대한 책임을 혼자 짊어져야 하는구나.'

다시 밤이 되었고, 아이네아스는 그때까지도 아무런 해결책을 찾지 못했다.

자정이 훨씬 지난 후에야 아이네아스는 피곤함을 이기지

못하고 설핏 잠이 들었다.

잠시 후 어떤 형상 하나가 어둠을 뚫고 그림자처럼 아무 소리도 없이 아이네아스의 침실로 미끄러져 들어왔다.

순간 아이네아스는 깜짝 놀라 잠에서 깨어났다. 그 형상은 한편으로 아이네아스에게 너무도 친숙했고, 다른 한편으로는 너무도 낯설게 느껴졌다. 그 형상을 물끄러미 바라보던 아이네아스에게 말할 수 없는 공포와 기쁨이 동시에 엄습했다.

"아버지?" 아이네아스가 물었다. "곤경에 빠진 절 도와주라고 저승의 통치자께서 아버지를 잠시 놓아주신 겁니까?" 아이네아스는 긴장해서 거의 숨을 쉴 수 없을 만큼 간절한 마음으로 대답을 기다렸다.

"아들아, 나는 유피테르 님의 명으로 네 걱정을 덜어주러 이렇게 온 것이다." 아이네아스의 귀에 아버지의 음성이 들렸다. "나우테스의 충고를 따르도록 해라! 힘세고 용감한 자들만 데리고 라티움을 찾아 나서라. 그곳에 도착하면 거칠고 호전적인 종족들과 싸워야 하기 때문이다! 그러나 라티움을 찾아 티베리스 강 어귀에 발을 딛기 전에, 너는 먼저 죽은 자들의 왕국으로 내려와 나를 만나야 한다. 죽을 수밖에 없는 인간들 중 단지 몇몇에게만 허락된 것이 있는데, 그것은 바로 산 자의 몸으로 죽은 자들의 왕국에 들어갈 수 있는 특권이다! 네가 바로 그 몇 명 중 하나란다. 내 걱정은 하지 말거라! 다행히 나는 타르타루스*의 끔찍한 밤에 둘러싸여 있지 않고, 신을 경외하는 자들만이 들어갈 수 있는 엘리시움**이란 곳에 살고 있다. 그곳은 언제나 기쁨이 넘치지! 이제 쿠마이로 가서 거기 살고 있는 시빌라라는 예언자를 만나 예언을 듣고, 그녀에게 지하 세계로 데려다 달라고 부탁하거라. 그녀는 너를 내가 있는 곳까지 안전하게 데려다줄 것이다. 네가 날 찾아오면 네 후손들을 보여주고, 그들의 운명에 대해서도 알려주마. 자, 이제 헤어져야 할 시간이다! 벌써 밤을 실은 마차가 지평선 아래로 달려 내려가며 씩씩거리는 말들의 숨소리가 나를 잔인하게 몰아내는구나!"

"가지 마세요, 아버지!" 아이네아스는 이렇게 외치며 앞으로 달려 나갔다. "잠깐만, 잠깐만이라도 더……" 손을 뻗어 잡으려 했으나 허사였다. 아버지의 모습을 한 형상은 바람에 흩어지는 연기처럼 그렇게 흔적도 없이 사라졌다.

하지만 아이네아스는 큰 위로를 받은 느낌이었다.

---

* 지하 세계의 일부로, 악행을 저지른 사람들이 죗값을 치르는 장소.
** 신을 경외하며 영웅으로 살다 죽은 사람들의 영혼이 지하 세계에서 거처하는 들판. 고대 그리스 사람들의 낙원.

그는 자리에서 일어나 트로이의 수호신들에게 제물을 바친 뒤, 아케스테스 왕에게 앞으로의 계획을 전하러 밖으로 나갔다.

"참으로 현명한 처사인 것 같소." 왕은 모든 것을 듣고 난 뒤 이렇게 말했다. "방랑에 지친 자들은 모두 이곳에 머물러도 좋소. 나는 그들에게 땅을 나눠줄 것이고, 그들은 평화롭고 안전하게 그 땅을 일구며 살아가게 될 것이오. 또한 그들은 자기들만의 도시와 원로원, 법률과 법정을 만들게 될 거요. 그렇게 하는 것이 우리 모두에게 이득이 될 것이오!"

이 소식이 알려지자, 그동안 트리나크리아에 머물기를 남몰래 바라왔던 사람들 사이에서 이루 말할 수 없는 기쁨의 소용돌이가 일었다.

저 멀리 바다에선 폭풍이 사납게 몰아쳤지만, 아이네아스는 아랑곳하지 않았다. 쟁기로 새로 만들어질 도시의 경계를 긋고, 제비뽑기를 해 주거지를 나누었으며, 각자에게 할당된 경작지와 가축들을 분배했다. 사람들은 벌써 성벽을 쌓기 시작했고, 앙키세스의 무덤 둘레에는 작은 관목들을 심어 울타리를 만들었다. 에릭스 산 위에는 베누스 신전을 짓기 위한 초석을 놓았다.

그사이 시간이 흘러 폭풍은 지나가고 파도도 잠잠해졌으며, 남쪽에서 부드러운 바람이 계속 불어왔다.

그렇게 이별의 날은 점점 더 다가왔다. 배 위에 발을 올리기는커녕 바다 쪽은 쳐다보고 싶지도 않다고 말하던 사람들이 눈물을 흘리기 시작했다. 그러면서 그들은 그곳에 남지 않고 함께 항해할 수만 있다면, 모든 고난과 위험을 기꺼이 견디겠노라고 말했다. 그렇게 쉽게 변하는 것이 사람의 마음인 법이다.

아이네아스는 그들을 다정하게 위로하며, 후일 남길 잘했다고 생각하게 될 거라고 말했다.

마침내 어느 날 아침, 아이네아스는 폭풍의 신에게 검은 양한 마리를 바치고 뱃머리에 올라 포도주 한 잔을 바다에 뿌린다음, 그들을 환대해주었던 아케스테스 왕을 끌어안으며 뒤에 남겨진 사람들을 잘 돌봐달라고 부탁했다.

모든 준비가 끝나자, 아이네아스는 출항 명령을 내렸다.

트로이인들은 노를 바닷물에 담그고, 돛을 거대한 날개처럼 활짝 펼쳐 바람에 맞서도록 방향을 잡았다.

다시 한 번 트로이의 배들이 바다로 항해를 시작했다……

저 멀리서 넵투누스가 황금 마차를 타고 바다 위를 달리고 있었다. 그 바람에 물거품이 일어 마차를 끄는 말들의 옆구리에서 하얗게 부서졌다.

베누스가 바다의 지배자를 쳐다보고 있었다. 그녀는 또한 트로이인들의 배가 바다 위를 달리기 시작한 것도 보았다. 또다시 큰 걱정에 휩싸인 베누스는 올림푸스 산에서 내려와 넵투누스의 곁으로 날아갔다.

"아이네아스가 함선을 이끌고 다시 항해를 시작했군요." 베누스가 말을 꺼냈다. "당신도 이미 잘 알고 계실 거예요. 유노가 트로이인들을 미워하며 못살게 굴려고 아직까지 따라다니고 있다는 사실을요. 당신께 이렇게 부탁드립니다. 트로이인들이 당신의 영토 안에 있는 동안에는 부디 그들을 보호해 주세요. 그래서 안전하게 라티움에 도착할 수 있게 도와주세요."

넵투누스는 트로이인들의 배를 한번 쳐다보았다. 배들은 고요하고도 빠르게 북쪽을 향해 나아가고 있었다. "내가 네 아들을 좋아하고 있다는 사실을 그동안 네게 충분히 자주 증명해 보였다고 생각하는데." 넵투누스가 대답했다. "그러니 이번에도 크게 걱정하지 않아도 될 것 같구나. 아이네아스는 동료들과 함께 무사히 목적지에 도달하게 될 것이다. 물론 그렇게 되면 내 누이 유노는 무척 마음이 상하겠지만 말이다." 그는 웃으며 말했다. 그러다 곧 다시 진지한 표정으로 덧붙였다. "그렇긴 하지만, 그들 중 한 명은 라티움 해변에 발을 들여놓지 못할 것이다. 여러 사람의 목숨을 구하기 위한 제물로 한 사람의 목숨만큼은 바쳐져야 할 것이다."

넵투누스의 말에 안심한 베누스는 다시 올림푸스로 돌아갔다. 한편 넵투누스는 마차를 몰고 계속해서 바다 위를 달렸다. 온갖 바다 생물들이 그를 빙 둘러싸고 함께 달렸다. 빠르게 헤엄을 잘 치는 트리톤들과 바다의 요정들이 수면 위로 떠올랐다 사라지는가 하면, 수를 헤아릴 수 없이 많은 물개들이 떼를 지어 그 매끄러운 몸뚱이들을 파도치듯 꿈틀거리며 앞으로 나아갔다. 반짝이는 물고기들이 물결을 헤치고 여기저기서 뛰어올랐고, 때때로 바다 깊은 곳에 사는 괴물들 중 하나가 무시무시하게 생긴 머리를 들어 물 밖으로 내밀기도 했다……

밤이 되었을 무렵, 트로이인들은 이미 트리나크리아와 주변의 작은 섬들을 벗어나 북쪽으로 상당히 멀리 떨어진 바다 위를 지나가고 있었다.

팔리누루스는 선두로 나선 배의 방향키를 잡고, 눈으로는 하늘에 떠 있는 별을 바라보며 서 있었다. 별자리를 보면서 뱃길을 찾아야 했기 때문이다.

바람은 부드럽게 불었고, 바다는 평온했으며, 암초나 급작스레 수심이 얕아지는 곳도 없었다.

그럼에도 불구하고 팔리누루스는 신경을 바짝 곤두세웠다. 이미 오래전부터 바다를 의심하는 법을 배운 탓이었다.

바로 그 시각, 별들 사이를 날아 잠의 신이 찾아왔다. 그는 배 위를 한 바퀴 돌며 모든 사람들을 깊은 잠에 빠지게 한 다음, 팔리누루스 옆으로 살며시 내려왔다. 아무것도 눈치채지 못한 팔리누루스는 방향키를 꽉 움켜쥐고 계속해서 별을 쳐다보고 있었다.

"저런, 팔리누루스야." 잠의 신이 모습을 드러내지 않은 채 속삭이기 시작했다. "잠시도 쉬지 않고 뭘 그리 열심히 하늘을 쳐다보는 것이냐? 그리고 어째서 그렇게 겁을 내며 키를 꽉 움켜쥐고 있느냐? 주변을 한번 둘러보아라! 바람은 고요하고 파도는 잔잔하기만 한데, 도대체 어디서 위험이 닥칠 수 있겠느냐! 자, 그러지 말고 너도 한 번쯤은 휴식을 취하는 것이 어떻겠느냐?"

그러나 팔리누루스는 잠의 신이 속삭이는 것에 꿈쩍도 하지 않았다.

그러자 잠의 신은 손에 들고 있던 나뭇가지를 살랑살랑 흔들었다. 그 나뭇가지에 붙은 잎들은 망각의 강 레테*에 담갔던 것들이었다. 잎사귀에 묻어 있던 망각의 강물 몇 방울이 팔리누루스의 관자놀이 위로 떨어졌고, 그러자 엄청난 피로가 가련한 팔리누루스를 엄습했다. 곧 그는 자신을 둘러싼 모든 것을 잊어버렸다. 눈이 자꾸만 감기자 그는 비틀거리며 배의 난간 쪽으로 걸어 나갔다. 다시 한 번 정신을 차리려고 애쓰는 순간, 음흉한 잠의 신이 온 힘을 다해 그를 덮쳤다.

널빤지 하나가 갑판에서 떨어져 나갔고, 그 바람에 팔리누루스는 거꾸로 고꾸라지며 바다로 떨어지고 말았다……

한참이 지난 뒤에야 아이네아스는 배가 이상하게 흔들리며 앞으로 나가는 것을 깨닫고, 뭔가 심상치 않은 예감이 들었다.

그는 곧 침상에서 뛰쳐나와 갑판 위로 달려갔다. 부서져 나간 널빤지를 본 순간, 아이네아스는 무슨 일이 일어났는지 짐작할 수 있었다. "불쌍한 팔리누루스!" 그는 직접 키를 잡으며 슬프게 말했다. "너는 땅에 묻히지도 못하고, 파도가 실어

---

* 지하 세계를 흐르는 강. 강물을 마시면 죽은 자들의 생전 기억이 지워진다.

다 주는 어딘지도 모를 낯선 해안에 버려지는 신세가 되었구나. 너의 혼은 저승으로 건너가는 검은 강물 위를 정처 없이 떠돌며 울부짖게 될 테고. 너처럼 땅에 묻히지 못한 자의 영혼은 뱃사공 카론이 나룻배에 태워 강을 건네주지 않으니 말이다."

7

트로이인들의 배는 마침내 쿠마이 해안에 도착했다.

"이것이 이번 여행에서 마지막 휴식이 될 것이다." 아이네아스가 말했다. "다음번에 우리가 다시 단단한 육지를 밟게 된다면, 그곳이 바로 라티움 땅일 것이다."

아이네아스는 하던 말을 갑자기 멈추고는 명한 눈길로 아카테스를 쳐다보았다. 그는 말을 하면서도 마치 딴생각에 빠져 있는 것 같았다. 아니, 딴생각이 아니라 어떤 공포에 사로잡힌 것처럼 보였다. "그런데 그 전에 내가 꼭 해야 할 일이 두 가지가 있다." 한참을 주저하던 아이네아스는 마침내 다시 말문을 열었다. "나는 이곳에서 아폴로의 신전을 돌보는 시빌라라는 예언자를 찾아야 한다. 헬레누스가 그렇게 하라고 내게 조언했었다. 시빌라가 우리에게 앞으로의 운명을 알려줄 거라고 했다. 그런 다음에는……" 아이네아스는 다시 말을 멈췄다. 더 이상 말할 엄두가 나지 않는 것 같아 보였다. "나는 아버지를 만나기 위해 지하 세계로 내려가야만 한다. 아버지께서 그렇게 하길 원하신다. 나 역시 아버지와 이야기를 나누게 되길 무척 고대하고 있다."

그 말을 들은 아카테스는 귀가 번쩍 뜨이고 눈에서 빛이 났다. "당신과 동행할 것을 허락해주십시오!" 아카테스가 간절히 말했다. "저는 오래전부터 저 아래 죽은 자들의 왕국이 어떻게 생겼는지 한번 가볼 수 있기를 너무나 간절히 바라왔습니다."

아이네아스는 진지한 표정으로 머리를 가로저었다. "그렇게 하지 않아도 언젠가 한 번은 반드시 가게 될 텐데 뭘 그리 서두르는 것이냐! 어찌 되었든 나는 널 데리고 갈 수 없다. 저승길을 살아서 갈 수 있는 사람은 오로지 신들께서 허락한 몇몇뿐이다. 날 위해 네가 할 일은 따로 있다. 우리는 트리비아 신전으로 올라가 그 앞에서 기다리고 있을 테니 그동안 넌 시빌라에게 가서 우리의 간청을 들어달라고 부탁하고, 우리가 있는 곳으로 그녀를 데리고 나오너라."

한편 배에서 내린 트로이의 젊은이들은 해변에 불을 지피고, 물을 길을 샘을 찾기 위해 숲속을 돌아다녔다. 남자들은 사냥을 하러 길을 떠났고, 여자들은 빵을 굽고 갖가지 음식을 준비하기 시작했다.

아이네아스는 나이가 많은 트로이인들을 불러 모아 그들과 함께 언덕을 올라 신전을 향해 갔다. 그들은 거대한 황금 문 앞에서 기다리기로 하고, 아카테스가 예언자를 찾으러 길을 떠났다.

신전은 웅장했다. 이곳은 예전에 다이달루스*가 크레타의 왕 미노스로부터 도망쳐 나왔을 때 지은 신전이었다. 다이달루스는 자기가 직접 만든 날개를 달고 바다 위를 날아 안전하게 쿠마이로 도망쳐 올 수 있었다. 그러나 그의 아들인 이카루스는 태양 가까이까지 너무 높게 날다가, 날개를 몸에 붙게 하는 밀랍이 녹아버리는 바람에 그만 바다로 떨어지고 말았다.

다이달루스는 그의 위대한 예술에서 위안을 찾았고, 그로써 암흑의 여신**의 신전은 다시 화려하게 지어졌다.

---

* (옮긴이) 그리스 신화에 나오는 가장 유명한 기술자. 크레타의 왕 미노스를 위해 미궁을 만들었다.
** (옮긴이) 디아나 여신을 가리킨다. 트리비아는 '삼거리 여신'이란 뜻으로, 원래는 저승과 밀접한 관계가 있는 '헤카테'의 별명이라고 하나, 아폴로의 쌍둥이 누이인 디아나가 그녀와 동일시되면서 그 속성들도 함께 가지게 된 것으로 보인다. 헤카테는 머리 또는 몸이 셋인 여신

트로이인들이 번쩍이는 문 위에 장식된 그림들을 감탄하며 쳐다보고 있는데, 갑자기 육중한 문이 양쪽으로 활짝 열리면서 신전 안에 한 여인이 서 있는 것이 보였다. 그녀는 사제의 옷을 입고 있었고, 머리카락은 납처럼 하얗게 세었으며, 창백한 얼굴에는 두려운 기색이 역력했다. 깊은 동굴처럼 시커멓게 파인 눈자위 안에 두 눈이 빛을 잃고 퀭하게 들어 있었는데, 마치 이 세상의 슬픔이란 슬픔은 모두 다 목격한 듯한 느낌을 주었다. 여자 뒤에서 아카테스가 모습을 드러냈다. 그는 지금 있는 곳이 매우 마음에 들지 않으며, 얼른 다른 곳으로 가고 싶다는 듯한 표정으로 안절부절 어쩔 줄 몰라 했다.

예언자 시빌라가 잔뜩 쉰 목소리로 말문을 열었다. "여기서 한가롭게 구경이나 할 때가 아니오! 그러려고 여기까지 온 것이 아니지 않소. 신께 자비를 베풀어달라고 먼저 기도를 올린 후에 나를 따라 동굴로 오시오."

그제야 남자들은 서둘러 이마를 조아렸고, 아이네아스가 기도를 올렸다. "포이부스 아폴로 신이시여, 들어주소서! 드디어 우리가 그렇게도 오랜 세월을 찾아 헤매던 헤스페리아의 해안에 도착했습니다! 간절히 기도드리오니, 재앙이 더 이

으로 그려지며, 달의 여신 루나와 저승의 여신 프로세르피나와도 동일시되곤 했다.

상 우리를 따라오지 않게 도와주소서! 이렇게 가까이 다가온 목적지에 완전히 도달할 때까지, 새로운 위험을 겪지 않도록 우리를 축복해주소서! 라티움에 도착하면 당신을 위해 흰 대리석으로 신전을 짓고, 당신의 이름으로 축제일을 만들어 바치겠나이다. 또한 간청드리오니, 당신을 모시는 여사제의 입을 통해서 우리에게 미래의 운명을 알려주십시오."

"이제 나를 따르시오!" 시빌라가 말했다. 이번에는 목소리에 엄청난 두려움이 배어 있었다.

그녀는 트로이인들을 이끌고 신전 뒤편으로 걸어갔다. 그러자 거대한 동굴이 입을 벌리고 있는 광경이 펼쳐졌다. 여러 개의 어두운 통로가 사방으로 이어져 있었다. 바닥에도 검은 입구가 입을 벌리고 있었는데, 그 아래로 이어진 통로는 끝이 보이지 않을 정도로 깊은 심연으로 뻗어 있었다. 거대한 쿠마이 산 전체가 동굴들로 이어져 있는 게 분명했다.

여사제는 그 자리에 조용히 멈춰 섰다. 하얀 옷을 입은 덩치 큰 여사제는 귀를 기울이려는 듯 동굴 속으로 몸을 숙였다. 잠시 후 그녀는 머리카락이 모두 쭈뼛 서며 숨을 헐떡거리더니, 두려움에 이를 딱딱거리며 맞부딪쳤다. "신이시다! 신께서 가까이 와 계신 것이 느껴진다!" 그녀는 비명을 지르며 어디론가 도망갈 길을 찾는 사람처럼 미친 듯이 사방을 둘러보았다. 그러나 도망갈 길은 어디에도 없는 듯 보였다.

트로이인들은 그런 그녀를 공포에 가득 찬 눈으로 바라보았다.

마침내 여사제의 예언이 시작되었다. 쩌렁쩌렁 울리는 그녀의 말소리는 마치 동굴 안에서부터 섬뜩한 목소리가 메아리치며 울려 나오는 것 같았다. "너는 목적지에 거의 도착했다고 생각하는 모양이구나, 트로이인 아이네아스여! 그러나 그것은 네 착각일 뿐이다. 지금부터가 시작이다. 물론 너희들은 라티움에 도착할 테지만, 곧 그 땅에 발을 들여놓은 것을 후회하게 될 것이다. 끔찍한 전쟁이 끊이지 않고, 티베리스 강이 피로 붉게 물들며, 죽은 영혼들이 떼를 지어 저승문으로 들어가는 모습이 보이는구나. 또한 너와 막상막하인 적이 널 기다리고 있는데, 그는 아킬레스만큼 강하고 용감하다. 그리고 트로이 전쟁과 마찬가지로, 다시 한 번 여자 하나를 두고 무시무시한 전투가 벌어질 것이다. 그러나 무슨 일이 일어나더라도 낙심하지 마라! 구원은 네가 전혀 예기치 못한 순간에 불현듯 찾아올 것이다. 그리고 그 구원은 그리스의 어느 도시로부터 올 것이다!"

예언을 마친 시빌라는 그 자리에 푹 쓰러졌다. 온몸이 녹초가 된 그녀는 천천히 다시 자리에서 일어났다. 이마에 땀이 흥건했다. 막 꿈에서 깨어난 사람처럼 손을 들어 허공을 휘저으며 정신을 차리려고 애썼다.

아이네아스는 한숨을 깊이 내쉬었다. "당신이 말한 것은 내가 전혀 예상치 못한 바가 아니오." 아이네아스가 침착하게 말했다. "나는 감히 우리가 싸움도 하지 않고 새로운 트로이를 건설할 수 있으리라곤 기대하지 않았소. 그러나 이제 나는 새로운 트로이를 건설하는 일이 우리의 정해진 운명이라는 사실을 확실히 알게 되었소. 그것만으로도 우리는 앞으로 어떤 일이 닥치든 잘 견뎌낼 수 있을 것이오. 고귀하신 여사제여, 그런데 내겐 아직 당신에게 부탁할 것이 한 가지 더 남아 있소." 말할 용기가 점점 사라지는 것을 느낀 아이네아스는 서둘러 나머지 말을 덧붙였다. "저승으로 가는 길을 내게 안내해주시오. 엘리시움에 살고 계신 아버지를 뵈러 가야 하기 때문이오."

시빌라는 아이네아스의 마지막 말에 홱 하고 머리를 쳐들고는, 믿을 수 없다는 듯한 표정으로 그를 쳐다봤다. "타르타루스의 끔찍한 밤을 두 번이나 보고, 스틱스 강을 두 번이나 건너가겠다고 자청하는 거요? 죽은 자들의 나라로 내려가는 것은 쉽지요. 그러나 그곳을 빠져나와 하늘의 태양을 다시 볼 수 있는 인간은 극소수에 불과합니다. 그들은 신들의 아들들이거나 혹은 유피테르 님의 사랑을 받는 특별한 자들이오. 그럼에도 불구하고 반드시 저승길을 다녀와야겠다면, 내 말을 잘 들으시오! 그곳으로 가기 전에 반드시 해야 할 일이 있소. 이 드넓은 숲속 어딘가에 나무 한 그루가 있는데, 그 나무 그늘 제일 깊숙한 곳에 황금 가지가 자라고 있소. 그 황금 가지를 찾아내어 꺾을 수 있는 자에게만 플루토의 왕국으로 들어가는 것이 허락되어 있소. 그 가지는 죽음의 여신 프로세르피나에게 선물로 주도록 정해져 있소. 저승으로 내려가는 것이 당신의 운명이라면, 당신은 그 가지를 쉽게 꺾을 수 있을 거요. 그러나 그렇지 않다면 당신은 칼을 가지고도 그 가지를 절대 잘라낼 수 없을 것이오. 자, 이제 그 가지를 찾아 길을 떠나도록 하시오! 가지를 찾거든 내게 다시 돌아와 오르쿠스의 신들에게 검은 양을 제물로 바치도록 하시오. 그런 다음에야 저승으로 갈 수 있을 것이오." 시빌라는 하던 말을 잠시 멈추고 아이네아스를 망설이며 쳐다보았다. "당신이 내 말을 믿을 수 있게 한 가지 말해줄 것이 있으니 잘 들어보시오." 그

317

녀는 다시 말을 이었다. "우리가 여기서 대화를 나누는 동안, 당신 동료들 중 한 명이 죽어서 해변에 누워 있소. 그를 장사 지내지 않으면 화가 미칠 테니, 격식에 맞춰 그를 묻어주도록 하시오!" 이 말을 끝으로 시빌라는 그 자리를 떠났다.

당황한 트로이인들은 그저 서로의 얼굴을 쳐다보다가, 잔뜩 겁먹은 얼굴로 아이네아스를 돌아다봤다. 정말로 아이네아스는 극소수 사람만이 했던 일을 할 참인가? 자기 부인을 지상으로 데려오려고 했던 가수 오르페우스, 신들의 총애를 받은 테세우스, 지하 세계의 개 케르베루스를 태양 아래로 끌고 나온 헤르쿨레스, 죽은 형을 살려낸 폴룩스처럼?

게다가 또 다른 끔찍한 일이 아직 남아 있었다. 대체 동료들 중 누가 그 사이에 목숨을 잃고 해변에 누워 있단 말인가?

그들은 서로 아무런 얘기도 나누지 않고 묵묵히 산을 내려갔다.

저 아래 해변에서 발견된 이는 미세누스였다. 미세누스는 이미 숨이 끊어진 채로 모래사장에 온몸을 쭉 뻗고 누워 있었다. 그는 젊고 힘이 셌으며 쾌활한 성격이었다. 어느 누구도 미세누스만큼 나팔을 힘차게 불 수 있는 사람은 없었다. 또한 어느 누구도 뿔피리를 가지고 그가 하는 것처럼 그렇게 거친 소리와 부드러운 소리를 만들어낼 줄 아는 사람은 없었다.

그는 해변의 바위 위에 서서 소라로 만든 피리를 불고 있었다. 피리 소리는 바다 위로 크게 울려 퍼졌다. 그러다 갑자기 축축하게 젖은 바위에서 미끄러져 바다로 빠지고 만 것이다. 물론 대부분의 사람들은 미세누스가 죽은 이유에 대해 다르게 알고 있었다. 즉, 미세누스의 훌륭한 피리 소리를 시기한 트리톤 중 하나가 바다 깊은 곳에서 나타나 미세누스를 끌고 바다 밑으로 내려가 버린 것이라고 말이다. 그러나 실제로 그가 어떻게 죽음에 이르게 되었는지, 정확하게 말할 수 있는 사람이 누가 있겠는가?

모든 트로이인들이 쾌활했던 동료의 죽음을 진심으로 슬퍼했다. 그러나 그를 다시 살려낼 방법은 어디에도 없었기에, 그들이 할 수 있는 일이란 그저 격식에 맞게 장례를 치러주는 것뿐이었다.

시신을 씻기고 기름을 바른 뒤 유품을 그 옆에 놓아두는 사이, 다른 한편에서는 장작더미를 쌓을 나뭇가지와 줄기를 구해오기 위해 남자들이 숲으로 향했다.

아이네아스는 도끼를 휘두르며 나뭇가지들을 쳐내다 말고,

도대체 어떻게 해야 나무가 빽빽하게 우거진 이 거대한 숲속에서 황금 가지 하나를 찾아낼 수 있을지 생각하다가 자기도 모르게 한숨을 절로 쉬었다.

"황금 가지는 분명 어딘가에서 자라고 있을 것이다. 시빌라가 한 말은 모두 사실이니까. 불쌍한 미세누스……" 슬픔에 잠긴 아이네아스는 혼잣말을 중얼거렸다.

바로 그 순간, 비둘기 두 마리가 그 옆을 스치듯 지나쳐 날아갔다. 아이네아스는 재빨리 고개를 들어 비둘기를 쳐다봤다. 비둘기들은 건너편에 있는 나뭇가지 위로 날아가 앉았다.

갑자기 그에게 어떤 생각이 떠올랐다. 비둘기? 비둘기는 베누스 여신이 총애하는 성스러운 동물이 아니던가……

"어머니." 아이네아스는 희망에 가득 차 말했다. "절 도와주시려고 비둘기들을 보내신 겁니까?"

그러자 비둘기들은 다시 날아오르더니 깊은 숲속으로 방향을 틀었다. 아이네아스는 비둘기들을 따라가며 두 눈을 부릅뜨고 놓치지 않으려고 애썼다. 때때로 도끼로 덤불을 쳐내며 길을 내야 했다. 나무뿌리에 걸려 넘어지기도 하고, 넝쿨에 몸이 휘감기기도 했지만 계속해서 달렸다. 가끔씩 비둘기들은 나뭇가지 위에 앉아 먹이를 쪼아 먹기도 했다. 그러면 아이네아스도 잠시 휴식을 취할 수 있었다. 숲은 갈수록 깊어지고 사방은 어두컴컴해졌다.

그러다 갑자기 아이네아스는 그리 멀리 떨어지지 않은 곳에서 나무들 사이로 검은 연기가 무럭무럭 피어오르는 것을 보았다. 그와 동시에 발걸음을 옮겨놓을 때마다 발이 바닥으로 더 깊이 빠지는 것을 느꼈다. 어디선가 유황 냄새 같은 악취가 나기 시작했다. 무성한 갈대와 잎이 큰 식물들이 눈앞에 나타나더니, 그것들을 손으로 헤치자 그 뒤에서 잔잔하게 반짝이는 물결이 보였다.

아이네아스는 깜짝 놀라며 뒷걸음질 쳤다. 순간 그곳이 어디인지 깨달았다. 그곳은 바로 아베르누스 호수였고, 그 호숫가에 지하 세계로 통하는 문들이 있었다.

호수를 바라보는 사이, 그는 또다시 화들짝 놀랐다. 도대체 비둘기들이 어디로 간 것일까?

아이네아스는 서둘러 주변을 둘러보았다.

다시 비둘기들을 발견했다. 이번에는 비둘기들이 호숫가에서 약간 떨어진 곳에 있는 나무 꼭대기에 앉아 있었다.

황급히 나무 쪽으로 가던 아이네아스는 뭔가 다른 것을 발견했다. 잎이 무성한 녹색의 가지들 사이에서 황금빛이 번쩍이는 것이 보였다. 그는 기쁨의 환호성을 지르며 서둘러 그리로 달려갔다.

다음 순간, 아이네아스의 손에는 황금 가지가 이미 들려 있었다. 가지는 너무나 쉽게 꺾였다……

아이네아스는 숲에서 빠져나와, 산 위에 있는 시빌라의 거처로 올라갔다.

아이네아스가 꺾어온 황금 가지를 본 시빌라는 그저 고개를 끄덕일 뿐이었다. "나는 당신이 황금 가지를 꺾어올 줄 알고 있었소." 그녀가 말했다. "당신 대신 그것을 맡아두겠소."

한편 그사이 저 아래 해변에서는 동료들이 장작더미를 쌓은 뒤 그 둘레를 화환과 나뭇가지들로 장식했다. 미세누스의 시신에는 자주색 옷을 입혀 장작더미 위에 누이고는 그 주변에 유품들을 늘어놓았다. 미세누스가 사용하던 무기들도 함께 놓아두었다. 모든 준비가 끝나자, 사람들은 얼굴을 돌린 채 대대로 내려오는 풍습에 따라 불이 붙은 횃불을 장작더미에 갖다 댔다……

불꽃이 잦아들고 장작더미가 모두 재로 변하자, 트로이인들은 잿더미 속에서 뼈를 골라내어 청동 항아리에 담았다. 아이네아스는 손수 봉분을 쌓고 그 위에 미세누스가 사용하던 나팔, 갑옷, 노를 올려놓았다.

그러고는 잠시 무덤 앞에 서 있었다. 그러나 그 순간에도 아이네아스는 미세누스를 생각할 겨를이 없었다. 그는 앞으로 해야 할 일들로 머릿속이 가득 차 있었다.

어느새 아이네아스의 눈길은 아스카니우스를 찾고 있었다. 아스카니우스는 다른 소년들과 함께 있었는데, 자리에 서서 아버지 쪽을 조심스레 건너다보고 있었다. 아직 어린 그의 얼굴은 평온했고 두려움이 없었다. 그는 아버지가 지하 세계로 내려가기 전에, 자기와 따로 작별 인사를 나누길 기다리고 있는 것 같았다.

그러나 아이네아스는 아스카니우스를 부르지 않았다. 다시 돌아오리라는 것이 확실한데, 어째서 작별 인사를 해야 한단 말인가? 아이네아스의 마음속에는 조금의 의심도 없었고, 미래에 대한 아무런 걱정도 없었다. 그는 앞으로 해야 할 일들을 완수하고, 그에게 운명 지어진 그 어떤 것도 참아낼 각오가 되어 있었다.

아이네아스는 곧 무덤을 떠나 산으로 올라가는 오솔길로 접어들었다. 그의 발걸음은 가벼웠다.

오솔길에서 약간 벗어난 곳에 있는 바위 위에 아카테스가 쪼그리고 앉아 있었다. 그는 온갖 무기들로 완전 무장을 하고 아이네아스를 기다렸다. 그러나 아이네아스는 아카테스가 기다리고 있는 것을 보지 못한 채 그 자리를 그냥 지나쳐갔다. 그러자 아카테스는 자리에서 일어나 얼마간 거리를 두고 아이네아스를 따라갔다. 아카테스는 한편으로 걱정스럽기도 하고 다른 한편으론 화가 나기도 했다. 이 세상에서 일어날 수 있는 그 어떤 끔찍한 일보다 훨씬 더할 게 분명한 그런 길을, 정말로 아이네아스 혼자 가게 내버려두어야 하는 걸까? 지하 세계는 분명 칠흑같이 캄캄할 테니, 어쩌면 몰래 저승문으로 숨어 들어가 아무도 모르게 아이네아스를 뒤따를 수도 있지 않을까. 아, 시빌라가 있었지. 만약 시빌라가 그를 발견한다면, 틀림없이 주제넘은 짓이라고 책망하며 다시 돌아가라고 할 게 분명했다.

산으로 점점 더 높이 올라갈수록 아카테스의 발걸음은 느려지더니, 마침내 그 자리에 멈춰 섰다. 아니다, 이건 아무 소용 없는 짓이다. 어떤 신도 그에게 명령을 내린 적이 없고, 그에게는 황금 가지도 없었다. 그러니 지하 세계로 내려가는 일은 이다음에 죽은 뒤에나 가능할 듯했다. 아무래도 육신을 떠나 혼령이 된 후에야 수없이 많은 다른 영혼들과 함께 그곳을 둥둥 떠다닐 수 있을 모양이었다.

이런저런 생각을 하던 아카테스는 결국 처량하게 발길을 돌렸다……

한편 아이네아스는 시빌라와 함께 숲으로 들어가 아베르누스 호수가 있는 곳으로 갔다. 시빌라는 말이 없었고, 침울해 보였다.

곧 그들은 유황 연기가 검은 베일처럼 나무들을 휘감고 있는 곳에 다다랐다.

연기를 헤치고 앞으로 나가니, 호숫가에 시커먼 구멍이 입을 벌리고 있는 것이 보였다. 그곳에서 독성을 품은 김이 끓어오르며 하늘 위로 퍼지고 있었다.

조금 떨어진 곳에 있는 나무에 검은 양 한 마리와 아직 한 번도 새끼를 낳은 적 없는 어린 암소가 묶여 있었다.

"저 양은 복수의 여신들께 바쳐야 합니다. 그래야 그들이 당신에게 복수하려고 따라다니는 것을 막을 수 있소." 시빌라가 말했다. "그리고 저 소는 죽음의 여신 프로세르피나에게 바치도록 하시오."

아이네아스는 묵묵히 시빌라가 시키는 대로 따랐고, 곧 격식에 맞춰 각각의 신들께 제물을 바쳤다.

"트로이인 아이네아스여, 이제부터는 당신이 가진 용기를 모두 다 발휘해야 할 것이오." 시빌라가 진지하게 말했다. "칼을 뽑아 들고 나를 따르시오!"

아이네아스는 독성을 품은 김을 보자 오싹 소름이 끼쳤다. 날아가는 새들조차 아무 탈 없이 그곳을 무사히 통과하기는 어려워 보였다.

그러나 시빌라는 조금도 주저하지 않고 시커먼 나락으로 용감하게 몸을 던졌다.

아이네아스도 이를 악문 뒤 숨을 멈추고는, 시빌라를 따라 구멍 속으로 뛰어들었다.

그들은 어둠을 뚫고 계속해서 아래로 떨어졌다……

시빌라와 아이네아스가 다시 발밑에 딱딱한 바닥이 닿는 것을 느꼈을 때, 그들은 벌써 끝이 보이지 않는 넓고 황량한 공간에 서 있었다. 희미한 달빛이 음산하게 어른거리듯, 어딘가에서 약한 빛이 어스름하게 비춰들고 있었다. 그렇게 해서 마침내 저승의 문턱에 도착한 살아 있는 두 명의 외로운 인간들은 계속해서 앞을 향해 걸어갔다.

그들은 곧 주변을 둘러싼 텅 비고 으스스한 밤이 사실은 여러 존재들로 가득 차 있다는 것을 깨달았다.

저 멀리 시커먼 벽 앞에는 슬픔과 걱정의 유령들, 질병과 배고픔과 가난의 창백한 악귀들이 웅크리고 있었다. 다른 편 어두컴컴한 구석에는 증오와 불화의 일그러진 얼굴들이 숨어 있었다. 복수의 여신들이 거처하는 방 앞의 무쇠로 된 문지방 위에는 전쟁을 부르는 알렉토가 앉아 있었다. 알렉토는 언제라도 이글거리는 횃불을 들고 세상으로 뛰쳐나가 난동을 부릴 준비가 되어 있었다.

그리고 어느 기둥에는 텅 빈 눈과 벌거벗은 해골의 형상을 한 죽음이 기대서 있었다.

시빌라와 아이네아스는 인간의 헛된 꿈들이 잎사귀 사이사이로 둥지를 틀고 있는 거대한 나무를 지나 계속해서 앞으로 나아갔다.

조금 더 지나자 반인반마半人半馬인 켄타우루스, 스킬라 같은 괴물들이 사방에서 튀어나와, 마치 온갖 종류의 기이한 동물들로 둘러싸인 숲속을 지나고 있는 듯한 착각이 들 정도였다.

100개의 팔이 달린 브리아레우스가 그들을 향해 엉금엉금 기어 오는가 하면, 헤르쿨레스에게 죽임을 당한 머리가 아홉 개 달린 레르나의 물뱀이 쉭쉭거리며 동굴에서 머리를 내밀기도 했다.

그 끔찍한 광경을 더 이상 견딜 수 없었던 아이네아스는 손에 들고 있던 칼을 허공에 대고 휘둘렀다. 그 징그러운 괴물들을 갈기갈기 난도질해야 할 것 같았다. 그렇지 않으면……

순간, 시빌라가 아이네아스의 팔을 잡았다. "힘을 낭비하지 마시오!" 그녀가 말했다. "당신은 지금 허공에 헛손질을 하고 있을 뿐이오. 저것들은 모두 그림자에 불과하오!"

시빌라와 아이네아스는 또다시 한참을 나아갔다. 이번에는 어디선가 물 흐르는 소리가 나더니, 곧 아케론* 강둑이 눈앞에 펼쳐졌다. 진흙처럼 걸쭉한 아케론의 강물은 꿈틀거리듯 물결치며, 저 아래 탄식의 강이라고 일컬어지는 코키토스로 흘러들어 갔다.

아케론의 중간쯤에는 나룻배 한 척이 떠 있었다. 지하 세계의 유일한 뱃사공 카론이 나룻배를 젓고 있었다. 얼굴에는 온통 하얗게 센 수염이 제멋대로 엉클어진 채 뒤덮여 있었고, 두 눈은 타오르는 불처럼 이글거렸다. 어깨에는 더럽기가 이루 말할 수 없는 누더기 같은 망토를 끈으로 아무렇게나 묶어 걸치고 있었다.

---

* 스틱스, 코키토스 등과 함께 죽은 영혼들이 뱃사공 카론이 젓는 나룻배를 타고 지하 세계로 건너가게 되는 강.

그는 긴 막대기로 회색빛 나룻배를 몰아 건너편 강둑을 향해 가는 중이었다.

엄청나게 많은 그림자들이 무리를 지어 금방이라도 부서질 듯 낡아빠진 나룻배 위에 빼곡히 올라타서는, 나룻배가 건너편 강둑에 도착하기가 무섭게 쉭쉭 소리를 내며 어디론가 사라졌다. 그 모습을 본 아이네아스는 놀라움을 감출 수가 없었다.

뿐만 아니라 이쪽 편 강둑에도 창백하고 흐릿한 형상들이 잔뜩 겁먹은 표정으로 떼 지어 몰려와, 뭔가를 간절히 애원하듯 험상궂은 뱃사공을 향해 손을 내밀고 있었다. 그러나 카론은 그들이 아무리 간절하게 애원해도 눈 하나 꿈쩍하지 않았다. 그는 대부분의 그림자들을 밀쳐내며 자기 마음에 드는 이들만 골라 배에 태우는 것 같았다.

호기심을 더 이상 억누를 수 없었던 아이네아스는 시빌라에게 그 이유를 물었다.

"강의 이쪽 편에 서 있는 저 형상들은 땅에 묻히지 못한 사람들의 원혼이랍니다." 시빌라가 대답했다. "저들이 아무리 강을 건너길 갈망하고 카론에게 애원해도, 그는 그들을 건네줄 수 없습니다. 10년이 열 번 지날 동안 이 강둑 언저리를 헤매 다니며 기다려야 하지요. 반면에 이미 땅속에 묻혀 백골이 되어가며 편안히 쉬고 있는 인간들의 영혼은 아무리 냉정한 카론이라 해도 즉시 나룻배에 태워 건너편 강둑으로 데려다 준답니다."

아이네아스는 측은한 마음이 들어 이쪽 강둑에 있는 가련한 무리들을 다시 한 번 쳐다보았다. 그러다 갑자기 움찔했다! 저기…… 저기 있는 것은 키잡이 팔리누루스가 아닌가! 아이네아스는 황급히 그림자들을 이리저리 밀어제치며 무리들 속을 파고들어 갔다! 저런, 아이네아스는 그림자들이 결코 누군가가 가는 길을 방해하거나 막을 수 있는 존재들이 아니라는 사실을 자꾸만 잊어버렸다!

"팔리누루스!" 아이네아스는 애타게 그의 이름을 외치며 끌어안으려 했다. 그러나 팔리누루스는 어느새 연기처럼 그의 팔을 빠져나가 몇 걸음 뒤로 물러나서는 슬픈 얼굴로 그를 바라보았다.

"불쌍한 팔리누루스, 이제 자네는 여기서 100년을 기다려야 한다네." 아이네아스가 속이 상해서 말했다. "하지만 자네도 알다시피 바다가 자넬 데려가 버리는 바람에 그대를 묻어 줄 수가 없었다네."

"전 바다에 빠진 후 사흘 밤낮을 얼음장같이 차가운 물결에 이리저리 휩쓸려 다녀야 했습니다." 팔리누루스의 그림자가 말했다. "나흘째 되는 날 아침, 눈앞에 헤스페리아의 해안이 나타났습니다. 전 죽을힘을 다해 육지로 헤엄쳐 갔지요. 그런데 세상에 맙소사! 막상 해변에 도착해 모래사장으로 기어 올라갔더니, 그곳에 사는 강도들이 절 발견하곤 때려죽이고 말았습니다. 아마도 그들은 저를 많은 재물을 배에 싣고 가다가 조난당한 부자쯤으로 여겼던 모양입니다. 그 후로 제 몸뚱이는 다시 파도에 휩쓸려 여기저기 이름 모를 낯선 해변을 헤매고 있습니다! 여신의 아들이여, 당신께 간청드리건대 벨리아의 포구로 가서 그곳에 있는 제 시신을 땅에 묻어주십시오. 만약 그것이 불가능하다면, 지금 당장 당신과 함께 이 강을 건널 수 있게 해주십시오. 분명 당신은 신들의 명령과 도움을 받아 여기에 온 것일 테고, 그렇다면 절 도울 능력도 충분히 있으실 테니까요!"

그러자 시빌라가 화를 벌컥 내며 머리를 가로저었다. "넌 참으로 뻔뻔하게 네 욕심을 채우려 드는구나, 팔리누루스야! 땅에 묻히기 전에는 결코 아케론을 건널 수 없다! 하지만 안심하거라! 벌써 벨리아에 사는 사람들이 어디선가 위험한 징후를 발견하곤 놀라서 네 시신을 묻어주려고 포구로 갔다. 그러니 조금만 더 참아라!"

그 말을 들은 팔리누루스의 그림자는 큰 위로를 받고 어둠 속으로 사라졌다.

바로 그 순간, 뱃사공의 사나운 목소리가 쩌렁쩌렁 울렸다. "신들조차도 이 강을 두려워하여 이 강의 이름을 걸고는 허튼 맹세조차 하지 않으려 하는데, 감히 무장까지 하고 강 가까이로 다가오는 넌 대체 누구냐? 당장 그 자리에 멈춰 서거라! 이곳은 그림자들의 왕국이고, 살아 있는 사람은 그 누구도 명부冥府의 배를 탈 수 없다! 물론 내 의지와는 달리, 그들 중 몇 명을 건네주어야 했던 적은 있다. 그러나 그들은 신들의 아들들이었고 나보다 훨씬 강했지. 그들 때문에 플루토 왕국의 질서가 무너졌다."

"그렇게 겁낼 것 없소!" 시빌라가 얼른 끼어들며 말했다. "이 사람은 트로이에서 온 아이네아스요. 엘리시움에 살고 있는 아버지를 만나기 위해 죽을 수밖에 없는 인간들이라면 누구나 무서워서 벌벌 떠는 타르타루스의 밤으로 내려온 것이오. 아버지에 대한 아들의 사랑이 갸륵하지도 않으시오? 그리고 여길 보시오!" 시빌라는 옷 속에 감춰두었던 황금 가지를 꺼내 보였다.

격분했던 뱃사공의 얼굴이 순식간에 돌변했다. 놀라움과 경외심에 가득 찬 눈으로 그는 황금 가지를 유심히 들여다봤다. 그가 마지막으로 이 징표를 본 것은 아주 오래전 일이었다.

그는 벌써 한참 전부터 몰려와 나룻배의 긴 의자 위에 앉아 기다리던 한 무리의 그림자들을 황급히 손사래를 쳐서 몰아내고는, 아이네아스와 시빌라에게 배에 올라타라고 했다.

평소에는 무게가 나가지 않는 그림자들만을 실어 나르던 낡은 나룻배는 살아 있는 사람이 둘씩이나 타자 그 무게를 이기지 못해 삐걱거렸고, 배의 모든 이음매로 강물이 새어 들어왔다.

그러나 다행히 그들은 반대편 강둑에 무사히 도달할 수 있었다. 강둑 바로 앞에 거대한 장벽이 세워져 있었고, 그 뒤로 넓은 정원과 숲 그리고 풀밭이 끝없이 펼쳐져 있었다. 그곳이 바로 죽은 자들의 영혼이 살고 있는 곳이었다.

거대한 장벽에는 문이 하나 나 있었는데, 아치형 문 아래에 머리가 셋 달린 지옥의 개 케르베루스가 앉아 있었다. 케르베루스는 두 명의 낯선 이방인을 보고는 앉아 있던 자리에서 천천히 일어나더니, 공격 자세를 취하며 세 개의 머리를 앞으로

쑥 내밀었다. 곧 등에 난 돌기가 검붉은 색으로 변하며 부풀
어 올랐다.

케르베루스는 세 개의 목구멍으로 컹컹 짖어대기 시작했는
데, 그 소리가 어찌나 크고 사납던지 아이네아스는 그만 몸을
움찔했다.

시빌라가 꿀을 바른 작은 과자를 하나 꺼내 케르베루스 앞
으로 던졌다. 그 과자에는 깊은 잠에 빠지게 하는 약초가 섞
여 있었다.

케르베루스는 과자를 향해 탐욕스럽게 달려들어 얼른 먹어
치웠다. 곧 졸음을 이기지 못한 케르베루스는 세 개의 머리를
힘없이 아래로 푹 숙였고, 사나운 감시자의 역할을 다하지 못
하고 그대로 바닥에 몸을 길게 뻗더니 깊은 잠에 빠져들었다.

아이네아스와 시빌라는 그 옆을 살금살금 지나 문을 통해
안으로 들어갔다. 안으로 들어가자 넓은 정원이 나왔다. 작고
환한 그림자들이 무리 지어 지나가는가 싶더니, 여기저기서
가냘픈 울음소리가 들려왔다. 그곳은 삶이 막 시작되는 문턱
에서 죽은 어린아이들의 혼이 지내는 곳이었다.

다음으로 외로운 두 여행객에게 어두컴컴하고 천장이 둥근
넓은 방의 문이 열렸다. 그곳에는 억울하게 고소를 당해 사형

선고를 받은 자들이 모여, 다시 한 번 공정한 재판이 열리기를 기다리고 있었다.

그 옆에는 잿빛의 음산한 안개가 깔린 방이 있었는데, 그곳은 삶에 대한 감사함을 모르고 비겁하게도 스스로 삶을 포기한 사람들의 방이었다. 그들은 다시 한 번만 태양 빛을 볼 수 있다면, 그 어떤 고통도 기꺼이 감내하며 살아갈 수 있을 것 같았다. 그러나 한번 건넌 저승의 강을 되돌아갈 수 있는 기회는 더 이상 주어지지 않았다.

길은 계속해서 도금양나무가 우거진 작은 숲으로 이어졌다. 숲은 깊은 어둠 속에 파묻혀 있어, 외로운 오솔길 위로 따사로운 빛이 단 한 번도 내리쬔 적이 없는 것 같았다. 그곳은 바로 슬픔의 숲이었다. 그 숲은 불행한 사랑으로 인해 죽음을 맞은 원혼들이, 서로 어울리는 법 없이 각자의 슬픔에만 몰두해 외롭게 지내는 곳이었다.

프로크리스*와 에리필레**의 모습이 보였다. 파이드라***도 그 아름답고 처절하리만치 슬픈 얼굴을 옆으로 돌린 채, 아이

---

* (옮긴이) 남편인 케팔루스의 사랑을 의심하다가 죽임을 당했다.
** (옮긴이) 재물을 탐내 남편을 사지로 몰아넣은 대가로, 아들 알크마이온에게 죽임을 당했다.
*** (옮긴이) 의붓아들인 히폴리투스를 사랑하여 그를 죽음으로 몰아넣고, 결국 스스로 목숨을 끊었다.

네아스의 곁을 스쳐 지나갔다.

그 뒤로 또 한 여자의 그림자가 아이네아스 가까이로 다가왔다. 여자는 아이네아스 쪽을 쳐다보지 않고 역시 고개를 숙이고 지나갔다.

순간 아이네아스는 심장이 멎을 것만 같았다. 그 여자는 디도였다.

갑자기 아이네아스는 자신이 디도를 열렬히 사랑했음에도 그녀를 떠나야만 했던 옛 기억이 떠올라 두 눈에서 눈물이 솟구쳤다.

그는 디도에게 달려가 팔을 뻗었다. 아, 아이네아스는 사랑하는 사람의 그림자에 아무리 팔을 뻗어도 절대로 안을 수 없다는 사실을 자꾸만 잊어버렸다! 디도의 그림자는 뒤로 물러나서 아이네아스로부터 약간 떨어진 곳에 서 있었다. 시선은 여전히 바닥을 향했고, 표정은 냉랭했으며, 마치 석상처럼 미동도 없었다. "지금 이것이 사실이란 말이오?" 아이네아스는 너무도 고통스러워하며 말했다. "나는 당신에게 일어난 일이 사실이라고 믿고 싶지 않소. 그러니까 당신은 죽었고, 그것도 나 때문에 당신 스스로 목숨을 끊었다는 말이구려. 신들의 이름을 걸고 당신에게 다시 한 번 맹세하겠소. 당신을 떠난 건

내 의지가 아니었소. 그건 신들의 명령 때문이었소. 제발 가지 마시오, 부탁이오! 운명은 내게 당신을 마지막으로 한 번 더 볼 수 있게 허락해주셨소. 그러니 제발 내게서 달아나지 마시오!"

그러나 디도는 이미 아이네아스에게서 등을 돌린 후였다. 무심하고 냉정하게, 아이네아스 쪽은 단 한 번도 쳐다보지 않은 채 그녀는 자리를 떠나 곧장 나무 그늘 속으로 사라져버렸다.

아이네아스는 너무도 슬픈 나머지 주변에서 벌어지는 일들에 조금도 주의를 기울이지 않고, 오로지 자기 생각에만 깊이 빠져 시빌라 뒤를 멍하니 쫓아갈 뿐이었다.

도금양나무 숲을 뒤로하고 그들은 이제 어느 넓은 평야에 이르렀다. 그곳은 매우 소란스러웠고, 사방에서 여러 사람의 목소리가 들려왔다.

아이네아스는 정신이 번쩍 들었다. 갑자기 주변에 많은 그림자들이 모여 있다는 것을 알아챘다. 그들은 병사들의 그림자였다. 아이네아스는 금세 알아볼 수 있었다. 그가 지금 있는 곳은 전쟁에서 죽은 영웅들의 그림자가 있는 곳이었다!

아이네아스는 다시 세심하게 주의를 기울여 주변에 있는 얼굴들을 쭉 훑어보았다……

337

그렇다, 저기 있는 것은 티데우스이고, 이쪽에 있는 이들은 글라우쿠스와 메돈이었다. 또 저 건너편에는 테르실로쿠스와 안테노르의 세 아들들이 있었다. 한때는 전우였던 많은 트로이인들을 아이네아스는 모두 알아볼 수 있었다.

그들은 아이네아스를 보고 반가워했다. 가까이 다가와 그가 가는 길을 한동안 동행하기도 하고, 여러 가지 것들을 열심히 물어보는가 하면, 자기들이 어떻게 죽었는지 말해주기도 했다.

그런데 조금 떨어진 저쪽에 아이네아스가 모르는 병사들 무리가 서 있었다. 아이네아스는 곧 그들이 아카이아 병사들이라는 것을 알아챘다. 그들 대부분이 적대감을 가지고 아이네아스를 쳐다봤고, 어떤 이들은 아예 등을 돌리기도 했다. 여기저기서 입을 크게 벌리고 끔찍한 비명을 내지르는 듯한 표정들을 지었지만, 그것이 목소리가 되어 밖으로 새어 나오지는 않았다.

마지막으로 온몸에 처참한 상처를 입은 한 남자의 그림자가 다가왔다. 아이네아스는 그가 누구인지 거의 알아보지 못할 뻔했다. 프리아무스 왕의 아들들 중 하나인 데이포부스였다.

"불쌍한 친구, 자넨 데이포부스가 아닌가?" 아이네아스가 측은한 마음으로 말했다. "자네에게 도대체 무슨 일이 일어난 건가? 우리가 마지막으로 트로이 시내에서 전투를 벌일 때 난 자네를 보지 못한 것 같네!"

"내 아내*가 날 배신했소." 데이포부스가 침통하게 대답했다. "아카이아인들이 목마의 배에서 쏟아져 나오고 시논이 성문을 열었을 때, 그녀는 메넬라우스를 집으로 불러들였소. 아카이아인들이 집 안으로 뛰어든 것을 알고 깜짝 놀라 잠에서 깬 나는 얼른 무기를 집으려 했소. 그런데 파렴치한 아내가 벌써 그것들을 모두 치워버린 뒤였소. 베개 밑에 넣어둔 내 칼조차도 말이오. 그렇게 해서 아카이아인들이 나를 죽인 거요. 그건 그렇고, 여신의 아들이여, 말해주시오. 당신은 어떻게 해서 산 자의 몸으로 죽은 자들의 왕국에까지 내려오게 된 것이오?"

"대화는 이제 그만하시오!" 시빌라가 조바심을 내며 말했다. "시간은 자꾸만 흘러가고, 우리에게 주어진 시간은 얼마 남지 않았소. 우린 지금 갈림길에 도달했소, 아이네아스. 여기 오른쪽으로 난 길이 바로 엘리시움으로 가는 길이오. 왼쪽

---

* (옮긴이) 헬레나를 의미한다. 헬레나는 스파르타의 왕 메넬라우스의 아내였으나 트로이의 왕자 파리스와 도주하여 트로이 전쟁의 불씨가 된다. 트로이 전쟁이 끝날 무렵, 파리스가 전사하자 아우인 데이포부스의 아내가 된다.

339

길은 악한 자들이 가는 고통의 나라로 이어져 있소."

"내게 화내지 마시오, 고귀한 여사제여!" 데이포부스가 간청했다. "나는 이제 다시 어둠 속으로 돌아가, 내게 주어진 시간이 모두 지나가길 기다릴 테니 말이오! 잘 가시오, 여신의 아들이여! 당신에겐 나보다 더 나은 운명이 정해져 있기를!"

데이포부스는 이렇게 말하며 몸을 돌려 다른 그림자들 사이로 사라졌다.

아이네아스는 주위를 둘러보았다. 오른쪽으로 플루토의 웅장한 궁전과 낙원 엘리시움이 보였다.

왼편에는 거대한 절벽 아래 세 겹의 높은 벽으로 둘러싸인 시커먼 성이 있었다. 성벽 둘레에는 불의 강인 플레게톤이 맹렬하게 불꽃의 소용돌이를 일으키며 흘러가고 있었다. 금강석으로 된 기둥들이 떠받치고 있는 튼튼한 성문은 그 어떤 인간의 힘이나 심지어 신들의 능력으로도 열 수 없었다. 무쇠로 된 탑은 공중으로 높이 솟아 있었는데, 그 위에는 밤낮으로 한숨도 자지 않고 입구를 감시하는 복수의 여신 티시포네가 핏빛 망토를 걸치고 앉아 있었다.

그 무시무시한 광경에 몸서리치며 아이네아스는 성 쪽을 내려다보았다. 그런데 성안에서 울음소리와 신음 소리, 찰싹거리는 채찍 소리와 사슬이 덜거덕거리는 소리 등이 들려왔다.

"이게 무슨 소리요?" 아이네아스가 겁에 질려 물었다. "도대체 무슨 죄를 지었기에 저리도 끔찍한 형벌을 받는 거요?"

"올바르게 살다가 죽은 사람은 저 공포의 성 안으로 발을 들여놓을 필요가 없지요." 여사제는 매우 진지하게 말했다. "예전에 어둠의 여신 헤카테가 내게 아베르누스의 숲을 돌봐달라고 부탁했을 때, 그녀가 직접 나를 데리고 타르타루스의 왕국을 돌며 모든 것을 보여준 적이 있소. 저 아래 세계는 냉정한 심판관 라다만투스*가 다스리고 있소. 그는 생전에 지은 죄를 숨기고 있는 죄인들에게 비밀스러운 악행을 전부 털어놓게 만들지요. 그들은 죄를 짓고도 그 즉시 속죄하지 않고, 벌 받는 것을 최대한 미룬 사람들이오. 지금 티시포네가 바로 그런 죄인들을 채찍질하고 있는 중이오. 채찍질한 다음에는 계속해서 그들을 다른 복수의 여신들에게 넘겨줍니다. 저쪽을 한번 보시오. 저기 저주의 문이 열려 있고, 끔찍한 괴물 하나가 문지방을 지키고 있는 것이 보이지요? 저길 넘어가면 앞뜰에 머리가 50개나 달린 뱀이 살고 있는데, 제아무리 애를 써도 저 뱀이 있는 한 아무도 도망칠 수 없소.

---

* (옮긴이) 옛 크레타 섬의 왕으로, 지하 세계의 심판관이다.

게다가 저 아래 바닥에는 하늘과 땅 사이의 거리보다 두 배나 더 깊은 나락이 입을 떡 벌리고 있소.

그 아래 깊은 곳에서는 태고에 대지의 자식으로 태어난 거대한 티탄족들이 분노에 치를 떨며 몸부림치고 있소. 그들은 하늘에 있는 유피테르의 성을 맨손으로 때려 부수고, 신과 인간 들의 아버지 유피테르를 옥좌에서 몰아내려 했소. 그 벌로 번개에 맞아 이 나락으로 떨어진 후 저렇게 속수무책으로 갇힌 신세가 된 것이오.

살모네우스도 저 심연에서 속죄의 시간을 보내고 있소. 그는 자기가 정복한 종족들에게 신들께나 보일 만한 존경을 강요한 데다, 무례하기 짝이 없이 횃불과 요란한 말발굽 소리를 이용해 유피테르 신의 번개와 천둥소리를 흉내 냈기 때문이오.

그리고 아폴로와 디아나에게 죽임을 당한 티티오스도 있소. 그는 주제넘게 라토나 여신의 몸에 손을 대려 한 죄로, 저 심연 아래에서 몸을 움직일 힘도 없이 누워 독수리에게 간을 쪼아 먹히고 있소. 간에서는 계속해서 새살이 돋아나지만, 독수리 역시 계속해서 간을 쪼아대어 그 고통은 끝이 없다오.

혹시 당신은 라피타이족인 피리토우스*와 익시온**의 이름을 들어본 적이 있소? 그들의 머리 위에는 거대한 바위가 매달려 있어, 언제라도 아래로 떨어질 기세로 그들을 위협하고 있소.

바로 옆에는 푹신한 방석과 황금 등받이가 달린 의자 그리고 진수성찬이 풍성하게 차려져 유혹의 손길을 뻗치고 있소. 그러나 그 옆에 복수의 여신들 중 가장 나이가 많은 여신이 쭈그리고 앉아, 절망에 빠진 두 사람이 음식에 손을 대지 못하도록 불이 붙은 횃불을 휘두르며 쫓아내고 있소.

그 밖에도 다른 많은 사람들이 타르타루스의 맨 밑바닥에서 저주를 받고 있소. 생전에 자기 형제들을 증오한 자, 자기 아버지를 때리거나 재산과 부富 때문에 자신이 돌보기로 한 사람들에게 사기를 친 자, 탐욕스럽게 공동의 재산을 혼자 독차지하고 나머지 사람들을 굶주리게 만든 자, 간음하다가 목숨을 잃은 자, 정당하지 않은 싸움에 무기를 든 자, 혹은 자신의 주인을 배반한 자······ 그들 모두가 타르타루스에서 고통을 당하고 있소. 내가 수백 개의 입을 가지고 있다고 한들, 인간들이 저지르는 그 모든 악행을 당신에게 다 말해줄 수는 없

---

* (옮긴이) 라피타이족의 왕으로 테세우스와 함께 지하 세계의 왕비 프로세르피나를 유괴하려고 명부로 내려갔다.
** (옮긴이) 유노 여신을 욕보이려다 벌을 받은 거인. 피리토우스의 아버지이다.

을 것이오. 자, 이제 이 황금 가지를 받으시오! 까마득한 옛날에 키클롭스들이 지어놓은 저 벽과 아치형 문이 보이시오? 그곳이 바로 플루토의 궁전으로 들어가는 입구요. 그 궁전 안에 프로세르피나가 살고 있소.

그녀에게 가서 당신의 이 선물을 바치도록 하시오! 그러면 엘리시움으로 가는 길이 열릴 것이오!"

아이네아스는 시빌라가 하는 말을 귀담아들었다. 그는 문으로 가서 성벽 아래 샘에서 솟아 나오는 물을 온몸에 뿌린 다음, 황금 가지를 성문 문턱 위에 놓았다.

그러자 엘리시움으로 가는 길이 열렸고, 아이네아스와 시빌라는 서둘러 그 길로 들어섰다.

그곳은 타르타루스의 음침한 밤이 다스리는 곳이 아니었다. 아름답고 드넓은 들판 위로 매일 태양이 떠올랐고, 밤이면 별들이 금강석을 뿌려놓은 듯 엘리시움의 높고 어두운 하늘을 수놓으며 반짝였다.

두 방랑자는 주변을 둘러보기 위해 잠시 가던 길을 멈추고 그 자리에 섰다. 정말이지, 그곳은 낙원임이 분명했다! 끝도 없는 들판 위에 그들의 눈길이 닿는 곳은 어디에나 태양이 내리쬐었고, 밝게 빛나는 형상들로 가득했다. 그 형상들은 모두 살아 있을 적에 기쁜 마음으로 즐기던 것들만 하면서 지내는 것 같았다. 어떤 이들은 춤추며 노래했고, 또 어떤 이들은 온갖 놀이와 경기를 즐겼으며, 많은 이들이 포도주와 풍성한 진수성찬을 앞에 놓고 만끽하고 있었다. 트라키아의 음유시인이 칠현금 소리에 맞춰 노래를 불렀고, 고귀한 신분의 남자들이 이리저리 거닐면서 열띤 토론을 벌이기도 했다. 생전에 병사였던 사람들은 진귀한 무기를 보고 감탄하거나, 조금 떨어진 곳에 있는 나무 아래에서 풀을 뜯고 있는 휘황찬란한 말들을 바라보며 흡족해했다.

아이네아스는 혹시 아버지가 그곳에 있을까 싶어 사방을 둘러보며 이리저리 살폈다.

그러나 어디에도 아버지의 모습은 보이지 않았다.

시빌라가 아이네아스의 손을 잡고, 반짝이는 그림자 형상들이 모여 있는 무리 사이로 이끌었다.

"저기 아주 오래된 옛날식 갑옷을 입고 있는 영웅들이 보이시오?" 그녀가 말했다. "당신들의 조상인 일루스와 아사라쿠스, 테우케르와 다르다누스입니다. 바로 저 영웅들이 예전에 트로이를 건설했소. 그리고 저쪽 황금 전차 주변에 무리 지어 서 있는 병사들이 당신의 나라를 위해 싸우다 큰 부상을 당한 사람들이오. 저 건너편에 하얀 띠를 이마에 두르고 있는 이들은 예술과 정신세계를 표현한 작품들을 통해서 커다란 명예를 얻은 사람들이랍니다. 아, 저기 예언자 무사이우스가 오고 있소! 그에게 가서 앙키세스에 대해 물어봅시다!"

그들은 곧 상냥한 그림자들로 둘러싸여 있는 키 큰 남자에게 다가갔다. "무사이우스, 당신은 지상의 많은 사람들에게 익히 잘 알려졌던 사람이오." 시빌라가 그에게 말을 걸었다. "그러니 분명 당신은 이 드넓은 엘리시움 왕국에서 우리의 안내자가 되어줄 수 있을 것이오! 트로이인 아이네아스가 그의 아버지 앙키세스를 만나기 위해 이곳에 왔소!"

그 예언자가 고개를 끄덕였다. "따라오시오! 나는 그가 어디 있는지 알고 있소."

무사이우스는 아이네아스와 시빌라를 이끌고 어느 언덕을 올랐다가 그 너머에 있는 초록빛 골짜기로 다시 내려갔다. 골짜기에는 강이 하나 있었는데, 강물은 완만한 강둑 사이로 고요하게 흘렀다. 강가에는 수많은 무리의 그림자들이 몰려와 물을 마시려고 강물 위에 몸을 숙이고 있었다.

도대체 그 광경이 무엇을 뜻하는지 묻기 위해 입을 연 순간, 아이네아스는 아버지의 모습을 발견했다.

앙키세스는 강에서 그리 멀리 떨어지지 않은 곳에 서서, 지나가는 그림자들을 하나하나 주의 깊게 살펴보고 있었다.

아이네아스는 재빨리 아버지 쪽으로 달려갔고, 그의 모습을 본 앙키세스의 얼굴은 반가움에 환하게 빛났다.

"아들아, 드디어 날 찾아왔구나!" 앙키세스가 이렇게 말하자, 아이네아스는 그를 향해 손을 뻗었다.

"한번 안아보게 해주세요, 아버지!" 아이네아스는 이제껏 살아오며 그렇게 행복했던 순간은 결코 없었다고 생각했다. 그러나 그가 앙키세스의 어깨 위로 팔을 얹으려는 순간 앙키세스는 움찔하며 뒤로 물러났고, 안타깝게도 그는 팔을 다시 아래로 내려뜨려야만 했다. 오, 어째서 아이네아스는 살아 있는 자들이 죽은 이들의 그림자에 가까이 다가갈 수 없다는 것을 자꾸만 잊어버리는 것일까!

아이네아스는 강을 떠나 조용히 돌아가는 빛나는 형상들을 바라보았다.

"저들은 무엇을 하는 겁니까, 아버지?" 아이네아스가 물었다. "왜 저들 모두가 저렇게 강물을 마십니까?"

"이 강이 바로 레테고, 저들은 망각을 마시는 거란다." 앙키세스가 대답했다. "저 영혼들은 다시 지상으로 돌아가 새

삶을 시작할 운명을 부여받았기 때문이지."

그 말을 들은 아이네아스는 깜짝 놀랐다. "이미 엘리시움에 살고 있는 영혼들이 지상으로 다시 돌아가길 바란다는 말씀입니까?" 그는 믿을 수 없다는 듯 물었다.

"죽을 수밖에 없는 인간들이 이해하기에는 조금 어려운 문제로구나." 앙키세스가 대답했다. "그 까닭에 대해 내가 알고 있는 바를 말해줄 테니 잘 들어보아라. 태초에 하늘과 땅과 넓은 바다, 해와 달과 수많은 별들을 존재하게 해준 것은 정신이란다. 생명을 불어넣는 힘을 가진 정신은 모든 것을 살아 있게 만들었지. 그렇게 해서 땅은 인간과 동물들을 창조했고, 또 공중을 날아다니는 새들과 바다 밑 깊은 곳에 사는 괴물들도 생겨나게 되었단다. 그들 모두에게 똑같이 작용하는 근원은 물론 하늘에서 온 것이지만, 땅 위에 존재하는 모든 것들은 하늘처럼 완전하지 못한 까닭에 온갖 종류의 결핍을 안고 살아간단다. 그리하여 그들의 지상에서의 마지막 운명은 죽음으로 끝이 나게 되는 것이다.

그런데 죽음을 앞둔 인간들은 그들이 살아 있는 동안 행한 모든 죄악을 완전히 용서받을 수가 없다. 따라서 인간들이 죽은 다음 그림자의 왕국으로 내려올 때, 그들은 온갖 죄와 악행의 낙인을 온몸에 지니고 오게 된다. 바로 그 죄에 대한 대가를 저승에서 치러야만 하는데, 각자가 받는 형벌의 종류가 다 다르단다. 어떤 이는 텅 빈 방에서 온몸이 묶인 채 끊임없이 몰아치는 사나운 폭풍의 채찍질을 견뎌내야 한다. 또 어떤 이는 그가 지은 죄의 흔적이 모두 씻겨 내려갈 때까지 세차게 소용돌이치는 급류 속에서 이리저리 휩쓸려 다녀야 하지. 혹은 지난 과오를 모두 태워버리는 불을 통해서 정화되는 이들도 있단다.

그런 과정을 거쳐 그들에게 죄악의 더러움이 조금도 남아 있지 않게 되었을 때, 그제야 비로소 엘리시움이 그들을 받아들이는 것이다. 그리고 그들에게 주어진 엘리시움에서의 시간이 지나고 나면, 그들은 망각의 강에서 물을 마시고 이전 삶에 대한 기억이 모두 지워진 채로 다시 태양 빛 아래로 돌아간단다. 대부분의 사람들이 축복받은 땅 엘리시움에 발을 들일 수 있기까지 천 년의 세월이 지나야 하지만, 어떤 사람들에게는 영영 엘리시움이 문을 열어주지 않는 경우도 있지.

자, 이제 여기 내 옆으로 오거라! 네게 우리 후손들의 모습을 보여주마. 우리가 시작한 일을 언젠가 완수하게 될 우리의 아들, 손자, 먼 훗날의 후손들을 말이다.

저기 창에 기대서 있는 젊은 병사가 보이느냐? 그의 핏줄에는 다르다누스 후예들의 피와 이탈리아인들의 피가 함께 흐른다. 저 젊은이가 세상의 빛으로 우뚝 서게 될 첫번째 후손이다. 바로 네 아들 실비우스다. 실비우스는 네가 나중에 아내로 맞이하게 될 라비니아가 낳아 기를 것이다. 그는 강력한 알바 롱가*를 다스리게 된다. 그 뒤가 카피스와 누미토르 그리고 마지막이 아이네아스 실비우스인데, 네 이름을 이어받은 아이네아스 실비우스는 아들로서의 효심뿐 아니라 전쟁에서의 명예도 너와 똑같이 될 아이다.

저쪽에 떡갈나무 잎으로 된 화관을 머리에 쓰고 있는 젊은이들이 나중에 어른이 되면, 네가 세운 왕국에 새로운 도시를 건설할 것이다. 가비이, 콜라티아, 카스트룸 이누이, 그 밖에 다른 많은 도시들이 지금은 아직 이름도 없는 여러 지역에 성벽을 두르고 생겨나게 될 것이다. 저기 머리에 쓴 투구 위에 이중으로 된 깃털 장식이 나부끼고 있는 저 영웅이 바로 로물루스다. 그는 일곱 개의 언덕으로 둘러싸인 도시에 성벽을 건설하게 된다. 그 도시가 바로 장차 온 세상을 지배하게 될 위

---

* (옮긴이) 로마의 남동쪽에 위치한 알바 산 등성이에 길게 뻗어 있는 도시로, 로마의 모태가 된다.

대한 로마다.

저 건너편에 있는 위대한 남자가 보이느냐? 얼굴에는 지혜
와 강인함, 공정함이 넘치고, 에우로파와 아프리카, 아시아의
모든 사람들이 두려움과 경외심을 가지고 그의 이름을 부르
게 될 위인, 그가 바로 가이우스 율리우스 카이사르니라. 그
의 주변에 모여 있는 이들은 모두 네 아들 아스카니우스 율루
스에게서 난 또 다른 후손들이다. 사람들은 그들을 네 아들의
이름을 따서 율리아가※라고 부르게 될 것이다.

자, 이제 강이 있는 쪽을 내려다보아라! 맞은편 강둑에 한
남자가 서 있을 거다. 그가 바로 네가 세운 왕국에 황금시대
를 가져올 로마의 황제, 가이우스 율리우스 카이사르 옥타비
아누스 아우구스투스이다. 그는 평화를 사랑하는 황제가 될
테지만, 제국의 안전을 위해 어쩔 수 없이 수많은 전쟁을 치
러야만 한다. 그의 통치하에서 예술과 학문이 꽃을 피울 것이
며, 나라 전체에 넓은 도로가 사방으로 놓이고, 지금은 늪지
와 울창한 숲으로 뒤덮인 황무지가 개간되어 농부들이 그곳
에 씨를 뿌리고 농작물을 수확하게 될 것이다. 미개한 종족들
이 로마의 법과 질서 아래 모두 무릎을 꿇을 것이다. 그리하
여 그의 통치는 오랫동안 지속될 것이다.

저기 있는 저 왕들의 근엄한 얼굴은 어쩐지 조금은 낯설어 보이지 않느냐! 저들이 바로 아우구스투스 황제 이전에 오랫동안 로마를 다스릴 왕들이다. 위대한 업적이란 그것이 완성되기 이전부터 많은 사람들이 함께 공을 들여야 하는 법이지. 그리하여 로물루스의 뒤를 누마 폼필리우스*가 잇게 되고, 그 뒤를 호전적인 툴루스가, 그다음으로 백성들의 인기를 얻으려고 무진 애를 쓰는 허영심 많은 앙쿠스가 왕위에 오를 것이다. 저기, 저들의 오만한 태도에서 너는 벌써 두 타르퀴니우스 왕들**의 미래를 점칠 수 있을 것이다.

지금 저렇게 다정하게 나란히 서 있는 저 두 사람***은 어느 날 서로에게 무기를 겨누고 치열한 동족 간의 전쟁을 시작할 것이다! 오, 내 아들아, 너는 네 조국과 네 종족에게 대항하는 전쟁은 절대로 하지 말거라! 만약 피치 못해 전투가 벌어지거든, 네가 먼저 앞장서서 손에서 칼을 놓고 상대를 보호하고자 노력해라!

코린투스와 아르고스를 정복하고 돌아올 승자들을 위한 황

---

* (옮긴이) 로마의 제2대 왕. 종교적 의식의 창시자로 알려져 있다.
** (옮긴이) 로마의 제5대 왕 타르퀴니우스 프리스쿠스와 제7대 왕 타르퀴니우스 수페르부스. 이 두 황제를 가리킨다.
*** (옮긴이) 카이사르와 폼페이우스를 가리킨다. 폼페이우스는 카이사르의 딸 율리아와 결혼했다. 두 사람은 정치적 동맹 관계였으나 후에 대립하게 된다.

금 전차가 벌써 준비되어 있다. 언젠가 그들*은 황금 전차를 타고 카피톨리움**으로 향하는 승리의 시가행진을 하게 될 것이다.

또한 카르타고의 적이자, 모든 외국의 풍습에 반대했던 위대한 카토***도 여기 있다. 그 옆에 있는 두 형제는 후에 사람들이 그라쿠스 가문의 아들들****이라고 부르게 된다. 그들은 로마를 큰 혼란에서 구할 것이다.

또한 당대의 모든 사람들은 물론이요, 후세에도 오랫동안 사람들은 스키피오***** 가문의 두 스키피오에 대해 얘기할 것이다. 이들은 카르타고를 함락시키기 위한 수많은 전투에 지휘관으로 참가해 종국에는 카르타고를 멸망시킨다.

저 건너편에 선한 얼굴을 한 사람은 파브리키우스******이다. 그는 소박함과 강건함 그리고 성실함에 있어서 모든 로마인들의 모범이 될 인물이다. 저기서 오고 있는 빛나는 승리자는

---

* (옮긴이) 코린투스 시를 정복한 뭄미우스와 마케도니아(아르고스)와의 전투에서 승리를 거둔 파울루스를 말한다.
** (옮긴이) 로마에 있는 일곱 개의 언덕들 중 하나로 유피테르의 전당이 있다.
*** (옮긴이) 카르타고를 완전히 멸망시킬 것을 강력히 주장한 대大카토를 가리킨다.
**** (옮긴이) 호민관이었던 그라쿠스 형제를 말한다.
***** (옮긴이) 한니발을 물리친 대大스키피오와 그의 가문에 입적해 제3차 포에니 전쟁에서 큰 공을 세운 소小스키피오를 가리킨다.
****** (옮긴이) 로마의 정치가. 엄청난 뇌물을 거부해 청렴결백한 인격자로 알려졌다.

켈트족의 폭동을 물리치고 로마에 종속된 식민국가의 안정과 질서를 가져온 마르켈루스다.

너희 로마인들의 소명은 바로 이것이다! 다른 나라 사람들이 너희보다 훨씬 더 위대한 예술 작품을 창조하고, 학문에서는 너희를 능가할지도 모른다! 그러나 지배자의 운명을 타고난 너희들은 백성을 잘 다스리고, 너희가 정복한 종족들에게 관용을 베풀되, 오만한 자들은 단호하게 처단하는 일에 항상 주의를 기울여야 한다."

앙키세스는 그 밖에도 많은 것들을 아들에게 얘기해주었다. 그는 아이네아스와 그의 동료들이 곧 치르게 될 전쟁과 앞으로 닥칠 위험들을 예고했다. 또한 다른 조언들도 많이 해주었는데, 예를 들어 어떤 힘든 상황은 용감하게 극복해야 하지만, 또 어떤 상황들은 지혜롭게 피해가야 한다고 알려주었다. 그러는 사이 그들은 사람들이 '꿈의 문'이라고 일컫는 두 개의 엘리시움의 문 앞 다다랐다. 그중 하나는 상아로 되어 있었다. 그 문을 통해 아름답지만 허구의 꿈들이 인간 세상으로 올라가고 있었다.

다른 문은 뿔로 되어 있었다. 그 문으로는 언젠가는 이루어질 인간의 진실한 꿈들이 지상으로 올라가고 있었다.

그곳에서 아버지 앙키세스는 아이네아스와 여사제를 떠나 보냈다.

8

아이네아스가 다시 배로 돌아왔을 때, 어느 누구도 그에게 질문을 던지는 사람이 없었다.

너무도 큰 두려움에 아무것도 물을 수 없었던 것이다. 그러나 아이네아스는 동료들이 그를 다시 볼 수 있게 된 것을 얼마나 기뻐하는지 잘 알 수 있었다. 물론 동료들은 아이네아스가 다시 돌아올 수 있으리라곤 그다지 확신하지 못하고 있었다. 어쨌든 아이네아스만큼 그렇게 강하게 확신하지는 못했으리라.

아이네아스는 아스카니우스를 끌어안으며 앙키세스가 그의 후손들에 대해 말해준 것을 생각했다.

그는 다른 모든 동료들도 끌어안고 싶었다. 그를 빙 둘러싼 동료들의 얼굴을 바라보고 있노라니, 오래전에 느꼈던 진한 슬픔이 또다시 마음속에 일었다. 동료들의 운명에 대해서도 앙키세스는 이야기해주었는데, 이제 그것을 미리 알고 있다는 사실이 아이네아스의 마음을 무겁게 짓눌렀다. '그 무엇도 이보다 더 힘들지는 않을 것이다.' 아이네아스는 생각했다. '그렇다, 앞으로 그들에게 어떤 일이 일어날지 알면서 그들을 바라보는 것보다 더 힘든 일은 있을 수 없다!' 그러나 그것 또한 아이네아스에게 주어진 운명이고, 그는 그것을 견뎌내야 했다……

그들이 여행의 마지막 목적지를 향해 출발했을 때, 태양은 이미 수평선 너머로 사라진 뒤였다. "밤에 부는 바람이 우리에게 유리하다." 아이네아스가 말했다. "내일 아침이면 라티움의 해안이 우리 앞에 놓여 있을 것이다!"

그날 밤, 남자들은 잠을 이룰 수가 없었다. 시간은 흘러갔고, 저편에 있는 낯선 해안이 달빛 아래 희미하게 모습을 드러냈다.

이윽고 별자리가 자정을 가리킬 무렵, 그들은 키르케가 살고 있는 섬의 해안을 지나가고 있었다. 거대한 동굴에 밝혀놓은 횃불이 먼바다로까지 빛을 던지고 있었다. 또한 궁전의 베틀 앞에 앉아 길쌈을 하며 노래를 부르는 아름다운 요정 키르케의 모습도 볼 수 있었다. 불에 타는 삼나무의 향긋한 냄새와 달콤하고 매혹적인 노랫소리가 바람에 실려 배가 있는 곳까지 전해져왔다. 그러자 대부분의 젊은 남자들이 키르케가 있는 곳으로 가고 싶다는 위험한 충동을 느꼈다. 아주 잠깐만이라도……

그러나 바람은 어둠을 가르고 다른 소리도 실어다 주었다. 육중하게 울리는 사자의 포효 소리, 돼지가 질러대는 듣기 싫은 비명 소리, 우리에 갇힌 곰이 성이 나서 으르렁거리는 소리 그리고 그 사이사이로 늑대의 울음소리도 들려왔다.

그 소리들은 트로이인들의 정신을 번쩍 들게 만들었다. 그들은 마법의 힘으로 남자들을 동물로 만들어버리는 아름답고 잔인한 요정 키르케에 대한 전설을 익히 들어 잘 알고 있었기 때문이다.

저 멀리 망망대해 위에서 넵투누스가 마차를 몰고 파도 위를 질주하고 있었다.

그는 키르케를 보고, 트로이인들도 보았다. 순간, 아이네아스를 안전하게 목적지까지 데려다주겠다고 한 약속을 기억해내곤 바람에게 돛을 향해 좀더 세게 불라고 명령했다.

그리하여 배들은 빠른 속도로 그 위험한 해안을 지나갈 수 있었다. 아침이 밝아올 무렵이 되자, 사방이 무섭도록 고요해졌다. 바람은 잦아들었고, 돛은 아래로 축 처졌으며, 파도는 점점 굼떠지더니 잔잔해졌다. 트로이인들은 노를 젓기 시작했다.

날이 좀더 환해지자 주변의 바다색이 이제까지 봐오던 색깔과 완전히 달라졌다. 모래가 많이 섞여 있는 것처럼 누렇게 보였다. 그들 앞 아주 가까운 곳에 안개에 휩싸인 해안이 놓여 있었다. 넓은 초록의 숲들, 키가 큰 나무들, 잎사귀로 뒤덮인 나뭇가지 아래 아직도 채 가시지 않은 여명, 지저귀는 노랫소리로 대기를 채우며 떼를 지어 날아가는 새들, 갑자기 모습을 드러냈다가 이내 사라지는 온갖 종류의 날쌘 짐승들이 보였다. 덤불이 무성한 강둑과 수풀로 뒤덮인 평지 사이에 황색의 넓은 강이 바다로 흘러들어 가고 있었다. 라티움을 흐르는 강, 티베리스였다⋯⋯

배들은 천천히 강어귀에 접어들었고, 조심스레 노를 저어 육지 쪽을 향해 강을 거슬러 올라갔다.

트로이인들의 가슴은 기쁨으로 가득 찼다⋯⋯

잠시 후 배들이 강둑에 도착하자 트로이인들은 밧줄을 굵

은 나무줄기에 묶어 배들을 고정해두고, 풀밭으로 나와 앉거
나 누워서 휴식을 취했다. 몸은 지치고 배는 고팠지만 마음
만은 행복했다. 이제 그들은 뭔가 먹을 것이 없는지 찾아보
았다. 식량은 거의 바닥이 났고, 트로이인들은 오래전부터 그
사실을 잘 알고 있었다! 여분으로 남겨두었던 식량은 오랜 항
해로 이미 떨어졌고, 곧 먹을 음식을 구하기 위해 사냥을 나
가거나 그곳 주민들을 찾아다녀야 할 형편이었다. 물론 원주
민들이 낯선 이방인들에게 친절을 베풀지, 아니면 적대감을
보일지는 알 수 없는 일이었다.

그들은 우선 얼마 되지 않는 과일로 주린 배를 채우기로 했
다. 젊은이들은 대대로 내려오는 전통과 관습에 따라 크고 얇
으며 돌처럼 딱딱하게 구운 빵을 접시 삼아 과일을 얹었다.

그러나 아! 과일들은 너무도 빨리 사라졌고, 배고픔은 여전
히 가시지 않았다.

아무리 기다린다고 해도 더 이상 음식이 생기진 않을 터였
으므로, 트로이인들은 딱딱한 빵으로 만든 접시를 잘라서 먹
기 시작했다.

"정말, 심지어 이제는 빈 밥상까지 먹어치우고 있구나!"
아무리 배가 고파도 밝은 성격을 잃지 않는 아스카니우스가

웃으면서 말했다.

이 말에 아이네아스는 흠칫하며 고개를 들어 아들의 얼굴을 뚫어져라 쳐다봤다.

"방금 뭐라고 했지?" 어안이 벙벙해진 아이네아스가 말했다. 신기하게도 아들의 말이 그에게 뭔가를 기억해내게 했다.

아이네아스는 곧 그것이 무엇인지 알아냈다. 그러자 사뭇 진지했던 그의 얼굴에도 웃음이 번졌다.

"자네들, 하르피이아 중 하나였던 켈라이노의 저주를 기억하는가?" 아이네아스가 동료들을 쳐다보며 말했다. "켈라이노가 예언하길, 우리가 배고픔을 못 이겨 심지어 빈 밥상까지 먹어치우게 되기 전까지는 목적지에 도달할 수 없을 거라고 하지 않았나! 내 생각에 그 예언이 방금 전 아주 쉽게 이루어진 것 같네!

친구들이여, 배에서 포도주를 가져오게! 이 고장의 알려지지 않은 신들과 페나테스 신들께 제물을 바치고, 이 행복한 결말을 즐겁게 맞이하도록 하세! 내일은 이 나라와 이곳에 사는 주민들을 정찰하기 위해 길을 떠날 걸세! 또한 튼튼한 막사도 지어야 하네. 앞으로 우리가 전투를 해야 한다는 사실을 잘 알고 있지 않은가." 아이네아스는 마지막 말을 진지하게 덧붙였다……

한편 당시 라티움은 나이가 지긋한 라티누스 왕이 다스리고 있었다. 그래서 사람들은 자신들을 가리켜 라틴족이라고 불렀다. 라티누스의 아버지는 파우누스* 신이었고, 그를 모시는 신전은 수도인 라우렌툼을 둘러싼 성벽 바깥쪽에 있는 숲속에 있었다. 온 나라의 백성들이 뭔가 미래에 대한 불안을 느낄 때면, 신탁을 듣기 위해 그 신전으로 갔다.

라티누스 왕과 아마타 왕비 사이에는 외동딸만 있었는데, 이름은 라비니아였다. 그녀는 젊고 아름다웠으며, 먼 훗날 강하고 부유한 나라를 상속받을 예정이었다. 그래서 많은 구혼자들이 그녀에게 청혼을 했다. 라비니아의 어머니는 이미 오래전부터 외동딸을 루툴리인들의 왕인 투르누스와 결혼시키려고 마음먹고 있었다. 투르누스가 모든 구혼자들 가운데서 가장 고상하고 용감하며 잘생겼기 때문이다.

그러나 왕에게는 왕비의 선택이 실로 큰 걱정이 아닐 수 없었다. 세 가지 기이한 신탁을 받았기 때문이다.

맨 먼저, 먼 곳에서 무리 지어 날아온 한 무리의 벌떼가 궁

* (옮긴이) 목축과 전원의 신으로. 이탈리아의 토속 신이다. 예언 능력을 가지고 있으며, 그리스의 판 신과 동일시된다.

전 안뜰에 심어놓은 월계수나무 꼭대기 위에 내려앉는 일이 있었다. 한 사제가 즉시 그 일을 풀이해주었다. "먼 곳에서 군대를 이끌고 온 낯선 지도자가 이곳에 둥지를 틀고, 이 도시와 나라 전체를 다스리게 될 것입니다."

그다음으로 라비니아가 아버지와 함께 제단 앞에 서서 제물을 바치기 위해 불을 붙이려 할 때였다. 갑자기 불꽃이 라비니아를 둘러싸더니 곧 온 성과 도시 전체로 불꽃이 번져나갔다. "라비니아에게 빛나는 운명이 주어진 것 같습니다." 깜짝 놀란 사제가 말했다. "그러나 우리 종족에게는 끔찍한 전쟁을 가져다줄 것입니다."

이 때문에 매우 불안해진 라티누스 왕은 마침내 파우누스의 신탁을 듣기 위해 왕궁 밖 신전이 있는 숲으로 갔다.

그는 제물로 바칠 양들을 잡았다. 그러고는 양털 위에 온몸을 뻗고 누워 신탁이 내리기를 기다렸다.

라티누스는 곧 아버지의 목소리를 들었다. "네 딸을 이 나라 사람에게는 절대로 주지 마라. 네 사위는 먼 나라에서 우리 해안으로 올 것이고, 우리 후손들의 명성은 하늘에 있는 별들에까지 널리 떨치게 될 것이다!"

천 개의 혀를 가진 소문의 여신 파마가 바람보다도 더 빠르게 돌아다니며, 온 도시와 나라 전체에 신탁의 내용을 퍼뜨렸다. 곧 온 백성들이 먼 타지에서 올 남자들을 기다렸다.

한편 아이네아스는 아침 일찍 정찰병들을 내보내고 난 뒤, 자신은 다른 남자들과 함께 강가에서 막사 짓는 일을 했다. 그들은 참호를 파고 방벽을 쌓고 나무둥치로 흉벽을 설치했다.

그사이 정찰병들은 계속해서 육지 안쪽으로 들어가며 주변을 살폈는데, 도시를 발견하기까지 그리 오래 걸리지 않았다. 도시의 성벽 앞에서 젊은 남자들과 소년들이 각종 놀이와 전투 경기 시합을 하고 있었다.

그들은 낯선 사람들이 가까이 다가오는 모습을 보고 깜짝 놀라 하던 일을 멈추고, 한동안 돌처럼 굳어진 채 그 자리에 서 있었다.

그러더니 그들 중 한 명이 타고 있던 말의 방향을 돌려 도시 안으로 쏜살같이 질주해 들어갔다. 남아 있던 젊은 청년들과 호기심 많은 소년들은 트로이인들을 빙 둘러싸고 함께 성문을 지나 도시 안으로 들어가며, 앞다투어 왕궁으로 가는 길을 열심히 가르쳐주었다.

"이들은 마치 우리가 올 것을 미리 알고서 우리를 기다리기라도 한 것처럼 보이는구먼." 일리오네우스가 머리를 갸우뚱거리며 동료들에게 말했다. "하지만 그것이 어떻게 가능하단 말인가? 어찌 됐건, 앞으로 또 무슨 일이 일어나게 될는지 곧 알게 되겠지!"

도시 한가운데 있는 언덕 위에 우뚝 솟은 궁전의 문 앞에서 신분이 높은 남자들 한 무리가 기다리고 섰다가 손님들을 맞이했다.

"라티누스 왕께서 당신들을 기다리고 계시오!" 남자들 중 가장 나이가 많아 보이는 노인이 그들에게 말을 건네며 앞장섰다. 그들은 100개의 기둥이 있는 회랑을 지나 웅장한 홀로 들어섰다. 벽에는 삼나무를 깎아 만든 값진 조각품들로 장식되어 있었는데, 거기에는 고대 신들과 이탈리아 종족의 조상들, 이미 오래전에 사라진 종족들로부터 빼앗아온 무기들 그리고 과거에 쓰이던 여러 가지 낯선 도구들이 걸려 있었다.

홀 중앙에 있는 옥좌에는 아주 오래전 과거에서부터 죽 살아온 사람처럼 몹시 나이 들어 보이는 라티누스 왕이 앉아 있었다.

왕은 트로이인들에게 친절하게 인사를 했다. 트로이인들은 라티누스 왕이 그들과 그들의 운명에 대해 많은 것을 알고 있다는 사실을 깨닫고는 몹시 놀랐다.

"당신들을 환영하오, 다르다누스의 후손들이여." 왕이 말했다. "난 이미 수년 전에 트로이가 멸망해 당신들이 고향을 떠나게 되었다는 소식을 들어 알고 있었소. 또한 당신들의 시조인 다르다누스가 이곳에서 프리기아로 건너갔고, 그래서 언젠가 당신들이 이곳으로 돌아오리라는 것도 알고 있었소. 우리 종족 대대로 전해 내려오는 전설에도 그런 내용이 있소. 그리고 마침내 당신들이 이곳으로 왔소. 그러니 당신들이 단순히 친구로서 온 것인지, 아니면 내게 바라는 게 있어서 왔는지, 혹 있다면 무엇인지 말해보시오!"

"저희는 사실 부탁드릴 것이 있어서 왔습니다, 왕이시여." 일리오네우스가 대답했다. "우리가 바라는 것은 그저 해안가의 작은 땅과 공기 그리고 물 외에는 더 이상 아무것도 없습니다. 그런 것들이야 모두를 위해 존재하는 것이 아니겠습니까? 우린 우리가 원해서 이곳으로 온 것이 아닙니다. 신들의 명령에 따라 온 것입니다. 신들께서는 우리에게 이곳에 새로운 트로이를 건설하라고 명하셨습니다. 당신께서는 우리를 받아들인 것을 결코 후회하지 않으실 겁니다. 우리는 보잘것없는 사람들이 아니기 때문입니다. 우리의 지도자는 바로 사람들이 여신의 아들이라 부르는 아이네아스입니다. 그는 이 선물들을 당신께 가져다 드리면서 호의를 베풀어달라고 청하라고 하였습니다. 이 물건들은 약소하지만, 트로이가 불타고 약탈당할 때 우리가 건져낸 것들입니다!"

그들은 왕 앞에 선물을 펼쳐놓았다. 앙키세스가 사용하던 황금 제기, 삼단으로 된 왕관, 왕홀과 프리아무스 왕의 자주색 망토 등이었다.

그러나 라티누스 왕은 그 값진 물건들에 눈길도 주지 않았고, 그 모습을 본 트로이인들은 놀라면서도 한편으론 은근히 화가 났다. 왕은 무슨 근심 걱정이 있는 사람처럼 양미간을 찌푸리며 바닥을 물끄러미 쳐다볼 뿐이었다.

그리고 그것은 사실이었다.

라티누스 왕은 딸 생각을 했다. 그리고 놀랍고도 끔찍한 예언과, 그 예언대로 정말 그의 나라에 온 낯선 이방인들의 지도자에 대해서 생각했다. 그런데…… 신탁의 내용이 이렇게 모두 현실로 이뤄진다면, 그가 라비니아를 이방인에게 아내로 내주었을 때 라티움에 끔찍한 전쟁이 벌어질 것이라는 신탁 역시 현실로 드러나게 될 게 아닌가?

그러나 그는 다른 도리가 없었다! 아버지 파우누스 신이 그렇게 명령했고, 게다가 후손들의 명성이 하늘에 있는 별에까지 이르게 될 것이라고 하지 않았던가?

나이 많은 라티누스 왕은 깊은 한숨을 내쉬며 마침내 고개를 들었다. "당신들의 지도자가 보내준 선물을 감사히 받도록 하겠소." 그는 결심한 듯 말했다. "나와 내 백성들은 그에게 평화를 약속하겠소. 또한 나는 도시를 건설할 땅을 내주겠소. 그리고…… 당신들은 내가 지금부터 하는 말을 그에게 가서 전하시오! 그는 아주 적절한 시기에 우리 해안으로 왔소. 신탁이 내 딸을 이 나라 사람과 결혼시키는 것을 금했소. 내 사위는 낯선 나라에서 올 것이라고 했소. 바로 이 말을 그에게 전해주시오! 아이네아스는 이 일에 대해 스스로 결정을 내려야 할 것이오. 만약 그가 신탁을 받아들이기로 결정한다면, 그는 분명 망설임 없이 직접 나를 찾아올 것이오. 어쨌든 당신들은 돌아갈 때 걸어서 가지 마시오! 당신들 모두에게 내 마구간에 있는 말을 한 필씩 주겠소. 아이네아스에게는 내가 소유한 것들 중에서 가장 값비싼 쌍두마차를 선물하고 싶소. 부디 받아주시오."

그것으로 이제까지의 고난은 모두 사라지고, 마침내 행복한 미래만이 트로이인들 앞에 놓여 있는 것처럼 보였다.

그러나…… 단지 그렇게 보일 뿐이었다.

바로 그 시각, 유노는 아르고스에서 신들의 거처로 돌아가는 길이었다. 도중에 그녀는 라티움이 한눈에 잘 내려다보이는 어느 산꼭대기에 한동안 머물렀다.

그곳에서 유노는 트로이인들의 배가 강가에 안전하게 정박해 있는 것을 보고, 트로이 남자들이 세운 튼튼한 막사와, 정찰병들이 이제 막 화려하게 장식한 말을 타고 왕궁을 나와 아이네아스가 있는 곳으로 돌아가는 모습도 보았다.

"그러니까, 운 좋게도 무사히 도착했단 말이지!" 유노는 화가 나서 말했다. "그동안의 내 모든 수고가 아무 소용도 없었단 말인가? 저들이 전쟁의 소용돌이나 화염 속에서 죽어갔나? 스킬라나 카립디스에게 잡아먹히거나 폭풍우에 휩쓸려 바닷속으로 매장당했나? 아니다, 그 모든 것이 아무런 성공도 거두지 못했다! 저 라티움에 새로운 트로이를 건설하는 것이 이미 운명으로 결정되어 있어, 유피테르조차도 운명의 힘에 대항해선 아무것도 할 수 없다! 넵투누스도 나를 돕지 않고 트로이인들을 보호하며, 베누스는 두말할 것도 없이 예전부터 그들 편에 서 있다. 정 사정이 그렇다면…… 좋다! 하늘이 내게 반대한다면, 지하 세계를 움직이는 수밖에!" 유노는 땅 위로 내려가 아베르누스 호수로 가서 지하 깊은 곳에 있는 복수의 여신 알렉토를 불러냈다.

알렉토는 복수의 여신들 중 가장 악랄했으며, 심지어 아버지 플루토와 지하 세계에 사는 자매들조차도 그녀를 증오했다.

알렉토는 저 아래 어둠 속에 있다가 유노의 부름을 듣곤 곧바로 자리에서 일어났다. 그러자 그녀의 머리와 검은 날개 위에 붙어 있던 독사들이 기지개를 켜며 일어나서 혀를 널름거리기 시작했다. 손에 들고 있던 횃불이 활활 타올랐다.

그런 모습으로 알렉토는 땅 위로 올라왔다.

"밤의 딸아, 나는 네 도움이 필요하다." 유노는 솟구쳐 오르는 혐오감을 꾹 참으며 알렉토에게 말했다. "너는 인간들 사이에 불화를 일으키는 여러 가지 방법을 잘 알고 있다. 전쟁, 미움, 다툼, 적개심, 살인 그리고 중상모략이 네 손아귀에 있지. 네 마음 내키는 대로 그것들을 사용할 때가 왔다! 지금 당장 라티움으로 가라. 그곳에 트로이인들과 동맹을 체결하고 아이네아스에게 자기 딸을 내주려고 하는 늙은 얼간이 라티누스가 있다! 나는 그 꼴을 가만 두고 보지는 못하겠구나! 너는 저들의 동맹을 깨뜨리고 둘 사이에 전쟁이 일어나도록 손써야 한다. 그 후에 다르다누스의 후예들과 라틴인들 사이에 그 어떤 평화도 있을 수 없게 말이다!"

"충분히 만족스럽게 해드리지요, 고귀한 여신이시여!" 알렉토는 이렇게 말한 뒤, 곧장 라티움을 향해 날아갔다.

잠시 후 알렉토는 아마타 왕비의 방에 다다랐다. 왕비는 방에 혼자 앉아서 근심에 잠겨 있었다. 왕이 딸을 잘생기고 용감한 투르누스에게 주는 대신, 나라도 없이 떠돌아다니는 낯선 이방인에게 내준다는 소문을 들었기 때문이다. 투르누스를 친아들처럼 아꼈던 왕비는 라티누스에게 간청해 라비니아를 그에게 주겠다는 약속을 받아냈었다. 그런데 지금은?

바로 그 순간, 왕비는 온몸에 차가운 냉기가 흐르는 것을 느꼈다. 왜 그런지 그 까닭을 알 수 없었다. 그것은 바로 알렉토가 몰래 방으로 들어왔기 때문이었다. 알렉토는 몸에 붙어 있던 독사들 중 한 마리를 잡아 왕비를 향해 힘껏 던졌다. 그 작은 괴물은 번개처럼 빠르게 왕비의 머리에 달라붙어, 머리카락 사이로 이리저리 기어 다니며 독을 뿌려대기 시작했다.

곧 왕비는 마음속에 엄청난 분노가 이는 것을 느꼈고, 그 분노는 자라고 자라, 마침내 그녀는 분노 이외에는 다른 어떤 것도 생각할 수 없을 지경에 이르렀다.

왕비는 방에서 뛰쳐나가 왕을 찾았다. 헝클어진 머리와 번득이는 눈을 하고 옥좌가 있는 홀 안으로 뛰어 들어온 아내의 모습을 본 라티누스는 깜짝 놀랐다.

"당신은 정말로 우리 딸을 그 떠돌이 방랑자에게 내줄 작정인가요?" 왕비는 찢어질 듯 날카로운 목소리로 외쳤다. "왕이 약속을 그런 식으로 저버리다니요? 나는 절대로 가만있지 않을 거예요!"

왕이 뭐라 대답하기도 전에 왕비는 다시 나가버렸다. 그녀는 그길로 안채로 달려가 딸과 하녀들을 불렀다.

라비니아는 어머니의 모습을 보고 깜짝 놀랐다. "무슨 일이세요?" 그녀가 물었다. "어머니, 너무 이상해 보이세요! 왜 그러시는 거예요, 어머니?"

"우린 이곳을 떠나야 한다!" 왕비가 쉰 목소리로 속삭였다. "그러나 아무도 그 사실을 눈치채선 안 된다…… 알겠느냐? 너희들 모두 목숨을 부지하고 싶다면 말이다!" 왕비가 이번에는 놀란 하녀들을 향해 소리쳤다. 그러고는 고기와 빵, 과일을 넣은 바구니 몇 개와 이불, 겉옷도 함께 챙기라고 명령했다.

"하지만 어머니, 도대체 어딜 가려고 이러시는 거예요?" 당황한 라비니아가 어쩔 줄 몰라 하며 물었다.

"우리는 땅 밑으로 이어져 도시 밖으로 나가게 되어 있는 길을 통해 도망칠 것이다." 왕비는 섬뜩하고도 비밀에 가득 찬 웃음을 지으며 말했다. "그 길이 저 산의 숲속 동굴로 이어 져 있다는 것을 너도 알겠지? 우린 거기서 머물 것이다."

라비니아는 왕비를 쳐다보았다. 그녀는 이 모든 것이 무엇을 의미하는지 도무지 이해할 수 없었다. 그래서 물어보기 위해 입을 떼려 했다. 그러나 왕비의 사나운 얼굴을 쳐다본 순간, 차라리 아무 말 없이 어머니의 명령대로 따르는 것이 나을 것 같다는 생각이 들었다……

그 모든 것을 유심히 지켜보던 알렉토는 흡족한 마음으로 왕궁을 벗어나 루툴리인들이 살고 있는 도시로 갔다.

자정이 훨씬 넘은 시간이었고, 복수의 여신이 투르누스의 침실로 숨어들었을 때 그는 깊이 잠들어 있었다. 그녀는 곧 늙은 여사제의 모습으로 변해 크고 또렷한 목소리로 투르누 스에게 말을 걸기 시작했다. "저런, 투르누스. 한 나라와 신부를 잃어가는 마당에, 당신은 여기 누워 한가롭게 잠만 자고 있군요! 그녀를 얻기 위해 그렇게도 많은 전투에 참가했건만, 라틴인들은 이제 당신을 얼마나 비웃을까요. 얼굴도 모르는 낯선 사람이 갑자기 나타나 당신에게 주기로 약속되어 있는 것들을 빼앗으려 하고 있으니 말이에요! 그러니 어서 일어나 병사들을 모으세요! 만약 라티누스 왕이 약속을 지키지 않는 다면, 당신을 적으로 삼는 것이 무엇을 의미하는지 보여주셔 야지요."

그러나 투르누스는 그 말을 듣고 웃었다. 그저 모든 것이 기이한 꿈이려니 하고 생각했다.

"할멈, 나이가 너무 들어 제정신이 아닌 듯하구려. 나이가 많이 들면 때때로 이성이 흐려지는 법이죠." 투르누스는 별 뜻 없이 말했다. "할멈은 신전이나 돌보시고 전쟁과 평화에 관한 일들은 남자들이 알아서 결정하도록 놔두게!"

그러자 알렉토에게 엄청난 분노가 밀려왔다. 갑자기 그녀 는 본래 모습으로 돌아와 투르누스 앞에 우뚝 섰다. 겁에 질 린 투르누스는 온몸이 땀으로 뒤범벅되었다. "미련한 놈 같 으니!" 알렉토가 소리쳤다. "나를 똑똑히 봐라! 내가 바로 너 희들에게 전쟁과 죽음을 가져다주는 알렉토다!"

알렉토는 손에 들고 있던 횃불을 투르누스의 가슴을 향해 확 하고 던지고는 침실을 떠나버렸다. 곧 분노의 화신으로 돌 변한 투르누스는 잠시도 지체하지 않고 방에서 뛰쳐나와 무 기를 가져오라고 소리쳤다.

아침이 채 밝아오기 전부터 루툴리인들의 도시와 성은 무장한 병사들로 넘쳐났다. 그렇다, 그들은 라티누스 왕이 자신들의 왕에게 그런 모욕을 주고, 왕에게 약속된 신부를 낯선 이방인에게 주는 것만큼은 도저히 참을 수 없는 일이라고 생각했다!

"우리는 두 가지 일을 모두 다 해낼 수 있을 만큼 충분히 강하다!" 투르누스가 음흉하게 웃으며 말했다. "우리는 라티누스로 하여금 자기가 한 약속을 지키도록 만들 것이다! 또 그 다르다누스의 후예를 이 땅에서 쫓아낼 것이다!"

투르누스의 말에 찬성하는 외침이 사방에서 광풍처럼 휘몰아쳤다.

그사이 알렉토는 트로이인들의 진영으로 갔다. 모든 것이 그녀의 계획대로 착착 진행되고 있었다. 이제 큰불을 일으키는 데 도화선 역할을 할, 작고 사소한 불꽃만 있으면 된다……

알렉토는 그것을 매우 빨리 찾아냈다.

루툴리 왕가의 대사제인 티루스의 딸 실비아는 길들인 사슴 한 마리를 키우고 있었는데, 그녀는 사슴을 그 누구보다도 사랑했다. 사슴은 낮에는 숲속과 강가를 자유롭게 돌아다니며 풀을 뜯었고, 밤이 되면 언제나 어김없이 축사로 돌아오곤 했다.

그날 아침 일찍 아스카니우스는 개들을 데리고 사냥을 나섰다.

알렉토는 마침 그 모습을 보았고, 바로 그 순간에 자기가 해야 할 일이 무엇인지 알았다.

그녀는 멀리 떨어진 숲속을 자유롭게 돌아다니는 길들여진 사슴의 강한 냄새를 개들에게 불어넣었다.

사냥에 익숙해 있던 개들은 즉시 그 냄새를 맡았고, 냄새를 풍기는 사냥감을 찾아 아스카니우스가 있는 쪽으로 몰고 오는 데는 그리 오랜 시간이 걸리지 않았다.

아스카니우스는 매우 훌륭한 궁수였다. 그의 화살은 정확히 사슴의 옆구리를 맞혔다. 그 아름다운 사슴은 피를 뚝뚝 흘리며 낑낑거리는 신음 소리와 함께 마지막 남은 힘을 다해 축사로 도망쳤다.

실비아가 놀라서 뛰쳐나왔을 때, 사슴은 비틀거리며 주인 앞으로 몇 걸음 걸어갔다. 그러고는 마침내 그녀의 발 앞에 푹 고꾸라졌다. 실비아는 큰 소리로 구슬피 울며 아버지와 오빠들을 불렀다.

가까운 숲에서 나무를 베고 있던 그들은 심상치 않은 일이 일어난 것을 감지하고는, 저마다 손에 몽둥이와 큰 나뭇가지를 들고 서둘러 달려왔다.

아스카니우스는 숲 가장자리에 서서, 활을 들고 있는 손을 아래로 축 늘어뜨린 채 건너편의 소녀를 바라보고 있었다. 소녀는 죽어가는 사슴 옆에 엎드려 울면서 입고 있는 옷으로 사슴의 옆구리에서 솟구치는 피를 멈춰보려 애썼지만, 아무 소용이 없었다.

그 모습을 본 아스카니우스는 너무도 당황했고, 그것이 무엇을 의미하는지 곧 알아챘다. 그러나 이제껏 수도 없이 사냥했던 짐승과 별다를 바 없었던 그 사슴이 소녀의 사슴이었다는 것을 그가 어찌 알 수 있었겠는가?

그사이 티루스의 아들들이 아스카니우스를 발견하고는 성난 목소리로 소리를 지르며, 그를 향해 달려들었다.

한편 막사에 있던 아스카니우스의 동료들 또한 그 광경을 지켜보고 있었다. 가만 보고 있자니, 상황은 점점 아스카니우스에게 위험해지고 있었다.

아스카니우스는 혼자였지만, 몽둥이와 도끼를 위협적으로 휘두르며 돌진하는 험상궂은 농부들과 목동들은 줄잡아 스무 명은 되어 보였다.

마침내 트로이의 젊은 병사들이 활, 화살통, 칼, 투창 등 손

377

에 잡히는 대로 무기를 들고 늑대떼처럼 막사를 달려 나갔다.

누군가가 쏜 첫번째 화살이 티루스의 아들들 중 장남의 목을 관통했다. 그러자 도끼 하나가 번개처럼 공중을 가로지르며 획 하고 날아들더니, 트로이 병사 중 한 명이 바닥으로 쓰러졌다.

그렇게 해서 라티움에서 전쟁이 시작되었다……

알렉토는 무성하게 우거진 나뭇가지 위에 앉아 전투가 점점 더 격렬해지고, 사방에서 점점 더 많은 사람들이 몰려나와 싸움판에 합류하는 모습을 지켜보았다. 점점 더 많은 시신들이 들판 위를 뒤덮었다.

그러다가 그녀는 들판 위를 훌쩍 날아올라 도시와 거대한 숲을 지나 신들의 거처로 올라갔다. 그녀는 올림푸스를 둘러싼 성벽 밑에 쪼그리고 앉아 유노를 기다렸다. 그녀에게는 신들의 성전에 발을 들여놓는 것이 금지되어 있었기 때문이다.

곧 저 위의 공중에서 유노가 모습을 드러냈다.

"고귀하신 여신이여, 드디어 당신의 소원이 이루어졌습니다. 다르다누스의 후예들과 라틴인들 사이에서 전쟁이 일어났습니다!" 복수의 여신은 자랑스럽게 유노에게 보고했다. "앞으로도 당신이 마음에 들어 하실 만한 일을 많이 하겠습니다!"

알렉토는 흥에 겨워 계속해서 떠벌렸다. "아우소니아*의 모든 도시와 모든 종족 들을 전부 싸움으로 끌어들인 다음……"

갑자기 알렉토는 하던 말을 멈추고 고개를 푹 숙였다. 유노가 듣기 싫다는 듯 손을 홱 들었기 때문이다. "그만!" 유노가 거만하게 말했다. "아직 해야 할 일이 더 남아 있다면, 이제부터는 내가 직접 알아서 하겠다! 그러니 넌 그만 손을 떼라! 올림푸스의 지배자께서 네가 주제넘게 땅 위로 나와 천방지축 돌아다니는 것을 그리 좋아하지 않으신다는 것을 너도 잘 알고 있겠지!"

그 말을 들은 알렉토는 분노가 치밀었으나, 아무 대꾸도 하지 못하고 묵묵히 물러서야 했다. 온몸에 달라붙어 있던 독사들만이 성이 나서 쉭쉭거릴 뿐이었다……

옥좌에 앉아 있던 라티누스 왕은 병사들이 가져온 좋지 않은 소식을 듣고, 공포와 슬픔에 빠져 어찌할 바를 몰랐다.

신탁이 예고한 대로 전쟁이 정말로 그와 그의 백성들을 찾아오고야 만 것인데, 어떻게 그런 일이 일어날 수 있었는지 도무지 영문을 알 길이 없었다!

"오, 가엾은 우리 백성들이여!" 절망에 가득 찬 왕은 신음

---

* 옛 이탈리아를 일컫는 그리스식 표현. 이탈리아를 시적으로 표현할 때 자주 쓰인다.

하며 떨리는 손으로 머리를 쥐어뜯었다. "가엾도다! 끔찍한 운명이 드디어 우리를 찾아왔구나. 투르누스여, 너 역시 가엾구나! 네가 한 짓을 후회하기에는 너무 늦었다! 평안하고 행복한 죽음이 바로 코앞까지 다가왔었건만, 이제는 나가서 싸울 수조차 없으니 이를 어쩌면 좋단 말인가!"

왕은 자리에서 일어서더니 옥좌를 떠나 방으로 들어가 버렸다.

일단 시작된 일들은 가만두어도 저 혼자 굴러가기 마련이다.

전쟁의 청동 문을 열어젖힌 이는 유노였다. 그러나 그 뒤로는 아우소니아에 거센 폭풍이 몰아쳐 모든 것을 한꺼번에 날려버릴 듯, 모든 일이 그렇게 걷잡을 수 없는 형국이 되었다.

백성들은 모두 광기에 사로잡힌 것처럼 전쟁의 열기에 휩싸였다. 그들은 가축과 농토를 버리고, 쟁기를 칼과 바꿔 들었다.

투르누스의 이름이 갑자기 모든 사람들의 입에 오르내렸다. "투르누스가 우리를 구할 것이다! 이방인들에게 저주와 죽음이 있기를!"

투르누스는 곧 전쟁이 시작된다는 표식을 라우렌툼에 있는 왕궁의 가장 높은 탑에 세웠다.

그러자 사방에서 그를 지지하는 병사들의 무리가 몰려들었다. 첫번째로 온 사람은 신을 경멸하는 자로 소문난 메젠티우스였다. 그는 아들 라우수스와 함께 천 명의 병사들을 이끌고 왔다. 그들은 전투에 능숙했고, 완벽하게 무장한 상태였다.

그다음으로 헤르쿨레스의 아들인 아벤티누스가 거칠기로 이름난 병사들 한 무리를 데리고 나타났다. 그는 이빨이 드러난 사자의 아가리를 머리 위에 뒤집어쓰고, 어깨에는 거대한 사자 가죽을 두른 모습으로 왕궁으로 들어왔다.

쌍둥이 형제인 코라스와 카틸루스는 수염이 무성하게 난 병사들을 앞세우고 왔는데, 줄지어 선 병사들이 성큼성큼 큰 걸음으로 다가오는 모습이 마치 깊은 숲에서 길을 잘못 들어 바깥으로 나온 켄타우루스들 같아 보였다.

프라이네스테라는 도시를 건설한 카이쿨루스는 기이한 병사들을 데리고 왔다. 그가 데려온 남자들은 방패나 칼 대신에 투석기로 무장을 하고 있었다. 머리에는 늑대 가죽으로 된 두건을 썼고, 왼쪽 발은 맨발이었으며, 오른쪽 발에는 다듬지 않은 날가죽으로 만든 장화를 신고 있었다.

메사푸스는 오랫동안 전투에서 손을 떼고 살아온 탓에 태만하고 유약해진 종족을 거느리고 있었다. 그러던 어느 날,

그는 부하들에게 이제 그만 안일함을 벗어버리고 무기를 들라고 종용했다. 그래서 그들 역시 멋지게 무장을 한 빛나는 병사의 모습으로 전쟁에 참가하게 되었다.

고대로부터 산속에 살고 있던 자존심 강한 종족인 크비리트인들과 사비니인들도 클라우수스에게 이끌려 전장에 나왔다.

아우룽카 언덕과 볼투르누스 강가에서 온 오스키족은 공들여 만든 곤봉에 가죽끈을 매달아 무기로 사용하는 종족이었다. 또한 가까운 거리에서 육박전을 벌일 때는 낫 모양의 무시무시한 칼을 들고 날뛰며 싸우기도 했다.

또한 산간 지방에서는 우펜스가 그의 병사들을 이끌고 내려왔다. 사람들이 그들에 대해 말하기를, 심지어 일을 할 때도 손에서 무기를 내려놓지 않는 종족이라고 했다. 항상 약탈할 기회만을 호시탐탐 노리고 도둑질을 즐겨해 주로 남에게 빼앗은 물건으로 생활하는 종족이었다.

또 어떤 사제 하나가 마르시족의 남자들을 이끌고 왔다. 소문에 따르면, 그 사제는 독사를 길들이고 노래로 잠재울 수 있다고도 했다. 또한 그는 독사에게 물렸을 때나 그 밖의 다른 치명적인 상처들을 치료하는 방법을 잘 알고 있다고도 했다. 그러나 그의 그런 기술도 스스로를 도울 수는 없었다. 후에 그는 트로이인들의 창에 맞아 죽었기 때문이다.

아가멤논의 친구이자 트로이인들을 증오했던 할라이수스도 수백 명의 병사들을 이끌고 투르누스를 돕기 위해 서둘러 달려왔다.

그러던 어느 날 밤, 볼스키족의 기마병들이 마지막으로 도착했다. 그들의 맨 앞에는 한 여인이 말을 타고 달렸다. 황금 갑옷을 입고 머리에는 금관을 쓰고 있었다. 그녀가 도시를 둘러싸고 진을 치고 있는 병사들 사이를 말을 타고 달리자, 등 뒤에서 자주색 망토가 펄럭였다. 남자들은 모두 그런 그녀의 모습에 매혹되어 도대체 어디서 온 여인일까 궁금해하며 말없이 쳐다보았다. 그러나 진지한 표정의 그녀는 어느 누구에게도 눈길을 주지 않았다. 어깨에 활을 메고, 허리에는 화살이 가득 든 화살통을 차고 있었으며, 손에는 끝에 철심을 박은 도금양나무로 만든 창을 들고 있었다. 모두 그 처녀가 누구인지 알아보았다. 그녀는 바로 볼스키족을 이끄는 여전사 카밀라였다.

9

적의 병력은 날이 갈수록 불어났고, 그것을 바라보는 트로이인들의 근심은 점점 커져만 갔다.

왕국의 수도를 둘러싸고 거대한 진영이 형성되었고, 끊임없이 새로운 병사들이 모여들었다.

'헤스페리아 전체가 우리에게 대항하여 전투에 참가할 모양이로구나.' 아이네아스는 절망적인 심정으로 생각했다. '어느 누구도 우리가 이곳에 정착하는 것을 원치 않는 거야.' 물론 라티누스 왕은 그렇지 않지만…… 그런데 왕은 도대체 어디 있는 거지? 정찰병은 이미 오래전부터 왕을 본 사람은 아무도 없으며, 투르누스가 모든 실권을 손에 쥐고 있다고 말했다.

아이네아스와 그의 동료들은 왜 투르누스가 공격을 개시해

오지 않는지 궁금하기만 했다. 첫번째 전투가 있은 후로 줄곧 정적만이 감돌았고, 그사이 양쪽 진영의 사람들은 죽은 병사들의 장례까지 모두 치른 후였다. 물론 트로이인들은 그동안 밤낮없이 잠도 몇 시간 자지 못하고 노예처럼 일만 했다. 그것만이 적들로 둘러싸인 이 낯선 땅에서 자신들을 구할 수 있는 유일한 길이라는 것을 잘 알고 있었기 때문이다. 각자 자기가 가진 모든 힘을 동원해 공동의 이익을 위해 최선을 다할 때, 그것만이 그들 모두를 살릴 수 있는 길이라 믿었다.

그리하여 그들의 막사는 견고한 성과 같이 참호와 방벽, 돌을 쌓아 만든 튼튼한 담과 나무줄기로 만든 높은 흙벽들로 둘러싸이게 되었다. 또한 거기에 감시탑과 문도 설치했다. 막사 뒤편으로는 배들이 정박해 있는 강이 흐르고 있었다. 모든 준비가 안전하고 확실하게 끝난 것처럼 보였다. 그런데…… 투르누스는 왜 공격을 하지 않는 걸까? 그가 가진 전투력은 지금쯤 분명 트로이인들보다 몇 배나 더 우세할 터였다! 그는 도대체 무엇을 더 기다리는 걸까? 트로이인들은 누구의 도움도 없이 오로지 공격만을 기다리며, 이렇게 외롭게 서 있지 않은가!

저녁이 되자 아이네아스는 강의 상류 쪽으로 천천히 걸으며, 다시 한 번 아무런 소득도 없는 심각한 고민에 빠졌다. 그 동안 많은 걱정거리들로 인해 거의 밤잠을 이루지 못했던 아이네아스는, 피곤함을 견디다 못해 풀밭 위에 몸을 쭉 뻗고는 잠시 휴식을 취해야겠다고 생각했다.

그러나 그는 곧 깊은 잠에 빠져들고 말았다.

그의 곁에서는 강물이 바다를 향해 고요히 흘러들어 가고 있었다. 달빛에 비친 물결이 은빛으로 반짝였다.

그러다 갑자기 강둑 가까운 곳에서 지금껏 조용하던 은빛 물결 위에 파문이 일기 시작했다. 이윽고 갈대를 엮어 만든 관을 쓴 머리 하나가 반짝이는 물결을 가르고 위로 쑥 올라왔다.

아이네아스는 누군가가 자기에게 말을 거는 소리를 듣고 깜짝 놀라 잠에서 깨어났다. "일어나라, 여신의 아들이여! 내가 네 걱정을 덜어주겠다! 우선 네가 내 말을 믿을 수 있게 뭔가를 말해주마. 예전에 네가 들었던 예언 중에서, 만약 너희가 어느 곳에 이르러 흰 돼지 한 마리가 서른 마리의 새끼를 거느리고 있는 모습을 보게 되면, 바로 그곳이 미래에 터를 닦고 살게 될 장소라고 한 말을 기억하느냐? 이곳에서부터 강둑을 따라 조금만 더 올라가면 내가 진실을 말했다는 것을 곧 알게 될 것이다! 어쨌든 지금부터 내 말을 주의해서 잘 들거라. 너희는 이번 전쟁에서 너희 적을 도우려고 모여든 수많은 종족들을 상대로 외롭게 싸워야 하는 상황에 직면해 있다. 이곳에서 그리 멀지 않은 곳에 팔라티움*이라는 언덕이 있는데, 그 언덕 위에 에우안데르 왕이 다스리는 도시가 있다. 에우안데르 왕은 그를 따르는 백성들과 함께 아르카디아**에서 이주해왔다. 그는 그의 이름처럼 좋은 사람이지.*** 그런데 라틴인들과 루툴리인들은 그를 편안히 살도록 가만히 내버려두지 않았다. 그러니 너는 그를 쉽게 네 편으로 만들 수 있을 것이다. 너에게 조언하건대, 지금 당장 그곳으로 출발하도록 해라! 그 도시가 눈앞에 보일 때까지 이 강을 거슬러 노를 저어가라. 도착하거든 아무 걱정 말고 왕에게로 곧장 찾아가거라. 그는 부자는 아니지만, 손님을 환대할 줄 알고 성격이 올곧은 사람이다. 그리고 네가 전쟁에서 승리하고 나면, 반드시 내게 감사의 제물을 바쳐야 한다. 나는 이 강의 신 티베리누스다. 물론 너도 이미 짐작했을 테지!"

---

* 티베리스 강변에 위치한 언덕. 그 언덕 위에 에우안데르 왕의 성이 자리 잡고 있다. 후에 로마의 일곱 언덕 중 하나가 된다. (옮긴이) 에우안데르 왕이 이곳에 '팔란테움'이란 도시를 세우는데, 후에 이곳에 로마가 세워진다.
** 그리스의 펠로폰네소스 반도 내륙에 위치한 산악 지대.
*** (옮긴이) 에우안데르 왕은 그리스에서 '에우안드로스Euandros'로 불렸는데, 그리스어로 '에우eu'는 '좋다,' '안드로스andros'는 '사람'이라는 뜻이다.

곧 갈대를 엮어 만든 관을 쓴 강의 신은 은빛 강물 아래로 모습을 감춰버렸다.

서둘러 자리에서 일어난 아이네아스는 한결 마음이 가벼워져서 막사로 돌아왔다. '시빌라의 예언이 이렇게 실현되는구나.' 아이네아스는 생각했다. '네가 전혀 예기치 못한 순간에 불현듯 구원이 찾아올 것이다. 그리고 그 구원은 그리스의 어느 도시에서 올 것이다!'라고 시빌라는 예언했었다. 그 도시는 바로 아르카디아에서 온 에우안데르 왕이 살고 있는 도시를 의미하는 것이었다. 아이네아스는 곧장 강의 신의 조언에 따라, 아직 한 번도 만나본 적 없는 에우안데르 왕에게 가기로 결심했다.

그는 배 두 척을 골라놓고, 함께 갈 동료들을 모아 무장하고 항해할 준비를 하라고 명령했다. 막사는 가장 경험이 많은 사람에게 맡겼다. 그러나 전투에는 나서지 말라고 경고했다. "만약 그사이에 투르누스가 공격을 개시하면 탑과 벽 위에서 방어만 하거라. 절대로 문을 열지 마라. 가능한 한 빨리 돌아오도록 하겠다." 아이네아스는 신신당부했다.

시간은 흘러 밤이 되었고, 다음 날 이른 새벽부터 그들은 벌써 노를 저어 강을 거슬러 올라가기 시작했다. 곧 거대한 떡갈나무 옆을 지나갔다. 그 아래에 흰 돼지가 새끼들을 거느리고 있는 모습이 보였다. 저 아래 강물 깊은 곳에서는 티베리누스가 두 팔을 들어 올려 강물의 흐름을 막았다. 그러자 물결이 점점 잦아들더니 저수지처럼 잔잔해졌다.

그렇게 해서 트로이인들은 별다른 고생 없이 강을 거슬러 올라갈 수 있었다. 하루 밤낮을 쉬지 않고 노를 저어 태양이 다시 정오를 가리킬 무렵, 숲이 우거진 계곡을 벗어나 마침내 바위 골짜기가 있는 곳이 나타났다. 그러자 산꼭대기 위에 위치한 작은 도시가 보였다. 그들은 뱃머리를 강둑으로 돌려 나무줄기에 배를 밧줄로 둘러매어 고정시킨 다음, 도시가 있는 곳으로 올라갔다. 주민들이 성벽 앞에 모여 있는 것을 보고 놀란 그들은 서로를 바라보았다.

"축제를 벌이는 것 같은데요." 아카테스가 말했다. "제단 위에는 제물을 태우고 난 불씨가 아직 꺼지지 않았어요. 사람들은 식사를 하려고 풀밭에 자리를 잡고 앉아 있고요."

그 순간, 식사를 하던 사람들이 건너편에 서 있는 낯선 병사들을 발견했다.

그들은 영문도 모른 채 무기도 없이 그곳에 앉아 있는 동안, 오래된 적인 라틴인들과 루툴리인들이 또다시 자기들을 공격해 왔다고 생각하는 눈치였다. 서둘러 그릇과 잔 들을 끌어모으고 제단 위에 놓아두었던 제물을 담는 그릇들을 거둬들이더니, 값비싼 물건들을 안전한 곳으로 옮겨두고는 다시 무장을 하고 나오기 위해 성문 쪽으로 달렸다.

그러나 어디선가 들려오는 커다란 외침에 그들은 가던 길을 멈췄다. 제단 옆에 한 젊은 병사가 서 있었다. 머리카락은 밝은 금발이었고, 옷차림이나 태도로 봐서 그의 몸에 그리스 인의 피가 흐르고 있음을 알 수 있었다.

그는 바로 옆에서 사자 가죽으로 만든 옥좌 위에 자주색 망토를 두르고 앉아 있는 나이 든 남자에게 몸을 숙이고, 그에게 몇 마디 말을 건넸다. 그러고는 옆의 땅바닥에 꽂아두었던 창을 빼 들고 큰 걸음으로 성큼성큼 걸어 잔디로 덮인 비탈길을 내려왔다. 그는 아이네아스 앞에서 멈춰 섰다. "낯선 이들이여, 당신들은 누구이며, 무슨 일로 여기까지 오게 되었소? 당신들은 전쟁을 원하시오, 아니면 평화를 원하시오?" 그가 물었다. 그의 밝은 두 눈에는 두려움이나 호기심이 없었고, 태도에서는 왕족의 혈통을 가진 사람들만이 보일 수 있는 자부심과 기품이 엿보였다.

아이네아스는 그를 바라보았고, 그 모습이 무척이나 마음에 들었다.

"우리는 트로이에서 온 사람들이고, 에우안데르 왕을 만나 뵈러 왔습니다." 아이네아스가 공손하게 대답했다. "우리를 그분께 안내해줄 수 있겠소?"

순간, 젊은이의 얼굴에 놀란 기색이 떠올랐다. 그러나 깍듯한 예의범절이 몸에 밴 그는 더 이상의 놀라움을 드러내 보이지 않았다. 그 역시 자기가 마주하고 있는 남자가 신분이 낮은 사람이 아니라는 것을 한눈에 알아보았다.

"당신이 누구시더라도 상관없습니다. 오셔서 제 아버지와 직접 말씀을 나누도록 하십시오." 그가 예의 바르게 말했다.

곧 아이네아스는 자주색 망토를 입은 남자 앞으로 갔다. 그는 아이네아스를 유심히 살펴보았다.

"에우안데르 왕이시여." 아이네아스가 진지하게 말을 꺼냈다. "제가 부탁을 드리는 입장으로 이렇게 당신을 찾아온 것은 운명이 그렇게 시켰기 때문입니다. 저는 트로이에서 온 아이네아스입니다. 그리고 당신은 아카이아에서 온 왕이십니다. 그럼에도 불구하고 전 당신에게 도움을 청하고자 합니다. 만약 절 도와주지 않겠다고 하신다면…… 그러면 당신께 제 머리라도 바치겠습니다. 제 부탁은 다음과 같습니다. 당신들의 적인 라틴인들과 루툴리인들은 제가 신들의 명령에 따라 새로운 트로이를 건설하기 위해 찾아온 이 땅에서 저와 제 종족을 추방하려고 합니다. 그런 까닭에 저는 당신께 도움을 요청드립니다. 당신은 우리 종족의 이야기를 잘 알고 있고, 우리가 부득이하게 싸워야 할 때는 누구보다도 잘 싸우는 종족이라는 것도 알고 계실 겁니다. 그러니 당신께서 별로 쓸모없는 사람들에게 도움을 주는 것은 아닐 겁니다!"

나이 든 왕은 한동안 아무 말 없이 뭔가를 곰곰이 생각하더니, 마침내 입을 열었다. "벌써 오래전 일이오. 프리아무스 왕이 언젠가 아르카디아를 찾아왔을 때, 난 겨우 어린 소년에 불과했소. 그는 당신의 아버지이신 앙키세스와 또 다른 지도자들과 함께 왔었소. 앙키세스는 어린 내 눈에도 다른 누구보다 훌륭해 보였소. 나는 그분을 계속해서 흠모하는 눈으로 바라보다가, 마침내 용기를 내어 말을 걸었소. 그분은 나를 마음에 들어 하는 눈치였고, 그래서 작별의 선물로 황금 화살통 한 개와 역시 금을 꼬아 만든 고삐 두 개를 내게 주었소. 지금은 내 아들 팔라스가 기쁜 마음으로 그 값비싼 물건을 소유하고 있소. 나는 앙키세스를 한시도 잊은 적이 없소. 그런데 지금 당신이 나를 찾아온 것이오. 당신들을 오늘 우리 축제에 손님으로 초대하겠소. 이 자리를 빌려 서로 동맹을 맺기로 합시다. 앞으로 우리 중 어느 누구도 절대로 깨뜨리지 않을 그런 굳은 동맹을 말이오. 자, 이리 와서 내 옆자리에 앉으시오. 그리고 당신의 병사들도 우리 병사들과 함께 어울려 식사를 하도록 합시다."

"감사합니다, 에우안데르 왕이시여." 아이네아스는 동맹이 성사되어 너무도 기뻤다. 그가 사자 가죽 위에 자리를 잡고 앉자 곧 젊은이들이 고기와 빵, 포도주와 과일을 속속 내왔다. 잠시 후 아이네아스가 다시 물었다. "그런데 오늘 열리는 이 축제가 무슨 축제인지 말씀해주실 수 있으신지요?"

"오래전에 우리를 큰 어려움에서 구해주신 헤르쿨레스를 기념하는 축제일이오." 왕이 설명했다. "저 건너편에 입구가 뻥 뚫린 동굴과, 산산조각으로 부서진 바윗돌이 산 중턱에서부터 강이 있는 곳까지 온통 뒤덮고 있는 것이 보이시오? 예전에 저 동굴 안에는 반인반수의 카쿠스가 살고 있었소. 그는 정말로 끔찍한 괴물이었소. 그가 쿵쿵거리며 길을 지날 땐 땅이 진동할 정도였소. 입으로는 시커먼 연기와 불꽃을 뿜어냈소. 그는 들판에서 풀을 뜯고 있는 소들을 강탈하는가 하면, 밭에서 일하고 있는 농부들을 때려죽인 후 그 목을 베어 자기가 살고 있는 동굴의 돌문 앞에 매달아두곤 했소. 그러다 결국 그에게 불행한 운명이 닥쳤소. 마침 헤르쿨레스가 가까운 곳에서 가축떼를 돌보고 있을 때였소. 카쿠스는 헤르쿨레스의 가축도 훔쳤는데, 모두 합해 네 마리의 어린 수소와 네 마리의 암소였소. 저녁이 되어 헤르쿨레스가 가축들을 몰고 집으로 돌아가려고 할 때였소. 그는 가축 여덟 마리가 없어진 것을 알았지만, 그 어디에서도 찾을 수 없었소. 그런데 나머지 소들이 마침 동굴 옆을 지나면서 울부짖자, 동굴 안에 있던 암소들 중 한 마리가 대답하는 소리가 들렸소. 곧 헤르쿨레스는 동굴에서 조금 떨어진 바위 위에 쪼그리고 앉아 있는 파렴치한 강도를 보았소. 순간 그는 엄청난 분노에 휩싸여 비탈길을 가로질러 괴물에게로 곧장 돌진했고, 그때 우리는 카쿠스가 공포에 질려 달아나는 모습을 처음으로 보았소. 카쿠스는 동굴로 도망쳤는데, 거의 아슬아슬하게 동굴 안으로 들어가는 것에 성공했소. 헤르쿨레스가 가까이 쫓아갔을 때, 끊어지지 않는 사슬*에 매달려 있던 커다란 바윗덩이가 내려앉으며 동굴 문을 굳게 닫아버렸소. 헤르쿨레스는 바위를 흔들어보았지만, 아무 소용이 없었소. 그러자 그는 동굴 주위

---

* (옮긴이) 카쿠스의 아버지인 불카누스 신이 아들을 보호하기 위해 만들어준 사슬.

를 몇 번이고 돌며 사방을 둘러보았소. 마침 동굴 바로 뒤편에 거대하고 뾰족한 암석이 앞으로 튀어나와, 강이 있는 아래쪽으로 드리워져 있는 것이 눈에 띄었소. 헤르쿨레스는 있는 힘을 다해 그 암석에 몸을 기대고 밀어내기 시작했소. 암석은 삐걱거리면서 바닥에서부터 떨어져 나와 앞쪽으로 기울더니, 산등성이를 타고 아래로 구르며 주변의 바위들과 함께 수천의 파편으로 부서져 내렸소. 그것은 바로 괴물의 최후를 의미하는 것이었소. 언제나 어둠에 가득 차 있던 동굴 안으로 햇빛이 쏟아졌소. 카쿠스는 검은 연기 속에 자신의 몸을 숨기기 위해 필사적으로 연기와 불을 내뿜었소. 그러나 헤르쿨레스는 입구가 뻥 뚫린 동굴의 천장가에 서 있다가 곧바로 그의 목덜미로 뛰어내려 그를 목 졸라 죽였소. 그것으로 우리는 구조되었던 것이오."

저녁이 되어 날이 어둑어둑해질 때까지 에우안데르 왕의 이야기는 계속되었다. "옛날 옛적에," 왕은 다시 이야기꽃을 피웠다. "이 고장의 숲에는 파우누스들과 요정들이 살고 있었소. 그 후로는 단단한 떡갈나무 줄기에서 태어난 인간들이 살았소. 그들은 아무런 풍습도 예의범절도 모르고 살았소. 수소에 멍에를 씌우는 일이나, 밭에 씨를 뿌리거나 추수하는 법도 모르고 살아갔소. 그저 숲에서 나는 열매와 힘겨운 사냥으로 간신히 목숨을 부지하며 살아갈 뿐이었소.

그러던 어느 날, 올림푸스에서 유피테르 신께 신으로서의 자격을 빼앗기고 추락한 신 사투르누스*가 내려와 이 지역을 자기가 살아갈 땅으로 골랐소. 그는 들판과 산 위 여기저기에 흩어져 살고 있던 미개한 종족을 모아 그들에게 지혜롭게 살아가는 방법을 가르쳐주었소. 비로소 황금시대**가 열린 것이오. 그러나 후에 점점 타락하여 탐욕과 그로 인한 전쟁이 평화롭던 생활을 파괴하고, 낯선 종족들과 낯선 왕들이 나타나 이 땅을 지배하게 되었소. 당신도 잘 알다시피 나 역시 낯선 땅인 아르카디아에서 도망 나와 이곳으로 오게 된 것이 아니겠소."

밤이 깊었을 때에야 비로소 축제가 끝이 났다. 에우안데르 왕은 아들 팔라스의 부축을 받으며 아이네아스와 함께 집 안으로 들어갔다. "당신은 여기에서 트로이와 같은 화려함은 찾아볼 수 없을 것이오." 에우안데르 왕은 손님인 아이네아

---

* (옮긴이) 고대 로마의 농토를 관장하는 신이며 그리스 신화의 크로노스에 상응한다. 우라노스의 아들로, 유피테르에게 쫓겨나 지상으로 내려와 고대 로마를 건설한 것으로 전해진다.
** (옮긴이) 그리스 신화에서 가장 오래된 시대로, 사람들이 가장 순수한 행복을 누리며 살았다고 전해지는 전설 속의 시대.

스를 침실로 안내하며 말했다. "우리는 그동안 가난하게 살아왔고, 지금도 여전히 가난하게 살고 있소. 그렇다고 해서 당신이 우리를 업신여기지는 않으리라 생각하오." 말을 마친 왕이 아이네아스에게 잠자리를 보여주었다. 나뭇잎을 깔고, 그 위에 암곰의 털가죽을 덮어 만든 잠자리였다……

한편 그 시각에 베누스는 남편인 불카누스 신이 거처하는 황금 방으로 들어섰다.

그녀는 라티움에서 일어난 전쟁 때문에 크게 근심하고 있었다. 어떻게 해야 투르누스와 그의 엄청난 병력으로부터 아들의 생명을 보호할 수 있을 것인가?

마침내 그녀에게 아주 좋은 생각이 떠올랐다. 불카누스가 누구인가? 불과 대장장이의 신이 아니던가? 그는 분명 베누스를 도울 수 있을 것이다!

"나의 사랑하는 남편이시여!" 베누스가 말을 꺼냈다. "당신은 내가 지금껏 나의 아들 아이네아스 때문에 당신에게 어떤 부탁도 드린 적이 없다는 걸 잘 알고 계실 거예요. 그런데 지금은 간청을 드릴 수밖에 없게 되었어요! 아이네아스는 병사들과 함께 병력이 몇 배나 우세한 이탈리아 종족 전체에 맞서 홀로 대항하고 있어요. 내가 당신에게 아이네아스를 위해 그의 목숨을 보호해줄 무장을 하나 만들어달라고 한다면, 지나친 부탁일까요? 라틴인들과 루툴리인들의 그 어떤 무기에도 맞설 수 있는, 세상에서 유일한 장비를 만들어달라고 한다면 말이에요." 불카누스는 예쁘고 현명한 아내가 그렇게 애절하게 부탁하는 것을 듣고는 큰 소리로 웃었다. 그녀는 자기가 무슨 부탁을 하더라도, 불카누스가 절대 거절하지 못하리라는 것을 잘 알고 있었다!

"당신을 위해 무장을 만들어주리다!" 불카누스는 흔쾌히 대답하고는, 곧장 트리나크리아에서 북쪽으로 떨어진 바다 위에 솟아 있는 작은 섬으로 내려갔다.

섬의 바위에 난 굴뚝에서는 밤낮없이 연기가 피어올랐고, 섬 아래쪽 깊은 곳에 있는 화덕에서는 불꽃이 이글거렸다. 쇠망치질 소리가 울려 퍼질 때마다 모루* 위에서 불꽃이 튀었다.

그곳은 키클롭스들의 대장간이었다. 키클롭스들의 벌거벗은 거대한 몸집은 불빛을 받아 번들번들하게 빛났고, 벌겋게 달아오른 쇳덩이는 찬물이 든 물통 안에서 쉭쉭 소리를 내며 식어갔다. 풀무에서는 휘파람 소리 같은 날카로운 소리와 함께 공기가 뿜어져 나왔고, 그럴 때마다 불꽃이 타닥거리는 소

---

* (옮긴이) 대장간에서 달군 쇠를 올려놓고 두드릴 때 받침으로 쓰는 쇳덩이.

리를 내며 굴뚝을 통해 위로 솟구쳤다. 섬 전체가 끊임없는 쇠망치질 소리로 쩌렁쩌렁 울렸다.

불카누스가 동굴로 들어서자, 거대한 몸집의 대장장이들이 하던 일을 일제히 멈추었다. 그들은 자기 주인이 이렇게 예기치 않은 시간에 찾아오면, 항상 뭔가 특별한 명령을 내리리라는 것을 잘 알고 있었다.

"지금까지 하고 있던 일들은 잠시 옆으로 미뤄둬라!" 불을 다스리는 신이 명령했다. "너희들은 지금부터 내 아내의 아들인 아이네아스를 위해 무장을 만들어야 한다. 갑옷, 정강이받이, 투구, 방패 그리고 칼을 만들어라. 나는 너희들의 기술을 믿는다. 너희들은 모든 것을 최선을 다해 완벽하게 만들어낼 것이다. 단 한 가지, 방패의 그림은 내가 직접 그려 넣겠다. 자, 지금부터 지체하지 말고 작업을 시작해라. 여신이 내게 서둘러 만들어달라고 부탁했다."

그러자 키클롭스들은 곧 그때까지 만들고 있던 물건들을 옆으로 미뤄두었다. 유피테르가 하늘에서 땅 위로 가차 없이 내리꽂는 번개, 전쟁의 신 마르스가 땅 위를 내달릴 때 타고 다니는 청동 바퀴가 달린 마차, 고르고의 끔찍한 얼굴이 그려진 미네르바의 황금 방패 등이었다.

키클롭스들은 매우 진지한 표정으로 그들의 주인이 내린 명령을 이행하기 시작했다……

한편 그날 밤 에우안데르 왕은 쉽게 잠들지 못하고 이런저런 생각에 잠겨 있었다. 아침이 되어 아들과 함께 밖으로 나왔을 때, 역시 일찍 일어나 벌써 집 밖에 나와 있는 아이네아스와 아카테스를 보았다. "잠시 나와 함께 도시 밖으로 나갔으면 하오." 왕이 그들에게 말했다. "당신들과 의논해야 할 것들이 너무나 많은데, 그곳이라면 아무도 우리를 방해하지 않을 것이오."

"난 여러 가지를 깊이 생각해보았소." 에우안데르 왕과 아이네아스, 아카테스는 성 밖으로 나와 성벽을 따라 천천히 걷기 시작했다. 마침내 에우안데르 왕이 말문을 열었다. "우리가 당신들에게 줄 수 있는 도움은 너무 작소. 그러나 나는 다른 해결책을 알고 있소. 이곳에서 그리 멀리 떨어지지 않은 곳에 산이 하나 있는데, 그 산 위에 아길라라고 하는 매우 오래된 도시가 있소. 그 도시는 옛날에 주변에 살고 있던 에트루리아인*들이 세운 것이오. 그들이 함께 만든 그 도시는 여러 해 동안 번성했소. 그러던 중 신을 경멸하는 폭군으로 이

---

* 티베리스 강 근처에 터를 잡고 살았던 이탈리아의 종족.

름난 메젠티우스가 그곳을 다스리게 되었소. 어느 누구도 그의 잔인함과 비열함을 제대로 묘사할 수 없을 정도로 포악한 인간이오. 에트루리아인들이 메젠티우스의 폭정을 더 이상 참을 수 없게 되자, 그들은 합심하여 그에게 대항했소. 그가 있는 성을 포위하고 불을 지른 다음, 그의 추종자들을 때려죽였소. 그러나 정작 메젠티우스는 달아나 붙잡지 못했소. 그는 루툴리인들에게로 도망쳤고, 투르누스는 그를 받아들였소. 에트루리아인들은 지금도 그를 잡아 죽이려고 하고 있소. 그리하여 에트루리아인들은 그들을 이끄는 타르콘의 지휘 아래 메젠티우스를 무력으로라도 끌고 오기 위해, 그들이 가진 모든 병력을 이끌고 길을 떠났소. 그런데 그들은 지금 망설이고 있소. 예언자가 다음과 같이 말했기 때문이오. '복수를 하려는 너희들의 소망은 정당하다. 그러나 너희들을 이끌 사람은 타르콘이 아니다. 어떤 이탈리아인도 너희와 같이 강한 종족을 지배할 수 없기 때문이다. 너희들은 먼 나라에서 온 이방인 중에서 지도자를 선택해야 한다!' 타르콘은 예언을 따르려고 했고, 내게로 와서 왕위와 주권을 넘겨주려고 했소. 하지만 그런 무거운 짐을 지기에는 내 나이가 너무 많소. 내 아들 팔라스는 어머니가 사비니인인 까닭에 완벽한 이방인이 아닌, 반은 이 나라의 피가 섞였다오. 그러니 그 아이 또한 지도자가 될 수 없었소. 그러나 여신의 아들인 당신은 낯선 곳에서 이곳으로 온 완벽한 이방인이오 그러니 당신이 에트루리아 사람들을 이끌고 루툴리인들에게 대항해 싸우시오. 그 전쟁은 당신 자신을 위한 전쟁이기도 하지 않소.”

에우안데르 왕의 말을 들은 아이네아스는 말할 수 없는 두려움에 사로잡혔다. 그는 아카테스를 바라보았지만, 아카테스 역시 땅바닥만 쳐다보고 있었다. 그렇다, 그들은 둘 다 같은 생각을 하고 있었다. 이 전쟁은 얼마나 무섭게 퍼져 나가고 있는가! 얼마나 많은 종족들이 이 전쟁에 휘말리고 있는가! 앞으로 얼마나 더 많은 피를 흘리게 될 것인가!

그러나 다른 해결책은 어디에도 없었고, 그들은 어쩔 수 없이 운명의 부름에 따라야 했다.

“나는 나대로 우리 사이의 동맹을 지키기 위해 힘닿는 대로 할 수 있는 모든 것을 할 것이오.” 에우안데르가 계속해서 말을 이었다. “내 아들이 당신과 함께 전쟁에 참가할 것이오. 당신에게 부탁하건대, 그를 잘 돌봐주시오. 죽을 날이 가까워진 내게 그 아이는 유일한 희망이오. 내가 그 아이를 잃지 않게끔 신들께서 보호해주시기를 기도할 뿐이오. 내 병사들 중

200명을 당신에게 주겠소. 그리고 팔라스 역시 같은 수의 병사를 이끌게 될 것이오. 또한 당신들이 에트루리아인들의 땅으로 타고 갈 말도 내주겠소. 마지막으로 당신들에게 시간을 낭비하지 말라고 부탁하고 싶소. 지금 이 시각에도 당신들 막사에서 무슨 일이 벌어지고 있을지 아무도 모르지 않소."

그 말에 아이네아스는 놀라서 움찔했다. 왕이 그가 가장 근심하는 부분을 언급했기 때문이다……

팔라스를 비롯한 400명의 남자들이 이방인들과 함께 전쟁에 참가하게 되리라는 소식은 바람처럼 빠른 속도로 도시 안에 쫙 퍼졌다.

부인네들과 어머니들은 전쟁의 무서운 그림자가 당장이라도 그들을 위협하면서 덮치기라도 한 듯, 놀라서 기도와 맹세로 신들의 이름을 불러댔다.

아르카디아인 병사들이 무장을 하는 동안, 아이네아스는 동료들과 함께 배가 있는 곳으로 가서, 그와 함께 에트루리아인들에게로 갈 사람들을 선발했다. 그리고 나머지 사람들에게는 다시 강을 따라 내려가 막사로 가서, 아스카니우스와 다른 지도자들에게 그동안의 소식을 전하라고 명했다.

잠시 후 트로이인들은 에우안데르 왕과 작별을 했다. 아들을 끌어안은 왕의 두 눈에 눈물이 가득 고였다. 왕은 다시 한 번 아이네아스에게 아들을 잘 돌봐달라고 부탁했다. 아들이 젊은이다운 격정으로 인해 전쟁터에서 자신의 목숨을 너무 가볍게 여기지 않도록 항상 지켜봐달라고 당부했다.

곧 그들은 말을 타고 성문을 벗어나 산 아래로 내려간 다음, 숲을 통과해 멀리까지 달렸다. 강물이 얕아진 곳을 찾아 강을 건넌 뒤, 숲이 무성하게 우거진 건너편 산등성이를 따라 한동안 달렸다. 가파른 비탈 위에 서서 잠시 내려다보니, 심하게 굽이친 계곡 쪽으로 길이 이어진 것이 보였다. 그러나 계곡은 다시 점차로 넓어지기 시작했다. 계곡 맨 아래에 낮은 관목 숲이 넓게 펼쳐져 있고, 그 숲속에 엄청나게 많은 병사들이 진을 치고 있는 모습이 보였다. 그들이 바로 에트루리아 병사들이었다.

해는 어느새 뉘엿뉘엿 산등성이를 넘고 있었다. 그러자 아이네아스가 말했다. "우리는 피곤하고 또 말들도 쉬어야 하니, 오늘 밤은 이곳에서 지내고 내일 아침 일찍 내려가기로 하자." 보초를 세워두고 비상식량으로 싸온 음식을 먹은 뒤 곧 말을 타고 온 사람도, 사람을 태우고 온 말들도 모두 잠이 들었다.

그러나 아이네아스만은 잠이 오지 않았다. 그래서 그는 자리에서 일어나 골짜기 아래로 내려갔다. 벌써 어스레하게 먼동이 터오고 있었다. "개울에서 목욕이나 좀 해볼까." 아이네아스는 생각했다. "그러면 아마 잠이 올지도 모르겠다." 그러다 그는 갑자기 멈칫했다. 저 건너편 커다란 떡갈나무 그늘 아래 누군가가 서 있었다…… 여자였다! 그녀가 서 있는 바로 옆 풀밭 위에 무기같이 생긴 것이 번쩍이는 빛을 발하며 놓여 있었다.

아이네아스는 계속해서 그쪽을 응시했다. 저 여인은……?

"어머니!" 아이네아스는 머뭇거리며 베누스에게 다가갔다. 아들의 모습을 본 베누스는 활짝 웃었다. 그러나 그녀의 아름다운 얼굴은 곧 다시 진지하게 굳어졌다. "전쟁이 시작되었다." 베누스가 말했다. "넌 전쟁을 피할 수 없다. 그래서 내가 너에게 주려고 이 무기들을 가져온 것이다. 이것들이 널 보호해줄 것이다. 네가 위험에 빠지게 되면, 그때 다시 너를 찾아오마!" 말을 마친 베누스는 지금까지 늘 그랬던 것처럼, 공기 중으로 연기처럼 사라졌다.

아이네아스는 너무도 황홀해서 그 훌륭한 무기들을 들여다보았다. 삼중으로 된 깃털 장식이 달린 투구, 핏빛으로 새빨

갖게 빛나는 갑옷, 번쩍이는 황금 정강이받이, 손잡이에 박힌 크고 붉은 보석이 빛을 발하는 칼 그리고 창과 방패가 있었다. 방패는 굉장한 예술 작품처럼 보였다. 금과 은으로 정교하게 장식된 방패에는 가장자리에 그림이 빙 둘러져 있었다. 아이네아스는 방패 앞에 앉아서 오래도록 그림을 관찰했다. 그러나 그는 그 그림이 도대체 무엇을 의미하는지 알지 못했다. 죽을 수밖에 없는 인간에게는 미래를 내다보는 능력이 없기 때문이다. 그 그림에는 장차 수백 년 후까지 이어질 그의 후손들에 대한 이야기가 묘사되어 있었다. 그것은 불의 신 불카누스의 작품이었다.

시간이 흐른 뒤, 아이네아스는 자리에서 일어나 갑옷을 챙겨 입고 칼을 허리에 찼다. 그러고는 방패와 창을 집어 들고 다시 산비탈을 오르기 시작했다. 그는 자신이 어깨에 짊어진 방패에 후손들의 삶과 운명에 대한 내용이 자세히 담겨 있다는 사실을 상상조차 하지 못했다. 아이네아스가 상상조차 하지 못하고 있는 것은 그뿐만이 아니었다. 그는 유노가 그 모든 것을 분노로 번득이는 눈초리로 지켜보고 있다는 사실 또한 예감하지 못했다. "그러니까 불카누스까지도 저 트로이 놈의 편에 섰단 말이지." 유노는 화가 나서 혼잣말을 했다.

"하지만 그다지 놀랄 일도 아니야. 베누스야말로 절름발이 남편*을 아첨과 아양으로 구워삶는 데는 탁월한 능력을 가지고 있으니 말이야. 그러나 아무리 그렇게 해도 이번만큼은 소용이 없을걸! 아이네아스는 지금 다르다누스 후예들의 막사에서 멀리 떨어져 있고, 투르누스가 현명하게 처신만 한다면 그가 막사로 돌아가기 전에 많은 일들이 일어날 수 있을 거야. 그리고 그 모든 것은 내가 알아서 준비를 해야겠지."

---

* (옮긴이) 불카누스는 절름발이로 태어난 신이다.

10

투르누스는 트로이인들을 공격하는 것을 여전히 망설이고 있었다. 그는 전쟁에서 트로이 병사들의 명성을 익히 들어 알고 있었고, 그들이 10년 동안이나 아카이아군에 맞서 저항했다는 사실도 잘 알고 있었다. 그래서 비록 각지에서 많은 종족들이 그를 돕기 위해 모여들긴 했지만, 과연 그들과 함께 트로이 병사들을 무찌를 수 있을지에 대해선 전혀 확신할 수 없었다.

그런 까닭에 그는 동료인 베눌루스를 외교 사절단과 함께 디오메데스에게 보냈다. 그에게 도움을 요청하기 위해서였다.

'디오메데스는 트로이인들과 전쟁을 벌일 당시, 그리스의 가장 용맹스러운 영웅들 중 한 사람이었어.' 투르누스는 약삭

빠르게 생각했다. '그는 분명 아직까지도 트로이인들의 적일 것이다. 게다가 그가 우리 땅에 왔을 때, 내 아버지는 그를 아풀리아*인들의 왕으로 추대해주었지. 그러니 그는 나에게 감사해야 할 의무가 있어.'

그때부터 투르누스는 외교 사절단이 돌아오기만을 초조하게 기다렸다. 물론 디오메데스와 그의 군대도 기다렸다.

그러나 아무도 오지 않았고, 어떤 소식도 받지 못했다. 그 대신 어느 날 밤, 유노의 심부름꾼 노릇을 하는 여신 이리스가 그를 찾아왔다.

"지금 잠을 잘 때가 아니다, 투르누스!" 이리스가 단호한 어조로 말했다. "이제 싸워야 할 시간이다! 아이네아스가 트로이 최고의 병사들 대다수를 데리고 막사를 떠나, 이곳에서 멀리 떨어진 곳에 있는 아르카디아인들과 에트루리아인들이 사는 곳에 가 있다! 트로이 병사들을 통솔할 지휘자가 없으니, 이 싸움에서 이기는 것은 어린아이 장난보다도 더 쉬울 것이다!"

"아하! 그것 참 좋은 정보로군요!" 투르누스가 소리치며 잠자리에서 벌떡 일어났다. "그런데 당신은 대체 누구십니까,

* 이탈리아의 남동쪽 지방. '장화의 굽'에 해당하는 지역.

반가우신 전령님이시여?" 그러나 질문에 답을 해줄 이는 더 이상 그 자리에 없었다.

투르누스는 서둘러 무장하고 성을 나왔다.

첫새벽의 흐릿한 여명이 하늘 위로 번지고 있었다.

곧 도시와 동맹군들의 막사에 날카로운 나팔 소리가 울려 퍼졌다……

트로이의 보초병들은 여전히 옅은 안개처럼 어둑하게 주변을 뒤덮고 있는 여명을 뚫고 사방을 주의 깊게 둘러보고 있었다. "아마도 내가 뭘 잘못 본 건지는 모르겠지만," 그들 중 한 명이 말했다. "저기 언덕 뒤편에 자리 잡고 있는 도시 라우렌툼 쪽을 좀 봐! 거기서부터 거대한 모래 먼지가 일더니, 이쪽으로 다가오고 있는 것처럼 보여!"

다른 보초병들 역시 그것을 보았고, 곧 도처에서 이는 먼지 구름 사이로 뭔가 번쩍거리는 것이 언뜻언뜻 보이는 것 같았다. 다음으로 둔탁한 말발굽 소리와 쇠붙이가 서로 맞부딪힐 때 나는 달그락 소리, 수많은 남자들의 목소리 등이 들려왔다.

잠시 후 트로이 병사들의 진영에도 나팔 소리가 울렸다. "무기를 들어라! 적들이 쳐들어오고 있다!" 오, 트로이 병사들이 도시를 포위당하고도 10년을 버틴 데에는 다 그럴 만한 이유가 있었다!

눈 깜짝할 사이에 트로이 병사들은 방벽과 탑 위에 포진해 있었다. 방벽 바깥에 쌓아둔 둑 위로 나가 있던 병사들을 서둘러 방벽 안으로 불러들인 다음, 곧바로 문을 굳게 폐쇄해버렸다. 병사들은 각기 이미 오래전에 할당받았던 자신의 자리로 가서 방어 태세를 취했다.

그것은 절대 이른 조치가 아니었다. 저 건너편에서 떼로 뭉쳐 달려오던 셀 수 없이 많은 적군들 무리에서 기병대 하나가 따로 떨어져 나오더니, 트로이 진영을 향해 맹렬히 돌진해 왔기 때문이다.

그들 맨 앞에는 투르누스가 달리고 있었다. 그는 다른 사람들보다 머리 하나만큼이나 더 컸다. 그가 쓴 황금 투구 위에 달린 삼중으로 된 검은 깃털 장식이 바람에 휘날렸다.

기병대는 바람처럼 빠른 속도로 달려왔다. 성벽 앞에 파놓은 참호 바로 앞에 이르러서야, 그들은 비로소 말의 고삐를 당겼다. 투르누스는 거친 고함과 함께 투창을 머리 위로 높이 쳐들더니, 트로이인들의 진영을 향해 휙 던졌다. 그것은 전쟁을 알리는 신호였다.

이제 보병들도 이쪽으로 돌진했고, 새로운 기병대가 온 사방에서 출몰하는가 하면, 전차들이 들판 위를 달려왔다.

곧 트로이 병사들은 문을 열어젖히고 싸움에 응할 것이다. 헤아릴 수 없이 많은 노래가 그들의 영웅다운 기백을 말해주지 않았던가! 그들은 결코 비겁하게 참호와 방벽 그리고 성벽 뒤에 숨어 있지 않을 것이다!

그러나…… 문은 열리지 않았다.

성벽과 탑에서 화살이 빗발처럼 쏟아져 내리고 투창과 돌들이 우박처럼 날아왔지만, 트로이 병사들 중 막사 밖으로 모습을 드러내는 사람은 단 한 명도 없었다. 당황한 적들은 어찌해야 할 바를 몰라 참호를 둘러싸고 모여들어 지도자의 명령을 기다렸다.

분노를 이기지 못한 투르누스는 방벽 둘레를 몇 번이고 돌았다. 아마도 어딘가에 감시가 소홀한 출입구가 있을 것이다! 그러나 그런 곳은 아무 데도 없었다. 급히 말을 다른 방향으로 돌리는 투르누스의 시선이, 물결에 흔들리며 막사 뒤편 강둑에 정박해 있던 함선들에 고정되었다. 순간 그의 머릿속에서 어떤 생각이 번개처럼 스쳐 지나갔다. 배가 있었지! 만약 저 배들을 불태워버린다면, 트로이인들은 그것으로 끝장이다! 배가 없으면 바다를 건너 도망갈 수 없을 테고, 사방이 포위된 방벽 안에서 당장이든 나중이든 앉은 채로 굶어 죽지 않으려면 부득이하게 전쟁에 응할 수밖에 없을 것이다.

"횃불을 가져오너라!" 투르누스가 소리쳤다. "저 배들에 불을 질러라! 그래야 여자들을 약탈하기를 일삼는 저 종족이 더 이상 우리 손아귀를 벗어나지 못한다!"

곧 횃불이 준비되었다. 무럭무럭 연기를 뿜어내며 활활 타오르는 첫번째 횃불이 공기를 가르며 배로 날아들었다. 그러자 갑자기 강둑에 있던 나무들 사이에서 쏴쏴 소리와 함께 돌풍이 일면서, 마치 급작스러운 폭풍이 몰려올 듯 강물이 사납게 물결치기 시작했다. 시커먼 먹장구름이 낮게 가라앉으며 눈 깜짝할 사이에 칠흑 같은 어둠이 사방으로 번졌다. 배들은 고삐 풀린 말처럼 강둑에서 하나둘씩 떨어져 나가더니, 강물을 타고 점점 더 멀어지기 시작했다. 그렇게 배들은 강물에 실려 바다 쪽으로 둥둥 떠내려가다가, 종국에는 눈앞에서 완전히 사라지고 말았다!

투르누스와 그의 동료들은 멍하니 서서 그 모습을 바라보았다. 도대체 어떻게 그런 일이 일어날 수 있는지 도저히 이해할 수가 없었다. 그들이 타고 있던 말들이 두려움에 가쁜 숨을 몰아쉬며 강둑을 벗어나 달리기 시작했다. 전차를 몰던

413

메사푸스는 겁을 잔뜩 집어먹은 말들을 더 이상 통제할 수 없었다. 그는 아군의 보병들이 무리 지어 서 있는 한가운데로 전차와 함께 돌진했다.

투르누스가 가장 먼저 정신을 차렸다. "어이, 동지들!" 그는 소리쳤다. "신들께서 직접 나서서 우리가 해야 할 일을 대신 해주셨다. 트로이인들은 이제 우리 땅을 벗어날 수 없게 돼버렸다! 그들은 신탁이 그들을 이곳으로 이끌었다고 뽐내고 있지. 여기에 정착하는 것이 그들의 운명이라고 말이야! 한데 내 운명은 그들을 멸망시키는 것이다! 시간은 이제 우리 편이다! 그러니 너희들은 오늘 하루 푹 쉬면서 술과 음식을 충분히 먹고 마시며 즐기도록 하라! 내일 우리는 폭풍과도 같이 저들의 진영을 덮칠 것이다! 어쩌면 그사이에 디오메데스가 군대를 이끌고 이곳에 도착할지 모른다. 그러면 우리는 들쥐 같은 저 겁쟁이들을 쥐구멍에서 완전히 몰아낼 수 있을 것이다! 밤사이 단 한 놈도 달아나지 못하게 사방에 보초를 세우고 횃불을 빈틈없이 줄지어 밝혀두도록 하라!"

밤늦은 시각, 서로에게서 절대로 떨어지지 않는 절친한 두 친구 니수스와 에우리알루스는 중앙에 있는 문 옆에서 보초를 서고 있었다. 에우리알루스는 이런저런 말들을 늘어놓았지만, 니수스는 아무런 대꾸도 하지 않고 침묵으로 일관했다. 마치 머릿속으로 뭔가 중대한 일을 꾸미는 듯한 눈치였다. "내 말 좀 들어봐, 에우리알루스!" 마침내 니수스가 말문을 열었다. "난 이렇게 이 안에서 아무것도 하지 않고 가만히 앉아만 있는 일에 지쳤어. 뭔가를 해야 해! 내가 무엇을 해야 할지 난 이미 알고 있어. 모두들 여기서 무슨 일이 벌어졌는지, 아이네아스 님께 전령을 보내 소식을 전해야 한다고 말하잖아. 그런데 어느 누구도 사람들의 눈에 띄지 않고 저 보초병들의 감시와 횃불을 피해 적진을 뚫고 밖으로 나갈 용기를 가진 자가 없어. 그러니 내가 그 일을 해야겠어!"

에우리알루스는 깜짝 놀랐다. "네가? 그러다 죽을지도 모른다는 걸 알고나 하는 소리야? 게다가 너 혼자 가겠다고? 오, 말도 안 돼, 니수스! 네가 가면 나도 같이 갈 거야!"

니수스는 에우리알루스의 어깨에 손을 올렸다. "이번에는 나 혼자 가야 해." 니수스가 진지하게 말했다. "내가 죽으면 넌 내 시신을 찾아 땅에 묻어주어야 하니까. 그래야 내가 그림자들의 나라에서 정처 없이 떠돌아다니지 않을 수 있지. 그뿐 아니라, 난 널 그렇게 큰 위험에 빠지게 해서 네 어머니께 고통을 드리고 싶지 않아!"

그러나 에우리알루스는 동의할 수 없다는 듯 고개를 세차게 저었다.

"그렇게 변명하려고 애쓰지 마! 네가 가는 길이 곧장 오르쿠스로 향한다 하더라도 난 너와 함께할 거야!"

에우리알루스는 그와 니수스를 대신할 보초를 깨우기 위해 몸을 돌려 벌써 저만치 앞서가고 있었다.

그리고 나서 므네스테우스, 세르게스투스, 아스카니우스를 비롯해 그 밖의 다른 지도자들이 마침 회의를 하려고 모여 있는 진지陣地 중앙의 광장으로 갔다. 두 명의 젊은 병사들이 앞으로 걸어 나오자, 그곳에 모인 사람들은 무슨 일인지 궁금해하며 그들을 바라보았다.

"저희들의 무례함을 용서하시기 바랍니다." 니수스가 곧 말하기 시작했다. "저희는 지금 무엇보다 중요하고 시급한 문제에 대해 말씀드리고자 이렇게 감히 여러분께 무례를 범하고 있습니다. 우리 모두 지금 이곳에서 무슨 일이 일어나고 있는지, 아이네아스께서 속히 아셔야 한다는 걸 잘 알고 있습니다. 즉, 배들은 떠내려가고 사방은 적들에게 포위당했다는 사실을 말입니다. 그래서 저희는 그분께 가서 이 소식을 전해 드리기로 결심했습니다!"

순간 사람들이 가득 모여 있는 광장이 물을 끼얹은 듯 조용해졌다. 잠시 후 아스카니우스가 자리에서 일어났다. "신들께 맹세코, 그대들의 은혜를 절대 잊지 않을 것이오!" 아스카니우스는 가라앉은 목소리로 말했다. 두 뺨을 타고 눈물이 철철 흘러내리고 있었지만, 아랑곳하지 않았다. "아버지를 모시고 와주십시오. 그러면 우리의 이 모든 곤경은 끝이 날 겁니다! 그리고 그대들은 지금까지 그 어떤 영웅이 받았던 것보다 더 많은 보상을 받게 될 것입니다!"

"아스카니우스 율루스여, 보상에 대한 말씀은 하지 마십시오." 에우리알루스가 조용히 말했다. "대신 한 가지만 약속해주십시오. 만약 내가 돌아오지 못하게 되면, 그대가 내 어머님을 돌봐드리겠다고 말입니다."

아스카니우스는 에우리알루스를 끌어안았다. "나는 당신 어머님을 내 친어머니 모시듯 돌봐드리겠소." 아스카니우스는 굳게 약속했다. "그러나 에우리알루스, 만약 그대가 무사히 돌아온다면 앞으로 내 영원한 동지가 될 것임은 물론이요 모든 전쟁에서의 명예도 항상 그대와 함께 나눌 것이오. 그리고 니수스, 그대에게는 내 아버지께서 그대가 원하는 전리품이 무엇이든 다 줄 것이고 노예처럼 봉사할 포로들도 하사하실 거요. 자, 여기 내 칼을 가지고 가시오. 이 칼은 크노소스에서 가장 솜씨가 뛰어난 무기 대장장이가 만든 것이오!"

"그럼 이제 그만 저희는 길을 떠나겠습니다!" 니수스가 말했다. "벌써 밤이 깊었고, 새벽 여명이 밝아올 무렵에는 이곳에서 멀리 떨어진 숲까지는 가 있어야 합니다. 전 아르카디아의 도시로 가는 길을 잘 알고 있습니다. 언젠가 우리가 사냥을 하기 위해 멀리까지 두루 돌아다닐 적에, 산 위에서 그 도시의 성벽을 본 적이 있습니다."

"신들께서 그대들을 보호해주시길!" 그곳에 모인 남자들은 조용히 중얼거렸다. 그들은 말없이 방벽 한쪽 구석에 난 작은 문까지 두 병사와 동행했다. 남자들은 문 옆에서 보초를 서고 있던 병사들에게 몇 마디 속삭인 다음, 문을 가로지르며 채워져 있던 묵직한 떡갈나무로 된 빗장을 소리 나지 않게 옆으로 살짝 밀었다. 문이 한 뼘 정도 스며시 열렸다. 니수스와 에우리알루스는 살금살금 밖으로 빠져나갔다. 그들 뒤에서 그 즉시 문이 닫혔고, 다시 낮게 삐거덕거리며 빗장을 채우는 소리가 들렸다.

그렇다, 이제 그들은 안전한 진영을 벗어났다. 그들 앞에는 캄캄한 밤과 적군들만이 있을 뿐이었다. 그들이 가진 무기라고는 칼 한 자루와 투창 두 자루, 맨몸으로 싸울 힘과 민첩함이 전부였다.

그들은 바닥에 엎드려 뱀처럼 둑 위를 기어 올라가 다시 건너편 참호 아래로 기어 내려갔다. 몸을 납작하게 웅크리고서 참호 가장자리 너머로 조심스럽게 주변을 살폈다.

서너 발자국 정도 떨어진 곳에 불을 지핀 자리가 보였다. 불은 거의 다 타서 잿더미가 된 상태였고, 더 이상 주변을 밝히지 못했다. 그 옆에 보초병 하나가 쪼그리고 앉아 있었다. 그는 창을 양 무릎 사이에 끼운 채 머리를 아래로 푹 숙이고 있었다. 깊은 잠에 빠진 것이다. "포도주를 너무 많이 마신 모양이야." 니수스가 속삭였다. "우리에겐 다행스러운 일이로군. 불씨를 다시 살려놓는 것도 잊어버리고 깊게 잠들었어. 가자, 저 건너편에 보초병이 있는 곳까지! 내가 앞장설 테니, 넌 내 등 뒤에서 엄호하도록 해."

그들은 참호에서 살살 기어 나왔다. 밖으로 나온 니수스는 번쩍이는 칼을 빼 들었다. 그는 칼을 꽉 움켜쥐고 앞으로 천천히 걸음을 옮겼다. 보초병이 그들을 알아차리는 날에는 그것으로 끝장이었다. 이제 두 걸음만…… 그러나 그 두 걸음은 한없이 멀게만 느껴졌다…… 한 걸음만 더…… 니수스는 이를 악물었다. 바로 다음 순간, 칼이 허공을 가르며 내리꽂히는 동시에 꺼져가는 불씨에서 나온 붉은빛이 칼날에 반사되어 번쩍하고 빛을 발했다. 보초병은 비명 한 번 내지르지 못하고 그대로 옆으로 쓰러졌다.

이번에는 옆에 잠들어 있던 다른 병사들 중 하나가 뒤척이기 시작했다. 다시 한 번 니수스의 칼이 내리꽂혔다. 그리고 그 옆의 병사에게도…… 차라리 뒤척이던 병사가 비명이라도 질렀더라면 더 나았을 텐데!

이 번쩍거리는 멋진 방패의 주인은 누구일까? 분명히 루툴리인 장수들 중 하나겠지! 하지만 이 방패도 내 칼 앞에서는 네 목숨을 구해주지 못했구나!

거기 있는 너도 몸을 뒤척이지 마라. 그러면 넌 곧 죽은 목숨이 된단 말이다!

그리고 너희들…… 나는 도저히 너희들을 이대로 두고 그냥 갈 수가 없구나. 너희들이 잠에서 깨어나면 분명 우리를 잡으러 쫓아올 게 아니냐! 자, 이렇게 해야 영영 잠에서 깨어날 수 없겠지!

포도주는 정말 깊은 잠을 선사하는 술이로구나! 너도, 너도 그리고 너도……

그러다 갑자기 니수스는 자신이 어떤 끔찍한 감정에 사로잡혀 있다는 것을 깨달았다. 그것은 살인에 대한 광기였다. 사람을 죽일 때 느껴지는 쾌감…… 그는 지금 당장 살인을 멈춰야 했다. 그렇지 않으면 영영 그 감정에서 벗어날 수 없을 것만 같았다! 그는 이를 악물었다…… 그리고 마침내 칼을 다시 칼집에 넣었다.

니수스는 몸을 돌려 바로 뒤에 서 있던 에우리알루스의 팔을 꽉 움켜잡았다.

"빨리 여기를 뜨자!" 그는 낮은 목소리로 속삭였다. "이것으로 충분해! 곧 우린 넓은 들판으로 나가게 될 거야!"

그러나 에우리알루스는 너무 어렸다. 그래서 그는 그만 그들 둘에게 파멸을 가져올, 해서는 안 될 일을 하고야 말았다.

에우리알루스가 죽은 루툴리인 장수 옆을 지나갈 때, 화려한 모양의 가슴받이, 황금 허리띠, 그의 발아래 나뒹굴고 있는 투구 등이 눈에 띄었다.

그는 아직 철이 들지 않았던 탓에 그것들을 그냥 두고 지나치지 못했다. 그는 재빨리 몸을 굽혀 시신에서 가슴받이를 벗겨내고 그것을 황금 허리띠로 동여맨 후, 어둠 속에서도 희미하게 빛을 발하는 투구를 머리에 썼다.

잠시 후 그들은 여전히 깊은 잠에 빠져 있는 병사들을 모두 지나쳐, 마치 두 개의 그림자처럼 아무 소리도 내지 않고 그 자리를 빠져나갔다. 한쪽 옆에 있는 말뚝에 매어놓은 말들까지 지나치자 눈앞에 넓은 들판이 펼쳐졌다.

숲은 그리 멀리 떨어져 있지 않았고, 숲까지만 무사히 도착하면 안심할 수 있을 것 같았다.

그들은 바닥으로 몸을 푹 숙이고 살금살금 걸었다.

하늘에는 검은 구름이 흘러가고, 그 사이사이로 이따금 별들이 반짝였다. 달은 보이지 않았다.

갑자기 니수스가 무슨 냄새를 맡은 짐승처럼 고개를 위로 번쩍 쳐들었다. 그의 귀에 어떤 소리가 들렸다. 그 소리는 라우렌툼 언덕이 있는 오른쪽에서부터 점점 가까이 다가왔는데, 멀리서 울리는 둔중한 북소리처럼 들렸다.

니수스는 저주의 말을 내뱉었다. '말이다!' 그는 생각했다. '그것도 굉장히 여러 마리의 말이야!'

발밑의 땅이 낮게 진동했다.

에우리알루스가 한걸음에 그의 옆으로 다가왔다. "저 말발굽 소리 들리니?" 그가 외쳤다. "100마리도 훨씬 넘을 것 같아!"

"서둘러!" 니수스는 이 한마디를 내뱉곤 달리기 시작했다. 아, 그들이 수많은 달리기 시합에서 우승해 상을 받았던 데는 다 그만한 이유가 있었다! 하지만 말들이 더 빨랐다! 말발굽 소리는 점점 더 가까워졌다. 잠시 후 첫번째 말 탄 자가 언덕을 돌며 모습을 드러냈다.

그와 동시에 구름 뒤에 숨어 있던 심술궂은 달이 구름 사이로 얼굴을 삐죽이 내밀더니, 얄밉게도 밝은 빛을 땅 위로 내리쬐었다. 순간, 에우리알루스가 쓰고 있던 죽은 루툴리인의 투구와 금으로 된 가슴받이가 반짝하고 빛을 발했다.

곧 줄지어 달리던 기마병들 무리에서 누군가가 큰 목소리로 외치는 소리가 들렸다. 도망자들을 발견한 것이다.

"거기 서라, 이놈들아!" 그는 단호한 목소리로 명령했다. "너희들은 누구냐? 무엇 때문에 무장을 하고 돌아다니는 거냐?"

그러나 그들은 아무 대답도 하지 않고, 계속해서 숨을 헐떡이며 달리고 또 달렸다. 바람처럼 빠르게 달려오는 기마병들에게 붙잡히기 전에 숲에 도착해야만 했다!

다행스럽게도…… 이제 몇 걸음만 더 죽을힘을 다해 뛰면, 저기 숲 가장자리에 무성하게 자란 수풀 속으로 몸을 숨길 수 있을 것이다. 그렇게만 된다면 나뭇가지에 얼굴을 맞고 가시에 살갗과 손등이 찢긴다 한들, 그것이 무어 그리 큰일일까?

니수스는 덤불숲을 통과해 앞으로 나가기 위해 온 신경을 집중했다. 뒤에서 쫓아오는 에우리알루스의 소리를 종종 들으면서, 다시금 불안한 마음으로 사방에서 그를 향해 달려드는 기마병들의 목소리에 귀를 기울였다. 니수스는 덤불을 헤치고 점점 가까이 다가오는 말발굽 소리와 말들이 식식거리며 코로 숨을 몰아쉬는 소리를 듣고는, 계속해서 몸을 수그린 채 수풀이 가장 울창하게 우거진 쪽을 향해 뛰었다. 마침내 기마병들의 소리가 그들로부터 조금씩 멀어지는 듯했다. '드디어 저들을 따돌렸구나.' 이렇게 생각한 니수스는 안도의 한숨을 내쉬며, 에우리알루스 쪽을 돌아다보았다.

그런데 에우리알루스는 어디 있는 거지?

갑자기 온몸에 소름이 쫙 끼쳤다. 니수스는 가만히 귀를 기울였다. 그러나 그를 둘러싼 사방은 고요하기만 했고, 나뭇가지 하나 흔들리지 않았다. 에우리알루스는 적들이 더 이상 쫓아오지 않는다는 것을 알고, 분명히 어딘가 어두운 나무 그늘 아래 웅크리고 앉아 잠시 쉬고 있는 중일 거야! 니수스는 애써 이렇게 마음을 다잡으며, 사라져버린 친구를 찾기 위해 자기가 달려온 발자취를 되짚어 지나온 길을 되돌아가기 시작했다.

그렇게 얼마 가지 않았을 때였다.

갑자기 아주 가까이에서 기쁨에 가득 찬 병사들의 거센 환호성이 들려왔다. 순간 니수스는 그것이 무엇을 의미하는지 알아차렸다. 적들이 에우리알루스를 붙잡은 것이다!

니수스는 더 이상 조심성을 발휘할 수 없었다. 그는 목소리가 들려오는 곳을 향해 돌진했다. 에우리알루스를 도우러 가야 한다! 그것은 자신의 목숨과도 관계된 일이었다! 그러나 덤불 밖으로 뛰어나가기 위해 눈앞을 가리고 있던 수풀을 양손으로 헤친 순간, 니수스는 그 자리에서 멈칫했다. 아뿔싸, 그는 더 이상 에우리알루스를 도울 수 없게 되어버리고 말았다! 에우리알루스는 여러 명의 병사들에게 겹겹이 둘러싸여 질질 끌려가고 있었다. 에우리알루스는 분노를 이기지 못하고 온몸으로 저항했지만, 아무 소용이 없었다.

니수스의 가슴속 깊은 곳에서 애끓는 탄식이 터져 나왔다. 그가 지금 무슨 행동을 하더라도 그것은 모두 헛된 일이 될 것이다! 그럼에도 불구하고 그는 오른손으로 두 개의 투창 중 하나를 잡았다. 어디 보자, 저기 저놈…… 에우리알루스를 제

425

일 잔인하게 끌고 가는 놈…… 창은 공기를 가르고 쉭쉭 소리
를 내며 날아가 그 병사의 등에 정확히 꽂혔다.

한 병사가 쓰러지자 그의 동료들은 깜짝 놀라 우왕좌왕하
며 투창이 날아온 쪽을 돌아보았다. 그런 와중에도 그들은 에
우리알루스를 놓치지 않았다. 그 순간 니수스는 두번째 투창
을 마저 던졌다. 저기 삼중으로 된 깃털 장식이 달린 투구를
쓰고 있는 자가 기병대 대장이렷다! 그러나 안타깝게도 쇠로
된 창끝은 그를 맞히지 못하고, 대신 그 옆에 있던 병사의 관
자놀이를 관통했다.

이제 남은 병사들은 격렬한 혼란에 빠졌다. 어두운 곳에서
날아드는 투창이 다음으로 명중시킬 사람은 누가 될 것인가?
그러자 기병대 대장이 칼을 뽑아 들고는 에우리알루스에게
달려들며 소리를 질렀다. "한 놈이 우리 손아귀를 빠져 달아
났으니, 너라도 이 죽은 두 병사들을 대신해 그 대가를 치러야
겠다!"

그러자 니수스가 크게 소리쳤다. "멈춰라, 루툴리인이여!
너희들은 그를 죽일 게 아니라 날 죽여야 한다! 모든 일은 내
가 한 짓이다!"

그러나 칼날은 이미 아래로 내리쳐진 뒤였다.

그 즉시 니수스는 성난 호랑이처럼 적군들을 향해 달려들었다. 그의 칼이 번쩍 빛을 내며 빙글빙글 원을 그렸다. 그를 향해 달려드는 사람은 모두 다 휘둘리는 칼끝에서 목숨을 부지하지 못했다.

그러나 다른 병사들이 다 무슨 소용이란 말인가? 니수스는 에우리알루스를 죽인 기병대 대장을 잡아야 했다!

마침내 그들 둘이 서로 맞붙게 되었을 때, 결투는 격렬했지만 짧게 끝나고 말았다. 기병대 대장이 니수스 앞에 무릎을 꿇는 순간, 어디선가 날아든 창이 니수스의 목을 관통한 것이다……

첫새벽의 여명이 하늘 위로 번지자마자 루툴리인들의 막사 곳곳에서 나팔 소리가 울려 퍼졌다. 사람들은 밤사이에 공격할 때 필요한 온갖 장비들을 날라 왔다. 높은 방벽을 오를 수 있는 공격용 사다리, 방벽을 부수는 기계, 참호 위에 얹어 사람이 건너갈 수 있게 해주는 간이용 다리, 일개 부대가 한꺼번에 방벽 가까이로 다가갈 때 보호막으로 사용할 수 있는 차양, 그 밖에 엄청난 양의 횃불과 투척 재료들을 준비해두었다.

투르누스는 지난밤 한숨도 자지 않았다. 그는 매 순간 아침이 밝아오기만을 기다렸다. 어쩌면 밤사이에 드디어 베눌루스가 돌아와, 디오메데스가 그의 병사들을 이끌고 지원하러 오는 중이라고 보고할지도 모를 일이었다.

그러나 아무도 오지 않았다. 밤이 깊어갈수록 하인들이 투르누스의 황금 술잔에 포도주를 따라야 하는 횟수가 잦아졌다.

아침이 밝아올 때에야 비로소 투르누스는 디오메데스에 대한 희망을 버렸다. 신들께 맹세코 디오메데스의 도움 없이도 트로이인들을 무찌르리라! 그러나 온몸에 무장을 하고 노예들에게 말을 끌고 오라는 명령을 할 때쯤이 되자, 투르누스의 기분은 불쾌하기가 이루 말할 수 없었다.

그는 들판 위로 나가 천천히 말을 타고 달리며, 병사들이 공격을 개시할 만반의 준비를 갖췄는지 살펴보았다. 또한 그는 트로이인들 역시 밤사이 한숨도 자지 않았다는 것을 알아챘다. 그들은 완벽하게 무장을 한 채 방벽과 탑 위에 촘촘하게 열을 지어 서서는 적군이 공격 태세를 갖추는 모습을 조용히 바라보고 있었다.

'저들이 저렇게 방벽을 방어하는 데 능숙한 것은 너무도 당연한 일이야.' 투르누스는 쓴웃음을 지으며 생각했다. '10년 동안 성안에 들어앉아 성벽을 지키는 것 말고는 아무것도 한 일이 없는 인간들이 아니던가!'

거기에 생각이 미치자 투르누스는 더 이상 참을 수가 없었다. 그는 도대체 지금 뭘 더 기다리고 있는 건가? 이제는 정말 전투를 시작해야 했다.

투르누스는 전령에게 손짓했다. "네 나팔을 이리 다오!" 그가 명령했다. 그러고는 자기가 직접 루툴리 병사들에게 전쟁을 알리는 나팔을 세 번 연이어 불었다. 그것은 사전에 병사들끼리 미리 약속해둔, 공격 개시를 알리는 신호였다. 곧 병사들이 부지런히 움직이기 시작했다. 맨 먼저 참호 위로 간이용 다리가 놓였다. 그러나 루툴리 병사들이 그 위를 걸어 참호를 건널라치면, 방벽 위에서 화살과 투창이 빗발치듯 쏟아져 내렸다. 그러면 다리 위는 순식간에 텅 비고, 대신 그 아래 참호에는 부상 입은 자들과 죽은 자들의 시신들로 그득해졌다.

가끔은 방벽을 포위하고 있던 루툴리 병사들이 그곳을 기어오를 긴 사다리들 중 하나를 방벽에 세워놓는 데 가까스로 성공하기도 했다. 그러나 그들이 대담하게 사다리를 타고 방벽 위로 올라갈라치면, 트로이 병사들이 긴 막대기로 사다리를 다시 아래로 밀쳐냈다.

몇몇 용감무쌍한 루툴리 병사들이 도끼로 문을 부수기 위해 차양에 몸을 숨긴 채 방벽 문 가까이 다가가려 하면, 갑자기 위에서 거대한 돌덩이가 날아와 차양을 산산조각 내고 그 아래 있는 병사들을 깔아뭉갰다.

그렇게 적들의 진영으로 들어가는 문은 굳게 닫힌 채로 열릴 줄 몰랐다.

투르누스는 너무나 화가 치밀어 거의 숨도 제대로 못 쉴 지경이었다. 도대체 어떻게 해야 적들을 방벽 바깥으로 유인해 너른 들판에서 전투를 벌일 수 있단 말인가?

아니면 정말 수치스럽기 짝이 없지만, 전투 대신에 굶주림이 트로이인들을 굴복시킬 때까지 기다려야 하는가?

바로 그때, 루툴리 병사들 무리에서 한 무리의 병사들이 따로 떨어져 나오는 모습이 눈에 띄었다. 그들을 이끄는 지도자는 화려하게 무장을 하고 있었다. 그는 바로 투르누스의 여동생과 결혼한 레물루스였다. 투르누스는 놀란 눈으로 매제 레물루스를 쳐다보았다. 그는 아직 젊은 데다 말이 많고 허풍을 늘어놓길 좋아하는 성격이었다. 레물루스는 자신의 병사들을 이끌고 참호 바로 앞까지 가서 트로이인들을 비웃으며 약을 올리기 시작했다. "야아, 너희들은 여자들을 약탈하는 데는 정말 용감무쌍한 종족이로구나." 레물루스가 소리쳤다 "도대체 어떤 신이 너희들을 우리에게 보냈느냐? 그 신이 너

430

희들에게 싸우지 말고 방벽 뒤에 숨어 있으라는 명령도 내렸
나 보지? 아무리 그래 봤자 너희들은 결국 망할 수밖에 없을
거다. 왜냐하면 우린 강한 종족이거든. 우리는 갓 태어난 아
기들을 강으로 데려가 얼음장같이 차디찬 강물에 목욕시키
는 사람들이야. 또한 어린 소년들도 말을 길들일 줄 알고, 밤
에 사냥을 나가는 것쯤은 애들 장난에 불과하다고 생각하지.
그리고 백발이 되어서도 투구를 쓰고, 다른 노인들처럼 손을
떨지도 않아. 한데 너희들은? 너희들의 꼴을 보고 있으면, 난
정말 웃음밖에 나오지 않아! 너희들은 하늘하늘한 천에 황색
과 자색으로 화려하게 물들인 옷을 입지. 갑옷 안에 받쳐 입
는 옷의 소매는 길게 늘어져 있고, 모자에는 리본 장식이 달
려 있어. 너희들은 여자지, 남자가 아니야! 차라리 피리를 불
고 몸을 이리저리 흔들며 춤이나 추는 게 어때? 전투는 남자
들에게 맡기고!"

　그렇게 그는 비웃었다. 그가 있는 곳 바로 위쪽 탑에 아스
카니우스가 서 있었다. 아스카니우스의 얼굴은 분노로 벌겋
게 달아올랐다. 더 이상 그의 비웃음을 참을 수 없었던 아스
카니우스는 활을 어깨높이로 들고, 화살을 시위에 얹어 레물
루스를 겨누었다.

화살은 정확히 레뮬루스의 이마 한가운데에 가서 꽂혔다. 아스카니우스는 다시 천천히 활을 아래로 내려뜨렸다. 순간, 그의 얼굴이 이전과는 다르게 보였다. 갑자기 어른이 된 것 같았다. 그는 지금까지 단 한 번도 사람을 향해 무기를 겨눈 적이 없었다. 그 이전까지는 단 한 번도……

한편 바깥에서 방벽을 포위하고 있던 루툴리 병사들은 시간이 흐를수록 점점 더 포악해졌다. 화살과 투창, 투석기로 날려 보내는 돌덩이들 그리고 불이 붙은 횃불들이 방벽을 넘어 끊임없이 날아들었고, 그럴수록 트로이 병사들의 대열에는 많은 틈이 벌어졌다.

방벽 중앙의 문에는 쌍둥이 형제인 판다루스와 비티아스가 보초를 서고 있었다.

그들은 둘 다 몸집이 거대하고 힘이 셌으며, 통제하기 어려울 만큼 전투에 대한 강한 열망을 가지고 있었다.

"이 문을 열어도 된다면 얼마나 좋을까." 판다루스가 말했다.

"그러면 라틴 놈들과 루툴리 놈들이 떼를 지어 방벽 안으로 몰려들 테고, 우린 그놈들을 한꺼번에 오르쿠스로 보내버릴 수 있을 텐데!"

"아이네아스께서 문을 닫고 절대 열지 말라고 명령하셨잖

432

아." 비티아스가 대답했다. "하지만 나 역시 여기서 이렇게 아무것도 하지 않고 서 있는 것보다는 전투를 하는 게 훨씬 좋아."

그렇게 말하면서 그들은 서로를 자극하고 선동했다. 그러고는…… 그들은 그들이 타고난 천성과 다르게 행동할 수는 없었던 모양이다…… 갑자기 문을 열어젖힌 그들은 엄청나게 큰 손아귀로 칼을 단단히 움켜쥐고는 문의 양옆에 가서 섰다. 그들의 두 눈에서 투지가 이글이글 불타올랐다.

그러나 모든 상황은 그들이 눈앞에 그려보며 주제넘게 상상했던 것과는 완전히 다르게 벌어졌다.

느닷없이 육중한 문이 활짝 열리자, 루툴리 병사들은 잠시 당황하여 어찌할 바를 모르고 그 자리에 그냥 서 있었다. 그러나 그것도 잠시, 그들은 곧 귀가 찢어질 듯한 함성을 지르며 열린 문을 향해 돌진했다.

그와 동시에 트로이인들 역시 번개처럼 빠르게 무슨 일이 벌어졌는지 파악했다. 방벽에서 보초를 서지 않는 병사들은 모두 서둘러 문 쪽으로 모여들었다. 눈 깜짝할 사이에 양쪽 병사들이 문 앞을 가득 메웠고, 잔뜩 엉클어진 실타래처럼 서로 한 덩어리가 되어 뒤엉켰다. 적군들은 트로이 진영 안으로 들어오기 위해 있는 힘을 다해 밀어붙였다. 벌써 오래전부터 하는 일 없이 지내온 막사 생활에 싫증이 났던 트로이 병사들은 그동안 남몰래 간절히 기다려온 이 기회를 놓치고 싶지 않았다. 그들은 이제 저 밖의 넓은 들판으로 나가 맘껏 전투를 벌여보리라 생각했다.

판다루스와 비티아스는 손에 쥔 칼을 휘둘러 밀려오는 적들을 마음껏 베고 싶었다. 그러나 적군과 아군이 서로 분간하기 힘들 정도로 그렇게 뒤엉킨 상황에서, 어떻게 동료들을 다치게 하지 않고 적들만 골라 베어버릴 수 있단 말인가?

그러다 갑자기 그들은 웬만한 일에는 눈 하나 꿈쩍하지 않을 만큼 담력이 센 자신들이 보기에도 겁이 덜컥 나는 그런 장면을 목격했다.

문 바로 앞 바깥쪽에서 전투를 벌이고 있는 병사들의 머리 위로 삼중으로 된 검은색 깃털 장식이 달린 투구 하나가 우뚝 솟은 것이 보였다. 그 투구를 알아보지 못하는 사람은 아무도 없었다.

"투르누스 님이다!" 루툴리 병사들이 소리치며, 천천히 문을 향해 걸어오는 투르누스를 둘러쌌다. 어느 누구도 그를 저지할 수 없었다. 그가 들어오는 것을 막으려고 달려드는 트로이 병사는 곧 죽음으로 그 대가를 치렀다.

비티아스가 그의 길을 막아섰다. 그러나 투르누스가 그 어설픈 거인보다 한발 빨랐다.

판다루스는 쌍둥이 동생이 투르누스의 칼에 맞아 쓰러지는 모습을 보았다. 순간, 그는 자신들 두 형제가 얼마나 무모한 짓을 저질렀는지 그제야 정신이 번쩍 들었다.

판다루스는 거대한 몸을 성문에 기대고, 있는 힘을 다해 문을 밀어 다시 닫고는 단단히 빗장을 질렀다. 그러나 경솔했던 그들의 행동을 만회하기에는 이미 너무 늦었다.

많은 트로이 병사들이 성벽 밖으로 내몰렸고, 동시에 많은 적들이 성안에 갇힌 꼴이 되었다. 그리고 그들 가운데 투르누스가 있었다.

곧 성문 안팎에서 끔찍한 살육이 시작되었다.

트로이 진영 안에 갇힌 투르누스는 성난 멧돼지처럼 사납게 날뛰었다. 그를 에워싼 루툴리 병사들이 차례차례 바닥으로 쓰러졌다. 흩어져 도망치던 병사들도 트로이인들의 손에 여지없이 죽임을 당했다.

어느 순간, 투르누스는 자신이 적들 가운데 홀로 남아 있다는 것을 깨달았다. 그는 이를 악물었다. 이것이 나의 최후란 말인가? 오, 아니다. 아직 손에 칼이 들려 있는 한 항복이란 있을 수 없다!

그는 칼을 휘두르고 또 휘둘렀다. 칼은 윙윙 소리를 내며 계속해서 원을 그리고 돌았다. 얼굴 위로 땀이 시커먼 물줄기를 이루며 흘러내렸고, 방패는 이미 오래전에 산산조각 났으며, 검은색 깃털 장식은 힘없이 아래로 축 늘어졌다. 그는 숨을 헐떡이기 시작했다. 얼마 안 있어 힘은 모두 소진될 것이다……

투르누스는 천천히 뒷걸음질 치기 시작했다. 한참을 그렇게 뒷걸음질 쳤다. 등 뒤로 물 흐르는 소리가 들렸다…… 강물이었다.

트로이인들은 투르누스를 강둑 가까이까지 몰고 갔다. 더이상 그가 도망갈 길이 없다고 생각한 트로이 병사들은 기뻐서 어쩔 줄을 몰랐다!

'하지만 너희들이 기뻐하기엔 아직 너무 이르다.' 투르누스는 이를 갈며 생각했다. 맥박이 뛰는 소리가 점점 더 크게 들려왔고, 눈앞이 핑핑 돌았다…… 그는 마지막으로 다시 한 번 남은 힘을 모두 끌어모았다. 칼을 들어 원을 그리며 주변을 후려치자, 트로이인들이 잠시 뒤로 물러섰다. 곧 어느 정도 움직일 수 있는 공간이 생겼다.

그 틈을 놓치지 않고 그는 등을 홱 돌려 그대로 강물로 뛰어들었다. 온몸에 무장을 하고 손에는 여전히 칼을 든 채였다.

어안이 벙벙해진 트로이 병사들은 곧 격분하여 큰 소리로 투창과 활 그리고 화살을 가져오라고 외쳐댔다.

그사이 투르누스는 트로이인들의 진영을 벗어날 때까지 강물을 따라 아래쪽으로 헤엄쳐 내려갔다. 그런 다음 뭍으로 올라가 자기 진영으로 돌아갔다. 그를 잃었다고 생각했던 루툴리 병사들은 광란의 함성으로 그를 맞이했다.

11

한편 모든 신과 인간 들의 아버지인 유피테르는 마음이 너무도 언짢았다. 저 아래 라티움에서 아우소니아인들과 트로이인들이 벌이고 있는 격렬한 전투를 두고 불사의 신들 사이에서 불화가 끊이지 않았기 때문이다. 마침내 유피테르는 갈등을 중재하기 위해 그의 황금 궁전으로 신들을 모두 불러 모았다.

"아버지!" 베누스가 제일 먼저 애원하는 듯한 목소리로 말했다. "아이네아스를 라티움으로 부른 것은 그의 운명과 아버지의 뜻이 아니었나요? 그런데 지금 저 아래를 한번 내려다보세요! 트로이인들은 그들의 도시를 건설하기도 전에 또다시 멸망의 구렁텅이로 빠져들고 있는 것 같아 보이지 않으세요? 트로이인들이 지금까지 온갖 고초를 겪으면서도 그것들을 얼마나 잘 극복해냈는지, 이 자리에서 일일이 말씀드리고 싶지 않아요! 하지만 지금 유노는 그들을 파멸로 내몰고 있어요. 복수의 여신 알렉토는 아우소니아의 온 땅을 헤집고 다니면서 날뛰고, 티베리스 강은 피로 붉게 물들었으며, 트로이인들은 수없이 많은 동료들의 시신을 전부 땅에 묻어주지도 못하고 있어요. 그런데 아이네아스는 동료들로부터 멀리 떨어져 있어, 그들이 겪는 곤경에 대해선 아무것도 모르고 있지요. 아스카니우스 율루스는 아직 소년티를 벗지 못했고, 트로이 병사들을 이끄는 지도자들은 대부분 전사했어요."

"나에 대해 무슨 험담을 늘어놓는 거냐?" 유노가 화를 벌컥 냈다. "내가 아이네아스를 강제로 라티움으로 보내기라도 했단 말이냐? 파리스가 스파르타 왕의 아내를 빼앗아오기 전에 네가 미리 트로이인들을 좀더 신경 써서 살피기만 했어도, 저들은 오늘날까지 트로이에서 평화롭게 살면서 지금처럼 낯선 나라로 가서 전쟁을 하는 일 따윈 하지 않아도 됐을 것 아니냐? 게다가 이방인이 와서 자기 신붓감과 장차 자기 소유가 될 나라를 빼앗아가려는데, 투르누스는 그걸 그냥 가만히 앉아서 지켜보고만 있어야 한단 말이냐?"

그러자 여기저기서 말다툼이 일어났고, 신들은 각자 자신이 옳다고 생각하는 바에 따라 맞장구를 치거나 혹은 반대 의견을 말했다.

그곳에 모인 신들은 평화로운 방법으로 의견을 모으는 데 실패했고, 결국 유피테르가 나섰다. "너희들이 이렇게 계속 분쟁만을 일삼고 있으니, 이 일에 대한 모든 결정권은 운명에 맡기도록 하겠다. 나는 이제 앞으로 이 전쟁에는 더 이상 관여하지 않겠다! 트로이인들과 루툴리인들은 자신들의 구원이나 파멸에 대한 책임을 스스로가 져야 할 것이다!"

그것으로 유피테르는 신들의 회의를 끝내버렸다……

티베리스 강변에 있는 트로이인들의 진영을 둘러싸고 전투의 열기가 점점 더 거세게 몰아치고 있는 사이, 에트루리아 해안에서는 서른 척의 배가 라티움 해변을 향해 출발했다. 맨 앞에 선 배의 뱃머리는 프리기아의 사자로 장식되어 있었으며, 아이네아스가 직접 그 배를 몰았다.

아이네아스는 마음이 날아갈 듯 가벼웠다. 에트루리아인들의 지도자인 타르콘은 그의 동맹 제안을 흔쾌히 받아들인 데다, 동맹군과 함대에 대한 최고 지휘권까지 아이네아스에게 넘겨주었다. "그 이유는," 타르콘이 설명했다. "당신들의 전쟁은 또한 우리의 전쟁이기도 하기 때문이오! 투르누스는 메젠티우스를 받아들여 그와 동맹을 맺은 까닭에 우리의 적이 되었소. 게다가 우리의 지도자를 이방인 중에서 선택하라는 신탁이 내려왔소! 그러니 당신이 찾아온 것은 우리 모두에게 참으로 잘된 일이오."

바다 위로 황혼이 천천히 내려앉았다. 그때, 한 무리의 요정들이 파도 위를 헤엄쳐 왔다. 그들은 우아한 동작으로 흔들리는 물결에 몸을 맡기며 그 자리에 멈춰 섰다. 그들 중 하나가 배 가까이로 바짝 다가와서는 아이네아스에게 말을 걸었다. "여신의 아들이여, 서두르세요." 요정은 친절하게 말했다. "당신의 동료들이 지금 큰 곤경에 빠져 있어요. 게다가 강둑을 따라 말을 타고 내려온 아르카디아의 기마병들도 벌써 가까운 숲에 도착해 기다리고 있고요. 또한 산길을 타고 라티움으로 향하는 에트루리아군 병사들 중 일부도 트로이인들의 막사에서 그리 멀지 않은 곳까지 도달했답니다. 그러나 그들은 지금으로선 포위당한 트로이인들에게 어떤 도움도 줄 수가 없어요. 그렇게 되면 투르누스가 곧 그의 전투력을 총동원해서 그들을 막으려 들 테니까요. 내일 새벽녘쯤에는 티베리스 강 어귀에 다다를 수 있을 거예요. 그러면 지체하지 말고 병사들을 이끌고 전장으로 가세요. 투르누스는 당신을 막으려고 무진 애를 쓸 테지만, 성공하지는 못할 거예요."

물론 그것은 좋은 소식이 아니었다. 아이네아스는 큰 걱정으로 밤을 지새웠다.

아침 해가 떠오를 무렵, 또다시 배 주변으로 강어귀의 누런 물살이 흐르기 시작했다. 곧 아이네아스는 배의 높은 갑판 위에 올라서서 막사의 탑과 방벽을 바라보았다.

그는 일단 안도의 한숨을 내쉬었다. 그렇다, 다행히 아직은 파괴되거나 불에 탄 흔적이 어디에서도 보이지 않았다. 그러나 방벽 주변의 넓은 들판 곳곳에 대규모의 부대들이 진을 치고 있는 것이 보였다. 그로써 이미 전쟁이 본격적으로 시작되었음을 알아챌 수 있었다.

방벽 위에 정렬해 있던 트로이 병사들의 숫자가 엄청나게 줄어든 것을 본 아이네아스는 심장이 죄어오듯 가슴이 아파 왔다. 물론 많은 병사들이 죽임을 당했으리라 짐작은 했었다. 그럼에도 불구하고 그것을 직접 눈으로 확인하자 끔찍한 고통이 그를 통째로 집어삼킬 것만 같았다.

마침내 라티움의 언덕 위로 붉은 태양이 떠올랐다. 아이네아스가 방패를 높이 들어 올리자, 방패는 마치 거대한 횃불처럼 번쩍거리며 태양 빛을 반사했다.

그 빛은 포위당하고 피곤에 지친 트로이 병사들의 눈에 가 닿았고, 그들은 곧 바다 쪽으로 시선을 돌렸다. 여러 명이 한꺼번에 내지르는 기쁨의 환호성이 하늘을 찌를 듯 울려 퍼졌다. "아이네아스 님이 돌아오셨다! 엄청난 부대를 이끌고 오셨다! 우린 이제 살았다!"

그 배들을 발견한 투르누스는, 잠시 디오메데스가 군대를 이끌고 온 게 아닐까 하는 순진한 희망에 사로잡혔다. 그러나 그것은 있을 수 없는 일이 아닌가. 어떻게 디오메데스가 바다를 건너 이곳으로 올 수 있겠는가? 그가 올 길은 산으로 나 있는데.

배들이 뱃머리를 돌려 해안 쪽으로 방향을 틀자 비로소 투르누스는 맨 앞에 있는 배 이물에 붙은 프리기아의 사자 장식을 보았다.

"저건 에트루리아인들의 함선이오." 투르누스의 바로 옆에 선 누군가가 말했다. 투르누스는 깜짝 놀라 그를 쳐다보았다. 어느새 메젠티우스가 말을 타고 그 옆에 다가와 있었다. 메젠티우스의 어둡게 그늘진 얼굴은 딱딱하게 굳어 있었다.

투르누스는 상당히 언짢은 시선으로 그를 쳐다보았다 "그렇소." 그가 느릿느릿 말했다. "저기 당신이 다스리던 에트루리아인들이 왔소. 그리고 그들은 그 트로이 놈이 지휘하고 있소. 그것은 당신에게나 나에게나 그다지 도움 될 일은 아닌 것 같아 심히 걱정이오!"

투르누스는 입을 굳게 다물고 다시 해변 쪽을 내려다보았다. 벌써 배들이 닻을 내리기 시작했다. 세상에 맙소사, 이러고 있을 때가 아니지 않은가!

그런데 뭘 어떻게 해야 하지? 그는 이미 엄청나게 많은 병사들을 잃었다. 트로이인들은 훌륭한 궁수들인 동시에 투창을 던지는 데도 능숙했다!

게다가 이제는 엄청난 수의 지원군까지 도착했다! 그러나 그들은 절대로 육지에 발을 들여놓아서는 안 된다! 그것만큼은 어떤 대가를 치르더라도 막아야 한다!

어느새 라틴인들을 이끄는 지도자들과 다른 동맹군들도 해변으로 모여들었다. 그들 모두 지금 상황이 매우 심각하다는 것을 잘 알고 있었다.

투르누스는 타고 있던 말의 방향을 홱 돌렸다. "나팔을 불도록 하라!" 그는 다급한 목소리로 명령했다. "모든 병사들에게 알려 즉시 한 사람도 빠짐없이 해변으로 모이게 하라.

아이네아스가 지원병들을 해안에 상륙시키기 전에, 우리가 먼저 이곳에 모여 있어야 한다!" 그는 잠시 하던 말을 멈추고 침울한 시선으로 트로이 병사들이 있는 막사 쪽을 쳐다봤다. 방벽을 포위하고 있는 병사들까지 철수시키면, 그러면……

"당신은 우리 모두가 에트루리아 병사들을 상대로 전투를 벌이는 동안, 트로이인들이 성에서 나와 우리 후면을 공격하리라는 건 예상하지 못하나요?"

투르누스는 어디선가 들려온 냉정한 여자 목소리에 몸을 움찔했다. 그 바로 뒤에 볼스키족의 여전사 카밀라가 백마를 타고 서 있었다. 그녀는 투르누스가 남몰래 염려하던 바를 정확히 꼬집어 말해주었던 것이다.

그러나 그것이 무슨 도움이 될까? "그것밖에는 다른 도리가 없소!" 마침내 투르누스가 대답했다. "에트루리아 병사들을 격퇴하려면 우리 병사들을 총동원해야 하오."

"그렇겠군요." 카밀라는 더 이상 아무 말도 하지 않았다. 투르누스를 바라보는 그녀의 까만 눈동자에 뭔가 특별한 감정이 내비쳐졌다. 그것은 연민과도 같은 것이었다. 카밀라는 아무 말 없이 말을 돌려 볼스키족 기병대가 있는 곳으로 되돌아갔다. 곧 병사들이 주둔하고 있는 넓은 들판 위로 날카로운 나팔 소리가 울려 퍼졌다.

투르누스가 병사들을 이끌고 해변으로 다시 왔을 때는 이미 모든 것이 늦어버린 뒤였다. 드넓은 해변은 이미 무장한 병사들로 새까맣게 뒤덮였다. 그 와중에도 여전히 새로운 병사들이 서둘러 배에서 속속 내리고 있었다. 어떤 병사는 임시로 놓은 다리를 건너 육지로 내려왔고, 또 어떤 병사는 노를 타고 아래로 미끄러져 내려오기도 했다. 더러는 배에서 얕은 물 쪽으로 곧장 뛰어내리는 병사들도 있었다.

정말이지, 저렇게 빠른 속도로 배에서 육지로 발을 들여놓는 군대는 난생처음 보는구나…… 투르누스는 번쩍이는 칼을 손에 쥐고 적들을 향해 달려가는 동안, 이렇게 생각하며 이를 갈았다.

그러다 갑자기 적병들 사이에 뒤섞여 있는 아이네아스가 눈에 띄었다. 순간 투르누스는 분노를 이기지 못하고 아이네아스가 서 있는 곳, 즉 황금 방패가 번쩍이고 삼중으로 된 붉은 투구 장식이 사람들 머리 위에서 나부끼는 쪽을 향해 돌진했다. 그러나 그는 아이네아스가 있는 곳까지 다다를 수 없었다. 그를 둘러싸고 사방에서 격렬한 전투가 벌어졌기 때문이다. 그런 상황에서 적수를 제대로 찾아낼 수 있는 사람이 몇이나 될까? 병사들은 서로를 죽이고, 죽이고, 또 죽이면서도 정작 자기가 죽이는 상대가 누구인지 알지 못했다. 그들은 이전에 한 번도 본 적 없는 사람들, 자기에게 아무런 해악도 끼치지 않은 사람들, 이름조차 모르는 사람들을 마구 죽였다. 어떤 병사는 값지고 화려한 무장을 하고 있고, 어떤 병사는 오로지 가죽 투구에 방패 하나만을 들고 있기도 했다. 적을 죽이지 못하면 그것은 곧 내 죽음을 의미했다. 그것이 바로 전쟁의 법칙이었다……

강물에 실려 떠내려온 바윗돌과 자갈돌 들이 쌓이고 쌓여 이루어진 넓은 평지 위에 팔라스가 아르카디아 병사들을 이끌고 루툴리 병사들에게 대항해 전투를 벌이고 있었다.

그곳은 전투를 하기에 결코 좋은 장소가 아니었고, 적병들과의 밀고 당기는 전투 끝에 어쩌다 거기까지 가게 되었는지는 아무도 제대로 설명할 수 없었다.

아르카디아 병사들은 원래 말을 타고 싸우는 것에 익숙한 사람들이었다. 그런데 그런 바닥에선 말들이 제대로 걸을 수조차 없었다. 그렇다고 말에서 내려 두 발로 서서 전투를 하기에는 너무도 불안하고 자신이 없었던 아르카디아 병사들은 마침내 모든 용기를 잃고 점점 뒤로 물러서기 시작했다.

팔라스는 그 모습을 보고 심한 굴욕감과 분노를 느꼈다. 그는 이 전쟁에서 반드시 이겨 크나큰 명예를 얻고 승자로서 아버지께 다시 돌아갈 수 있기만을 학수고대했다. 그런데 지금 벌어지는 상황은 마치 동료들이 그를 욕보이고 곤경에 빠뜨리려고 일부러 그러는 것처럼 보였다. "동지들이여." 그가 병사들에게 애원했다. "도망으로써 당신들의 안전을 찾지 마시오! 도대체 당신들은 어디로 달아나려는 거요? 주변을 한번 돌아보시오! 뒤에는 바다가 있고 앞에는 적들이 있소! 도망쳐봐야 아무런 소용도 없소! 우리는 칼을 들고 우리가 갈 길을 헤쳐 나가야 한단 말이오!"

그때야 비로소 아르카디아 병사들은 아직도 소년티를 벗지 못한 왕의 어린 아들 앞에서 부끄러운 짓을 해서는 안 되겠다는 데에 생각이 미쳤다. 그래서 그들은 마음을 고쳐먹고 팔라스를 따라 다시 전투에 임했다.

루툴리 병사들을 이끄는 장수들 중 하나가 여유만만하게 서서 그런 팔라스를 쳐다보며 조롱하듯 비웃고 있었다. 오, 너는 내가 아무리 나이가 어리고 머리카락이 아직 이렇게 밝으며, 어깨가 너만큼 떡 벌어지지 않았다고 해서 그렇게 비웃으면 안 되지! 팔라스는 곧 그를 향해 돌진했다.

순간 루툴리 장수는 저 금발 소년이 만만치 않은 인물이라는 것을 깨달았으나, 때는 이미 늦었다. 그는 비웃음의 대가를 죽음으로 치러야 했다.

루툴리 병사들은 자신들의 장수가 쓰러지는 모습을 보고, 짐승처럼 소리를 질러댔다. 잔뜩 화가 난 그들은 팔라스를 공격했다.

그러나 이번에는 아르카디아 병사들의 가슴속에 잠들어 있던 전투에 대한 용기가 다시 펄펄 살아났다. 그들은 늑대처럼 루툴리 병사들을 덮쳤다.

그곳에서 약간 떨어진 곳에서 투르누스가 전차를 몰고 지나가고 있었다. 그 바로 옆에는 메젠티우스가 말을 타고 나란히 달리고 있었다. 그들은 말의 고삐를 당겼다. "저기 건너편에서 저토록 거칠게 날뛰는 풋내기가 대체 누구요?" 투르누스가 이맛살을 찌푸리며 물었다. "한데, 저 아이가 입고 있는 가슴받이를 좀 보시오! 나는 저렇게 값진 물건은 도통 본 적이 없소!" 투르누스가 탐욕스럽게 덧붙였다.

"저 아이는 에우안데르 왕의 아들 팔라스입니다." 메젠티우스가 대답했다. "왕이 아들을 아이네아스와 그의 병사들과 함께 이곳으로 보낸 것이라고 합니다. 첩자가 보고해주었습니다."

그 말을 들은 투르누스가 낮게 소리쳤다. "아하, 그랬단 말이지! 저 아이가 바로 내 오랜 숙적의 아들인 게로군!" 그는 느릿느릿 말하면서 눈을 고양이처럼 가늘게 떴다.

그러더니 갑자기 웃기 시작했다. 그것은 가증스럽고 잔인한 웃음이었다. 그러고는 메젠티우스에게 전차의 고삐를 넘겨주며 말했다. "이런 젠장, 저 애송이와 한판 겨루고 싶어서 견딜 수가 없소이다! 여기서 기다려주시오. 그리 오래 걸리지는 않을 거요."

투르누스는 방패와 창을 들고 전차에서 뛰어내렸다. 그는 전투에 열중해 있는 무리를 향해 건들건들 걸어갔다. 걸어가면서 뭔가 명령을 내렸다. 루툴리 병사들은 자신들을 이끄는 지도자의 목소리를 알아듣고는 곧 칼을 아래로 내려뜨렸다.

팔라스는 황금 갑옷을 입은 덩치 큰 남자를 올려다봤다. 그의 머리 위에서 삼중으로 된 투구의 깃털 장식이 바람에 나부꼈다.

'투르누스로구나!' 팔라스는 생각했다. '오늘은 내 생애에서 가장 명예로운 날이 되거나, 아니면 내가 죽는 날이겠구나.'

그들은 창던지기를 할 때만큼의 거리를 두고 서로 마주 보고 섰다. 헤스페리아 전체에서 제일 유명한 영웅과 그리스 소년의 만남이었다.

투르누스는 자갈밭에 누워 있는 시신들을 향해 시선을 던졌다.

"내 부하들을 저렇게 많이 죽인 걸 보니, 넌 아주 훌륭한 병사인가 보구나." 투르누스가 비꼬는 투로 말하기 시작했다. "게다가 여기까지 올 엄두를 내다니 용기도 엄청난 것 같고! 아니면 내가 네 아버지와 아주 오래전부터 원수지간이라는 사실을 전혀 모르고 있는 것 아니냐?"

"알고 있소." 팔라스가 차분하게 대답했다. "그러니 그렇게 협박할 필요 없소. 그래 봐야 난 하나도 겁나지 않으니 말이오. 당신이 나와 싸우기를 원한다면…… 난 절대 도망가지 않을 거요."

"그렇다면 투창을 들어라." 투르누스가 말했다. "그리고 다른 사람들은 뒤로 물러서 있게 하라. 에우안데르 왕의 아들과 싸우는 명예는 마땅히 나 혼자만 누려야 한다!" 그의 까만 얼굴 위로 다시 한 번 잔인한 웃음이 흘렀다.

팔라스는 공포에 질려 창백해진 그의 병사들 중 한 명이 건네는 창을 받았다.

그는 손에 든 창을 빙글빙글 돌리다 몸을 한껏 뒤로 젖히더니, 목표를 겨냥해 그곳으로 힘껏 내던졌다.

창이 쉭쉭 소리를 내며 공기를 가르고 날아갔다. 투르누스는 꼼짝하지 않고 그 자리에 그대로 서 있었다. 쇠로 된 창끝이 그가 들고 있는 방패의 가장자리를 부수고 지나가, 갑옷을 뚫고 어깨를 스치며 살짝 상처를 냈다. 그래도 그는 눈썹 하나 까딱하지 않았다.

이번에는 투르누스가 창을 들었다. "잘 보거라!" 그가 소리쳤다. "이 창은 더 깊게 파고들 것이다!"

엄청난 힘으로 던져진 묵직한 창이 날아왔다. 창은 팔라스의 방패를 관통해 갑옷을 뚫고 가슴 깊이 꽂혔다.

팔라스는 재빨리 창을 뽑아냈으나 이미 깊게 파인 상처에서는 피가 콸콸 솟구치고 있었다. 팔라스는 자갈밭 위로 고꾸라졌다.

병사들이 쓰러진 팔라스를 들어 올려 방패 위에 눕혔을 때는 이미 숨이 끊어진 뒤였다.

투르누스가 천천히 다가와 죽은 팔라스를 내려다보았다. 그런 그의 눈빛에서는 동정심이라곤 조금도 찾아볼 수 없었다. "그 아이를 에우안데르 왕에게 데려다주어라." 투르누스가 아르카디아 병사들에게 말했다. "그는 용감한 병사이고, 명예롭게 땅에 묻힐 자격이 있다. 자, 보았느냐, 이것이 바로 너희들의 왕이 트로이인과 동맹을 맺은 대가다. 그러나 이것은," 그러면서 그는 몸을 숙여 죽은 팔라스의 가슴에 달려 있던 값비싼 장식품과 칼집을 매다는 황금 허리띠를 떼어냈다. "이것만큼은 승자의 것이다."

그렇다, 자기가 때려눕힌 적병이 지니고 있던 무장을 빼앗아 갖는 것은 승자의 당연한 권리였다. 그러나 투르누스에게는 그것이 훗날 매우 큰 재앙이 되고 말았다……

누군가가 전투에 열중하고 있던 아이네아스에게 그 소식을 알렸다.

순간 그는 칼을 쥐고 있던 손을 힘없이 아래로 푹 내려뜨렸다. 너무도 놀라고 괴롭고 분노가 치민 나머지, 그 자리에서 전쟁을 그만두고 싶을 정도였다. 에우안데르 왕에게 그의 아들을 잘 보호하겠노라고 굳게 약속하지 않았던가? 그런데 이제 팔라스는 죽었다. 아이네아스는 정신을 차리려고 애썼다. 적들이 벌써 그가 머뭇거리고 있는 것을 눈치챈 것 같았다. 전보다 두 배는 더 기세등등해서 그에게로 달려들었다. 그들은 아이네아스의 투구 위로 쉴 새 없이 칼을 내리쳤고, 그가 들고 있던 방패는 빗발치듯 날아든 화살과 창이 빽빽이 꽂혀 묵직해졌다.

그렇다, 아이네아스는 더 이상 슬퍼할 겨를이 없었다. 싸움을 계속하지 않으면, 그동안의 모든 수고가 물거품이 되고 말 것이다.

아이네아스는 팔라스를 죽인 대가로 투르누스를 찾아내어 반드시 죽이겠다고 결심했다.

그때부터 아이네아스는 투르누스를 찾는 데 혈안이 되었다. 언젠가는 그를 발견할 수 있으리라……

한편 유피테르는 황금 궁전의 넓은 홀에 앉아 땅 위를 내려다보고 있었다. 유노와 베누스도 서로 멀찌감치 떨어져 앉아 역시 같은 광경을 보고 있었다. "어떻소, 내가 인간들로 하여금 그들의 의지대로 살아가게 내버려둔 이후로 저들이 하는 행동들이 마음에 드시오?" 신과 인간 들의 아버지 유피테르가 부인에게 물었다. "벌써 저 라티움 땅을 뒤덮은 수많은 시신들이 보이시오? 그런데도 전쟁은 아직 끝날 기미도 보이지 않소. 왜 그런 줄 아시오? 아이네아스는 그의 운명이 이끄는 대로 따르고 있는 반면, 투르누스는 이방인들을 쫓아내는 것이 자신의 정당한 권리라고 착각하고 있기 때문이오."

"예, 알아요, 알고 있다고요." 유노가 안절부절 불안에 떨며 말했다. "그래서 이제 아이네아스도 투르누스를 죽이려고 결심한 거잖아요. 아이네아스가 투르누스를 죽이는 데 성공하면, 그에게 남은 마지막 방해물이 완전히 제거되는 것 아닌가요? 지휘자 없는 군대와 싸워 승리를 거두는 것은 애들 장난만큼이나 쉬운 일일 테니까요. 그렇지만 내 부탁 하나만 들어주시겠어요? 투르누스를 잠깐 동안이라도 안전한 곳으로 데려다 놓을 수 있게 허락해주세요! 물론 그의 운명을 바꿀 수 있는 힘이 내게 없다는 걸 잘 알고 있어요. 그러니 아주 잠깐만이라도 그가 목숨을 연장할 수 있게 도와주세요. 어쩌면…… 그사이에……" 유노는 하던 말을 멈췄다. 아니다, 그사이에 디오메데스가 군대를 이끌고 투르누스를 도우러 와주었으면 좋겠다는 말을 그녀는 차마 할 수 없었다! 사실, 바로 얼마 전에도 유노는 아무도 몰래 디오메데스의 도시를 찾아갔었다. 그가 전쟁에 나갈 준비를 하고 있는지 살피기 위해서였다. 그러나 너무나 실망스럽게도 유노는 그 도시에서 전쟁에 관한 것이라곤 그와 비슷한 것을 보지도, 듣지도 못했다.

유피테르는 그의 고귀하신 부인의 생각을 간파했다. "잠시 목숨을 부지할 수 있을 정도의 시간은 투르누스에게 허락해 주겠소." 유피테르는 한동안 깊이 생각해본 후에 말했다. "하지만 앞으로 저 아래에서 벌어질 일들에 끼어들어, 당신 마음대로 조종할 생각일랑 절대로 하지 마시오." 그는 단호하게 경고했다.

유노는 한결 마음이 가벼워져서 그 자리를 떠났다. 물론 어떻게 해야 투르누스를 아이네아스의 손아귀에서 안전하게 빠져나가게 할 수 있을지 아직 방법을 찾지는 못했다. 그녀가 투르누스에게 어떤 소식을 내려보낸다 해도, 그는 지금 이 상황에서 결코 싸움터를 벗어나려 하지 않을 것이다. 그러나 그가 싸움터에 있는 한, 언젠가는 아이네아스와 마주칠 게 뻔했다.

유노는 고심 끝에 한 가지 방법을 생각해냈고, 그것은 아주 유치한 기술을 동원한 방법이었다.

그녀는 안개와 구름을 이용해 어떤 형상을 만들기 시작했다. 그것을 손으로 계속 다듬으니 차츰 인간의 모습을 갖추게 되었는데, 곧 그 기이한 인간 형상은 병사의 모습으로 변해갔다. 다시 얼마간 시간이 지나자 그 병사는 누가 보아도 아이네아스의 쌍둥이 형제라고 해도 믿을 만큼 그와 닮아 있었다. 유노가 만든 아이네아스는 창백하고 흐릿해 보였지만, 더 이상은 어쩌지 못했다. 어차피 전쟁의 소용돌이 속에서는 어느 누구도 정확히 분간하지 못할 터였다.

유노는 아이네아스를 닮은 형상을 흡족한 마음으로 살펴보며, 거기에 붉은 갑옷을 입히고 머리에는 삼중의 깃털 장식이 달린 투구를 씌웠다. 그녀는 불의 신이 만든 훌륭한 방패와 비슷한 모양의 방패는 물론, 칼까지 만들어 창백한 형상의 손에 들려주었다. 그런 다음 아이네아스처럼 말하는 법과 걷는 법 등 여러 가지를 가르쳤다.

모든 준비가 끝나자 유노는 그를 싸움터로 내려보냈다.

유노에게서 명령을 받은 대로 형상은 곧 혼란스러운 전쟁터로 섞여 들어가, 투르누스가 한 무리의 에트루리아 병사들과 맞붙어 싸우고 있는 곳으로 갔다.

투르누스는 갑자기 누군가가 자신을 부르는 소리를 들었다. 주변을 둘러보니 약간 떨어진 곳에 아이네아스가 서 있는 것이 보였다. 아이네아스의 모습이 아주 또렷하게 보이지는 않았지만, 아마도 전쟁터 곳곳에 떠 있는 자욱한 모래 먼지 때문일 거라 생각했다. 흐릿하게 보인들 어떠랴…… 그는 누가 뭐래도 라비니아와 미래의 왕국을 강탈하러 온 가증스러운 트로이 놈이 확실했다! 투르누스는 괴성을 지르며 형상이 서 있는 곳을 향해 달려들었다. "이제야 날 찾아온 거냐?" 그는 비꼬는 투로 외쳤다. "네놈이 나와 싸울 용기를 내는 데 정말 오랜 시간이 걸렸구나!"

"내 생각에는 지금 온 것도 네게는 너무 이른 게 아닌가 싶은데!" 형상이 거만한 목소리로 대답했다. "장담하건대, 너는 곧 차라리 나와 단 한 번도 마주치지 않는 편이 훨씬 좋았을 거라고 생각하게 될 것이다!"

"그건 두고 보면 알게 되겠지!" 투르누스는 소리를 지르며 칼을 쥔 팔을 높이 들어 적을 향해 윙윙 소리가 나도록 휘둘렀다. 그러나 놀랍게도 투르누스의 칼은 이 증오스러운 적의 털끝 하나 베지 못했다. 놈은 번개처럼 빠르게 옆으로 비켜섰던 것이다. 그러더니 이제…… 이제 그는 투르누스에게서 등을 돌리고는 칼 한 번 휘둘러보지 않고 도망치기 시작했다! 투르누스는 잠시 당황하여 도망치는 그의 뒷모습을 멍하니 바라보았다. 이내 정신을 차린 투르누스는 있는 힘을 다해 그를 뒤쫓기 시작했다. 주변에서 전투를 벌이던 병사들도 무기를 내려놓고 두 영웅의 치열한 대결을 기대했건만…… 그런데 이게 도대체 어찌 된 일이란 말인가?

"도대체 어딜 가는 거냐, 아이네아스?" 분노에 찬 투르누

458

스가 소리쳤다. "넌 지금 곧장 바다로 달려가는 중이다! 그렇게도 오랜 세월 헤매 다니며 겨우 찾아온 땅을 벌써 떠나려는 건 아니겠지?"

투르누스는 아무런 대답도 듣지 못했다. 세상에나, 저 겁쟁이 아이네아스는 토끼처럼 잘도 뛰는구나! 그래도 어쨌든 투르누스는 그와 점점 가까워지고 있었다. 그들은 이제 모래사장 위를 달렸다. 그들 바로 앞에 배가 한 척 있었다. 배로 올라갈 수 있는 다리가 이미 놓여 있었고, 형상은 날쌔게 다리 위로 뛰어올랐다. 투르누스가 그 뒤를 바짝 따랐다. 그들이 갑판에 발을 들여놓자마자, 유노가 배의 닻줄을 잘랐다. 곧 폭풍이 거세게 불고 파도가 높이 일더니 배가 넓은 바다 쪽으로 밀려나기 시작했다.

투르누스는 어떻게 해서 그런 일이 일어났는지 이해할 수가 없었다. 어디 보자…… 아이네아스는 대체 어디 있는 거지? 아이네아스는 순식간에 흔적도 없이 사라졌고, 투르누스는 갑자기 나타난 해괴망측한 배 위에 홀로 남겨졌다. 배는 뭔가에 놀라 뒷걸음질 치는 말처럼 자꾸만 해안에서 멀어지고 있었다. 당황한 투르누스는 뱃머리에서 고물까지 갑판 위를 계속해서 왔다 갔다 하기만 했다.

"아, 괴롭구나! 나는 지금 어디로 가고 있는 걸까? 도대체 무슨 일이 일어난 것일까? 저 건너편 육지에선 병사들이 전투를 벌이고 있는데, 난 그들이 가장 큰 곤경에 빠진 순간에 도망친 꼴이 되고 말았구나! 나는 결코 살아서 다시 돌아갈 수 없을 것이다! 비겁하게 도망친 이 모습을 루툴리 병사들에게 들키느니, 차라리 땅이 꺼져 이대로 땅속으로 묻혀버리거나 아니면 세찬 바람이 불어 이 빌어먹을 배가 암초에라도 부딪혀 산산조각으로 부서졌으면 좋겠다!"

투르누스는 절망적인 심정으로 이렇게 말했다. 그러나 배는 계속해서 어디론가 떠내려가다가, 마침내 어떤 작은 도시가 있는 해안에 당도했다.

투르누스는 배에서 뛰어내려 곧장 성벽이 있는 곳으로 달려갔다. 그는 성문 앞에 서서 안으로 들어가게 해달라고 부탁했다. 보초병들이 곧 그를 알아보았다. 그곳은 다름 아닌 투르누스의 아버지가 다스리는 도시였던 것이다. 그는 말을 가져오라고 명한 뒤, 잠시도 그곳에 머무르지 않고 곧장 다시 라우렌툼으로 향했다. 가능한 한 빨리 싸움터로 되돌아가기 위해서였다.

그런 투르누스의 모습을 지켜보던 유노는 안타까운 마음에 한숨을 푹푹 내쉬었다. 어째서 인간들은 자신의 파멸을 향해 저리도 안간힘을 쓰며 달려드는 것일까?

시간이 흘러 어둑어둑해질 무렵, 네 마리의 말이 끄는 전차 한 대가 전장 위를 질주했다. 전차 위에는 메젠티우스가 서 있었다. 그의 얼굴은 돌처럼 굳어 있었다. 그는 곧장 에트루리아 병사들이 줄지어 있는 곳을 향해 말을 몰았다. 메젠티우스는 에트루리아인이라면 누구라도 그를 증오하고 있다는 사실을 너무도 잘 알고 있었다. 그들은 너 나 할 것 없이 할 수만 있다면 그를 죽이고 싶어 했다.

음험한 웃음이 그의 얼굴을 흉하게 일그러뜨렸다. 해볼 테면 해보라지! 그는 아무것도 두렵지 않았다. 그는 어느 누구도 두려워하지 않았고, 심지어 신들조차도 두려워하지 않았다.

메젠티우스는 전차를 세웠다. 방패로는 어깨를 가리고, 오른손에는 투창을 들고서 전차 위에 서서 적들이 공격해 오길 기다렸다. 에트루리아 병사들이 격분해서 소리를 질러대며 그를 향해 빗발치듯 화살을 쏘아댔다. 화살이 메젠티우스의 투구와 방패 위로 후드득 소리를 내며 떨어졌다. 그러나 메젠티우스는 파도가 부딪쳐 와도 끄떡없는 바위처럼 그렇게 서 있었다.

그러던 그가 갑자기 움찔했다. 에트루리아 병사들의 행렬에서 한 사람이 걸어 나왔기 때문이다. 그는 핏빛처럼 붉은 갑옷을 입고, 머리 위에선 투구 장식이 불꽃이 너울거리듯 나부끼고 있었다.

그가 아이네아스임을 알아본 메젠티우스는 마침내 전차에서 뛰어내렸다. 그때 바로 뒤에서 다급하게 달려오는 말발굽 소리가 들렸다. 메젠티우스는 뒤를 돌아봤다. 아들 라우수스가 기병대와 함께 말을 타고 달려온 것이다. 그들은 말에서 뛰어내려 메젠티우스를 둘러쌌다.

"이리 가까이 오거라, 아들아!" 메젠티우스는 주변에 있는 병사들이 모두 다 들을 수 있게 크게 소리쳤다. "너는 곧 네 아버지가 저 유명한 영웅 아이네아스를 때려눕히고 트로이의 무장들을 손에 넣어 길이길이 간직하게 될 것이다!"

말을 마친 메젠티우스는 떡 벌어진 어깨를 한껏 뒤로 젖히더니 온 힘을 실어 창을 던졌다.

그러나 창은 불의 신이 만든 일곱 겹의 방패에 맞고 튕겨져 나와 바닥으로 떨어졌다.

이번에는 아이네아스가 창을 들었다. 아이네아스가 던진 창은 쉭쉭 소리를 내며 날아가, 메젠티우스의 방패와 갑옷을 뚫고 몸통 깊숙이 파고들었다.

그는 비틀거리며 창을 빼내려고 몸부림쳤다. 그러나 창은 빠지지 않았다. 그러자 그는 힘겹게 한 걸음씩 뒤로 물러났다. 몸에 꽂힌 창이 바닥에 질질 끌리면서 말로 다 할 수 없는 고통을 주었다.

아이네아스는 칼을 뽑아 들었다. 신을 업신여기는 잔인한 폭군 메젠티우스는 이미 수백 번도 더 죽임을 당했어야 마땅했다. 칼날을 막 아래로 내리치려는 순간, 라우수스가 번개처럼 빠르게 아버지 앞을 가로막고 서서 아이네아스의 일격을 저지했다.

아이네아스는 어쩔 수 없이 뒤로 물러서며 칼을 내렸다. 저 용감한 소년은 자기 아버지의 죗값을 대신 치러야 할 이유가 없다!

그러자 라우수스의 병사들이 사방에서 투창을 던져댔고, 투창들은 아이네아스의 황금 방패와 갑옷에 맞고 바닥으로 떨어졌다. 그 틈을 타 라우수스가 날쌔게 공격을 시도했다.

울분을 이기지 못하고 달려드는 소년의 공격을 아이네아스는 힘들이지 않고 간단히 물리쳤다. 그러나 라우수스가 멈추지 않고 연이어 공격을 시도하며 못살게 굴자, 아이네아스도 더 이상은 참지 못하고 화를 벌컥 냈다.

"어리석은 소년이여!" 그가 소리쳤다. "어째서 너는 네 명을 재촉하려 하느냐? 나는 너 같은 애송이와 싸우는 사람이 아니거니와, 너를 칼로 베는 것은 내게 불명예를 안겨줄 뿐이다!"

그러나 라우수스는 아이네아스의 경고를 무시하고 계속해서 싸움을 포기하지 않았다. 마침내 아이네아스의 칼날이 번쩍하고 소년의 머리 위를 내리쳤고, 그가 쓰고 있던 투구는 제구실을 다하지 못했다……

아이네아스는 슬픔에 가득 차 소년에게로 몸을 숙였다. 죽음의 그림자가 드리워지기 시작한 소년의 얼굴이 점점 핏기를 잃어갔다. "신들께 맹세코, 난 정말 이렇게까지 하고 싶지 않았다!" 아이네아스가 가라앉은 목소리로 말했다. "너는 영웅이고, 네 극진한 효심은 네 친구들은 물론이거니와 네 적들에게까지 칭송받을 것이다. 너의 무장은 네가 간직하도록 해라. 이제 너의 동료들이 네가 받아 마땅한 모든 예우를 갖춰 널 정성껏 땅에 묻어줄 것이다."

마침내 라우수스가 숨을 거두자, 아이네아스는 손수 그를 안아 들고 방패 위에 뉘었다. 그러고는 라우수스의 병사들에게 그를 싸움터에서 데리고 나가라고 명령했다……

한편 그사이 메젠티우스는 심복들의 부축을 받아 강가로 갔다. 그곳에서 부하들은 그의 몸에 박힌 창을 빼내고 상처에서 흘러나온 피를 씻어주었다.

"내 아들은 어디 있느냐?" 메젠티우스가 창백한 얼굴로 나무 그루터기에 앉아 고통에 신음하며 물었다.

난처해진 병사들은 곧바로 대답을 하지 못하고 우물쭈물하며 서로의 얼굴을 흘끔흘끔 쳐다볼 뿐이었다.

"제가 마지막으로 본 것은 트로이인과 싸우고 있는 모습이었습니다." 마침내 누군가가 말했다.

"가서 이리로 오라고 전하라." 메젠티우스가 명령했다.

그러나 아무도 움직이려 하지 않았다. 그들은 그 자리에 서서 당황한 얼굴로 싸움터 쪽을 건너다볼 뿐이었다.

"거기에 뭐가 있기에 그러는 것이냐?" 메젠티우스가 힘겹게 고개를 돌려 병사들의 시선이 쏠린 쪽을 쳐다보았다. 그를 향해 천천히 걸어오는 몇몇 병사들 무리가 보였다. 그와 동시에, 그들이 들고 오는 방패 위에 뭔가 움직이지 않는 형상 하나가 실려 있는 모습이 눈에 띄었다.

평생을 오만방자하게 살아온 메젠티우스는 난생처음으로

고통이란 것이 어떤 것인지 알게 되었다. 이제껏 어느 누구도 그가 내뱉는 단 한마디의 한탄이나 연민의 말을 들어보지 못했건만, 그런 그의 입에서 비탄에 젖은 울부짖음이 쏟아져 나왔다. "오, 내 아들아, 내 목숨을 구하기 위해 네가 이렇게 죽임을 당했구나! 그들은 내가 지은 죄에 대한 벌을 내리려 한 것인데, 그만 널 죽이고 말았구나. 이건 내게 죽음보다도 훨씬 더 끔찍한 형벌이다. 만약 누군가가 벌을 받아야 한다면 내가 받아야지, 어찌하여 아무 잘못도 없는 네가 내 대신 벌을 받는단 말이냐! 네가 죽은 마당에 내가 살아 있다니! 도저히 있을 수 없는 일이다!"

깊은 한숨과 함께 자리에서 벌떡 일어선 메젠티우스는 말을 데려오라고 명령했다. 밝은색 갈기와 긴 꼬리를 가진 금갈색 말이 낮게 히힝 소리를 내며 다가와, 주인의 얼굴에 대고 코를 킁킁거리며 반가움을 표시했다.

메젠티우스는 멋진 곡선을 그리고 있는 말의 목에 팔을 얹고는 지친 이마를 갖다 댔다. "용감한 말아." 그는 낮은 목소리로 말했다. "우리는 오랜 세월을 함께해왔다. 넌 나를 태우고 수많은 전투에 참가했고, 우린 언제나 함께 승리를 거두었지. 오늘도 넌 나를 위해 트로이 놈의 머리와 무장을 싣고 와

466

줘야겠다! 그러나 만약 내가 승리를 거두지 못한다면, 너 역시 나와 함께 죽어야 할 것이다. 이방인을 등에 태우고 다니기에 너는 너무도 자존심이 강한 녀석이 아니더냐!"

그는 무기를 챙겨 들고 말 등에 올라타서는 다시 한 번 대결을 하기 위해 전쟁터로 향했다.

메젠티우스는 격렬한 전투가 한창 벌어지고 있는 싸움터 한가운데로 곧장 말을 몰고 들어갔다. 그를 향해 무기를 겨누는 병사는 한 사람도 없었다. 병사들은 마치 허깨비라도 보는 듯한 표정으로 그를 바라보았다. 그는 두번째로 아이네아스와 마주 섰다.

"나는 죽기 위해 왔다!" 그가 말했다. "네가 내 아들을 죽였기 때문에 난 지금 죽는다 해도 아무것도 두려울 게 없다. 그런데 그 전에 내가 네게 줄 것이 있다!"

그러더니 곧 그의 투창이 공중을 가르며 날아왔다. 그러나 창은 아이네아스를 맞히지 못하고 투구를 가볍게 스쳐 지나갔다. 메젠티우스의 손은 이제 더 이상 창을 던져 목표물을 정확히 맞히는 데 아무런 재주를 발휘하지 못하는 것 같았다.

아이네아스는 메젠티우스의 행동을 유심히 보면서 뭔가 미심쩍고 이상하다는 생각이 들었다. 그를 어떻게 이해해야 할지 몰랐다. 중상을 입었음에도 아이네아스와 결투를 벌이겠다는 메젠티우스는…… 어째서 말에서 뛰어내려 칼을 뽑아들지 않는 걸까? 그는 커다란 말 등에 돌부처처럼 앉아 꿈쩍도 하지 않았다. 그렇다면 이제 아이네아스가 강제로 메젠티우스를 땅 위에 두 발로 서서 싸우도록 만들어야 했다!

아이네아스는 창을 든 팔을 높이 들었다. 그러나 그것은 메젠티우스를 겨냥한 것이 아니었다. 창은 곧장 말의 이마 한가운데로 날아가 꽂혔다. 말은 앞발로 바닥을 거세게 차올리면서 몸을 거의 수직으로 세웠다. 그러고는 뒤로 넘어지면서 등에 타고 있던 주인을 그대로 바닥에 깔고 누웠다.

말의 몸통에 깔린 메젠티우스를 간신히 끌어냈을 때, 사람들은 그가 이미 죽은 줄로만 알았다. 그러나 메젠티우스는 마지막으로 다시 한 번 눈을 떴다. 그는 아이네아스를 알아보고 남은 힘을 다 짜내어 말했다. "그렇소, 이제 이것이 나의 마지막인 것 같소. 이렇게 되는 것이 당연하고도 옳은 결과라고 생각하오. 당신에게 한 가지만 부탁하겠소. 내 시신을 내 아들의 시신과 나란히 한 무덤에 묻어주시오. 오직 당신에게만 이 부탁을 할 수 있소. 에트루리아인들은 나를 미워하고 있으니, 절대 내 부탁을 들어주지 않을 것이오. 하지만 당신만은 그리해줄 것이라 믿소."

신을 업신여기던 폭군 메젠티우스는 그렇게 죽어갔다.

아이네아스가 자리에서 일어났을 때, 트로이인들의 진영에서 나팔 소리가 울려 퍼졌다.

아이네아스는 깜짝 놀랐다. 그는 그 소리가 무엇을 의미하는지 잘 알고 있었다!

그는 황급히 그쪽을 돌아보았다. 성문이 활짝 열리더니 트로이 병사들의 무리가 그 문을 통해 폭풍처럼 밀려 나왔다. 그들의 맨 앞에는 아스카니우스 율루스와 므네스테우스 그리고 세르게스투스가 서 있었다.

다시 한 번 전투가 시작되었다. 전투는 그 어느 때보다도 격렬했다. 밤이 시작될 무렵이 되어서야 모두 끝이 났다.

밤의 어두움을 틈타 루툴리 병사들과 그들의 동맹군들은 라우렌툼 쪽으로 후퇴했다.

장수들이 모여 앞으로 어떻게 해야 할지 대책을 강구했다. 그들은 또다시 많은 병사들을 잃었고, 투르누스는 흔적도 없이 사라진 후 여전히 모습을 드러내지 않고 있었다.

라틴인들은 불평했다. 어째서 우리가 투르누스를 위해 목숨을 걸어야 하는가? 그는 우리의 왕도 아니지 않은가!

아이네아스가 자기 신붓감을 빼앗아가려고 하는 것은 투르
누스 스스로가 해결해야 할 일이 아니던가!

12

투르누스는 말을 달리고 또 달렸다. 언덕을 넘고 계곡을 지
나 강둑을 따라 달리다가, 숲을 통과해 황량한 산길을 쉬지
않고 내달렸다.

피곤에 지친 말이 비틀거렸지만, 투르누스는 무자비하게
말을 계속 앞으로 내몰았다. 곧 밤이 되었음에도 투르누스는
아랑곳하지 않고 달렸다.

이윽고 아침이 되어갈 무렵, 라우렌툼의 성벽이 눈앞에 나
타났다. 성문 앞에 서서 문이 열리길 기다리는 동안, 말은 끝
내 그 자리에서 쓰러지고 말았다.

투르누스는 하는 수 없이 걸어서 성문 안으로 들어가 왕궁
으로 향했다. 길을 가는 동안 그는 아침 일찍 일어나 집 밖으

로 나온 여러 부류의 사람들과 마주쳤다. 성난 표정으로 인사도 없이 투르누스의 곁을 스쳐 지나는 노인들, 울어서 빨갛게된 눈을 하고 지나가는 여인네들, 그의 등 뒤에서 낮은 목소리로 화가 난 듯 수군거리는 소년들……

'저들 모두가 자기들에게 일어난 일들이 전부 내 탓이라고생각하는 것 같구나.' 투르누스는 불쾌해진 마음으로 생각했다. '이 전쟁이야말로 그들의 왕인 라티누스가 내게 주기로약속한 딸을 트로이 놈에게 넘기려고 해서 벌어졌다는 사실을 저들은 벌써 까맣게 잊어버렸구나. 당연히 라티누스 왕 입장에선 전쟁이 일어나자 왕관을 벗어던지고 어디론가 숨어,모든 일이 저절로 굴러가는 것을 지켜보는 게 가장 편하겠지.'

그러나 투르누스가 왕궁의 홀 안으로 들어섰을 때, 놀랍게도 왕은 옥좌에 앉아 있었다. 그를 둘러싸고 나이 많은 고문관들이 뭔가를 열심히 의논하고 있었다. 그들은 하던 말을멈추고 투르누스를 의아한 눈초리로 쳐다보았다. 그들 대부분의 얼굴에는 투르누스에 대한 적개심이 노골적으로 드러나있었다.

"이제야 돌아왔구려." 마침내 라티누스 왕이 말했다. 그러나 그의 말투에선 다시 돌아온 투르누스를 반기는 기색이라곤 찾아볼 수 없었다. "당신도 보다시피 난 곤궁에 빠진 백성을 돕는 것이 왕의 의무라는 사실을 새롭게 깨닫게 되었소. 잠시 그 사실을 잊고 있었던 것이 부끄러울 따름이오. 그만큼 지금 우리 백성들은 커다란 어려움에 빠져 있소."

왕은 다시 원로들과 의논하는 일에 몰두했다. 마치 투르누스가 그 자리에 없는 것처럼, 그는 전혀 중요한 인물이 아닌 것처럼 행동했다. "수많은 병사들이 죽임을 당해 전쟁터 곳곳에 땅에 묻히지도 못한 채로 방치되어 있소. 그런데 강과 숲과 언덕들 사이의 모든 지역이 트로이인들의 손아귀에 들어가 있소. 그러니 우리는 아이네아스에게 사절단을 보내, 단 며칠만이라도 휴전을 하고 평화 협정을 맺자고 요청할 것이오. 죽은 병사들의 장례를 치를 수 있게 배려해달라고 말이오."

"드랑케스, 당신이 사절단을 이끌어주시오." 라티누스 왕이 계속해서 말했다. "신들께서 당신에게 달변의 능력을 부여하셨고, 거기에 신중함까지 허락하셨소. 그러니 어서 떠날 채비를 해서 가능한 한 서둘러 다녀오시오. 그 밖에 해야 할 일들은 그 뒤에 다시 의논하도록 합시다."

왕은 자리에서 일어나더니 투르누스에게 눈길 한 번 주지 않은 채 홀을 떠나버렸다. 드랑케스가 사절단으로 함께 길을 떠날 사람들을 선발하는 사이, 투르누스는 잔뜩 일그러진 얼굴로 기둥 옆에 기대섰다.

투르누스는 저주의 말을 내뱉었다. 드랑케스는 투르누스와 오래전부터 적대적인 관계였다. 그는 나이 많은 고문관들 중 세력이 가장 막강했으며, 왕이 아끼는 심복이었다. 그는 전쟁을 혐오하고 언제나 평화와 화해를 위해 애쓰는 사람이었다.

드랑케스는 이번 기회를 십분 이용해, 아이네아스와 라티누스 사이에 평화로운 관계가 맺어지도록 노력할 것이 분명했다. '그리고 그 평화 협정의 대가는 바로 내가 치르게 되겠지.' 투르누스는 분노에 차서 생각했다. '하지만 그렇게 되도록 절대 내버려두지 않을 것이다. 내 목숨을 내놓는 한이 있더라도!'

잠시 후 사절단은 말을 타고 성문을 나서서 언덕을 넘어 트로이인들의 막사가 있는 곳으로 향했다.

숲의 끝자락에서 누군가가 말을 타고 나와 그들 가까이로 다가오는 모습이 보였다. 말을 타고 있는 사람이 아이네아스라는 것을 알아차린 사절단은 곧 말을 돌려 그에게 향했다.

아이네아스는 죽은 팔라스를 에우안데르 왕이 사는 도시로 데리고 가는 아르카디아인들의 장례 행렬에 동참했다가 돌아오는 길이었다. 사절단의 남자들이 올리브나무 가지를 손에 들고 다가오는 모습을 본 아이네아스는 깜짝 놀랐다.

"안녕하십니까, 여신의 아들이여!" 드랑케스가 먼저 인사를 건넸다. "우리는 라티누스 왕께서 보낸 사람들입니다. 우리가 죽은 병사들의 장례를 치를 동안, 우리에게 평화를 보장해달라고 부탁드리러 이렇게 당신을 찾아왔습니다."

그렇지 않아도 아이네아스는 아군이든 적군이든 할 것 없이 전투에서 목숨을 잃고 짓이겨진 풀밭 위에 뒤섞여 누워 있는 병사들의 시신들을 볼 때마다 가슴이 찢어질 듯 저려오던 차였다.

"당신들의 부탁을 기꺼이 들어드리겠소." 아이네아스는 조금도 망설이지 않고 대답했다. 그로써 그동안 무거웠던 마음이 조금은 가벼워진 느낌이었다. 그는 드랑케스의 얼굴을 찬찬히 들여다보았다. 선량하고 현명해 보이는 인상이 무척 마음에 들었다. 아이네아스는 계속해서 말을 했다. "당신들은 지금 내게 죽은 병사들을 위해 평화를 보장해달라고 말하고 있소. 신들께 맹세코, 난 살아 있는 사람들을 위해서도 얼마든지 평화를 보장해드릴 수 있소! 라티누스 왕이 나와 동맹을 맺은 후 얼마 되지도 않아 약속을 어기고 루툴리인들을 앞세워 전쟁을 시작하지만 않았어도, 난 당신네들의 백성들과 절대로 전투를 벌이지 않았을 거요. 정 투르누스가 라비니아 공주와 왕국의 소유권을 두고 나와 싸움을 하고 싶다면……나와 단둘이 결투를 벌일 일이지, 자기 욕심을 위해 수많은 병사들을 죽게 만들어서는 안 된다고 생각하오!"

아이네아스의 말에 드랑케스는 너무나 놀랐다. 바로 자기가 하고 싶었던 말이었기 때문이다. "감사드립니다!" 드랑케스가 진지하게 말했다. "내가 그동안 당신이 용감무쌍한 영웅의 면모와 공평무사한 분별력을 가졌다고 들어온 것이 모두 사실이었군요. 신들께서 행운을 허락하신다면, 라티누스 왕께서 당신과 우호적인 관계를 맺도록 최선을 다해 설득해보겠습니다. 그렇게 되면 투르누스는 다른 동맹자를 찾아 나서야 할 것입니다! 이 소식을 왕께 전하기 위해 우린 이만 성으로 돌아가겠습니다."

"앞으로 열이틀 동안 평화를 보장해드리겠소." 아이네아스기 밀했다. "이 기간 농안 라틴인들과 트로이인들은 합심하여 함께 숲으로 가서 나뭇가지를 구해다가, 양쪽 진영의 죽은 병사들을 위한 장작더미를 쌓을 것이오! 그러나 열이틀이 지나면 전투는 이어질 것입니다. 물론 라티누스 왕이 내게 평화를 제안한다면 얘기는 달라질 것이오."

곧 사방의 숲에서 나무를 찍는 도끼 소리가 연일 울려 퍼졌다. 라틴인들, 루툴리인들, 트로이인들, 에트루리아인들 할 것 없이 모두가 열심히 나무를 벴다.

마지막 남은 병사의 시신까지 모두 다 남김없이 한 줌의 재로 변해 땅속에 묻힐 때까지, 시신을 태우는 장작불은 밤낮을 가리지 않고 계속해서 타올랐다.

열이틀이 지나자 라티누스 왕은 다시 한 번 나이 많은 고문관들을 불러 모았다.

투르누스 역시 자신에게 불리한 일들만 있으리라는 것을 뻔히 알면서도 왕궁으로 갔다.

성안은 끔찍한 혼란으로 온통 소란스러웠다. 죽은 이를 애도하는 통곡 소리가 성벽에 부딪혀 사방으로 메아리쳤고, 부상당한 자들은 불편한 몸을 질질 끌며 골목을 지나갔으며, 어린아이들은 큰 소리로 울어댔다. 투르누스가 가는 길마다 악의에 찬 시선들이 그를 쫓았고, 원망 섞인 욕설이 돌멩이가 날아들 듯 그를 향했다.

투르누스는 이를 악물고서 뒤도 옆도 돌아보지 않고 왕궁으로 걸음을 재촉했다.

왕궁의 홀에 도착하자 얼음장처럼 싸늘한 침묵이 그를 맞았다. 옥좌 바로 옆에 드랑케스가 서 있었다.

또 다른 사람도 눈에 띄었다. 바로 베눌루스가 그 자리에 있었다! 그가 디오메데스에게 지원군을 요청하기 위해 사절단으로 보낸 베눌루스와 다른 여러 사람들이 거기에 와 있었다. 그들은 지금 막 여행에서 돌아온 듯한 행색이었다. 지친 표정으로 서 있는 그들의 옷에 먼지가 잔뜩 묻어 있었다.

투르누스는 혹시나 하는 마음에 희망에 들떠 가슴이 뛰었다. 드디어 마지막 순간에 그들이 돌아와 주었구나.

그러나 투르누스가 그들의 얼굴을 자세히 들여다본 순간, 모든 희망은 단번에 사라지고 말았다. 아니다, 그들은 좋은 소식을 가지고 온 게 아니었다! 그때 베눌루스가 투르누스 쪽을 건너다보며 가만히 고개를 가로저었다.

왕이 말문을 열었다. "내가 그대들을 모두 불러들인 것은 디오메데스가 우리에게 보내는 진길을 들려주기 위함이요!

베눌루스, 그동안 있었던 일들과 디오메데스가 우리에게 보낸 소식을 정확하게 다시 한 번 말해주시오!"

"디오메데스는 우리를 친절히 맞아주었습니다." 베눌루스가 말을 시작했다. 그의 목소리는 피곤함을 이기지 못하고 갈라졌다. "우리는 선물을 먼저 전달한 뒤, 원조를 부탁드렸습니다. 그러자 그는 매우 심각한 표정을 지었습니다. '라틴인들이여, 도대체 무슨 생각에서 그런 것이오?' 그가 말했습니다. '당신들은 사투르누스가 이룩한 땅에서 행복하게 살고 있었소. 그런데 상대가 누구인지도 모르면서 어째서 전쟁을 시작한 것이오? 당신들은 아이네아스가 어떤 사람인지 전혀 모르겠지만, 난 그를 비롯한 트로이인들을 너무나 잘 알고 있소. 그들을 상대로 10년을 싸운 사람으로서 당신들에게 말하건대, 만약 트로이에 아이네아스나 헥토르 같은 영웅이 한 명만 더 있었어도 오늘날 패망의 슬픔에 휩싸일 도시는 아카이아지 절대 트로이가 아니오. 안 되오, 날 설득할 생각일랑 아예 하지도 마시오. 그래 봐야 아무 소용 없소! 전쟁이 백성들에게 얼마나 크나큰 불행을 가져다주는지, 난 충분히 봐왔소. 당신들과 손잡고 트로이인들에게 대항해 전쟁을 하는 일 따윈 하지 않을 거요. 그렇소, 아이네아스와 나, 우리는 예전에

언젠가 한번 서로의 가슴에 무기를 겨눴던 때가 있었소. 그러
나 나는 그가 정의로운 사람이라는 것을 잘 알고 있소. 당신
들이 내게 가져온 이 선물들은 도로 가져가시오. 이 선물을
아이네아스에게 갖다 주고 그와 평화로운 관계를 맺도록 하
시오. 이것이 내가 당신들에게 드리는 충고요.' 디오메데스는
이렇게 말했고, 우리가 그곳에서 할 수 있는 일이란 다시 선
물들을 가지고 그곳을 떠나는 일밖에는 아무것도 없었습니
다."

"내 생각에는 디오메데스가 우리에게 현명한 충고를 해준
것 같소." 왕이 말했다. "이제부터는 이 일에 대해 내가 생각
해온 바를 말할 테니 잘 들어보시오. 나는 오래전부터 에트루
리아를 흐르는 강 근방에 얼마간의 땅을 가지고 있소. 그 땅
에 지금 루툴리인들과 아우룽키족이 살고 있소. 땅은 밭을 갈
아 농사를 짓기에 적당하고, 나무가 적은 밋밋한 언덕에는 가
축을 방목하기에 적당할 것이오. 나머지 부분은 가문비나무
로 빽빽하게 뒤덮인 숲이오. 그 땅을 트로이인들에게 선물로
주고 평화 협정을 맺으면 어떨까 하오. 그러면 우리는 적을
얻는 대신 동맹국을 하나 더 얻는 셈이 될 테니 말이오.

자, 이제 그대들에게 부탁컨대, 내가 한 말을 곰 생각해보

고 우리 왕국의 이익을 위해 어떻게 하는 것이 좋을지 무슨 의견이든 솔직하게 말해주기 바라오."

고문관들 중 일부는 찬성하고 또 일부는 반대했으나, 누구 하나 큰 소리로 자기 의견을 확실히 말하는 이가 없었다. 그러자 드랑케스가 앞으로 나섰다.

"라티누스 왕이시여." 그가 연설을 시작했다. "우리 모두는 어떻게 하는 것이 백성들의 안녕을 위한 일인지 잘 알고 있습니다. 그럼에도 그것을 말하길 꺼리고 있습니다. 투르누스를 두려워하고 있기 때문이지요. 그래서 전 투르누스가 칼을 들고 위협하는 한이 있더라도, 제가 여기 있는 모두를 대표해 말씀드리려 합니다. 우린 이미 수많은 병사들의 시신을 땅에 묻었습니다. 백성들은 이제 평화를 원합니다. 트로이인들을 친구로 받아들이자는 폐하의 말씀은 참 좋다고 생각합니다. 그러나 그들과 우리 사이의 평화가 더욱 돈독하고 오래 지속되기 위해서는 아이네아스에게 따님을 아내로 주시기 바랍니다. 이 불행한 전쟁이 시작되기 전에 폐하께서도 친히 그렇게 하리라고 결심하지 않으셨습니까. 전쟁은 어느 누구에게도 득이 될 수 없습니다. 만약 투르누스가 백성들의 행복을 진심으로 바란다면, 그는 라비니아 공주님을 포기하겠지요.

그러나 절대로 그럴 수 없다고 한다면…… 그러면 아이네아스와 단둘이 결투를 하여 공주님과 이 나라를 얻도록 해야 할 것입니다. 투르누스, 이 말은 아이네아스가 당신에게 직접 전해달라고 부탁한 말이기도 하오! 그리고 한 가지가 더 있소." 드랑케스는 경고하듯 덧붙였다. "알다시피 약속한 열이틀의 시간은 이미 지나갔소!"

투르누스는 아무런 대답도 하지 않았다. 그의 얼굴은 분노로 일그러졌다. '저 매수당한 배신자 같은 놈!' 투르누스는 생각했다. '드랑케스는 벌써 왕과 그 트로이 놈에게 평화 협정에 관해 혀를 놀렸을 게 분명해!'

"당신은 내 칼을 두려워할 필요가 전혀 없소!" 마침내 투르누스가 큰 목소리로 거만하게 말했다. "오, 드랑케스여, 당신의 영혼은 너무도 천박하기 때문에 내 손으로 그 영혼을 당신 몸에서 떼어놓기에는 내가 너무 창피스럽소이다! 당신이 가진 용기란 그저 입으로 떠벌리는 데 사용할 것밖엔 없는 듯하오. 행동은 언제나 다른 사람이 하게 만드니 말이오. 물론 여기 앉아서 평화에 대해 수다만 떨어대는 것이, 전쟁터에서 매 순간 목숨을 건 싸움을 하는 것보다는 훨씬 쉽고 안전할 거요. 허나, 정 그렇게 비굴하게 평화를 구걸하고 싶다면……

좋소, 그렇게 하도록 하시오! 라티누스 왕이시여, 내 당신께 한마디만 하리다. 난 당신이 내게 약속했던 라비니아에 대한 권리를 절대로 포기하지 않겠소. 트로이인이 내게 결투를 신청하겠다면, 기꺼이 응하겠소! 우리 둘 중 한 사람은 어차피 이 세상에서 영영 사라져야 할 테니 말이오. 그 한 사람이 그가 될지, 내가 될지는 두고 보면 알게 될 거요. 어쨌든 앞으로 어느 누구도 이 투르누스가 적이 무서워 도망갔다는 말은 절대로 하지 못할 것이오!"

　　바로 그 순간 홀 바깥이 소란스러워지더니, 누군가가 다급히 달려오는 발자국 소리가 들렸다. 홀의 문이 활짝 열리고 남자 하나가 뛰어 들어왔다. 숨을 헐떡이며 달려온 그의 얼굴은 온통 땀으로 뒤범벅되어 있었다. 그는 곧장 왕 앞으로 달려갔다. "폐하, 적들이 쳐들어오고 있습니다!" 남자가 소리쳤다. "티베리스 강 쪽에서 트로이와 아르카디아 기병대가 이곳을 향해 진군을 시작했고, 에트루리아 보병대와 나머지 군대는 도시를 사방에서 에워싸고 공격해 오기 위해 아이네아스의 지휘 아래 산으로 올라가고 있습니다. 그들은 벌써 숲을 통과해 도시로 연결된 산길로 접어들었습니다! 몇 명의 동료들과 산 쪽을 감시하러 순찰을 돌다가, 이 두 눈으로 직접 그들을 보았습니다. 무기들이 절그럭거리는 소리가 가까이에 서 들려오기에, 우리는 재빨리 나무 위로 올라가 무성한 나뭇 가지들 사이로 몸을 숨기고 내려다보았습니다. 곧 엄청난 수 의 병사들이 나무 아래로 지나갔습니다. 지금 숲속은 온통 적 군들로 꽉 차 있습니다! 저 바깥 평야 쪽에서는 이곳 라우렌 툼을 향해 돌진하는 기마병들이 일으키는 거대한 먼지구름이 벌써 보이기 시작했습니다!"

보초병의 말이 채 끝나기도 전에 투르누스는 홀의 문을 나 서고 있었다. 그는 문을 나가기 전에 사람들이 서 있는 쪽을 향해 다시 한 번 휙 하고 몸을 돌렸다. "적들이 이 도시의 성 벽을 넘어오는 동안, 당신들은 여기 맘 편히 앉아서 평화에 대해 탁상공론이나 벌이고 계시오!" 그가 격분해서 소리쳤 다. "난 싸우러 가겠소이다!"

그러고는 문 뒤로 사라져버렸다. 왕은 창백해진 얼굴로 자 리에서 일어났다. "모든 것이 다 내 잘못이오!" 왕이 지친 목 소리로 말했다. "제일 먼저는 투르누스와 했던 약속을 깬 탓 이고, 다음으로는 아이네아스와 한 약속을 어겼소. 그러니 어 찌 아무 일도 없길 바랄 수 있겠소."

왕은 고문관들에게 손짓으로 해산을 명한 뒤, 자신의 거처로 들어가 버렸다.

왕의 거처에는 뜻밖에도 아마타 왕비가 왕이 돌아오길 기다리고 있었다. 라비니아를 데리고 도망친 왕비는 끔찍한 전쟁이 일어나자 곧 다시 왕궁으로 돌아와, 남편 앞에 엎드려 울면서 용서를 구했었다. "내가 도대체 왜 그랬는지 모르겠어요." 당시 왕비는 왕에게 이렇게 말했다. "못된 마법에 걸려 제정신이 아니었던 것 같아요!"

왕비의 얼굴에는 괴롭고 당황한 기색이 역력했다. 누군가가 이 끔찍한 소식을 왕비에게도 벌써 전한 모양이었다.

"라비니아와 다른 여자들을 데리고 신전으로 가겠어요." 왕비가 말했다. "우리가 기도를 올리고 제물을 바친다면, 어쩌면 신들께서 은총을 베풀어주실지도 모르잖아요!"

"어쩌면 그럴지도 모르지." 왕은 체념한 듯한 목소리로 대답하며, 바깥에서 들려오는 날카로운 나팔 소리와 소란스러운 소리에 귀를 기울였다.

병사들, 노인네들, 심지어 여인네들까지 손에 무기가 될 만한 것은 무엇이든 닥치는 대로 집어 들었다. 그들은 성문으로 달려가 도시를 방어하기 위해 성벽과 탑 위로 올라갔다. 지금 온 도시가 일촉즉발의 위험에 휩싸였다는 것을 누구나 감지하고 있었다.

왕비가 여자들과 함께 신전의 높은 계단을 오르고 있을 때였다. 마침 무장을 마친 투르누스가 무기고에서 나왔다. 검정색 깃털 장식이 달린 투구는 아직 손에 든 채였다. 검은 머리칼이 어깨 위에서 나부꼈다. 분노와 불타는 투지에 휩싸인 그의 모습은 멋지기도 한 동시에 무섭게 보였다.

투르누스는 왕비 일행에게 길을 비켜주기 위해 잠시 옆으로 물러섰다. 그는 라비니아의 얼굴을 재빨리 훔쳐보았다. 라비니아의 아름다운 두 눈이 속눈썹에 가려져, 투르누스는 그녀가 자기를 봤는지 못 봤는지 분간할 수가 없었다.

"너무도 아름답구나." 투르누스는 이제껏 자주 그래 왔듯이 그녀의 아름다움에 다시 한 번 매료당했다. "난 절대 포기하지 않을 것이다. 그녀는 물론이고, 이 왕국도……"

그사이 왕궁 앞에는 루툴리 병사들과 동맹군의 지휘자들이 모여서 투르누스의 명령을 기다리고 있었다. 그들의 수는 눈에 띄게 줄어 있었다. 대부분이 한 줌의 재와, 불에 시커멓게 탄 뼈로 변해 땅속에 묻혔기 때문이다.

성벽을 둘러싸고 기마병들과 보병들이 벌써 전투태세를 갖추고 정렬해 있었다. 투르누스가 말에 오르려는 순간, 카밀라가 볼스키족 기마병들을 이끌고 다가왔다. 그녀는 고삐를 당겨 말을 세운 뒤, 안장에서 미끄러지듯 땅 위로 내려왔다.

카밀라가 투르누스와 마주 서서 그의 얼굴을 바라보았을 때, 그녀의 얼굴에는 또다시 연민과도 같은 묘한 표정이 떠올랐다. 투르누스는 그녀의 그런 표정을 볼 때마다 마음이 불편했다.

카밀라는 곧 입을 열었다. "투르누스여." 그녀의 목소리에는 간절함이 배어 있었다. "제가 드리는 충고를 받아주시겠습니까? 보병들과 함께 이곳 성벽 앞에서 머무르며 도시를 방어하십시오. 그것이 지금으로서는 가장 시급한 문제입니다. 전 기마병들을 이끌고 강 쪽에서 이리로 쳐들어오는 적들의 기병대와 맞서 싸우도록 하겠습니다. 이번만큼은 제 충고를 받아주시겠지요?"

그녀의 얼굴을 바라보는 투르누스의 입에서 감탄이 절로 나왔다. 세상에, 이 여자가 이렇게 아름다웠다니! 카밀라는 전설 속에 나오는 아마존족의 여왕처럼 그렇게 당당하고 아름다웠다.

투르누스는 카밀라에 대한 놀라운 이야기를 사람들에게 들어 알고 있었다. 그녀의 아버지는 메타부스란 자로, 그의 종족을 이끄는 장수였다. 어느 날 백성들이 반란을 일으켰고, 그는 그의 유일한 자식인 어린 딸 카밀라를 데리고 도망 다니는 신세가 되었다. 그러던 중 도망치는 메타부스의 뒤로는 병사들이 쫓아오고 앞에는 강이 흐른 상황에 처했다. 강물은 폭우로 인해 엄청나게 불어 있었다. 그가 살 길은 단 하나밖에 없었다. 바로 거세게 흐르는 강물을 헤엄쳐 건너가야만 했다! 그러나 그것은 혼자 몸으로도 위험천만할뿐더러, 더구나 갓난아기를 데리고서는 엄두도 못 낼 일이었다! 그 긴박한 상황에서 메타부스는 묘책을 하나 생각해냈다. 주변에 있는 코르크나무 껍질을 벗겨내 아기를 싼 다음, 그 아기를 창 자루에 꽁꽁 묶었다. 그러고는 천을 여러 번 둘러 아기를 꽁꽁 싸맸다. 병사들이 쏘아대는 화살이 벌써 빗발치듯 그를 향해 날아오기 시작했을 때, 메타부스는 아기를 묶은 창을 있는 힘껏 강 건너로 던졌다. 그와 동시에 숲의 여신인 디아나의 이름을 불렀다. "오, 여신이시여, 저 아이의 목숨을 살려주소서." 메타부스는 간절히 기도했다. "살려만 주신다면 앞으로 저 아이의 삶을 오로지 당신께 바치겠나이다!"

조마조마한 가슴으로 메타부스는 날아가는 창을 바라보았다. 창은 강물을 넘어 건너편 강둑의 부드러운 풀밭 위로 떨어졌다. 아기는 어느 한 군데도 다친 곳이 없어 보였다.

그러자 곧 메타부스도 강으로 뛰어들어 무사히 강을 건넜다.

그날부터 메타부스는 카밀라와 함께 숲속에서 살았다. 후에 그의 나라에서 보낸 사절단이 찾아와 다시 돌아올 것을 부탁했으나, 그는 거절했다. 그는 산 위의 풀밭에 여러 마리의 말을 풀어놓고 키우며, 암말의 젖으로 어린 카밀라를 먹여 길렀다. 카밀라가 점점 자라자 메타부스는 딸에게 활과 화살, 작은 창을 깎아 만들어주며 그것들을 다루는 기술을 가르쳐주었다. 카밀라는 곧 날아가는 두루미까지 쏘아 맞혀 떨어뜨리고, 쏜살같이 달아나는 발 빠른 짐승을 맞힐 수 있을 정도가 되었다. 머리에 황금 머리띠를 하고 나풀거리는 여자아이의 옷을 입는 대신, 그녀는 거친 짐승의 가죽으로 가냘픈 몸을 감싸고 지냈다.

곧 카밀라는 아버지로부터 자신의 삶이 디아나 여신에게 바쳐졌다는 사실을 알게 되었다. 절대로 결혼을 해서는 안 되며, 무기와 사냥, 전투만이 앞으로 그녀 삶의 전부가 될 것이라고 했다. 어느새 카밀라는 처녀로 자라났는데, 그 모습이 마치 숲의 요정처럼 아름다웠다. 활과 화살을 들고 산속을 혼자서 헤매고 다니는 카밀라를 본 사냥꾼들은 누구나 가던 길을 멈추고 서서, 무언가에 홀린 듯 넋을 잃고 그녀의 아름다운 모습을 바라보곤 했다. 그러나 카밀라는 그들에게 눈길 한 번 주지 않고, 그들의 곁을 모른 척 스쳐 지나갔다. 심지어 훌륭한 가문의 청년들까지도 메타부스를 찾아와 그녀에게 청혼했으나, 번번이 거절당하고 빈손으로 돌아가야만 했다.

그러던 어느 날, 용감하기로 이름난 볼스키족의 기병대가 카밀라를 자신들의 지휘자로 추대했다. 그들은 카밀라를 위해서라면 물불 가리지 않고 어디든 뛰어들 기세였고, 그녀와 함께라면 기꺼이 목숨을 내놓고라도 전투에 출정했다. 그들은 이제껏 그 어떤 지휘자도 카밀라만큼 그렇게 사랑한 적이 없었다……

투르누스는 이 모든 이야기를 사람들에게 익히 들어 잘 알고 있었다. 그리고 지금 카밀라의 얼굴을 쳐다보며, 그녀의 아름다움에 빠져들수록 자신도 그녀의 용감한 기병대 병사들과 똑같이 되어버릴 것만 같았다. 그녀의 명령이라면, 그녀와 함께 죽음을 향해 말을 타고 돌진할 수 있을 것 같았다!

투르누스는 깜짝 놀랐다. 검게 그을린 얼굴 위로 홍조가 번졌다. 도대체 지금 내가 무슨 생각을 하고 있는 거지?

그녀는 연약한 여자에 불과하지 않은가…… 게다가 투르누스는 전투에 대한 계획을 이미 오래전부터 모두 세워둔 터였다. 그런데 지금 와서 여자 하나 때문에 그 계획을 수정해야 한단 말인가?

투르누스는 고개를 세차게 저었다. "아니오." 그는 단호하게 거절했다. "나는 이곳 성 앞에서 적군을 기다리지 않을 거요. 나는 그들이 어떤 길을 따라 산을 넘어올지 잘 알고 있소. 그 길은 산과 산 사이로 난 좁은 계곡을 지나게 되어 있소. 그 길 양옆으로 수풀이 무성하게 우거진 가파른 절벽이 우뚝 서 있는 지점이 있는데, 나는 보병들을 이끌고 그곳에 매복해 있을 작정이오. 적들은 아무것도 모르고 우리가 놓은 덫 안으로 들어올 테고, 아무도 우리 손아귀를 벗어날 수 없을 거요. 화살과 투창이 높은 곳에서부터 차례로 날아들고 바윗돌과 통나무들이 굴러떨어지게 되면, 결국 그들 모두 그 밑에 깔려 죽고 말 거요. 그들 중 어느 누구도 라우렌툼까지 도달하지 못할 것이오. 당신은 계획대로 우리 기병대에 대한 명령권을 모두 가지시오! 당신이 지휘한다면 모두들 사자처럼 용감하게 싸우리라는 것을 잘 알고 있소. 그렇게 해서 당신은 내가 보병들을 이끌고 다시 산에서 내려올 때까지, 트로이 기병대가 이 도시 가까이로 다가오지 못하게 막을 수 있을 거요. 그럼 수고하시오." 마지막으로 투르누스는 진지하게 덧붙였다. "아우소니아의 모든 종족들이 당신의 공적을 길이 찬양하게 될 거요!"

카밀라의 얼굴이 슬픔으로 어둡게 그늘졌다. "정 그렇다면 당신 뜻대로 하십시오." 그녀가 말했다. "전 할 수 있는 한 최선을 다해 당신을 돕도록 하겠어요. 그리고…… 신들께서 당신과 당신의 도시를 보호해주시길 바라겠습니다!"

카밀라는 늘 그녀를 그림자처럼 따라다니는 심복 아카에게 손짓해, 그녀와 함께 병사들이 있는 곳으로 되돌아갔다.

잠시 후 투르누스가 이끄는 보병들이 발걸음을 재촉하여 산으로 올라가기 시작했다. 또한 기병대 병사들은 트로이 기병대와 맞서기 위해 언덕을 향해 질주했다. 기병대 맨 앞에서 카밀라가 눈처럼 새하얀 말을 타고 달렸다. 그녀의 황금빛 갑옷이 번쩍이며 빛을 발했고, 긴 머리카락은 바람에 휘날렸다. 그런 그녀의 모습이 그녀를 뒤따르는 병사들의 눈에 마치 찬란한 승리의 여신처럼 보였다.

강과 도시 사이에 놓인 마지막 언덕 꼭대기에 올라서자, 카밀라는 갑자기 전력 질주하던 말의 고삐를 당겼다. 그 바람에 바로 뒤에서 달려오던 말들이 서로 머리를 부딪칠 정도였다.

저 아래 평지에, 창을 던지면 곧 날아가 닿을 수 있을 만큼 지척에서 적군의 기병대가 달려오고 있었다!

언덕 위로 카밀라의 기병대가 모습을 드러내자, 거의 동시에 트로이 기병대도 그 자리에 멈춰 섰다.

아스카니우스와 함께 기병대의 맨 앞에서 달리던 에트루리아인들의 지도자 타르콘이 눈을 가늘게 뜨며 언덕 위를 올려다보았다. "볼스키족을 이끄는 여전사 카밀라요." 타르콘은 달갑지 않다는 듯이 말했다. "투르누스가 멍청한 인간이 아니라면, 전 기병대의 통솔권을 카밀라에게 맡기리라 염려했었는데, 역시나 그렇게 되었소! 카밀라가 자기가 이끄는 병사들의 혼을 어떻게 쏙 빼놓는지는 세상이 다 알고 있소! 저길 보시오! 그녀의 춤이 벌써 시작된 것 같소!"

카밀라는 팔을 높이 들어 올렸다. 투창이 쉭쉭 소리를 내며 아래로 날아들더니, 아르카디아 병사들 중 하나가 말 위에서 그대로 뒤로 넘어가며 안장에서 떨어졌다.

곧 양쪽 진영에서 거친 전투의 함성이 터져 나왔다. 기마병들이 서로를 향해 폭풍처럼 달려들기 시작했다. 화살과 창이 공중에서 난무했다. 펑펑 쏟아지는 눈발만큼이나 수많은 화살과 창이 어지럽게 오갔다. 말들이 앞발을 들고 하늘을 향해 꼿꼿이 섰다가는 뒤로 쿵 하고 나자빠졌다. 말에서 굴러떨어진 병사들은 말발굽 아래 깔리거나, 혹은 느닷없이 날아온 화살에 심장이 뚫려 죽어갔다.

양쪽 진영 사이의 거리는 순식간에 좁혀졌다. 이제 병사들은 칼집에서 칼을 빼 들었다.

라우렌툼을 앞두고 기마병들 사이에 끔찍한 육박전이 벌어졌다. 이곳저곳에서 우열을 가릴 수 없는 치열한 공방이 벌어졌다. 그러나 곧 여기저기랄 것도 없이 되어버렸다. 양쪽 병사들이 격렬하게 뒤엉키고 뒤섞인 나머지, 서로에게서 떨어지는 것은 영 불가능한 일처럼 보일 정도였다. 엉클어진 실타래가 점점 큰 덩어리로 뭉쳐지듯 그들은 그렇게 한 몸이 되어 뒹굴다가, 또 어느새 거기서 떨어져 나와 평지로 흩어져서는 서로를 잡으려고 이리저리 뛰어다녔다. 각 진영의 장수들은 각자 미워하던 상대편 적장들을 찾아내, 목숨을 건 결투를 벌이기도 했다. 트로이 병사들은 루툴리 병사들과 라틴 병사들이 갈수록 점점 더 용기백배하여 전투에 임한다는 사실을 알곤 이를 갈았다. 또한 볼스키족 기병들과 맞닥뜨리게 되면, 그것은 곧 죽음을 의미한다는 것도 알고 있었다.

그 모든 일의 원흉은 백마를 타고 있는 카밀라 때문이었다. 그녀가 모습을 드러내기만 하면, 적병들은 꺼져가는 불씨에 기름을 쏟아부은 듯 새로운 힘을 얻어 격렬하게 전투에 임했다.

전투에 능한 트로이 병사들이 저마다 이를 악물고 카밀라 가까이로 다가가려고 애썼다. 저 여자 하나가 병사들 모두에게 더 큰 불행을 가져다주기 전에, 누군가가 그녀를 없애버려야 했다! 그러나 카밀라는 어느 누구의 접근도 허락하지 않았다. 그녀 가까이로 다가가기라도 할라치면, 단 한 번도 빗나간 적이 없는 화살을 쏘거나, 도금양나무로 만든 탄력 좋은 창을 무섭도록 정확하게 겨냥해 던지거나, 아니면 칼을 꺼내 번개처럼 빠른 속도로 휘둘러 바닥으로 쓰러뜨리기 일쑤였다. 가끔은 도망가는 척을 하기도 했다. 그러다 갑자기 안장 위에 앉은 채로 몸을 홱 돌려 황금 활의 시위를 당겼다. 그러나 심지어 그녀가 그런 자세로 쏘는 화살까지도 절대 목표물을 빗나가는 법이 없었다. 도망가는 카밀라를 바짝 뒤쫓던 병사가 곧 그녀를 따라잡을 수 있다는 희열에 사로잡힐 때쯤이면, 그녀는 갑자기 말을 홱 돌려 뒤쫓던 병사를 향해 거꾸로 활을 겨누기도 했다. 그러면 그 병사는 순식간에 도망자신세가 되어, 카밀라의 화살에 맞아 숨이 끊어지는 마지막 순간이 되어서야 비로소 자신의 어리석음을 깨닫곤 했다.

그러던 어느 순간, 격렬한 전장의 외곽을 따라 말을 몰고 질주하던 카밀라는 트로이의 유명한 예언자 클로레우스를 발견했다.

많은 왕들과 장수들이 클로레우스의 예언을 듣기 위해 그를 찾았다. 그가 어찌나 말을 잘 꾸미고 그럴듯하게 포장해서 둘러대는지, 결국에는 모든 일이 그가 예언한 대로 일어난 것처럼 보였다. 그렇게 해서 클로레우스는 수많은 값진 보물들을 선물로 받았고 성격도 점점 오만방자해져서, 누구나 자신에게 극도의 공손함을 갖추어 예를 표하길 요구했다.

클로레우스 역시 다른 트로이인들과 함께 이 전쟁에 참가하기는 했지만, 그는 위험한 전투마다 몸을 사리며 자신을 보호하기에만 급급했다. 지금도 그는 화려하게 꾸민 말을 타고 전장 주변을 하릴없이 돌아다니는 중이었다. 트로이 기병대를 이끄는 장수들 중 클로레우스만큼 거창하게 무장을 한 사람은 없었다. 가슴받이는 예술적인 그림들로 장식되어 있었다. 갑옷은 수많은 황금 고리가 달려 있어, 그가 몸을 움직일 때마다 햇빛을 받아 찬란한 빛을 발했다. 투구와 방패에는 온갖 번쩍이는 보석들이 박혀 있고, 어깨에는 황금 화살통이 매달려 있었으며, 허리에도 역시 황금 칼집을 차고 있었다. 이 국정취가 물씬 풍기는 자주색 망토가 멋지게 잡힌 주름을 자랑하며 등 뒤에서 나부꼈고, 심지어 타고 있는 말까지도 온통 번쩍이는 황금 비늘로 뒤덮인 가죽을 안장 아래 말 등에 깔고 있었다.

카밀라는 그 모든 것을 놀란 눈으로 쳐다보았다. 그녀가 여자인 탓인지, 아니면 비참하고 가난한 어린 시절을 보낸 탓인지는 몰라도, 어쨌든 카밀라는 클로레우스의 화려한 무장에 그만 넋을 잃고 말았다. 저기 저렇게 멋진 무장을 뽐내고 있는 남자는 트로이인인 동시에 적이다. 그녀가 가지고 있는 투창들 중 하나만 던져도 그는 금방 목숨을 잃을 것이고, 그렇게 되면 저 화려하고 값진 무장들은 모두 그녀의 차지가 된다!

카밀라는 곧 클로레우스를 뒤쫓기 시작했다. 그러나 전투에 능한 그녀와 맞붙는 것을 절대로 원치 않았던 클로레우스는 재빨리 몸을 돌려 도망치기 시작했다. 클로레우스는 말타기에 능했으며, 그의 말 또한 발이 상당히 빨랐다. 가끔 그는 정신없이 엉겨 붙어 싸우고 있는 병사들의 무리 속을 헤집고 들어가 몸을 숨기기도 했다. 그러면 카밀라는 한동안 눈앞에서 사라진 클로레우스를 찾는 데 열을 올렸다. 화려한 무장을 차지하고 싶은 욕심이 카밀라의 마음에 다른 무엇보다도 거세게 불타올랐다. 저 허풍쟁이 녀석이 몸에 걸치고 있는 황금 무장들을 반드시 빼앗고야 말리라!

카밀라는 자신의 병사들을 까맣게 잊었다. 절망적인 심정으로 주인 옆을 지키려고 애쓰고 있는 아카도 잊고 말았다.

그녀는 마침내 그녀 주변에서 벌어지고 있는 전투까지도 까맣게 잊고 말았다.

볼스키족 병사들은 그런 그녀의 모습을 걱정스레 바라보며, 도대체 무엇 때문에 자신들의 지휘자가 저렇게 돌변했는지 의아해했다.

이미 상당히 오래전부터 그런 카밀라를 멀리서부터 남몰래 뒤쫓던 남자가 있었다. 그는 다른 병사들과 싸우지도 않고, 오로지 때가 오기만을 기다리고 있었다. 가끔씩 창을 들었으나, 다시 팔을 아래로 내리곤 기회를 노렸다. 그의 이름은 아룬스였다. 그가 던지는 것은 무엇이든, 단 한 번도 목표를 빗나간 적이 없다고 소문난 사람이었다.

카밀라는 안장 위에서 몸을 일으켜 사방을 둘러보았다. 그러다 갑자기 환희에 찬 탄성을 내질렀다. 창을 던져 맞힐 수 있을 만큼 가까운 거리에 클로레우스가 있었다! 그러나 그녀에게 창을 던져 맞힐 수 있을 만큼 가까운 거리에 아룬스 역시 말을 타고 앉아 있었다.

카밀라가 몸을 한껏 뒤로 젖히며 창을 겨누는 사이, 아룬스의 창은 이미 그의 손을 떠나 병사들의 머리 위로 낮게 쉭쉭거리는 소리를 내며 그녀를 향해 날고 있었다. 창이 날아가는 모습은 마치 살아 있는 못된 짐승이 자기 길을 찾아 앞으로 나아가는 것 같았다⋯⋯

아카는 비명을 지르며 말을 앞으로 내몰았다.

그러나 이미 때는 늦었다.

급작스레 날아든 창을 맞은 카밀라의 몸이 순간 위로 펄쩍 솟아올랐다⋯⋯ 한동안 그녀는 비틀거리는 몸을 안장에 의지해 버텨보려 애썼다. 그러다 마침내 말의 옆구리를 타고 미끄러지듯 아래로 떨어졌다. 땅바닥으로 쓰러지기 바로 직전, 아카가 그녀를 붙들었다.

아카는 떨리는 손으로 카밀라의 몸에 박힌 창을 빼내려 했지만, 창은 뽑히지 않았다.

그사이 모든 일을 놀란 눈으로 바라보던 볼스키족 병사들이 칼을 들어 적병들 사이를 뚫고 좁은 길을 내가며 허겁지겁 달려왔다.

순간, 서로를 죽이려고 혈안이 되었던 전투가 갑자기 정지된 것 같았다. 볼스키족 병사들이 말에서 내려 창을 맞고 쓰러진 지휘자 카밀라 가까이로 다가가는 동안, 주변에 서 있던 적병들 중 어느 누구도 무기를 드는 이가 없었다. 볼스키족 병사들은 아무 말 없이 당황스러운 기색으로 카밀라를 쳐다보았다. 마음이 찢어질 듯 아팠다.

아카가 울면서 땅바닥에 웅크리고 있었다. 그녀는 아직 카밀라에게 숨이 붙어 있다는 것을 알았다. 어쩌면 다시 한 번 눈을 뜨고 말을 할지도 모른다고 생각했다.

'그러면 난 언제까지나 카밀라 님 곁을 떠나지 않을 텐데.' 충성스러운 심복 아카는 생각했다. '이전에 언제나 그랬듯, 앞으로도 카밀라 님을 위해 살 텐데.'

그러자 카밀라가 정말로 눈을 다시 떴다. 그러나 곧 두 눈에 너울이 씌워지듯 그녀는 눈앞이 다시 캄캄해졌다. 그럼에도 카밀라는 자기 몸 위로 애절하게 몸을 굽히고 있는 아카의 얼굴을 알아보았다. "카밀라…… 사랑하는 주인이시여." 아카는 절망적인 심정으로 말했다. "지금 죽으시면 안 돼요. 분명 어딘가에 당신을 살릴 수 있는 방법이 있을 거예요……"

카밀라는 힘겹게 머리를 가로저었다. "울지 마!" 카밀라가 속삭였다. "언젠가 한 번은 겪게 될 나의 운명이었어! 이리 가까이 와…… 말하기가 무척이나 힘들구나. 눈앞이 캄캄해지고 있어…… 아카, 거기 있니? 그러면 내 말을 잘 듣도록 해. 최대한 빨리 투르누스에게 말을 타고 가서 전해! 도시를 지키기 위해 속히 군대를 이끌고 내려와야 한다고…… 그렇지 않으면 모든 게 끝장이야…… 내가 함께하지 않으면, 우리 기병대 병사들은 모두 흩어져 도망쳐버리고 말 테니까!"

카밀라는 더 이상 말을 잇지 못했다……

볼스키족 병사들이 죽은 카밀라를 방패 위에 싣고 전쟁터를 빠져나가는 동안, 어느 누구도 그들이 가는 길을 방해하지 않았다.

또한 곧장 말을 타고 들판을 가로질러 쏜살같이 산을 향해 달려가는 아카의 뒤를 쫓는 사람도 아무도 없었다.

아카는 회색빛 말의 목 위로 낮게 몸을 숙이고, 계속해서 말을 앞으로 내몰았다. 두 눈에서 쏟아지는 눈물 때문에 앞이 보이지 않을 정도였다. 그러나 아무리 슬프게 운다고 한들, 그것이 다 무슨 소용이란 말인가? 그녀는 무슨 일이 있어도 투르누스를 찾아내야만 했다.

그녀가 떠나자마자 조용하던 전장은 또다시 지옥으로 돌변했다.

슬픔의 고통을 이기지 못한 볼스키족 병사들은 분노에 치를 떨며 앞뒤 가리지 않고 조심성 없이 적군에게 덤벼들었고, 그러다 많은 수의 병사들이 목숨을 잃고 말았다.

또한 라틴 병사들 역시 전투에 지칠 대로 지친 상태였다. 승리의 여신처럼 그들 앞에서 말을 달리던 카밀라의 죽음은 그들에게 불길한 예감을 주었다. 게다가 여기서 이렇게 목숨을 걸고 전투를 하는 것은 모두 투르누스 한 사람 때문인데, 정작 당사자인 투르누스는 대체 어디 있는 걸까? 그는 보병대를 이끌고 산속 어딘가 안전한 곳에 숨어 매복이나 하고 있을 뿐이다!

그들은 이제 언덕을 넘어 자신들을 보호해줄 라우렌툼 성벽이 있는 곳으로 천천히 후퇴하기 시작했다.

루툴리 병사들마저 마지못해 전투에 임했다. 그들을 이끌던 장수들 대부분이 이미 전사했고, 오합지졸이 된 병사들은 불안한 마음에 안절부절 어찌할 바를 몰랐다. 이제 뭘 어떻게 해야 하나? 한 사람도 남김없이 모두 다 죽을 때까지 계속해서 싸워야 하나, 아니면 성안으로 후퇴해 도시를 방어해야 하나? 어째서 투르누스는 위험에 처한 자신들을 도와주지 않고 이대로 방치해두는 걸까?

어떻게 해서 그런 일이 일어나게 되었는지, 후에 아무도 설명할 수 있는 사람이 없었다. 그러나 어쨌든 일은 벌어지고야 말았다. 볼스키족 기병대가 자기들끼리 몰래 약속이라도 한 것처럼 갑자기 한꺼번에 말을 돌리더니, 방패로 등 뒤를 가리고 도망친 것이다.

그 모습을 본 라틴 기마병들은 기가 막힌 듯 그 자리에 멍하니 서 있었다. 그러더니 곧 그들도 이 순간만을 기다려왔다는 듯 함께 도망치기 시작했다.

트로이 병사들, 에트루리아 병사들, 아르카디아 병사들은 모두 한동안 믿기지 않는 듯 그 모습을 바라보고 있다가, 곧 귀가 찢어질 듯한 승리의 함성을 질러댔다.

이제 남은 건 몇 안 되는 루툴리 병사들이었다. 그러나 그들마저도 결국 전투를 포기하고 말았다.

그때부터 미친 듯이 쫓고 쫓기는 사냥이 시작되었다. 언덕을 오르고 언덕을 내려가며, 말을 탄 병사들이 도망을 가든 그 뒤를 쫓든, 너 나 할 것 없이 헐떡이며 가쁜 숨을 몰아쉬는 말에 채찍질을 가했다. 여기저기서 말들이 비틀거리다 쓰러지면서 등에 탄 주인을 땅바닥에 내동댕이쳤다. 서로 거칠게 쫓고 쫓기면서 무리들은 쓰러진 말과 병사들을 밟고 뛰어넘으며, 점점 라우렌툼을 향해 가까이 다가갔다.

라우렌툼 성벽 위 탑 위 그리고 성문 앞에는 방위대가 보초를 서고 있었다. 그러나 성안에 있는 이들 대부분이 노인이거나 여자, 어린아이 들이었다. 그들은 성을 향해 점점 다가오는 기병대 무리를 깜짝 놀라 바라보았다. 달려오는 무리들을 둘러싸고 검은 먼지구름이 자욱하게 일었다.

그래서 보초병들은 그들이 적군인지 아군인지 도무지 분간을 할 수가 없었다. 도망쳐 오는 무리들이 분명 아군일 거라고 생각한 보초병들은 그들이 성문 앞으로 가까이 다가왔을 때, 아군을 받아들이려고 성문을 활짝 열었다.

그러나 바로 눈앞에서 트로이와 아르카디아 병사 들의 무기들이 춤을 추고, 거세게 큰 소리로 외쳐대는 에트루리아 병사들의 승리의 함성이 귓가를 울리는 순간, 보초병들은 자신들이 큰 실수를 했음을 깨달았다.

너무도 당황한 그들은 곧바로 허둥지둥 온 힘을 다해 성문을 다시 닫았다. 그 바람에 성문 안으로 채 들어오지 못한 많은 수의 아군들이 모두 죽임을 당해야 했다.

아카가 마침내 투르누스가 매복하고 있는 곳 가까이까지 다가갔을 때는, 이미 회색빛 어둠이 나무들 사이로 내려앉아 있었다.

아카는 벌써 한참 전부터 말을 버리고, 걸어서 험한 산길을 가야 했다. 앞으로 한 걸음을 떼어놓기가 힘들 정도로 무성하게 자란 수풀, 험한 바위들, 계곡을 지날 때마다 힘겹게 길을 찾아 앞으로 나아가야 했다. 가끔은 덤불 아래 쪼그리고 앉아 잠깐이나마 지친 몸을 쉬기도 했다. 그러면서 두근거리는 가슴으로 사방에서 들려오는 소리에 귀를 기울였다. 이따금 멀리서부터 무기들이 서로 부딪히며 절그럭거리는 소리, 알아들을 수 없는 불분명한 사람들의 말소리가 들려오는 것 같기도 했다. 이 끝없이 넓은 숲속 어딘가에 투르누스가 병사들을 이끌고 매복해 있다는 사실을 아카는 알고 있었다.

그러나 적들 역시 이 숲 어딘가에 있을 것이다. 무슨 일이 있어도 그들 눈에 발각되어선 안 된다!

목숨을 잃는 것이 두려워서가 아니었다. 카밀라가 한 명령을 지키기 위해서였다. 아카는 반드시 투르누스를 찾아내, 카밀라의 말을 그에게 전해야 했다!

한동안 바위투성이의 계곡을 걸어가던 아카는 차라리 산꼭대기로 올라가 그 위에서 아래를 내려다보는 것이 나을 것 같다는 생각이 들었다. 그래서 그녀는 바로 옆에 있는 가파르고 수풀이 무성하게 우거진 절벽을 엉금엉금 기어서 올라가기 시작했다. 갑자기 어디에선가 억센 팔이 튀어나와 아카를 잡아끌었고, 아카는 너무 놀라 숨이 멎을 지경이었다.

"햐, 이것 봐라!" 억센 팔의 주인이 으름장을 놓았다. "우리 외에는 아무도 없는 이 절벽에 도대체 뭘 찾을 게 있다고 엉금엉금 기어 다니고 있는 거냐? 이리 가까이 와라, 널 좀 가까이에서 봐야겠다! 넌 정말 피부가 뽀얗구나!"

"이 팔 놓으시오!" 아카는 씩씩거리며 마치 성난 야생 고양이처럼 몸부림쳤다. 그러나 곧 자기를 잡아챈 두 병사가 루툴리인들임을 확인한 그녀는 안도의 한숨을 내쉬었다.

루툴리 병사들은 곧 아카를 놓아주고는 어안이 벙벙해서 그녀를 쳐다보았다. "당신은 카밀라와 늘 함께 다니던 그 심복 아니오?" 두 병사들 중 하나가 이렇게 말하며, 뭔가 석연치 않다는 듯 이맛살을 찌푸렸다. "도대체 여기서 뭘 하는 거요?"

아카는 또다시 밀려오는 고통에 가슴이 저렸다. 빨리 말을 하는 수밖에 없었다.

"카밀라가 죽었소." 그녀는 단호하게 말했다. "그러니 날 당장 투르누스에게로 데려다주시오…… 그렇지 않으면 앞으로 일어날 모든 일들은 당신들 책임일 것이며, 당신들은 그 대가로 목숨을 내놓아야 할 것이오!"

루툴리 병사들은 아카가 하는 말에 고분고분 따랐다. 그녀가 가져온 소식이 너무도 심각해 보였기 때문이다. 그들은 앞장서서 절벽을 기어올랐다. 올라가는 길에 아카는 사방의 수풀 속에, 그리고 나무 위에 루툴리 병사들과 라틴 병사들이 몸을 숨기고 앉아 있는 모습을 보았다. 그들은 모두 활과 화살통, 투창 등으로 무장을 하고 있었다.

저 위의 산꼭대기에도 수많은 보병들이 매복해 있었다. 사방에 보초병들이 서 있었고, 절벽 끝에는 돌덩이들과 조각으로 부숴낸 바윗돌들이 무더기로 쌓여 있었다. 적군이 저 아래 계곡에 모습을 드러내면, 그 즉시 그 돌들을 밀어서 아래로 떨어뜨릴 계획이었다. 그러나 적군의 모습은 어디에서도 보이지 않았고, 소리조차 들리지 않았다. 정찰을 위해 멀리 보낸 병사들도 아직껏 한 사람도 되돌아오지 않고 있었다.

투르누스는 불안한 마음으로 산등성이를 이리저리 서성이

며, 사방으로 보낸 정찰병들의 소식을 초조하게 기다렸다. 양쪽의 기마병들 사이에서 이미 오래전에 전투가 시작됐을 텐데, 어떻게 되어가고 있을까? 그가 이렇게 산속에서 아무것도 하지 않고 매복만 하고 있는 사이, 라우렌툼에서는 어떤 일이 벌어졌을까?

갑자기 투르누스의 시선이 날카롭게 변했다. 그의 걸음이 빨라지기 시작했다. 아카가 이곳에 무슨 일로 온 걸까?

투르누스는 뭔가 나쁜 예감이 엄습해오는 것을 느꼈다. "무슨 일이오?" 마침내 아카가 그 앞으로 다가왔을 때, 그는 다급하게 물었다. 그러나 아카가 채 입을 열어 대답하기도 전에, 이미 답을 알고 있는 듯한 느낌이었다.

"카밀라가 죽었습니다." 아카는 다시 한 번 아까 한 말을 되풀이했다. 피곤함과 슬픔에 지친 그녀의 목소리는 아무런 굴곡도 없이 단조롭게 울렸다. "카밀라는 죽어가면서 당신에게 다음과 같은 소식을 전하라고 했습니다." 아카는 계속해서 말했다. "서둘러 라우렌툼으로 돌아가십시오. 도시가 큰 위험에 처했습니다."

말을 모두 마친 아카는 곧장 몸을 돌려 바닥에 놓여 있던 나무줄기 위에 걸터앉았다. 마치 앞으로 일어날 모든 일들이 그녀와 아무런 상관도 없다는 듯한 태도였다.

투르누스는 아무것도 눈에 들어오지 않았다. 머릿속이 텅 비고 어디선가 둔중한 고통이 몸을 뚫고 들어오는 것만 같았다. 카밀라…… 아름답고 용감하고 전투에 능한 카밀라! 그런 그녀가 죽었다는 사실이 도무지 믿기지 않았다. 그러나 그것은 엄연한 사실이었다.

그러다 갑자기 그는 화들짝 놀랐다. 지금 아카가 가지고 온 이 소식…… 도시를 떠나지 말라는 말은 이미 그전에 카밀라가 직접 경고했던 바가 아니었나? 어째서 그는 그녀의 충고에 귀를 기울이지 않았던가? 그는 이미 오래전부터 카밀라의 말이 항상 옳다는 것을 알고 있었다. 세상에 맙소사, 여기서 오지도 않는 적을 기다리며 아무것도 하지 않는 동안, 그에 대해 곰곰이 생각해볼 시간이 충분히 많았는데! 어쩌면 적군은 지름길이 아닌 다른 길을 돌아 산을 넘고 있을지도 모를일이었다. 어쩌면 적들은 이 시각에 벌써 아무런 방해도 받지 않고 도시 가까이까지 진군했을지도 모를 일이다……

얼음장같이 싸늘한 공포가 투르누스를 휘감았다.

라우렌툼에는 라비니아가 있다. 물론 늙은 라티누스 왕도 있다. 그러나 분명 왕에게는 자기 딸을 철통같이 보호할 능력이 없을 것이다!

투르누스는 장수들을 불러 모았다. "우리는 라우렌툼으로 다시 돌아갈 것이오!" 투르누스가 침울하게 말했다. 라틴 병사들이 분노에 찬 눈길로 그를 쏘아보는 것이 느껴졌다. 투르누스는 그들이 그들의 아내와 아이들이 있는 도시를 떠나는 것을 얼마나 꺼렸는지 잘 알고 있었다.

"어째서 처음부터 그곳에 머물러 있지 않았던 겁니까? 지금 트로이 병사들이 우리보다 먼저 그곳에 도착해 있을지도 모르는 일 아닙니까?" 갑자기 투르누스의 등 뒤에 대고 누군가가 큰 소리로 외쳤다. 투르누스는 몸을 홱 돌렸다. 그러나 그는 누가 그 말을 했는지 분간할 수 없었다. 라틴 병사들의 얼굴은 모두 하나같이 어둡게 변해 있었고, 적개심에 불타올랐다. 누가 그런 말을 했는지 아무도 알려주는 이가 없었다.

병사들은 빠른 속도로 철수 준비를 마쳤다. 그들은 최대한 걸음을 재촉해 아침에 왔던 길을 다시 되돌아갔다.

그러나 그들이 떠나고 텅 비어버린 산은, 그로부터 오래지 않아 다시 병사들의 발걸음으로 분주해졌다. 어둑어둑 어둠이 내리기 시작한 산등성이 위로 그림자 같은 형상들이 조심스럽게 앞으로 기어 나갔다. 그들은 트로이군이 보낸 첫번째 정찰병들이었다. 적병들이 매복했던 흔적을 발견한 정찰병들은 곧장 지휘자들에게 가서 그 사실을 알렸다.

그렇게 해서 그날 밤, 양쪽 군대가 아주 근소한 거리를 두고, 같은 길을 따라 라우렌툼을 향해 진군하는 결과를 낳았다.

가끔 라틴 병사들 중 몇 명만이 어둠에 잠긴 숲 뒤편을 돌아다니며 귀를 기울이곤 했다. 어딘가 멀리서부터 웅성거리는 소리가 들려오는 것 같은데? 설마, 아마도 지금 들고 가는 이 무기들이 부딪히면서 쩔렁대는 소리가 숲속에서 메아리쳐 들려오는 거겠지……

그들은 그렇게 단순하게 생각했다. 뭔가를 오래 생각하기에 그들은 너무도 지쳐 있었다.

13

다음 날 아침이 되자 라우렌툼 성벽 앞에는 모든 군대들이
포진을 끝냈다. 동쪽으로는 트로이와 에트루리아의 보병들,
그리고 앞선 전투에서 살아남은 아르카디아의 기마병들이 진
을 쳤다. 서쪽으로는 라틴 병사들과 루툴리 병사들, 그리고
밤사이 참호와 방벽 뒤에서 힘들게 몸을 숨기고 있던 동맹군
들이 밖으로 나와 정렬했다. 아침에 보니, 라틴 병사들은 그
수가 엄청나게 줄어 있었다. 대다수가 밤의 어둠을 틈타 살금
살금 성문으로 기어가서, 보초병들이 열어준 문을 통해 성안
으로 들어가 어디론가 숨어버렸기 때문이다.

투르누스는 자기 진영을 한 바퀴 죽 돌아보며 병력이 눈에
띄게 줄어든 것을 확인하고는 경악을 금치 못했다. 그곳에 남

아 있는 병사들도 그가 지나갈 때마다 불평불만이 가득한 도전적인 눈빛으로 그를 쏘아보았다. 루툴리 병사들마저도 그를 지겨워하는 것 같았고, 전투에 지친 기색이 역력했다.

여기저기서 그의 귀에 들리게 불만을 터뜨리는 소리가 터져 나왔다.

갑자기 그는 몸을 움찔했다. "내가 듣기론 아이네아스는 우릴 상대로 전투를 벌일 생각이 전혀 없었다는군." 누군가가 말했다. "그는 투르누스에게 결투를 신청했다는구먼. 그런데 투르누스가 결투를 하는 대신, 우리를 전쟁에 끌어들여 자길 위해 죽게 만들고 있는 거지!"

순간 투르누스는 온몸이 돌로 변한 것처럼 그 자리에 우뚝 멈춰 섰다. 분노와 수치스러움에 온몸의 피가 거꾸로 솟는 것 같았다. 병사들이 그에 대해 그렇게까지 심한 말을 할 줄이야!

자존심 강한 투르누스는 그런 상황을 더 이상 견딜 수 없었다!

'부당하게 나를 모욕하는 저들의 입을 당장 막아버려야겠다!' 투르누스는 화가 나서 생각했다.

그는 잠시 트로이 진영을 건너다봤다. 그들은 보초병 몇몇을 세워놓았을 뿐, 어디에서도 전투를 시작하려는 기미는 보이지 않았다. 그것을 확인한 투르누스는 걸음을 재촉해 성벽이 있는 곳으로 갔다.

성문을 지키고 있던 보초병이 그를 알아보고 들여보내 주었다. 그는 곧장 왕궁으로 올라갔다. 옥좌가 있는 홀의 문 옆에 서 있는 하인에게 왕을 만나러 왔노라고 전했다.

투르누스가 홀 안으로 들어오는 모습을 본 라티누스 왕은 놀라면서도 걱정스러운 표정을 지었다. "이렇게 이른 시간에 무슨 일이오?" 왕이 말했다. "어찌 됐든 나쁜 소식이 아니기만을 바랄 뿐이오!"

"내일이면 전쟁이 끝나게 될 거란 말씀을 드리러 왔습니다." 투르누스는 여전히 화가 난 채로 말했다.

왕이 그를 물끄러미 바라보았다. "그게 대체 무슨 말이오?"

"내일 아이네아스를 상대로 둘만의 결투를 벌일 생각입니다! 이 대결로 모든 것이 결정되고, 나머지 병사들은 더 이상 싸울 필요가 없을 겁니다. 내 이 두 손이 그 트로이 놈을 오르쿠스로 보내버린다면, 라비니아와 이 나라는 내 차지가 될 것입니다! 하지만 운명이 그것을 허락지 않아 아이네아스가 승리를 거둔다면, 그가 라비니아의 남편이 되고 이 나라의 주인

514

이 되겠지요. 요청컨대, 이 모든 일에 대한 협정을 맺을 수 있게 중재해주십시오! 우리 세 사람은, 그러니까 당신과 아이네아스와 나는 먼저 신들께 제물을 바치고 맹세를 하여 우리의 협정을 신성하게 하고, 그에 대한 효력을 부여받을 것입니다!"

라티누스 왕은 투르누스가 하는 말을 진지하게 귀담아들었다. 한동안 침묵하며 깊은 생각에 잠겨 있던 왕은 마침내 말문을 열었다. "투르누스, 당신은 아직 젊소. 젊음이란 때때로 혈기에 넘쳐 흥분하기 쉬우며, 손에 넣을 수 없는 것들을 손에 넣을 수 있다고 착각하게 만들기도 하오. 반면, 나는 나이가 많이 들었소. 나이가 많다는 것은 인간이 가진 많은 것들을 앗아가기도 하지만, 그 대신 적어도 한 가지만큼은 가져다준다오. 그것은 바로 현명함이라는 것이오. 그러니 내가 지금부터 하는 말을 잘 새겨듣길 바라오! 당신은 언젠가 당신의 아버님인 다우누스의 나라를 물려받게 될 거요. 그 외에도 당신은 이미 다른 많은 도시들을 직접 싸워 정복해왔소. 그러니 당신은 장차 막강한 권력을 가진 왕이 될 테고, 내가 가진 이 나라쯤은 포기해도 좋을 것이오. 또한 라티움에는 청혼하기에 전혀 손색없는 고귀한 가문 출신의 훌륭한 처녀들이 많이 있소. 그런데 어찌하여 라비니아 하나 때문에 목숨을 건 위험한 결투를 하려는 것이오? 이 한 가지만큼은 확실하오. 만약 당신이 아이네아스를 상대로 결투를 벌인다면, 당신은 이미 죽은 목숨이나 마찬가지요! 그는 당신보다 훨씬 나이도 많고, 훨씬 강하오. 또 그만큼 전투 경험이 많은 사람은 이 세상에 없소. 내 충고하건대, 그 무모한 모험에서 그만 손을 떼시오!"

그러나 투르누스는 세차게 고개를 저었다. "내 걱정일랑 마십시오!" 그는 억지를 부리며 말했다. "나는 약하지도, 경험이 적지도 않습니다. 그리고 난 그 트로이 놈을 싸워보지도 않고 피하고 싶지는 않습니다! 더 이상 말씀드리는 것은 시간 낭비일 것 같군요."

말을 마친 투르누스는 굳은 결심과 함께 돌아서서 그 자리를 박차고 나와버렸다.

진영으로 돌아온 투르누스는 심복 중 한 명을 불렀다. "날 위해 한 가지 해야 할 일이 있다." 그가 말했다. "트로이 놈 아이네아스에게 가서 다음과 같은 소식을 전하도록 해라. 즉, 내일 아침 해가 뜨면 둘만의 결투를 벌이기 위해 내가 성벽 앞에서 기다리고 있겠노라고 전해라. 양쪽 진영의 병사들과 라우렌툼의 백성들이 이 대결의 증인이 될 것이다. 둘 사이의 결투로 이번 전쟁을 끝내자고 전해라."

한편, 저 아래 라티움에서 벌어지는 일들에 한시도 눈을 떼지 않고 주의 깊게 내려다보고 있던 모든 신들의 여주인 유노는 투르누스의 말을 듣는 순간, 화가 나서 자리에서 벌떡 일어섰다. "저런, 불행을 자초하는 멍청이 같으니라고!" 그녀는 소리를 질렀다. "내가 어쩌자고 너 같은 인간을 구하려고 그토록 애를 써왔단 말이냐? 이제 넌 네 운명을 더 이상 벗어날 수 없다. 아이네아스는 너와 나를 이기고 마침내 행복하게 목적을 달성하게 되겠지. 어떻게 해야 내가 그것을 막을 수 있을까? 내가 만약 너희들의 결투에 직접 끼어들기라도 하면, 난 유피테르의 진노를 면할 수 없을 것이다! 또한 여기 있는 다른 불사의 신들 중 어느 누구도 날 위해 대신 그 일을 해주려 하지도 않을 테고. 가만…… 아, 유투르나*를 잊고 있었구나! 유투르나라면 나와 투르누스를 도와줄 것이다!"

다급한 순간에 해결책을 찾은 것이 너무도 기뻤던 유노는 한결 가벼워진 마음으로 요정 유투르나를 불러들였다.

---

* (옮긴이) 투르누스의 여자 형제로 등장하는 유투르나는 다른 자료에서 누나 혹은 여동생으로 그려지기도 하는데, 이는 우리말 번역에 따른 선택으로 보인다. 이 책에서 레히너는 쌍둥이 남매로 묘사하였다.

유투르나와 투르누스는 쌍둥이 남매였다. 유피테르가 한 때 그녀의 아름다움에 매료되어 그녀를 사랑하게 되었고, 그 후로 그녀를 불사의 신들이 있는 곳으로 불러들였다. 투르누스를 너무나 사랑했던 유투르나는 요정이 된 후에도 가끔씩 사람의 모습으로 변해 그의 주변을 맴돌며 온갖 방식으로 그를 도와주곤 했다.

모든 신들의 여주인 유노로부터 투르누스가 지금 처한 곤경에 대해 전해 들은 유투르나는 너무도 깜짝 놀랐다.

"만약 투르누스가 죽임을 당해 저 아래 그림자들의 나라로 내려가게 되면, 난 두 번 다신 그를 만나볼 수 없을 텐데. 그렇게 되면 내가 가진 이 불사의 능력이 다 무슨 소용이란 말인가!" 유투르나는 탄식했다.

"넌 투르누스를 불행으로부터 충분히 구해낼 수 있다!" 유노가 다급히 말했다. "지금 당장 라티움으로 내려가, 내일 벌어질 결투를 막도록 해라. 만약 결투가 벌어지면, 그는 필경 아이네아스의 손에 죽임을 당하게 되기 때문이야! 네가 가진 모든 능력을 끌어모아 결투를 막아야 한다! 내일 저들이 신들 앞에서 맹세하며 협정을 맺을 때, 그것을 깨뜨리고 다시 전쟁이 일어나게 만드는 한이 있더라도…… 난 아무 말 하지 않겠다! 무슨 뜻인지 알아들었겠지!"

말을 다 마친 유노는 걱정과 불안에 휩싸인 요정 유투르나를 혼자 남겨둔 채 그 자리를 떠나버렸다……

첫새벽의 여명이 하늘 위로 번지기가 무섭게 유투르나는 땅으로 내려와 라티움으로 향했다.

라우렌툼 성벽 앞에는 벌써 사람들이 모여 두 사람의 결투 준비를 하느라 분주히 움직이고 있었다. 라틴인들은 제단을 쌓고 제물로 바칠 짐승들을 데려왔고, 루툴리인들과 트로이인들은 합심하여 결투장의 경계를 표시하는 도랑을 팠다. 어떤 이들은 제단에 놓을 화로를 가져왔고, 또 어떤 이들은 맑은 물을 길어오려고 강으로 갔다.

사제들이 도시 안에 있는 신전에서 신상과 제기들을 내왔다. 양쪽 진영의 병사들은 무장을 한 채로, 결투장을 중심으로 넓고 둥근 원을 그리며 모여들었다. 그들은 땅바닥에 주저앉아 창을 바닥에 꽂고 거기에 방패를 기대어 세워두었다.

무장을 하지 않은 라우렌툼의 백성들은 지붕 위나 성벽 위로 올라가 자리를 잡고 앉았다. 그동안의 모든 걱정과 근심에 종지부를 찍어줄 두 영웅의 목숨을 건 대결을 한 장면도 놓치지 않기 위해서였다.

그러나 그날 하루가 다 지나기 전에 많은 일들이 더 벌어질 터였다.

바로 그 순간 태양이 산 뒤편에서 하늘 위로 솟아올랐고, 그와 동시에 넓은 성문이 활짝 열렸다. 네 마리의 검은 말이 끄는 황금 전차를 탄 라티누스 왕이 맨 처음으로 모습을 드러냈다. 그의 손에는 왕홀이 들려 있었고, 머리에는 황금으로 된 열두 줄기의 빛살 장식이 달린 왕관을 쓰고 있었다. 그 왕관은 라티누스 왕이 태양신인 솔*의 후예라는 것을 상징하는 것이었다.

오른편에서는 아이네아스가 에우안데르 왕에게 선물 받은 값진 쌍두전차를 타고 앞으로 나왔다.

반대편에서는 투르누스가 눈처럼 흰 백마들이 끄는 전차를 타고 나왔다.

그들은 들고 있던 고삐를 옆의 마부에게 건네주곤 전차에서 뛰어내렸다. 아이네아스가 맨 먼저 제단 앞으로 나가 제단 위로 소금과 곱게 빻은 보릿가루를 뿌린 뒤, 그 위에 포도주와 제물로 잡은 짐승의 피를 뿌렸다.

그러고는 칼을 뽑아 들고 경건한 마음으로 맹세를 시작했

* (옮긴이) 그리스 신화에서 헬리오스에 해당하는 고대 로마의 태양신.

다. "모든 신과 인간 들의 아버지 유피테르시여, 높은 올림푸스에 있는 모든 불사의 신들이시여, 땅의 신들이시여, 샘물과 강의 신들이시여, 당신들을 이 자리에 증인으로 부르나이다! 루툴리인 투르누스가 결투에서 나를 이기게 되면, 내 아들 아스카니우스 율루스는 나의 모든 백성들을 이끌고 이 나라를 떠나 다시는 이곳으로 돌아오지 않겠나이다. 그러나 만약 내게 승리가 주어진다면, 다음과 같은 것을 지키겠노라고 맹세하나이다. 먼저, 트로이인들은 절대로 이탈리아 백성들을 지배하려 들지 않을 것입니다! 우리는 서로 굳은 동맹 관계를 맺을 것이며, 모든 사람들에게 공평하게 적용되는 법을 만들 것입니다! 그리고 우리 각자의 신들을 모두 함께 모실 것입니다! 나는 백성들과 함께 우리가 살아갈 도시를 새로 만들겠습니다. 그러나 이 나라 전체를 다스릴 최고의 주권은 딸을 내게 아내로 줄 라티누스 왕이 가지게 될 것입니다. 이 맹세는 앞으로 영원히 지켜질 것입니다!"

다음으로 라티누스 왕이 맹세를 했다. "하늘과 땅의 모든 신들이시여, 지금 맺어지는 협정이 내 자신이나 혹은 이 협정을 맺는 당사자들에 의해 절대로 깨지지 않을 것을 맹세하나이다! 아우소니아인들과 다르다누스의 후예들 사이에는 언

521

제나 평화와 우정만이 지속될 것이며, 그들은 하나가 되어 길이길이 살아갈 것입니다."

투르누스가 앞으로 나오자 사방에 깊은 정적이 감돌았다. 그의 얼굴은 창백했으며, 아이네아스 옆에 선 그의 모습은 갑자기 이상할 정도로 어리고 불안해 보였다.

사람들의 눈에 띄지 않게 모습을 감춘 유투르나가 가엾은 투르누스를 근심 어린 눈으로 지켜보고 있었다. 그녀는 재빨리 그 옆에 가서 섰다. 그러나…… 도대체 어떻게 해야 이 끔찍한 결투로부터 불쌍한 투르누스를 보호할 수 있단 말인가? 아이네아스는 이미 승리를 확신하듯 저렇게 당당하고도 차분하게 서 있는데…… 유투르나는 절박한 심정으로 묘책을 궁리했다. 그러나 아무리 애를 써도 좋은 생각이 떠오르지 않았다.

그런데 뜻밖에도 루툴리 병사들이 앉아 있는 곳에서 불안한 소동이 일기 시작했다. 쉽게 변하는 것이 인간의 마음인지라 좀 전까지만 해도 열심히 두 사람의 결투를 요구했던 루툴리 병사들이었건만, 정작 결투가 코앞으로 다가오자 이 대결이 갑자기 너무도 불공평하게 느껴졌다. 투르누스가 결투에서 질지도 모른다는 생각만으로도 그들은 마음이 언짢아졌다. 게다가 만약 아이네아스가 승리를 거둔다면, 트로이인들이 어떤 태도로 나오게 될지는 아무도 모를 일이었다!

이미 맹세가 끝난 협정에 대해 곧 여기저기서 이의를 제기하는 목소리들이 터져 나왔다. 아차, 아직 투르누스가 맹세를 하기 전이지 않은가! 투르누스는 지금 아무 말도 하지 않고 고개를 푹 숙인 채 제단 앞에 서 있었다. 주위에 둘러앉은 병사들은 물론이고, 성벽 위에서 구경하던 백성들도 모두 궁금한 마음에 고개를 앞으로 쭉 내밀었다.

바로 그 순간, 유투르나는 필사적인 결심을 한 가지 했다. 이랬다저랬다 하길 잘하는 저 루툴리 병사들을 다시금 전투로 내몰기는 그리 어려운 일이 아니었다. 그렇게 해서 전투의 소용돌이가 한 번 더 휘몰아치기만 하면, 그녀는 아이네아스와 투르누스를 서로 맞닥뜨리지 않게 손을 쓸 것이다. 물론 유투르나는 지금 마음속으로 계획한 일들을 실행에 옮기는 게 자신에게 허락되지 않은 일이라는 것을 잘 알고 있었다. 만약 그 사실을 유피테르께서 알게 되는 날에는 그녀에게 끔찍한 형벌을 내릴 것이다. '아무리 그렇더라도 나는 투르누스를 구해야 한다…… 그런 다음 내게 생길 일들에 대해서는 관심도 없다!' 유투르나는 생각했다.

그래서 그녀는 자신에게 부여된 능력을 동원해, 하늘에 어떤 징조가 나타나도록 손을 썼다.

갑자기 엄청나게 크고 시커먼 독수리 한 마리가 태양 아래 모습을 드러내더니, 해안을 향해 날아오기 시작했다. 해안에 있던 한 무리의 물새떼가 독수리에게 쫓겨 사방으로 흩어졌다. 그러자 독수리는 물 위에 떠 있던 눈처럼 새하얀 백조를 날카로운 발톱으로 낚아채 하늘 높이 날아올랐다. 그러나 흩어졌던 물새들이 다시 의기투합해 모여들더니 다 함께 독수리를 사납게 공격했다. 그러자 독수리는 하는 수 없이 백조를 다시 놓아주고는 도망치기 시작했다. 독수리는 바다 건너 먼 곳으로 날아가 영영 모습을 감추고 말았다.

그 자리에 모인 사람들 모두가 숨죽인 채 그 광경을 똑똑히 보았다. 곧 루툴리 병사들 사이에서 덩치 큰 남자 하나가 벌떡 일어섰다. 예언자 톨룸니우스였다. 그는 새들이 날아다니는 모습을 보고 미래에 일어날 일을 알아맞히는 것을 업으로 삼는 사람이었다. 그는 창을 머리 위로 높이 들고 흔들었다. "루툴리 병사들과 아우소니아의 모든 병사들이여." 그가 큰 소리로 외쳤다. "방금 우리가 본 것은 내가 오랫동안 기다려온, 신들께서 보내신 징표입니다! 그것이 무엇을 의미하는지 한번 들어보시기 바랍니다. 한 이방인이 우리 땅으로 쳐들어와 그의 병력과 전쟁에서의 명예를 가지고 우리를 위협합니다. 그러나 우리 모두가 합심하여 노력하면, 그 이방인을 멀리 쫓아낼 수 있습니다."

말을 마친 톨룸니우스는 들고 있던 창을 바로 맞은편에 앉아 있던 에트루리아 병사들을 향해 내던졌다.

에트루리아 병사들 맨 앞줄에는 마침 아홉 형제가 나란히 앉아 있었는데, 창은 그중 제일 막내의 가슴에 날아가 꽂혔다. 슬픔과 분노에 휩싸인 나머지 형제들이 곧 무기를 집어 들고, 창을 던진 사람을 응징하기 위해 그를 향해 달려들었다.

모여 앉은 병사들 위로 거대한 소용돌이가 휩쓸고 지나가는 듯했다. 눈 깜짝할 사이에 모든 병사들이 자리에서 한꺼번에 우르르 일어났다. 고함 소리가 여기저기서 터져 나오고, 창들이 우박처럼 하늘에서 후드득 쏟아졌다.

병사들은 말릴 틈도 없이 험상궂은 얼굴로 서로를 향해 달려들었다. 마치 모두가 광기에 사로잡힌 듯했다. 칼집을 벗어난 칼들이 공기를 가르고 위로 번쩍 치켜들리더니, 다시 아래로 내리꽂혔다. 계속해서 그렇게 칼들이 난무했다. 계속해서 끊임없이……

방금 전에 맹세한 평화는 도대체 어디로 자취를 감춘 것일까?

당황한 라티누스는 모욕당한 신상들을 제단 위에서 황급히 거두어 성안으로 도망쳐 들어갔다.

아이네아스는 여전히 제단 앞에 서 있었다. 머리에는 투구도 쓰지 않고 갑옷도 입지 않았으며 손에 무기도 없었다. 이제까지의 그의 모든 정의로운 노력들이 또다시 물거품이 되는 모습을 뼈아프게 지켜봐야 했다. 그는 동료들을 불렀으나 허사였다. "친구들이여, 이게 무슨 짓인가? 라티누스 왕과 나는 평화를 맹세했건만, 자네들은 또다시 전투를 시작하려는 건가! 칼을 도로 집어넣게! 우리가 맹세한 협정에 따르면 오직 투르누스와 나에게만 결투가 허락되었네!" 하지만 아무도 아이네아스의 말을 듣는 이가 없었다. 사람의 말소리가 들리기에는 무기에서 울려 나오는 소음이 벌써 너무나 커져 있었다.

어디에선가 깃털 장식이 달린 가느다란 화살 하나가 날아왔다. 화살은 마치 춤을 추듯 멋진 곡선을 그리며 아이네아스를 향해 곧장 날아들었다.

화살은 아이네아스의 무릎 바로 위에 가서 꽂혔다. 쇠로 된 화살촉은 근육과 혈관과 심줄을 뚫고 다리뼈 깊숙이 박혔다.

아이네아스는 마치 번개에 맞은 사람처럼 그 자리에서 쓰러졌다.

이제껏 살아오면서 아이네아스에게 그런 일은 처음이었다. 그는 너무도 화가 나서 빨리 자리에서 다시 일어나려 했다. 그러나 그럴 수 없었다.

그는 상처에 박힌 화살을 뽑아내려고 무진 애를 썼다. 그러나 화살은 아이네아스의 다리에서 돋아나 거기에 뿌리를 내리고 자라기라도 한 듯 단단히 박혀 있었다. 그와 동시에 아이네아스의 다리에서 흘러나온 피가 바로 옆 모랫바닥 위에 검붉은 웅덩이를 이루고 있었다. 시간이 지날수록 웅덩이는 점점 더 커졌다.

아이네아스는 당황했다. "누군가가 빨리 도와주지 않으면 난 이렇게 피를 흘리다 죽고 말겠구나." 이렇게 생각하며 아이네아스는 상처를 손으로 꾹 눌렀다. 그러나 피는 계속해서 콸콸 쏟아져 나왔다.

아이네아스는 주위를 둘러보았다. 그러나 주변에는 아무도 없었다. 바로 앞에 버려진 제단이 높이 솟아 있었고, 그곳에서 약간 떨어진 넓은 들판 위에선 한창 전투가 벌어지고 있었다.

그런데 투르누스는 어디 있는 걸까? 방금 전까지만 해도 함께 제단 앞에 서 있었는데! 그런데 지금 그는 사라지고 없었다.

아이네아스는 세 명의 병사들이 갑자기 전쟁의 소용돌이에서 떨어져 나와 그를 향해 다급하게 달려오는 모습을 보았다.

그는 이를 악물었다. 만약 지금 달려오는 사람들이 적병들이라면, 그들은 아이네아스를 가차 없이 죽일 것이다!

그러나 다행스럽게도 그들은 적군이 아니었다. 아스카니우스가 맨 앞에 서서 성큼성큼 달려왔고, 그 뒤를 아카테스와 므네스테우스가 따르고 있었다.

그들은 많은 것을 묻지 않았다. 그러기엔 시간이 너무 없었다.

아이네아스를 진영으로 데리고 간 그들은 곧바로 상처를 치료하기 위해 의사 이아픽스를 불렀다. 그러나 이아픽스마저도 그가 가진 모든 능력과 기술을 동원했음에도 화살을 상처에서 빼내지 못했다. 또한 고약과 물에 데친 약초를 사용해 봤지만, 흘러나오는 피를 멈추게 하지 못했다. 그렇다, 아이네아스의 죽음이 시시각각으로 다가오고 있었다. 트로이의 영웅 아이네아스에게 죽음은 그 어느 때보다도 가까이 다가와 있었다……

한편 베누스는 라우렌툼의 성 앞에서 벌어지는 일들을 하나도 놓치지 않고 지켜보고 있었다. 특히 아들에게서는 한시도 눈을 떼지 않았다. "유노가 투르누스를 돕기 위해 요정 유투르나를 내려보냈다면, 내게도 아이네아스를 돕는 것이 허락되어야 한다." 베누스는 이렇게 말하곤 번개처럼 빠른 속도로 크레타 섬에 있는 이다 산으로 날아갔다. 그곳에는 자주색 꽃이 피고 즙이 풍부한 회녹색 잎사귀가 달린 딕탐눔이라는 약초가 자라고 있었다. 바로 야생 염소들이 즐겨 먹는 약초였다. 사냥꾼이 쏜 화살에 맞아 상처를 입은 야생 염소들은 이 약초를 찾아 먹고서, 곧바로 몸에 입은 상처를 아물게 하곤 했다.

베누스는 그 약초를 들고 다시 한 번 번개와도 같이 라우렌툼을 향해 날아갔다.

어느 누구도 베누스가 슬쩍 지나가면서 약초 몇 뿌리를 의사 이아픽스가 아이네아스의 상처를 닦아내고 있는 물속에 집어넣는 것을 보지 못했다.

곧 상처에서 흘러나오던 피가 멎었다. 이아픽스가 믿지 못하겠다는 듯 깜짝 놀라며, 다시 한 번 상처에 박힌 화살을 빼

내려고 조심스레 시도해보았다. 그러자 화살은 너무 쉽게 상처에서 빠져나왔고, 피가 흘러나오던 깊은 상처는 어느새 작고 붉은 반점으로 변해 있었다.

"여신의 아들이여, 지금 이것은 내 의술 때문이 아니라 뭔가 훨씬 더 진기한 기운이 작용했기 때문인 것 같습니다." 의사가 고개를 갸우뚱하며 말했다. "아무 염려 마시고 무장을 하셔도 좋을 것 같습니다. 그리고 원하신다면 지금 곧 다시 전투에 임하셔도 될 것 같군요……"

같은 시각, 투르누스는 벌써 한참 전에 진영으로 돌아와 서둘러 무장을 하고 있었다.

아이네아스가 바로 옆에서 쓰러지는 모습을 본 순간, 투르누스는 다시 한 번 가슴 벅찬 희망에 사로잡혔다. 저 트로이 놈은 이제 두 번 다시 결투를 신청하지 못할 것이다! 그리고 그는, 투르누스는, 아직 평화를 지키겠노라는 맹세를 하지 않았다! 그러니 그는 전투를 계속해도 된다…… 그렇게만 되면…… 두고 봐라, 그가 어떻게 싸울 것인지를!

투르누스는 자리에서 벌떡 일어났다. 그와 동시에 바람처럼 발 빠른 그의 말들이 달려와 그를 싣고, 전투가 한창 벌어지고 있는 전장으로 갔다.

성문 앞에서 투르누스의 전차를 모는 마부 메티스쿠스가 전차 앞에 매여 있던 백마들을 힘겹게 붙들고 있었다.

요정 유투르나가 말들보다 더 빨랐다. 투르누스와 메티스쿠스는 둘 다 유투르나가 전차 위에 올라타는 것을 눈치채지 못했다. 유투르나는 마부 옆에 바짝 붙어 자리를 잡고 앉았다. "결투는 피했지만, 그래도 아직 위험이 모두 지나간 것은 아니다." 유투르나가 혼잣말을 했다. "나는 투르누스를 잘 알고 있어! 이제 그는 몸을 사리지 않고 미친 듯이 날뛰기 시작할 거야."

유투르나의 말은 옳았다.

투르누스는 전투가 벌어지고 있는 들판 위를 전쟁의 신 마르스라도 되는 양 이리저리 휘젓고 다니기 시작했다. 그와 마주치는 병사들은 어느 누구도 살아서 그의 손아귀를 벗어나지 못했다.

갑자기 트로이 진영에서 나온 전차 한 대가 들판 위를 질주하는 모습을 본 유투르나는 깜짝 놀랐다. 전차 위에 한 남자가 붉은 갑옷을 입고 서 있었다. 투구 위에 달린 깃털 장식은 타오르는 불꽃처럼 너울거렸고, 손에 들고 있는 거대한 방패는 햇빛을 받아 찬란하게 빛났다. 너무도 놀란 요정의 입에서 신음 소리가 새어 나왔다. 그는 아이네아스였다! 이제껏 그를 위해 했던 일들이 모두 허사였던 것이다!

이제부터 투르누스와 아이네아스는 서로 절대 맞닥뜨려서는 안 된다! 유투르나는 자리에서 벌떡 일어나 메티스쿠스의 손에 들린 고삐를 낚아챘다. 그러고는 영문을 몰라 어리둥절한 그를 있는 힘껏 전차 밖으로 밀어냈다. 전차에서 떨어진 메티스쿠스는 바닥의 먼지 구덩이 속을 뒹굴었다. 그와 동시에 유투르나는 얼른 메티스쿠스의 모습으로 변신했다.

이제 유투르나가 말을 몰았다. 말들은 등 뒤에서 평소 같지 않게 자신들을 몰아치는 이상한 마부가 무서워 눈을 크게 뜨고 숨을 헐떡거리며 있는 힘을 다해 달리기 시작했다.

유투르나는 아이네아스가 있는 곳에서 점점 더 멀리 말을 몰다가, 가끔 전투가 뜸한 전장 건너편 가장자리까지 돌아나가기도 했다.

그러나 투르누스는 아무것도 눈치채지 못했다. 전투가 치열하게 벌어지는 곳에서 멀어지면, 그는 병사들이 뒤엉킨 곳을 향해 창을 던졌다. 혹은 가끔씩 전차 옆을 말을 타고 스쳐지나가는 트로이나 에트루리아 장수 들을 보면, 재빨리 칼을 빼 들고 달려들어 육박전을 벌이기도 했다.

유투르나는 그 정도는 투르누스에게 그다지 큰 위협이 아니라는 것을 잘 알고 있었다. 투르누스가 가지고 있는 칼 역시 언젠가 불의 신 불카누스가 직접 만든 것이라서, 인간의 손으로 만든 그 어떤 무기도 그 칼 앞에서는 힘을 쓸 수 없었기 때문이다.

투르누스는 아직껏 아이네아스를 보지 못했다. 그가 전장으로 다시 나왔다는 것을 투르누스는 짐작조차 하지 못했다.

유투르나는 계속해서 투르누스에게 잠시도 눈을 떼지 않았다. 그녀는 언제나 들판 위로 큰 원을 그리며 백마를 몰았고, 어디선가 먼지구름 사이로 불꽃처럼 너울거리는 투구 장식과 번쩍이는 방패가 모습을 드러내기라도 하면 곧 말을 반대 방향으로 틀었다.

한편 아이네아스는 계속해서 투르누스를 찾았다. 그는 어느 누구와도 전투를 벌이지 않았고, 어느 누구의 뒤도 쫓지 않았다. 맹세한 대결을 실행에 옮기기 위해 오로지 투르누스만을 찾아 헤맸다.

아이네아스는 오랜 시간을 아무 소득도 없이 이리저리 헤매 다니기만 했다. 그러던 중 어느 순간, 서로 엉겨 붙어 격렬하게 전투를 벌이고 있는 병사들 무리 한복판에 빈 공간이 생졌다.

바로 그 빈 공간 사이로 건너편을 바라보니, 그곳에 백마가 끄는 투르누스의 전차가 눈에 띄었다. 그 위에 황금 갑옷을 입은 투르누스가 서 있었다.

아이네아스는 큰 소리로 그의 이름을 불렀다. 그는 투르누스가 자기 이름을 부르는 소리를 듣고는 고개를 돌리는 모습을 보았다. 그러나 바로 다음 순간, 옆에 있던 마부가 말들에게 거센 채찍질을 가하며 엄청난 속력으로 그 자리를 벗어나는 모습을 보았다.

아이네아스는 고개를 갸우뚱했다. 그의 눈에 비친 저 기이한 상황을 어떻게 이해해야 좋을지 몰랐다. 투르누스는 그를 보지 못한 걸까, 아니면 그를 보고서도 도망치는 걸까?

하는 수 없이 아이네아스는 다시 한 번 투르누스를 찾아 나섰다. 그러나 투르누스는 땅 위에서 감쪽같이 사라진 듯 어디에서도 보이지 않았다.

바로 그때, 다른 쪽에서 전차 하나가 아이네아스를 향해 달려왔다. 전차에는 메사푸스가 타고 있었는데, 그는 전차를 몰고 지나가면서 아이네아스를 향해 투창을 던졌다. 아이네아스는 번개처럼 빠르게 방패 아래로 몸을 숙였다. 창이 투구에 날아와 맞는 바람에 투구에 달려 있던 깃털 장식이 모두 떨어져 나갔다.

그 순간, 아이네아스에게 엄청난 분노가 밀려왔다. 그를 제외한 모든 병사들이 평화 협정 따위는 안중에도 없는 것처럼 행동하는데, 어찌하여 자기 혼자만 그것을 지키려 애써야 한단 말인가? 말도 안 된다, 그는 바보가 아니었다!

그들이 정 그렇게 평화를 내팽개치고 싶어 한다면, 전쟁을 선택할 수밖에 없지!

아이네아스는 곧 말을 돌려 전투가 벌어지고 있는 무리들 속으로 돌진할 태세를 갖췄다.

그러나 바로 그 순간, 아이네아스는 다시 한 번 그 자리에 멈춰 섰다. 저쪽 건너편에서 또다시 백마가 끄는 전차가 그가 있는 곳을 향해 돌진하는 모습이 보였기 때문이다.

아이네아스는 투르누스가 자신을 발견하고는 흠칫 놀라는 모습을 보았다. 그러나 깜짝 놀란 마부가 또다시 서둘러 고삐를 당겼고, 그 바람에 말들은 그 자리에서 앞발을 쳐들고 벌떡 일어서야 할 정도였다. 다음 순간 전차는 심한 모래 먼지를 일으키며 그 자리에서 빙글 한 바퀴 원을 그리며 돌더니, 거친 말발굽 소리와 함께 그 자리에서 도망치고 말았다!

믿을 수 없다는 듯 도망치는 그들의 뒷모습을 쳐다보던 아이네아스는 화가 치밀어 올랐다. 그래, 이제 더 이상 의심의 여지가 없다. 투르누스는 결투를 피하는 것이 분명했다!

그렇다면 이제부터 전쟁은 다른 방식으로 진행되어야 했다. '물론, 그렇게 되면 앞으로는 지금까지보다 훨씬 더 끔찍한 일들이 일어나겠지.' 아이네아스는 생각했다. '그리고 아무 잘못도 없는 사람들이 많이 다치게 될 것이다. 신들께 맹세코, 적어도 나는 이런 식의 전쟁을 하고 싶지 않았다!'

아이네아스는 깊은 생각에 잠겨 도시 쪽을 올려다봤다.

도시는 조용했다. 성벽과 탑 위에서 보초병들이 한가롭게 서 있었다.

트로이 진영에서는 병사들이 새로운 공격을 시도하기 위해 므네스테우스와 세르게스투스를 중심으로 모여들고 있었다. 아스카니우스와 아카테스, 기아스의 모습도 보였다.

아이네아스는 재빨리 말을 몰아 그들이 있는 곳으로 달려갔다. "잘 들어라!" 아이네아스가 말했다. 그의 목소리가 청동처럼 강하게 울렸다. "투르누스가 나와의 대결을 회피하고 있다! 그럼에도 불구하고 이 전쟁은 반드시 끝이 나야 한다. 따라서 우리는 도시를 공격할 것이다! 아르카디아 병사들과 에트루리아 병사들은 여기 남아서 전투를 계속하며 적들을 저지하라. 너희들은 트로이 병사들을 이끌고 라우렌툼 성 안으로 돌격해 들어가라." 아이네아스는 잠시 하던 말을 멈추고 머뭇거렸다. 끔찍했던 과거의 기억이 되살아났기 때문이다. 그날 밤, 트로이가 불타던 밤이……

그러나…… 어쩔 수가 없었다. "온 도시에 불이 붙은 횃불을 놓아 불을 지르도록 하라!" 아이네아스는 거칠게 명령했다. "그래야만 라틴인들이 빠른 시간 안에 항복할 것이다. 그렇게 하는 것만이 여기저기서 전투를 벌이는 것보다 희생자를 더 많이 줄일 수 있는 방법이다……"

트로이 병사들이 저마다 손에 창과 방패를 들고 줄지어 성벽을 향해 다가오는 모습을 본 라우렌툼의 백성들은 경악을 금치 못했다.

노인과 소년 들은 자신들이 힘이 별로 없다는 것을 새삼 깨닫고는 한탄했다. 여인네들은 절박한 심정으로 두 손을 모아 빌며 신들의 이름을 불러댔다.

병사들의 맨 앞줄에서 아이네아스가 전차를 몰고 참호 바로 앞까지 바짝 다가왔다. "라틴인들이여!" 아이네아스는 지붕 위나 탑 위에서도 모두 들릴 정도로 큰 소리로 외쳤다. "너희들의 도시를 파괴하는 것이 내 목적은 아니었다. 하지만 이 전쟁을 끝내기 위해 우리에게 더 이상 다른 방법이 없다. 나는 두 번이나 너희들의 왕이 한 약속을 믿어주었다. 그리고 두 번 다 배신당했다. 너희들이 지금 당하는 운명은 라티누스 왕과 투르누스에게 그 책임이 있다!"

아이네아스의 연설이 끝나자 성안은 울부짖는 소리와 서로 다투는 소리로 들끓었다. 어떤 이들은 속히 트로이 병사들에게 성문을 열어주어야 한다고 주장했고, 또 어떤 이들은 도시를 방어해야 한다고 했다.

사절단 중 하나가 왕궁으로 달려 올라갔다. 왕이 다시 한번 아이네아스와 협상을 벌여야 한다고 전하기 위해서였다. 그러나 라티누스 왕은 그를 다시 돌려보냈다. "나는 이미 너무 늙었다." 왕이 말했다. "그리고 지금 일어나는 일들은 내 힘에 부치는 일들이다. 난 아이네아스와 투르누스, 두 사람 중 누가 옳은지 더 이상 판단할 수 없다."

그렇다, 왕은 전혀 도움이 되지 못했다! 사절단이 왕궁에서 다시 성벽이 있는 곳으로 되돌아오기도 전에, 벌써 머리 위로 불이 붙은 횃불들이 날아들기 시작했다. 횃불들은 지붕과 탑 위로 떨어져 대들보까지 타들어 가기 시작했다.

여기저기서 검은 연기가 솟구쳐 올랐다. 남자들은 불을 끄려고 애썼고, 여자들은 아이들을 안거나 손을 잡고 피난길에 올랐다. 그러나 대체 어디로 가야 한단 말인가? 곧 잿더미로 변해 머리 위로 무너져 앉을 집 안으로 도망가야 하나? 아니면 불이 붙은 화살과 창이 비 오듯 쏟아지는 길거리로 뛰쳐나가야 하나? 아니면 적들이 진을 치고 있는 성문 밖으로?

그 시각에 왕비는 왕궁 지붕 위에 올라가 있었다. 그녀는 라비니아는 물론, 다른 모든 하녀들에게까지 물러가 있으라고 했다. 혼자 있고 싶었기 때문이다. 불행한 전쟁이 시작된 이후로 왕비는 갈수록 더해가는 슬픔과 절망의 나락으로 빠져들었다. 괴로움에 시달려 창백하고 수척해진 얼굴로 서성일 때가 많았다. 가끔은 안채에 들어앉아 여러 시간 동안 꼼짝도 하지 않고 근심에 빠져 있기도 했다. "이 모든 일에 대한 잘못은 내게 있다. 어째서 나는 신들의 의지와 명령에도 불구하고 라비니아를 투르누스에게 보내지 못해 안달했던 걸까? 그로 인해 나는 투르누스를 끊임없이 트로이인들과의 전쟁으로 내몬 꼴이 되고 말았구나. 이제 아이네아스는 그를 죽이고야 말 것이다. 게다가 수많은 병사들이 이미 죽임을 당했다."

언제나 똑같은 끔찍한 생각들이 머릿속을 어지럽혔다.

왕비는 지붕 위에서 저 건너편에 전투가 벌어지고 있는 들판을 내려다봤다. 그러나 누가 누구인지 도무지 분간할 수가 없었다. 그저 그림자처럼 보이는 병사들이 엄청나게 거대한 먼지구름에 휩싸여 모두 한 덩어리로 뒤엉켜 있었다. 그리고 거기서 끊임없이 비명 소리와 무기들이 맞부딪히는 소리가 울려 퍼질 뿐이었다.

그러다가 성벽 앞에 진을 치고 있는 트로이 병사들의 모습이 눈에 띄었다.

얼음장같이 차가운 전율이 심장을 짓눌렀다. 있는 힘을 다해 겨우 앞으로 나가 지붕 끝까지 가서 몸을 웅크리고 앉았다.

아이네아스가 라우렌툼의 백성들에게 뭐라고 외치는 소리가 들렸다. 그러나 그의 말소리를 더 이상 알아들을 수 없었다. 마치 기이한 회색 안개 같은 것이 그녀를 둘러싸고 있는 것만 같았다. 그 안개 속에 주변의 것들이 모두 둥둥 떠 있는 느낌이었다. 골목마다 사람들이 울부짖는 소리, 누군가가 다급하게 달려가는 발자국 소리 등 끔찍한 소음이 울려 나왔다. 검은 연기가 왕비의 얼굴 바로 앞을 스치고 지나갔다. 성문 바로 위에 있는 탑이 불에 활활 타고 있었다.

아마타 왕비는 잠시 후 지붕에서 내려왔다. 그러나 어떻게 내려왔는지는 도무지 기억할 수가 없었다. 그녀는 손을 더듬어 왕궁의 어느 방문을 찾아 그 안으로 들어갔다……

나중에 라비니아가 어머니를 찾아 그 방으로 들어갔을 때, 왕비는 이미 죽어 있었다……

한편 백마가 이끄는 전차는 격렬한 전장으로부터 눈에 띄지 않게 조금씩 점점 멀어지고 있었다.

한동안 투르누스는 그것을 의식하지 못하고 있었다. 그의 창은 언제나 적군을 찾아 명중시킨 반면, 적병들이 말을 타고 쫓아와 그를 전투로 끌어들일라치면 언제나 실패하고 돌아서야 했다. 투르누스는 점점 그의 마부를 이상한 눈으로 쳐다보기 시작했다. 한번은 적군의 전차가 그 옆으로 바짝 다가왔다. 에트루리아 병사들의 지도자 타르콘이 탄 전차였다. 그들은 바퀴를 나란히 하고 같은 속력으로 달렸다.

유투르나가 백마에 채찍질을 가해 더 빨리 달려 나가려 했으나 허사였다. 타르콘의 말들도 만만치 않게 빨랐기 때문이다.

순간, 유투르나의 등 뒤에서 성난 타르콘이 칼로 투구와 방패 위를 마구 내려치는 소리가 들려왔다. 깜짝 놀란 유투르나는 재빨리 타르콘에게 못된 운명이 입김을 불어넣도록 손을 썼다. 곧 타르콘은 중심을 잃고 비틀거렸다.

그 순간을 놓치지 않고 투르누스가 타르콘을 붙잡아 온 힘을 다해 자기 쪽으로 홱 끌어당겼다. 투르누스의 칼날이 다시 한 번 허공을 갈랐다.

타르콘은 비명 한 번 못 지르고 투르누스의 전차에서 그대로 고꾸라졌다.

그 뒤로 갑자기 사방이 조용해졌다. 투르누스가 사방을 둘러보았다. 몇몇 대열에서 이탈한 병사들이 여기저기에 흩어져 전투를 벌이고 있을 뿐이었다. 그제야 그는 비로소 그의 전차를 모는 마부가 전장의 맨 가장자리로만 원을 그리며 돌고 있다는 사실을 깨달았다. 그는 화가 머리끝까지 치밀었다. 도대체 메티스쿠스는 무슨 생각에서 그러는 것일까?

"메티스쿠스, 미쳤느냐?" 투르누스가 소리쳤다. "적군이라곤 하나도 없는 이곳에서 도대체 날더러 뭘 어떻게 하라고 이렇게 말을 모는 것이냐? 넌 나를 우리 병사들은 물론이고, 심지어 적군들의 웃음거리로 만들고 싶어서 이러는 거냐? 당장 전차의 방향을 돌려라! 전장으로 돌아가야겠다."

마부가 투르누스 쪽으로 몸을 돌렸다. 투르누스의 두 눈이 화들짝 커졌다.

"유투르나, 너였구나!" 투르누스가 소리쳤다. "왜 내가 그걸 생각하지 못했을까! 넌 내가 위험에 처할 때마다 자주 날 돕곤 했었지! 이번에도 날 죽음에서 구해주려고 이러는 걸 거야. 하지만 유투르나, 이렇게 해도 아무 소용 없어! 신들께서 이미 내 죽음을 결정하셨거든. 난 오래전부터 그 사실을 알고 있었어. 그래도 난 끝까지 싸울 거야. 어느 누구도 날 비겁하다고 말할 수 없도록!"

투르누스는 갑자기 하던 말을 멈췄다. 그의 시선이 날카로 워졌다. 들판을 가로지르며 병사 하나가 말의 입에서 거품이 나도록 빠른 속도로 달려오고 있었다. "저건 사케스다." 투르누스가 불안한 마음으로 중얼거렸다. "사케스가 무슨 일로 이곳까지 내려온 것일까? 그는 도시 안을 지키는 병사인데!"

그런데 사케스의 행색이 어떠한가? 그는 말안장에 제대로 올라설 기운도 남아 있지 않은 것처럼 말에 매달린 채 오고 있었다. 화살이 스치고 지나간 듯 그의 이마 위에는 길게 상처가 나 피가 흘렀다. 그는 말을 제대로 꺼내지도 못할 만큼 숨을 헐떡이고 있었다.

"투르누스여, 도시를 떠난 것을 용서해주십시오! 지금까지 당신을 찾기 위해 많은 병사들을 보냈건만, 어느 누구도 당신을 발견하지 못했습니다. 게다가 그들 모두 적군의 손에 목숨을 잃었습니다. 그래서 제가 이렇게 직접 당신을 찾아 나서게 된 것입니다. 누군가가 당신에게 반드시 소식을 전해야 했기 때문이지요. 라우렌툼에 폭동이 일어났습니다. 라틴인들 중에서는 전투를 하려는 병사가 더 이상 아무도 남아 있지 않습니다. 그들은 모두 화가 나서 당신을 찾고 있습니다. 당신께서 약속하신 대로 결투에 응하기를 요구하고 나섰습니다. 노인네들과 부녀자들까지도 당신의 이름을 저주하고 있습니다. 라티누스 왕께서는 왕궁에 들어앉아 이제 더 이상 뭘 어떻게 해야 할지 모르고 계십니다. 당신을 늘 보호해주시던 왕비님은 돌아가셨습니다. 라비니아 공주님은 하녀들과 함께 방으로 들어가 나오지 않고 있습니다. 트로이 병사들은 성문을 불태우고, 불이 붙은 횃불을 지붕으로 던지고 있습니다. 저기를 보십시오! 연기가 보이지 않으십니까? 곧 라우렌툼은 온 구석까지 불길에 휩싸일 것입니다. 투르누스 님, 이제 어쩌시렵니까?"

투르누스의 얼굴이 하얗게 질렸다. 그러나 그는 한순간도 머뭇거리지 않았다.

"나는 도시로 돌아가 아이네아스와의 결투에 응할 것이

544

다." 투르누스가 말했다.

"안 돼!" 유투르나가 소리치며 말을 홱 돌리더니 전장과 도시에서 점점 더 멀리 전차를 몰기 시작했다.

순간, 투르누스가 바닥에 놓여 있던 칼을 집어 들었다. "잘 가, 유투르나! 내 운명이 날 부르고 있어." 투르누스는 이렇게 말하고 전차에서 뛰어내렸다.

단 한 번 뒤도 돌아보지 않고 투르누스는 라우렌툼을 향해 달리기 시작했다.

요정 유투르나는 달려가던 백마를 세웠다. 그녀는 마침내 올 것이 오고야 말았다는 사실을 알아차렸다. 유투르나는 구슬피 울면서 파란색 베일로 몸을 감싸고 그녀의 거처 중 한 곳인 강물로 뛰어들어 깊은 슬픔과 함께 바닥으로, 바닥으로 가라앉았다……

투르누스는 도시를 향해 열심히 달려갔다. 여기저기서 창이 날아들었으나 눈썹 하나 까딱하지 않았다. 투구 위로 수없이 칼날이 내리쳤다. 마치 우박이 후드득 떨어지는 것 같았다. 누군가가 가는 길을 막아서면, 투르누스는 그를 상대로 싸우기는 했다. 그러나 아무런 분노도 없이, 아무런 관심도 없다는 듯이, 사방에서 다가오는 위험이 하나도 무섭지 않다는 듯이, 그렇게 무심하게 싸웠다. 아직은 죽을 때가 아니며, 그곳에서 죽지 않으리라는 것을 잘 알고 있었기 때문이다. 그의 운명은 이미 모두 다 결정되어 있었다.

투르누스는 자신의 마지막 운명을 향해 곧장 달려가고 있는 것처럼 보였다. 그가 참호 앞까지 도달했을 때, 마침 전차 한 대가 성벽을 돌아 옆쪽에서 다가왔다.

전차 위에 아이네아스가 타고 있는 것을 본 투르누스는 단숨에 전차 앞으로 뛰어나갔다. 몇몇 병사들이 흠칫하며 뒤로 물러섰다. 투르누스는 전차를 끄는 말들을 향해 돌진해 고삐를 잡아채고는 뒤로 홱 당겼다. 말들은 거친 콧김을 내쉬며 뒷발굽으로 바닥을 세차게 딛고 그 자리에 멈춰 섰다. 전차의 바퀴가 끼익 소리를 내며 멈췄다.

아이네아스는 깜짝 놀랐다. 도대체 이 남자는 누구이기에 말도 타지 않고 걸어서 다가와 그를 공격하려는 것일까? 먼지로 온통 뒤덮인 얼굴 위로 땀이 흘러 내려 여러 갈래의 땀 줄기가 뒤범벅되어 있어 그가 누군지 도통 알아볼 수가 없었다. 그러나 아이네아스는 그가 쓰고 있는 삼중으로 된 검은 깃털 장식이 달린 투구를 알아보았다.

아이네아스는 재빨리 전차에서 내려 투르누스에게 다가갔

다. 잠깐 동안 그들은 서로의 얼굴을 빤히 쳐다봤다. "당신과 결투하기 위해 왔소." 투르누스가 잔뜩 갈라진 목소리로 말했다. "당신이 날 그렇게 오래 찾아다녀야 했던 건 내 탓이 아니오!"

투르누스는 몸을 돌려 방벽 위로 풀쩍 뛰어 올라갔다. 곧 커다란 목소리가 전투의 소음으로 시끄러운 들판 위에 울려 퍼졌다. "루툴리 병사들이여, 전투를 멈춰라! 결전의 순간이 다가왔다. 어떤 결과가 나오든지 간에…… 결투가 끝난 뒤에는 우리 둘 중 한 사람만이 살아남을 것이다. 아이네아스 아니면 나 투르누스. 병사들이여, 어서 자리를 만들어다오!"

갑자기 사방이 물을 끼얹은 듯 조용해졌다. 무기를 들었던 손들이 하나둘씩 아래로 떨어졌다. 병사들은 한 걸음씩 뒤로 물러났다. 적군과 아군이 나란히 뒤섞인 채로.

이미 한 번 해본 대로, 그들은 다시 큰 원을 그리며 바닥에 둘러앉았다. 또한 아까처럼 창을 바로 앞쪽 땅바닥에 꽂아두고 방패를 창에 기대어 세워두었다. 그러고는 기다렸다.

이번 결투를 앞두고 모든 병사들이 한 가지 같은 생각을 떠올렸다. 그것은 바로, 이번에는 더 이상 결투를 뒤로 미룰 수 없으며, 병사들 중 어느 누구도 지금부터 시작되는 결투에 끼어들 수 없다는 것이었다. 아이네아스와 투르누스가 텅 빈 결투장 한가운데에 서로 마주 보고 섰다.

어느 누구도 입을 열지 않았다. 그렇다, 그들 사이에는 더 이상 할 말이 없었다.

두 사람이 동시에 창을 높이 들었다. 두 개의 창이 서로를 향해 던져졌다.

투르누스 바로 옆에는 월계수나무 그루터기가 땅 위로 불쑥 솟아 있었다.

아이네아스가 분노에 찬 고함을 내질렀다. 그가 던진 창이 투르누스를 빗나가 월계수나무 그루터기에 가서 꽂혔다. 나무에 꽂힌 창이 부르르 떨렸다.

투르누스가 아이네아스를 향해 던진 창은 아무 소득도 없이 곧장 불의 신이 만들어준 아이네아스의 일곱 겹으로 된 방패에 가서 꽂혔다.

이번에는 칼집에서 칼을 빼 들었다.

두 남자가 천천히 서로를 향해 다가갔다.

아이네아스는 불의 신이 만들어준 훌륭한 무기를 다시 한 번 확인하듯 찬찬히 살펴봤다. 인간의 손으로 만든 그 어떤 칼날도 그에 맞설 수 없었다.

아버지로부터 물려받은 투르누스의 칼 역시 한때 불카누스 신이 만들어서 아버지에게 선물한 칼이었다.

그러나…… 지금 투르누스가 들고 있는 칼은 그 칼이 아니었다!

투르누스가 좀 전에 유투르나가 몰던 전차에서 내릴 때 너무도 서두른 나머지, 자기 칼이 아닌 마부의 칼을 집어 든 것이다. 그러나 아직 투르누스는 그 불행한 착각에 대해 아무것도 눈치채지 못하고 있었다.

투르누스는 온몸의 근육을 긴장시키고 아이네아스가 먼저 공격해 오기를 기다리며 그의 움직임을 하나도 빼놓지 않고 눈으로 쫓았다.

지금이다! 아이네아스의 칼이 날을 시퍼렇게 세우고 번개처럼 빠른 속도로 아래로 내려왔다.

투르누스는 그 무시무시한 칼을 자기 칼로 받아쳤다.

그러나…… 뭔가 깨져나가는 듯한 듣기 거북한 소리가 칼에서 울려 나왔다…… 투르누스는 깜짝 놀라 비명을 질렀다.

손에 들고 있던 칼을 들여다봤다. 생전 처음 보는 칼자루가 손에 쥐어져 있었고, 부러져 나온 칼 조각이 바닥에 떨어져 있었다.

투르누스는 분노에 가득 차 소리를 질렀다. "맙소사, 이건 내 칼이 아니구나!"

그와 동시에 이제 아무런 저항도 할 능력이 없음을 알아챘다.

죽음에 대한 공포가 그를 엄습했다. 아이네아스가 두번째로 팔을 번쩍 들어 그 무시무시한 칼로 내리치려 하자, 투르누스는 방패를 등 뒤로 젖히고 도망치기 시작했다.

그러나 그 어디에도 도망갈 수 있는 길은 없었다. 결투장을 빙 둘러싸고 적병들이 다닥다닥 열을 지어 앉아 있었다. 그 옆에는 루툴리 병사들과 라틴 병사들이 당황한 얼굴로 앉아 있었다. 어느 누구도 그를 도우려고 엄두를 내는 사람이 없었다. 그 결투는 그와 아이네아스 둘만이 하기로 맹세한 결투였기 때문이다!

투르누스는 원을 그리며 빙빙 돌았다. 더 이상 무엇을 할 수 있겠는가?

그는 등 뒤에서 아이네아스가 쫓아오는 소리를 들었다. 그러나 놀랍게도 아이네아스는 그를 따라잡을 수 없을 것 같았다.

이제 결투는 달리기 경주라도 벌이는 듯한 인상을 주었다. 그러나 그것은 목숨을 걸고 하는 달리기 경주였다. 언젠가는 끝이 나야만 했다.

아이네아스는 평소보다 힘이 모두 달아난 무기력한 자신의 모습에 분노가 치밀었다. 화살을 맞은 다리의 상처에서 너무도 많은 피를 흘렸기 때문이다.

투르누스가 갑자기 그 자리에 우뚝 멈춰 섰다. 그의 옆 바닥에는 사각형 모양의 커다란 바윗돌이 놓여 있었다. 아마도 땅의 경계를 표시해놓은 돌들인 것 같았다. 투르누스는 있는 힘을 다해 그 돌을 바닥에서 들어 올려 아이네아스를 향해 던졌다.

그러나 아이네아스를 맞히지 못했다. 그러자 투르누스는 또다시 달리기 시작했다.

아이네아스가 마침 월계수나무 그루터기가 있는 곳을 지나게 되었다. 그는 그루터기에 꽂혀 있던 자기 창을 뽑아 든 다음, 조심스레 겨냥해 창을 던졌다.

창은 투르누스의 넓적다리에 가서 꽂혔다. 그러자 투르누스는 무릎이 꺾이며 바닥으로 쓰러졌다.

그렇다, 이제 마지막 순간이 온 것이다.

아이네아스가 그의 가까이로 다가왔을 때, 그는 힘겹게 몸을 일으켜 세웠다.

"당신이 이겼소, 아이네아스." 투르누스가 말했다. "당신에게 애걸복걸하지는 않겠소. 그러나 할 수만 있다면, 늙은 내 아버지를 생각해주시오. 그분은 나 말고는 더 이상 아들이 없소. 그래도 정 당신이 날 죽여야겠다면, 적어도 내 시신만큼은 아버지께 돌려주시오. 예의를 갖춰 날 장사지낼 수 있게 말이오. 라비니아는 당신이 아내로 맞이하도록 하시오. 그리고 이 나라도 이제 당신 거요. 당신은 목적을 달성했소, 아이네아스. 그러니 이제 승자로서의 아량을 보여주시오!"

아이네아스는 투르누스를 내려다보았다. 머뭇거리며 칼을 들었던 팔을 슬그머니 내려놓았다. 그의 얼굴에 비쳤던 엄격함은 어느새 사라지고, 동정의 빛이 눈가에 번지기 시작했다.

그러나 아이네아스는 갑자기 움찔하며 다시 날카로운 시선을 투르누스에게 던졌다. 그는 천천히 투르누스 위로 몸을 굽혔다. 투르누스가 가슴에 달고 있는 이 값진 장식, 황금 허리띠는 아이네아스가 너무나 잘 알고 있는 것들이었다! 그것은 모두 예전에 팔라스가 하고 다니던 것들이었다. 팔라스, 에우안데르 왕의 외아들, 아직 소년티를 벗지 못한 어린 나이임에도 불구하고 투르누스에게 죽임을 당한 아이……

아이네아스의 가슴속에 다시 한 번 억누를 수 없는 고통과 분노가 솟구쳐 올랐다. "네가 팔라스를 죽이던 순간에, 넌 나이 든 에우안데르 왕에 대한 동정심을 털끝만큼이라도 가졌더냐?" 아이네아스는 너무도 슬픈 마음에 낮게 중얼거렸다. "안 된다, 투르누스. 너는 네가 다른 사람에게 전혀 베풀지 않은 것을 다른 사람에게 요구할 수 없다!"

그 순간 투르누스는 더 이상 살아날 가망이 없음을 알았다……

그날 저녁, 드디어 모든 것이 끝이 났다.

루툴리인들은 그들의 죽은 지도자를 전쟁터에서 데리고 나가 고향으로 돌아갈 채비를 했다. 그들의 고향은 나이 들고, 이제는 아들이 하나도 없는 다우누스 왕이 다스리는 작고 오래된 도시였다.

라우렌툼의 성문이 활짝 열렸고, 도시를 활활 태우던 불길은 이미 오래전에 모두 꺼졌다.

넓디넓은 들판 위에는 피곤에 지친 병사들이 누워 잠들었다. 들판 가장자리의 풀밭이 짓이겨지지 않은 곳에서는 전차에서 풀려나 마구를 벗어버린 말들이 평화롭게 풀을 뜯고 있었다.

태양이 지평선 너머로 넘어갔을 때, 아이네아스는 아스카니우스와 다른 트로이의 지도자들과 함께 도시로 들어갔다.

아이네아스는 기쁨에 들떠 있어야 마땅한데, 오히려 피곤하고 서글펐다. 그동안 너무 많은 일들이 일어났기 때문이다.

그들이 성문을 통과해 걸어가는 동안, 아이네아스는 한쪽 팔을 아들의 어깨 위에 올려놓았다. 그렇게 아들에게 조금이나마 의지할 수 있다는 사실이 그의 마음을 행복하게 만들었다. 그런 생각을 하는 아이네아스의 얼굴에 웃음이 떠올랐다. 그렇다, 아이네아스가 그렇게 아들을 의지해본 것은 난생처음이었다.

"아들아." 아이네아스는 아스카니우스에게만 들릴 정도로 낮은 목소리로 말했다. "아들아, 너는 네 아비로부터 한 가지만큼은 분명히 배울 수 있었을 것이다. 즉, 인간이 자신에게 닥친 운명을 얼마나 강인하게 견뎌내는지를 말이다. 그러나 행복은…… 아니다, 행복에 대해서는 다른 사람에게서 배우도록 하거라!"

길에는 많은 사람들이 오가고 있었다. 그들은 아무 말 없이 승자들에게 길을 터주었다. 그들에 의해 앞으로 어떤 역사가 이루어질지 아직은 아무도 짐작하지 못했다. 미래가 다가온 뒤에야 비로소 사람들은 그것을 알게 되리라.

트로이인들은 왕궁으로 올라가 옥좌가 있는 홀 안으로 들어갔다.

라티누스 왕이 옥좌에 앉아 있었다. 그의 구부정한 어깨에 매달린 자주색 망토는 너무나 무거워 보였고, 황금으로 된 열두 줄기의 빛살 장식이 달린 왕관 역시 피곤에 지친 늙은 얼굴을 무거운 짐처럼 짓누르고 있었다.

왕이 앉은 옥좌 옆에 장차 그의 왕국을 물려받게 될 라비니아가 서 있었다.

함께 간 트로이인들은 홀의 문 옆에 서 있고, 아이네아스 혼자 왕 앞으로 걸어 나갔다.

그는 왕 앞에 깊이 머리를 숙여 예의를 표했다. 그동안 있었던 그 모든 좋지 않은 일들에도 불구하고, 아이네아스는 늙은 왕에 대해 진심으로 존경의 마음을 품고 있었다. 라티누스 왕의 삶이 마감됨과 동시에 한 시대가 막을 내리게 될 터였다.

아이네아스가 라비니아에게로 몸을 돌렸을 때, 라비니아는 그를 피하지 않고 똑바로 쳐다보았다. 그녀의 얼굴은 평온하면서도 당당했다.

'참으로 아름답구나.' 아이네아스는 생각했다. '그리고 그녀의 영혼은 강인하다. 그녀의 운명은 마치 이 나라와도 같구나. 그녀는 과거를 기억하고 있으면서 동시에 미래로 나아가

는 인물이다.'

아이네아스가 연설을 시작했다. 또다시 평화의 맹세가 맨 먼저 입 밖으로 절로 터져 나왔다. "나는 당신들과 우리들의 신 앞에서 다음과 같이 맹세합니다. 트로이인들은 절대로 이탈리아 백성들을 지배하려 들지 않을 겁니다. 그들은 서로 굳은 동맹 관계를 맺을 것이며, 모든 사람들에게 공평하게 적용되는 법을 만들 것입니다……"

바로 이런 초석 위에서 백성들의 평화와 행복이 자라날 수 있다는 것을 아이네아스는 잘 알고 있었다.

베르길리우스의 서사시 『아이네이스』

로마의 위대한 시인 베르길리우스Publius Vergilius Maro
(기원전 70~19)가 쓴 장편 서사시 『아이네이스Aeneis』는 로
마의 건국 신화로 우리에게 잘 알려져 있다. 그리스와의 전쟁
에서 패망한 트로이의 장수 '아이네아스'(아이네이아스)가 트
로이인들을 이끌고 각지를 방랑하다 천신만고 끝에 라티움
땅에 이르러 로마 제국의 기초를 세우게 된다는 내용이다. 그
의 방랑은 멸망한 조국 트로이보다 더 위대한 나라를 건설하
게 되리라는 신들의 계시에 따른 것으로, 여신의 아들 아이네
아스는 자신에게 주어진 과업을 완수하기 위해 온갖 고초와
역경에도 굳건한 믿음을 잃지 않고 긴 여정을 이어 나간다.

서양의 대표적 고전으로 손꼽히는 『아이네이스』는 '아이네

아스의 노래'라는 뜻으로, 무엇보다 불굴의 의지로 갖은 고난을 이겨내며 자신의 운명을 헤쳐 나가는 한 인간의 위대한 영웅적 면모가 돋보이는 작품이다. 신화 속 영웅의 이야기와 로마 건국의 역사를 문학적으로 결합시킨, 라틴어로 쓰인 현존하는 가장 뛰어난 작품으로 인정받고 있으며, 자신에게 주어진 피할 수 없는 운명을 겸허히 받아들이고 후손들의 미래를 위해 온갖 역경을 극복해나가는 그의 모습은 오늘날까지도 우리에게 깊은 울림을 준다.

모두 12권으로 구성되어 있는 베르길리우스의 대서사시 『아이네이스』는 그가 숨을 거두기까지 무려 11년에 걸쳐 집필된 것으로 알려져 있다. 방황을 거듭하던 아이네아스 일행이 리비아의 해안에 상륙해 카르타고의 여왕 디도를 만나는 것으로 1권이 시작된다. 2~3권에서는 아이네아스가 그곳 사람들에게 그동안 겪었던 일들을 들려준다. 여기서 트로이 전쟁의 결말과, 불타는 트로이를 뒤로하고 정처 없이 길을 떠난 아이네아스 일행의 7년 동안의 방랑이 자세히 서술된다. 4권에서는 아이네아스와 디도 여왕이 사랑에 빠지는데, 그가 떠난 후 이별을 견디지 못한 여왕이 스스로 목숨을 끊는 것으로 끝을 맺는다. 5권에서는 디도의 죽음을 모른 채 길을 떠난 아이네아스가 아버지의 무덤이 있는 도시에 정박해, 고인을 기리는 경기를 벌이는 장면이 생생하게 그려진다. 6권에서는 마침내 이탈리아 반도에 상륙한 아이네아스가 최종 목적지인 라티움으로 향하기 직전에 마지막 관문으로 지하 세계를 순례하는 장면이 나온다. 나머지 7~12권에서는 이탈리아에 상륙한 아이네아스 일행이 신의 계시에 따라 새로운 도시를 건설할 라티움 땅에서 그곳 원주민들과 벌이는 치열한 전쟁을 그린다. 반전에 반전을 거듭하는 극적인 전투를 거쳐 아이네아스가 마침내 승리를 거두는 장면까지가 상세히 묘사되어 있다.

이후 아이네아스는 라티움을 다스리는 라티누스 왕의 딸 라비니아 공주와 결혼하여, '라비니움'이란 도시를 건설하게 된다. 아이네아스는 3년 동안 이곳을 다스리는데, 그의 사후 아들인 아스카니우스가 30년간 이곳을 통치하게 된다. 그 후 아스카니우스는 그곳을 라비니아에게 맡기고, 새로이 '알바롱가'를 건설한다. 그는 강력한 통치력을 발휘하며 강성한 나라를 만드는데, 왕위는 이복동생인 실비우스가 계승하게 된다. 그로부터 오랜 시간이 흘러 아이네아스의 후손인 로물루스가 로마를 창건하며, 아이네아스가 이탈리아에 도착한 지

300년 후 마침내 로마 제국이 탄생하게 된다. 이로써 신들이 아이네아스에게 약속한 미래가 실현되는 것이다.

베르길리우스는 누구인가

살아 있을 때에도 큰 명성을 누리며 로마인들의 존경과 사랑을 받았던 시인 베르길리우스는 후대에도 엄청난 찬사를 받았다. 호메로스조차 거의 잊혔던 중세나 르네상스 시대에도 '시성詩聖'으로 추앙받았던 그는, 단테가 『신곡』에서 지옥과 연옥으로 이끄는 안내자로 삼을 만큼 그 위상이 대단했다.

베르길리우스는 이탈리아 북부의 한 농가에서 태어나 역사, 철학, 수사학 등을 공부한 후 문학에 전념했다고 한다. 그는 청소년기부터 여러 작품들을 써내며 시인의 면모를 드러냈고, 『전원시』와 『농경시』 등을 집필하며 널리 인정받았다.

베르길리우스는 로마의 어지러운 정치 상황 속에서 청년기를 보냈는데, 그때 길러진 정치와 역사에 대한 안목이 후에 『아이네이스』와 같은 위대한 작품을 집필하는 데 밑거름이 되었다. 『아이네이스』를 제대로 이해하기 위해서는 베르길리우스가 이 작품을 쓸 당시의 정치적 상황과 이를 바라보는 작가적 관점을 함께 고찰해보지 않을 수 없다.

베르길리우스의 청년기는 로마 공화정이 끝나갈 무렵이었으며, 잦은 내전과 권력층의 부정부패로 정치적·군사적으로 대단히 혼란한 시기였다. 기원전 31년, 베르길리우스가 38세 되던 해에 옥타비아누스는 악티움 해전에서 승리한 이후 계속되어온 내전을 종식시킨다. 이 전투에서 승리한 옥타비아누스가 '아우구스투스'라는 칭호를 받아 초대 황제로 등극하면서, 로마는 마침내 새로운 제국으로 거듭나며 평화와 번영의 시기를 맞게 된다.

베르길리우스는 로마의 어지러운 정치 상황과 끝없이 지속되던 내란이 종식된 것에 안도하고, 그것을 가능케 한 인물에 대해 감사의 마음을 가지게 된 것으로 보인다. 이것이 그로 하여금 『아이네이스』라는 대서사시를 집필하도록 만든 내적 동기로 작용했을 것이라고 충분히 추정해볼 수 있다. 그리하여 기원전 30년, 베르길리우스는 『아이네이스』를 쓰기 시작한다. 마침 그 시기가 아우구스투스 황제 시대와 맞물려 『아이네이스』는 로마 제국의 찬가, 혹은 황제에 대한 칭송의 노래로 여겨지기도 했다.

그러나 완벽에 가깝게 모든 이상적인 면모를 갖춘 『아이네이스』의 주인공 '아이네아스'는 단순히 실재하는 특정 인물을 모방하거나 찬양하기 위해 창조된 산물이 아니라, 그것을 훨씬 뛰어넘는 어떤 숭고한 정신이 형상화되고 이상화된 하나의 인격체를 뜻하는 것으로 보인다. 따라서 아이네아스는 베르길리우스가 창조한 고유의 인물로 보아야 하며, 그를 통해 작가가 독자들에게 전하고자 한 바를 짐작해볼 수 있다. 즉, 작품 속에서 아이네아스는 때로는 험난한 운명과 혹독한 신의 의지 앞에서 절망하고 힘겨워하는 인간적인 모습을 드러내기도 하지만, 신을 경외하고 주어진 운명을 겸허하게 받아들임으로써 자신에게 닥친 어려움을 극복하는 영웅적인 면모가 돋보이는 인물이다. 또한 동료와 부하들에게는 다정한 벗이요, 가족에게는 든든한 아들이자 자상한 아버지, 남편의 역할을 다하며, 자신을 따르는 사람들에게는 언제나 책임감을 잃지 않는 믿음직한 지도자의 모습으로 그려진다. 이는 개인적인 야심이나 절대적인 권력을 가지고 정복 의지를 불태우는 지도자들과는 사뭇 다른 모습이며, 베르길리우스의 이 작품이 단순히 황제에 대한 찬미의 차원을 넘어 이상적인 지도자상을 제시하는 동시에, 더 나아가 영원히 지속될 이상 세계를 위한 조심스러운 경고와 제안임을 알 수 있다.

베르길리우스의 『아이네이스』는 서술 방식, 등장인물, 사건 등에서 호메로스의 『일리아스』 『오디세이아』와 유사한 부분이 있어 종종 그와 비교된다. 그러나 작품을 읽다 보면, 호메로스의 두 작품과는 또 다른, 베르길리우스만의 독창성과 로마의 시대적 요구를 담은 가슴 벅찬 이념을 접할 수 있음은 두말할 나위가 없다. 이는 이 세 서사시를 비교해가며 읽는 독자들이 직접 각각의 작품들 속에서 길어내야 할 참다운 독서의 묘미가 아닐까 싶다.

이러한 특성을 지닌 베르길리우스의 원작을 오스트리아 작가 아우구스테 레히너가 독일어로 읽기 쉽게 평역하여 펴낸 것이 바로 이 책이다.

아우구스테 레히너를 말하다

내가 레히너의 작품들을 처음 접하게 된 것은 독일에서의 오랜 유학 생활을 마치고 귀국할 당시, 내게 적지 않은 학문적 영향을 끼친 한 교수님을 통해서였다. 귀국을 준비하던 내게 마인츠 대학의 고전어 전공 교수 슈피라Andreas Spira 선생은 레히너의 작품 세 권을 직접 사서, 다음 말과 함께 귀국 선물이라며 내 손에 들려주었다.

"내가 고전어 전공 교수이고 수업 시간에 고전어로 된 원전들을 학생들과 함께 강독하지만, 작품 전체를 모두 다 읽혀야 할 때는 학생들에게 레히너의 책들을 추천한다. 한국 독자들에게도 꼭 소개가 되었으면 하니, 네가 이 책들을 번역했으면 좋겠다. 원작의 내용이나 뉘앙스를 해치지 않으면서도 적절한 분량과 문체로 원작 이상의 감동과 교훈을 주기 때문이다. 유일한 단점은 한번 손에 잡으면 마지막 장을 덮을 때까지 손에서 놓기가 힘들다는 것이다."

먼 나라 한국에서 온 제자가 번역한 책을 꼭 보고 싶다던 슈피라 선생은 이제 고인이 되었지만, 그분 덕분에 레히너와 그녀의 작품들을 한국 독자들에게 소개하게 되었다.

아우구스테 레히너(1905~2000)는 오스트리아의 대표적인 청소년 문학 작가이다. 인스부르크에서 태어나 인스부르크 대학에서 철학과 역사학을 전공했고, 제2차 세계대전이 끝난 후 본격적으로 청소년 문학을 집필하여 책으로 펴냈다. 레히너는 고대와 중세의 신화와 영웅 설화를 새롭게 작업하여 총 24권의 작품을 발표하였는데, 그를 통해 가치 있는 고전들을 청소년과 일반 대중들에게 확산 및 전달하는 데 큰 역할을 했다.

레히너의 작품들은 1950년대에 대중적으로 큰 성공을 거
둔 이래로 독일어권에서만 발행부수가 수백만 부가 넘는 것
으로 집계되고 있으며, 현재까지도 유럽에서 가장 많이 팔리
는 청소년 도서로 손꼽히고 있다. 이는 레히너의 작품들이 읽
는 재미는 물론이요, 원전이 지니고 있는 문학적 가치와 의의
를 오롯이 담아내어 청소년뿐 아니라 성인에 이르는 폭넓은
독자층을 아우르며 큰 공감대를 불러일으켰기 때문이라고 할
수 있다.

아우구스테 레히너가 새로 쓴 『아이네이스』

레히너의 『아이네이스』는 호메로스의 『오디세이아』와 마
찬가지로 원작의 구성을 그대로 따르지 않고, 사건들을 일어
난 순서대로 재구성한 작품이다. 즉, 원작은 아이네아스가 여
왕 디도와 만나는 장면으로 시작되지만, 레히너의 『아이네
이스』는 트로이 전쟁이 끝나는 시점에서 이야기가 시작된다.
레히너는 작품 서두에서 먼저 10여 년간 서로 대치 상태에 있
던 트로이와 그리스의 여러 영웅들 이름과 그 특징, 전쟁이

일어나게 된 원인, 심지어 두 편으로 나뉘어 응원하는 신들의 정황까지, 간략하지만 일목요연하게 서술한다. 또한 주인공 아이네아스의 출생과 어린 시절을 언급하여, 읽는 이로 하여금 작품에 대한 전체적인 구도를 파악하며 읽을 수 있도록 배려한다. 이렇듯 사건들을 시간의 흐름에 따라 순차적으로 기술하고, 생생한 묘사와 대화체로 긴 여정을 더욱 긴장감 넘치게 풀어낸 레히너의 『아이네이스』는, 원작을 대하기 어려운 독자들에게 각별한 재미와 감동을 선사할 것이다.

그러나 무엇보다도 레히너는 앞서 언급했던 베르길리우스가 창조한 인물인 아이네아스의 특징을 그 누구보다도 정성스레 재현해놓는다. 아이네아스는 신들에 의해 자신의 운명으로 정해진 새 정착지를 찾아가는 과정에서 시행착오를 거듭하며 때론 좌절하기도 하지만, 끝끝내 인내심과 용기를 잃지 않는다. 레히너는 원작에서 강조하고 있는 아이네아스의 굳은 의지와 강건함을 잘 간파하여 자신의 작품 속에 더욱 생생하게 그려놓았다.

또한 동정심 많고 효심이 깊으면서 가족과 동료들에게 두루두루 자상한 그의 성품을, 레히너는 대화와 상황 묘사를 통해 독자들에게 입체적으로 전달한다. 무엇보다도 훌륭한 지도자가 갖추어야 할 덕목은 무엇인지, 주인공 아이네아스를 통해 진정한 지도자상을 제시하고 있다. 이러한 레히너의『아이네이스』를 통해 독자들은 2천 년의 세월을 뛰어넘어 현대인들에게도 여전히 유효한 감동과 교훈을 주는 인간적이고도 위대한 영웅 아이네아스의 진면모를 접하게 될 것이다.

레히너의 작품을 논할 때면 언제나 영웅 설화를 소재로 한 작품을 통해, 작가가 청소년들에게 역사적인 지식을 전달하고자 한다는 점이 강조되곤 했다. 하지만 이 점은 그다지 중요하지 않다. 레히너는 전설과 신화 속의 소재들을 흥미진진하면서도 극적으로 표현하는 데 탁월한 작가로, 독자들이 너무나 흥미롭게 그녀의 작품에 빠져든 나머지 그것이 역사적 사실인지 아닌지조차 잊게끔 만들기 때문이다. 레히너만의 생생한 서술 방식을 통해 독자들은 작품 속에서 자기 자신과 동일시할 수 있는 인물을 만나는 이상적인 기회를 얻게 된다. 바로 이 점이 레히너의 작품들이 오늘날까지도 엄청난 인기를 누리며 꾸준히 읽히는 주된 이유이자, 독일어권의 중·고등학교 교과서에서 읽기 교재로 각광받고 있는 데 대한 설명이 될 것이다.

아우구스테 레히너의 작품 세계

많은 고전을 새롭게 풀어쓴 레히너의 가장 큰 관심사는 전해 내려오는 옛날이야기들을 놀랍도록 생생하게 다시금 불러내어, 우리 안에 있는 자아를 일깨우고 발전시키는 것이었다. 레히너는 고대와 중세의 신화와 서사시들을 재구성한 작품들을 통해 독자들에게 시대를 초월한 진정한 인간의 정신, 신의 섭리나 운명에 굴복하지 않고 고난을 적극적으로 극복하는 영웅들의 면모를 전달하고자 했다.

또한 레히너의 작품들은 독자들에게 문학적인 소양을 길러 주려 한다거나, 지식을 전달하려고 애쓰지 않는다. 작품 어디에서도 현학적인 표현들은 찾아볼 수 없으며, 역사적인 사건들이 등장인물과 아무 연관성도 없이 단순하고 건조하게 나열되어 있지 않은 것만 보아도 잘 알 수 있다.

레히너는 작품을 통해 독자들을 감동시키고 변화시키는 데 관심을 가졌다. 일례로 레히너의 작품에는 독자들이 자신과 동일시할 수 있는 좋은 모델들이 많이 등장하는데, 훌륭한 장수나 훌륭한 보초병, 훌륭한 전령은 어떠해야 하는지 등이 잘 그려져 있다. 바로 그러한 점들이 레히너가 과거의 전설이나 신화들을 단순히 반복하여 서술하지 않고, 완전히 새롭게 재구성했다고 평가할 수 있는 근거이다. 원작에 나타난 지나치게 폭력적이거나 선정적인 장면들은 되도록 줄이고, 인간 정신의 위대함과 어려운 상황을 극복해내는 용기 등이 그려진 부분은 더욱 세밀하게 서술했다. 레히너는 원작이 다루었던 소재와 시대적 배경의 특징을 훼손하지 않으면서도 수천 년이 지나도 퇴색되지 않는, 오히려 현대를 살아가는 우리에게 더욱 절실한 미덕들을 쉽고도 생생한 언어로 전달해준다.

이러한 레히너의 작품들이 우리나라 독자들에게도 널리 읽히길 기대하며, 특히 고전의 위대함과 필요성을 절감하면서도 원전을 접하기 힘들었던 이들에게 도움이 되었으면 한다.

라틴어-그리스어 표기 비교표(가나다순)

주요 신명

라틴어	그리스어
넵투누스	포세이돈
디아나	아르테미스
라토나	레토
마르스	아레스
메르쿠리우스	헤르메스
미네르바	아테나
베누스	아프로디테
베스타	헤스티아
불카누스	헤파이스토스
사투르누스	크로노스
솔	헬리오스
아모르	에로스
아이올루스	아이올로스
유노	헤라
유피테르	제우스
케레스	데메테르
트리비아	헤카테
파르카이	모이라
파우누스, 사티루스	판, 사티로스
포르투나	티케
포이부스 아폴로	포이보스 아폴론
프로세르피나	페르세포네
플루토, 플루톤	하데스

주요 인명, 지명 등

라틴어	그리스어
네오프톨레무스, 피루스	네오프톨레모스, 피로스
다르다누스	다르다노스
데이포부스	데이포보스
메넬라우스	메넬라오스
스카이아 성문	스카이아이 성문
아스카니우스(율루스)	아스카니오스(이울루스)
아이네아스	아이네이아스
아이약스	아이아스
아킬레스	아킬레우스
에우안데르, 에우안드루스	에우안드로스
에페오스	에페이오스
올림푸스	올림포스
울릭세스	오디세우스
이다 산	이데 산
이타카	이타케
켄타우루스	켄타우로스
크레타	크레테
테우케르	테우크로스
트라키아	트라케
파트로클로스	파트로클루스
폴리도루스	폴리도로스
폴리페무스	폴리페모스
프리아무스	프리아모스
헤르쿨레스	헤라클레스
헤쿠바	헤카베
헬레나	헬레네
헬레누스	헬레노스